U0552240

诗韵词韵速查手册

SHIYUN CIYUN SUCHA SHOUCE

申忠信◎编

商务印书馆国际有限公司
中国·北京

谨以此书奉献给：

  在古典诗词园林中辛勤耕耘的诗人、词家、戏曲创作者，精心研究、系统整理格律的历代先贤，将累累硕果不断传承、发扬光大的教研工作者和广大诗词爱好者。

写 在 前 面

当前,越来越多的人都在格律诗词的写作中提倡和使用新韵。格律诗、词使用新韵是其发展的必然趋势,其意义是毋庸置疑的。但是,目前只是一个由旧韵向新韵过渡的时期,新旧韵并存还会持续一个很长的阶段。即使当代诗人用新韵去写格律诗词,我们在欣赏、研究古代和当代优秀诗人、词家的作品时,仍然要用到旧韵。大家都知道,在旧韵的使用中,查找韵字是一件非常麻烦的事,并且还会遇到许多双韵或多韵兼收的字(我把它统称为"双韵字")、许多入声字今音读为平声等问题。这些问题需要辨别、需要处理,那么,要找到一个较好的方法,为广大格律诗词爱好者、诗人、研究工作者和教学工作者提供一个方便、快捷地查找诗韵、词韵的工具书,是很有必要的。正是基于这样一个想法,我才编撰了这本《诗韵词韵速查手册》。

这本《诗韵词韵速查手册》的编排突出了方便、快捷的速查功能,坚持了以韵查字、以字查韵和以音查字、查韵的原则,把诗韵、词韵合编在一起,同用一套查字系统,使诗词爱好者使用起来更加方便。韵字按字形相近排列,单韵字和双韵字分开。编排了《单韵字注》《双韵字注》《音节检字表》,特别是通过《双韵字注》可以快速查找到这个双韵字都为哪些韵目所兼收,以及它们在不同韵目中的区别和不同用法。还把各仄声韵目中的平音字(指今音,下同)、平声韵目中的仄音字单独列出,以利于区别使用。特别是入声中的平音字的列出更为实用。通过音节检字表,直接就可以查到这个字是单音字还是多音字、是单韵字还是双韵字,所在韵目以及《词韵》所在韵部等多项信息。

本书对《词韵》除了在选字上做了重新辑选外,还打破了十九部的限制,将原第十三部合并到第六部,将原第十四部合并到第七部。这样,平上去声十二部,入声五部,总共十七部。改《词韵》为十七部的理由主要基于两点:一是所合并韵部内之各韵,在《词林正韵》十九部出现之前的宋人词中就已通用;二是所合并韵部内之各韵的韵母基本相同或相近,合并后更切合现今实际。

由于受到编者水平的限制,本书的编排、注音、标义以及各个方面都有可能存在编者自身理解的局限性,纰漏和谬误难以避免。因此,恳请广大诗人词家、诗词爱好者和研究工作者给予谅解并提出宝贵意见。

在本书的编撰过程中,一些诗友和出版社都曾提出过非常宝贵的意见,这些意见对本书的完成和完善都起到了非常重要的作用,本人借此机会表示深深的感谢!

申忠信

总　目

凡例 …………………………………… 2

目次 …………………………………… 5

正文 ……………………………… (1—448)

　　诗韵 ………………………………… 1

　　词韵 ………………………………… 19

　　单韵字注 …………………………… 39

　　双韵字注 …………………………… 180

　　上下平声所含仄音字表 …………… 258

　　上声所含平音字表 ………………… 260

　　去声所含平音字表 ………………… 262

　　入声所含平音字表 ………………… 264

　　音节检字表 ………………………… 266

附录 ……………………………… (449—535)

　　关于《词韵》的说明 ……………… 449

　　常用词谱精选 ……………………… 454

　　笠翁对韵 …………………………… 514

　　声律启蒙 …………………………… 525

凡　　例

一、本书中《诗韵》以清代汤文璐编《诗韵合璧》为蓝本，去其生僻字，选韵字6,329个，其中单韵字5,198个，双韵字1,131个。《词韵》以清代戈载撰《词林正韵》为蓝本，重新拣选，选字与《诗韵》基本相同。

二、体例安排采用了以字查韵、以韵查字、以音查字、查韵等方法，以方便使用。

三、《诗韵》《词韵》

1.《诗韵》之韵目按《诗韵合璧》中所收之传统体例（即106韵之平水韵）安排。每韵目中之韵字按字形相近排列（不以偏旁和笔画为序）。

2.《词韵》之韵部改十九部为十七部。将原第十三部合入第六部，原第十四部合入第七部。平上去声共十二部。入声五部不变，但序号改为第十三部至第十七部。韵部内之韵目按106韵之平水韵排列。韵字排列与《诗韵》同。

改《词韵》为十七部的主要理由有两点：一是所合并的韵部内之各韵，在《词林正韵》十九部出现之前的宋人词中就已通用；二是所合并韵部内之各韵的韵母基本相同或相近，合并后更贴近现今实际。对此，本书附录中"关于《词韵》的说明"有较为详细的阐述。

3. 将数韵兼收之字称为双韵字，加方括号列于单韵字之后，以示区别。

四、《单韵字注》《双韵字注》

1. 对单韵字和双韵字分别作注，并分别列为《单韵字注》和《双韵字注》。

2. 字音、字义之标注，原则上依《现代汉语词典》《辞海》《辞源》所列相关条目，适当参酌《诗韵合璧》《词林正韵》《古今韵会举要》《集韵》等。对《现代汉语词典》未收入，而依其他典籍收入者，不标注出处。

①字义标注，视其具体情况采取简要标注字义或简列例词的方式。字义与例词之间用逗号（,），例词之间用顿号（、）；有多个字义的，字义之

间用分号(;),不同字义的例词之间用分号(;)。

②字音标注,对单音字、多音字不都作标注,只视其需要加以注音。

③双韵字为平仄不同之多音字,而分别收入各自平仄韵部中,其中平韵中用其平音义,仄韵中用其仄音义者,除个别不常用读音标注外,其他作为一般读音正常列入,不再注音。

④双韵字为平仄不同之多音字,而收入之韵部与其读音平仄不一致者,则均注音。

⑤双韵字同为平声不同音或同为仄声不同音者,分别注音。

⑥双韵字中之单音字与所在韵部之平仄一致者,不注音;平仄不一致者,注音。

⑦入声韵目中之单音字,平音字注音,仄音字一般不注音;多音字平仄均注音。

3. 简化字的不同繁体字(含异体字)列在不同韵部者视为双韵字。繁体字之字义不同者,在该字之后标注其繁体字之字义。如冲字,在东韵中标为"[冲]:沖义。另见冬韵"。在冬韵中标为"[冲]:衝义。另见东韵"。

4. 双韵字除结合字音字义加以标注外,同时标注所在另外韵部以便查找。如:另见×韵,×韵同。

5. 各典籍中,多音多义字之各音义项收入情况各不相同,本书亦不全收。一般以常用、实用为主,过于生僻者不收。

五、各声所含平仄音表

1. 上、去、入声所含平音字和上下平声所含仄音字皆依今音列出,以供查找对比之用。

2. 本表所列多音字以本书《音节检字表》所收为准。

六、《音节检字表》

1.《音节检字表》按今音标注,便于以音查字。注音以《现代汉语词典》为准,适当参酌《辞海》《辞源》及《诗韵合璧》原注,以作补充。

2. 多音字原则上依《现代汉语词典》收入,但对个别多音字之音项,《现代汉语词典》未全收入,而本书又需收入者,则参照其他典籍酌收。

3. 对旧读音，《现代汉语词典》未单独列者，《音节检字表》亦不单独列出。仅在《双韵字》中标注："旧读"或"又读"某音。

附：查字举例

如查"歌"字：在《音节检字表》中找到 G – gē – 歌。"歌"字本身没有[ ]和 * 号，知其是单音字、单韵字。后面标有[五歌]，知其在下平声[五歌]韵中。[五歌]后面标有"九"，知其在词韵第九部[五歌]韵中。如查其字义，则在《单韵字注》中找到[五歌]韵 – 歌，"歌"字后面有注释或例词。

如查"逢"字：在《音节检字表》中找到 F – féng – 逢（或先找到 P – péng – 逢）。"逢"字带有[ ]号，知其为双韵字；前面标有 * 号，知其为多音字。后面标有[一东][二冬]，知其分别在上平声[一东][二冬]韵中。[一东][二冬]后均标有"一"，知其在词韵第一部[一东][二冬]韵中。如查其在各韵中的区别，则在《双韵字注》中的[一东][二冬]韵中分别找到"[逢]"，知其在[一东]韵中读 péng，用于"鼓声，另见冬韵"；又知其在[二冬]韵中读 féng，用于"遇也，另见东韵"。

以上亦可先从目次中查到《音节检字表》G 或 F、P 的页码，然后找到"歌"或"逢"，其他步骤同。

目　　次

诗韵 ··· 1

　一、上平声 ··· 1

　二、下平声 ··· 4

　三、上声 ··· 7

　四、去声 ··· 11

　五、入声 ··· 15

词韵 ·· 19

　第一部 ·· 19

　第二部 ·· 20

　第三部 ·· 21

　第四部 ·· 23

　第五部 ·· 25

　第六部 ·· 26

　第七部 ·· 27

　第八部 ·· 30

　第九部 ·· 31

第十部 …… 32

　　第十一部 …… 32

　　第十二部 …… 34

　　第十三部 …… 35

　　第十四部 …… 35

　　第十五部 …… 36

　　第十六部 …… 37

　　第十七部 …… 38

单韵字注 …… 39

一、上平声 …… 39

　　【一东】 …… 39

　　【二冬】 …… 41

　　【三江】 …… 43

　　【四支】 …… 43

　　【五微】 …… 49

　　【六鱼】 …… 50

　　【七虞】 …… 51

　　【八齐】 …… 55

　　【九佳】 …… 57

　　【十灰】 …… 57

　　【十一真】 …… 59

【十二文】…… 62

【十三元】…… 63

【十四寒】…… 65

【十五删】…… 67

二、下平声 …… 68

【一先】…… 68

【二萧】…… 71

【三肴】…… 74

【四豪】…… 75

【五歌】…… 76

【六麻】…… 78

【七阳】…… 80

【八庚】…… 84

【九青】…… 87

【十蒸】…… 89

【十一尤】…… 90

【十二侵】…… 93

【十三覃】…… 95

【十四盐】…… 96

【十五咸】…… 97

三、上声 …… 97

【一董】 …………………………………………… 97

【二肿】 …………………………………………… 98

【三讲】 …………………………………………… 98

【四纸】 …………………………………………… 99

【五尾】 …………………………………………… 102

【六语】 …………………………………………… 102

【七麌】 …………………………………………… 103

【八荠】 …………………………………………… 106

【九蟹】 …………………………………………… 106

【十贿】 …………………………………………… 107

【十一轸】 ………………………………………… 107

【十二吻】 ………………………………………… 108

【十三阮】 ………………………………………… 108

【十四旱】 ………………………………………… 109

【十五潸】 ………………………………………… 110

【十六铣】 ………………………………………… 111

【十七筱】 ………………………………………… 112

【十八巧】 ………………………………………… 113

【十九皓】 ………………………………………… 113

【二十哿】 ………………………………………… 115

【二十一马】 ……………………………………… 115

【二十二养】······116

【二十三梗】······117

【二十四迥】······119

【二十五有】······119

【二十六寝】······121

【二十七感】······121

【二十八俭】······122

【二十九豏】······122

四、去声······123

【一送】······123

【二宋】······123

【三绛】······124

【四寘】······124

【五未】······127

【六御】······128

【七遇】······128

【八霁】······130

【九泰】······133

【十卦】······134

【十一队】······135

【十二震】······136

【十三问】……………………………………………… 138

【十四愿】……………………………………………… 138

【十五翰】……………………………………………… 139

【十六谏】……………………………………………… 140

【十七霰】……………………………………………… 141

【十八啸】……………………………………………… 142

【十九效】……………………………………………… 143

【二十号】……………………………………………… 144

【二十一箇】…………………………………………… 144

【二十二祃】…………………………………………… 145

【二十三漾】…………………………………………… 146

【二十四敬】…………………………………………… 147

【二十五径】…………………………………………… 148

【二十六宥】…………………………………………… 148

【二十七沁】…………………………………………… 150

【二十八勘】…………………………………………… 151

【二十九艳】…………………………………………… 151

【三十陷】……………………………………………… 151

五、入声 ………………………………………………… 152

【一屋】………………………………………………… 152

【二沃】………………………………………………… 154

【三觉】 ………………………………………… 156

　　【四质】 ………………………………………… 157

　　【五物】 ………………………………………… 159

　　【六月】 ………………………………………… 159

　　【七曷】 ………………………………………… 161

　　【八黠】 ………………………………………… 162

　　【九屑】 ………………………………………… 162

　　【十药】 ………………………………………… 165

　　【十一陌】 ……………………………………… 168

　　【十二锡】 ……………………………………… 171

　　【十三职】 ……………………………………… 172

　　【十四缉】 ……………………………………… 174

　　【十五合】 ……………………………………… 175

　　【十六叶】 ……………………………………… 176

　　【十七洽】 ……………………………………… 178

双韵字注 ………………………………………… 180

　一、上平声 ………………………………………… 180

　　【一东】 ………………………………………… 180

　　【二冬】 ………………………………………… 181

　　【三江】 ………………………………………… 182

　　【四支】 ………………………………………… 182

【五微】……………………………………… 184

【六鱼】……………………………………… 185

【七虞】……………………………………… 186

【八齐】……………………………………… 187

【九佳】……………………………………… 188

【十灰】……………………………………… 188

【十一真】…………………………………… 189

【十二文】…………………………………… 190

【十三元】…………………………………… 190

【十四寒】…………………………………… 191

【十五删】…………………………………… 192

二、下平声 …………………………………… 193

【一先】……………………………………… 193

【二萧】……………………………………… 195

【三肴】……………………………………… 196

【四豪】……………………………………… 197

【五歌】……………………………………… 198

【六麻】……………………………………… 199

【七阳】……………………………………… 200

【八庚】……………………………………… 202

【九青】……………………………………… 203

【十蒸】……………………………………………………… 203

【十一尤】……………………………………………………… 204

【十二侵】……………………………………………………… 206

【十三覃】……………………………………………………… 206

【十四盐】……………………………………………………… 207

【十五咸】……………………………………………………… 207

三、上声 ……………………………………………………… 208

【一董】………………………………………………………… 208

【二肿】………………………………………………………… 208

【三讲】………………………………………………………… 209

【四纸】………………………………………………………… 209

【五尾】………………………………………………………… 210

【六语】………………………………………………………… 211

【七麌】………………………………………………………… 212

【八荠】………………………………………………………… 213

【九蟹】………………………………………………………… 213

【十贿】………………………………………………………… 214

【十一轸】……………………………………………………… 214

【十二吻】……………………………………………………… 214

【十三阮】……………………………………………………… 215

【十四旱】……………………………………………………… 215

【十五潸】 216

【十六铣】 216

【十七篠】 217

【十八巧】 218

【十九皓】 218

【二十哿】 218

【二十一马】 219

【二十二养】 220

【二十三梗】 221

【二十四迥】 221

【二十五有】 222

【二十六寝】 223

【二十七感】 223

【二十八俭】 223

【二十九豏】 224

四、去声 224

【一送】 224

【二宋】 225

【三绛】 225

【四寘】 225

【五未】 227

【六御】 ……………………………………………………… 228

【七遇】 ……………………………………………………… 229

【八霁】 ……………………………………………………… 230

【九泰】 ……………………………………………………… 231

【十卦】 ……………………………………………………… 231

【十一队】 …………………………………………………… 232

【十二震】 …………………………………………………… 233

【十三问】 …………………………………………………… 233

【十四愿】 …………………………………………………… 233

【十五翰】 …………………………………………………… 234

【十六谏】 …………………………………………………… 235

【十七霰】 …………………………………………………… 236

【十八啸】 …………………………………………………… 237

【十九效】 …………………………………………………… 238

【二十号】 …………………………………………………… 239

【二十一箇】 ………………………………………………… 240

【二十二祃】 ………………………………………………… 240

【二十三漾】 ………………………………………………… 241

【二十四敬】 ………………………………………………… 243

【二十五径】 ………………………………………………… 244

【二十六宥】 ………………………………………………… 244

【二十七沁】……………………………………246

【二十八勘】……………………………………246

【二十九艳】……………………………………247

【三十陷】………………………………………247

五、入声……………………………………………247

【一屋】…………………………………………247

【二沃】…………………………………………249

【三觉】…………………………………………249

【四质】…………………………………………249

【五物】…………………………………………250

【六月】…………………………………………250

【七曷】…………………………………………251

【八黠】…………………………………………252

【九屑】…………………………………………252

【十药】…………………………………………253

【十一陌】………………………………………254

【十二锡】………………………………………255

【十三职】………………………………………256

【十四缉】………………………………………256

【十五合】………………………………………257

【十六叶】………………………………………257

【十七洽】············ 257

上下平声所含仄音字表············ 258

上声所含平音字表············ 260

去声所含平音字表············ 262

入声所含平音字表············ 264

音节检字表············ 266

　A············ 266

　B············ 268

　C············ 276

　D············ 288

　E············ 297

　F············ 298

　G············ 303

　H············ 310

　J············ 319

　K············ 334

　L············ 339

　M············ 351

　N············ 358

　O············ 363

　P············ 363

Q	370
R	378
S	381
T	393
W	401
X	407
Y	417
Z	433

诗　韵

本编以《诗韵合璧》为蓝本，去其生僻字，收入韵字 6,329 个。其中《诗韵合璧》未收入的常用字，依据《集韵》《古今韵会举要》等典籍酌加增补。与其他各典不一致处则视具体情况，或依《诗韵合璧》收入，或依各典加以补正。韵目仍依 106 韵不变。为方便查阅，将两韵或两韵以上兼收的字称为双韵字，加方括号以示区别。

一、上平声

【一东】

东铜桐筒峒酮童僮潼曈瞳膧翀忡忠盅虫螽融终戎绒狨棕崇嵩崧菘芃蕻洪烘弓躬芎穹宫䆟隆窿癃风枫疯工讧红攻功蒙濛檬朦朦艨栊珑咙胧昽聋匆葱聪骢蓬篷通雄熊充彤鸿丛公翁嗡鬃沣鄷[中][冲][衷][种][空][倥][崆][笼][砻][庞][曚][幪][鮦][恫][侗][同][衕][曹][㦖][梦][冯][泽][虹][总][逢][艟][丰][哄]

【二冬】

冬咚疼农侬浓哝脓秾醲宗踪琮惊容榕熔镕蓉龙茏龚舂蚣松忪淞枞峰蜂锋烽庸慵墉鏞鳙佣痈噰䴉凶讻匈胸邛筇蛩恭邕钟彤[冲][重][憧][橦][艟][从][纵][逢][缝][茸][供][淙][浴][汹][喁][雍][壅][淞][氃][丰][封][葑]

【三江】

江茳扛杠矼缸豇泷龙邦梆桩逢双窗腔[降][泽][庞][撞][幢][橦][淙][悾][氃]

【四支】

支吱枝岐歧肢之芝眵黟移簃垂陲卑碑裨脾郫陴奇埼崎琦畸欹猗漪皮披疲知痴蜘踟驰池师狮螄筛基其箕綦骐期欺淇棋祺琪蜞旗麒斯澌撕厮词祠颐姬宧谁惟椎帷雌騅锥维潍罹丝兹滋慈磁嵫鹚鸶鸥鸱而洏鲡鲥鳍耆蓍

鬐髭龇疵赀资咨粢瓷姿茨炊坿时诗持隋随危卮栀蓠篱漓缡螭醨魑麈糜縻
蘼醿縻肌脂厘狸眉湄嵋楣郿笞怡饴贻规窥夷姨痍丕伾邳祁芪祇袛泜胝禧
嘻嬉僖熹熙黑羁伊咿庡箷妫汅追遾逶痿蓑蕤夔葵荽绥虽蚩媸嫠漦劙淄
缁锱辎緅飏蠃孜尸怩妮呢埤宜仪悲辞疑亏羲曦私彝衰匙牺蠮蠃蜊姨貔枇
纰毗蚍琵圯儿弥霉霏[吹][噫][遗][迟][迤][弛][施][匜][医][累]
[锤][箠][委][倭][仔][孳][比][仳][伎][偲][思][尼][居][丽]
[鹂][骊][酾][台][治][胎][睢][推][唯][差][嵯][氏][坻][椅]
[觭][剞][骑][踦][剂][荠][蔙][莳][蕲][鬵][椎][楴][庳][靡]
[氂][荦][訾][觜][堕][机][饥][蛇][蠄][蛊][其][澌][涯][为]
[陂][离][璃][龟][司][嶷][馗][驇][提][戏][褫][寅]

【五微】
微薇徽挥晖辉翚韦帏袆违闱围讥叽矶玑非霏扉绯腓圻沂祈颀旂肥淝
希晞稀威葳妃飞畿依巍归[菲][诽][蜚][痱][欷][豨][几][机][饥]
[衣][俟]

【六鱼】
鱼渔裾琚腒舒纾余徐狳蜍滁渠蕖诸猪潴储庐驴胪胥蔬梳虚墟歔璩蕖
摅蛆疽菹趄雎锄闾梧樗初书舆袪祛[居][据][裾][居][予][纡][且]
[苴][沮][狙][咀][如][茹][洳][於][淤][敔][衢][嘘][醵][车]
[誉][疏][除][与][欤][畲][胠][躇][淯][糈]

【七虞】
虞吴娱蜈禺愚嵎髃隅刍雏趋无芜诬于吁盱纡竽迂盂邘都瞿衢癯戳需儒
濡嚅襦孺婴朱侏诛洙姝珠株殊铢蛛邾茱窬愉揄瑜榆觎歈龥毹臾萸谀腴岖枢
躯枎苻符夫芙扶肤蚨跌麸厨蹰拘驹鸲朐谟媒模晡逋蒲敷辜沽姑菇枯蛄骷鸪
胡湖猢猢瑚糊鹕葫醐酥醋途荼菰孤狐弧觚罛孥弩乎呼滹吾梧鼯徂殂租粗卢垆
泸栌轳舻鸬颅炉芦乎俘莩郛稃呜乌凫俱壶徒搴图毋苏殳雩洿刳[区][呕]
[驱][娄][嵝][镂][萎][芋][菟][莆][铺][酺][酤][俞][揄][喻][输]
[愈][龉][喁][呱][瓠][句][岣][枸][罦][桴][污][涂][屠][瞿][诹]
[褕][膜][瓿][於][帑][虞][懦][恶][阇][虍][跗]

【八齐】
蛴脐跻斋犁梨黎藜鹾萋圭奎睽圉邽堤低羝啼蹄绨梯稊鹈鸡奚傒溪

蹊蹺倪猊蜺鲵嘶西栖粞醯睽暌笄篦砒鹈赍黧犀鼙迷携兮乩[齐][挤][提][缇][醍][题][骊][鹂][褵][蠵][溪][氐][诋][批][蠡][鲎][妻][璃][泥][缔][霓][澌][桦][稽]

【九佳】
佳淮鞋街睚崖牌阶皆偕谐喈揩俳排埋霾骸乖怀豺侪斋钗挨崖[娲][蜗][娃][哇][蛙][洼][涯][柴][差][楷][槐][荄]

【十灰】
灰诙恢盔偎隈煨回茴洄徊裴哀缞媒煤禖陪醅酶梅莓枚玫瑰魁雷罍堆崔催摧杯坏胚臺苔抬胎炱邰鲐鳃腮该陔孩垓赅咳唉埃才材财来莱崃栽哉灾猜皑开呆颓[思][偲][傀][隗][槐][嵬][裁][栽][台][骀][推][悝][培][歘][脢][能][荄][颓][俫][侳]

【十一真】
真嗔禛瞋因茵姻洇駰裀氤辛莘新薪辰唇宸晨申伸神绅呻宾滨嫔缤槟邻粼璘辚鳞麟匀旬荀询恂峋洵郇郴秦蓁溱榛蓁臻逡竣皴堙禋钧畇均筠珍春椿频颦濒瀕银民珉岷筥纶伦沦轮驯肫窀莼淳醇鹑巡遵旻斌赟贫臣人仁身巾彬尘陈津循纫闽豳贪[嶙][磷][瞵][湮][欸][甄][振][娠][抡][纶][屯][纯][垠][填][囷][麇][亲][竣][寅][谆][惇][狺][泯][傧][鄞][玢][眕]

【十二文】
文纹蚊雯云芸妘纭耘焚梦芬棻汾纷豮雾氛氲煴君裙群军荤鞍勤勋溳郧熏薰曛獯醺芹昕欣筋獯[堇][鄞][坟][垠][龈][闻][分][颁][员][贲][斤][听][殷][缊][麋][狺][蕲]

【十三元】
元芫沅园原源嫄袁猿辕蕃幡旙膰燔翻藩萱喧暄浑裈祫温辒瘟痕根跟轩尊樽蹲墩暾昏惛婚阍爰谖鸳鸯仑昆鲲琨锟鹍鲲炖饨盆澁孙狲荪门扪掀鼋冤言魂存豚村烦埙坤垣晅恩吞繁矾樊飧髡臀鞬[屯][纯][囤][圈][涢][论][抡][瑗][媛][援][闷][怨][膂][宛][蜿][奔][贲][喷][洹][狙][缊][蕴][蕴][繁][敦][惇][反][番][垠][甗][犍][羱][阮]

【十四寒】
寒箪殚郸竿杆玕肝刊邗豻安鞍兰拦栏丸纨汍芄峦栾漙鸾銮端湍姗珊

珊蹒瞒颟顸官倌棺馒鳗盘槃磐瘢宽髋潘磻蟠完刓剜酸狻貒抟桓檀丹韩餐残阑襕团欢摊［单］［弹］［瘅］［曼］［蔓］［谩］［墁］［漫］［镘］［难］［滩］［谰］［澜］［洹］［狟］［乾］［干］［汗］［奸］［叹］［观］［翰］［看］［冠］［钻］［豻］［胖］［弁］［莞］［坛］［般］［敦］［繁］［瞥］［夌］［攒］［揣］

【十五删】

删弯湾鬟鬘寰澴阛班斑环还闲娴鹇痫顽颜关蛮菅攀山鳏鳊艰斓悭扳僝［孱］［潺］［般］［殷］［湲］［潸］［间］［纶］［擐］［讪］［患］［颁］［奸］

二、下平声

【一先】

前湔千芊阡迁跹戈笺玄弦蚿舷船沿铅田畋坚贤阗滇颠癫巅颧肩捐娟涓鹃妍岍骈胼焉鄢嫣然燃边笾延筵涎蜒连莲涟鲢廛瀍躔婵蝉蟮鬈拳篇偏编蹁蝙翩翾儇鞭鞕全荃筌诠佺拴栓铨痊专砖梭篅颛遄鸢鹇亶膻鳣遭橼櫞宣揎瑄仙籼骞褰璇悬愆绵棉权天胭烟怜年眠渊蠲泉毡旃联镌川圆虔挛［先］［佃］［钿］［单］［禅］［鄢］［鲜］［湮］［甄］［歂］［键］［键］［旋］［漩］［燕］［煎］［谝］［扁］［扇］［煽］［纯］［缘］［孱］［潺］［湲］［浅］［溅］［钱］［传］［便］［填］［牵］［研］［员］［穿］［咽］［零］［平］［卷］［倦］［蜎］［寋］［竣］［纤］［缠］［闲］［乾］

【二萧】

萧箫潇蟏蛸雕碉招怊迢昭轺貂韶髫岧髟迢超条枭撩獠寮尧峣峣饶骁浇蛲跷翘宵霄绡消硝销逍魈朝潮焦蕉谯憔樵鹪乔荞侨桥骄晁姚佻桃谣谣瑶鳐飘遥窑嫖瞟膘瓢漂飘飙苗描猫栯鹞辽邀聊喓腰寥刁杓幺镶钊椒妖獢庨幧［肖］［哨］［蛸］［摇］［繇］［鹞］［佻］［挑］［洮］［朓］［桃］［跳］［侥］［娆］［挠］［烧］［娇］［峤］［轿］［僚］［嘹］［潦］［燎］［镣］［鹩］［要］［漂］［摽］［飘］［劭］［标］［橇］［夭］［调］［徼］［嚣］［髟］［陶］［鯈］［料］［噍］［嚼］［廖］［薸］

【三肴】

肴崤淆巢爻交茭洨蛟鲛郊包苞咆胞跑鲍庖筲捎梢艄抄抓咬哮坳硚铙茅蟊嘲虓猇聱砲胖凹［佼］［咬］［姣］［胶］［笺］［蛸］［鞘］［鄗］［敲］

[泡][枹][炮][砲][刨][掊][唠][啁][教][犛][謷][芁][鹛][窌]
[钞][勦]

【四豪】

豪壕嚎濠亳毛蚝髦庨刀叨忉舠魛咷桃逃鼗曹嘈槽螬糟遭艚艘高嵩篙
涛皋嗥槔翱遨敖嗷璈獒熬鳌螯慅搔骚羔糕萄掏绦淘酶醪恼滔韬臊尻绦猱
孥褒袍牢饕捞痨薅麈[劳][涝][唠][鸷][謷][洮][挑][挠][裪][绸]
[缲][繰][操][号][陶][膏][氂][嚣][牿][漕][潦][茇][栲][楺]

【五歌】

歌哥多罗啰锣萝箩苛疴何诃阿呵珂柯河菏莎桫挲摩魔癀坡波禾科蝌
他佗陀驼柁跎酡讹靴莪俄哦娥蛾鹅骡螺蟠蟠鄱窝埚涡锅挪搓磋蹉跎矬痤
窠鼍蓑唆梭婆戈囮[茄][柯][迦][逻][过][搓][嵯][磋][瘥][峨]
[硪][砢][轲][荷][和][磨][娑][沱][那][哪][颇][拖][傩][么]
[番][驮][献][倭][馃][陂]

【六麻】

麻纱沙砂鲨裟袈加珈跏笳嘉痂牙芽呀鸦邪琊耶椰揶挝瓜窊爬巴芭笆
琶吧粑疤葩夸奢拿余赊嗟槎艖骅哗叉杈枒楂渣查虾蟆葭霞瑕遐遮花茶
家斜爷丫[娃][哇][洼][涯][蛙][蛇][蜗][娲][茄][枷][迦][衙]
[爹][哆][哑][咤][呱][华][桦][耙][畲][涂][污][溠][差][车]
[阇][苴][瘕][些][划]

【七阳】

阳场扬杨旸肠钖疡殇觞乡艿光洸胱香昌菖猖鲳闾章嫜樟漳獐璋彰鄣
方芳坊枋肪鲂邡房唐塘搪溏糖螗戕忻妆装孛常棠裳堂铛蟛蜣霜骦孀央
殃秧鸯蔷墙嫱樯樠梁粱庄赃黄簧璜仓沧呛舱跄鸧疮皇篁徨湟惶煌蝗腹隍
遑凰囊襄骧襁镶瓤箱湘缃厢亡芒忙邙肓茫荒郎螂廊狂汪康慷糠冈钢纲刚
匡筐洭眶良莨娘狼琅稂粮跟杭航岠伥姜羌蜣僵缰礓疆倘徉羊佯详洋祥翔
庠床笃珰裆旁滂磅螃螳锵浆桑伤商昂帮臧[长][张][涨][苍][抢][枪]
[创][倘][趟][行][桁][防][彷][妨][汤][炀][砀][飏][攘]
[穰][将][蒋][亢][吭][肮][颃][当][铛][镗][凉][泱][浪][潢]
[王][相][忘][望][偿][倡][强][庆][量][椰][衰][障][彭][藏]
[慌][阆][膀]

【八庚】

庚鹒赓虹䖟盲绷棚亨烹英瑛苹伻抨坪枰砰怔钲京惊琼勍明萌茔茕莺萦潆营荣嵘蝾生笙牲甥鲸黥衡蘅宏纮翃闳泓茎硁嘤婴缨撄璎樱鹦鸣争筝峥狰狞菁清情晴睛蜻精鲭彷旌盈楹赢嬴籯瀛贞桢祯赪成城诚郕呈程酲桯蛏名洺浜兵根栟妍拼撑瞠叮粳羹舣荆兄卿擎耕甍晶声倾伥黉伧珩铿轰訇橙薨澎膨蟛坑[平][评][正][征][行][桁][搒][榜][横][更][彭][盟][莹][擎][迎][盛][轻][令][并][枪][丁][侦][顷][裎][猩][狰][铛][鎗][赪]

【九青】

青泾陉形邢刑硎铏型亭葶停婷渟聍咛仃汀叮玎厅疔星惺腥灵棂苓答伶泠玲铃聆蛉羚舲龄囹翎鸰瓴鲆冥螟荥荧萤萍坰肩馨霆醽鄌俜铭[廷][莛][蜓][庭][宁][丁][钉][町][溟][暝][瞑][黉][经][猩][醒][零][屏][娉][听]

【十蒸】

蒸承丞症惩登簦澄菱陵凌绫崚鲮棱楞膺鹰绳蝇誊塍腾䲢滕藤朋崩鬅鹏曾罾僧增缯嶒憎噌矰芿仍扔礽弘肱薨冰升兢矜灯姮恒层[胜][滕][冯][凝][烝][应][乘][兴][征][徵][称][能][堋][凭][罾][镫][蹭]

【十一尤】

尤优忧疣莸由抽油蚰鲉邮流琉旒硫鎏錾镠璆樛瘳榴鹠游蝣酋猷遒鞧鞦秋啾楸鳅愁鹙仇修脩攸悠牛牟伴眸蛑蝥矛柔揉周惆稠州洲酬舟俦辀筹俦畴踌休髹貅㤰囚泅求俅球赇裘逑浮蜉侯篌猴喉猴猴猴讴抠鸥瓯喽搂楼蝼䰸殴投穰鄹诹驺罘抔沟钩韝兜篼刘羞雠丘蚯虬谋陬偷头幽彪哀篝呦飗搜餱廋麀[区][沤][呕][欧][留][溜][馏][遛][瘤][娄][偻][漊][蒌][篓][调][绸][啁][褠][叟][溲][诹][鲰][搊][掊][揄][缪][戮][躁][鞣][罢][桴][枹][枸][句][售][噍][咻][涑][浏][湫][棒][㤰][芁][鼽][鯈][鰍][收][不][卣][龟][督][犹][髟][柚][妯][䳡]

【十二侵】

侵骎寻浔鲟林森霖淋琳郴今衿芩琴岑涔衾禽擒檎谌斟音愔歆壬淫霪箴忱砧心钦嶔襟金针阴琛[任][妊][椹][湛][沉][深][浸][祲][镡]

［蟫］［吟］［黔］［临］［禁］［喑］［参］［簪］［荫］

【十三覃】
覃潭谭昙骖毵含贪盦聃耽龛戡堪坍佟谈郯痰甘坩泔柑蚶酣邯苷褴蓝篮南男谙鹌庵涵岚蚕惭儋婪［镡］［蟫］［醰］［酞］［眈］［淦］［湛］［澹］［楠］［函］［参］［三］［担］［探］［坛］［憨］［颔］［簪］［弇］

【十四盐】
詹谵噡檐瞻襜蟾兼鹣谦嫌缣磏鲢鹣廉镰蠊拈沾鲇黏觇霑金签敧淹腌阉阎歼髯蛞佥怉恬湉甜钳铃尖奁潜添炎暹帘［盐］［占］［苫］［贴］［店］［纤］［锹］［严］［兼］［砭］［渐］［黔］［楠］［崦］

【十五咸】
咸缄搀馋凡衫杉岩衔芟鹐喃［巉］［镵］［谗］［函］［监］［嵌］［搀］［锹］［严］［帆］［彡］

三、上声

【一董】
董懂蓊塕唪动孔汞捅桶蠓拢［侗］［洞］［幪］［矇］［总］［笼］［空］［倥］［偬］［槚］［琫］

【二肿】
肿宠陇垄奉捧拥甬俑涌蛹踊勇恿怂耸拱栱珙冗冢悚竦踵氄巩［溶］［汹］［种］［壅］［茸］［重］［恐］［銿］

【三讲】
讲港棒蚌项耩耩［玤］

【四纸】
纸舐枳轵咫诡姽跪技妓皮麂庀匕妣秕止芷址沚祉耻趾齿此紫嘴倚绮旖旎尔你玺迤耳弭旨指第姊秭宄沈轨匦市恃峙痔己芑圮杞纪已巳汜祀洧籹籽子李枲矢雉癸揆以苡似拟如史驶俚娌理鲤士仕佁矣浼诔耜逦彼徙俾婢梓滓是毁髓蕊蕊豸冢捶视美兕水喜嬉嚭痞鄙篚暑死履垒趾起芈敉［葸］［屣］［弛］［迆］［匜］［氏］［坻］［抵］［砥］［底］［靡］［庳］［髀］［剞］［猗］［椅］［锜］［踦］［跂］［伎］［仔］［傀］［使］［俟］［仳］［比］［沘］

[觜][啙][里][悝][委][累][襹][箠][揣][企][否][蚁][始][檇]
[哆][唯][被][峉][酾][几][机][珥][只][徴][末]

【五尾】

尾娓厞苇伟玮炜韡悱棐斐匪篚榧鬼虮岂唏[菲][诽][蜚][蚁][俷][卉][几][狶][纬]

【六语】

圄圉敔吕莒侣咀旅膂苎伫纻贮抒杼序渚绪楮褚煮许杵巨苣拒炬钜距阻俎龃举榉叙淑汝暑鼠黍醑虡所础屿墅[语][龉][衙][予][纾][苴][诅][沮][咀][女][茹][著][与][㪯][处][糈][湑][楚][去][御][讵][柜]

【七虞】

羽诩栩禹瑀踽龋抚妩怃庾腐腑俯府拊鼓瞽虏虎琥古罟估诂岵怙牯祜股毂蛊簠土杜肚主拄柱麈普谱户沪扈午仵浒努弩坞甫浦辅脯黼溥组祖鲁橹堵赌睹五伍缕楼窭窳宇武鹉父斧釜滏怄侮舞卤乳补竖妈姥部矩[虞][蒌][嵝][偻][漊][嵝][数][苦][酤][枸][萭][莽][雨][贾][吐][树][煦][莆][圃][咻][取][剖][愈][怒][炷][雇][迕][簿][庑][聚]

【八荠】

米澧鳢醴觝邸陛弟礼体启棨[荠][挤][济][氏][诋][坻][抵][柢][砥][底][娣][递][涕][悌][泥][洗][泚][蠡][髀][溪][缇][醍][眯][稽]

【九蟹】

蟹獬澥买荚骇奶摆拐矮锴[解][洒][楷][罢][夥]

【十贿】

贿蓓倍给殆怠追馁猥亥荄每海垓恺凯闿改浼儡待睬彩罪宰醅蕾璀乃腿磊[诒][骀][鬼][傀][隗][悔][采][在][载][铠][磓][鼐][欸][颏][汇][琲]

【十一轸】

轸朕疹敏允狁陨殒闵悯纼蚓尹窘肾脤尽忍慭准隼笋哂牝蠢紧篹缜稹楯菌[诊][眕][赈][蜃][引][盾][泯][纯][吮][朕][囷][黾][嶙]

【十二吻】

吻刎谨槿粉愤恽蕴韫[忿][扮][坟][抆][搵][薀][蕴][隐][听][近][堇][瑾][殷][龀]

【十三阮】

挽晚坂返偃蝘鰋郾忖悃捆阃绲混棍辊焜很恳垦樽鯀苑婉琬踠幰本笨损衮滚稳畚沌烜[阮][远][反][阪][饭][宛][菀][浣][晼][蜿][盾][遁][堰][鄢][寋][囤][圈][绻][巘][齦][婉][澸][鱒]

【十四旱】

旱秆罕缓暖管琯坦袒满趱浣脘碗伞短款诞疃纂傪懒亶[馆][盌][卵][散][断][伴][但][侃][算][瓒][悍][灒]

【十五潸】

限眼板版钣盏划产浐铲简赧柬皖[潸][拣][撰][绾][栈][莞][阪][孱]

【十六铣】

铣筅跣践典腆犬畎免冕勉辩辨辫篆筧岘泫铉碾裩湎缅勔狝茧葾薛剪翦辇软洒演充窞喘展显骞雋戬件琏墡鳝珍爕阐隽撚[善][遣][繾][转][辗][碾][选][洗][浅][饯][栈][钱][键][搴][蹇][宴][狷][蜎][蚬][蜓][衍][卷][晛][扁][谝][蕆][巘][鲜][吮][齾][跰][龟][婉][变][琁]

【十七篠】

篠沼绍杪秒眇渺悄缥鳔缭瞭皎皦窅窈窕兆旐悄愀小表鸟茑袅了扰晓杳肖矫鸓淼肇殍赵[儌][绕][嬌][娇][佻][朓][挑][掉][摽][標][少][蓼][湫][标][夭][僚][燎][繚][剿][藨]

【十八巧】

巧饱鲍卯昴泖狡绞铰爪搅吵炒[挠][拗][茆][佼][咬][姣][筊]

【十九皓】

皓浩皞皂澡藻璪早草枣考拷栲老栳恼脑瑙杲昊滈槁稿镐保葆袄堡岛捣鸨宝道稻讨嫂颢灝袄蚤媼抱[缟][鄗][涝][潦][好][造][倒][祷][扫][埽][缲][繰][夭][燠]

【二十哿】

哿可阿婀娜果裸蜾颗裹朵垛舵椭火伙我琐锁妥蠃蓏叵左爸祸脞觯[坷][轲][荷][砢][硪][峨][堕][惰][跛][颇][簸][哆][沱][傩][坐][那][哪][么][夥][瘴][卵][娿][爹][揣][拖][瑳]

【二十一马】

马玛者赭踝痄野寡剐社写冶也扡扯傻厦嘏榎惹喏姐耍雅哑[假][瘕][哑][哆][泻][洒][下][夏][贾][舍][若][且][妊][髁][打][把][鲊][瓦]

【二十二养】

痒象像橡奖桨敞氅仿纺昉党说漭蟒曩滉幌网罔惘辋魍魎丈杖掌赏嗓磉颡谎恍鞅朗昶沆驵响想爽享禳鲞壤往厂莽飨[养][泱][怏][慌][广][犷][挡][抢][苍][莽][蒋][彷][倪][倘][仰][仗][杖][榔][榜][膀][强][荡][两][攘][穰][盎][长][涨][上][吭][肮][脏][帑][晃][奘]

【二十三梗】

梗埂绠哽鲠景憬璟影冷岭领颈颖颍丙炳郢皿猛艋蜢靖静饼省眚境幸倖悻警永井骋逞整瘿杏秉耿荇矿同[请][婧][靓][并][屏][顷][扩][狰][黾][蘖][邴][逞][打][做][骈]

【二十四迥】

迥泂炯侹挺梃珽铤艇颋酊酩茗到等鼎顶肯拯謦婞[町][泞][溟][醒][莛][并][诇][胫]

【二十五有】

酉酒口抖蚪苟笱狗久玖羑丑扭纽忸钮偶耦藕薮擞蔌诱肘纣绺纠赳陡手朽柳友受䐁膈阜九帚亩舅臼韭牡缶黝耇糗某母拇殴垢廐叩漱[有][右][后][否][咎][培][剖][瓿][掊][扣][篓][溇][嵝][走][取][擞][鲰][守][嗾][叟][溲][绶][首][厚][踩][狃][卣][屿][枸][浏][莤][寿][斗][吼][欧][呕][妇][姆][负][灸][服]

【二十六寝】

寝锓锦蕈葚荏饪恁怎谂稔审婶禀廪懔凛沈品[噤][甚][椹][枕][衽][朕][饮]

【二十七感】

感撼揽览槛橄敢惨糁黪菼菡胆坎毯揞昝罱[揫][錾][澹][颔][喊][唵][黕][醓][嵌][贛]

【二十八俭】

俭捡检脸睑险陕奄掩揜罨冉苒芡谄玷点飐嗛琰剡染橪贬俨魇闪[狭][敛][㴩][渐][歉][魇][忝][崦][晻][弇][焰]

【二十九豏】

豏减碱犯范槛舰斩黯[湛][掺][阚][喊][滥][歉][巉]

四、去声

【一送】

送弄哢冻栋凤讽众瓮贡痛仲粽恸控鞚赗贛[同][洞][恫][衕][梦][中][衷][空][哄][䝯][筇][瞢][偬][淞][贛][戆]

【二宋】

宋统综讼颂用诵俸疭共[供][从][纵][封][葑][重][种][缝][雍][恐]

【三绛】

绛巷[降][泽][淙][撞][憧][幢][艟][哄][虹][戆]

【四寘】

寘寄寐至轾致笥伺嗣饲饵刵馈匮帜炽备畀痹秘忿庇挚贽莺四驷泗利莉痢恚志忌恝恚惎刺次恣懿弁异记试谊诐㴞寺侍义议位莅遂隧燧邃鼻剿悑瑞臂避譬置萃翠悴粹醉瘁芰伎豉翅愧魅谥缢稚穟概冀骥季悸睡泪自洎字牸示崇啻䞓喂嗜肆肄员嚣厕赐勋贰腻哉地事吏器伪智类媚坠二诐陂觊渍糈鞁缢[诒][治][始][飴][眯][睢][毗][柴][晒][思][累][箟][箕][掎][骑][吹][咥][识][织][积][值][埴][植][柜][槌][迟][遗][跂][颐][跬][跛][陂][被][其][澌][刺][戏][使][易][帅][食][暨][比][觟][荔][莳][薏][簣][企][为][贲][谇][屦][锤][岂][施][厍][司][里][瑟][泌][珥][出][欷][亚][挚]

【五未】
未味气饩讳畏胃谓渭猬狒费贵翡慰魏毅既[毳][沸][汇][溉][暨][尉][蔚][芾][诽][痱][卉][衣][忾][欷][纬]

【六御】
箸荖署薯曙倨锯踞豫预蓣澦遽觑絮恕庶虑瘀助驭饫[御][去][胠][女][如][茹][洳][沮][诅][狙][据][椐][淤][处][著][与][欤][疏][语][酿][除][楚][嘘][讵][誉]

【七遇】
遇寓赋赂辂路潞露璐鹭固痼锢铸镀渡库裤务雾布怖忤募墓暮慕蠹蛀住注驻驸付附鲋阼胙祚裕捂悟晤痦捕哺傅赙措醋酗互冱栌骛婺娶妪妒护戽具飓惧愫嗉素屦履澍溯塑腧谕误诉屣赴趣步兔故顾戍绔孺[厝][怒][恶][胯][瓠][铺][圃][醑][酤][苦][瞿][雇][属][句][煦][蕗][吐][咮][喻][俞][输][仆][作][芋][获][菟][树][度][数][骛][聚][污][驱][雨][炷][迕][妇][负][副][富][足][跗]

【八霁】
霁唶岁刿制蓟薤艺呓蕙惠螅慧憩盼睨睥睇剃第逝势誓砌砺厉蛎励疠敝蔽弊算羿翳帝蒂褅谛计诣谜髢髻悦税锐屁戾唳隶棣桂筮噬嚏芮汭枘傺穄薜躄跽鲵细继例俪袂楔滞澨世卫币际婿媲觿嫠裔系替脆睿毳曳赘瘗[齐][挤][济][剂][娣][涕][悌][递][说][蜕][泥][泄][贳][蹶][鳜][偈][揭][捩][丽][契][祭][闭][缀][缔][彗][柢][达][逮][掣][妻][睬][眦][题][粝][离][荔][轪][切][晢][裼][医]

【九泰】
泰会荟侩浍绘桧脍郐赖籁濑癞贝狈沛霈霭太汰带外斾蔡害最艾兑丐奈[大][奈][轪][盖][粝][蜕][酹][狯][哕]

【十卦】
卦挂诖懈廨邂迈劢虿戒诫械介芥玠疥瘵夬快拜湃债败呗哙喝嗑隘卖派怪坏界薤劙稗届忥砦寨聩[杀][铩][蕢][簀][喝][噫][嗌][话][晒][眦][瘥][画][溢][解][祭][狯][价][块][衩]

【十一队】
队内爱暧瑷碓倅淬碎晬晦海溃愦辈代玳岱贷袋黛妹昧睐塞肺慨概乂

诗 韵 13

刈对耐戴襶褦吠喙碍硋佩退憝态秽菜废配堎焙背再赛邶［栽］［载］［裁］
［字］［悖］［忾］［悔］［脢］［勋］［欯］［溉］［漑］［塞］［逮］［敦］［铠］［在］
［倍］［珼］［磋］［酹］［俫］［采］［北］［谇］［啐］［嘂］［块］［耒］

【十二震】
震闰润慎镇刃仞轫牣韧鬓傧殡殉徇晋缙搢瑨僅觐菫蹑俊峻骏浚畯舜
瞬荌烬赆遴讯汛迅进吝信印阵顺畔胤椮愁仅认衬疢趁［振］［娠］［赈］
［蜃］［磷］［瞵］［诊］［谆］［傧］［磌］［珽］［瑾］［引］［亲］［龀］

【十三问】
问运酝晕郓郡捃汶紊韵粪奋偾愠焮靳训璺［分］［坋］［忿］［斤］［近］
［缊］［蕰］［蕴］［抆］［员］［隐］［闻］

【十四愿】
愿巽噀建健艮恨褪寸困宪劝券钝逊嫩贩畈垡楦谖［搵］［远］[遁]
［绻］［圈］［涠］［论］［闷］［怨］［遗］［饭］［献］［曼］[蔓][喷][奔][敦]
［浼］［畹］［堰］[媛][瑗][键][焌][鳟][万][顿]

【十五翰】
旰矸扞捍埤焊岸炭半泮绊畔鞍判叛逭涫瀚汉涣奂换唤焕赞灌瓘罐鹳
粲璨惋腕窜掸按案段缎锻乱旦玩烂贯纂幔灿惮蒜嗲祼㸁［翰］［干］［汗］
［骭］［悍］［难］[滩][澜][斓][谩][缦][漫][镘][缆][叹][观][断]
［散］[算][冠][弹][看][钻][胖][伴][但][侃][馆][晏][盥][攒]
［攒］

【十六谏】
谏涧铜袒襻涮汕汕扮盼嫚慢惯雁矰宦办豢串苋绽幻篡孨卝瓣［缦］
［漫］[讪][栈][栅][患][间][晏][绾][骭][擐][屢]

【十七霰】
霰见现砚线线缮膳鄯鄄练炼绚绢嵦明眄炫卞汴忭彦谚遣茜荐唁啭颤
擅嬗椽殿面县变箭战贱院电甸眷倦羡奠骗遍恋钏片淀靛楝㜮馔［传］
[转][辗][碾][研][趼][先][选][煎][燕][咽][穿][宴][堰][弁]
[瑷][援][媛][璇][缘][缠][栋][撰][佃][钿][遣][缱][眄][瞑]
[饯][溅][便][倩][单][禅][扇][煽][蚬][狷][旋][漩][甗][牵]
[善][瑱][衍][卷][倦][譧]

【十八啸】

啸叫噭召诏邵照曜耀俏诮峭票骠傣裱庙疗笑窍妙钓眺尿粜醮[僬][噍][敫][徼][绕][烧][朓][铫][跳][嘹][镣][鹩][鹞][摇][掉][摽][瓢][漂][慓][要][劭][调][吊][少][料][峤][轿][肖][哨][鞘][约][爝]

【十九效】

效玲校孝酵罩淖棹衩勒疱闹豹貌窖稍筊[较][胶][教][桡][爆][拗][乐][觉][敲][泡][炮][趵][刨][窎][钞]

【二十号】

噪燥躁诰郜靠糙耗耄到报菢帽导盗灶奥懊悼犒蹈傲嫪鼻套臑[号][告][造][暴][瀑][劳][涝][潦][漕][隩][澳][燠][冒][珇][幪][祷][恚][缟][膏][操][好][纛][骜][倒][凿][扫][埽][芼][眊]

【二十一箇】

箇个些挫锉座贺货做佐饿课糯唾播破卧刴[大][奈][驮][坷][轲][磋][磨][瘅][作][那][些][过][逻][和][簸][坐][惰][懦][腂][涴]

【二十二祃】

祃骂驾架谢榭嫁稼亚娅乍诈诧佗借讶砑迓灞柘靶化夜暇赦蔗罅跨麝怕卸坝鹧汉嘎[妊][咤][价][假][借][蜡][藉][把][杷][华][桦][下][吓][罢][夏][霸][炙][舍][射][胯][贳][泻][溠][差][话][衩][帕][鲊][瓦]

【二十三漾】

漾恙样壮状帐胀怅怆悢酿圹纩旷旺放舫访让诳谅谤傍况贶嶂瘴伉抗炕向饷唱畅葬匠尚酱酄亮安宕[荡][汤][炀][砀][飏][长][张][涨][亢][吭][颃][防][妨][快][盎][行][桁][桄][相][杖][仗][仰][偿][傥][倡][当][挡][榜][掠][凉][阆][浪][潢][上][望][将][晃][量][障][藏][养][王][丧][两][忘][广][创][脏][奘]

【二十四敬】

敬政姓性泳咏净诤竟獍镜柄病郑进摒命圣映晟劲竞孟聘硬帧夐[请][倩][婧][靓][盛][盟][榜][横][评][诇][正][证][令][行][庆]

[更][迎][轻][并][侦][儆][邴][檠][娉][阱][赪]

【二十五径】
径定碇锭嶝磴瞪凳蹭赠甑订饤磬罄塍邓孕滢剩佞亘[经][胫][廷][庭][应][听][胜][乘][称][莹][证][兴][宁][泞][醒][钉][镫][蹬][暝][烝][凭][凝][倗]

【二十六宥】
宥侑候堠就僦鹫秀绣锈透奏凑辏媵狖狩戊茂宙岫袖鼬胄臭嗅嗽漱漏佑豆饾脰逗簉贸购构苘媾觏诟妵诟谬鷚疚枢绉皱瘦袤糅懋酎寇究窦筘篓授兽陋昼旧救幼瘦咒彀骤鼗傱又鲨蔻厩耨[畜][留][溜][馏][遛][瘤][右][扣][后][售][柚][辐][副][富][复][覆][踩][糅][瞀][蔌][喉][味][吼][狃][犹][守][宿][宵][仆][伏][绶][缪][廖][偻][镂][走][鯼][首][句][沤][收][厚][读][寿][斗][有][囿][姆][灸]

【二十七沁】
沁渗譖谶鸩赁窨闯妗[枕][酖][沉][深][禁][噤][吟][暗][任][妊][衽][浸][浸][饮][临][甚][荫]

【二十八勘】
勘磡啖淡暂绀缆憾瞰暗憨[阚][淦][鉴][滥][澹][担][探][三][赣][参][醰][嵌]

【二十九艳】
艳滟念埝验殓赡韂垫堑坫店俺僭窆酽掞厌餍[俭][剑][敛][潋][占][苫][阽][痁][欠][籤][砭][盐][兼][忝][焰][燄]

【三十陷】
陷鉴梵忏赚蘸站泛[监][帆][剑][镵][阚][谗][欠]

五、入声

【一屋】
屋木沐霂竹竺筑簏簇族镞目苜腹蝮馥蝠福禄碌穀縠觳毂孰塾熟鹿麓漉辘菊掬鞠麴逐轴舳牧犊渎椟牍默粥鬻育凊叔菽淑卜扑瞉簌速觫斛槲

枳祝蹙茯浟濮蹼醭薁昱蓿缩穆秃谷肉陆肃骕鹔六哭蓄摍潚独睦衄矗蹴谡
毓凤或倐髑曝[幅][辐][副][匐][暴][瀑][蓼][缪][戮][复][覆]
[隩][澳][燠][俶][伏][仆][朴][柚][妯][宿][读][畜][鹜][恧]
[蔟][菔][服][穀][郁][匐][涑][碌][啄][煜]

【二沃】
沃鋈烛触录箓篆绿逯醁酷酷梏牿鹄鸼欲俗浴峪辱溽溽褥鹏蜀蠋
躅跼局续赎玉曲粟狱束促嘱瞩旭项蝮笃督瘃勖毒丁[足][属][纛][告]
[仆][碌]

【三觉】
角桷确渥捉娖卓倬诼涿琢棁学岿雹壳悫擢濯偓渥握幄喔龌齱噩玨璞
榷岳朔槊捌搦斵剥驳浊镯荦兕邈[觉][乐][朴][数][爆][穀][较]
[药][趵][雹][督][昵][啄]

【四质】
质锧日驲鹬桎郅屋室室实密蜜必铋镒溢溢漆膝疾蒺嫉悉蟋蟀率聿律
失佚帙帙秩栗溧溧篥毕荜筚笔吉佶诘姞恤怵秫术述逸逷鹬漓橘栉七叱一
乙壹黜弼虱戌昵俾鬻匹[出][茁][侄][咥][蛭][苾][瑟][泌][汩]
[跸][颉][卒][捽][啐][莘][轶][唧][帅][尼][拮][焌]

【五物】
物勿芴莴弗佛刜拂怫绋绂黻袯黻屈倔崛乞仡屹迄讫诎熨欻颍[尉]
[蔚][茇][菀][沸][靅][蚍][掘][厥][郁][不][吃]

【六月】
月谒蝎羯歇没殁伐筏垡阀阙蕨撅橛刚突窣猝饽脖鹁勃渤笏忽淴惚纥
矻兀杌扢屼窟堀曰骨发讷粤罚钺樾[厥][蹶][鳜][孛][悖][汩][滑]
[鹘][讦][越][卒][捽][莘][哕][咄][掘][揭][猲][碣][竭][凸]
[刖][核][阒][舳][袜][顿]

【七曷】
曷葛渴褐鞨鹖遏末沫抹秣眜括活阔闼挞拶捋撮钹跋魃拨泼袚襏笪
妲怛割豁钵脱夺萨辣斡剌瘌[拔][掇][剟][喝][猲][獭][阏][越]
[鸹][适][袜][咄][达][粝][磕][糵]

【八黠】

黠秸劼扎札轧戛嘎刮刹刷捌挖八叭机唽察菝猾猰辖瞎煞[杀][铩][滑][鹘][鸹][拔][刖][茁][獭][頡][帕]

【九屑】

屑节疖别列冽洌裂烈杰爇热褻结洁桔穴窃彻决诀抉玦缺觖撇瞥蹩鳖楔锲挈絜垤絰齧悦阅闋捏涅陧铁跌迭瘪篾蔑蠛撷缬撒澈辙辍啜傺继蝶揲渫薛孽蘗折浙哲蜇舌呐哳嚙臬榤设谲雪绝血灭拽拙劣餮子铎截[偈][揭][碣][竭][侄][哇][蛭][掇][缀][刿][訐][说][藏][苴][茶][苾][蘖][頡][拮][批][挾][橜][泄][咽][切][掣][挈][凸][闭][轶][哳][霓]

【十药】

博搏缚膊鎛薄槝礴各骆洛络恪珞烙硌略酪貉落阁雒雀霍藿攉臛矍籥戄攫镬蠖爵嚼郝椁郭廓勺芍奶灼酌铎荇箨笮诺都尊谔崿愕腭锷鳄鄂鹗鹤鹊碏错粕泊箔绰烁铄跃蹔寞摸漠镆瘼怍昨酢连虐谑嚛斫柝橐垩噩弱蒻却脚幕扩拓削橐钥龠瀹毫涸痄镢裳[药][约][莫][膜][昔][厝][作][柞][著][蹐][恶][乐][栎][轹][跞][若][凿][掠][度][获][格][醵][魄][廓][敫][缴][拓][爝][薄][索]

【十一陌】

陌百貊客喀骼白伯拍柏珀舶帛迫赤赫亦奕弈迹役疫碧石祏跖骷磔硕额译泽驿择绎怿峄释辟僻擗擘檗壁襞癖脊崝踖鹡瘠责簀啧帻碛赜厄扼轭隔嗝膈翮舄潟掖腋场蜴掴帼蝈摭蹠夕汐宅窄蚱胙掷踯郤惜籍策逆脉席戟麦册尺隙展剧益斥坼拆滴虢奭襫蛰貘嫼笮莓[昔][借][脂][藉][柞][栅][核][格][魄][积][画][易][适][摘][蹢][射][炙][翟][若][鬲][蟀][卜][哑][嗌][划][剌][莫][霸][霹][获][只][筴][索][革]

【十二锡】

锡惕踢剔历沥呖枥疬苈雳劈壁甓绩嫡滴镝析淅晰皙蜥狄荻逖的菂砾阋狊觅鷁汩涤溺幂寂击笛敌激檄籴鷈鹡戚迪郦倜[焱][摘][蹢][適][霹][霓][翟][鬲][耆][吊][吃][栎][轹][跞][杨][冀][傲]

【十三职】
职力仂肋勒黑默墨息熄则侧测恻弋忒式拭栻轼或域械蜮惑阈敕棘匿慝亿忆臆仄昃克翊翌翼殛啬濇穑饬饰蚀洫湜国色极得德贼刻直殖特稷即陟抑愎幅湢踣［值］［埴］［植］［幅］［副］［甸］［识］［织］［唧］［鲫］［食］［北］［塞］［劾］［冒］［螣］［嶷］［菔］［薏］［恧］［亟］［万］［革］

【十四缉】
缉揖辑茸戢濈立笠泣粒邑挹浥悒给卅廿十什汁及岌芨伋级汲吸执蛰絷禽熠褶霫湿涩集急入习袭隰［唈］［笈］［圾］［歙］［煜］［拾］［楫］

【十五合】
合蛤鸽颌塔搭褡嗒答盒盍溘嗑榼瞌阖塌蹋榻遏邈遝拉垃纳衲沓踏跶鞈飒杂匝漯卅耷［唈］［喝］［盖］［磕］［腊］［蜡］［圾］［拓］

【十六叶】
叶帖贴谍堞牒蝶蹀鲽屟倢捷婕睫荚侠挟浃铗蛱颊页箧箧晔烨聂摄嗫滠慑镊蹑鬣蹑蹙爕妾接捻馅叠氍涉协飒厣辄猎奢魇靥茶笈笮箝喋歙楫拾

【十七洽】
洽恰袷祫夹狭峡硖郏法怯劫蜐胁甲押狎呷胛柙鸭匣闸业邺插锸歃乏眨压掐劄［喝］［喋］［笈］［箧］［靥］

词　　韵

一、为满足广大词家和爱好者的需要,依据《词林正韵》重新拣选,辑成本编,为与其他版本区别,故称《词韵》。

二、《词林正韵》未收入的常用字,依据其他典籍酌加增补。与其他各典不一致处则视具体情况,或依《词林正韵》收入,或依各典加以补正。

三、本《词韵》分部改为十七部。将原第十三部合入第六部,原第十四部合入第七部。平上去声共十二部。入声五部不变,但序号改为第十三部至第十七部。改《词韵》为十七部之理由主要基于两点:一是所合并韵部内之各韵,在《词林正韵》十九部出现之前的宋人词中就已通用;二是所合并韵部内之各韵的韵母基本相同或相近,合并后更切合现今实际。相关内容,本书附录中"关于《词韵》的说明"可供参阅。

四、为方便查阅,将两韵或两韵以上兼收的字称为双韵字,加方括号以示区别。

第一部

平声:一东二冬通用

【一东】东铜桐筒峒酮童僮潼曈瞳朣翀忡忠盅虫螽融终戎绒狨棕崇嵩菘菘苃濛洪烘弓躬芎穹宫峂隆窿癃风枫疯丅讧红攻功蒙瀎檬曚朦朦栊珑咙昽胧聋匆葱聪骢蓬篷通雄熊充彤鸿丛公翁嗡鬃沣鄷[中][冲][衷][种][空][倥][崆][笼][砻][庞][曚][矇][鮦][恫][侗][同][衕][曹][懵][梦][冯][泽][虹][总][逢][艟][丰][哄]

【二东】冬咚疼农侬浓哝脓醲宗踪琮悰容榕熔镕蓉龙茏龚舂蚣松忪淞枞峰蜂锋烽庸慵墉镛鳙佣痈雍邕凶讻匈胸邛筇蛩恭邕钟彤[冲][重][憧][橦][艟][从][纵][逢][缝][茸][供][淙][溶][汹][喁][雍][壅][淞][蹱][丰][封][葑]

仄声：上声一董二肿
　　　去声一送二宋通用

【一董】董懂蓊塕唪动孔汞捅桶蠓拢[侗][洞][幪][矇][总][笼][空][倥][偬][懵][琫]

【二肿】肿宠陇垄奉捧拥甬俑涌蛹踊勇恿怂耸拱栱珙冢悚竦踵氄巩[溶][汹][种][壅][茸][重][恐][鮦]

【一送】送弄哢冻栋凤讽众瓮贡痛仲粽恸控鞚贈蕆[同][洞][恫][衕][梦][中][衷][空][哄][幪][咨][䜩][偬][淞][赣][戆]

【二宋】宋统综讼颂用诵俸疭共[供][从][纵][封][葑][重][种][缝][雍][恐]

第二部

平声：三江七阳通用

【三江】江茳扛杠矼缸豇泷龙邦梆桩逄双窗腔[降][泽][庞][撞][幢][橦][淙][悾][䂫]

【七阳】阳场扬杨旸肠钖疡殃筋乡芗光洸胱香昌菖猖鲳闾章嫜樟漳獐璋彰鄣方芳坊枋钫鲂邡房唐塘搪溏糖螗戕斯妆装尝常棠裳堂镗螳蹚霜骦孀泱殃秧鸯蔷墙嫱樯梁粱庄赃黄簧璜仓沧呛玱舱跄鸧疮皇篁徨湟惶煌蝗艎隍遑凰囊襄骧襁镶瓢箱湘缃厢亡芒忙邙育茫荒郎螂廊狂汪康慷糠冈钢纲刚匡筐洭眶良莨娘狼琅粮跟杭航伥侊姜羌蜣僵缰礓疆徜徉羊佯详洋祥翔庠床笃迋裆旁滂螃蝥锵浆桑伤商昂帮臧[长][张][涨][苍][抢][枪][创][倘][趟][行][桁][桄][防][彷][妨][汤][炀][砀][飏][攘][穰][将][蒋][亢][吭][肮][颃][当][铛][锽][凉][泱][浪][潢][王][相][忘][望][偿][倡][强][庆][量][榔][丧][障][彭][藏][慌][阆][膀]

仄声：上声三讲二十二养
　　　去声三绛二十三漾通用

【三讲】讲港棒蚌项蚝耩［玤］
【二十二养】痒象像橡奖桨敞氅仿纺昉党谠漭蟒曩滉幌网罔惘辋魍魉丈枉掌赏嗓磉颡谎恍鞅朗昶沆驵响想爽享襁鲞壤往厂荞飨［养］［泱］［怏］［慌］［广］［犷］［挡］［抢］[苍］［莽］［蒋］［彷］［傥］［倘］［仰］［仗］［杖］［榔］［榜］［膀］［强］［荡］［两］［攘］［穰］［盎］［长］［涨］［上］［吭］［肮］［脏］[帑］［晃］［奘］
【三绛】绛巷［降］［洚］［淙］［撞］[憧］［幢］［戆］［哄］［虹］[戆]
【二十三漾】漾恙样壮状帐胀怅怆悢酿圹纩旷旺放舫访让诳谅谤傍况贶嶂瘴伉抗炕向饷唱畅葬匠尚酱鄙亮妄宕[荡]［汤］［炀］[砀]［飏］［长］[张]［涨］［亢］［吭］[颃]［防］[妨][快][盎][行][桁][桄][相][杖][仗][仰][偿][傥][倡][当][挡][榜][掠][凉][阆][浪][潢][上][望][将][晃][量][障][藏][养][王][丧][两][忘][广][创][脏][奘]

第三部

平声：四支五微八齐十灰（半）通用

【四支】支吱枝岐歧肢之芝朘黟移簃垂陲卑碑神脾郫陴奇埼崎琦畸欹猗漪皮披疲知痴蜘踟驰坻师狮蛳筛萁萁箕騏䑏期欺淇棋祺琪蚑旗麒斯澌撕嘶词祠颐姬宧谁惟椎帷雌骓锥维潍罹丝兹滋慈磁嶷鹚鸶鸥鹂而洏鲕鲕鳍耆蓍鬐髭疵赀资咨粢瓷姿茨炊坻时诗持隋随危卮栀萎篱漓缡螭醨魋麾縻靡醿麋肌脂厘狸眉湄嵋楣郿笞怡饴贻规窥夷姨痍丕伾邳祁芪祇祇泜胝禧嘻嬉僖熹熙黑罴伊咿虒篪妫汛追迨逶痿葳蕤夔葵荽绥虽虫嗤媸齑糜拳淄缁锱辎缌罴螺孖尸怩妮呢埤宜仪悲辞疑亏羲曦私彝衰匙牺㟧羸蜊娭貔柀坯砒琵坯儿弥霉霏[吹][噫][遗][迟][迤][迆][施][匜][医][累][锤][箠][委][倭][仔][挚][比][地][仗][偲][思][尼]

[居][丽][鹂][骊][醨][台][治][眙][睢][推][唯][差][嵯][氏]
[坻][椅][锜][剞][骑][踦][剂][荠][崱][茬][蕲][觶][槌][椑]
[库][靡][氂][莩][訾][觜][堕][机][饥][蛇][蠡][蠡][其][漪]
[涯][为][陂][离][璃][龟][司][巍][馗][鼙][提][戏][禠][寅]

【五微】微薇徽挥晖辉翚韦帏袆违闱围讥叽矶玑非霏犀绯腓圻沂祈颀
旂肥淝希晞稀威葳妃飞畿依巍归[菲][诽][蜚][痱][歔][豨][几]
[机][饥][衣][俟]

【八齐】蛴脐跻𪗦犁梨黎藜藜萋凄圭奎畦闺邦堤低氐啼蹄绨梯秭鹈鸡
奚傒溪蹊䴙倪猊蜺鲵嘶西栖栖醯暌睽筓篦砥嵇赍觿犀鼙迷携兮𠮾[齐]
[挤][提][缇][醍][题][骊][鹂][褵][蠡][溪][氏][诋][批][蠡]
[鼙][妻][璃][泥][缔][霓][漪][椑][稽]

【十灰】灰诙恢傀隈煨回茴洄徊徘裴媒褛煤陪醅酶梅莓坯胚杯桅枚玫
瑰魁雷礧堆崔催摧盔颓缞[傀][隗][槐][崴][推][培][悝][脢][胚]

仄声：上声四纸五尾八荠十贿(半)
去声四寘五未八霁九泰(半)
十一队(半)通用

【四纸】纸舐枳轵咫诡媈跪技妓庋麂庀匕妣秕止芷址沚祉耻趾齿此紫
觜倚绮旖旎尔你玺迩耳弭旨指第姊秭宄沈轨甄市柿恃峙時痔己芑圯杞
纪已巳汜祀洧鲔籽籽子李枲矢雉癸揆以苡似拟佁史驶俚娌鲤士仕佗矢
涘诔耜迤彼徙俾婢梓滓是毁髓葸蕊豸豕捶视美兕水喜嬉豁痞鄙簋晷死履
垒跪起芈舣[葰][扆][弛][迤][匜][氏][坻][抵][砥][底][靡]
[库][髀][剞][掎][椅][锜][踦][跂][伎][仔][傀][使][俟][仳]
[比][泚][觜][訾][里][悝][委][累][褵][箠][揣][企][否][蚁]
[始][褵][哆][唯][被][宵][醨][几][机][珥][只][徵][末]

【五尾】尾娓扆苇伟玮炜虺悱棐斐匪篚榧鬼虮岂晞[菲][诽][蜚]
[蚁][赿][卉][几][豨][纬]

【八荠】米澧鳢醴牴邸陛弟礼体启棨[荠][挤][济][氏][诋][坻]
[抵][柢][砥][底][娣][递][涕][悌][泥][洗][泚][蠡][髀][溪]
[缇][醍][眯][稽]

【十贿】贿馁猥每磊儡罪倍蓓蕾璀腿浼［傀］［隗］［嵬］［琲］［悔］［汇］［磊］［诒］

【四寘】寘寄寐至轻致笥伺嗣饲饵刵馈匮帜炽备畀痹秘邃庇挚贽鸷四驷泗利莉痢痣志忌懘恚意慧次恣懿弃异记试谊诶寺侍义议位苡遂隧燧邃鼻剽悴瑞臂避譬罯置萃翠悴粹醉瘁芰伎致翅愧魅谥缢稚穗概冀骥季悸睡泪自洎字牸示祟暬辔喂嗜肆肄员赑厕赐勋贰腻蕺地事吏器伪智类媚坠二诐陂觊渍糒鞴紞［诒］［洽］［始］［眙］［眯］［眭］［眦］［柴］［晒］［思］［累］［赍］［簋］［椅］［骑］[吹]［咥］［识］［织］［积］［值］［埴］［植］［柜］［槌］［迟］［遗］［跂］［踬］［跸］[跛]［陂］［被］［其］［㳽］［刺］［戏］[使]［易］[帅]［食］[曁]［比］[觯]［荔］[葀][薏][彗][企][为][贲][淬][屣][锤][岿][施][庳][司][里][瑟][泌][珥][出][欤][亟][挚]

【五未】未味气饩讳畏胃谓渭猬狒费贵翡慰魏毅既［毳］［沸］［汇］[溉][曁][尉][蔚][芾][诽][痱][卉][衣][忾][欷][纬]

【八霁】霁哜岁刿蓟薤艺呓蕙惠蟪慧憩盻盼睥睇剃第逝势誓砌砺厉蛎励疠敝蔽弊箅羿翳帝蒂褅谛计诣谜髢髻帨税锐屉庚映隶棣桂筮噬嚏芮汭枘僇穄薜嬖踶鲵细继例俪袂裼滞濞世卫币际婿媲劓毙裔系替脆睿毳曳赘瘈［齐］[挤][济][剂][娣][涕][梯][递][说][蜕][泥][泄][贳][蹶][蟨][偈][揭][捩][丽][契][祭][闭][缀][缔][彗][柢][达][逮][掣][妻][眛][毗][题][粝][离][荔][轪][切][哲][杨][医]

【九泰】会荟侩绘桧脍贝狈沛霈旆外最兑［蜕］[粝][哕][狯][酹]

【十一队】队内倅淬碎晬昧妹晦海溃愦辈肺乂刈对吠喙佩退秽废配焙背碚塞邶［淬］[悴]［字］[悖][悔][痗][琲][堆][敦][背][耒］[濋][磊][酹]

第四部

平声：六鱼七虞通用

【六鱼】鱼渔裾琚腒舒纾余徐狳蜍滁渠藘诸猪潴储庐驴胪胥疏梳虚墟欤璩蘧摅蛆疽菹趄雎锄间榈榈初书舆袪祛［居］[据］[椐][屠][予][纾]

[苴][沮][狙][咀][如][茹][洳][於][淤][龉][衙][嘘][醵]
[车][誉][疏][除][与][欤][畲][胠][躇][湑][糈]

【七虞】虞吴娱蜈禹愚崛髑刍雏趋无芜巫诬于吁盱纡竽迂盂邘都欋衢癯戳需儒嚅襦须婯朱侏诛洙妹珠株殊铢蛛邾荼裔渝愉瑜榆觎歈逾俞氍臾萸谀腴岖枢躯柎苻符夫芙扶肤蚨趺麸厨蹰拘驹朐胸谟嫫模晡匍逋蒲敷辜沽姑菇枯蛄骷鸪胡湖猢瑚糊鹕葫酺酥醙途茶菰孤狐弧瓠罛奴孥驽乎呼滹吾梧鼯徂妲租粗卢垆泸栌轳舻鸬颅炉芦孚俘荸郭稃呜乌凫俱壶徒摹图毋苏殳雩洿刳[区][呕][驱][娄][溇][偻][蒌][芋][菟][莆][铺][醅][酤][俞][揄][喻][输][愈][龉][喁][呱][瓠][句][岣][枹][罦][桴][污][涂][屠][瞿][诹][襦][膜][瓿][於][帑][虞][懦][恶][阇][庑][跗]

仄声：上声六语七麌通用
去声六御七遇通用

【六语】圉圄敔吕苣侣䄏旅菁苎伫绠贮抒杼序渚绪楮褚煮许杵巨苣拒炬钜距阻咀龃举榉叙潋汝暑鼠黍醑虡所础屿墅[语][龉][衙][予][纡][苴][诅][沮][咀][女][茹][著][与][欤][处][糈][湑][楚][去][御][讵][柜]

【七麌】羽诩栩禹瑀踽龋抚妩怃庾腑俯府拊鼓瞽虏虎琥古罟估诂岵怙牯祜股羖蛊簋土杜肚主拄柱麈普谱户沪扈午仵浒努坞甫浦辅脯黼溥组祖鲁橹堵赌睹五伍缕褛窭窳宇武鹉父斧釜滏伛侮舞卤乳补竖妈姥部矩[麌][蒌][簋][偻][溇][嵝][数][苦][酤][枸][蒟][莽][雨][贾][吐][树][煦][莆][圃][䏿][取][剖][愈][怒][炷][雇][迕][簿][庑][聚]

【六御】箸翥署薯曙倨锯踞豫预觑澦遽觎絮恕庶虑瘀助驭饫[御][去][胠][女][如][茹][洳][沮][诅][狙][据][椐][淤][处][著][与][欤][疏][语][醵][除][楚][嘘][讵][誉]

【七遇】遇寓赋赂辂路潞露璐鹭固痼锢铸镀渡库裤务雾布怖竹募墓暮慕蛊蛀住注驻驸付附鲋胙祚裕牾悟晤寤捕哺傅赙措醋酤互冱栌鹜婺娶姹妪妒护瓠具飓惧愫嗉屡屦澍溯塑腧谕误诉讣赴趣步兔故顾戍绔孺

［厝］［怒］［恶］［胯］［瓠］［铺］［圃］［醋］［酤］［苦］［瞿］［雇］［属］［句］［煦］［蒟］［吐］［咻］［喻］［俞］［输］［仆］［作］［芋］［获］［菟］［树］［度］［数］［鹜］［聚］［污］［驱］［雨］［炷］［连］［妇］［负］[副］［富］［足］［跗］

第五部

九佳(半)十灰(半)通用

【九佳】佳淮鞋街睚崖牌阶皆偕谐喈揩俳排埋霾骸乖怀豺侪斋钗挨崽[柴]［差］[涯]［楷][槐]［荄］

【十灰】薹苔抬胎炱邰鲐腮鳃该孩垓陔赅咳唉埃才材财来峡莱哉灾猜哀皑开呆［裁］[栽］[台]［骀][荄][颏][欸][俫][能][思][偲]

仄声：上声九蟹十贿(半)

去声九泰(半)十卦(半)

十一队(半)通用

【九蟹】蟹獬澥买荚骇奶摆拐矮锴[解][洒][楷][罢][夥]

【十贿】给殆怠迨恺垲凯闿睐彩亥海毐改待宰醢乃[欸][颏][采][在][载][铠][骀][鲭]

【九泰】泰赖籁濑癞霭蔼蔡艾太汰浍邰带外害丐奈[大][钛][奈][盖]

【十卦】懈廨邂戒诫械介芥玠界疥瘵夬快怪拜湃劢迈虿债败呗喟哙嘬隘卖派坏薤稗屆喢寨聩砦［黄][赍][杀][砾][喝][噫][嗌][晒][价][块][祭][解][瀣][眦][瘥][狯][犊]

【十一队】爱嗳叆碍代玳岱贷袋黛睐赍慨概耐戴襶褙碍态菜逮再赛[栽][裁][载][欸][勋][采][块][在][忾][溉][塞][逮][鬨][铠][俫]

第六部

平声：十一真十二文十三元(半)
　　　十二侵通用

【十一真】真嗔禛瞋因茵姻洇駰裀氤辛莘新薪辰唇宸晨申伸神绅呻宾滨嫔缤槟邻粼璘辚鳞麟匀旬荀询恂峋洵郇秦蓁溱榛蓁臻逡踆皴堙禋钧昀均筠珍春椿频颦濒颦银民珉岷笢缗伦沦轮驯肫窀纯淳醇鹑巡遵旻斌赟贫臣人仁身巾彬尘陈津循纫闽豳夤[嶙][磷][瞵][溵][欨][甄][振][娠][抡][纶][屯][纯][垠][填][困][麇][亲][竣][寅][谆][惇][狺][泯][傧][鄞][斑][畛]

【十二文】文纹蚊雯云芸妘纭耘焚棼芬菜汾纷颁雾氛氲煴君裙群军荤鞍勤勋熉郧熏薰曛獯醺芹昕欣筋獯[堇][鄞][坟][垠][龈][闻][分][颁][员][贲][斤][听][殷][缊][麇][狺][蕲]

【十三元】浑裈温辒瘟尊樽蹲墩暾昏惛婚阍昆琨锟鹍鲲馄饨炖盆溢根跟痕孙狲狲门扪魂存豚村坤恩吞飧仑髡臀[屯][纯][囤][论][抡][贲][噀][缊][蕴][蕴][惇][敦][奔][垠][涽][闷]

【十二侵】侵骎寻浔鲟林森霖淋琳郴今衿芩琴岑浔衾禽擒檎谌斟音愔歆壬淫霪篸忱砧心钦嶔襟金针阴琛[任][妊][椹][湛][沉][深][浸][祲][镡][蟫][吟][黔][临][禁][喑][参][簪][荫]

仄声：上声十一轸十二吻
　　　十三阮(半)二十六寝
　　　去声十二震十三问十四愿(半)
　　　二十七沁通用

【十一轸】轸胗疹敏允狁陨殒闵悯纼蚓尹窘肾脤尽忍憨准隼笋哂牝蠢紧簨缜稹菌[诊][畛][赈][蜃][引][盾][泯][纯][吮][朕][困][黾][嶙]

【十二吻】吻刎谨槿粉愤悱耷韫[忿][坌][坟][扢][揾][蕰][蕴][隐][听][近][堇][瑾][殷][龀]

【十三阮】悃捆阃混棍焜辊撙鲧很恳垦衮滚本笨沌忖损稳畚[囤][懑][盾][遁][龈][鳟]

【二十六寝】寝锓锦葚葚荏饪恁怎谂稔审婶禀廪懔凛沈品[噤][甚][椹][枕][衽][朕][饮]

【十二震】震囯润慎镇刃仞轫牣鬓摈殡殉徇晋缙搢瑨馑觐蔺躏俊峻骏浚畯舜瞬荩烬赆遴讯汛迅进齐信印阵顺衅胤椮僽仅认衬疢趁[振][娠][赈][蜃][磷][瞵][诊][谆][傧][瑱][甡][瑾][引][亲][龀]

【十三问】问运酝晕郓郡捃汶紊韵粪奋偾愠熆靳训曼[分][坌][忿][斤][近][缊][蕰][蕴][扢][员][隐][闻]

【十四愿】巽噀艮恨褪寸困钝逊嫩坌诨[懑][喷][顿][遁][溷][论][敦][揾][奔][焌][闷][鳟]

【二十七沁】沁渗潛谶鸩赁窨闯妗[枕][酖][沉][深][禁][噤][吟][喑][任][妊][衽][祲][浸][饮][临][甚][荫]

第七部

平声:十三元(半)十四寒
十五删一先十三覃
十四盐十五咸通用

【十三元】元沅芫鼋园原源嫄袁猿辕蕃幡燔璠膰蹯翻藩萱喧暄轩爰媛鸳鹓掀冤言矾烦垸垣咺樊祥繁鞬[溒][媛][援][怨][愃][宛][蜿][洹][狟][阮][甗][繁][番][反][犍][羱][圈]

【十四寒】寒箪殚郸竿杆玕肝刊邗鼾安鞍兰拦栏丸纨汍芄峦栾滦鸾銮端湍姗珊跚蹒瞒颟顸官倌棺馒鳗盘柈磐瘢宽髋潘磻蟠完刓剜酸浚獾抟桓檀丹韩餐残阑襕团欢摊[单][弹][瘅][曼][蔓][漫][熳][漫][镘][难][滩][谰][澜][洹][貆][乾][干][汗][奸][叹][观][翰][看][冠][钻][羱][胖][弁][莞][坛][般][敦][繁][瞀][娈][攒][揣]

【十五删】删弯湾鬟鬟寰澴阛班斑环还闲娴鹇痫顽颜关蛮菅攀山鳏鳊艰斓悭扳孱［孱］［潺］［般］［殷］［湲］［潸］［间］［纶］［擐］［汕］［患］［颁］［奸］

【一先】前湔千芊阡迁跹戋笺玄弦痃舷船沿铅田畋坚贤阗滇颠癫巅颧肩捐涓鹃妍岍骈胼焉鄢嫣然燃边笾延筵涎蜒连莲涟鲢廛瀍躔婵蝉蠕蜷鬈拳篇偏编蹁鳊翩翾儇梗鞭鞯全荃筌诠佺拴栓铨痊专砖梭箢颛鹯鸢鹓澶膻鳣檀椽橼宣揎瑄仙籼骞褰璇悬愆绵棉权天朘烟怜年眠渊蠲泉毡旃联镌川圆虔牵［先］［佃］［钿］［单］［禅］［鄽］［鲜］［湮］［甄］［欪］［犍］［键］［旋］［漩］［燕］［煎］［谝］［扁］［扇］[煽]［纯］［缘］［孱］［潺］［湲］［浅］［溅］［钱］［传］［便］［填］［牵］［研］［员］［穿］［咽］［零］［平］［卷］[倦][蜎][骞][竣][纤][缠][闳][乾]

【十三覃】覃潭谭昙骖毵含贪盦耼耽龛戡堪坍佽谈郯痰甘坩泔柑蚶酣邯苷襟蓝篮南男谙鹌庵涵岚蚕惭儋婪［镡］［蟫］［醰］［酰］［眈］[涔][湛][澹][楠][函][参][三][担][探][坛][憨][颔][簪][拿]

【十四盐】詹谵幨檐瞻襜蟾兼縑蒹谦嫌缣磏鳒鹣廉镰蠊拈沾鲇黏觇霑金签菱淹腌阉阎歼髯蚺饫恢恬湉甜钳铃尖奁潜添炎暹帘［盐］［占］［苫］［阽］［痁］［纤］［锨］［严］［兼］[砭][渐][黔][柟][崦]

【十五咸】咸缄搀馋凡衫杉岩衔芟鹐喃［巉］［镵］[谗][函][监]［嵌］[掺][锨][严][帆][彡]

仄声：上声十三阮（半）十四旱
　　　 十五潸十六铣二十七感
　　　 二十八俭二十九豏
　　去声十四愿（半）十五翰
　　　 十六谏十七霰二十八勘
　　　 二十九艳三十陷通用

【十三阮】晚挽坂返偃蝘鄢苑婉琬踠烜幰㥥［阮］［远］［反］［饭］［阪］［宛］［菀］［畹］［蜿］［㳂］［绻］［圈］［堰］[鄢][婉][蹇][巘]

【十四旱】旱秆罕缓暖管琯坦祖满趱浣皖碗伞短款诞疃纂儹懒亶

词　韵　29

[馆][盥][卵][散][断][伴][但][侃][算][攒][悍][灒]

【十五潸】限眼板版钣盏划产浐铲简赧柬皖[潸][栋][撰][绾][栈][莞][阪][羼]

【十六铣】铣筅跣践典腆犬畎免冕勉辩辨辫篆笕岘泫铉碾褊匾湎缅勔狝茧葳藓剪蕆辇软沔演兖寎喘展㞟謇舛戬件琏塼鳝殄燹癣阐隽撚[善][遣][缱][转][辗][碾][选][洗][浅][钱][栈][钱][键][謇][寒][宴][狷][蜎][蚬][蜓][衍][卷][昄][扁][谝][谳][巘][鲜][吮][鬫][跰][奄][婉][娈][琄]

【二十七感】感撼揽览榄橄敢惨糁黪唪菡胆坎毯掺昝罯[敜][錾][澹][颔][喊][晻][盷][醶][嵌][贛]

【二十八俭】俭捡检脸睑险陕奄埯掩罨冉苒芡谄玷点窆嗛琰剡染簟贬俨厣闪[狝][敛][渐][渐][歉][魇][㛎][崦][晻][弇][焰]

【二十九豏】豏减碱犯范槛舰斩黤[湛][掺][阚][喊][滥][歉][巉]

【十四愿】愿建健贩畈宪劝券楦[媛][瑗][远][圈][怨][饭][献][曼][蔓][绻][堰][键][涮][畹][万]

【十五翰】旰矸扞捍埠焊岸炭半泮绊畔鞶判叛遁涫瀚汉涣奂换唤焕赞灌瓘罐鹳粲璨惋腕窜挥按案段缎锻乱旦玩烂贯爨幔灿悍嗨裸豢[翰][干][汗][骭][悍][难][滩][谰][澜][漫][慢][漫][镘][缦][叹][观][断][散][算][冠][弹][看][钻][胖][伴][但][侃][馆][晏][盥][攒][攒]

【十六谏】谏涧铜裥襻涮汕疝扮盼嫚慢惯雁赝宦办豢串苋绽幻篡孨卯瓣[缦][漫][讪][栈][栅][患][间][晏][绾][骭][挼][羼]

【十七霰】霰见现砚线线缮膳鄑鄄练炼绚绢冐睍炫卞汴忭彦谚谴茜荐唁啭颤擅掾殿面县变箭战贱院电甸昚倦羡奠骗遍恋钏片淀靛楝嬿僎[传][转][辗][碾][研][跰][先][选][煎][燕][咽][穿][宴][堰][弁][媛][援][瑗][琄][缘][缠][栋][撰][佃][钿][遣][缱][昄][瞑][饯][溅][便][倩][单][禅][扇][煸][蚬][狷][旋][漩][甗][牵][善][琠][衍][卷][倦][谳]

【二十八勘】勘磡啖淡暂绀缆憾暾暗憨阚淦[錾][滥][澹]

[担][探][三][赣][参][醮][嵌]

【二十九艳】艳滟念埝验殓赡韂垫埏坫店俺僭窆酽掞厌餍[猃][剑][敛][潋][占][苫][阽][店][欠][絮][砭][盐][兼][忝][焰][焱]

【三十陷】陷鉴梵忏赚蘸站泛[监][帆][剑][镊][阚][逸][欠]

第八部

平声：二萧三肴四豪通用

【二萧】萧箫潇螵蜩鹛雕苕招怊弨昭轺貂韶髫岧鬈迢超条枭撩獠寮尧峣晓峣饶骁峣蛲跷翘宵霄绡消硝销逍魈朝潮焦蕉谯憔樵鹪乔荞侨桥骄晁姚挑桃谣徭瑶鳐飘遥窑嫖瞟膘瓢藻飘飙苗描猫柩鸮辽邀聊喓腰寥刁杓幺镳钊椒翛袄幰[肖][哨][蛸][摇][繇][鹞][佻][挑][洮][朓][铫][跳][侥][娆][桡][烧][娇][峤][轿][僚][嘹][潦][燎][镣][鹩][要][漂][摽][剽][劭][标][橇][夭][调][徼][嚣][髟][陶][鲦][料][僬][噍][廖][蕉]

【三肴】肴崤淆巢爻交茭泫蛟鲛郊包苞咆胞跑匏庖筲捎梢艄抄抓拋咬哮坳硇铙茅螯嘲虓猇謷砲脬凹[佼][咬][姣][胶][筊][蛸][鞘][鄗][敲][泡][枹][炮][飑][刨][掊][唠][啁][教][髾][罩][芁][鹋][窍][钞][剿]

【四豪】豪壕嚎濠毫毛蚝髦旄刀叨忉舠魛咷桃逃鼗曹嘈槽螬糟遭艚艘高嵩篙涛皋嗥槔翱遨敖嗷璈獒熬鳌螯慅搔骚羔糕萄掏绹淘酶醪慆滔韬臊尻绦猱叞褒袍牢饕捞痨薅廒[劳][涝][唠][骜][警][洮][挑][挠][褥][绸][缫][缲][操][号][陶][膏][麂][器][咎][漕][潦][芼][棒][忝]

仄声：上声十七筱十八巧十九皓
去声十八啸十九效二十号通用

【十七筱】筱沼绍杪秒眇渺缈缥嫖缭瞭姣皎窅窈窕兆旐悄愀小表鸟茑袅了扰晓杳皛矫瞒藐淼肇殍赵[侥][绕][娆][娇][佻][朓][挑][掉][摽][僄][少][蓼][湫][标][夭][僚][燎][缴][剿][蕉]

【十八巧】巧饱鲍卯昂泖狡绞铰爪搅吵炒[挠][拗][茆][佼][咬][姣][筊]

【十九皓】皓浩皞皂澡藻璪早草枣考拷栲老栳恼脑瑙杲昊滈槁镐保葆裸堡岛捣鸨宝道稻讨嫂颢灏袄蚤媪抱[缟][鄗][涝][潦][好][造][倒][祷][扫][埽][缲][缥][夭][燠]

【十八啸】啸叫噭召诏邵照曜耀俏诮峭票骠傈裱庙疗笑窍妙钓眺尿粜醮[僬][噍][敫][徼][绕][烧][朓][铫][跳][嘹][镣][鹩][鹞][摇][掉][摽][剽][漂][嫖][要][劭][调][吊][少][料][峤][轿][肖][哨][鞘][约][爝]

【十九效】效佼校孝酵罩淖棹袘勒疱闹豹貌窖稍笊[较][胶][教][桡][爆][拗][乐][觉][敲][泡][炮][豹][刨][罩][钞]

【二十号】噪燥躁诰郜靠糙耗氉到报苞帽导盗灶奥懊悼犒蹈傲嫯纛套臑[号][告][造][暴][瀑][劳][涝][潦][漕][隩][澳][燠][冒][瑁][帱][祷][橐][缟][膏][操][好][纛][骜][倒][凿][扫][埽][耄][眊]

第九部

平声：五歌独用

【五歌】歌哥多罗啰锣萝箩苛疴何阿呵珂柯河菏莎桫挲摩魔瘸坡波禾科蝌他佗陀驼柁驼酡讹靴莪俄哦娥蛾鹅骡螺蟠蟠鄱窝涡涡锅挪搓傞蹉[踒][䠔][痤][窠][蓑][唝][棱][婆][戈][囮][茄][柳][迦][逻][过][瑳][嵯][磋][庭][峨][硪][砢][轲][尚][和][磨][娑][沱][那][哪][颇][拖][傩][么][番][驮][献][倭][䚗][陂]

仄声：上声二十哿
去声二十一箇通用

【二十哿】哿可舸婀娜果裸蜾颗裹朵埵舵楕火伙我琐锁妥嬴藓叵左爸祸脞弹[坷][轲][荷][砢][硪][峨][堕][惰][跛][颇][簸][哆][沱][傩][坐][那][哪][么][夥][瘅][卵][娑][爹][挼][拖][瑳]

【二十一箇】箇个莝挫锉座贺货做佐饿课糯唾播破卧剁[大][奈][驮][坷][轲][磋][磨][瘴][作][那][些][过][逻][和][簸][坐][惰][懦][髁][涴]

第十部

平声：九佳(半)六麻通用

【九佳】佳[娲][蜗][蛙][娃][哇][洼][涯]

【六麻】麻纱沙砂鲨裟袈加珈跏筘嘉痂牙芽呀鸦邪琊耶椰揶挝瓜窊爬巴芭笆琶吧耙疤葩夸奢拿余赊嗟嵯艖骅哗叉杈桠楂渣查虾蟆葭霞瑕遐遮花茶家斜爷丫[娃][哇][洼][涯][蛙][蛇][蜗][娲][茄][枒][迦][衙][爹][哆][哑][咤][呱][华][桦][杷][畲][涂][污][溠][差][车][闍][苴][瘕][些][划]

仄声：上声二十一马

去声十卦(半)二十二祃通用

【二十一马】马玛者赭踝痄野寡剐社写冶也扡扯傻厦鲣槚惹喏姐耍雅罢[假][瘕][哑][哆][泻][洒][下][夏][贾][舍][若][且][妊][髁][打][把][鲊][瓦]

【十卦】卦挂诖[话][画]

【二十二祃】祃骂驾架谢榭嫁稼亚娅乍诈诧佗跨讶砑迓灞柘靶化夜暇赦蔗罅跨麝怕卸坝鹧汉嗄[妊][咤][价][假][借][蜡][藉][把][杷][华][桦][下][吓][罢][夏][霸][灸][舍][射][胯][贳][泻][溠][差][话][衩][帕][鲊][瓦]

第十一部

平声：八庚九青十蒸通用

【八庚】庚鹒赓虹氓盲绷棚亨烹英瑛苹伻抨坪枰砰怦怔钲京惊琼勍明

萌茔荣莺紫潆营荣嵘蝾生笙牲甥鲸鲵衡蘅宏纮翃闳泓茎硁罂婴嘤撄璎
樱鹦鸣争筝峥琤狞菁清情晴睛蜻精鲭祊旌盈楹赢嬴籯瀛桢祯赪成城
诚郕呈程醒柽蛏名洺浜兵枨枅姘拼撑瞠盯粳羹舣荆兄卿擎耕甍晶声倾饧
黄伦珩铿轰訇橙薨澎膨蟛坑［平］［评］［正］［征］［行］［桁］［搒］［榜］
［横］［更］［彭］［盟］［莹］［擎］［迎］［盛］［轻］［令］［并］［枪］［丁］［侦］
［顷］［裎］［猩］［狰］［铛］［锽］［趟］

【九青】青泾陉形邢刑硎铏型亭葶停婷淳苧咛仃汀町玎厅疗星惺腥灵
棂苓笭伶泠玲铃聆蛉羚舲龄囹翎鸰瓴瓶姘冥螟荥荧萤萍垧扃馨霆醍鄍俜
铭［廷］［莛］［蜓］［庭］［宁］［丁］［钉］［町］［溟］［暝］［瞑］［冥］［经］
［猩］［醒］［零］［屏］［娉］［听］

【十蒸】蒸承丞症惩登簦澄菱陵凌绫崚鲮棱楞膺鹰绳蝇誊滕腾縢滕藤
朋崩鬅鹏曾罾僧增缯嶒憎噌矰芿仍扔礽弘肱薨冰升兢矜灯姮恒层［胜］
［媵］［冯］［凝］［烝］［应］［乘］［兴］［征］［徵］［称］［能］［堋］［凭］［瞢］
［镫］［蹬］

仄声：上声二十三梗二十四迥
去声二十四敬二十五径通用

【二十三梗】梗埂绠哽鲠景憬璟影冷岭领颈颖颖丙炳郢皿猛艋蜢靖静
饼省啬境幸倖悻警永井骋逞整瘿杏秉耿荇矿囧［请］［婧］［靓］［并］［屏］
［顷］［犷］［狰］［黾］［擎］［郲］［裎］［打］［微］［姘］

【二十四迥】迥泂炯侹挺梃琤铤艇颋酊酩茗到等鼎顶肯拯謦婞［町］
［佇］［溟］［醒］［儆］［并］［迥］［胫］

【二十四敬】敬政姓性泳咏净诤竞猄镜柄病郑迸擤命圣映晟劲竞孟聘
硬帧夐［请］［倩］［婧］［靓］［盛］［盟］［榜］［横］［评］［诃］［正］［证］
［令］［行］［庆］［更］［迎］［轻］［并］［侦］［微］［郲］［擎］［娉］［姘］［趟］

【二十五径】径定碇锭嶝磴瞪凳蹭赠甑订钉磬罄媵邓孕滢剩佞亘
［经］［胫］［廷］［庭］［应］［听］［胜］［乘］［称］［莹］［证］［兴］［宁］［泞］
［醒］［钉］［镫］［蹬］［暝］［烝］［凭］［凝］［堋］

第十二部

平声：十一尤独用

【十一尤】尤优忧疣莸由抽油妯鲥邮流琉旒硫鎏鍪镠璆樛瘳榴骝游蝣酋猷逌鞧鞦秋啾楸鳅愁鹙鸠仇修脩攸悠牛牟侔眸蛑蝥矛柔揉周惆稠州洲酬舟俦辀筹俦畴踌休髹貅鸺庥囚泅求俅球赇裘逑浮蜉侯篌猴喉猴糇讴抠鸥瓯喽搂楼蝼髅骰投耰邹邹诌驺罘抔沟钩鼩兜篼刘羞雠丘蚯虬谋陬偷头幽彪哀篝呦阄飕搜锼廋麀[区][沤][呕][欧][留][溜][馏][遛][瘤][娄][偻][漊][蒌][篓][调][绸][啁][裯][叟][溲][谡][鯫][掫][掊][揄][缪][戮][踩][鞣][罨][桴][枹][枸][句][售][噍][咻][涑][浏][湫][柎][犨][亢][馗][鲦][繇][收][丕][卣][龟][瞀][犹][髟][柚][妯][䴘]

仄声：上声二十五有
  去声二十六宥通用

【二十五有】酉酒口抖蚪苟笱狗久玖羑丑扭纽忸钮偶耦藕薮擞薮肘纣绺纠赳陡手朽柳友受脰牖阜九帚亩舅臼韭牡缶黝耇糗某母拇殴垢邱叩潲[有][右][后][否][咎][培][剖][瓿][掊][扣][篓][漊][嵝][走][取][掫][鯫][守][嗾][叟][溲][绶][首][厚][蹂][狃][卣][岣][枸][浏][茆][寿][斗][吼][欧][呕][妇][姆][负][灸][服]

【二十六宥】宥侑候堠就僦鹫秀绣锈透奏凑辏腠狩狩戍茂宙袖鼬胄臭嗅漱漏佑豆饾脰逗篼贸购构冓媾觏遘诟逅谬鹨疚枢绉皱瘦瘐糅懋授兽陋昼旧救幼瘦咒彀骤瞀僽又鲨蔻厩耨[畜][留][溜][馏][遛][瘤][右][扣][后][售][柚][辐][副][富][复][覆][踩][鞣][瞀][蔟][嗾][嗾][吼][狃][犹][守][宿][宽][仆][伏][绶][缪][廖][偻][镂][走][繇][首][句][沤][收][厚][读][寿][斗][有][囿][姆][灸]

第十三部

入声：一屋二沃通用

【一屋】屋木沐霂竹竺筑箙簇族镞目苜腹蝮馥蝠福禄碌榖穀毂縠孰塾熟鹿簏麓漉辘菊掬鞠麹逐轴舳牧犊渎椟牍黩粥鬻育淯叔菽淑卜扑萩簌速觫觳槲柷蹙茯洑濮蹼醭薁昱蓿缩穆秃谷肉陆肃骕鹔六哭蓄搐滀独睦衃鬻蹴谡毓夙彧倐矘曝[幅][辐][副][蔔][暴][瀑][蓼][缪][戮][复][覆][陕][澳][燠][俶][伏][仆][朴][柚][妯][宿][读][畜][鹜][恧][蔌][菔][服][觳][郁][囿][涑][磲][啄][煜]

【二沃】沃鋈烛触录箓箓绿渌逯醁酷笃梏牿鹄鸽欲俗浴峪辱蓐缛溽褥靡蜀蠋蹑踘局续赎玉曲粟狱束促嘱瞩旭顼襥笃督瘃勖毒亍[足][属][纛][告][仆][磲]

第十四部

入声：三觉十药通用

【三觉】角桷确浞捉娖卓倬诼涿琢棹学峃鼍殻愨擢濯偓渥握幄喔齷齪嚣珏璞榷岳朔嗍搠斮剥驳浊镯荦兕邈[觉][乐][朴][数][爆][毂][较][约][趵][炮][瞀][眊][啄]

【十药】博搏缚膊镈薄欂礴各骆洛络恪珞烙硌略酪貉落阁雒雀霍藿攉膗矍籰戄攫蠖爵嚼郝椁郭廓勺芍妁灼酌铎萚箨箬诺都鄂谔崿愕腭锷鳄鄂鹗鹤鹊碏错粕泊箔绰烁铄跃躒寞摸漠镆瘼怍昨酢迮虐谑噱斫柝壑垩龌弱蒻却脚幕扩托削橐钥龠瀹亳涸疟镢禚[药][约][莫][膜][昔][厝][作][柞][著][蹠][恶][乐][栎][轹][跞][若][凿][掠][度][获][格][醵][魄][鄀][敫][缴][拓][爝][簿][索]

第十五部

入声:四质十一陌十二锡
十三职十四缉通用

【四质】质锧日驲鹭桎郅厔室窒实密蜜必铋镒谧溢漆膝疾蒺嫉悉蟋蟀率聿律失佚帙泆秩栗溧溧篥毕荜筚笔吉佶诘姞恤恍秫术述逸遹鹬潏橘柲七叱一乙壹黜弼虱戌昵佾鬻匹［出］［茁］［侄］［咥］［蛭］［苾］［瑟］［泌］［汨］［趾］［躓］［卒］［捽］［崒］［莘］［轶］［唧］［帅］［尼］［拮］［焌］

【十一陌】陌百貊客喀骼白伯拍柏珀舶帛迫赤赫亦奕弈迹役疫碧石祏跖鼫磔硕额译泽驿择绎怿崿释辟僻擗擘檗壁襞癖脊嵴踖鶺瘠责箦啧帻碛赜厄扼轭隔嗝槅膈翮舄潟掖液腋埸蜴掴帼蝈摭蹠夕汐宅穸窄咋舴掷踯郗惜籍策逆脉席戟麦册尺隙屐剧益斥坼拆谪虢奭褫鳌貘䴉绤蓦［昔］［借］［腊］［藉］［柞］［栅］［核］［格］［魄］［积］［画］［易］［适］［摘］［躏］［射］［炙］［翟］［耆］［鬲］［鲫］［吓］［哑］［嗌］［划］［刺］［莫］［霸］［霹］［获］［只］［笮］［索］［革］

【十二锡】锡惕踢剔历沥呖枥疬疠霹劈壁甓绩嫡滴镝析淅晰蜥皙狄荻迪的砾阋阒觅觋泪涤溺幂寂击笛敌激檄氽鹡鹢戚迪郦倜［焱］［摘］［踊］［适］［霹］［霓］［翟］［鬲］［耆］［吊］［吃］［栎］［轹］［跞］［惕］［冀］［俶］

【十三职】职力仂肋勒黑默墨息熄则侧测恻弋式式拭栻轼或域棫蝛惑阈敕棘匿愿亿忆臆仄昃克翊翌翼殛嗇濇穑饬饰蚀混淔国色极得德贼刻直殖特稷即陟抑愎福湢蹠［值］［埴］［植］［幅］［副］［匐］［识］［织］［唧］［鲫］［食］［北］［塞］［劾］［冒］［臌］［巇］［蒎］［薏］［恶］［亟］［万］［革］

【十四缉】缉揖辑茸戢湁立笠泣粒邑挹浥悒给卅廿十什汁及岌芨岋级汲吸执蛰絷翕熠褶霫湿涩集急入习袭隰［喝］［笈］［圾］［歙］［煜］［拾］［楫］

第十六部

入声：五物六月七曷八黠
九屑十六叶通用

【五物】物勿芴茀弗佛刜拂怫绋绂皴袚黻屈倔崛乞仡屹迄讫诎熨欻歘[尉][蔚][苇][菀][沸][髴][齂][掘][厥][郁][不][吃]

【六月】月谒蝎羯歇没殁伐筏垡阀蕨橛橜剮突窣猝饽脖鹁勃渤笏忽滆惚纥砣兀扤扤窟堀曰骨发讷粤罚钹樾[厥][蹶][鳜][孛][悖][汩][滑][鹘][讦][越][卒][捽][宰][啰][咄][掘][揭][獗][碣][竭][凸][刖][核][阙][齂][袜][顿]

【七曷】曷葛渴褐鞨鹖遏末沫抹秣眜括活阔闼拶挊挲撮钵跋魃拨泼被裰笪妲怛割豁钵脱夺萨辣斡剌癞[拔][掇][剟][喝][獦][獭][阏][越][鸹][适][袜][咄][达][粝][磕][蘖]

【八黠】黠秸劼扎札轧戛嘎刮刹刷捌搋八叭机嘶察菝猾猰辖瞎煞[杀][铩][滑][鹘][鸹][拔][刖][苗][獭][颉][帕]

【九屑】屑节疖别列冽洌裂烈杰爇热裒结洁桔穴窈彻决诀抉玦缺觖撇瞥龅鳖楔镍挈絜垤经鳌悦阅阒捏涅陧铁跌迭嚸篾蔑蠛撷缬撤澈辙辂啜惙绁蛞蝶喋薛孽蘖折浙哲蜇舌呐喏噎臬桀设谪雪绝血灭拽拙劣饕子铧截[偈][揭][碣][竭][侄][咥][蛭][掇][缀][剟][讦][说][谳][苗][茶][苾][蘖][颉][拮][批][捩][橇][泄][咽][切][掣][契][凸][闲][铁][哳][霓]

【十六叶】叶帖贴谍堞牒蝶蹀鲽屟偞捷婕睫荚侠挟浃铗蛱颊页慊箧晔烨聂摄嗫滠慑镊蹑鳐蹑躞燮妾接捻馂叠氎涉协飔厣辄猎耷[魇][霎][茶][筴][筴][筀][喋][歃][楫][拾]

第十七部

入声：十五合十七洽通用

【十五合】合蛤鸽颌塔搭褡嗒答盒盍溘嗑榼瞌阖塌蹋榻遏邋遝拉垃纳衲沓踏跋靸飒杂匝漯卅耷[呷][喝][盖][磕][腊][蜡][圾][拓]

【十七洽】洽恰袷裕夹狭峡硖郏法怯劫蝴胁甲押狎呷胛柙鸭匣闸业邺插锸歃乏眨压掐劄[喝][喋][筴][箑][霎]

单韵字注

一、上平声

【一东】

东：东方、东行、东家、做东、代东、财东、房东、股东、关东、远东。

铜：青铜、黄铜、紫铜、铜钱、铜臭。

桐：梧桐、泡桐、桐油、桐柏。

筒：竹筒、笔筒、筒子。

峒：崆峒。

酮：马酪也,马酮。

童：幼童、儿童、顽童、书童、报童、牧童、神童、返老还童、童心、童趣。

僮：僮仆、家僮。

潼：潼关、潼川；潼潼。

曈：曈曈、曈曚、曈昽。

瞳：瞳仁、瞳孔；瞳曚。

朣：朣朦、朣胧。

翀：直向上飞。

忡：忧虑不安貌,忧心忡忡。

忠：尽忠、效忠、忠诚、忠言、忠告。

盅：chōng,器皿空虚。
zhōng,杯类,酒盅、茶盅。

虫：昆虫、甲虫、鱼虫、蠹虫、毒虫、长虫、大虫、害虫、益虫、蛀虫、懒虫、糊涂虫、寄生虫。

螽：虫名,螽斯。

融：消融、雪融、通融、交融、金融、融融、融会贯通。

终：始终、最终、年终、临终、善终、自始至终、不知所终；终于；终日；终南捷径。

戎：兵戎、从戎、元戎、戎马、戎装、戎机。

绒：鸭绒、鹅绒、艾绒、蒲绒、呢绒、丝绒、绒线、绒毛。

狨：猿属,金丝狨、狨鞍。

棕：同"椶"。木名,棕榈；棕熊。

崇：推崇、尊崇、崇高、崇拜；崇山峻岭。

嵩：嵩山；嵩峦。

菘：通"嵩"。菘高、菘生岳降。

菘：寒菘、菘菜、菘蓝。

芃：草木茂密貌,芃芃。

蕻：水草名；蔬菜名,蕻菜,即蕹菜,也叫空心菜。

洪：山洪、防洪、蓄洪、泄洪、分洪、洪流、洪大、洪亮、洪量。

烘：热烘烘、臭烘烘；烘烤、烘干。

弓：弹弓、弩弓、弯弓、硬弓、杯弓、执弓、挂弓、良弓、左右开弓、弓箭、弓腰、弓形、杯弓蛇影。

躬：鞠躬、打躬、背躬、卑躬屈膝、躬身、躬行、躬耕。

芎：川芎。

穹：苍穹、天穹、穹隆、穹庐。

穷：贫穷、哭穷、受穷、无穷、技穷、穷困、穷尽、穷兵黩武。

宫：蟾宫、冷宫、故宫、皇宫、东宫、行宫、寝宫、六宫、九宫、龙宫、广寒宫、宫廷、宫灯。

崆：崆峒。

隆：兴隆、丰隆、乾隆、穹隆、隆隆、隆冬、隆起、隆重。

窿：穹窿。

癃：疲癃；癃闭。

风：薰风、清风、东风、临风、顺风、顶风、疾风、冷风；世风、采风、风光、风度。

枫：红枫、丹枫、江枫、秋枫、霜枫、枫林、枫叶、枫桥。

疯：发疯、装疯、酒疯、撒疯、疯癫、疯狂、疯长。

工：做工、长工、劳工、兴工、精工、手工、义工、出工、工匠、工本、工笔。

讧：hòng，内讧。

红：hóng，通红、绯红、嫣红、桃红、眼红、走红、分红、红鸾、红粉。
gōng，红女、女红。

攻：进攻、主攻、强攻、抢攻、攻坚、攻毒、攻读。

功：成功、用功、练功、邀功、功劳、功德；内功、武功、苦功、功夫。

蒙：méng，童蒙、启蒙、蒙昧；蒙蔽、蒙尘。
mēng，蒙骗、蒙头转向。
又 měng，蒙古。

濛：濛雨、濛濛。

檬：柠檬。

矇：矇眬。

朦：暮色朦胧。

艨：古代战船，艨艟。

栊：房栊、帘栊。

珑：玲珑。

咙：喉咙。

昽：曚昽。

胧：朦胧。

聋：耳聋、装聋、振聋发聩。

匆：匆匆、行色匆匆、来去匆匆、匆忙、匆促、匆遽。

葱：大葱；青葱、葱翠、郁郁葱葱。
聪：聪明、聪慧；失聪、耳聪目明。
骢：青白杂毛的马，青骢马。
蓬：莲蓬、蓬蒿；蓬松；蓬勃；蓬荜生辉。
篷：船篷、帐篷、斗篷。
通：交通、流通、畅通、贯通、沟通、旁通、融通、互通、通达、普通；通令、通知。
雄：英雄、枭雄、奸雄、称雄、争雄、群雄、雄雄、雄壮、雄姿、雄图、雄风；雌雄。
熊：黑熊、棕熊、白熊、狗熊、熊掌；装熊；熊熊烈火。
充：补充、填充、扩充、冒充、充足、充耳不闻；充军。
肜：肜日；肜肜。
鸿：飞鸿、来鸿、归鸿、哀鸿、惊鸿、孤鸿、鸿雁、鸿鹄；鸿图、鸿运、鸿钧。
丛：草丛、花丛、树丛、芳丛、幽丛、碧丛、人丛、论丛、丛林、丛莽、丛生、丛刊。
公：充公、归公、办公、因公、奉公、秉公；公主、舸公、老公、阿公、外公、太公、雷公、诸公、周公、叶公、愚公。
翁：老翁、渔翁、富翁、山翁、塞翁、家翁、令翁、乃翁、诗翁、翁婿、白头翁。
嗡：嗡嗡声。
鬃：马鬃、猪鬃、红鬃、鬃刷。
沣：水名，沣水；沣沛，雨盛貌。
酆：地名，酆都、酆都城。

【二冬】

冬：隆冬、初冬、孟冬、深冬、残冬、严冬、寒冬、越冬、冬至；冬青、麦冬。
咚：同"鼕（冬）"。鼓声；叮咚、咕咚、咚咚。
疼：心疼、头疼、疼痛、疼爱。
农：贫农、老农、务农、神农、烟农、农田、农具。
侬：人称代词，侬家、吴侬、阿侬。
浓：酒浓、情浓、雨浓、霜浓、香浓、意浓、兴浓、浓烈、浓妆、浓睡。
哝：哝哝、唧哝、咕哝。
脓：化脓、出脓、流脓、溃脓、脓包。
秾：花木繁盛貌，繁秾、秾华、夭桃秾李。
醲：酒味浓厚，醲郁。
宗：祖宗、同宗、禅宗、正宗、卷宗、宗旨、宗派。
踪：行踪、追踪、跟踪、萍踪、失踪、行踪、无踪、潜踪、踪迹。

琮：瑞玉。

惊：心情、欢惊、离惊。

容：宽容、不容、包容、收容；音容、面容、笑容、怒容、愁容、花容、姿容、军容、阵容。

榕：榕树；榕城。

熔：熔化、熔炼。

镕：熔铸的模具；销熔、炼制，同"熔"。

蓉：芙蓉、苁蓉、椰蓉。

龙：苍龙、青龙、蟠龙、长龙、玉龙、蛟龙、虬龙、卧龙、盘龙、攀龙、龙子、龙女。

茏：葱茏、茏葱。

龚：姓。

舂：舂米、舂药。

蚣：蜈蚣。

松：轻松、蓬松、松脆、松散、肉松；青松、苍松、老松、松子。

忪：zhōng，心动貌，怔忪、忪懞。sōng，惺忪。

淞：水名，吴淞口。

枞：cōng，冷杉。zōng，地名，枞阳。

峰：山峰、冰峰、波峰、洪峰、顶峰、巅峰、险峰、奇峰、高峰、碧峰、孤峰、群峰、驼峰、峰峦叠嶂。

蜂：蜜蜂、野蜂、马蜂、蜂王；蜂腰。

锋：刀锋、笔锋、先锋、藏锋、交锋、争锋、锋芒、锋利。

烽：烽火、烽烟。

庸：平庸、庸庸、庸才、庸俗；中庸；毋庸；附庸。

慵：春慵、慵懒、慵惰、慵困。

墉：城墙、墙壁，墉垣、墉城。

鏞：大钟。

鳙：鳙鱼，也叫胖头鱼。

佣：雇佣、女佣、佣工。
另 yòng，佣金。

痈：毒疮，痈疽。

噰：鸟声，噰噰（喁喁）。

饔：熟食，亦指早饭，饔飧不继。

凶：吉凶、行凶、帮凶、逞凶、元凶、穷凶、凶手、凶器。

讻：讻讻。

匈：匈奴；匈匈。

胸：前胸、捶胸、挺胸、扪胸、心胸、胸臆、胸怀、胸有成竹。

邛：邛崃。

筇：筇竹。

蛩：蟋蟀。

恭：谦恭、肃恭、不恭、恭候、恭贺、恭喜。

邕：地名，邕州。

钟：时钟、警钟、晨钟、黄钟、钟鼓、

单韵字注 43

钟鼎、钟声。

彤：朱红色，彤云、彤彤、彤管。

【三江】

江：长江、大江、春江、秋江、寒江、清江、渡江、沿江、三江；江山。

茳：香草名，茳蓠。

扛：gāng，抬举重物，力能扛鼎。
kángg，扛枪、扛旗；扛活。

杠：gāng，桥，杠梁；旗杆、竹杠。
另 gàng，杠杆、杠杠。

矼：石桥。

缸：水缸、鱼缸、酒缸、茶缸、浴缸。

豇：豇豆。

泷：lóng，急流，泷泷。
shuāng，水名，泷水。

尨：máng，多毛狗，杂色。
méng，尨茸，杂乱，蓬松貌。

邦：友邦、邻邦、家邦、安邦、邻邦、异邦、联邦、邦交。

梆：更梆、敲梆、梆子、梆子腔。

桩：木桩、桥桩、打桩；一桩心事。

逄：鼓声，逄逄；姓。

双：成双、无双、双双、一双、双飞、双星。

窗：门窗、天窗、舷窗、晓窗、纱窗、同窗、窗外、窗前。

腔：口腔、胸腔；满腔热血；开腔、搭腔、帮腔、装腔；唱腔。

【四支】

支：干支、地支；分支；收支、透支、支付、支持、支援；支撑。

吱：又读 zī，吱声、吱吱。

枝：树枝、竹枝、枯枝、折枝、繁枝、绕枝、高枝、旁枝、虬枝、枝杈、花枝招展。

岐：岐黄、岐山。

歧：分歧、歧路、歧途、歧视。

肢：四肢、腰肢、肢体。

之：总之、由之；君将何之；取之不尽；赤子之心。

芝：灵芝、芝兰、芝麻。

眵：眼眵，俗称眼屎。

黟：黑；黟山，即黄山。

移：星移、影移、迁移、转移、不移、移情、移风易俗。

袲：阁边小屋。

垂：下垂、低垂、泪垂、垂手；垂钓、垂询。

陲：边境、边陲。

卑：尊卑、自卑、谦卑、位卑、卑下、卑微、卑职。

碑：界碑、路碑、石碑、墓碑、摹碑、勒碑、魏碑、碑文、碑碣、碑林；口碑、丰碑、树碑立传。

裨：pí，辅助、副，裨将。
bì，亦读 bēi，增益、完补，裨补、无裨于事。

脾：心脾、肝脾、脾胃；脾气。

郫：地名，郫县。

陴：城上女墙。

奇：qí，神奇、好奇、出奇、惊奇、稀奇、清奇、珍奇、离奇、传奇、奇怪、奇袭。
jī，奇数、奇偶。

埼：弯曲的岸。

崎：崎岖。

琦：美玉；奇伟不凡，瑰琦。

畸：畸形、畸变、畸轻畸重。

攲：qī，倾斜，攲斜、攲侧。同"敧"。
yī，叹美之词。同"猗"。

猗：猗欤休哉。

漪：涟漪、漪澜。

皮：毛皮、表皮、果皮、草皮、桂皮、丹皮、牛皮、狼皮、脸皮；俏皮、调皮、扯皮。

披：纷披、披露、披肩；披肝沥胆。

疲：神疲、力疲、疲劳、疲乏、疲于奔命。

知：无知、求知、知道、知识；故知、知交、知己；自知、感知、良知。

痴：书痴、情痴、花痴、娇痴、顽痴、呆痴、白痴、自痴、痴心、痴狂、痴笑。

蜘：蜘蛛。

踟：踟蹰。

驰：奔驰、疾驰、飞驰、风驰、驱驰、神驰、驰骋；驰名。

池：城池、浴池、鱼池、剑池、雷池、瑶池、池塘、池鱼。

师：先师、良师、严师、大师、琴师、法师、牧师、师道、师法、师友；王师、班师、会师。

狮：雄狮、睡狮、醒狮、石狮。

螄：螺蛳。

筛：筛子、筛选、筛糠、筛锣。

基：房基、地基、国基、宏基、根基、登基、奠基、基础、基本、基业。

萁：豆萁。

箕：簸箕；箕斗、箕踞。

綦：青黑色，綦巾；极、很，言之綦详。

骐：青黑色的马，骐骥。

期：qī，日期、到期、周期、花期、如期；期盼、期许；期颐。
jī，整年、整月，期年、期月。

欺：相欺、自欺、可欺、欺骗、欺负、欺瞒、欺君。

淇：淇河。

棋：下棋、观棋、悔棋、举棋、棋盘、棋列、棋逢对手。

祺：吉、福,祺祥、福祺。

琪：美玉,清琪;琪树。

蜞：蟛蜞。

旗：国旗、战旗、旌旗、酒旗、旗手、旗语;旗袍、八旗、旗人。

麒：麒麟、麒麟袍。

斯：如斯、于斯、斯人、斯时;斯文。

澌：解冻时流动的冰,流澌。

撕：撕扯、撕裂、撕票。

厮：小厮、那厮、厮役。

词：语词、诗词、清词、丽词、婉词、艳词、颂词、台词、题词、词章、词藻。

祠：祠堂。

颐：颐养;颐指气使;期颐。

姬：侍姬、歌姬、舞姬、吴姬、虞姬、姬妾;姓。

宧：房屋的东北角。

谁：又读shéi,疑问代词,谁说、是谁、凭谁。

惟：惟妙惟肖、惟其如此。又与"唯(wéi)"同。

椎：chuí,捶击的工具,用椎打击。zhuī,脊椎、椎骨。

帷：帐幕,窗帷、春帷、帷帐、帷幕、帷幄。

雌：雌性、雌雄。

骓：毛色青白相杂的马,乌骓。

锥：锥刀、锥股、锥处囊中、立锥之地。

维：恭维、思维、四维;纤维;维系、维持;维新。

潍：地名,潍坊、潍河。

罹：遭遇,罹难。

丝：蚕丝、抽丝、丝绸;丝竹;雨丝、柳丝;情丝;粉丝、千丝。

兹：zī,这个,兹事;现在,兹定于。cí,古国名,龟兹。

滋：喜滋滋;滋润;滋生、滋事。

慈：仁慈、家慈、令慈、慈母、慈爱;慈天。

磁：电磁、磁石、磁铁。

嵫：崦嵫、嵫景。

鹚：鸬鹚。

鹚：鹭鹚。

鸸：鸸鹋。

鹛：鹛鹛。

而：从而、既而、已而、进而、然而、而后、而立、而已。

洏：涟洏,涕泪交流貌。

鲕：鱼苗。

鲥：鲥鱼。

鳍：鱼鳍,背鳍、胸鳍。

耆：老,六十曰耆,耆老、耆年、耆宿。

蓍：蓍草。

鬐：马鬃。

髭：髭须、短髭。

龇：龇牙咧嘴。

疵：瑕疵、疵点。

赀：赀簿、所费不赀。

资：投资、巨资、资产；天资、师资、资历、资质。

咨：咨询；咨文；咨嗟。

粢：谷类；粢米。

瓷：瓷器、陶瓷、青瓷、搪瓷。

姿：风姿、丰姿、英姿、雄姿、舞姿、姿容、姿色。

茨：茨宇、茨竹、茨菰；蒺藜。

炊：晨炊、晚炊、茶炊、野炊、断炊、炊烟、炊饼。

堲：在墙上凿的鸡窝。

时：顿时、临时、费时、按时、适时、时节、时辰、时光、时常；时尚、时髦。

诗：古诗、新诗、吟诗、题诗、和诗、诗经、诗词、诗人、诗集、诗话。

持：把持、扶持、自持、持久、持之以恒。

隋：朝代；姓。

随：相随、跟随、伴随、追随、尾随、随心、随意、随笔、随便。

危：高危、濒危、临危、垂危、自危、危险、危害、危机、危及；正襟危坐。

卮：酒器。

栀：木名，栀子。

蘺：香草名，江蘺。

篱：樊篱、竹篱、菊篱、东篱、疏篱、绕篱、篱笆。

漓：淋漓；漓江。

缡：古时妇女的佩巾；结缡。

螭：传说中没有角的龙。

醨：薄酒。

魑：魑魅、魑魅魍魉。

麾：军队的旗子、指挥，麾下。

縻：束缚、系住，羁縻。

糜：肉糜、糜烂。

蘼：香草名，蘼芜。

醾：重酿的酒，酴醾。

麋：麋鹿，也称四不像。

肌：冰肌、玉肌、心肌、肌肤、肌理。

脂：油脂、胭脂、凝脂、琼脂、脂肪、脂膏、民脂民膏。

厘：毫厘、一厘。

狸：狐狸、海狸、河狸、狸猫。

眉：寿眉、纤眉、浓眉、修眉、蛾眉、皱眉、锁眉、低眉、愁眉、蹙眉、燃眉、扬眉、展眉、横眉、眉毛、

单韵字注

湄：水边、岸旁。
嵋：峨嵋山。
楣：门框上边的横木，门楣。
郿：地名，郿坞。
笞：鞭笞、杖笞、痛笞、怒笞。
怡：和悦、喜乐，神怡、心怡、情怡、怡怡、怡目、怡志。
饴：糖膏、美味之食，饴糖、高粱饴。
贻：赠送、贻赠、馈贻；遗留、贻害、贻患、贻笑大方。
规：圆规、正规、常规、法规、循规、校规、家规、清规、陋规、规矩；子规；规劝；规划。
窥：管窥、暗窥、偷窥、窥视、窥测、窥探、管中窥豹。
夷：险夷、平夷、化险为夷；夷为平地、夷灭；四夷、华夷杂处。
姨：阿姨、娘姨、婆姨、姨母、姨丈。
痍：创伤，疮痍。
丕：大，丕业、丕变、丕显。
伾：伾伾。
邳：通"丕"，邳张；地名，邳州。
祁：盛、大，祁祁；地名，祁门、祁连山。
芪：药草名，黄芪。
祇：qí，地神，神祇。

zhǐ，恰好、仅仅。
祇：恭敬，祇仰、祇奉。
泜：水名，泜河。
胝：胼胝。
禧：xǐ，又读 xī。幸福、吉祥，年禧、福禧。
嘻：嘻嘻、噫嘻、嘻嘻哈哈。
嬉：相嬉、童嬉、乐嬉、嬉乐、嬉游、嬉戏、嬉笑怒骂。
僖：喜乐。
熹：微明貌，熹微；明亮，星熹。
熙：光明、兴盛、和乐，熙和、熙熙攘攘。
羆：熊的一种。
羁：马笼头，无羁之马；拘束，羁绊、放荡不羁；停留，羁旅、羁留。
伊：助词，伊始；人称代词，伊人。
咿：拟声词，咿唔、咿呀学语。
虒：兽名；地名，虒亭。
篪：古乐器。
妫：水名，妫水。
沩：沩山、沩水。
追：紧追、狂追、急追、勿追、追逐；追随、追悔、追求、追悼。
逵：四通八达的道路。
逶：弯曲貌，逶迤。
痿：wěi，病名，痿痹。

萎：又读 wēi，草木枯也，枯萎、凋萎。

蕤：草木花下垂、繁茂、葳蕤；下垂的装饰物。

夔：兽名，夔牛；地名，夔门、夔峡。

葵：锦葵、蜀葵、蒲葵、海葵、龙葵、秋葵、葵花、葵扇。

荽：香菜，芫荽、胡荽。

绥：安好，顺颂时绥；安抚，绥靖。

虽：虽然、虽说、虽死犹荣。

蚩：蚩拙、蚩蚩；蚩尤。

嗤：讥笑，嗤嗤、嗤笑、嗤之以鼻。

媸：丑陋，不辨妍媸。

嫠：寡妇，嫠妇、嫠节。

漦：又音 lí。涎沫。

劙：用刀划、割。

淄：地名，淄河、淄川。

缁：黑色，缁衣。

锱：锱铢、锱铢必较。

辎：辎重。

缌：细麻布。

飔：凉风、疾风、轻飔、凉飔、微飔、飔风。

嫘：嫘祖。

孜：孜孜不倦。

尸：尸体、尸骨未寒；尸位。

怩：忸怩。

妮：女孩儿，妮子。

呢：ní，呢喃；呢绒。
ne，语气助词。

墀：丹墀、兰墀、玉墀、阶墀。

宜：相宜、适宜、合宜、咸宜、事宜、时宜、不宜、便宜、宜人、权宜。

仪：心仪、礼仪、母仪、司仪、两仪、仪表、仪态。

悲：慈悲、伤悲、含悲、可悲、悲哀、悲伤、悲壮。

辞：文辞、修辞、措辞、微辞、谦辞、卦辞、致辞；告辞、推辞、辞别、辞退。

疑：怀疑、猜疑、迟疑、存疑、释疑、狐疑、质疑、置疑、疑似、疑虑、疑心。

亏：盈亏、功亏、理亏、幸亏、多亏、吃亏、亏欠、亏损。

羲：伏羲。

曦：阳光，晨曦、曦轮。

私：公私、家私、隐私、无私、徇私、忘私、走私、自私、私人、私宅、私自。

彝：古青铜器通称；彝族。

衰：shuāi，盛衰、兴衰、衰败、衰弱、衰竭。
cuī，递减，衰序、等衰。

匙：chí，汤匙、茶匙、羹匙。

shi,钥匙。

牺:牺牲。

巇:险峻,崄巇。

羸:疲羸、老羸、衰羸、羸弱、羸顿。

蜊:蛤蜊。

娭:xī,嬉戏,娭光。

貔:兽名,貔貅。

枇:枇杷。

纰:纰漏、纰缪。

毗:连接,毗邻;辅助,毗补。

蚍:蚍蜉。

琵:乐器名,琵琶。

圮:桥,圮上、圮桥。

儿:小儿、幼儿、宠儿、娇儿、健儿、儿童、儿歌、儿戏。

弥:沙弥、弥陀;弥坚、弥久、弥漫、弥天。

霉:发霉、霉烂、霉变、倒霉、霉气。

鼒:小鼎。

【五微】

微:稍微、轻微、精微、略微、慎微、微微、卑微、翠微、熹微、微妙、微服。

薇:植物名,蔷薇、白薇、紫薇、采薇、薇芜、薇藿。

徽:国徽、校徽、徽号、徽音、徽章、徽标;徽墨、徽菜。

挥:指挥、挥手、挥舞、挥霍、挥毫。

晖:日光、光辉,晨晖、春晖、霞晖、清晖、晖晖。

辉:光辉、增辉、生辉、辉映、辉煌。

翚:鼓翼疾飞,翚飞;一种五彩羽毛的野鸡。

韦:韦布、韦衣、韦编三绝。

帏:同"帷";香囊。

祎:王后的祭服,祎衣。

违:久违、相违、暌违;违背、违规、违碍;违和。

闱:宫闱、闺闱;春闱、秋闱。

围:包围、重围、范围、围绕、围攻、围垦;围棋。

讥:相讥、讥笑、讥讽、讥刺。

叽:稍稍吃一点,悲叹;小声,叽咕。

矶:水边突出的岩石或石滩,钓矶、石矶。

玑:不圆的珠子,珠玑、璇玑。

非:是非、除非、无非、莫非、厚非、若非、为非、饰非、非分、非常、非凡。

霏:霏霏、霏微。

扉:柴扉、心扉、叩扉;扉页。

绯:红色,绯红、绯桃、绯闻。

腓:小腿肚,腓骨;病、枯萎,百卉

俱腓。

圻：qí，都城周围千里之地；通"碕"，曲岸，圻岸。
yín，通"垠"。

沂：沂水、沂州。

祈：敬祈、祈福、祈求、祈盼、祈祷。

颀：修长貌，颀长、颀伟、颀颀。

旂：古代的一种旗子；旗帜的总称，旂旗。

肥：膘肥、绿肥、积肥、催肥；肥腴、肥厚、肥田、肥差。

淝：水名，淝水。

希：希望、希冀、希图、希求。

晞：干，晨露未晞；破晓，东方未晞。

稀：古稀、依稀、渐稀、星稀、雨稀、糖稀、稀疏、稀少、稀罕、稀薄。

威：国威、军威、恩威、声威、神威、淫威、余威、堂威、助威、发威、威武、威仪、威风、威慑。

葳：葳蕤。

妃：王妃、皇妃、贵妃、后妃、妃嫔。

飞：高飞、起飞、齐飞、纷飞、奋飞、分飞、莺飞、孤飞、群飞、魂飞、飞天、飞流。

畿：京畿、畿辅。

依：依靠、依附、依偎；依次；依稀、依然；依依。

巍：高大貌，崔巍、巍巍、巍峨、巍然。

归：回归、荣归、如归、思归、归心、归还、归附、归属、归宿。

【六鱼】

鱼：游鱼、池鱼、观鱼、木鱼、鱼肉、鱼水、鱼米之乡。

渔：樵渔、渔夫、渔歌、渔猎；渔利。

裾：大襟、衣袖，长裾、轻裾、曳裾；裾裾，盛装貌。

琚：佩玉，琼琚、环琚、华琚。

腒：干腌鸟肉，雉腒。

舒：宽舒、舒服、舒展、舒心。

妤：婕妤。

余：业余、多余、残余、剩余、结余、课余、余音、余力；姓。

徐：疾徐、徐徐、徐缓。

狳：犰狳。

蜍：蟾蜍。

滁：滁河、滁州。

渠：沟渠、河渠、明渠、水到渠成。

蕖：荷花，芙蕖、菱蕖、红蕖、秋蕖。

诸：付诸；诸多、诸君、诸侯。

猪：肥猪、野猪、豪猪、种猪、猪猡、猪肉、猪倌。

潴：水积聚的地方，潴积、潴留。

储：chǔ，存储、仓储、储藏；储君、立

庐：茅庐、草庐、穹庐、蓬庐、结庐、庐舍；庐山真面目。

驴：毛驴、叫驴、野驴、驴骡、驴打滚、驴唇马嘴。

胪：胪陈、胪列。

胥：小官吏,胥吏、胥徒；齐、皆,万事胥备。

蔬：菜蔬、野蔬、布衣蔬食。

梳：木梳、牙梳、梳子、梳头、梳妆。

虚：空虚、盈虚、心虚、气虚、谦虚、务虚、清虚、子虚、太虚、虚弱、虚假、虚词。

墟：废墟、荒墟、殷墟、墟市。

歔：歔欷。

璷：玉环。

蘧：惊喜貌,蘧然；植物,蘧麦。

摅：抒发,摅意；腾跃。

蛆：蛆虫。

疽：痈疽。

菹：腌菜；肉酱；多水草的沿泽地。

趄：jū,趑趄、趄避。
　　另 qiè,趔趄。

雎：鸟名,雎鸠。

锄：铁锄、花锄、开锄、挂锄、荷锄、铲锄、锄头、锄草；锄奸、锄强扶弱。

闾：乡闾、闾巷、闾左。

榈：棕榈。

樗：木名,即臭椿；樗材。

初：如初、当初、起初、年初、初春、初衷。

书：传书、文书、六书、正书、板书、历书、家书、情书、修书、传书、休书、书籍、书法、书信。

舆：舆车、舆地；舆论、舆情。

祛：祛除、祛疑、祛痰、祛暑。

袪：袖口；同"祛"。

【七虞】

虞：意料,不虞；忧虑,无虞；欺骗,尔虞我诈；虞美人。

吴：东吴、吴刀；吴牛喘月。

娱：欢娱、自娱、嬉娱、娱乐。

蜈：蜈蚣。

禺：地名,番禺；区域,十禺。

愚：贤愚、若愚、痴愚、愚笨、愚昧、愚乔、愚见。

嵎：嵎谷,传说太阳落山处；嵎嵎。

髃：肩前骨。

隅：角落、城隅、向隅、一隅之地；靠边沿的地方,海隅。

刍：刍秣、反刍；刍荛；刍议。

雏：凤雏、鸡雏、鸭雏、育雏、雏形。

趋：疾趋、日趋、奔趋、亦趋、趋前、趋向、趋避、趋附。

无：有无、虚无、了无、杳无、若无、绝无、无谓、无悔、无涯。

芜：荒芜、繁芜、芜杂。

巫：神巫、女巫、巫术；巫山、巫峡。

诬：诬枉、诬陷。

于：大于、属于、勇于、至于、关于、便于、位于、近于、鉴于、善于、于是。

吁：吁吁、嘻吁、嗟吁、长吁短叹。

盱：张目直视，盱盱、盱衡；地名，盱眙。

纡：屈曲、回旋，萦纡；系、结，纡朱拖紫。

竽：乐器，滥竽充数。

迂：迂回、迂曲、迂缓、迂腐。

盂：盛器，水盂、痰盂。

邘：古国名；姓。

都：dū，国都、首都、都城、都会；都督。
dōu，全都、都是、都来。

欋：农具，即四齿耙，欋推；木根盘曲。

衢：四通八达之路，通衢。

癯：瘦，清癯。

戵：古兵器，戟属。

需：军需、急需、必需、所需、供需、需要、需求。

儒：大儒、鸿儒、腐儒、寒儒、儒家、儒士、儒将；侏儒；儒雅；儒艮。

濡：耳濡、濡湿、相濡、濡染、濡笔。

嚅：嗫嚅、嚅动。

襦：短衣，短袄，罗襦、绣襦、短襦。

须：务须、必须、何须、莫须、无须、些须、须知、须眉；须臾。

媭：古时楚人称姐姐为媭；女子人名用字，女媭。

朱：丹朱、涂朱、朱红、朱门；朱鹮；朱雀。

侏：侏儒。

诛：天诛、口诛、诛戮、诛杀。

洙：洙水河。

姝：美好、美女，仙姝、名姝、姝好、姝丽。

珠：珍珠、连珠、念珠、遗珠、明珠、珠宝、珠联璧合。

株：植株、枯株、朽株、株守、株连。

殊：特殊、悬殊、殊死、殊荣、殊途同归。

铢：锱铢、毫铢、铢积寸累。

蛛：蜘蛛、蛛网、蛛丝马迹。

邾：春秋诸侯国名。

茱：植物名，茱萸。

窬：穿窬；中空的木头，窬木。

渝：变更、违背，舍命不渝、渝盟；巴渝、渝州。

愉：欢愉、欣愉、愉快、愉悦。

瑜：瑕瑜、佩瑜、瑕不掩瑜；瑜伽。

榆：桑榆、槐榆、垂榆、榆树、榆钱。

觎：希望得到，觊觎。

歈：歌，吴歈蔡讴。

逾：逾期、逾越。

觎：氍觎、锦觎。

氍：氍觎。

臾：须臾。

萸：茱萸。

谀：谄媚，阿谀、谀辞。

腴：丰腴、膏腴、甘腴、腴润。

岖：崎岖。

枢：中枢、枢纽、枢要、户枢不蠹。

躯：身躯、微躯、捐躯、躯干。

柎：花萼。

苻：草名，又叫鬼目草；苻蓠，即白芷；芦苇内的薄膜。

符：兵符、虎符、桃符、护身符；符号、音符；符合。

夫：fū，渔夫、武夫、农夫、匹夫、凡夫、懦夫、大夫、老夫、夫妇、夫子。
　　fú，代词、助词（置于句首、句中、句尾），逝者如斯夫。

芙：芙蓉、芙蕖。

扶：相扶、帮扶、搀扶、扶持、扶助；扶疏；扶乩；扶桑。

肤：皮肤、肌肤、发肤、玉肤；肤浅。

蚨：青蚨。

趺：碑下石座，石趺、龟趺。

麸：麦麸、糠麸、麸皮、麸子。

厨：庖厨、帮厨、名厨、下厨、厨房、厨师。

蹰：踟蹰。

拘：不拘、无拘、拘束、拘泥、拘谨；拘捕、拘押。

驹：马驹、龙驹、神驹、千里驹；驹隙。

劬：劬劳、劬劬。

朐：屈曲的干肉；车轭两边叉马颈的曲木；地名，临朐。

谟：策略，宏谟。

嫫：丑陋，嫫母。

模：mó，楷模、劳模、模范、模型；模糊。
　　mú，铜模、砂模、印模、拉模。

晡：申时，晡夕。

匍：匍匐。

逋：逃亡，逋逃、逋客；拖欠，逋欠。

蒲：香蒲、菖蒲、蒲棒、蒲扇；蒲

公英。

敷：冷敷、热敷、敷药、敷设；敷衍。

辜：罪,无辜、何辜、死有余辜；违背,不辜、辜负。

沽：沽酒、待价而沽、沽名钓誉。

姑：仙姑、道姑、尼姑、村姑、翁姑、姑姑、姑母、姑嫂；姑且、姑息。

菇：蘑菇、香菇、草菇、冬菇、春菇、鲜菇、金针菇。

枯：干枯、焦枯、荣枯、摧枯、枯槁、枯朽、枯骨；枯肠。

蛄：蝼蛄。

骷：死人骨头,骷髅。

鸪：鹁鸪、鹧鸪。

胡：京胡、二胡、板胡；胡闹、胡说；胡须。

湖：盐湖、烟湖、南湖、东湖、湖泊、湖光山色；湖笔；江湖。

猢：猢狲。

瑚：珊瑚。

糊：面糊、糨糊、裱糊；迷糊、含糊、模糊、糊涂；糊口。

鹕：鹈鹕。

葫：葫芦。

醐：醍醐。

酥：蟾酥、油酥、酥油、香酥、桃酥、酥脆、酥软。

酤：酤酿、酤酒、酤清、酤酥。

途：路途、半途、识途、坦途、穷途、迷途、殊途、通途、前途、征途、仕途、用途、途径、日暮途远。

荼：如荼、荼毒。

菰：即茭白；菌类统称菰,同"菇"。

孤：遗孤、势孤、孤独、孤儿、孤旅、孤傲、孤僻；托孤。

狐：草狐、火狐、红狐、赤狐、雪狐、银狐、妖狐、狐狸、狐媚、狐疑。

弧：木弓,弦木为弧；圆弧、电弧、弧光。

觚：古酒器；木简。

罛：大渔网。

奴：家奴、老奴、女奴、农奴、奴隶、奴婢；匈奴。

孥：儿女；妻子和儿女的统称。妻孥。

驽：驽马、驽钝、驽马十驾。

乎：在乎、合乎；语气助词,宁有种乎、然乎、否乎。

呼：欢呼、高呼、称呼、招呼、惊呼、疾呼、山呼、呼唤、呼喊、呼风唤雨。

滹：滹沱河。

吾：支吾；我,吾兄、吾等、吾侪。

梧：苍梧、碧梧、梧桐。

鼯：鼯鼠。

徂：开始,六月徂暑;往、到,自西徂东。

殂：死亡,崩殂、殂落、殂谢。

租：房租、出租、收租、转租、减租、租用、租金。

粗：心粗、气粗、动粗、粗大、粗米、粗糙、粗人。

卢：饭器;黑色;卢沟桥。

垆：黑硬土;酒垆、当垆。

泸：泸水、泸州、泸定桥。

栌：木名,黄栌;斗栱,榰栌。

铲：镟铲。

舻：船头,舳舻;船,行舻。

鲈：鲈鱼。

鸬：鸬鹚。

颅：头颅、颅骨。

炉：火炉、壁炉、香炉、熏炉、熔炉、高炉、炉灶、炉渣。

芦：荻芦、萩芦、葫芦、芦苇、芦花、苇席、苇笋。

孚：使人信服,深孚众望。

俘：战俘、伤俘、俘虏、俘获。

莩：芦秆里的薄膜。

郭：外城,郭郭。

稃：谷粒的壳。

呜：呜呼、呜咽、呜呜。

乌：金乌;乌鸦、乌龟、乌发、乌金;乌合之众、子虚乌有。

凫：野鸭。

俱：jū,偕、同。
另读 jù,皆、都。

壶：茶壶、酒壶、喷壶、玉壶、冰壶、悬壶、壶中物。

徒：歹徒、奸徒、暴徒、狂徒、酒徒、信徒、师徒、高徒、信徒、徒众;徒步。

摹：描摹、临摹、摹写、摹刻。

图：宏图、雄图、蓝图、图谋;画图、图解、图书。

毋：毋宁、毋庸、毋妄言、宁缺毋滥。

苏：复苏、苏醒;紫苏;流苏;屠苏;姑苏;苏绣。

殳：古兵器,殳仗;殳书。

雩：古求雨之祭,雩祭。

洿：低洼的地方,洿池。

刳：剖开、挖空,刳木为舟。

【八齐】

蛴：蛴螬,金电子的幼虫。

脐：肚脐、尖脐、团脐、脐带。

跻：登、升,跻身、跻攀。

齑：齑粉。

犁：扶犁、开犁、套犁、春犁、爬犁、犁铧、犁田。

梨：鸭梨、白梨、脆梨、梨树、梨园。

黎：黎元、黎民；黎明。
藜：蒺藜、藜藿；藜杖。
藜：同"藜"。
萋：草盛貌,萋萋。
凄：凄凉、凄清、凄恻、凄迷、凄婉、凄风苦雨。
圭：白圭、圭璋、圭勺、圭臬。
奎：奎宿；奎章。
畦：菜畦、畦田。
闺：深闺、春闺、闺房、闺阁、闺秀、闺怨。
邽：邽石；地名,下邽。
堤：长堤、柳堤、白堤、筑堤、决堤、苏堤、堤防、堤塘。
低：高低、贬低、降低、减低、低矮、低迷、低下。
羝：公羊。
啼：鸡啼、猿啼、莺啼、悲啼、啼哭、啼叫、啼鸣。
蹄：猪蹄、马蹄、失蹄、铁蹄、蹄筋。
绨：tí,绨袍。
今又读 tì,线绨。
梯：扶梯、滑梯、云梯、人梯、梯子、梯田、梯次、梯队。
稊：草名,稊米。
鹈：鹈鹕。
鸡：公鸡、火鸡、锦鸡、斗鸡、闻鸡、鸡雏、鸡肋、鸡鸣狗盗、鸡毛蒜皮。

奚：奚若；奚落。
傒：傒倖。
溪：山溪、清溪、小溪、溪水、溪流。
蹊：xī,小路、蹊径、荒蹊。
qī,蹊跷。
鼷：鼷鼠。
倪：端倪。
猊：狻猊。
蜺：寒蝉的别名。
鲵：大鲵、小鲵；鲵齿。
嘶：嘶哑、嘶鸣。
西：东西；中西、归西、西方、西行、西餐。
栖：qī,两栖、共栖、栖息。
xī,栖栖。
粞：碎米,粞米、糠粞。
醯：醋。
睽：隔开、分离、睽隔、睽违。
睢：睢异、众目睽睽。
笄：簪,笄年、及笄。
箆：bì,梳发用具,箆子、竹箆、梳箆。
砒：砒石、砒霜。
嵇：山名,嵇山；姓。
赍：怀着、抱着,赍恨、赍志而没；以物送人,赍赏。

单韵字注 57

荑：tí，柔荑、兰荑；荑稗。
　　yí，除去野草，芟荑。
犀：灵犀、犀牛、犀角；犀利。
鼙：军鼓，金鼙、鼙鼓、鼙舞。
迷：着迷、戏迷、书迷、财迷、痴迷、迷恋、迷路、迷惘、迷雾。
携：提携、相携、携手、携带、扶老携幼。
兮：语气助词，大风起兮云飞扬；可怜兮兮。
乩：问卜，扶乩。

【九佳】

佳：美好，佳音、佳作、佳境、佳话、佳丽、最佳、绝佳。
淮：淮河、淮南鸡犬。
鞋：棉鞋、布鞋、铁鞋、鞋底。
街：大街、长街、满街、当街、骂街、游街、街道、街坊。
睚：睚眦、睚眦必报。
崖：山崖、悬崖、摩崖、云崖、断崖、峭崖、崖岸、崖刻。
牌：门牌、招牌、路牌、黄牌、杂牌；纸牌；词牌、曲牌。
阶：台阶、石阶、阶梯；音阶；官阶、军阶。
皆：都，俱，皆大欢喜、比比皆是。
偕：相偕、偕老、偕行。

谐：和谐、诙谐、谐音、谐谑。
喈：喈喈、钟鼓喈喈、鸡鸣喈喈。
揩：擦拭，揩拭；揩油。
俳：俳谐；俳句。
排：竹排；彩排；前排、安排、编排、铺排、排列、排比。
埋：mái，掩埋、沉埋、埋藏、埋伏、埋没、埋名。
　　mán，埋怨。
霾：阴霾。
骸：形骸、残骸、尸骸、骸骨。
乖：乖巧、乖戾、乖张、乖乖。
怀：胸怀、下怀、情怀、关怀、满怀、感怀、咏怀、萦怀、挂怀、缅怀、忘怀、壮怀、虚怀、怀抱、怀念。
豺：豺狼、豺狗。
侪：同类、同辈的人，吾侪、同侪、侪辈。
斋：书斋；斋戒、斋饭。
钗：首饰，金钗、荆钗、玉钗、宝钗。
挨：āi，挨排、挨肩擦背。
　　ái，挨批、挨打、挨宰。
崽：zǎi，崽子。

【十灰】

灰：烟灰、草灰、石灰、灰尘；青灰、浅灰、深灰、灰暗、灰色；灰心。
诙：诙谐。

恢：恢宏、恢恢、恢拓；恢复。
盔：盔甲，钢盔、头盔、帽盔；盔子。
偎：依偎、偎傍。
隈：山水等弯曲处，山隈。
煨：煨烬、煨牛肉。
回：春回、来回、退回、梦回、轮回、迂回、回盼；回避；章回；这回。
茴：茴香。
洄：水流回旋，洄洑。
徊：huái，又读 huí，徘徊。
徘：徘徊。
裵：长衣貌；姓。
哀：悲哀、默哀、节哀、致哀、哀哀、哀怨、哀鸿。
缞：粗麻布制成的丧服。
媒：说媒、大媒、良媒、为媒、媒人、媒妁、媒介。
煤：烟煤、煤烟、煤灰、煤渣。
禖：媒神，高禖、禖祝。
陪：奉陪、作陪、失陪、少陪、陪伴、陪衬、陪嫁。
醅：未滤的酒，新醅、旧醅、香醅。
酶：酒母。
梅：红梅、蜡梅、寒梅、乌梅、杨梅、咏梅、踏雪寻梅、梅花、梅雨。
莓：草莓、莓苔。
枚：枚举、一枚。

玫：玫瑰、玫瑰红。
瑰：瑰宝、瑰玮、瑰丽；玫瑰。
魁：党魁、罪魁、花魁、夺魁、魁首、魁伟；魁星。
雷：春雷、响雷、惊雷、迅雷、沉雷、雷鸣、雷同；雷池。
罍：古代酒器。
堆：土堆、沙堆、雪堆、堆砌；堆笑。
崔：崔嵬、崔巍。
催：紧催、频催、催促、催办、催讨。
摧：风摧、摧毁、摧残、摧眉折腰。
杯：茶杯、举杯、杯中物、杯弓蛇影。
坯：旧亦读 pēi，砖坯、毛坯。
胚：胚胎、胚芽。
薹：薹草、蒜薹、菜薹、薹芥。
苔：tái，苔藓、苍苔、青苔。
　　tāi，舌苔。
抬：抬手、抬头；抬爱、抬杠、抬举。
胎：怀胎、胎生、胎记；轮胎。
炱：烟尘凝成的黑灰，也指黑色，煤炱、松炱。
邰：古国名；姓。
鲐：鲐鱼；鲐背、鲐稚。
鳃：鱼鳃。
腮：两腮、满腮、粉腮、猴腮、挠腮、腮颊。
该：应该、不该、活该、该着；该账；

陔:田陔、南陔。
孩:小孩、男孩、女孩、孩童、孩提。
垓:九垓、垓极、垓心。
赅:完备、俱全,言简意赅。
咳:ké,咳嗽、干咳。
　　hāi,感叹。
唉:表应答、叹息、拟声词,唉声叹气、唉唉。
埃:尘埃。
才:人才、贤才、良才、俊才、奇才、英才、怀才、多才、爱才、不才;适才、方才。
材:木材、药材、成材、选材、取材、蠢材、身材、题材、教材、器材。
财:钱财、资财、聚财、敛财、理财、散财、浮财、横财、财物、财源、财礼。
来:往来、远来、外来、回来、燕来、复来;本来、向来;来日;来得及。
莱:草名,即藜草;休耕之田;莱服。
崃:山名,邛崃。
桅:船桅、桅杆、桅樯。
哉:语气词,呜呼哀哉、快哉。
灾:旱灾、涝灾、天灾、消灾、救灾、灾害、灾荒、灾民。
猜:无猜、猜疑、猜忌、猜拳。

皑:洁白貌,皑皑、皑如山上雪。
开:打开、推开、开门;开心、开朗、开明。
呆:旧读ái,呆板;痴呆、发呆。
颓:颓废、颓丧;颓败、颓垣断壁。

【十一真】

真:纯真、天真、率真、情真、乱真、当真、逼真、真实、真假、真理、真诚。
嗔:怒、生气,嗔怒、嗔怪、转嗔为喜。
祯:以真诚而受福佑,吉祥。
瞋:发怒时睁大眼睛,瞋目。
因:原因、成因、内因、诱因、因为、因而、因果、因循。
茵:垫子或褥子,绿草如茵;茵陈。
姻:婚姻、联姻、姻缘、姻亲。
洇:纸洇、洇湿。
駰:浅黑杂白的马。
裀:夹衣;通"茵",垫子或褥子,裀褥。
氤:氤氲。
辛:酸辛、艰辛、含辛、辛辣、辛苦;细辛。
莘:shēn,莘莘学子。
　　xīn,细莘(细辛)。
新:崭新、尝新、翻新、创新、迎新、

薪：更新、刷新、维新、新旧、新年、新人。

薪：柴薪、传薪；薪俸。

辰：时辰、寿辰、诞辰、芳辰、良辰、吉辰；星辰、北辰。

唇：朱唇、樱唇、唇齿、唇舌、唇枪舌剑。

宸：宸宇、宸章。

晨：清晨、早晨、凌晨、司晨、晨曦、晨昏、晨钟暮鼓。

申：重申、引申、申述、申辩、申请。

伸：延伸、拉伸、伸展、伸张。

神：山神、神仙、神奇；出神、走神、定神、提神、养神、劳神、留神、神往、神游。

绅：乡绅、豪绅、劣绅、缙绅、绅士。

呻：呻吟。

宾：贵宾、上宾、外宾、嘉宾、酬宾、宾客、宾主、宾馆。

滨：水边、海滨、湖滨、江滨。

嫔：妃嫔、嫔从。

缤：缤纷、五彩缤纷、落英缤纷。

槟：bīn，槟子。
bīng，槟榔。

邻：相邻、近邻、四邻、芳邻、毗邻、邻里、邻近、邻接。

潾：水清见石貌，潾潾。

璘：玉的光彩，璘璘、璘彬。

辚：辚辚，众车声。

鳞：鱼鳞、鳞爪、鳞次栉比。

麟：麒麟、凤毛麟角。

匀：均匀、匀摊。

旬：上旬、下旬、经旬、旬日、旬刊。

荀：荀草；荀子。

询：探询、咨询、查询、垂询、征询。

恂：诚实、恭顺，恂谨、恂恂；恐惧，恂然。

峋：嶙峋。

洵：洵美；洵属可贵。

珣：玉名。

郇：古国名；姓。

秦：先秦、秦朝、秦篆、秦晋。

蓁：蓁蓁。

溱：zhēn，水名，溱水；溱溱，众盛貌，室家溱溱、百谷溱溱；汗出貌，汗出溱溱。
qín，地名，溱潼。

榛：榛子、榛莽；榛榛。

螓：蝉的一种，螓首蛾眉。

臻：至、达，渐臻佳境。

逡：退却，逡巡不前。

踆：又读 cún，踆乌，太阳中的乌鸦，借指太阳。

皴：皴裂、手皴；皴法、披麻皴。

堙：堆土为山；堵塞，堙室。

禋：禋祀。

钧：千钧、鸿钧；钧鉴、钧启。

昀：田地平整，昀昀。

均：平均、不均、势均、均匀、均摊。

筠：竹子的青皮；借指竹子，筠管、筠筒、筠竹。

珍：山珍、家珍、珍珠、自珍、袖珍、八珍、珍宝、珍爱、珍惜、珍重。

春：立春、新春、阳春、暮春、青春、惜春、怀春、踏春、春雨、春光、春秋。

椿：椿萱、椿年；木名，香椿。

频：视频、音频、调频、变频、频频、频仍、频繁。

蘋：植物名，也叫田字草。

濒：水边，濒湖、东濒大海；临近，濒临、濒危。

颦：皱眉，颦蹙、一颦一蹙、效颦、娇颦、含颦。

银：金银、白银、纹银、俸银、包银、水银、镀银、银饰；银河、银鱼。

民：公民、黎民、牧民、移民、利民、惠民、安民、全民、民众、民风、民歌。

珉：似玉的美石，珉石。

岷：岷山、岷江。

笢：亦读 mǐn。竹的表皮、竹篾。

缗：缗钱。

伦：天伦、人伦、绝伦、伦理、伦次。

沦：沉沦、沦没、沦陷。

轮：游轮、邮轮、客轮、渔轮；车轮；月轮、年轮、轮回、轮空。

驯：xún，驯顺、驯服、驯养、驯化。今读 xùn。

肫：诚恳，肫挚、肫肫；鸟类的胃，鸡肫、鸭肫。

窀：窀穸，墓穴。

莼：莼菜。

淳：清淳、淳厚、淳朴、淳美。

醇：清醇、香醇、醇酒、醇厚、醇美、醇正。

鹑：鹌鹑；鹑衣百结。

巡：出巡、逡巡、巡视、巡察、巡礼；酒过三巡。

遵：遵循、遵守。

旻：苍旻、旻天。

斌：同"彬"。

赟：美好貌。

贫：清贫、赤贫、济贫、嫌贫、贫穷、贫乏；贫嘴。

臣：君臣、忠臣、功臣、重臣、权臣、奸臣、佞臣、臣僚、臣服。

人：众人、他人、贵人、圣人、恩人、故人、狂人、小人、完人、匠人、人品、人情、人寰。

仁：成仁、不仁、仁爱、仁厚、仁义、仁政；果仁、瞳仁。

身：自身、本身、亲身、老身、健身、守身、分身、身体、身手、身份、身教。

巾：毛巾、围巾、黄巾、巾帼。

彬：彬彬，文雅貌。

尘：灰尘、烟尘、洗尘、征尘、后尘、凡尘、红尘。

陈：铺陈、条陈、详陈、陈列、陈设、陈述；陈旧、陈酒。

津：迷津、要津、关津、问津、通津、京津、津门、津要；生津、含津、津津有味。

循：因循、遵循、循序、循环、循循善诱。

纫：rèn，缝纫、补纫、针纫。

闽：mǐn，闽江、闽粤。

豳：豳风。

霣：深、霣夜；敬畏、霣畏。

【十二文】

文：天文、人文、斯文、诗文、韵文、骈文、回文、文字、文笔、文采、文人。

纹：木纹、波纹、花纹、指纹、斑纹、皱纹、螺纹、纹理；纹银。另 wèn，同"璺"，见问韵。

蚊：蝇蚊、飞蚊、蚊虫、蚊香、蚊帐。

雯：有花纹的云彩，雯华。

云：白云、彩云、彤云、乌云、阴云、行云、风云、云霞、云霄；云云、人云亦云。

芸：芸香、芸豆；芸芸众生。

妘：姓。

纭：纭纭，多而乱。

耘：除草，耘田、耕耘、夏耘。

焚：烧，焚烧、焚香、自焚、玉石俱焚、忧心如焚。

棼：紊乱，治丝益棼。

芬：香气，芬芳、清芬。

棻：有香气的木头。茂盛貌。

汾：汾河、临汾、汾酒。

纷：缤纷、纷纷、纷繁、纷呈、纷乱；纠纷、解纷。

鼢：鼢鼠。

雰：雾气；雨雪雰雰。

氛：气氛、妖氛、氛围。

氲：氤氲。

煾：没有火苗的火堆。

君：国君、诸君、暴君、明君；东君、湘君；君子。

裙：衣裙、长裙、短裙、罗裙、围裙、墙裙、裙钗、裙带。

群：人群、成群、超群、离群、群众、

军:将军、三军、从军、孤军、军队、军士、军歌、军令。
荤:开荤、吃荤、冷荤、荤腥、荤菜、荤油;五荤;荤话。
皲:皲裂。
勤:辛勤、克勤、地勤、值勤、勤劳、勤勉、勤快、勤俭。
勋:功勋、元勋、奇勋、勋业。
溳:水名,溳水。
郧:地名,郧县。
熏:烟熏、香熏、熏肉、熏风、熏染。
薰:香草、花草的香气,香薰、薰莸不同器。
曛:日落时的余光、黄昏时,曛暮。
獯:獯鬻,古少数民族。
醺:酒醉,微醺、半醺、初醺、醉醺醺。
芹:香芹、野芹、水芹、甘芹、药芹;芹意、芹献。
昕:日将出时、明亮,昕昕。
欣:欢欣、欣欣、欣喜、欣赏。
筋:蹄筋、鹿筋、转筋、抽筋、筋骨;钢筋、皮筋、面筋;脑筋;筋斗。
獯:獯猪,阉过的猪。

【十三元】

元:上元、纪元、寿元、乾元、元宵、元日;元首、元勋;元素、单元。
芫:yuán,芫花。
yán,芫荽。
沅:沅江。
园:家园、花园、田园、菜园、杏园、梨园、校园、故园、小园、园丁。
原:莽原、雪原、草原、高原;还原、原始;原谅。
源:根源、财源、渊源、溯源、资源、源源、源头、源泉。
嫄:人名用字,姜嫄。
袁:姓。
猿:人猿、古猿、猿人、猿猴、猿啼、心猿意马。
辕:车辕、驾辕、行辕、辕马、辕门、南辕北辙;轩辕。
蕃:fán,茂盛,蕃茂;繁殖,蕃息。
fān,通"番",九州之外,谓之蕃国。
幡:旗帜,彩幡、幡信;幡然。
璠:美玉,璠玙。
燔:烧、烤,燔烧、燔之炙之、燔黍。
膰:祭祀用的熟肉。
蹯:兽足,熊蹯。
翻:推翻、打翻、掀翻、翻飞、翻腾;闹翻、翻脸、翻本、地覆天翻、人仰马翻。

藩：藩篱；外藩、蕃国、藩镇。

萱：萱草；椿萱、令萱、萱堂。

喧：尘喧、声喧、喧哗、喧闹、喧腾、喧嚣。

暄：温暖、寒暄、暄风；松软、暄腾、暄软。

浑：雄浑、圆浑、浑身；酒浑、水浑、浑浊；浑金璞玉。

裈：裤子、裈裆。

袢：pàn，又读 fán，白内衣；炎热、袢暑、袢溽。

温：气温、降温、常温、余温、高温、温暖、温和；温习。

辒：辒车。

瘟：疫病，鸡瘟、猪瘟、瘟疫、瘟神。

痕：伤痕、斑痕、裂痕、污痕、笔痕、泪痕、痕迹。

根：树根、草根、根雕；归根、知根、祸根、盘根、根本、根由。

跟：脚跟；紧跟、跟随、跟踪。

轩：开轩、雨轩、轩车、轩轾；轩昂、轩然大波。

尊：自尊、独尊、养尊、屈尊、尊卑、尊严；令尊、家尊。

樽：盛酒器，金樽、彝樽、陶樽、移樽。

蹲：下蹲、蹲伏；蹲点、蹲苗。

墩：土墩、树墩、锦墩、胖墩。

暾：初升的太阳，朝暾、暾暾。

昏：晨昏、黄昏、昏暗；神昏、眼昏、发昏、昏迷；昏庸。

惛：神志不清，惛婚。

婚：成婚、订婚、完婚、金婚、银婚、婚姻、婚嫁、婚约。

阍：门、看门、叩阍、阍侍、阍者。

爰：爰爰，舒缓貌。

谖：欺诈、诈谖；忘记、弗谖。

鹓：翔鹓、鹓雏、乘鹓。

鸳：鸳鸯、鸳侣、鸳瓦。

仑：昆仑(崑崙)。

昆：后昆；昆仲、昆弟；昆曲；昆仑(崑崙)。

馄：馄饨。

琨：玉石名，琨玉、瑶琨、琅琨、佩琨。

锟：剑名，锟铻；锟铻山。

鹍：鹍鸡。

鲲：鲲鹏。

炖：tún，火盛貌。
另读 dùn，和汤煮烂食物。

饨：馄饨。

盆：瓦盆、花盆、火盆、金盆、倾盆、覆盆、盆景、盆地。

溢：水大涨，溢涌、溢溢。

孙：子孙、外孙、幼孙、曾孙、玄孙、王孙；名落孙山。

狲：猢狲。

荪：香草名，即荃。

门：柴门、便门、角门、寒门、豪门、鸿门、国门、法门、龙门；窍门、冷门；门第、门下、同门。

扪：持、摸、扪天、扪膝、扪心自问。

掀：风掀、掀起、掀翻、白浪掀天。

鼋：大鳖，俗称癞头鼋；地名，鼋头渚。

冤：诉冤、含冤、喊冤、蒙冤、衔冤、沉冤、洗冤、申冤、冤枉、冤屈、冤案。

言：立言、慎言、微言、危言、豪言、赠言、万言、忠言、诤言、巧言、言语、言论、言路、言重。

魂：灵魂、神魂、销魂、英魂、忠魂、幽魂、游魂、芳魂、诗魂、冤魂、魂魄。

存：生存、保存、残存、惠存、独存、依存、犹存、存在、存心、存疑。

豚：小猪，豚子、豚犬；海豚。

村：山村、农村、荒村、渔村、烟村、村庄、村妇。

烦：心烦、耐烦、厌烦、麻烦、絮烦、烦躁、烦恼；烦琐。

埙：乐器，吹埙。

坤：乾坤、坤舆、坤角。

垣：城垣、墙垣、断垣、颓垣断壁。

晅：又读 xuǎn，太阳的光晕，日晅；曝干；光明。

恩：施恩、报恩、感恩、开恩、恩德、恩情、恩爱、恩惠。

吞：鲸吞、并吞、侵吞、独吞、生吞、吞咽、吞吐、忍气吞声。

蘩：植物名，即白蒿。

矾：明矾。

樊：樊篱、樊笼。

飧：晚饭，素飧、奉飧。

髡：古剃发之刑，髡首。

臀：臀部、臀围。

鞬：又读 jiàn。马上盛弓的器具。

【十四寒】

寒：天寒、心寒、胆寒、春寒、风寒、贫寒、苦寒、酷寒、岁寒、寒窗、寒蝉。

箪：盛饭的竹器，箪瓢、箪食壶浆。

殚：竭尽、殚力、殚精竭虑。

郸：邯郸。

竿：竹竿、钓竿、垂竿、揭竿、竿头进步。

杆：gān，旗杆、栏杆、标杆、杆子。

玕：琅玕，如玉之美石。

肝：心肝、沙肝、伤肝、披肝、肝脑

涂地。

刊：报刊、丛刊、专刊、创刊、刊刻、刊印、刊本。

邗：地名。

鼾：打鼾、鼾声、鼾睡。

安：平安、长安、请安、大安、金安、偏安、居安、安定、安逸、安身、安慰。

鞍：马鞍、金鞍、雕鞍、征鞍、鞍马。

兰：春兰、剑兰、马兰、玉兰、蕙兰、金兰、幽兰、芝兰、铃兰、兰草。

拦：阻拦、遮拦、拦挡。

栏：栅栏、桥栏、朱栏、玉栏、雕栏、曲栏、栏杆；栏目。

丸：泥丸、肉丸、蜜丸、药丸、弹丸。

纨：纨扇、纨绔、素纨。

汍：流泪的样子，汍澜。

芄：芄兰。

峦：山峦、翠峦、青峦、晴峦、层峦叠嶂。

栾：栾树，即栾华。

滦：滦河、滦京。

鸾：凤凰之类的鸟，乘鸾、鸾鹤、凤鸾、栖鸾、鸾俦。

銮：銮驾、銮舆、金銮殿。

端：两端、开端、弊端、祸端、笔端、极端、万端；端正；端起；端午。

湍：水势急，湍流、湍急、湍濑、湍湍。

姗：缓步的样子，姗姗来迟。

珊：阑珊、珊珊、珊瑚。

蹒：蹒跚。

蹒：步履蹒跚。

瞒：欺瞒、隐瞒、相瞒、瞒天过海。

颟：颟顸。

顸：颟顸。

官：清官、武官、宦官、考官、官府、官僚、官吏、官话、官方。

倌：堂倌、羊倌、猪倌。

棺：盖棺、悬棺、棺椁、盖棺论定。

馒：馒头。

鳗：白鳗、银鳗、海鳗、鳗鲡、鳗鲞。

盘：托盘、茶盘、果盘、磨盘、算盘；地盘、营盘；盘查；盘错；盘古。

槃：槃互；槃瓠；槃槃。

磐：大石，安如磐石。

瘢：瘢痕。

宽：心宽、韵宽、天宽、地宽、放宽、拓宽、从宽、宽阔、宽裕、宽容。

髋：髋骨。

潘：姓。

磻：水名，磻溪。

蟠：蟠桃。

完：说完、演完、做完、忙完；完全、

完好、完成、完璧。

刓:削去棱角,刓方为圆。

剜:挖,剜野菜、剜肉医疮。

酸:甜酸、变酸;心酸、辛酸、悲酸、寒酸、酸楚、酸痛。

狻:兽名,狻猊。

獾:猪獾、狗獾。

抟:盘旋,抟风。

桓:桓圭;桓表;桓桓。

檀:紫檀、檀香;檀越。

丹:牡丹、金丹、炼丹、仙丹、灵丹、丹砂、丹心、丹青。

韩:古国名;姓。

餐:早餐、夜餐、快餐、三餐、佐餐、会餐、聚餐、野餐、风餐、餐饮、餐英。

残:凶残、伤残、摧残、凋残、残余、残雪。

阑:夜阑、酒阑、兴阑、岁阑、阑珊;阑干。

襕:襕衫、襕裙。

团:面团、蒲团、气团;军团、乐团、社团;团圆、团聚。

欢:联欢、狂欢、喜欢、悲欢、欢喜、欢心。

摊:分摊、均摊、摊开;地摊、书摊、摆摊、收摊、摊子。

【十五删】

删:增删、删除、删节、删润。

弯:拐弯、转弯、绕弯、急弯、遛弯、弯弯、弯曲、弯弓。

湾:河湾、港湾、海湾、台湾。

鬟:璎珞;头发美。

鬟:云鬟、翠鬟、丫鬟。

寰:人寰、尘寰、寰宇。

澴:水回旋貌,漩澴;水名,澴河。

阛:街市,市阛、阛阓。

班:同班、换班、歇班、戏班、班级、班次、班机。

斑:光斑、黄斑、雀斑、寿斑、斑纹、斑驳、斑竹。

环:花环、光环、指环、门环、铁环、连环、套环、衔环、环抱、环佩、环境。

还:huán,偿还、归还、奉还、生还、还原、还击、还乡。
hái,还是、还有、还要。

闲:安闲、悠闲、清闲、安闲、空闲、赋闲、抽闲、得闲、农闲、闲居、闲适、闲人。

娴:娴熟、娴雅、娴静。

鹇:鸟名,白鹇。

痫:癫痫。

顽:痴顽、冥顽、愚顽、凶顽、顽童、

颜民、顽固、顽钝。
颜：容颜、红颜、汗颜、赧颜、厚颜、强颜、奴颜、欢颜、焕颜、颜面；颜色。
关：边关、阳关、城关、海关、出关；开关、攸关、双关、关心、关注、关系。
蛮：野蛮、荒蛮、蛮横、蛮干、蛮夷。
菅：草名,菅茅；草菅人命。
攀：登攀、高攀、敢攀、攀折、攀附。
山：青山、碧山、冰山、火山、名山、千山、江山、山峰、山水、山野、山人。
鳏：鳏寡、鳏居。
斒：斒斓。
艰：维艰、时艰、艰难、艰深、艰巨。
斓：斑斓。
悭：悭吝、悭涩。
扳：bān,扳倒、扳平。
　　pān,通"攀"。
僝：僝僽。

二、下平声

【一先】

前：从前、向前、窗前、床前、村前、饭前、膝前、前方、前辈；前程、前景。
湔：洗,湔洗、湔雪。
千：万千、大千、千钧、千金；秋千。
芊：芊芊、芊绵。
阡：阡陌。
迁：变迁、搬迁、乔迁、升迁、思迁、迁移、迁怒。
跹：翩跹。
戋：戋戋、戋戋微物。
笺：信笺、便笺、素笺、锦笺、笺注。
玄：黑色；玄虚、玄学、太玄。
弦：琴弦、管弦、三弦、单弦、弓弦、丝弦、弦外之音。
蚿：虫名,马蚿。
舷：船舷、舷窗。
船：木船、渔船、商船、战船、驳船、泊船、船舶、船舰。
沿：yán,沿岸、沿革、沿袭。旧读 yàn,边沿、沟沿。
铅：qiān,金属名,铅球、灌铅。
　　yán,地名,铅山。
田：良田、梯田、农田、旱田、煤田、

田野、田舍;心田。

畋:耕种、打猎、畋猎。

坚:中坚、弥坚、攻坚、坚固、坚硬、坚持、坚决。

贤:圣贤、前贤、先贤、求贤、让贤、举贤、贤达、贤惠。

阗:充满,喧阗、阗阗。

滇:湖名,滇池。

颠:颠簸、颠倒、颠覆。

癫:精神错乱,疯癫、痴癫、癫狂。

巅:巅峰。

颧:颧骨。

肩:并肩、比肩、双肩、齐肩、息肩、歇肩、耸肩、肩负。

捐:募捐、苛捐、捐献、捐助、捐弃、捐税。

娟:美好,娟秀、娟娟。

涓:细小的流水,涓滴、涓埃、涓涓。

鹃:杜鹃。

妍:争妍、芳妍、娇妍、妍丽、妍媸。

岍:岍山。

骈:两马并驾一车,骈驰、骈比、骈俪、骈体。

胼:手脚生的老茧,胼胝、胼手胝足。

焉:焉能、焉有、焉得、心不在焉。

蔫:旧读 yān,物不新鲜,花叶萎缩、精神萎靡,打蔫、蔫了。

嫣:美好,嫣然、嫣红。

然:毅然、果然、悠然、荡然、坦然、茫然、蓦然、蔚然、忽然、不然、飘飘然、不尽然、然而、然后。

燃:点燃、复燃、助燃、燃烧;燃眉。

边:半边、旁边、身边、枕边、池边、岸边、篱边、戍边、边缘、边塞、边幅。

笾:古祭祀用盛器。

延:拖延、迟延、绵延、苟延、延长、延缓、延伸、延期。

筵:寿筵、喜筵、琼筵、盛筵、筵席、筵宴。

涎:唾液、口水,流涎、垂涎三尺。

蜒:蚰蜒。

连:牵连、株连、毗连、相连、连理、连襟、连夜。

莲:荷、莲子、莲藕、睡莲、雪莲、爱莲;莲步、莲房。

涟:水面微波,碧涟、涟漪;泪流不断,涟洏、涟涟。

鲢:鲢鱼。

廛:廛里、廛宅。

瀍:水名,瀍河。

躔:兽的足迹;天体运行。

婵:婵娟、婵媛。

蝉:寒蝉、金蝉、蝉蜕、蝉鸣、蝉联。

蠕:蠕动。
蜷:蜷曲、蜷缩、蜷伏。
鬈:鬈发。
拳:抱拳、抡拳、铁拳、划拳、拳头、拳法;拳拳。
篇:开篇、连篇、佳篇、诗篇、篇什、篇章、篇幅。
偏:纠偏、不偏、偏偏、偏远、偏爱、偏颇、偏激。
编:韦编、简编、主编、改编、收编、编结、编次、编辑、编派。
蹁:蹁跹。
鳊:鳊鱼。
翩:疾飞、动作轻快,翩翩、联翩、翩然、翩跹。
翾:飞翔,翾飞、翾翾。
儇:轻浮,儇薄、儇佻。
楩:木名,黄楩木。
鞭:马鞭、扬鞭、挥鞭、鞭笞、鞭策。
鞯:鞍鞯。
全:保全、安全、成全、完全、两全、周全、全体、全豹。
荃:香草、荃芜、香荃、蒻荃。
筌:捕鱼竹器,得鱼忘筌。
诠:真诠、秘诠、妙诠;诠释、诠次。
佺:仙人名,偓佺。
拴:结、绑,拴住、拴好。

栓:枪栓、螺栓;栓塞。
铨:铨选、遴铨、铨叙(铨序)。
痊:病愈、痊愈。
专:大专、情专、专一、专心、专攻、专制、专家。
砖:茶砖、冰砖、金砖、砖瓦、砖窑。
悛:悔改、悛改、怙恶不悛。
篅:一种贮谷物的圆囷。
颛:颛民;颛己;颛顼。
遄:疾速,遄飞、遄返。
鸢:鸢鹰、老鹰,纸鸢、鸣鸢、飞鸢、鸢飞鱼跃;草名,鸢尾,又名蝴蝶兰。
鹯:一种猛禽。
澶:古水名,澶渊。
膻:羊肉的气味,腥膻、味膻。
鳣:鱼名。
邅:迍邅、邅回。
椽:屋椽、竹椽、椽子、椽笔、椽烛。
橼:枸橼、香橼。
宣:宣告、宣扬、宣泄、心照不宣;宣纸。
揎:捋袖出臂,揎拳捋袖。
瑄:六寸大璧,瑄玉。
仙:神仙、八仙、天仙、谪仙、仙境、仙鹤、仙风道骨。
籼:籼稻、籼米。

骞:骞骞、骞骞。
搴:提起（衣、帐等）,搴裳、高搴。
璇:璇玉、璇台;璇玑。
悬:高悬、倒悬、悬挂、悬崖、悬念。
愆:愆尤、愆期。
绵:连绵、缠绵、绵绵、绵亘、绵薄、绵软。
棉:木棉、红棉;棉花、棉衣、棉絮。
权:政权、揽权、弄权、专权、擅权、霸权、版权、职权、权力、权术;权宜。
天:苍天、春天、漫天、滔天、补天、摩天、弥天、问天、天才、天姿、天成。
胭:胭脂、胭红。
烟:yān,炊烟、烽烟、狼烟、烟火、烟花、烟波、烟雨。yīn,烟煴（氤氲）。
怜:可怜、爱怜、怜惜、怜爱。
年:少年、经年、暮年、百年、残年、壮年、盛年、陈年、累年、年岁、年景。
眠:睡眠、冬眠、春眠、失眠、眠云。
渊:深渊、临渊、渊鱼、渊博。
蠲:蠲除、蠲免。
泉:涌泉、喷泉、冷泉、飞泉、龙泉、泉源。
毡:毛毡、油毡、毡帽、毡房。

旃:旃檀。
联:蝉联、串联、楹联、锦联、珠联璧合、联句、联袂。
镌:镌刻。
川:山川、平川、冰川、前川、大川、百川、川流不息。
圆:方圆、浑圆、团圆、月圆、圆满。
虔:虔诚、虔敬;虔婆。
挛:拘挛、痉挛。

【二萧】

萧:植物名,即艾蒿,萧艾;萧萧、萧条、萧索、萧瑟。
箫:竹管乐器,洞箫、玉箫、吹箫。
潇:潇潇、潇洒、潇湘。
蟏:虫名,蟏蛸。
蜩:蝉的别名。
凋:未凋、凋落、凋谢、凋敝。
雕:猛禽,似鹰,金雕、大雕;刻镂,雕刻、雕琢。
苕:又读sháo,草名,又叫凌霄花;苇花。
招:高招、绝招、妙招、花招;招手、招呼、招展、招贤。
怊:怊怅、怊怊。
弨:弓松弛貌,彤弓弨;弓,大弨。
昭:昭昭、昭彰、昭著、昭雪。

辎：辎车。

貂：紫貂、水貂、黑貂、貂蝉。

韶：传说舜所作乐曲名；美好，韶光、韶华。

龆：儿童换牙，龆年、龆龀。

岧：高貌，岧岧。

髫：儿童下垂之头发，髫龄、黄发垂髫。

迢：迢迢、迢递、迢遥。

超：高超、赶超、超常、超凡、超群、超然、超脱。

条：柳条、枝条、苗条；便条、借条；信条、条令、条目。

枭：也作"鸮"，俗称猫头鹰；毒枭、枭雄、枭将。

撩：liāo，揭起、撩衣、撩起。
liáo，撩拨、撩动、撩惹。

獠：獠面、獠牙。

寮：竹寮、寮房。

尧：尧舜、尧天舜日。

荛：柴草、薪荛；采割柴草、采割柴草的人，刍荛。

哓：哓哓。

峣：高峻，峣峣。

饶：丰饶、富饶、岁饶；讨饶、告饶、求饶、饶舌；饶头。

骁：良马、勇猛，骁勇、骁将。

浇：浇灌、浇铸；浇薄、浇漓。

蛲：蛲虫。

跷：高跷、蹊跷。

翘：qiáo，翘首、翘企、翘盼、翘望；翘楚。
qiào，翘尾巴、翘起来。

宵：元宵、春宵、良宵、夜宵、通宵、宵衣旰食。

霄：云霄、重霄、凌霄、碧霄、冲霄、九霄、霄汉。

绡：生丝织成的绸子，绡衣、鲛绡、紫绡。

消：烟消、香消、消失、消耗、消费、消夏；消息。

硝：芒硝、硝石、硝烟。

销：撤销、供销、畅销、销毁、销魂。

逍：逍遥。

魈：山林之怪，山魈。

朝：cháo，朝向、朝阳；早朝、朝拜；王朝、历朝、朝野。
zhāo，今朝、朝朝、朝夕、朝露、朝阳、朝霞。

潮：涨潮、高潮、怒潮、听潮、观潮、潮汐、潮流、潮湿。

焦：烧焦、枯焦、煤焦、焦黄；焦急、焦躁。

蕉：jiāo，香蕉、芭蕉。
qiáo，蕉萃（憔悴）。

单韵字注 73

譙：譙楼。
憔：憔悴。
樵：柴薪、打柴，砍樵、采樵、荷樵、渔樵、樵夫。
鹪：鹪明、鹪鹩。
乔：乔木；乔装、乔迁。
荞：荞面。
侨：归侨、外侨、华侨、侨眷、侨居。
桥：石桥、栈桥、小桥、断桥、鹊桥。
骄：天骄、戒骄、不骄、骄子、骄兵、骄傲、骄阳。
晁：姓。
姚：姚黄魏紫。
珧：江珧、玉珧、珧华。
桃：承桃、兼桃。
谣：歌谣、童谣、民谣、造谣、辟谣。
徭：征徭、徭役。
猺：兽名，黄猺。
瑶：琼瑶、碧瑶、瑶池、瑶琴、瑶姬。
鳐：鱼名。
飘：飘飔。
遥：逍遥、路遥、迢遥、遥遥、遥远、遥想。
窑：瓦窑、官窑、寒窑、土窑、窑变。
嫖：嫖娼、嫖客、嫖宿。
幖：旗帜，锦幖。
膘：肥膘、长膘、掉膘、抓膘、蹲膘。

瓢：水瓢、画瓢、瓢饮、瓢泼。
薸：浮萍。
飘：雪飘、香飘、轻飘、飘飘、飘荡、飘忽、飘飘然。
飙：狂飙、飙车、飙升。
苗：禾苗、秧苗、鱼苗、青苗、根苗、揠苗；独苗；苗头。
描：白描、素描、细描、扫描、描画、描写、描摹。
猫：狸猫、山猫、熊猫、夜猫。
枵：空虚，枵腹、外肥中枵。
鸮：猛禽，俗称猫头鹰，鸱鸮。
辽：辽远、辽阔。
邀：相邀、应邀、特邀、邀请、邀约、邀功、邀宠。
聊：闲聊、无聊；聊赖；聊以自慰。
嘹：虫声，嘹嘹。
腰：山腰、揽腰、懒腰、拦腰、折腰、楚腰、纤腰、蜂腰、束腰、腰鼓。
寥：寂寥、寥寥、寥廓、寥落。
刁：撒刁、放刁、刁顽、刁滑、刁钻。
杓：斗柄，北斗柄部三颗星。
幺：幺小、幺妹。
镳：马嚼子两端露出部分，分道扬镳。
钊：勉励。
椒：辣椒、花椒、胡椒、椒房；山顶，

山椒。

妖：人妖、兴妖、作妖、驱妖、妖魔、妖孽；妖冶、妖娆。

翛：翛然、翛翛。

苃：锦葵。

幧：幧头，束发巾。

【三肴】

肴：鱼肉等荤菜，菜肴、酒肴、美肴、佳肴、肴馔。

崤：崤山。

淆：混淆、淆乱。

巢：鸟巢、蜂巢、燕巢、雀巢、覆巢、倾巢、匪巢、巢穴。

爻：卦爻、六爻、变爻、爻辞、爻象。

交：相交、结交、知交、神交、世交、邦交、交心、交手、交付。

茭：喂牲口的干草；玉茭、茭白。

洨：洨河。

蛟：腾蛟、蛟龙、蛟篆。

鲛：鲨鱼；鲛人、鲛绡。

郊：城郊、市郊、近郊、荒郊、郊游。

包：书包、荷包、蒲包、敖包；草包、熊包；包办、包抄。

苞：花苞、含苞；竹苞松茂。

咆：咆哮。

胞：同胞、双胞、侨胞、胞衣。

跑：páo，用蹄刨地，虎跑泉。
pǎo，疾走、奔跑、飞跑、逃跑、跑步。

匏：匏瓜。

庖：厨房、厨师，良庖、代庖、庖厨、庖丁。

筲：淘米器，筲箕；水桶，水筲。

捎：捎带、捎脚。

梢：树梢、眉梢、末梢、盯梢。

艄：船尾、船艄、艄公。

抄：包抄、抄掠；抄袭；誊抄、手抄、传抄、抄写、抄录。

抓：手抓、紧抓、狠抓、抓周、抓鸡、抓痒。

抛：抛掷、抛弃、抛砖引玉。

呶：多言，唠叨、喧闹，呶呶不休。

哮：xiāo，今读 xiào，咆哮、哮喘。

坳：又读 āo，低洼处，塘坳、山坳。

硗：多石贫瘠之地，硗薄、硗确。

铙：乐器，铙钹。

茅：白茅、香茅、茅草、茅屋、茅庐、茅塞顿开。

蟊：斑蟊。

嘲：旧读 zhāo，自嘲、讥嘲、冷嘲、解嘲、嘲笑、嘲弄、嘲讽、嘲谑。

虓：虎怒吼。

猇：虎吼声。

謦:佶屈謦牙。
硇:硇砂。
脬:膀胱,亦称尿脬。
凹:低于周围,低凹、凹陷、凹凸不平、凹心砚。

【四豪】

豪:英豪、文豪、富豪、豪杰、豪放、豪华。
壕:城壕、战壕、堑壕、壕沟。
嚎:大声呼叫,大嚎、鬼哭狼嚎、嚎啕。
濠:护城河,城濠。
毫:狼毫、兼毫、挥毫、丝毫、秋毫、分毫、毫末、挥毫。
毛:翎毛、鹅毛、牛毛、凤毛、皮毛、毫毛;毛坯、毛利。
蚝:牡蛎,蚝油、蚝山、蚝白。
髦:幼儿垂在前额的短发、垂髦;时髦。
旄:用牦牛尾装饰在旗杆头上的旗子。
刀:宝刀、单刀、猎刀、屠刀、牛刀、挥刀、横刀、刀兵、刀俎。
叨:dāo,唠叨、叨咕(又读 dáogū)。tāo,叨教、叨扰、叨光。
忉:忧心貌,忉忉。
舠:刀形小船,渔舠、舠舰。

魛:鱼名。
咷:哭,号咷。
桃:仙桃、蟠桃、夭桃、寿桃、桃李、桃色、桃园、桃源。
逃:追逃、出逃、溃逃、逃避、逃生、逃婚。
鼗:拨浪鼓。
曹:吾曹、尔曹。
嘈:嘈嘈、嘈杂。
槽:马槽、石槽、河槽、渡槽、跳槽。
螬:虫名,蛴螬。
糟:酒糟、醪糟、糟粕、糟糠;太糟、糟糕。
遭:周遭、几遭、遭遇。
艚:一种木船。
艘:两艘船。
高:崇高、登高、清高、才高、道高、高低、高明、高亢、高人。
蒿:艾蒿、白蒿、青蒿、香蒿、蓬蒿。
篙:撑船的竿,竹篙、撑篙。
涛:大浪,波涛、海涛、林涛、松涛、狂涛、怒涛、惊涛骇浪。
皋:九皋、江皋。
嗥:狼嗥、嗥叫。
橰:汲水工具。
翱:翱翔。
遨:遨游。

敖：敖包、敖民。
嗷：嗷咷、嗷嘈、嗷嗷待哺。
璈：古乐器。
獒：高大的猛犬，藏獒。
熬：煎熬、苦熬、熬夜。
鳌：传说海中大龟，鳌足、鳌头。
螯：蟹螯、双螯、螯足。
慅：骚动，慅慅。
搔：搔头弄姿。
骚：骚乱、骚扰；离骚、骚客；风骚、骚货。
羔：羊羔、羔皮。
糕：年糕、枣糕、蛋糕、花糕、糕点。
萄：葡萄。
掏：掏洞、掏取；掏心、掏底。
绹：绳索。
淘：淘汰、淘金、淘米、淘气。
酕：酕醄，大醉貌。
醪：浊醪粗饭、醪糟。
慆：慆淫、慆慢、慆慆。
滔：滔滔、滔天。
韬：六韬、韬晦、韬略、韬光养晦。
臊：sāo，臊气、腥臊。
　　sào，害臊。
尻：臀部、脊骨末端、尻舆。
绦：丝带，丝绦。
猱：古书上说的一种猴。

弢：弓袋；通"韬"，弢光养晦、六弢。
褒：褒贬、褒奖；褒姒。
袍：长袍、旗袍、绣袍、战袍、蟒袍、黄袍、龙袍。
牢：坚牢、牢固；牢骚；监牢、囚牢、天牢。
饕：饕餮。
捞：打捞、捕捞、捞鱼；捞本。
痨：积劳损削之病，肺痨、肠痨。
薅：用手拔，薅苗。
鏖：鏖战。

【五歌】

歌：高歌、讴歌、颂歌、民歌、秧歌、对歌、渔歌、牧歌、恋歌、踏歌、豪歌、狂歌。
哥：哥哥、大哥、老哥、阿哥；八哥。
多：几多、言多、居多、众多、诸多、多言、多情、多心。
罗：包罗、张罗、绮罗、网罗；阎罗。
啰：啰唆、啰唣；喽啰。
锣：铜锣、破锣、鸣锣。
萝：藤萝、丝萝、女萝。
箩：竹箩、筐箩、筛箩、箩筐。
苛：严苛、除苛、苛刻、苛求、苛政。
疴：病，沉疴。
何：何必、何如、何故、几何。

诃：植物名,诃子;同"呵"。
阿：ē,阿附、阿谀;阿胶。
　　ā,阿公、阿姨。
呵：hē,呵斥、呵护、呵呵。
珂：像玉的美石;马笼头上的饰品。
柯：草木枝茎,枝柯、交柯错叶;斧子的柄,斧柯。
河：山河、黄河、大河、银河、江河、运河;先河、拔河。
菏：地名,菏泽。
莎：suō,莎草。
梭：木名,梭椤。
挲：摩挲。
摩：观摩、揣摩、抚摩、按摩、摩拳擦掌;摩登。
魔：妖魔、邪魔、病魔、恶魔、着魔、魔鬼、魔王、魔力。
瘸：跛,瘸子、腿瘸。
坡：山坡、高坡、阳坡、陡坡、爬坡。
波：清波、凌波、烟波、碧波、踏波、微波、风波;光波、秋波、波碛。
禾：嘉禾、田禾、锄禾、禾苗、禾场。
科：登科、同科、学科、坐科、前科。
蝌：蝌蚪、蝌蚪文。
他：人称代词,他们、他乡、他日。
佗：华佗、佗佗。
陀：佛陀、盘陀、普陀。

驼：骆驼。
柁：房柁、梁柁。
跎：蹉跎。
酡：饮酒面红貌,微酡、酡颜、酡然。
讹：错讹、传讹、辨讹、讹舛、讹诈。
靴：皮靴、乌靴、马靴、雨靴、短靴、脱靴、长筒鞋。
莪：莪蒿、莪术。
俄：沙俄、俄顷。
哦：吟哦。
娥：美好、美女,娇娥、嫦娥、姮娥、宫娥、秦娥、娥皇。
蛾：飞蛾、螟蛾。
鹅：天鹅、白鹅、企鹅、鹅毛、鹅池。
骡：驴骡、青骡。
螺：海螺、田螺、法螺、螺旋、螺钿。
嶓：山名,嶓冢。
皤：白,皤皤、白发皤然;皤腹,大肚子。
鄱：鄱阳湖。
窝：鸡窝;心窝;窝藏;窝囊。
坬：坩坬;低洼地,沙坬。
涡：wō,水涡、旋涡。
　　guō,涡河。
锅：铁锅、汤锅、烧锅、蒸锅。
挪：移动、转移,腾挪、挪动、挪开;挪用、挪借。

搓：揉搓、手搓、搓洗、搓板。

傞：醉态，傞俄、傞傞。

蹉：蹉跌、蹉跎。

蹉：折、跌伤，蹉跌。

矬：身矮，矬子。

痤：痤疮。

窠：鸟兽虫的窝；窠臼。

鼍：鼍龙、鼍鼓。

蓑：渔蓑、披蓑、蓑笠、蓑衣。

唆：教唆、挑唆、啰唆、唆使。

梭：穿梭、如梭、梭子、梭镖。

婆：公婆、外婆、老婆、巫婆、鸡婆、婆婆、苦口婆心；婆娑。

戈：兵戈、倒戈、干戈、金戈；戈壁。

囮：也读yóu。囮子。

【六麻】

麻：亚麻；发麻、麻木；麻面；麻雀；麻烦、麻利。

纱：纺纱、窗纱、浣纱、笼纱、羽纱、细纱、碧纱、轻纱、绉纱。

沙：风沙、泥沙、飞沙、流沙、沙石；豆沙；沙场。

砂：丹砂、硼砂、朱砂、矿砂、砂壶、砂锅、砂布、砂糖。

鲨：鲨鱼、白鲨。

袈：袈裟。

袈：袈裟。

加：增加、参加、附加、施加、愈加、更加、加餐、加油。

珈：古代妇女的首饰，六珈、宝珈、珞珈。

跏：跏趺。

笳：乐器，胡笳、悲笳、听笳。

嘉：永嘉、可嘉、嘉宾、嘉勉、嘉奖。

痂：结痂。

牙：乳牙、恒牙、狼牙、獠牙；月牙；爪牙；牙关。

芽：发芽、萌芽、抽芽、新芽、幼芽。

呀：表语气，呀，真好看！哎呀。

鸦：乌鸦、寒鸦、老鸦、昏鸦、暮鸦、涂鸦；鸦片。

邪：xié，妖邪、信邪、驱邪、辟邪、奸邪、邪气、邪念。
yé，助词，表疑问。

琊：琅琊。

耶：yé，是耶非耶？

椰：椰林、椰蓉。

揶：揶揄。

挝：zhuā，敲、打，挝鼓。

瓜：冬瓜、甜瓜、瓜果、种瓜得瓜、瓜田李下；瓜分。

窊：地势陷下，窊隆。

爬：攀爬、顺杆爬、爬行、爬树、

爬虫。

巴：泥巴、干巴、紧巴；三巴；巴望、巴结；巴掌。

芭：芭蕉。

笆：篱笆。

琶：琵琶。

吧：bā,吧吧,多言貌；今又酒吧、吧女；旧注大口貌。
ba,语气助词。

耙：pá,农具,犁耙、钉耙、竹耙、耙子。
bà,碎土、碎土农具,耱耙。

疤：疮疤、伤疤、结疤、揭疤、疤痕。

葩：花,奇葩、仙葩。

夸：虚夸、浮夸、矜夸、堪夸、自夸、夸奖、夸口；夸父。

奢：骄奢、穷奢、豪奢、奢侈、奢望。

拿：擒拿、捉拿、缉拿；推拿、拿起、拿捏；大拿。

佘：姓。

赊：欠赊、赊账。

嗟：又读 jue。嗟乎、嗟叹、嗟来之食。

槎：斜砍,同"茬"。竹、木筏、乘槎、浮槎。

艖：小船。

䯄：䯄骝,赤色骏马。

哗：喧哗、哗变、哗众取宠。

叉：交叉、叉手；鱼叉、叉鱼。

杈：叉形用具、农具,杈杆；杈桠。树杈,读 chà。

桠：草木分枝处,桠杈。

楂：chá,水中浮木、木筏,通"槎"。
zhā,果名,山楂。

渣：沉渣、废渣、残渣、碎渣、油渣、豆渣、渣滓。

查：chá,检查、存查、复查、盘查、追查、巡查、稽查、查看、查勘、查访。
zhā,姓。

虾：鱼虾、对虾、白虾、青虾、龙虾、虾米、虾兵蟹将。

蟆：蛤蟆。

葭：葭莩、葭莩之亲。

霞：云霞、彩霞、红霞、烟霞、朝霞、晚霞、落霞；霞帔。

瑕：无瑕、微瑕、瑕疵。

遐：遐迩、遐想。

葀：荷叶。

遮：半遮、遮拦、遮挡。

花：杨花、菊花、鲜花、落花、冰花、雪花、窗花、镂花、花朵、花卉；烟花；花招；花甲。

茶：红茶、绿茶、烹茶、煮茶、泡茶、香茶、酽茶、清茶、采茶、茶花、茶坊。

家：成家、居家、阖家、离家、回家、发家、家族、家小、家法、家常；船家、酒家、专家、亲家。

斜：xié,旧读 xiá,不正,偏斜、倾斜、横斜、歪斜、乜斜、斜阳、斜雨。
yé,山谷名,褒斜。

爷：爷爷、姥爷；老爷、少爷、姑爷。

丫：枝丫、丫杈；二丫、丫头。

【七阳】

阳：阴阳；太阳、朝阳、斜阳、残阳、夕阳、骄阳、向阳。

场：cháng,场院、大场、赶场、一场雨。
chǎng,旧亦读 cháng,指多数人聚集的处所,战场、科场、考场、操场、牧场、场所。

扬：飞扬、昂扬、传扬、颂扬、张扬、扬帆、扬起、表扬。

杨：青杨、白杨、黄杨、胡杨、杨花。

旸：日出、晴、新旸、旸谷。

肠：胃肠、心肠、饥肠、香肠、柔肠、愁肠、断肠。

钖：马额、盾背之装饰物。

疡：痈疡；溃疡。

殇：未成年而死；为国牺牲的人,国殇。

觞：举觞、流觞、滥觞、觞咏。

乡：家乡、思乡、故乡、离乡、山乡、水乡、怀乡、乡音。

芗：谷类的香气；紫苏类的香草。

光：春光、月光、时光、曙光、霞光、借光、观光、光明、光阴、光大、光彩。

洸：洸洸、洸洋。

胱：膀胱。

香：芳香、清香、馨香、幽香、暗香、含香、飘香、进香、焚香、香火、香艳。

昌：吉昌、永昌、世昌、昌盛。

菖：菖蒲。

猖：猖狂、猖獗。

鲳：鲳鱼。

阊：阊阖、阊门。

章：文章、华章、篇章、章节；奖章、勋章、规章、章法、章程。

嫜：丈夫的父亲,姑嫜。

樟：樟树、樟脑、香樟。

漳：漳河。

獐：獐头鼠目。

璋：玉器名。

彰：昭彰、表彰、欲盖弥彰、彰显、彰善瘅恶。

鄣：周朝国名。

方：四方、八方、东方、远方、地方、

各方、方圆、方向;方寸;方家。

芳:芬芳、留芳、孤芳、群芳、众芳、芳菲、芳龄、芳名。

坊:fāng,书坊、牌坊、坊本。fáng,作坊、染坊、磨坊、粉坊。

枋:木名;方柱形木材。

肪:脂肪。

钫:古容器。

鲂:鱼名。

邡:地名,什邡。

房:楼房、厨房、闺房、绣房、洞房、客房、厂房、班房、营房、远房。

唐:汉唐、盛唐、晚唐、李唐、唐诗;荒唐、颓唐、唐突。

塘:池塘、水塘、鱼塘、荷塘、苇塘。

搪:搪塞。

溏:溏心。

糖:饴糖、奶糖、喜糖、蜜糖、糖果。

螗:一种小蝉。

戕:杀害,戕害。

斨:方孔的斧子。

妆:妆奁。

装:行装、轻装;改装、装饰;装模作样。

尝:尝新、尝试。

常:经常、平常。

棠:棠棣、棠梨。

裳:cháng,古称裙为裳。shang,衣裳。

堂:殿堂、厅堂、大堂、满堂、礼堂、教堂、讲堂、禅堂、庵堂、堂屋;令堂、高堂、堂兄;堂堂。

镗:鼓声,镗镗;乐器。

螳:螳螂、螳臂挡车。

蹚:蹚水、蹚河、蹚地。

霜:冰霜、风霜、寒霜、秋霜、严霜。

骦:骕骦。

孀:寡妇,遗孀、孀居。

央:中央;未央;央求。

殃:遭殃、灾殃、祸殃、殃及。

秧:插秧、育秧、瓜秧;秧歌。

鸯:鸳鸯。

蔷:蔷薇。

墙:院墙、城墙、围墙、粉墙、南墙、隔墙、萧墙、出墙。

嫱:古宫廷女官。

樯:桅杆。

梁:房梁、桥梁、栋梁、雕梁、跳梁、悬梁、绕梁、强梁、脊梁、梁上君子。

粱:高粱、膏粱、黄粱梦。

庄:村庄、田庄、山庄、茶庄、饭庄、庄园;坐庄;端庄。

赃:贪赃、贼赃、窝赃、栽赃、追赃、退赃、赃物。

黄：橙黄、嫩黄、鹅黄、枯黄、青黄、昏黄、黄花；雌黄。

簧：弹簧、锁簧、簧片。

璜：半璧形的玉。

仓：粮仓、米仓、满仓、清仓、仓房、仓储；仓促、仓皇。

沧：沧海、沧溟。

伧：愚怯，伧哼；鸟食；伧水。又 qiàng，伧人。

玱：玉撞声，玱玱。

舱：船舱、机舱、舱位。

跄：qiāng，步有节奏，跄跄。另 qiàng，跟跄。

鸧：鸧鹒，即黄鹂、黄莺。

疮：冻疮、褥疮、疮疤、疮痍。

皇：三皇、天皇、女皇、娥皇、皇帝、皇天、皇粮。

篁：竹子、竹林、修篁、幽篁、新篁。

徨：彷徨。

湟：低洼积水处；水名，湟水。

惶：恐惧，惶恐、惶悚、凄惶、惶惶。

煌：明亮，辉煌、煌煌。

蝗：飞蝗、灭蝗、蝗虫、蝗灾。

艎：船，艅艎。

隍：无水的城壕，城隍。

遑：遑论、遑遑、不遑。

凰：凤凰、凤求凰。

囊：锦囊、智囊、琴囊、囊括。

襄：襄助、共襄义举。

骧：马奔跑；昂首；后右足白的马。

禳：禳解、禳灾。

镶：镶嵌、镶边。

瓤：瓜瓤。

箱：书箱、信箱、邮箱、暗箱、箱笼。

湘：潇湘、荆湘、湘江、湘妃、湘妃竹。

缃：浅黄色，缃桃、缃绮。

厢：西厢、两厢、厢房、包厢。

亡：兴亡、存亡、逃亡、灭亡、衰亡、阵亡、救亡。

芒：光芒、锋芒、麦芒、芒草。

忙：匆忙、急忙、慌忙、繁忙、农忙、帮忙、忙碌、忙里偷闲。

邙：邙山。

肓：膏肓。

茫：苍茫、迷茫、微茫、茫茫、渺茫；茫然、茫昧。

荒：洪荒、八荒、垦荒、拓荒、逃荒、荒芜、荒凉、荒废。

郎：令郎、女郎、儿郎、伴郎；江郎；侍郎、郎中。

螂：螳螂、蟑螂。

廊：长廊、走廊、曲廊、回廊、画廊、廊庑。

狂：癫狂、疯狂、凶狂、猖狂、轻狂、张狂、狂妄。

汪：汪汪；汪洋；汪水。

康：健康、安康、民康、康宁、康庄。

慷：慷慨。

糠：秕糠、米糠、糟糠、吃糠、筛糠。

冈：山冈、冈峦。

钢：炼钢、纯钢、钢刀；钢琴。

纲：提纲、大纲、总纲、纲目、纲纪、纲常。

刚：血气方刚、刚毅、刚强、刚愎；吴刚；才刚。

匡：匡正、匡扶、匡算。

筐：竹筐、箩筐、编筐、筐篓。

洭：水名，洭河。

眶：kuàng，眼眶。

良：善良、温良、优良、忠良、贤良、改良、良久、良知。

莨：liáng，薯莨。
    另 làng，莨菪。

娘：爹娘、奶娘、后娘、师娘；姑娘、新娘、伴娘、红娘、娇娘、半老徐娘。

狼：豺狼、饿狼、恶狼、天狼、狼狈、狼心、白眼狼。

琅：琅琅、琅嬛。

稂：狼尾草，稂莠。

粮：干粮、米粮、杂粮、钱粮、口粮、公粮、军粮。

踉：liáng，跳跃、跳踉（跳梁）。
    另 liàng，踉跄。

杭：地名，杭州。

航：起航、出航、护航、返航、航海、航天、航行。

茳：植物名，茳楚。

伥：伥鬼、为虎作伥。

姜：生姜、干姜、老姜。

羌：羌笛。

蜣：蜣螂。

僵：冻僵、闹僵、僵死、僵硬、僵持。

缰：马缰、脱缰、勒缰、缰绳。

礓：礓礫，小石。

疆：边疆、海疆、无疆、疆域、疆场。

徜：徜徉。

徉：徜徉。

羊：山羊、绵羊、羚羊、牧羊、羊倌、羊毫。

佯：佯攻。

详：详细、详尽、周详、内详。

洋：海洋、汪洋、北洋、远洋、望洋；银洋；洋洋、洋溢。

祥：吉祥、祯祥、慈祥、不祥、呈祥、祥云、祥瑞。

翔：飞翔、翱翔、滑翔、翔集。

庠：庠生、庠序。

床：牙床、藤床、卧床、铺床、河床、苗床、床帏。

筜：生长在水边的大竹子,筼筜。

珰：饰品。

裆：裤裆、胯裆。

旁：两旁、身旁、近旁、路旁、水旁、旁边、旁及、偏旁。

滂：滂沱。

磅：磅礴。

螃：螃蟹。

螀：蝉的一种,寒螀。

锵：锵锵、铿锵。

浆：琼浆、壶浆、酒浆、豆浆、泥浆、砂浆、浆果；浆洗。

桑：扶桑；农桑、蚕桑、采桑、桑林、桑麻、桑梓、桑榆；沧桑。

伤：创伤、损伤、忧伤、感伤、中伤、伤害、伤心、伤风。

商：商人、奸商、客商、官商；商女；相商、协商、商量。

昂：高昂、激昂、轩昂、昂昂、昂首、昂扬、昂贵。

帮：相帮、帮助、帮腔；船帮、鞋帮；单帮、马帮、匪帮。

臧：善、好,臧否。

【八庚】

庚：年庚、贵庚、同庚、庚日、庚帖。

鹒：鸧鹒,即黄鹂。

赓：赓续；赓和、赓酬。

虻：虫名,牛虻、蚊虻。

氓：méng,旧称流亡之民,愚氓、群氓。
　　máng,流氓。

盲：文盲、夜盲、色盲、法盲、盲人、盲文、盲目。

绷：紧绷、绷紧、绷带。
　　另 běng,绷脸。
　　另 bèng,绷瓷。

棚：凉棚、瓜棚、茶棚、窝棚、天棚、顶棚、糊棚、棚户。

亨：大亨、元亨、亨通。

烹：干烹、醋烹、酒烹、烹调、烹饪、烹炸、烹茶。

英：精英、群英、英豪、英俊、英华、英明；含英、落英。

瑛：美玉,瑛瑶；玉的光彩。

苹：草名,白蒿之属；苹果。

伻：使、令；使者。

抨：抨击、抨弹。

坪：坪地、草坪。

枰：棋盘,棋枰、推枰认负。

砰：拟声词,砰砰。

怦：怦怦、怦然。
怔：怔忡、怔松。
钲：古乐器,钲鼓。
京：北京、东京、上京、燕京、京城、京畿、京官、京味。
惊：震惊、心惊、虚惊、吃惊、受惊、不惊、压惊、惊动。
琼：琼琚、琼华、琼浆、琼楼玉宇。
勍：强,勍敌。
明：光明、聪明、文明、启明、澄明、清明、精明、严明、高明、贤明、目明、申明、神明、鲜明。
萌：萌芽、萌生、复萌。
茔：坟地,茔地、祖茔。
茕：孤独,茕茕、茕独。
莺：黄莺、柳莺、流莺、夜莺、莺啼、莺歌燕舞。
萦：梦萦、萦怀、萦绕、萦回、萦系。
潆：水回旋貌,潆洄、潆绕。
营：军营、露营、安营、野营；经营、联营、钻营、营生。
荣：繁荣、枯荣、光荣、虚荣、求荣、荣华。
嵘：峥嵘。
蝾：蝾螈。
生：人生、苍生、平生、终生、残生、民生；众生、师生、老生、写生；陌生、生疏、生熟。
笙：乐器,芦笙、吹笙、笙歌。
牲：牲畜、献牲、三牲；牺牲。
甥：姊妹之子,外甥。
鲸：蓝鲸、长鲸、骑鲸、鲸鱼、鲸吞。
黥：黥首、黥兵。
衡：平衡、均衡、抗衡、衡量。
蘅：香草,蘅芜。
宏：恢宏、宽宏、宏大、宏图。
纮：古代帽子上的带子。
翃：虫飞貌。
闳：闳门、闳达。
泓：一泓清泉。
茎：根茎、块茎、球茎、鳞茎、花茎。
硁：击石声；硁硁,固执。
罂：容器,罂缶；罂粟。
婴：婴儿。
缨：红缨、长缨、请缨。
嚶：鸟鸣,嘤嘤、嘤鸣。
撄：接触、触犯,相撄、撄其锋；纠缠、扰乱,撄宁。
瓔：似玉之石；瓔珠、瓔珞。
樱：山樱、樱桃、樱花。
鹦：鹦鹉、鹦哥。
鸣：鸟鸣、鸡鸣、凤鸣、蛙鸣、虫鸣、蝉鸣、雷鸣、轰鸣、争鸣、和鸣、鸣啭。

争：斗争、战争、抗争、纷争、奋争、力争、竞争、相争、争辩、争光。

筝：古筝、风筝。

峥：峥嵘。

玎：玉相击声,玎玎。

铮：铮铮。

狰：凶恶,狰狞、狰笑。

菁：菁菁、菁华。

清：看清、分清；冰清、神清、凄清、清澈、清新、清高；清除。

情：感情、爱情、交情、盛情、深情、痴情、钟情、温情、柔情、忘情、薄情、情分、情愿、情趣。

晴：阴晴、天晴、晚晴、新晴、响晴、放晴、乍晴、晴朗。

睛：眼睛、金睛、转睛、定睛、点睛。

蜻：蜻蜓、蜻蜓点水。

精：妖精；酒精、精华、精细；精诚；精神。

鲭：qīng,鲭鱼。zhēng,鱼肉一同烹煮的菜。

祊：宗庙门内设祭的地方。

旌：旌旗；旌表；心旌。

盈：充盈、丰盈、盈盈、盈亏、盈余。

楹：厅堂的前柱,楹联。

赢：输赢、赢利、赢家。

嬴：嬴女、嬴政。

籯：盛物竹器。

瀛：瀛海、瀛寰。

贞：忠贞、坚贞、童贞、贞操、贞节。

桢：筑墙时所立的柱子,桢干。

祯：吉祥,祯祥、祯石。

赪：红色,赪尾、赪霞、赪玉盘。

成：完成、大成、功成、老成、守成、达成、玉成、速成、晚成、成熟、成色。

城：边城、都城、长城、古城、春城、小城、商城、倾城。

诚：真诚、虔诚、赤诚、竭诚、精诚、至诚、诚实；诚然。

郕：周朝国名。

呈：敬呈、谨呈、辞呈、呈报；呈露、呈现。

程：征程、路程、旅程、过程、进程、前程、鹏程；程度、程序、章程。

酲：酒醉醒后如病。

柽：木名,柽柳。

蛏：蛏子、蛏干、鲜蛏。

名：笔名、别名、成名、恶名、骂名、功名、闻名、驰名、威名、名言、名誉。

洺：水名,洺河。

浜：小河。

兵：士兵、出兵、养兵、重兵、骄兵、强兵、疑兵、点兵、兵器、兵法、兵权。

枨:枨触。

栟:栟榈,即棕榈。

姘:男女私合为姘、姘居、姘头。

拼:比拼、硬拼、拼杀、拼搏;拼凑、拼版、拼音。

撑:支撑、苦撑、硬撑、撑船、撑满。

瞠:张目直视,瞠目结舌。

盯:盯视、盯着、盯住。

粳:新粳、香粳、粳稻、粳米。

羹:蛋羹、汤羹、羊羹、鱼羹、残羹、调羹、羹匙。

觥:酒器,觥筹交错。

荆:柴荆、负荆、荆棘、荆条、识荆;拙荆。

兄:弟兄、仁兄、父兄、世兄、家兄。

卿:公卿、爱卿、上卿、客卿、卿士、卿家;卿卿我我。

擎:高擎、擎起;引擎。

耕:农耕、备耕、春耕、退耕;笔耕。

甍:栋梁、屋脊、甍宇、雕甍。

晶:结晶、水晶、冰晶、晶莹。

声:风声、名声、童声、蝉声、声响、声色、声明、声望。

倾:右倾、权倾、倾倒、倾心、倾城。

饧:饴糖类,古读 táng;眼睛半开半闭。

黉:古代学校,黉门、黉学。

伧:cāng,旧读 chéng,粗野,伧父、伧俗。
chen,寒伧。

珩:佩玉上面的横玉。

铿:铿锵。

轰:炮轰、雷轰、狂轰、轰动、轰鸣、轰炸。

訇:声音大,訇然;阿訇。

橙:脐橙、甜橙、香橙、酸橙、橙皮、橙红。

菶:草名,菶茅。

澎:澎湃。

膨:膨胀、膨大。

蟛:蟛蜞,一种小螃蟹。

坑:泥坑、矿坑、坑道;坑害、坑骗。

【九青】

青:丹青;冬青,踏青、返青、长青;垂青;青女;青年。

泾:泾渭分明。

陉:山脉中断处。

形:圆形、图形、象形、有形、无形、相形见绌、喜形于色、形状、形象;形势。

邢:姓。

刑:处刑、量刑、严刑、刑法、刑罚。

硎：磨刀石。

铏：盛羹器，铏鼎。

型：典型、模型、成型、造型、脸型。

亭：凉亭、竹亭、茶亭、报亭、长亭、兰亭；亭亭玉立。

葶：草名，葶苎、葶苈。

停：暂停、叫停、调停、不停、停留。

婷：美好，婷婷、娉婷。

渟：水积聚不流，渟蓄、渟渟。

耵：耳垢，耵聍。

咛：叮咛。

仃：伶仃。

汀：水边平地。

叮：叮咛、叮嘱；叮咬、叮咚。

玎：玎玲、玎珰。

厅：大厅、客厅、餐厅、舞厅；办公厅。

疔：疔疮、疔毒。

星：红星、繁星、魁星、流星、飞星、福星、吉星、火星、星斗、星宿；零星。

惺：假惺惺、惺忪、惺惺相惜、惺惺作态。

腥：荤腥、鱼腥、腥风血雨。

灵：神灵、魂灵、幽灵、生灵、心灵、空灵、精灵；灵验；机灵、灵巧；百灵。

棂：窗棂。

苓：茯苓、猪苓。

笭：笭箵，装鱼的竹笼。

伶：旧指艺人，名伶、优伶；伶仃、伶俐；刘伶。

泠：清凉，泠风、清泠、泠泠。

玲：玲珑、玲玲、玲玎。

铃：金铃、银铃、风铃、电铃、解铃、盗铃、摇铃、铃铛。

聆：聆听、聆教。

蛉：蜻蛉、白蛉、螟蛉。

羚：羚羊、羚羊挂角。

舲：有窗户的小船，舲船。

龄：年龄、妙龄、芳龄、高龄、超龄。

囹：囹圄，牢狱。

翎：雁翎、花翎。

鸰：鸟名，鹡鸰。

瓴：高屋建瓴。

瓶：花瓶、酒瓶、银瓶、净瓶、瓷瓶、烧瓶；电瓶。

蛢：蛢蠓。

冥：幽冥、冥冥、冥暗；冥思；冥顽。

螟：螟蛉。

荥：小水；地名，荥阳。

荧：荧荧、荧光、荧屏、荧惑。

萤：萤火虫、飞萤、流萤、囊萤。

萍：浮萍、红萍、白萍、秋萍、飘萍；

萍踪;萍水相逢。
坰:野外。
扃:扃键,门户关锁。
馨:香远,馨香、芳馨、兰馨、素馨、德馨、宁馨。
霆:雷霆。
醽:酒名,醽醁。
酃:酒名,酃渌;地名,原酃县。
俜:伶俜,独居。
铭:碑铭、钟铭、砚铭、墓志铭、座右铭、铭刻、铭记、铭心。

【十蒸】

蒸:清蒸、熏蒸、骨蒸、蒸发、蒸腾、蒸蒸日上。
承:奉承、传承、师承、秉承、继承、应承、承诺、起承转合。
丞:县丞、右丞、丞相。
症:zhēng,腹内结块的病,症结。另 zhèng,病症、症状。
惩:奖惩、严惩、惩罚、惩戒。
登:丰登、攀登、刊登、摩登、捷足先登、登高、登记、登天。
簦:簦笠
澄:chéng,澄澈、澄心、澄清。dèng,旧亦读 chéng,澄清,使液体中杂质沉淀。
菱:青菱、红菱、采菱、菱角、菱花。

陵:丘陵、茂陵;皇陵、陵园;武陵、金陵、广陵。
凌:冰凌;凌晨、凌云;凌厉;欺凌。
绫:红绫、锦绫、绫子、绫罗绸缎。
崚:崚嶒,山高峻突兀貌。
鲮:鲮鱼。
棱:léng,棱角。
楞:同"棱",楞角。
膺:荣膺、义愤填膺。
鹰:苍鹰、雄鹰、鹞鹰、鹰爪、鹰犬。
绳:草绳、棕绳、缰绳、缆绳、丝绳、结绳、跳绳、绳索;准绳、绳之以法。
蝇:苍蝇、飞蝇、蝇头、蝇营狗苟。
誊:誊写、誊清。
塍:田埂、田塍。
腾:奔腾、飞腾、翻腾、喧腾、欢腾、蒸腾、沸腾、腾达;图腾。
縢:缄縢、縢缄;縢囊。
滕:水腾涌;滕六,雪神。
藤:藤蔓、紫藤、枯藤、葛藤、常春藤。
朋:亲朋、良朋、友朋、宾朋、高朋、朋党。
崩:山崩、土崩、天崩、分崩、崩塌、崩溃、驾崩。
鬅:头发散乱貌,鬅松、鬅鬙。

鹏：鲲鹏、大鹏、鹏程。
曾：céng，曾经。
　　zēng，曾祖、曾孙。
罾：一种渔网。
僧：高僧、唐僧、游僧、贫僧、僧徒。
增：递增、猛增、剧增、激增、日增、增高、增光、增生。
缯：古丝织品统称。
嶒：山高峻貌，嶒峨。
憎：爱憎、可憎、憎恨、憎恶。
噌：chēng，噌吰、钟鼓声。
矰：一种射鸟箭。
芿：réng，草、更生草。
　　另 nǎi，芋芿。
仍：频仍、仍旧、仍然。
扔：抛掷、丢弃、乱扔、扔掉。
礽：福。
弘：弘扬。
肱：股肱。
薨：古代称诸侯或大官的死。
冰：结冰、寒冰、如冰、履冰、卧冰、冰释、冰心；冰人。
升：上升、日升、提升、高升、初升、升腾、升华；一升米。
兢：兢兢业业。
矜：骄矜、自矜、矜持、矜夸。
灯：明灯、华灯、红灯、青灯、宫灯、挑灯、灯火、灯节、灯塔。
姮：姮娥。
恒：永恒、恒心、持之以恒。
层：云层、表层、断层、高层、阶层、层次、层出不穷。

【十一尤】

尤：效尤、怨尤；尤物；尤其、尤为；蚩尤。
优：最优、兼优、择优、名优、优厚、优秀、优美。
忧：无忧、担忧、分忧、隐忧、烦忧、忘忧、解忧、丁忧、忧虑、忧患、忧国。
疣：赘疣。
莸：草名，兰莸、薰莸不同器。
由：理由、情由、根由、事由、缘由、来由、经由、由于、由衷；自由。
抽：挨抽、狠抽、抽丝、抽身、抽头、抽打。
油：膏油、松油、香油、菜油、灯油、酥油、揩油、榨油、油腻、油滑、油然。
蚰：虫名，蚰蜒。
鲉：鱼名。
邮：通邮、快邮、平邮、集邮、督邮、邮递、邮差。
流：名流、风流、上流、下流、九流、

女流、流派;横流、奔流、湍流、漂流、轮流、流动、流亡。

琉:琉璃;琉球。

旒:旗上的飘带;帝王礼帽前后的玉串。

硫:硫黄。

鎏:成色好的金子。

鍪:兜鍪。

镠:成色好的金子。

璆:美玉,璆磬。

樛:树木向下弯曲,樛木、樛曲。

瘳:病愈;损害。

榴:石榴、榴火。

骝:黑鬣黑尾的赤马,赤骝、骅骝。

游:旅游、郊游、野游、遨游、神游、周游、畅游、出游、巡游、游子;游泳、游鱼。

蝣:蜉蝣。

酋:酋长、敌酋。

猷:谋划,鸿猷、宏猷、新猷。

遒:遒劲、遒健、意气方遒。

鞧:同"鞦"。

鞦:络于马股后的革带;鞦韆(秋千)。

秋:春秋、初秋、中秋、晚秋、暮秋、清秋、深秋、三秋、千秋、收秋、秋收、秋水、秋毫。

啾:啾唧、啾啾。

楸:楸树。

鳅:泥鳅。

愁:乡愁、离愁、忧愁、穷愁、哀愁、千愁、解愁、浇愁、不愁、愁眉、愁思。

鹙:一种水鸟,秃鹙。

鸠:斑鸠、鸠占鹊巢。

仇:chóu,恩仇、结仇、记仇、报仇、复仇、世仇、宿仇、同仇、仇怨。
qiú,姓。

修:进修、自修、修身、修习;修饰;修长;修书。

脩:束脩、脩金。

攸:攸关。

悠:晃悠、悠悠、悠久、悠扬。

牛:黄牛、乳牛、耕牛、犀牛、水牛、泥牛、汗牛、牧牛、牛耳、牛郎、牛斗。

牟:móu,牟利、牟取。
另 mù,地名,牟平。

侔:相等,相侔。

眸:双眸、明眸、凝眸、回眸、眸子。

蛑:蝤蛑,梭子蟹。

蟊:蟊贼。

矛:长矛、戈矛、横矛、蛇矛、矛盾。

柔:刚柔、轻柔、温柔、娇柔、优柔、

柔嫩、柔美。

揉：搓揉、揉碎；揉轮、揉木为耒。

周：四周、圆周；东周、庄周；抓周、周年；周密；周旋。

惆：惆怅。

稠：黏稠、岁月稠、稠密。

州：神州、九州、中州。

洲：水中陆地，沙洲、荒洲、绿洲、瀛洲、欧洲、洲渚。

酬：应酬；唱酬、酬谢；报酬、稿酬。

舟：船，扁舟、孤舟、轻舟、龙舟、渔舟、乘舟、荡舟、舟楫。

侜：侜张，欺诳。

辀：车辕。

筹：统筹、运筹；筹码；觥筹交错。

俦：朋俦、众俦、俦类、俦侣。

畴：田畴、平畴；范畴。

踌：踌躇。

休：公休、退休、轮休、休养；罢休、休止、休想；休戚。

髹：上漆。

貅：貔貅。

鸺：鸺鹠，猫头鹰的一种。

庥：庇荫。

囚：楚囚、死囚、囚徒、囚笼。

泅：泅渡。

求：恳求、追求、祈求、乞求、寻求、追求、谋求、探求、务求、奢求、求索、求证。

俅：俅俅。

球：星球、篮球、踢球、射球、绣球、球艺、球员；混球。

赇：贿赂，受赇枉法。

裘：毛皮衣服，裘皮、狐裘、貂裘、轻裘、集腋成裘。

逑：配偶，好逑。

浮：漂浮、飘浮、沉浮、悬浮、轻浮、虚浮、浮世、浮脉、浮云朝露。

蜉：蚍蜉。

侯：诸侯、公侯、王侯、封侯、侯门。

篌：箜篌，乐器。

猴：猕猴、猿猴、金猴、沐猴而冠、猴头、猴年马月。

喉：咽喉、歌喉、喉舌。

缑：缠在刀剑柄上的丝绳。

糇：干粮，糇粮。

讴：吴讴、越讴、讴歌。

抠：提起，抠衣；用手挖，抠土；吝啬，抠门儿。

鸥：海鸥、江鸥、白鸥、沙鸥、鸥鸟。

瓯：瓦器，酒瓯、茶瓯、金瓯。

喽：喽啰。

搂：lōu，搂草、搂柴、搂钱。
另 lǒu，搂抱。

楼：高楼、城楼、鼓楼、钟楼、谯楼、茶楼、酒楼、琼楼、蜃楼、楼阁、楼宇。

蝼：蝼蚁、蝼蛄。

髅：骷髅。

骰：赌具,骰子。

投：空投、自投、情投、投掷、投入、投宿、投递。

耧：古农具;泛指耕种。

鄹：地名。

邹：姓。

诌：胡诌。

驺：驺从、驺骑、驺卒。

罺：罺罳。

抔：双手捧物,一抔土;抔土、抔饮。

沟：鸿沟、地沟、水沟、壕沟、沟壑。

钩：金钩、钓钩、鱼钩、月如钩、钩子;吴钩;双钩、钩沉。

鮈：鮈咸。

兜：裤兜、网兜、围兜、兜肚;兜底、兜售、兜风。

篼：饲马篼;竹藤等编的盛具。

刘：姓。

羞：害羞、含羞、娇羞、怕羞、遮羞、羞涩。

雠：校对文字,校雠;同"仇(chóu)"。

丘：沙丘、荒丘、丘陵;丘八。

邱：同"丘";姓。

蚯：蚯蚓。

虬：虬龙、虬枝、虬髯。

谋：计谋、阴谋、权谋、深谋、远谋、筹谋、谋求、谋面。

陬：角落、山脚,荒陬。

偷：小偷、惯偷、偷盗;偷安、偷闲。

头：光头、迎头、举头、羊头、蝇头、笔头、箭头、头脑、头目;石头、势头、噱头;源头、带头。

幽：清幽、探幽、通幽、幽暗、幽雅、幽谷;幽默。

彪：彪形、彪悍、彪炳。

裒：裒辑、裒然成集。

篝：篝火、篝火狐鸣。

呦：呦呦。

阄：抓阄。

飕：风声,飕飕。

搜：查索、寻求,搜索、搜检、搜查、搜刮。

锼：雕刻,锼镂。

廋：隐藏、搜索。

麀：母鹿。

【十二侵】

侵：入侵、相侵、侵犯、侵吞、侵害;

侵晨。

骎:骎骎。

寻:搜寻、查寻、找寻、追寻、访寻、探寻;寻常;千寻。

浔:水边,江浔。

鲟:鲟鱼。

林:树林、山林、丛林、园林;艺林、武林、杏林、翰林、禅林、碑林、词林、绿林。

森:森森、森列;森林;森严。

霖:甘霖、霖雨。

淋:lín,淋雨、淋漓、淋淋。另 lìn,滤、过淋。

琳:美玉,琳琅、碧琳;琳宫。

郴:地名,郴州。

今:古今、至今、而今、迄今、如今、当今、厚古薄今。

衿:青衿、青青子衿。

芩:黄芩。

琴:古琴、胡琴、钢琴、瑶琴、弹琴、抚琴、抱琴、琴瑟。

岑:岑峨、岑寂。

涔:涔涔。

衾:衾枕。

禽:飞禽、家禽、猛禽、珍禽、禽兽。

擒:捕捉、擒拿、生擒、就擒、被擒。

檎:林檎。

谌:相信;的确。

斟:满斟、独斟、进斟、斟酒、斟酌。

音:声音、嗓音、话音、录音、定音、佳音、福音、杂音、音讯。

愔:愔愔。

歆:羡慕,歆羡、歆慕。

壬:天干第九位。

淫:浸淫;奸淫、荒淫、淫乱;淫淫、淫雨。

霪:久雨。

箴:箴言。

忱:热忱、谢忱。

砧:砧木、砧板。

心:关心、爱心、忠心、丹心、寸心、衷心、重心、信心、心肠、心血、心声。

钦:钦佩、钦差。

嵚:山耸立也。

襟:衣襟、大襟、对襟、连襟、沾襟、胸襟、正襟危坐、襟怀。

金:黄金、鎏金、挥金、寸金、酬金、资金、基金、金石、金甲、金贵。

针:钢针、银针、穿针、悬针、拈针、针线、针刺、针砭。

阴:光阴、寸阴;山阴、背阴、碑阴、天阴、阴阳、阴暗、阴沉;阴谋。

琛:珍宝。

【十三覃】

覃：tán，覃思、覃恩；姓（又读 qín）。
潭：清潭、水潭、龙潭、深潭、潭府。
谭：光大；同"谈"。
昙：云彩密布，彩昙、云昙、昙昙；昙花、昙花一现。
骖：驾在车辕两旁的马。
毿：毿毿。
含：包含、口含、窗含、暗含、含水、含情、含苞。
贪：肃贪、刺贪、反贪、惩贪、贪婪、贪杯、贪官。
盦：古盛器；同"庵"。
聃：耳长大。
耽：耽玩；耽搁、耽误。
龛：石龛、佛龛。
戡：戡乱、戡夷。
堪：不堪、难堪、哪堪、怎堪、何堪、堪称。
坍：坍塌。
恬：安静，恬然。
谈：清谈、倾谈、长谈、畅谈、美谈、笑谈、漫谈、高谈、密谈、笔谈、谈吐。
郯：地名，郯城。
痰：咳痰、吐痰、化痰、痰喘。

甘：肥甘、味甘、回甘、甘甜；不甘、心甘、甘心。
坩：坩埚。
泔：泔水。
柑：广柑、芦柑、椪柑、蜜柑、招柑、柑橘、柑子。
蚶：毛蚶。
酣：酒酣、半酣、微酣、笔酣、兴酣、酣饮、酣睡、酣畅。
邯：邯郸学步。
苷：甘草；糖苷。
褴：褴褛。
蓝：蔚蓝、湛蓝、碧蓝、海蓝、靛蓝、蓝本、蓝领；伽蓝。
篮：竹篮、土篮、花篮、菜篮。
南：天南、海南、江南、指南、终南、南瓜、南极。
男：儿男、美男、男女。
谙：熟悉，深谙、未谙、初谙、曾谙、谙熟、谙练。
鹌：鹌鹑。
庵：茅庵、草庵、尼庵、庵堂。
涵：海涵、包涵、蕴涵、内涵、涵养、涵盖；桥涵、涵洞。
岚：山岚、林岚、晓岚、夕岚、晴岚、青岚、岚翠、岚烟。
蚕：桑蚕、柞蚕、春蚕、僵蚕、养蚕、

蚕丝、蚕眠。

惭:羞惭、大惭、自惭形秽、惭愧。

儋:地名,儋州。

婪:贪婪。

【十四盐】

詹:詹詹,喋喋不休。

谵:说胡话,谵语、谵妄。

幨:帷也,车幨、锦幨、幨帷。

檐:屋檐、房檐、廊檐、飞檐、层檐、大檐、帽檐。

瞻:高瞻、远瞻、观瞻、马首是瞻、瞻仰、瞻望、瞻前顾后。

襜:襜褕,布襜。

蟾:金蟾、玉蟾、蟾蜍、蟾宫折桂。

蒹:蒹葭。

鬑:鬑鬑,须发稀疏貌。

谦:自谦、过谦、谦谦、谦恭、谦辞、谦虚、谦逊。

嫌:前嫌、涉嫌、避嫌、不嫌、讨嫌、嫌疑、嫌隙、嫌弃。

缣:细绢,缣帛。

䃘:赤色磨刀石。

鳒:比目鱼。

鹣:比翼鸟。

廉:低廉、价廉;清廉、孝廉、养廉、廉洁、廉耻。

镰:开镰、挥镰、磨镰、镰刀。

蠊:蜚蠊,即蟑螂。

拈:拈香、拈轻怕重、拈花惹草。

沾:均沾、沾湿、沾衣、沾光;沾沾自喜。

鲇:鲇鱼、鲇鱼上竹。

黏:黏黏、发黏、黏度、黏附。

觇:窥觇、觇视、觇望。

霑:润泽。

佥:皆、都,佥同。

签:标签、便签、稿签、题签、书签、抽签、求签、中签;草签、签名、签注。

薟:又读liǎn,白薟。

淹:水淹、淹没、淹埋、淹留。

腌:yān,盐腌、腌渍、腌菜、腌肉。ā,腌臜。

阉:阉割、阉人、阉党。

阎:阎间;阎罗、阎王。

歼:围歼、歼灭、歼击、歼敌。

髯:须髯、美髯、长髯、虬髯、龙髯、白发苍髯。

蚺:蚺蛇。

恢:适意、高兴,恢睡。

恹:病恹、恹恹。

恬:恬静、恬淡。

湉:水静流貌,湉湉。

甜:香甜、甘甜、酸甜、嘴甜、微甜、

单韵字注 97

回甜、甜蜜、甜头。
钳:铁钳、火钳、虎钳、钳子;钳制。
铃:铃印、铃记、铃束。
尖:浪尖、笔尖、指尖、尖刀;尖声;拔尖、尖兵、尖端、尖刻、尖酸;眼尖。
奁:妆奁、陪奁。
潜:深潜、龙潜、潜藏、潜心、潜水。
添:增添、平添、新添、添补、添彩、添置、如虎添翼。
炎:发炎、消炎;炎炎、炎热、炎凉;炎帝;趋炎附势。
暹:日光升起;暹罗,泰国旧称。
帘:窗帘、竹帘、青帘、酒帘、卷帘、垂帘、眼帘。

【十五咸】

咸:全、都,老少咸宜;咸菜。
缄:缄口、缄默。

搀:相搀、搀扶。
馋:嘴馋、眼馋。
凡:平凡、超凡、不凡、非凡、凡夫、思凡、下凡、凡心、凡尘;举凡、发凡;大凡、凡是、但凡。
衫:衣衫、衬衫、布衫、长衫、汗衫、罗衫、罩衫、征衫。
杉:shān,杉树、松杉、云杉、红杉、水杉、冷杉、紫杉。
　　shā,杉木、杉篙。
岩:青岩、巉岩、云岩、灵岩、仙岩、危岩、砂岩、砾岩、熔岩、重岩叠嶂、岩洞。
衔:头衔、官衔、军衔、头衔、职衔、授衔;口衔、衔泥、衔恨、衔接。
芟:芟夷、芟除、芟正。
鹐:鸟啄物也。
喃:喃喃。

三、上声

【一董】

董:古董、校董、董事。
懂:懵懂、懵懵懂懂;不懂、装懂、易懂、难懂、半懂、懂行、懂事。
蓊:草木茂盛,蓊郁。

塕:飞尘。
唪:běng,大笑;唪唪,茂盛貌。
　　fěng,大声吟诵,唪经。
动:dòng,移动、骚动、劳动、动容、动物。
孔:弹孔、气孔、圆孔、穿孔、钱孔、

孔隙;面孔;孔雀。

汞:红汞、汞灯。

捅:挨捅、捅伤、捅咕;捅马蜂窝。

桶:水桶、饭桶、酒桶、木桶。

蠓:蠓虫。

拢:合拢、围拢、收拢、凑拢、靠拢、拉拢、梳拢;拢共。

【二肿】

肿:臃肿、浮肿、水肿、消肿、肿胀。

宠:恩宠、受宠、得宠、专宠、失宠、恃宠、宠爱、宠辱。

陇:陇山。

垄:瓦垄、荒垄、垄沟;垄断。

奉:fèng,供奉、侍奉、奉命、奉行、奉劝。

捧:手捧、吹捧、捧腹、捧场。

拥:yōng,蜂拥、簇拥、坐拥、前呼后拥、拥抱、拥有、拥堵。

甬:甬道、甬路。

俑:陶俑、木俑、作俑、兵马俑。

涌:汹涌、奔涌、喷涌、泉涌、潮涌、云涌、涌动、涌现。

蛹:蚕蛹、蜂蛹、蝶蛹。

踊:踊跃。

勇:神勇、智勇、奋勇、骁勇、英勇、散兵游勇、勇敢、勇武。

愡:怂愡。

㥯:怂愡。

耸:高耸、耸峙、耸立、耸肩;耸听。

拱:打拱、垂拱、拱手、拱抱、众星拱月;斗拱、拱桥、拱门。

栱:枓栱(斗拱)。

珙:大璧。

冗:烦冗、冗杂、冗员。

冢:坟墓,荒冢、青冢、古冢。

悚:恐惧,惶悚、震悚、毛骨悚然。

竦:恭敬,竦立、竦身。

踵:举踵、接踵、踵至、踵事增华。

氉:细软绒毛,氉毛。

巩:巩固。

【三讲】

讲:演讲、听讲、试讲、讲话、讲解、讲和、讲究。

港:军港、海港、渔港、入港、香港、港湾、港口。

棒:bàng,真棒;棍棒、铁棒、冰棒、棒喝、棒槌。

蚌:bàng,河蚌、珠蚌、鹬蚌相争。bèng,地名,蚌埠。

项:xiàng,强项、事项、进项、款项、项目;颈项、项背。

䦃:xiàng,古时储钱或投受函件的器物。

耩：耩子、耩地。

【四纸】

纸：信纸、宣纸、皮纸、草纸、稿纸、剪纸、纸鸢、纸上谈兵。

舐：shì，舔、舐犊、舐犊情深、舐糠及米。

枳：枳椇、枳实。

轵：车轴端。

咫：咫尺。

诡：诡秘、诡辩、诡计。

姽：姽婳。

跪：guì，下跪、长跪、跪拜。

技：jì，绝技、故技、惯技、车技、杂记、口技、技痒、技巧、黔驴技穷。

妓：jì，娼妓、妓女。

庋：置放、保存、放东西的架子，庋藏、庋寘。

麂：麂子。

庀：具备；治理。

匕：匕首、匕箸。

妣：先妣。

秕：秕谷；秕政。

止：停止、阻止、禁止、静止、截止、何止、止境；举止。

芷：白芷、兰芷、蘅芷、芷若。

址：地址、网址、新址、旧址、原址、遗址、校址。

沚：水中小洲。

祉：幸福，福祉、祥祉。

耻：知耻、羞耻、可耻、无耻、国耻、廉耻、雪耻、耻笑。

趾：脚趾、趾骨、趾高气扬。

齿：唇齿、皓齿、叩齿、启齿、挂齿、不齿、没齿难忘；锯齿。

此：彼此、至此、从此、如此、就此、特此、乐此、此外。

紫：青紫、深紫、绛紫、万紫千红、姹紫嫣红、紫菜、紫檀。

嘴：壶嘴、瓶嘴；掌嘴、咧嘴、拌嘴、吵嘴、斗嘴、贫嘴、偷嘴、嘴脸。

倚：斜倚、依倚、醉倚、倚望、倚马千言。

绮：绮罗、绮丽。

旖：旖旎。

旎：旖旎。

尔：乃尔、燕尔、莞尔、偶尔、率尔、尔尔；尔汝、尔曹。

你：人称代词，你们、你死我活。

玺：玉玺。

迩：近，遐迩、迩来。

耳：刺耳、洗耳、附耳、侧耳、掩耳、顺耳、逆耳、牛耳、耳目、耳语、耳熟。

弭：消弭、弭患、弭除、弭兵。

旨：味美,甘旨、旨酒;宗旨、主旨、要旨、圣旨、旨趣。

指：手指、五指、指掌、指点、指望。

笫：竹编的床,床笫。

姊：阿姊、家姊、姊妹。

秭：地名,秭归。

宄：奸宄。

汓：水旁出,汓泉。

轨：出轨、脱轨、越轨、不轨、双轨、轨迹。

匦：匣子,票匦。

市：shì,街市、早市、闹市、罢市、都市、市井、市民。

柿：shì,金柿、霜柿、甜柿、柿子、柿饼。

恃：shì,自恃、恃才、有恃无恐。

峙：zhì,对峙、相峙、耸峙、独峙。

畤：zhì,古祭天地五帝之处。

痔：zhì,痔疮。

己：自己、利己、知己、异己、为己、克己、己见、己任。

苢：植物名,苢菜、荆苢。

圮：毁坏、倒塌,圮裂、圮毁、倾圮。

屺：不长草木的山;屺岵。

杞：枸杞、杞柳;杞人忧天。

纪：jì,世纪、纪元、纪律、纪念。jǐ,姓。

已：不已、而已、早已、业已、已经。

巳：sì,巳时。

汜：sì,水流出后又流回主流;不流通的小沟。

祀：sì,祭祀、奉祀、庙祀。

洍：地名,洍川。

鲔：鱼名。

敉：安抚、安定,敉平。

秄：培土、耘秄。

子：孔子、老子、君子;女子、弟子、子弟、赤子、竖子、孺子;子夜、子弹。

李：行李;桃李、甜李、苦李、杏李、李代桃僵。

枲：枲麻。

矢：飞矢、弓矢、矢口、矢志。

雉：血雉、长尾雉、雉尾扇;雉堞。

癸：天干第十位。

揆：kuí,首揆、阁揆;古今同揆;揆度;总揆百事。

以：得以、何以、所以、以来、以及、以为、何以知之。

苡：薏苡、苡米。

似：sì,相似、类似、好似、似乎。

shì,似的。
拟:比拟、模拟、草拟、虚拟、拟定。
姒:sì,姒娣、褒姒。
史:历史、青史、经史、文史、通史、稗史、野史、艳史、秘史、史籍、史诗。
驶:驾驶、行驶、疾驶、飞驶。
俚:俚俗、俚语、俚曲。
娌:妯娌。
理:纹理、条理、连理、梳理、调理、治理、署理、道理、讲理、哲理、理论。
鲤:锦鲤、鲤鱼。
士:shì,将士、学士、居士、隐士、寒士、绅士、勇士、侠士、骑士、士气。
仕:shì,出仕、仕女、仕宦、仕途。
侈:奢侈、侈靡、侈谈。
矣:用于陈述句末,由来久矣、悔之晚矣;表示感叹,人矣哉。
涘:sì,水边,涯涘、在河之涘。
诔:哀祭文体的一种。
耜:sì,古农具。
迤:迤逦。
彼:代词,知彼、彼此、彼岸、彼时。
徙:迁徙、流徙、徙边。
俾:使,俾众周知。

婢:bì,奴婢、侍婢、婢女、奴颜婢膝。
梓:桑梓、付梓、梓里。
滓:渣滓。
是:shì,不是、是非、如是。
毁:撕毁、销毁、焚毁、摧毁、诋毁、捣毁、毁灭、毁约。
髓:骨髓、精髓。
葸:畏惧貌,畏葸不前。
蕊:花蕊。
豸:zhì,无足的虫,虫豸。
豕:猪,狼奔豕突。
捶:chuí,捶打、捶背、捶胸顿足。
视:重视、傲视、凝视、漠视、藐视、鄙视、怒视、视察、视线、熟视无睹。
美:甘美、甜美、优美、健美、秀美、媲美、溢美、美好、美言、价廉物美。
兕:sì,古指犀牛。
水:山水、泉水、春水、墨水、油水、下水、酒水、水火。
喜:报喜、恭喜、惊喜、欣喜、随喜、欢喜、喜爱、喜事、喜悦。
蟢:蟢子。
嚭:大。
痞:地痞、兵痞、文痞;病痞、痞块。
鄙:卑鄙、粗鄙、鄙薄、鄙视、鄙陋、

鄙人。

簋：古盛器。

晷：余晷、晷刻、晷漏。

死：生死、垂死、拼死、九死、装死、死路、死水；死板。

履：衣履、革履、屐履、步履；履约。

垒：壁垒、堡垒、对垒、块垒、垒砌。

跬：半步、跬步、跬步千里。

起：雄起、崛起、兴起、鹊起、四起、起伏、起身、起草。

咩：羊叫。

舣：船靠岸，舣舟。

【五尾】

尾：wěi，首尾、狗尾、摇尾；岁尾、末尾、收尾、尾声。
yǐ，马尾儿。

娓：娓娓。

扆：古代一种屏风。

苇：芦苇、苇荡。

伟：雄伟、宏伟、魁伟、奇伟、伟大、伟业、伟人。

玮：玮奇、明珠玮宝。

炜：光明、炜炜、炜晔。

韪：冒天下之大不韪。

悱：悱恻。

棐：辅助。

斐：有文采，斐斐、斐然。

匪：盗匪、土匪、绑匪、惯匪；匪夷所思。

篚：圆形竹筐。

榧：木名，香榧。

鬼：山鬼、厉鬼、魔鬼、烟鬼、醉鬼、捣鬼、鬼怪、鬼话、鬼斧神工。

虮：虮子。

岂：岂敢、岂止、岂有此理。

唏：xī，唏嘘。

【六语】

圉：养马；边疆。

圄：监狱，囹圄。

敔：古乐器。

吕：律吕、大吕。

莒：周朝诸侯国名；地名，莒县。

侣：伴侣、情侣、朋侣、俦侣、僧侣。

秬：野生的禾，秬生。

旅：军旅、劲旅、商旅、羁旅、逆旅、旅行、旅客。

膂：膂力。

苎：zhù，苎麻。

伫：zhù，停伫、伫立、伫望、伫听风雨声。

紵：zhù，苎麻织成的粗布。

贮：zhù，贮藏、贮存。

抒：shū，直抒、略抒、抒发、抒情。
杼：zhù，机杼、杼轴。
序：xù，次序、时序、循序；序跋、序曲；庠序。
渚：水中小块陆地，江渚、鼋头渚。
绪：xù，头绪、心绪、情绪、思绪、别绪、离绪、愁绪、就绪、万绪。
楮：木名，即构树。皮可制纸，因以为纸的代称，楮墨。
褚：zhǔ，指棉衣；口袋。
　　chǔ，姓。
煮：蒸煮、烹煮、煮饭、煮粥、煮豆燃萁。
许：允许、嘉许、赞许、默许、许诺、些许、稍许、少许；也许、何许、如许。
杵：铁杵、药杵、捣杵、杵臼。
巨：jù，艰巨、巨擘、巨变、巨著。
苣：jù，莴苣。
　　又 qǔ，苣荬菜。
拒：jù，抗拒、拒敌、拒绝、拒谏饰非。
炬：jǔ，火炬、蜡炬、目光如炬。
钜：jù，硬铁；钩子。
距：jù，雄鸡、雉等腿后突出如趾的部分；差距、车距、字距、相距、距离。
阻：险阻、劝阻、谏阻、梗阻、阻止、阻塞。

俎：古盛祭品的器具、切肉的砧板，刀俎、越俎代庖、俎上肉。
龃：龃龉。
举：创举、抬举、选举、鹏举、枚举、列举、抬举、举兵、举案齐眉；举人。
榉：木名，榉柳。
叙：xù，记叙、畅叙、欢叙、铺叙、追叙、倒叙、叙述、叙事、叙别；叙用。
溆：xù，水边；水名，溆水。
汝：你，汝辈、汝等。
暑：寒暑、炎暑、盛暑、避暑、中暑、解暑、消暑、暑气。
鼠：田鼠、松鼠、仓鼠、硕鼠、投鼠忌器、鼠目、鼠辈。
黍：黍子、黍酒。
醑：美酒。
虡：jù，簨虡。
所：处所、场所、寓所、所得；所以。
础：基础、础石、础润而雨。
屿：岛屿。
墅：shù，草墅、别墅。

【七麌】

羽：翠羽、振羽；党羽；羽化。
诩：夸耀，自诩。

栩：栩栩如生。

禹：大禹、夏禹、禹功。

瑀：玉石。

踽：踽踽,独行貌。

齲：齲齿。

抚：安抚、爱抚、慰抚、优抚、招抚、巡抚、督抚。

妩：妩媚。

怃：爱怜;失意,怃然。

庾：露天谷仓。

腐：酸腐、迂腐、陈腐、朽腐、腐败。

腑：脏腑、肺腑、六腑。

俯：俯首、俯瞰、俯冲。

府：州府、官府、知府、首府、政府、学府、内府、贵府、城府、洞府、乐府。

拊：拍,拊掌。

鼓：锣鼓、花鼓、腰鼓、鼙鼓、更鼓、金鼓、钟鼓、暮鼓、战鼓、击鼓、鸣鼓、旗鼓。

瞽：目盲,盲瞽、聋瞽、瞽言、瞽议。

虏：俘虏、强虏、囚虏、虏获。

虎：猛虎、奇虎、白虎、画虎、谈虎、骑虎、打虎、伏虎、养虎、射虎、壁虎。

琥：琥珀。

古：上古、自古、怀古、古老、古朴、古稀。

罟：捕鱼网。

估：gū,旧读 gǔ,评估、高估、低估、估价。
另 gù,估衣。

诂：训诂。

岵：hù,多草木的山。

怙：hù,怙恃、怙恶不悛。

牯：牯牛。

祜：hù,福。

股：锥刺股、双股、股掌;一股、干股、股东;勾股。

羖：黑色公羊。

蛊：蛊惑。

簠：古祭祀时盛谷物的器皿。

土：国土、领土、尘土、泥土、沃土、故土、乡土、乐土、出土、粪土、土气。

杜：dù,杜绝、杜撰、杜门谢客。

肚：dù,腹,肚皮、肚量。
dǔ,指胃,猪肚、羊肚。

主：自主、民主、霸主、寨主、债主、宾主、斋主、堂主、盟主、公主、店主。

拄：拄杖。

柱：zhù,支柱、立柱、梁柱、天柱、砥柱。
又读 zhǔ,通"拄",支撑,柱天。

麈：俗称四不像，麈尾。

普：科普、普遍、普照。

谱：乐谱、光谱、词谱、画谱、食谱、脸谱、琴谱、族谱、家谱、谱系；摆谱。

户：hù，门户、商户、大户、猎户、屠户、用户、过户、户主。

沪：hù，捕鱼所用的竹栅；京沪、沪剧。

扈：hù，随从、扈从；跋扈。

午：中午、晌午、端午、午夜。

仵：仵作。

浒：hǔ，水边，水浒、在河之浒。xǔ，地名用字。

努：努力、努嘴。

弩：强弩、劲弩、弩弓、弩箭。

坞：wù，山坞、村坞、花坞、船坞。

甫：刚刚，惊魂甫定；人的表字，台甫。

浦：水边、河流入海处，临浦、黄浦。

辅：宰辅、首辅、辅助、辅导。

脯：fǔ，肉干、果干、兔脯、杏脯、果脯。
又 pú，胸脯。

黼：古礼服上黑白相间的花纹。

溥：广大，瞻彼溥原；普遍，溥天之下。

组：小组、编组、改组、重组、分组、词组、组办、组曲。

祖：鼻祖、先祖、曾祖、佛祖、彭祖。

鲁：愚鲁、粗鲁、鲁莽。

橹：大盾牌；摇橹、樯橹。

堵：添堵、堵心。

赌：狂赌、豪赌、打赌、嗜赌、禁赌、戒赌、赌博、赌徒。

睹：看见，亲睹、共睹、无睹、先睹、目不忍睹、耳闻目睹。

五：五彩、五毒、五岳。

伍：队伍、行伍；"五"的大写。

缕：缕缕、千丝万缕、缕陈。

褛：褴褛。

窭：jù，贫穷，贫窭。

窳：窳败、窳惰。

宇：寰宇、海宇、玉宇、屋宇、庙宇；眉宇、气宇；杜宇。

武：文武、英武、威武、勇武、尚武、玄武、耀武、讲武、习武、穷兵黩武。

鹉：鹦鹉。

父：fù，先父、生父、养父、父老。fǔ，尚父；渔父、田父。

斧：刀斧、板斧、斧凿、斧正。

釜：釜底抽薪。

滏：水名，滏水（今滏阳河）。

伛:曲背,伛偻。

侮:欺侮、轻侮、戏侮、外侮、侮辱。

舞:歌舞、起舞、劲舞、飞舞、曼舞、乱舞、凤舞、蝶舞、鼓舞、舞文弄墨。

卤:卤鸭;卤莽(鲁莽)。

乳:母乳、哺乳、炼乳、腐乳、乳汁、乳燕。

补:修补、增补、添补、缝补、递补、候补;滋补、食补。

竖:shù,横竖、直竖、高竖、竖立;竖子。

妈:mā,母亲,妈妈、阿妈。

姥:mǔ,老妇。

lǎo,姥姥。

部:bù,军部、率部、所部、部将;局部、外部、部分;部落。

矩:规矩、循规蹈矩。

【八荠】

米:粟米、白米、紫米、薏米、玉米、稻米、糯米、香米、糙米、虾米、鱼米乡。

澧:澧澧,波浪声;水名,澧水。

鳢:鱼名。

醴:甜酒;甘甜的泉水。

牴:触、用角顶,牴牾。

邸:官邸、府邸、私邸、邸报。

陛:bì,陛下、陛见。

弟:dì,胞弟、舍弟、女弟、贤弟、师弟;徒弟、弟子。

礼:有礼、无礼、多礼、随礼、财礼、厚礼、备礼、见礼、拘礼、失礼、巡礼、典礼、先礼后兵。

体:身体、肢体、玉体、物体;政体、团体;欧体、骈体、体裁;体己(又读 tī jǐ)。

启:开启、敬启、启蒙、启程、启示、启事。

棨:棨信、棨戟。

【九蟹】

蟹:xiè,螃蟹、虾蟹、蟹行。

獬:xiè,獬豸。

澥:xiè,澥开;渤澥,渤海古称。

买:收买、购买、买卖、买主、买账。

荬:苣荬菜。

骇:hài,惊骇、大骇、骇人听闻。

奶:奶奶;牛奶、喂奶、催奶、断奶。

摆:摇摆、停摆、裙摆、钟摆;摆布、摆渡、摆平。

拐:诱拐、骗拐;左拐、右拐;拄拐;瘸拐。

矮:高矮、低矮、矮小。

锴:精铁。

【十贿】

贿：huì，受贿、收贿、索贿、贿选。
蓓：bèi，花苞，蓓蕾。
倍：bèi，成倍、翻倍、加倍、事半功倍。
绐：dài，欺哄。
殆：dài，危险，百战不殆；几乎，伤亡殆尽。
怠：dài，倦怠、懈怠、懒怠、怠工、怠慢。
迨：dài，趁着、等到，迨吉、迨良期。
馁：饥饿，饥馁、冻馁；失勇气，气馁、不馁；鱼腐，鱼馁肉败。
猥：猥琐、猥亵、猥辞。
亥：hài，地支末位。
毐：嫪毐。
每：每次、每人、每每。
海：大海、瀚海、碧海、观海；人海、学海、商海；海量、海涵、海棠。
垲：地势高而燥，爽垲。
恺：快乐、和乐。
凯：奏凯、凯歌、凯旋。
闿：又读 kāi，开；通"恺"，安乐。
改：劳改、悔改、技改、不改、删改、涂改、批改。
浼：污染；请托，央浼。

傀：傀儡、木偶。
待：dài，等待、看待、对待、担待、善待、虐待、招待、优待、款待、待遇。
另 dāi，停留，待会儿。
睬：搭理、理会，理睬、不睬。
彩：色彩、光彩、精彩、迷彩、七彩、奇彩、油彩；喝彩、倒彩、剪彩。
罪：zuì，犯罪、无罪、得罪、请罪、谢罪、恕罪、赎罪；遭罪。
宰：主宰；屠宰、宰割、宰客。
醢：肉酱；把人剁成肉酱的酷刑。
蕾：花蕾、蓓蕾、味蕾。
璀：璀璨。
乃：乃翁、乃尔、乃至、乃知。
腿：鹅腿、踢腿；火腿、桌腿。
磊：磊磊；磊落。

【十一轸】

轸：车后横木；二十八宿之一；悲痛，轸念、轸悼。
胗：唇疮。
另又读 zhēn，鸡胗，义同"肫"。
疹：病，疱疹、麻疹、出疹。
敏：聪敏、机敏、灵敏、敏捷、敏感。
允：公允；应允、不允、允许、允诺。
狁：长嘴狗；猃狁，古民族名。

陨：陨石、陨落。

殒：殒命。

闵：闵勉。

悯：怜悯、忧悯、悯恤、悯惜、其情可悯。

纼：zhèn，牛鼻绳。

蚓：蚯蚓。

尹：府尹。

窘：困窘、窘迫、窘态、窘境。

肾：shèn，肾脏。

膑：bìn，膑骨。

尽：jìn，自尽、竭尽、穷尽、取之不尽、尽力、尽头。
jǐn，尽管、尽快、尽量。

忍：残忍、容忍、不忍、难忍、强忍、可忍、忍让；忍冬。

愍：追愍、愍痛。

准：标准、水准、批准、核准、准则、准许。

隼：猛禽、鹰隼、猎隼、游隼。

笋：竹笋、春笋、冬笋、油笋、莴笋、抽笋、石笋。

哂：微笑、讥笑、哂纳、哂笑、不值一哂。

牝：pìn，雌性(禽兽)、牝牛、牝鸡。

蠢：愚蠢、蠢动、蠢蠢。

紧：松紧、要紧、加紧、拧紧、看紧、跟紧；手紧、嘴紧；紧俏。

篦：篦虎。

缜：细致，缜密。

稹：草木丛生；通"缜"。

楯：shǔn，栏杆、栏楯、轩楯。
dùn，同"盾"。

菌：jūn，细菌、真菌。
jùn，蕈，菌子。

【十二吻】

吻：亲吻、接吻、热吻、吻别；吻合。

刎：割，自刎、刎颈交。

谨：勤谨、严谨、恭谨、拘谨、谨慎、谨记。

槿：木槿、槿花。

粉：花粉、米粉、凉粉、药粉、粉碎、粉末；粉饰；粉红。

愤：fèn，义愤、气愤、羞愤、激愤、悲愤、民愤、私愤、泄愤、愤慨、愤然。

恽：yùn，姓。

卺：古婚礼时用作酒器的瓢，合卺。

韫：包含、蕴藏。

【十三阮】

挽：手挽、力挽、挽回、挽留；挽歌。

晚：早晚、夜晚、今晚、傍晚、来晚、太晚、不晚、向晚、未晚；晚生、晚节。

坂：山坡、斜坡、坂坻。

返：往返、回返、重返、复返、忘返、遣返、不返、知返、可返、积重难返。

偃：偃卧；偃旗息鼓。

蝘：蝉一类的昆虫。

鼴：鼴鼠。

鄢：鄢城。

忖：揣度、思量,思忖、自忖、暗忖、忖度、忖量、忖势。

悃：诚恳,悃诚、聊表谢悃。

捆：捆绑、捆子。

阃：门槛,阃闱、阃范。

绲：绳；绲边。

混：hùn,含混、蒙混、鬼混、混合、混杂；混迹、混事。
另 hún,混蛋(浑蛋)。

棍：gùn,赌棍、光棍、党棍、讼棍；撬棍、拐棍、冰棍。

辊：辊轴。

焜：明亮,焜耀。
又读 kūn。

很：很快、好得很。

恳：诚恳、勤恳、恳切、勤勤恳恳。

垦：开垦、军垦、农垦、围垦、垦荒。

撙：节省,撙节。

鲧：大鱼；古人名。

苑：yuàn,鹿苑、西苑、宫苑、禁苑、翰苑、文苑、艺苑。

婉：委婉、清婉、凄婉、柔婉、婉约、婉容、婉婉。

琬：美玉。

踠：屈曲,马踠足。

幰：车前的帷幔,锦幰、幰盖、幰车。

本：根本、原本、忘本、本末；标本、木本、草本；文本、版本、唱本、译本、善本、残本、院本。

笨：粗笨、拙笨、蠢笨、愚笨、呆笨、嘴笨、笨鸟先飞。

损：磨损、耗损、破损、毁损、破损、阴损、损人。

衮：衮服；衮衮。

滚：打滚、翻滚、滚滚、滚动。

稳：平稳、安稳、沉稳、站稳、稳妥、稳健。

畚：簸箕,畚箕。

沌：混沌、沌沌。

烜：又读 xuān,盛大、显著,烜赫；晒干,日以烜之。

【十四旱】

旱：hàn,干旱、伏旱、大旱、天旱、久旱、抗旱、防旱、旱路、旱船、旱烟。

秆：麦秆、稻秆、秸秆、茎秆。
罕：稀少,罕见、人迹罕至、罕譬而喻;纳罕;旗名,罕旗。
缓：迟缓、舒缓、和缓、平缓、延缓、暂缓、缓缓。
暖：冷暖、温暖、春暖、饱暖、送暖、取暖、暖和、暖流。
管：竹管、芦管、烟管、吸管、钢管、黑管;分管、总管、监管、管保。
琯：古乐器。
坦：平坦、舒坦、坦荡、坦率。
袒：袒露;袒护、偏袒。
满：充满、饱满、丰满、脑满;美满、完满;不满、自满。
趱：赶行、快走。
浣：huàn,洗、浣衣、浣纱。
脘：胃的内腔,胃脘、中脘。
碗：茶碗、水碗、饭碗、海碗、瓷碗、木碗、金碗。
伞：雨伞、阳伞、旱伞、纸伞、折伞、灯伞、撑伞。
短：长短、缩短、剪短、简短;志短、揭短、护短、理短、扬长避短。
款：款待;存款、提款、巨款、捐款、公款;条款、款式;题款、款款、款步。
诞：dàn,华诞、寿诞、圣诞、诞辰;荒诞、怪诞。

疃：町疃,舍旁空地。
纂：编纂、纂修、纂辑。
馓：食品名,馓子。
懒：偷懒、躲懒、慵懒、意懒、懒散、懒汉、懒洋洋。
亶：亶父;亶时;亶亶。

【十五潸】

限：xiàn,界限、权限、受限、大限、极限、宽限、局限、期限、时限;门限。
眼：火眼、明眼、慧眼、斜眼、冷眼、睡眼、醉眼、转眼、青眼、刺眼、惹眼;泉眼、针眼;字眼。
板：木板、石板、菜板、案板;呆板、刻板、甲板;板结、散板、慢板、有板有眼。
版：出版、本版、雕版、翻版、初版、绝版、版画。
钣：钣金。
盏：杯盏、酒盏、茶盏、灯盏、把盏、推杯换盏。
划：划地。
产：生产、资产、财产、自产、丰产、盛产、水产、产业。
浐：水名,浐河。
铲：铁器,锄铲、铁铲;削平,铲除、铲平、铲地、铲迹销声。

简:精简、简便;竹简、书简、汉简。
赧:赧颜、赧然。
柬:请柬、柬帖。
皖:安徽别称。

【十六铣】

铣:xiǎn,最有光泽的金属;小凿;钟口两角;弓两端用金饰之。xǐ,铣床、铣刀。
筅:筅帚、炊筅。
跣:光着脚,跣足。
践:jiàn,作践、糟践、蹂践;实践、践约。
典:经典、古典、大典、词典、典故、典籍;典押。
腆:丰厚,腆肚;腼腆。
犬:狗,名犬、猎犬、牧犬、狂犬、鹰犬、鸡犬、犬马;犬子。
畎:畎亩。
免:减免、豁免、罢免、难免、不免、叫免、未免、免冠。
冕:加冕。
勉:勤勉、嘉勉、自勉、共勉、勉励。
辩:biàn,分辩、申辩、强辩、雄辩、答辩、狡辩、争辩、论辩、巧辩、辩解。
辨:biàn,分辨、明辨、细辨、不辨、难辨、辨别、辨析。
辫:biàn,辫子、发辫、长辫、小辫。
篆:zhuàn,大篆、小篆、秦篆、梅花篆、篆书、篆刻。
筧:引水的长竹管。
岘:xiàn,小而高的山;山名,岘山。
泫:xuàn,水滴下垂,泫然泪下。
铉:xuàn,举鼎之具。
碥:登车的履石;水急岸险处,燕子碥。
褊:衣服狭小、狭隘,褊急、褊狭。
匾:牌匾、横匾、门匾、匾额。
湎:沉迷,沉湎。
缅:缅怀、缅想。
勔:勉励。
狝:秋猎。
茧:蚕茧、剥茧、作茧自缚;同"趼",老茧。
蒇:完成,蒇事。
藓:苔藓、苍藓。
剪:刀剪、剪烛、剪纸、裁剪、修剪、删剪、剪除。
翦:翦除、翦灭。
辇:玉辇、香辇、龙车凤辇。
软:绵软、柔软、松软、酥软、心软、瘫软、疲软;服软、手软、耳软;细软。
沔:水满貌;水名,沔水。

演：表演、预演、上演、调演、饰演；
演化、演算。

兖：地名，兖州。

脔：luán，脔割。

喘：咳喘、痰喘、娇喘、牛喘、残喘、
喘息、气喘吁吁。

展：伸展、舒展、招展、施展、拓展、
发展、开展、书展。

显：明显、光显、彰显、荣显、浅显、
显耀、显赫。

謇：口吃，謇吃；正直，謇谔。

舛：乖舛、讹舛、舛误；多舛。

戬：灭除；福。

件：jiàn，零件、文件、急件、密件、计
件；每件。

琏：古盛器。

墡：shàn，白土。

鳝：shàn，鳝鱼、黄鳝、白鳝、鳝丝。

殄：灭绝，殄灭、暴殄天物。

燹：野火，兵燹。

癣：癣疥、手癣。

阐：阐述、阐明、阐释、阐发。

隽：juàn，隽永、隽语。

撚：执、搓、弹奏，手撚、慢撚。

【十七筱】

篠：小竹，翠篠。

沼：池沼、泥沼、沼泽。

绍：shào，介绍；地名，绍兴。

杪：树梢，树杪；末端，岁杪、月杪、
秋杪。

秒：分秒、争分夺秒、分分秒秒、
秒忽。

眇：一眼盲或两眼盲，目眇；微小。

淼：浩淼、缥淼、淼淼、淼茫。

缈：缥缈。

缥：piǎo，青白色，青白色织物。
piāo，缥缈。

鳔：鱼泡，鱼鳔、鳔胶。

缭：liáo，缠绕、缭乱、缭绕。

瞭：今作"了"。liǎo，明瞭（了）、瞭
（了）如指掌。
liào，瞭望。

皎：白而明亮，皎洁、皎月、皎皎。

皦：洁白、明亮，皦日、皦皦。

窅：深远，窅然。

窈：窈窕。

窕：窈窕。

兆：zhào，征兆、吉兆、先兆、兆头；
亿兆。

旐：zhào，一种旗子。

悄：悄然、悄寂、悄声、悄悄（今又读
qiāo qiāo）。

愀：容色变动、凄怆貌，愀怆、愀然。

小:瘦小、微小、渺小;老小、家小、妻小;爱小;小人;小心。

表:外表、言表;表明、表现、华表;师表;解表;表兄弟。

鸟:禽鸟、飞鸟、花鸟、黄鸟、青鸟、翠鸟、蜂鸟、鸥鸟、啼鸟、倦鸟;鸟瞰。

茑:寄生草,茑萝。

袅:袅娜、袅袅。

了:liǎo,末了、临了、了结、了解、明了、来不了。
又 le,成了、天亮了。

扰:干扰、侵扰、骚扰、打扰、烦扰、困扰、搅扰、扰乱。

晓:拂晓、破晓、报晓;知晓、通晓、揭晓。

杳:杳杳、杳渺、杳然。

舀:用瓢、勺取,舀水、舀汤。

矫:矫正、矫枉过正;矫健、矫若游龙;矫饰、矫命;矫揉造作。

㛹:戏弄、纠缠。

藐:藐小、藐视、藐藐。

淼:水大无际,淼淼。

肇:zhào,肇始、肇端、肇事、肇祸。

殍:饿殍。

赵:zhào。姓;赵体。

【十八巧】

巧:技巧、精巧、嘴巧、手巧、灵巧、乖巧、凑巧、恰巧、乞巧、巧妙、巧言。

饱:温饱、饥饱、半饱、酒足饭饱;饱学。

鲍:bào,鲍鱼。

卯:点卯;卯榫。

昴:二十八宿之一。

泖:水面平静的湖塘。

狡:狡猾、狡辩、狡黠、狡赖、狡诈。

绞:绞索、绞架;绞尽脑汁。

铰:铰刀、铰接。

爪:zhǎo,鹰爪、龙爪、爪牙。
又读 zhuǎ,义同,用于爪子、爪尖等。

搅:打搅、胡搅、瞎搅、乱搅、搅动、搅和、搅局。

吵:瞎吵、乱吵、争吵、吵嚷、吵闹。

炒:煎炒、爆炒、生炒、油炒、素炒、清炒;炒作、炒鱿鱼。

【｜九皓】

皓:hào,光亮、洁白,皓月、皓首、皓皓。

浩:广大、众多貌,浩浩、浩瀚、浩渺、浩歌、浩然正气。

暠:hào,暠暠。

皂:zào。黑,皂白;差役,皂隶;肥皂、香皂。

澡：洗澡、泡澡、冲澡、擦澡。

藻：海藻、水藻、绿藻;辞藻。

璪：王冠前之装饰。

早：清早、大早、起早、赶早、趁早、迟早、尚早、早熟。

草：青草、花草、芳草、香草、毒草、百草、野草、杂草、枯草、稻草;起草;潦草、狂草、草率。

枣：大枣、青枣、红枣、沙枣、软枣、蜜枣、酸枣。

考：高考、中考、报考、应考、备考、考究;先考、考妣。

拷：打,严刑拷打、拷问。

栲：栲栳。

老：苍老、衰老、垂老、野老、阁老、元老、月老、父老、扶老、敬老、孤老、偕老、老夫、老鹰。

栳：栲栳。

恼：烦恼、气恼、懊恼、苦恼、恼怒。

脑：头脑、电脑、呆头呆脑、肝脑涂地;首脑、樟脑。

瑙：玛瑙。

㫤：明亮,㫤日、㫤㫤。

昊：hào,昊天。

滈：久雨;滈汗、滈滈;水名,滈河。

槁：干枯,槁木、枯槁。

稿：禾秆;诗文的底稿,草稿、手稿、诗稿、画稿、腹稿、拟稿、撰稿、原稿、专稿。

镐：hào,镐京。
gǎo,镐头。

保：担保、确保、难保、准保、自保、医保、保守、保人。

葆：草盛;保持,永葆青春。

褓：包婴儿用的被子,褟褓。

堡：城堡、地堡、碉堡、营堡、桥头堡、堡垒;汉堡。

岛：海岛、群岛、千岛、孤岛、半岛、列岛、蛇岛、鸟岛、宝岛、绿岛。

捣：细捣、直捣、瞎捣、乱捣;捣乱。

鸹：鸟名;老鸹、鸹母。

宝：国宝、珠宝、珍宝、元宝、墨宝、宝地、宝贝;活宝。

道：dào。康庄大道、小道、近道;天道、王道、道义。

稻：dào,水稻、籼稻、粳稻、早稻、晚稻、割稻、稻谷。

讨：征讨、声讨;探讨、商讨、研讨、乞讨、讨要、讨厌。

嫂：兄嫂、表嫂、姑嫂、军嫂、月嫂。

颢：白貌、博大,颢天、颢苍、颢气、颢颢。

灏：浩大、深远,灏气、灏灏、灏溔。

袄：棉袄、皮袄、夹袄、小袄。

蚤：跳蚤、虼蚤。

媪：老妇。
抱：bào,怀抱、环抱、拥抱、搂抱、紧抱、合抱、抱持。

【二十哿】

哿：可；嘉。
可：kě,许可、尚可、不可、小可、适可、两可、可心；可是。
另 kè,可汗。
舸：大船,百舸。
婀：ē,旧读 ě,婀娜。
娜：nuó,旧读 nuǒ,娜娜、婀娜、袅娜。
nà,姓。
果：如果、结果、效果、后果、战果；瓜果、坚果、水果、苹果、柽果。
裸：赤裸、裸露。
蜾：蜾蠃。
颗：kē,颗粒。
裹：包裹、缠裹、素裹；裹乱；裹挟。
朵：花朵、云朵、朵朵、朵颐。
垛：duǒ,城垛、垛堞。
　　duò,麦垛、砖垛、柴火垛。
舵：船舵、掌舵、转舵、舵手。
椭：椭圆。
火：圣火、星火、天火、雷火、山火、烈火、流火、萤火；上火、恼火；交火。

伙：同伙、分伙、合伙、入伙、结伙、退伙、伙伴、伙食。
我：你我、自我、唯我。
琐：烦琐、烦琐、猥琐、琐碎、琐细、琐闻。
锁：门锁、金锁、铁锁、上锁、枷锁；封锁；锁骨。
妥：安妥、稳妥、办妥、谈妥、欠妥、未妥、妥帖、妥协。
蠃：蜾蠃。
蓏：瓜类植物的果实。
叵：叵测、叵耐。
左：向左、江左、相左、左近。
爸：bà,父亲,爸爸、阿爸、老爸。
祸：huò,灾祸、人祸、为祸、惹祸、惨祸、大祸、横祸、闯祸、嫁祸、祸水。
脞：琐细、丛脞、脞谈。
嚲：下垂貌,钗横鬓嚲。

【二十一马】

马：老马、骏马、良马、劣马、奔马、飞马、驷马、天马、相马；意马；马上。
玛：玛瑙。
者：老者、行者、智者、笔者、编者、读者、作者、前者；或者。
赭：赭石。

踝：huái，脚踝。

痄：痄腮。

野：田野、绿野、荒野、沃野、遍野、旷野、朝野；粗野、狂野、野心、野蛮。

寡：多寡、孤寡、鳏寡、守寡。

剐：千刀万剐。

社：shè，公社、诗社、书社、报社、旅社、联社、社稷、社火。

写：书写、编写、描写、速写、手写、大写、写照。

冶：妖冶；陶冶、矿冶、冶金。

也：何也、可也；也罢、也许。

灺：灯烛灰烬，灯灺、香灺。

扯：拉扯、牵扯、闲扯、胡扯、瞎扯。

傻：愚也、呆傻、装傻、傻乎乎、傻里傻气、装疯卖傻。

厦：shà，广厦、大厦、前廊后厦。xià，地名，厦门。

嘏：gǔ，又读 jiǎ。福。

檟：木名。

惹：招惹、敢惹、沾惹、惹眼。

喏：rě，唱喏。nuò，应诺声，喏喏连声。

姐：姐姐、表姐、大姐、小姐、令姐。

耍：玩耍、戏耍、杂耍、耍弄、耍闹。

雅：高雅、博雅、大雅、儒雅、文雅、淡雅、素雅、典雅、优雅、雅正、雅言。

斝：古代酒器，酒斝、宝斝、斝耳。

【二十二养】

痒：搔痒、背痒、痛痒；心痒、技痒。

象：xiàng，大象；气象、天象、表象、形象、征象、想象。

像：xiàng，好像、像样；肖像、画像、图像、群像、群像、雕像、石像、偶像。

橡：xiàng。橡树、橡实；橡皮。

奖：褒奖、嘉奖、夸奖、中奖、奖掖。

桨：船桨、荡桨。

敞：宽敞、轩敞；敞开。

氅：鹙鸟的羽毛；大衣，大氅。

仿：相似、模拟、模仿、相仿、效仿、仿照、仿古、仿冒。

纺：混纺、丝纺、棉纺、纺车、纺织。

昉：天方明；开始。

党：朋党、乱党、结党、阉党、死党、余党、建党、党派。

谠：正直，谠言、谠论。

漭：漭漭，水大貌。

蟒：巨蟒、白蟒、蟒蛇；蟒袍。

曩：往昔、从前，曩时、曩者。

滉：huàng，水深广貌、滉漾、滉漭。

幌：酒幌、幌子。

网：渔网、丝网、蛛网、晒网、漏网；情网、法网、上网。

罔：欺罔、罔替。

惘：失意貌,怅惘、迷惘、惘然。

辋：车轮的外周。

魍：鬼怪,魍魉。

魉：魍魉。

丈：zhàng,老丈、方丈、岳丈、姨丈；万丈、丈量。

枉：冤枉、矫枉过正、枉法、枉然。

掌：手掌、巴掌、股掌、指掌、熊掌、孤掌、鼓掌、拊掌；执掌；掌故。

赏：赞赏、奖赏、犒赏、重赏、赏赐；观赏、欣赏、鉴赏。

嗓：哑嗓、吊嗓、亮嗓、嗓子、嗓音。

磉：柱下石,石磉。

颡：额。

谎：说谎、撒谎、扯谎、谎信、谎价。

怳：惝怳。

恍：恍惚、恍然、恍如隔世。

鞅：旧读 yǎng,套在马脖子上的皮带。

朗：明朗、晴朗、开朗、豁朗、疏朗、硬朗、朗朗、朗读。

昶：白天长；舒畅、畅通。

沆：hàng,沆瀣、沆瀣一气。

驵：壮马；驵侩。

响：声响、震响、交响；影响、响应。

想：思想、遐想、畅想、遥想、幻想、梦想、凝想、瞎想、想念、想象。

爽：不爽、清爽、凉爽、爽目、豪爽、飒爽、爽快；爽约。

享：分享、安享、坐享、尽享。

襁：背小儿的背带,襁褓。

鲞：干鱼。

壤：土壤、天壤、僻壤、接壤。

往：来往、前往、同往、神往、向往、勇往、既往、以往、交往、往往、往昔。

厂：工厂、入厂、出厂、建厂、厂家。

蒡：bàng,牛蒡。

飨：飨客、以飨读者。

【二十三梗】

梗：草梗、花梗、桔梗、脖梗；作梗、梗死；顽梗；梗概。

埂：田埂、土埂、堤埂、山埂。

绠：汲水用的绳子,绠短汲深。

哽：哽塞、哽咽。

鲠：鱼骨,如鲠在喉。

景：风景、光景、夜景、美景、背景、前景、晚景、年景；景仰。

憬：憧憬；憬悟。

璟：玉的光彩。

影：光影、人影、倒影、背影、踪影、蛇影、摄影、射影、捕影；影响。

冷：寒冷、清冷、心冷；冷落、冷箭。

岭：山岭、峻岭、长岭、秦岭、五岭、南岭。

领：衣领；纲领、要领；首领、将领、率领、带领；领教。

颈：瓶颈、鹅颈、引颈、缩颈、曲颈、交颈、刎颈；颈联。

颍：地名，颍川。

颖：聪颖、新颖、颖慧、颖悟。

丙：天干第三位。

炳：彪炳；炳烛。

邴：地名，邴都。

皿：器皿。

猛：勇猛、凶猛、迅猛、威猛、猛将、猛禽、猛兽；猛然。

艋：舴艋，小船。

蜢：虫名，蚱蜢。

靖：jìng，绥靖、靖边。

静：jìng。清静、安静、宁静、肃静、冷静、娴静、幽静、恬静、静止、静谧。

饼：烧饼、春饼、油饼、柿饼、豆饼、煤饼、铁饼、画饼。

省：shěng，节省、俭省、省心；省城、外省、本省。
xǐng，内省、自省、三省、省悟。

眚：目生翳；灾异；过错。

境：jìng，边境、环境、佳境、逆境、仙境、梦境、家境、心境、止境、境界。

幸：xìng，有幸、万幸、不幸、宠幸、荣幸、侥幸、薄幸、庆幸。

倖：xìng，倖臣。

悻：悻悻、悻然、悻直。

警：民警、路警、巡警、交警；机警；报警、警告、警世。

永：隽永、永久、永恒。

井：水井、深井、枯井、油井；市井、乡井、天井、背井离乡；井井有条、井然。

骋：驰骋；骋怀、骋目。

逞：得逞、未逞、逞能。

整：平整、严整、工整、调整、重整、整饬；完整、整天。

瘿：瘿瘤、瘿木。

杏：xìng，红杏、青杏、银杏、甜杏、杏脯；杏眼。

秉：秉烛；秉承；秉正。

耿：耿耿、耿直。

荇：xìng，荇菜。

矿：kuàng，金矿、煤矿、开矿、矿藏、矿石。

囧：明亮,囧囧。

【二十四迥】

迥：迥异、迥然。
泂：泂泂。
炯：明亮,炯炯。
侹：平直。
挺：笔挺、直挺、劲挺、打挺、挺拔。
梃：棍棒；花梗,独梃、窜梃；梃子、门梃、窗梃。
珽：玉笏。
铤：dìng,未冶炼的铜铁。tǐng,疾走,铤而走险。
艇：轻便小船,快艇、飞艇、汽艇、游艇、潜艇、舰艇。
颋：头正直貌。
酊：酩酊。
酩：酩酊大醉。
茗：míng,香茗、新茗、春茗、佳茗、品茗。
剄：用刀割颈,自剄。
等：相等、不等、等级；稍等、等待；尔等、汝等、等等。
鼎：定鼎、扛鼎、问鼎、金鼎、九鼎、鼎鼎、鼎力、鼎沸。
顶：山顶、峰顶、绝顶、透顶、灌顶、摩顶；顶替。

肯：首肯、不肯、怎肯、中肯、岂肯、宁肯、肯定；肯綮。
拯：拯救。
謦：謦欬。
婞：婞直、婞倖。

【二十五有】

酉：十二支之十,酉时。
酒：美酒、清酒、醇酒、好酒、烈酒、敬酒、陪酒、醉酒、罚酒、酒力、酒窝。
口：人口、刀口、领口、插口、茬口、岔口、口味、口才、对口、裂口。
抖：颤抖、发抖、战抖、抖动、抖擞。
蚪：蝌蚪。
苟：不苟、狗苟蝇营、苟且、苟同。
笱：捕鱼竹具。
狗：犬,猎狗、笨狗、疯狗、家狗、海狗；走狗。
久：长久、永久、不久、地久、日久、悠久、经久、弥久、恒久、耐久、久仰。
玖：黑色似玉美石；"九"的大写。
羑：诱导；古地名,羑里。
丑：美丑、貌丑、奇丑；小丑、名丑；出丑、丢丑、家丑。
扭：别扭、强扭、扭曲、扭打、扭转、扭捏。

纽：枢纽、纽带。

忸：忸怩。

钮：按钮、旋钮。

偶：奇偶、配偶、佳偶、求偶、择偶、对偶；偶像；偶尔。

耦：两人并耕。

藕：莲藕、鲜藕、藕断丝连。

薮：渊薮。

擞：抖擞。

莠：狗尾草，良莠不齐。

诱：yòu，引诱、利诱、循循善诱、诱导、诱饵。

肘：臂肘、悬肘、屈肘、掣肘、肘腋。

纣：zhòu，商纣、桀纣、助纣为虐。

绉：一绉；绉子。

纠：旧读 jiǔ，查纠、纠结、纠纷、纠正。

赳：jiū，赳赳。

陡：陡峭；陡变。

手：空手、顺手、挥手、回手、把手、联手、练手、高手、水手、一手、出手、收手、手法、手气。

朽：腐朽、枯朽、不朽、老朽。

柳：垂柳、绿柳、翠柳、杨柳、烟柳、堤柳、插柳、柳丝。

友：亲友、朋友、战友、队友、老友、挚友、净友、交友。

受：shòu，接受、忍受、感受、经受、自受、蒙受、遭受、难受、享受、受命。

瞍：目无瞳仁，看不见东西。

牖：窗户，窗牖、户牖。

阜：土山；大、多，物阜民丰。

九：重九、交九、入九、数九、三九、九九、牌九、九州、九天、九五。

帚：扫帚、笤帚。

亩：田亩、陇亩。

舅：jiù，舅舅、娘舅、母舅、国舅。

臼：jiù，石臼、杵臼、舂臼、药臼；窠臼；脱臼。

韭：韭菜、韭黄。

牡：雄性（指鸟兽），牡牛；牡丹；牡蛎。

缶：瓦器；古乐器。

黝：淡黑色，黑黝黝、黝黑、黝黯。

耇：年老、长寿，耇老。

糗：古代指干粮；冷粥，粥糗了。

某：某人、某日、某事、某某。

母：父母、祖母、岳母、老母、乳母、孟母、岳母、圣母；字母、螺母、酵母。

拇：拇指。

殴：ōu，殴打、斗殴。

垢：污垢、尘垢、泥垢、油垢、积垢、蓬头垢面；藏污纳垢；含垢忍辱。

郈：hòu。地名；姓。

叩：叩头、叩门、叩问。

洢：洢水。

【二十六寝】

寝：就寝、安寝、共寝、废寝、寝食；正寝、陵寝。

锓：雕刻，锓版。

锦：云锦、蜀锦、壮锦、织锦、似锦、衣锦还乡、锦衣；什锦、集锦。

蕈：菌类植物。

葚：rèn，亦读 shèn，桑葚。

荏：荏苒、荏弱、色厉内荏。

饪：rèn，烹饪。

恁：nèn，又读 rèn。恁地。

怎：怎么、怎样、怎奈。

谂：劝告，谂之；知道，谂知、谂悉。

稔：谷物成熟，丰稔、岁稔、熟稔。

审：预审、公审、编审、初审、终审、复审、审阅。

婶：叔婶、大婶、婶婶、婶娘。

禀：回禀、容禀、叩禀、禀告、禀赋。

廪：米廪、仓廪、廪生。

懔：懔厉、懔懔。

凛：凛凛、凛冽、凛然；凛遵。

沈：汁，墨沈未干。

品：物品、果品、甜品、毒品、人品、真品、精品、上品、珍品、神品；品尝。

【二十七感】

感：好感、快感、反感、观感、情感、百感、敏感、感化。

撼：hàn，摇撼、震撼、撼动。

揽：把揽、总揽、独揽、揽持；承揽、包揽、招揽。

览：游览、浏览、阅览、博览、展览、预览、御览、一览、纵览、展览、览胜。

榄：橄榄。

橄：橄榄。

敢：勇敢、果敢、胆敢、岂敢、不敢、怎敢、敢问。

惨：凄惨、悲惨、太惨、好惨、凄凄惨惨、惨淡。

糁：以米和羹、饭粒。

黪：浅青黑色。

菡：dàn，菡萏。

萏：hàn，菡萏，荷花的别称。

胆：虎胆、熊胆、狗胆、鼠胆、大胆、斗胆、壮胆、丧胆、赤胆、尝胆、肝胆、胆识。

坎：心坎；土坎、沟坎、田坎、坎坎、

坎坷；坎肩。

毯：毛毯、绒毯、线毯、地毯、挂毯、壁毯、红毯。

撖：撖取、撖覆。

昝：姓。

嘂：嘂河泥。

【二十八俭】

俭：勤俭、省俭、克勤克俭、俭朴。

捡：liǎn，拱手。
　　jiǎn，拾取、拾捡、捡柴、捡漏。

检：查检、点检、体检、不检、检阅。

脸：嘴脸、笑脸、红脸、绷脸、翻脸、变脸、老脸、没脸、丢脸、鬼脸、露脸、赏脸、花脸；门脸。

睑：眼睑。

险：天险、风险、历险、艰险、危险、好险、脱险、抢险、阴险、奸险；保险、寿险。

陕：陕西。

奄：奄忽、奄奄。

埯：坑（今指播种时挖的小坑）；播种、覆土。

掩：遮掩、虚掩、半掩、掩耳盗铃。

罨：捕鸟或捕鱼的网；覆盖、敷，热罨、冷罨。

冉：冉冉。

苒：荏苒、苒苒。

茜：qiàn。茜实；勾茜、薄茜。

谄：谄媚、谄笑。

玷：diàn，瑕玷、玷污、玷辱。

点：污点；点划；评点、圈点、点拨；钟点、误点、晚点；重点、要点；顶点、沸点；雨点、点点。

飐：风吹使颤动，飐飐。

嗛：猴子的颊囊。

琰：琰圭、琰琰。

剡：yǎn，锐利；削，剡木为楫。
　　shàn，水名、剡溪。

染：印染、漂染；沾染、熏染、耳濡目染、染指；感染。

簟：diàn。竹席；竹名，簟竹。

贬：褒贬、贬责、贬谪、贬黜。

俨：俨然、俨如。

黡：暗黑；黑痣。

闪：电闪、打闪；躲闪、闪过、闪现；忽闪、闪烁；闪失。

【二十九豏】

豏：xiàn。豆馅；豆半生。

减：裁减、核减、缩减、锐减、顿减、不减。

碱：面碱、火碱、烧碱、茶碱、水碱、纯碱、弱碱、碱土。

犯：fàn，侵犯、触犯、冒犯、惯犯、重犯、初犯、犯愁。

范：fàn，典范、风范、模范、规范、闺范、师范、示范、就范。

槛：jiàn，兽槛、槛车。
kǎn，门槛。

舰：jiàn，战船、军舰、兵舰、炮舰、旗舰。

斩：腰斩、问斩、监斩；斩获、斩草除根。

黯：àn，阴暗，黯淡、黯然。

四、去声

【一送】

送：欢送、奉送、赠送、迎送、断送、不送、送亲；播送。

弄：nòng，玩弄、摆弄、捉弄、搬弄、耍弄、嘲弄、愚弄、卖弄。
lòng，弄堂。

哢：鸟鸣。

冻：冷冻、冰冻、霜冻、地冻、上冻、化冻、解冻、冻馁。

栋：画栋、充栋、栋梁。

凤：鸾凤、丹凤、彩凤、雏凤、鸣凤、龙凤、成凤、凤毛麟角。

讽：fěng。讥讽、嘲讽、冷嘲热讽、讽刺、讽诵、讽经。

众：群众、大众、公众、万众、听众、观众、受众、出众、聚众。

瓮：酒瓮、水瓮；瓮城；瓮声瓮气。

贡：进贡、朝贡、贡献；贡生。

痛：疼痛、悲痛、哀痛、惨痛、伤痛、病痛、心痛、忍痛；痛快、痛饮。

仲：伯仲、昆仲、仲春、杜仲；仲裁。

粽：米粽、粽子。

恸：悲恸、大恸、恸哭。

控：失控、操控、遥控、指控、控水。

鞚：马笼头，驰马，飞鞚。

赗：赙赗。

蕻：hòng，茂盛。
另 hóng，雪里蕻。

【二宋】

宋：北宋、南宋、唐宋、仿宋。

统：tǒng，传统、道统、正统、一统、大统、系统、笼统、血统、总统、统帅。

综：zōng，错综、综合。
zèng，综丝、综框。

讼：诉讼、词讼。

颂：歌颂、赞颂、称颂、颂扬。
用：使用、受用、好用、不用、通用、适用、实用、信用、用心。
诵：朗诵、吟诵、默诵、背诵、传诵、诵读。
俸：薪俸、俸禄。
疯：瘾疯。
共：总共、一共、统共、生死与共、共同。

【三绛】

绛：深红色,绛紫。
巷：xiàng,街巷、小巷、深巷、里巷、闾巷、空巷、巷陌。
　另 hàng,巷道。

【四寘】

寘：放置。
寄：邮寄、远寄、寄托、寄居。
寐：睡,假寐、梦寐、寤寐、不寐。
至：甚至、备至、罕至、冬至、夏至、截至、直至、至今、至极。
轾：轩轾。
致：精致、细致、雅致、别致、景致、标致、兴致、情致、一致、致力、致谢。
笥：方形竹盛器。
伺：sì,窥伺、伺机。
　cì,伺候。
嗣：继承,嗣位;子孙,后嗣、子嗣。
饲：饲料、饲养。
饵：ěr,鱼饵、诱饵、钓饵、香饵、毒饵、药饵、投饵。
刵：古截耳刑。
馈：反馈、馈赠。
匮：匮乏、匮竭。
帜：旗帜、独树一帜。
炽：白炽、火炽、炽烈、炽盛。
备：具备、准备、储备、筹备、防备、战备、不备、装备、设备。
畀：给,畀以重任。
痹：痹症、风痹、湿痹、寒痹、麻痹。
秘：mì,秘密、秘籍。
　另 bì,译音字,秘鲁;姓。
毖：惩前毖后。
庇：包庇、庇护、庇荫。
挚：真挚、诚挚、恳挚、挚爱。
贽：贽见。
鸷：鸷鸟。
四：四海、四邻、四平八稳、再三再四、不三不四。
驷：驷马难追。
泗：鼻涕,涕泗滂沱。
利：锋利、顺利、胜利、便利、失利、功利、渔利、获利、专利、利益。

莉：茉莉。
痢：白痢、痢疾。
痣：黑痣、红痣、朱砂痣。
志：立志、壮志、励志、众志、意志、斗志、志士、志趣；县志。
忌：猜忌、顾忌、妒忌、避忌、犯忌、无忌、忌惮、忌讳。
怼：怨恨，怨怼。
恚：怨恨，恚恨。
意：本意、厚意、美意、随意、假意、春意、诗意、写意、如意、意图、意趣。
憇：憇间、憇悔。
次：本次、班次、版次、岁次、屡次、渐次、依次、次序、次第；次要、次品。
恣：放纵，恣意、恣肆。
懿：美好，懿德、淑懿；懿旨。
弃：抛弃、遗弃、舍弃、放弃、嫌弃、唾弃、摒弃、肯弃、离弃、捐弃、不弃。
异：怪异、迥异、变异、诡异、优异、诧异、差异、离异、惊异、异邦、异彩。
记：铭记、笔记、题记、杂记、游记、摘记、速记、标记、钤记、手记、强记。
试：尝试、考试、应试、比试、欲试。

谊：友谊、情谊、交谊、厚谊、私谊。
诿：wěi，推诿、诿过。
寺：古寺、山寺、佛寺、禅寺、敝寺、荒寺、寺庙、寺院。
侍：服侍、近侍、侍奉、内侍、随侍、侍弄、侍卫。
义：义举、义务、不义；定义。
议：提议、非议、妄议、计议、刍议、众议、巷议、抗议、商议、合议、议论。
位：部位、本位、地位、即位、席位、泊位、位于；诸位。
莅：到，莅临、莅会。
遂：顺遂、不遂、未遂、遂心；遂止。
隧：隧道。
燧：燧石；烽燧。
邃：深邃、幽邃、精邃、邃密。
鼻：bí，鼻孔、扑鼻、响鼻、掩鼻、塌鼻；针鼻、鼻祖。
劓：割除；占割鼻刑。
惴：恐惧，惴栗、惴惴不安。
瑞：祥瑞、献瑞、国瑞、瑞雪。
臂：振臂、断臂、交臂、铁臂、臂力、臂助。
避：逃避、回避、躲避、退避、规避、避免、避讳。
譬：譬喻、譬如。

詈：骂，詈骂。

置：安置、设置、处置、弃置、添置、倒置、置办、置疑。

萃：荟萃、文萃、出类拔萃。

翠：苍翠、青翠、葱翠、珠翠、翡翠、翠绿、翠鸟、翠微。

悴：憔悴。

粹：纯粹、精粹、国粹；纳粹。

醉：酒醉、微醉、大醉、沉醉、烂醉、买醉、醉意；陶醉、心醉。

瘁：劳瘁、力瘁、鞠躬尽瘁、心力交瘁。

芰：菱角。

忮：嫉恨，忮心。

豉：chǐ，豆豉、盐豉、淡豉。

翅：展翅、双翅、鸟翅、鱼翅、振翅、插翅。

愧：羞愧、惭愧、无愧、有愧。

魅：魑魅、鬼魅；魅力、魅惑。

谥：谥号。

缢：勒颈而死，自缢。

稚：幼稚、童稚、稚子、稚气。

穗：麦穗、花穗、孕穗、抽穗、秀穗、吐穗、拾穗。

概：稠密，深耕概种。

冀：希冀、冀图。

骥：千里马，骐骥、良骥、老骥、索骥。

季：雨季、季春、花季、旺季、淡季、换季、四季、季节。

悸：心悸、惊悸、余悸、悸动。

睡：酣睡、小睡、安睡、沉睡、瞌睡、贪睡、睡意；睡莲。

泪：流泪、珠泪、涕泪、老泪、忍泪、含泪、垂泪、擦泪、血泪、泪痕；烛泪。

自：亲自、擅自、独自、各自、暗自、自大；自古、来自。

洎：及，自古洎今。

字：文字、数字、虚字、练字、写字、留字、别字、脏字、八字。

牸：雌性的牲畜。

示：表示、指示、明示、揭示、暗示、昭示、启示、示威。

祟：鬼祟、邪祟、作祟。

啻：不啻、何啻。

辔：马缰，鞍辔、按辔、执辔、缓辔。

喂：喂食、喂养。

嗜：嗜酒、嗜好。

肆：放肆、大肆、恣肆、肆意；酒肆、书肆、市肆。

肄：学习，肄业。

屓：赑屓。

屭：赑屭。

厕：厕所、如厕；厕身。
赐：赏赐、惠赐、恩赐、天赐、厚赐、赐教。
勚：劳苦。
贰：贰臣；"二"的大写。
腻：油腻、滑腻、细腻、香腻；起腻、腻烦。
胾：大块的肉。
地：dì。天地、土地、大地、田地、野地、雪地、绝地、福地、腹地、租地、两地、道地；地位；地方。
事：故事、从事、谋事、找事、肇事、差事、好事、喜事、善事、事事、心事、家事。
吏：官吏、酷吏、大吏、小吏、廉吏、胥吏、狱吏。
器：玉器、瓷器、漆器、兵器、脏器、乐器、暗器；器重。
伪：wěi，真伪、虚伪、作伪、诈伪、敌伪、伪善。
智：才智、睿智、明智、神智、机智、急智、斗智、理智、益智。
类：种类、门类、人类、畜类、败类、出类、分类、类似、类推。
媚：明媚、妩媚、娇媚、献媚、谄媚、狐媚、妖媚。
坠：西坠、下坠、欲坠、坠落、坠地；玉坠、耳坠、坠子。

二：数词，老二、小二、不二、无二、二手；二胡。
诐：辩论；不正，诐辞。
帔：凤冠霞帔。
覗：覗觎。
渍：腌渍、污渍、水渍、墨渍、油渍。
糍：干饭。
鞴：装备车马，鞴马；吹火器。
缒：用绳拴人或物往下送，缒城而出。

【五未】

未：未来、未必、未央。
味：气味、口味、美味、乏味、风味、趣味、意味、百味、味道。
气：云气、朝气、紫气；运气；盛气、豪气、大气、气概。
饩：谷物、饲料；赠送（谷物）。
讳：忌讳、避讳、隐讳、讳言。
畏：无畏、不畏、可畏、敬畏。
胃：肠胃、反胃、开胃、伤胃。
谓：所谓、可谓、何谓、无谓；称谓。
渭：泾渭分明。
猬：刺猬。
狒：狒狒。
费：公费、路费、资费、稿费、盘费、耗费、费用；枉费、浪费、费心。

贵：可贵、富贵、宝贵、显贵、珍贵、华贵、娇贵、贵重、贵客。

翡：fěi，翡翠。

慰：安慰、宽慰、抚慰、告慰、劝慰、欣慰、快慰、慰勉。

魏：魏红、魏紫；北魏、曹魏、魏碑。

毅：刚毅、坚毅、毅力。

既：既然、既而、既往；既望、食既。

【六御】

箸：火箸、停箸。

翥：向上飞，龙翔凤翥。

署：shǔ。官署、公署；部署、署理；署名、签署。

薯：甘薯、红薯、白薯、番薯、木薯、马铃薯、薯莨。

曙：shǔ，曙光、曙色。

倨：傲慢，倨傲。

锯：拉锯、刀锯、钢锯、圆锯、锯末。

踞：蹲、坐，盘踞、雄踞、虎踞。

豫：犹豫；不豫。

预：干预；预祝、预见。

蓣：薯蓣，即山药。

滪：滟滪堆。

遽：急遽、惶遽、遽然。

觑：小觑、窥觑、偷觑、觑视。

絮：棉絮、柳絮、飞絮、败絮、咏絮、

絮叨、絮语、絮絮。

恕：忠恕、宽恕、饶恕。

庶：富庶、黎庶、庶民、庶出。

虑：思虑、远虑、顾虑、焦虑、竭虑、千虑、过虑、疑虑、熟虑、无虑。

瘀：yū，瘀血、瘀伤。

助：互助、协助、多助、寡助、捐助、辅助、借助、助威。

驭：驾驭、驭手。

饫：饱，饫闻。

【七遇】

遇：相遇、知遇、巧遇、偶遇、艳遇、冷遇、机遇；待遇。

寓：寄寓、公寓、寓居；寓言、寓意。

赋：田赋、赋税；赋闲、歌赋、辞赋、赋诗；天赋、禀赋。

赂：贿赂。

辂：大车。

路：道路、小路、甬路、岔路、去路；思路、财路、言路。

潞：潞川、潞州。

露：lù，雨露、清露、寒露、白露、露珠；露宿、显露、暴露、披露、崭露。
lòu，露脸、露底。

璐：美玉。

鹭：白鹭、苍鹭、鹭鸶。

固:坚固、稳固、牢固、巩固、凝固；顽固、固执。
痼:痼疾、痼癖。
锢:禁锢。
铸:浇铸、熔铸、铸造；铸错。
镀:电镀、镀金。
渡:古渡、野渡、泗渡、横渡、竞渡、飞渡、摆渡、渡口。
库:仓库、粮库、水库、国库、宝库。
裤:衣裤、短裤、长裤、皮裤。
务:事务、内务、剧务、财务；职务、政务；当务、务必。
雾:云雾、大雾、浓雾、迷雾、烟雾、薄雾、妖雾、喷雾、吐雾、雾霭、雾淞。
布:粗布、棉布、画布、桌布；公布、布告；分布、传布、遍布。
怖:恐怖、可怖。
忤:wǔ,违忤、忤逆。
募:招募、征募、应募、募集。
墓:公墓、陵墓、扫墓、盗墓、守墓。
暮:朝暮、日暮、岁暮、迟暮、暮霭、暮春。
慕:爱慕、羡慕、思慕、仰慕、渴慕、倾慕、久慕、慕名。
蠹:蠹虫、书蠹、户枢不蠹。
蛀:虫蛀、蛀牙、蛀蚀。

住:居住、暂住、久住、寄住；记住、停住、且住。
注:倾注、注入；关注、注视；备注、诠注、注脚、注解、注释。
驻:进驻、留驻、长驻、驻足、驻扎、驻跸。
驸:驸马。
付:托付、支付、偿付、垫付、付梓。
附:依附、比附、攀附、趋附、附带、附近。
鲋:即鲫鱼,涸辙之鲋。
阼:阼阶。
胙:祭肉。
祚:福,祚胤；皇位,帝祚。
裕:富裕、丰裕、宽裕、充裕、优裕、裕如。
捂:wǔ。捂住；同"迕"。
悟:觉悟、感悟、醒悟、妙悟、颖悟、省悟、悔悟、悟性。
晤:会晤、晤谈。
寤:睡醒、寤寐。
捕:bǔ,搜捕、追捕、拘捕、拒捕、捕捉、望风捕影。
哺:bǔ,喂食、哺乳、哺育、反哺、吐哺、嗷嗷待哺。
傅:师傅、太傅；傅粉。
赙:赙赠、赙仪。

措:筹措、举措、失措、措施。
醋:米醋、陈醋、酱醋;吃醋、醋意。
酤:酤酒。
互:相互、交互、互助、互补。
冱:冻结、闭塞。
柘:桎柘。
骛:驰骛、好高骛远。
婺:地名,婺州。
娶:qǔ,嫁娶、婚娶、迎娶、娶亲。
姹:美丽,姹紫嫣红。
妪:妇女,多指老妇,老妪、翁妪。
妒:嫉妒、妒火。
护:爱护、呵护、看护、辩护、袒护、守护、掩护、护持。
戽:汲水灌田;汲水灌田之器,戽斗。
具:用具、餐具、茶具、酒具、工具;具备;具结。
飓:飓风。
惧:恐惧,畏惧、惊惧、疑惧、不惧、惧怕、惧内。
愫:情愫。
嗉:鸡嗉子。
愫:吃愫;词愫、激愫;愫淡、愫描;愫材、愫质。
屡:lǚ,屡次、屡屡。
屦:鞋;践踏。

澍:及时雨。
溯:逆流而上,溯源、追溯。
塑:雕塑、彩塑、塑像、塑造。
腧:针穴,亦作"俞",腧穴、肺腧。
谕:谕旨、上谕、手谕、口谕。
误:谬误、失误、口误、笔误;耽误、迟误、延误、不误。
诉:告诉、哭诉、泣诉、倾诉;申诉、反诉、诉状。
讣:讣告。
赴:赶赴、奔赴、赴宴、赴任。
趣:意趣、志趣、兴趣、旨趣、雅趣、情趣、乐趣、逸趣、知趣、趣味、趣闻。
步:跑步、散步、举步、疾步、阔步、舞步;初步、地步;步韵。
兔:玉兔、白兔、狡兔、脱兔、守株待兔。
故:事故、变故、典故、掌故、世故;借故、缘故;亲故、如故。
顾:环顾、兼顾、惠顾、光顾、眷顾、回顾、主顾;照顾。
戍:卫戍、屯戍、戍边。
绔:纨绔。
孺:rú,妇孺、孺子。

【八霁】

霁:雨霁、雪霁。

哜：尝。

岁：守岁、辞岁、年岁、昨岁、虚岁、千岁、万岁、岁月。

刿：刺伤、割。

制：节制、抵制；编制、机制、体制；特制、研制、制造。

蓟：植物名,大蓟;地名,蓟县。

薙：除去野草,烧薙;同"剃"。

艺：才艺、手艺、工艺、技艺、武艺、曲艺、六艺、献艺、艺术。

呓：说梦话,梦呓、呓语。

蕙：兰蕙、蕙心、蕙风。

惠：恩惠、贤惠、优惠、互惠、实惠、惠顾。

蟪：蟪蛄,蝉的一种。

慧：聪慧、智慧、颖慧、早慧、敏慧、慧眼。

憩：休息,休憩、小憩、游憩。

盼：怒视,盼盼、瞋目盼之。

睨：斜视,睥睨、睨视。

睥：斜视,睥睨。

睇：斜视、流盼、睇视。

剃：剃发、剃度。

第：第一；府第、宅第、门第；及第、落第。

逝：流逝、飞逝、伤逝、仙逝、逝波。

势：形势、大势、得势、失势、优势、劣势、权势、时势、气势、趋势、附势、局势、攻势、度势、姿势。

誓：宣誓、发誓、盟誓、立誓、誓师。

砌：堆砌、铺砌、砌墙；台阶,雕栏玉砌。

砺：砥砺、磨砺、砺石。

厉：严厉、凌厉、凄厉、惕厉、雷厉风行、厉色、厉行。

蛎：牡蛎、蛎黄。

励：鼓励、勉励、奖励、自励、激励、励志。

疠：瘟疫,疠疫；恶疮。

敝：凋敝、敝屣、敝人、舌敝唇焦。

蔽：遮蔽、掩蔽、蒙蔽、屏蔽、隐蔽、障蔽、荫蔽。

弊：利弊、时弊、作弊、舞弊、弊病、弊政。

筭：竹筭、铁筭、筭子。

羿：后羿射日。

翳：荫翳、白翳、云翳。

帝：玉帝、大帝、皇帝、五帝、黄帝、先帝、上帝、关帝、称帝、帝制、帝都。

蒂：瓜蒂、花蒂、并蒂、烟蒂、芥蒂。

禘：祭祀名。

谛：真谛、妙谛、谛视、谛听。

计：巧计、大计、诡计、心计、合计、家计、生计、伙计、统计、计算、诣：往、到；达到的境界，造诣。

谜：mí，哑谜、字谜、灯谜、诗谜、谜团、谜语。方言"猜谜儿"读 mèi。

髢：dí，旧读 dì，假头发。

髻：发髻。

帨：佩巾。

税：关税、赋税、版税、杂税、征税、缴税、纳税、偷税、漏税、免税、税费。

锐：尖锐、锋锐；精锐、敏锐、锐气；锐减。

屉：抽屉、笼屉。

戾：暴戾、乖戾。

唳：鹤鸣，风声鹤唳。

隶：奴隶；皂隶、直隶；篆隶、汉隶、隶书。

棣：棠棣。

桂：丹桂、玉桂、金桂、折桂、肉桂、桂花、桂冠。

筮：蓍草占卜，卜筮。

噬：咬，吞噬、反噬。

嚏：喷嚏。

芮：芮稻；芮城。

汭：河流弯曲处。

枘：榫头，枘凿。

傺：侘傺，失意貌。

穄：穄子，也叫糜子。

薜：薜荔。

嬖：宠爱，嬖昵、嬖爱、嬖妾。

踶：踢、踏。

鯷：tí，鲇鱼之大者。

细：粗细、精细、仔细、纤细、尖细、细心、细瓷；奸细。

继：相继、承继、后继、过继、继发。

例：举例、照例、条例、先例、惯例、实例、范例、凡例。

俪：成对的，俪句；指夫妇，伉俪。

袂：衣袖，联袂、衣袂。

禊：禊饮。

滞：停滞、凝滞、呆滞、留滞、滞留。

濞：pì，大水暴发声，濞焉汹汹、滂濞。
bì，地名，漾濞。

世：问世、尘世、今世、再世、身世、稀世、旷世、盖世、举世、世交、世故。

卫：捍卫、防卫、护卫、警卫、前卫、后卫；精卫；卫生。

币：币帛、硬币、纸币、外币、古币。

际：天际、边际、无际、星际、脑际；交际、遭际、际遇。

婿：翁婿、夫婿、妹婿、佳婿、小婿。

媲：媲美。
豖：猪。
毙：自毙、枪毙、待毙、毙命。
裔：后裔、族裔、苗裔；四裔、裔土。
系：xì，世系、谱系；联系、关系；犹"是"，委系、实系。
　　jì，打结，系上、系鞋带。
替：代替、接替、替身；兴替、衰替。
脆：香脆、薄脆、松脆、甜脆、干脆、爽脆、清脆、脆弱。
睿：明睿、聪睿、睿智、睿哲。
毳：鸟兽的细毛，毳毛。
曳：摇曳、拖曳、弃甲曳兵。
赘：累赘、赘疣、赘肉、赘言；入赘、招赘。
瘗：埋也、藏也，瘗埋、瘗藏。

【九泰】

泰：国泰、康泰、安泰、泰然；泰斗。
会：huì，聚会、相会、再会；体会、个会；商会、协会；会账。
　　kuài，会计。
荟：草木茂盛，荟萃；芦荟。
侩：市侩、驵侩。
浍：田间排水沟，沟浍。
绘：描绘、测绘、绘声绘色。
桧：guì，又读kuài，圆柏、桧柏。

另huì，人名用字。
脍：切细的鱼、肉；细切，脍炙、脍炙人口。
郐：西周侯国。
赖：依赖、信赖、好赖、不赖、要赖、抵赖、诬赖、赖账。
籁：天籁、万籁俱寂。
濑：湍急之水，石濑。
癞：恶疮，癞皮狗、癞蛤蟆。
贝：宝贝、珠贝、扇贝、干贝、贝壳、贝雕；川贝；分贝。
狈：狼狈。
沛：充沛、丰沛、颠沛。
霈：大雨，甘霈。
霭：ǎi，云气，雾霭、烟霭、暮霭、霭霭。
蔼：ǎi。果实繁盛，蔼蔼；和气，和蔼、蔼然。
太：太空；师太、老太、太公；太大；太太。
汰：淘汰、优胜劣汰。
带：冠带、纽带、腰带；拐带、携带、温带、林带；磁带。
外：内外、国外、言外、身外、见外、不外、格外、另外、除外、外史、外传。
斾：泛指旌旗。
蔡：野草；占卜用的大龟。

害：祸害、伤害、迫害、贻害、妨害、戕害、灾害；害羞。

最：世界之最、最多、最爱。

艾：ài，蕲艾、艾蒿；耆艾；少艾；未艾。
yì，惩治，惩艾；怨艾。

兑：勾兑、掺兑；挤兑、汇兑、兑换、兑付。

丐：乞丐。

柰：果木名。

【十卦】

卦：八卦、占卦、卜卦、起卦、算卦、卦辞。

挂：悬挂、倒挂、披挂；牵挂、记挂、挂念；挂号。

诖：欺诈、诖乱；牵累、诖误。

懈：松懈、不懈、懈怠。

廨：官舍、官署，公廨。

邂：偶遇，邂逅。

迈：迈步、豪迈；老迈、年迈。

励：勉励。

虿：蝎类毒虫。

戒：惩戒、警戒、戒备；戒除、戒烟；受戒、开戒、杀戒；钻戒、戒指。

诫：告诫、训诫、劝诫、规诫、诫勉。

械：器械、机械、枪械、缴械、械斗。

介：媒介、中介、评介、简介；介意、介入；耿介；一介武夫。

芥：jiè，蔬菜，芥菜；小草，草芥。
gài，芥蓝。

玠：大圭。

疥：疥疮。

瘵：病也，形瘵。

夬：卦名。

快：飞快、眼快、手快、嘴快、快捷；欢快、畅快、凉快、爽快、勤快、快慰。

拜：朝拜、参拜、叩拜、膜拜、跪拜、拜师、拜年。

湃：澎湃。

债：公债、国债、负债、赌债、情债、血债、欠债、举债、讨债、逃债、债权。

败：失败、挫败、打败、击败、溃败、惨败、残败、颓败、衰败、破败、腐败、败北、败笔、败絮。

呗：梵呗。

哙：下咽。

喟：感喟、喟然、喟叹。

嘬：chuài，咬、吃。
zuō，吮吸。

隘：狭隘、林深路隘；关隘、险隘、要隘。

卖：买卖、变卖、倒卖、盗卖、叛卖、

拍卖、寄卖;卖弄;卖呆。
派:党派、宗派、流派、学派、派别;分派、指派、委派、派遣;气派。
怪:鬼怪、妖怪;错怪、奇怪、古怪、难怪;不怪、怪罪。
坏:损坏、破坏、毁坏、败坏、使坏、太坏、好坏。
界:边界、国界、疆界、世界、政界、境界、界别、界限。
薤:薤白。
薊:薊草。
稗:稗子;稗史。
届:首届、应届、历届、换届;届时。
惫:疲惫。
砦:鹿砦。
寨:山寨、边寨、村寨、鹿寨、苗寨、营寨、扎寨、劫寨、拔寨、寨主。
聩:耳聋,昏聩、振聋发聩;聩聩。

【十一队】

队:部队、大队、卫队、舰队、纵队、排队、编队、带队、掉队。
内:海内、宇内、国内、局内、年内、以内、内秀、贼内、惧内。
爱:喜爱、疼爱、慈爱、恩爱、酷爱、珍爱、怜爱、真爱、博爱、最爱、割爱、爱好、爱慕。
暧:日光昏暗;暧昧。

叆:浓云蔽日貌,暮云叆叇。
叇:叆叇。
倅:副、副职,倅车、倅马、倅贰。
淬:淬火。
碎:细碎、破碎、粉碎、玉碎、碎屑;嘴碎、琐碎。
晬:婴儿周岁。
晦:隐晦;韬晦、晦气。
诲:教诲、训诲。
溃:击溃、崩溃、溃退、溃决、溃烂。
愦:昏愦、愦乱。
辈:前辈、晚辈、小辈、祖辈、我辈、辈出。
代:替代、取代、代谢;时代、古代、现代、历代、世代、传代。
玳:玳瑁。
岱:泰山的别称,岱宗、岱岳。
贷:借贷、房贷、信贷、放贷;严惩不贷;责无旁贷。
袋:布袋、口袋、衣袋、沙袋、麻袋、酒囊饭袋;烟袋、脑袋。
黛:青黑色,黛绿、粉黛、青黛、眉黛。
妹:姐妹、兄妹、贤妹、令妹、舍妹、小妹、阿妹、农家妹。
昧:暧昧、暗昧;愚昧、蒙昧;冒昧。
睐:瞳仁不正;旁视,青睐。

贲:赏赉、赉赐。

肺:肺腑、肝肺、矽肺、尘肺、沁人心肺。

慨:kǎi,感慨、愤慨、慷慨。

概:大概、梗概、概要;气概。

乂:治理、安定,乂安。

刈:割,刈麦、刈草。

对:成对、派对、配对;面对、相对、针对、愧对;不对、对错。

耐:难耐、不耐、可耐、能耐、叵耐、耐用、耐烦。

戴:穿戴、顶戴;爱戴、拥戴、推戴。

襶:褦襶。

褦:褦襶。

吠:狗叫,犬吠、狂吠、狂犬吠日。

喙:鸟兽的嘴,置喙、百喙莫辩。

碍:妨碍、阻碍、障碍、挂碍、违碍、碍事、碍眼。

碓:舂米用具。

佩:玉佩、佩戴;钦佩、赞佩、敬佩。

退:进退、减退、消退、撤退、引退、辞退、溃退、败退、隐退、衰退、屏退、勇退。

憝:怨恨;恶也。

态:状态、形态、步态、姿态、神态、娇态、媚态、憨态、醉态、失态。

秽:污秽、形秽、淫秽、秽闻、

菜:蔬菜、青菜、酒菜、菜肴、菜色;菜鸟。

废:兴废、报废、作废、颓废、残废、荒废、百废、偏废、废话。

配:匹配、般配、婚配、搭配、装配;支配、发配、配给。

埭:堵水的土坝。

焙:微火烘烤,烘焙。

背:bèi,后背、手背、浃背、纸背;背诵;违背、背约;点背。
bēi,背负、背包。

再:一再、不再、难再、常再、再三、再则。

赛:比赛、竞赛、径赛、大赛、棋赛、赛手。

邰:古国名。

【十二震】

震:地震、余震、防震;威震、名震、声震、震怒。

闰:闰年、闰月。

润:湿润、红润、温润、柔润、玉润、滑润;润色;利润、润笔。

慎:谨慎、审慎、失慎、不慎、慎重、慎独。

镇:城镇、乡镇、重镇、冰镇;坐镇、镇压、镇定、镇尺。

刃:刀刃、利刃、兵刃、白刃、血刃、

手刃、迎刃、游刃。

仞：万仞高山。

韧：发韧。

牣：盈满,充牣。

韧：柔软而坚固,坚韧、强韧、柔韧、韧劲、韧性。

鬓：双鬓、霜鬓、云鬓。

摈：摈弃、摈斥。

殡：出殡、送殡、殡葬。

殉：殉国、殉难、殉职。

徇：徇私、徇情。

晋：秦晋、魏晋、两晋;晋级、晋见。

缙：赤色的帛;缙绅。

搢：插、摇,搢绅(缙绅)。

瑨：像玉的石头。

饉：饥饉。

觐：觐见、朝觐。

蔺：马蔺,即马莲。

躏：车轮碾压,蹂躏。

俊：英俊、贤俊、才俊、俊秀、俊杰。

峻：险峻、陡峻、高峻、雄峻、峻岭、峻峭、严峻。

骏：好马,良骏、八骏、骏马。

浚：jùn,疏通河道,疏浚。
　　xùn,浚县。

畯：古农官。

舜：上古帝王名,尧舜、虞舜、禹舜。

瞬：转瞬、一瞬、瞬间。

荩：忠诚,荩臣;草名,荩草。

烬：灰烬、余烬。

赆：送别所赠财物,赆仪。

遴：行路难;通"吝"。
　　另又读lín,遴选。

讯：闻讯、问讯、喜讯、音讯、审讯、简讯、通讯、讯号。

汛：防汛、春汛、秋汛、潮汛、凌汛、桃花汛、汛情。

迅：迅速、迅猛。

进：挺进、激进、奋进、促进、改进、冒进、进餐、进取。

吝：不吝、悭吝、吝啬、吝色。

信：书信、家信;笃信、守信、相信、亲信、信使、威信、忠信、宠信;印信。

印：金印、官印、夺印;手印、血印;翻印、复印、拓印、心心相印。

阵：方阵、敌阵、破阵、布阵、严阵、雁阵、　阵、阵雨。

顺：归顺、耳顺、心顺、恭顺、柔顺、和顺、顺风、顺手。

衅：挑衅、寻衅、衅端。

胤：嗣、后代,胤嗣;曲调,通"引"。

榇：棺材、灵榇。

慭：宁愿;损伤;慭慭。

仅：jǐn，仅仅、不仅、仅有、仅见。
　　jìn，将近，山城仅百层。
认：相认、公认、承认、否认、确认。
衬：帮衬、陪衬、映衬、反衬、衬托；环衬。
疢：病，疢疾。
趁：趁早、趁机。

【十三问】

问：慰问、探问、询问、追问、相问、借问、笑问、垂问、问候；问鼎、问世。
运：好运、鸿运、国运、官运、财运、运气；搬运、货运、航运；运笔。
酝：酝酿。
晕：yùn，日晕、霞晕。
　　yūn，又读yùn，头晕、晕倒、晕船。
郓：地名，郓城。
郡：州郡、蜀郡、郡县、郡主。
捃：拾取，捃拾、捃摭。
汶：汶河。
紊：wěn，旧读wèn，紊乱、不紊。
韵：神韵、风韵、丰韵；押韵、诗韵、叠韵、险韵、次韵；余韵、韵味。
粪：拾粪、粪肥、粪土。
奋：勤奋、兴奋、振奋、亢奋、发奋、奋发、奋笔。

偾：偾事，败事。
愠：怒，愠怒、愠色。
焮：烧、灼。
靳：吝惜。
训：祖训、古训、家训、军训、整训、教训、训诂、训诫。
璺：器皿上的裂纹。

【十四愿】

愿：心愿、意愿、情愿、祝愿、宏愿、还愿、遂愿、诚愿。
巽：卦名。
噀：喷。
建：兴建、创建、营建、筹建、土建、新建、改建、扩建、封建；月建。
健：强健、矫健、刚健、稳健、保健、健谈、健全。
艮：gèn，卦名。
　　gěn，性坚、硬。
恨：怀恨、怨恨、嫉恨、长恨、恼恨、余恨、衔恨、含恨、雪恨。
褪：褪色、褪毛。
寸：尺寸、分寸、得寸、方寸、寸断、寸心。
困：穷困、贫困、围困、被困、困守。
宪：立宪、宪法、宪兵。
劝：规劝、奉劝、苦劝、解劝、相劝、谏劝、劝慰。

券：证券、票券。

钝：迟钝、愚钝、鲁钝；刀钝、钝器。

逊：谦逊、不逊；稍逊、逊色；逊位。

嫩：娇嫩、鲜嫩、细嫩、柔嫩、太嫩、粉嫩、嫩黄。

贩：商贩、摊贩、小贩、贩卖。

畈：平畈、田畈。

坌：坌地；坌尘；坌集。

楦：鞋楦。

诨：打诨、诨名、诨号。

【十五翰】

旰：gàn，天晚，宵衣旰食。
　　hàn，旰旰，盛大貌。

矸：石白净貌，"南山矸，白石烂"。
　　又读 gān，砂石。

扞：扞格不入。

捍：捍卫、捍御。

垾：小堤。

焊：焊接、开焊。

岸：江岸、堤岸、海岸、曲岸、靠岸、两岸、沿岸；口岸；伟岸、傲岸、岸然。

炭：木炭、草炭、煤炭、火炭、冰炭、送炭、涂炭。

半：对半、月半、夜半、多半、大半、过半、半百、半壁、半路。

泮：泮宫、入泮。

绊：牵绊、磕绊、羁绊、绊脚石。

畔：旁边、江畔、湖畔、河畔、枕畔。

鞲：套在马（牛）后的皮带。

判：批判、谈判、评判、裁判、判断。

叛：反叛、背叛、平叛、众叛亲离、招降纳叛。

遁：逃避，遁暑、罪实难遁。

涫：沸，涫汤、涫涫、涫沸；浣洗，通"盥"，涫漱。

瀚：浩瀚、瀚海。

汉：老汉、大汉、好汉、硬汉；蜀汉、两汉、汉族；霄汉、云汉、星汉、银汉。

涣：涣散；涣涣。

奂：鲜明，盛茂，美轮美奂。

换：交换、变换、轮换、替换、兑换、换季。

唤：呼唤、召唤、使唤、唤醒。

焕：焕发、焕然。

赞：夸赞、称赞、盛赞、礼赞、咏赞、赞美；参赞；赞助。

灌：浇灌、倒灌、灌注。

瓘：玉名，即珪。

罐：瓦罐、陶罐、汤罐、药罐、罐头。

鹳：白鹳、鹳雀。

粲：鲜明、美好，粲然、云轻星粲。

璨：美玉。璀璨。
惋：wǎn，惋惜、叹惋。
腕：手腕、扼腕、运腕、悬腕、护腕、腕力。
窜：流窜、逃窜、鼠窜；窜改。
撺：cuān，旧又读cuàn，撺掇、撺弄。
按：按时；推按、按动、巡按；编者按、按语。
案：香案、书案、伏案、白案、案板；断案、案卷。
段：地段、分段、片段、段落；手段；波段；段位。
缎：丝织品，绸缎、锦缎。
锻：锻造。
乱：叛乱、动乱、暴乱；紊乱、混乱、杂乱、缭乱；乱真。
旦：元旦、达旦、旦夕；老旦、花旦、旦角；旦旦。
玩：wán，古玩、珍玩；游玩、玩耍、把玩、赏玩、好玩、玩火。
烂：腐烂、糜烂、溃烂；烂醉；灿烂、绚烂、烂漫。
贯：籍贯；万贯、满贯；横贯、连贯、鱼贯、贯通。
爨：烧火煮饭；灶，执爨。
幔：帷幔、窗幔。
灿：光彩耀眼，灿烂、灿然、灿灿。

惮：畏惧，肆无忌惮。
蒜：葱蒜、大蒜、青蒜；装蒜。
嗲：粗鲁。
祼：以酒祭祖或赐宾客饮。
彖：彖辞。

【十六谏】

谏：忠谏、直谏、进谏、讽谏、诤谏、劝谏、谏言。
涧：溪涧、山涧、幽涧。
锏：jiàn，车轴铁。
jiǎn，古代兵器。
裥：jiǎn，衣服上打的褶子。
襻：纽襻、衣襻。
涮：洗涮、冲涮、涮肉。
汕：鱼游水貌。
疝：病，疝气。
扮：打扮、妆扮、改扮、扮演、扮相。
盼：期盼、企盼、祈盼、顾盼、流盼、回盼、盼望、盼头。
嫚：轻侮，嫚骂。
慢：快慢；傲慢；慢坡。
惯：习惯、娇惯、听惯、不惯、惯例、惯性。
雁：大雁、鸿雁、孤雁、北雁、归雁、鱼雁、雁行、雁阵。
赝：伪物，赝品、赝本。

宦:仕宦、官宦、宦海。
办:创办、置办、买办、帮办、法办、严办。
豢:豢养。
串:珠串、玉串;反串、客串;串通;串烟。
苋:苋菜。
绽:破绽、开绽、绽开、绽露、绽放。
幻:梦幻、虚幻、变幻、奇幻、幻想;幻灯。
篡:谋篡、篡夺、篡改。
孪:luán,孪生。
丱:儿童束发成两角的样子,童丱、丱齿。
瓣:花瓣、豆瓣、莲瓣、单瓣、双瓣、复瓣。

【十七霰】

霰:雨滴遇冷后所成小冰粒。
见:jiàn,看见、眼见、罕见;拜见、朝见、觐见;灼见、拙见;成见、待见;见谅。
　　xiàn,同"现",图穷匕见。
现:出现、呈现、浮现、表现、涌现;兑现;现状、现实。
砚:笔砚、纸砚、端砚、歙砚、砚友。
線:同"线"。
线:棉线、丝线、金线、针线、曲线、柳线;前线、火线、阵线、航线;眼线。
缮:修缮;缮写。
膳:早膳、晚膳、御膳、用膳、膳食。
鄯:鄯州。
鄄:鄄城。
练:彩练、素练、白练;老练、干练、熟练;训练、教练。
炼:磨炼、锤炼、提炼、百炼、炼句。
绚:色彩华丽,绚烂、绚丽。
绢:绫绢、素绢、白绢、黄绢、手绢、绢帛、绢本、绢花。
罥:挂、缠绕,挂罥。
睊:侧视,睊睊、睊视。
眩:目眩、昏眩、晕眩、眩晕。
炫:炫目、炫耀、炫弄。
卞:急躁,卞急。
汴:汴京。
忭:喜乐,忭跃。
彦:有才德的人,彦士、俊彦、群彦。
谚:农谚、古谚、俗谚、谚语。
谴:qiǎn,谴责、谴谪、天谴、遭谴。
茜:茜草;红色,茜纱。
荐:举荐、引荐、推荐、自荐、力荐;草、草垫子,草荐。
唁:吊唁、电唁、
啭:鸟婉转地叫,啼啭、百啭。

颤：抖动,抖颤、发颤、颤动、颤音、颤悠。

擅：擅自;擅长；专擅、擅权。

嬗：嬗变。

掾：属员、掾吏。

殿：宫殿、金殿、宝殿、佛殿、大殿、前殿、殿堂;殿后。

面：脸面、水面、南面;封面、谜面；米面、白面、面粉、面糊。

县：赤县、邻县、郊县、郡县、知县、县城。

变：改变、巨变、剧变、事变、兵变、哗变、应变、变调、变态、变卖。

箭：弓箭、火箭、令箭、暗箭、冷箭、似箭、箭镞、箭步。

战：奋战、苦战、激战、鏖战、百战、恋战、观战、战场;寒战、冷战。

贱：贵贱、贫贱、微贱、卑贱、轻贱、低贱、下贱、贱货。

院：学院、剧院、寺院、场院、庭院、宅院、小院、院落。

电：闪电、雷电、触电、通电;急电、回电、贺电、邮电。

甸：禹甸、荒甸、芳甸、草甸、甸子。

眷：眷眷、眷顾、眷恋;家眷、亲眷、宝眷、女眷、眷属。

倦：疲倦、厌倦、困倦、劳倦、神倦、体倦、不倦。

羡：艳羡、称羡、欣羡、羡慕。

奠：奠定、奠基;祭奠。

骗：欺骗、哄骗、诈骗、诓骗、诱骗、蒙骗、拐骗、骗局。

遍：普遍、红遍、玩遍、千遍、读遍、问遍、遍及、遍野。

恋：留恋、爱恋、初恋、相恋、眷恋、热恋、迷恋、依恋、失恋、恋恋、恋人。

钏：镯子,玉钏、金钏。

片：piàn,影片、照片、卡片、名片、肉片、一片、片段、片刻。
另 piān,片子。

淀：浅的湖泊,白洋淀;沉淀、淀粉。

靛：青蓝色染料,靛青、靛蓝。

楝：苦楝。

嬿：美好,嬿婉。

馔：饭食,盛馔、美馔、肴馔、酒馔。

【十八啸】

啸：呼啸、长啸、吟啸、狂啸、海啸、虎啸、啸傲、啸聚。

叫：喊叫、哭叫、吼叫、号叫、嚎叫、大叫、啼叫、鸣叫、鸡叫;叫板、叫停。

噭：哭声、高呼声,噭噭、噭咷。

召：zhào,感召、号召、征召、应召、召唤、召集、召开。

诏：shào，古地名。
颁诏、下诏、宣诏、矫诏、奉诏、接诏、诏书、诏令。

邵：古地名；姓。

照：光照、斜照、残照、高照、晚照；拍照、剧照、玉照；关照、照料；参照、比照、照办。

曜：日光；照耀；日、月、星统称，日曜、月曜、七曜。

耀：照耀、闪耀、光耀、耀眼；炫耀、夸耀；荣耀、显耀。

俏：俊俏、卖俏、俏丽、俏皮；俏货。

诮：讥诮、诮呵。

峭：陡峭、峻峭、料峭、峭拔。

票：货票、彩票、邮票、发票、选票；绑票、撕票；玩票。

骠：骁勇，骠骑将军；黄骠马（今读biāo）。

俵：分发、分给，俵散。

裱：biǎo，装裱、重裱、裱糊。

庙：宗庙、寺庙、太庙、古庙、廊庙、义庙、破庙、庙会。

疗：liáo，医疗、治疗、理疗、疗养。

笑：欢笑、大笑、狂笑、奸笑、耻笑、谈笑、说笑、玩笑、逗笑、见笑、啼笑。

窍：七窍；诀窍、开窍、通窍、心窍。

妙：奇妙、奥妙、玄妙、巧妙、绝妙、曼妙、微妙、不妙、妙趣、妙笔、妙龄。

钓：垂钓、野钓、夜钓、钓钩、钓鱼；沽名钓誉。

眺：眺望、远眺、凭眺。

尿：niào，撒尿、遗尿、马尿、猫尿、利尿、尿布、尿床。
另 suī，尿泡。

粜：卖出粮食，粜米。

醮：再醮、斋醮、设醮；打醮。

【十九效】

效：报效；仿效、效法；功效、疗效、奇效、起效、效力。

珓：占卜用具。

校：xiào，学校、母校、夜校、校园、校友；将校、上校、校官。
jiào，检校、校对、校正；校场。

孝：忠孝、重孝、守孝、尽孝、孝敬。

酵：酵母、发酵。

罩：笼罩；外罩、罩衣。

淖：烂泥，泥淖。

棹：桨、划船，棹夫、棹歌。

袎：袜筒，袜袎。

鞠：靴筒，靴鞠。

疱：面上生疱。

闹：热闹、打闹、吵闹、喧闹、胡闹、瞎闹、取闹、闹意见。

豹：猎豹、虎豹、全豹、窥豹、海豹、雪豹、金钱豹。

貌：概貌、地貌；容貌、体貌、外貌、笑貌、美貌、礼貌、道貌。

窖：窖藏、菜窖、酒窖、冰窖、地窖。

稍：shāo，稍事、稍微、稍远、稍稍。
shào，稍息。

笊：笊篱。

【二十号】

噪：聒噪、鼓噪、喧噪；名声大噪。

燥：干燥、枯燥、舌燥、燥热、燥湿。

躁：暴躁、急躁、烦躁、焦躁、狂躁、浮躁、躁动。

诰：诰命、诰封、诰敕。

鄗：古诸侯国。

靠：依靠、可靠、牢靠、投靠、停靠、靠拢。

糙：cāo，粗糙、糙米。

耗：消耗、损耗、内耗、耗材、耗费；噩耗；耗子。

耄：耄耋。

到：迟到、报到、达到、感到、到家。

报：喜报、捷报、书报、周报；预报；回报、报效、报恩。

菢：禽类孵卵，菢窝。今作"抱"。

帽：衣帽、雨帽、笔帽、傻帽；盖帽。

导：dǎo，引导、疏导、导入；教导、辅导、导师；编导；开导、劝导。

盗：强盗、偷盗、大盗、匪盗、海盗、盗版、盗汗。

灶：炉灶、锅灶、上灶、主灶、冷灶、灶房。

奥：深奥、精奥、玄奥、古奥、奥妙。

懊：悔恨、懊恼、懊丧、懊悔。

悼：追悼、哀悼、悲悼、悼念。

犒：犒赏、犒劳。

蹈：dǎo，舞蹈、手舞足蹈、蹈海。

傲：骄傲、倨傲、啸傲、笑傲、狂傲、孤傲、气傲、自傲、傲视、傲慢。

嫪：爱惜、留恋；姓，嫪毐。

奡：矫健，排奡。

套：外套、笔套；河套、帮套；圈套；乱套、套路。

臑：牲畜前肢；臂下谓臑。

【二十一笛】

笛：同"个（個）"。

个：挨个、整个、那个、高个、几个、个人、个别。

莝：铡草、铡碎的草，莝草。

挫：顿挫、受挫、挫折、挫伤。

锉：小釜；磋磨，锉平；挫折，通"挫"，兵锉蓝田。

座：宝座、卖座、雅座、举座、座次；底座、插座；讲座。

贺：恭贺、致贺、道贺、庆贺、祝贺、电贺、贺仪、贺礼。

货：期货、通货、百货、年货、奇货；蠢货；货色。

做：做事也，做工、做伴、做东、敢做、甘做、能做。

佐：zuǒ，辅佐、僚佐、佐证、佐餐。

饿：饥饿、冻饿、挨饿、解饿、抗饿、饿莩、饿虎扑食。

课：开课、上课、罢课、课题、课余；占课、卜课；课税。

糯：香糯、软糯、糯米。

唾：唾液、唾弃。

播：bō，旧读 bò，春播、秋播、播种；传播、远播、散播、广播、转播；播弄。

破：爆破、突破、击破、打破、说破、戳破、撕破、残破、说破、看破、破坏、破费、破格。

卧：高卧、醉卧、仰卧、静卧、卧榻、卧室、卧佛、卧薪尝胆。

剁：用刀向下砍，剁肉、剁馅儿。

【二十二祃】

祃：军队至驻扎处之祭礼，祃祭。

骂：打骂、唾骂、斥骂、叱骂、臭骂、怒骂、痛骂、责骂、笑骂、辱骂、诟骂、骂街、骂阵、骂名。

驾：副驾、车驾、驾驶；劳驾、屈驾、大驾、圣驾、驾临。

架：支架、书架、笔架、画架、满架；招架；吵架、骂架。

谢：酬谢、答谢、辞谢、鸣谢、婉谢、谢绝；凋谢、萎谢。

榭：水榭、亭榭、台榭。

嫁：婚嫁、出嫁、远嫁、陪嫁、待嫁、嫁妆、转嫁；嫁接。

稼：庄稼、稼穑。

亚：亚军；东亚、西亚、亚洲。

娅：连襟，姐妹丈夫的互称，姻娅。

乍：乍一见，乍冷乍热。

诈：欺诈、敲诈、讹诈、狡诈、奸诈、诡诈、诈降。

咤：惊咤、咤愕。

侘：侘傺。

奼：奼大。

讶：讶异、惊讶、讶然。

砑：砑光。

迓：迎接，迎迓。

灞：水名，灞河。

柘：木名。

靶：bà，缰绳；柄，通"把"。另 bǎ，箭靶、打靶。

化：变化、淡化、腐化、幻化、感化、溶化；化妆、化缘。

夜：日夜、长夜、星夜、月夜、雪夜、深夜、昨夜、消夜、夜幕、夜莺。

暇：xiá，旧读 xià，空闲、闲散、暇日、无暇、自暇。

赦：赦免、大赦、宽赦、不赦。

蔗：甘蔗、蔗农。

罅：缝隙、云罅、石罅、罅隙。

跨：横跨、飞跨、跨步、跨越。

麝：麝香、兰麝。

怕：害怕、惧怕、恐怕、后怕、哪怕、休怕、不怕、怕羞。

卸：推卸；拆卸、装卸、卸妆、卸任。

坝：堤坝、塘坝、水坝、大坝、筑坝、坝子。

鹧：鹧鸪；鹧鸪天。

汉：河汉、湖汉。

嗄：声音嘶哑。

【二十三漾】

漾：荡漾；漾出。

恙：病、无恙、贵恙、微恙、小恙。

样：模样、榜样、原样、变样、像样、别样、小样、样品。

壮：强壮、粗壮、雄壮、豪壮、悲壮、茁壮、健壮、气壮、胆壮、少壮、壮观、壮举。

状：形状、行状、怪状、现状；罪状、告状。

帐：蚊帐、营帐、罗帐、帐篷；青纱帐。

胀：饱胀、膨胀、鼓胀、发胀。

怅：不如意，怅惘、怅然、惘怅、怅怅。

怆：悲伤、凄怆、悲怆、怆然。

恨：惆怅、眷念，恨恨。

酿：酿造、酝酿、佳酿。

圹：圹埌。

纩：丝绵。

旷：空旷、宽旷、旷野、旷古；旷课。

旺：兴旺、气旺、旺盛、旺季、旺相。

放：存放、寄放；解放、豪放、奔放、怒放、绽放；流放、下放、放羊。

舫：fǎng，船，画舫、石舫。

访：fǎng，采访、拜访、回访、家访、访问、访谈。

让：推让、谦让、辞让、退让、礼让、禅让、让贤、让步。

诳：kuáng，旧读 kuàng，欺骗、欺诳、诳语、诳骗。

谅：体谅、原谅、见谅、谅解。

谤：诽谤、毁谤、呋谤、谤议。

傍：依傍、傍晚、傍岸。

况：情况、状况、盛况、战况、概况；

况且。

貺：赠、赐。

嶂：直立如屏障的山峰，层峦叠嶂。

瘴：瘴气、瘴疠、毒瘴。

伉：伉俪。

抗：对抗、抵抗、违抗、反抗、阻抗、顽抗、抗命。

炕：土炕、火炕、暖炕、炕头、炕席。

向：志向、方向、朝向、动向、倾向、向好、向往。

饷：xiǎng，军饷、粮饷、月饷、发饷。

唱：演唱、歌唱、高唱、低唱、吟唱、说唱、清唱、绝唱、酬唱、唱和。

畅：通畅、舒畅、欢畅、顺畅、酣畅、流畅、畅想、畅游。

葬：埋葬、殉葬、厚葬、薄葬、葬花。

匠：工匠、铁匠、巨匠、巧匠、匠心。

尚：崇尚、高尚、风尚、时尚；和尚；尚且、尚早。

酱：果酱、肉酱、辣酱、炸酱、酱菜；酱色。

鬯：古祭祀用酒。

亮：明亮、豁亮、敞亮、漂亮、洪亮、嘹亮；亮相。

妄：狂妄、虚妄、无妄、妄想、妄为。

宕：延宕、推宕、跌宕。

【二十四敬】

敬：尊敬、恭敬、崇敬、钦敬、可敬、起敬、孝敬、失敬、回敬、敬重、敬酒、敬祝。

政：家政、民政、执政、暴政、苛政、仁政、参政、听证。

姓：贵姓、尊姓、百姓、外姓、同姓、隐姓、姓氏。

性：个性、天性、禀性、感性、理性、野性、烈性、劣性、悟性、火性、血性、任性、奴性。

泳：yǒng，游泳、蛙泳、蝶泳、泳池。

咏：yǒng，歌咏、吟咏、题咏、咏叹、咏怀。

净：洁净、纯净、明净、白净、干净、净土、窗明几净。

诤：诤友、诤言、诤谏。

竟：究竟、毕竟；未竟；竟日；竟然。

猂：兽名，枭猂。

镜：明镜、宝镜、对镜、花镜、墨镜、镜片、波平如镜。

柄：bǐng，刀柄、叶柄；笑柄、把柄、话柄、权柄。

病：疾病、称病、通病；心病、弊病、语病、诟病、找病。

郑：郑重。

迸：飞迸、乱迸、迸发、迸裂、迸溅。

摒：摒弃、摒除、摒绝。

命：性命、寿命、薄命、殒命；天命、宿命、命运、请命、受命、奉命、命名。

圣：神圣、大圣、朝圣、诗圣、书圣、酒圣、圣贤。

映：反映、倒映、辉映、掩映、交映、映射、映衬。

晟：光明、盛美。

劲：jìn，手劲、干劲、没劲。
jìng，强劲、劲旅。

竞：争竞、竞赛、竞渡、竞价、竞拍、竞标、竞技、竞选。

孟：孔孟；孟冬；孟浪。

聘：解聘、聘用；出聘、聘礼。

硬：坚硬、僵硬、硬币；强硬、死硬、碰硬、心硬、嘴硬、硬仗。

帧：zhēn，旧读 zhèng，装帧；一帧。

夐：夐古、夐若千里。

【二十五径】

径：曲径、捷径、小径、石径、花径、蹊径、门径；行径；田径；口径；半径；径直、径自。

定：稳定、固定、约定、商定、确定、淡定、笃定、奠定。

碇：系船的石墩。

锭：金锭、银锭、铅锭、纱锭。

嶝：登山的小道，山嶝九折。

磴：石头台阶，石磴、岩磴、云磴；七磴台阶。

瞪：怒目直视为瞪，瞪眼。

凳：板凳、石凳、方凳、长凳、矮凳。

蹭：蹭蹭、磨蹭。

赠：捐赠、馈赠、转赠、留赠、互赠、赠送、赠别、赠言。

甑：炊具，甑子。

订：修订、校订、拟订、装订、预订、签订、订立、订正。

钉：铆钉。

磬：乐器。

罄：尽、空，告罄、售罄、罄尽。

媵：媵婢、媵侍。

邓：古国名；姓。

孕：身孕、怀孕、孕育、孕穗、孕期。

潆：yíng，潆洑，水流回旋。
yìng，汀潆，水清澈貌。

剩：过剩、剩余、剩下。

佞：奸佞、谄佞、佞臣；不佞。

亘：横亘、绵亘、亘古。

【二十六宥】

宥：宽恕、原谅、宽宥、原宥、见宥。

侑：劝人吃喝，侑觞。

候：等候、恭候、敬候、问候、听候；

气候、时候、火候。

堠：瞭望敌情的土堡。

就：成就、造就、高就；迁就、将就、屈就、就便；就是、就来。

僦：租赁。

鹫：秃鹫、兀鹫。

秀：优秀、娟秀、清秀、俊秀、灵秀、秀丽；作秀；秀穗。

绣：刺绣、锦绣、苏绣、湘绣、绣房。

锈：生锈、铁锈、锈蚀、锈斑。

透：悟透、参透、看透、透彻；湿透、渗透、热透。

奏：演奏、吹奏；节奏；奏效、奏报。

凑：拼凑、东拼西凑、紧凑、凑巧。

辏：辐辏。

腠：腠理。

狖：一种长尾猿。

狩：打猎、狩猎、巡狩、冬狩。

戊：天干第五位。

茂：茂盛、正茂、繁茂、华茂、声情并茂。

宙：宇宙。

岫：山洞，白云出岫；山，远岫。

袖：衣袖、广袖、宽袖、短袖、舞袖、红袖；袖珍。

鼬：黄鼬、鼬獾。

胄：贵胄；甲胄。

臭：chòu，臭味、臭美。
xiù，气味，乳臭。

嗅：嗅觉。

嗽：咳嗽。

漱：漱口；漱玉。

漏：纰漏、遗漏、疏漏、透漏、走漏、泄漏、漏斗、漏风；捡漏。

佑：保佑、护佑、庇佑。

豆：黄豆、糖豆、如豆、豆腐；古食器。

饾：饾饤。

脰：脖颈。

逗：引逗、挑逗、撩逗、逗乐；逗留。

籀：读书，籀文，即大篆。

贸：财贸、边贸、国贸、贸易；贸然。

购：采购、选购、收购、邮购、统购、网购、购买、购销。

构：结构、架构、机构、虚构、构图。

菁：宫室深处。

媾：婚媾、交媾、媾和。

觏：遇见，罕觏。

遘：遇、遭遇。

诟：诟骂、诟病。

姤：好、善。

逅：邂逅。

谬：错误，谬论、荒谬、悖谬、讹谬、怪谬、错谬。

鹨:鸟名,树鹨;小鸡。
疚:内疚、负疚、歉疚、愧疚。
柩:灵柩、棺柩、扶柩。
绉:绉纱。
皱:褶皱、折皱、皱纹;皱眉。
瘿:颈部生疮。
袤:长度(南北长,也指横长),广袤。
糅:róu,混杂、杂糅、糅合。
懋:勉励、懋赏、盛大、懋典。
酎:重酿之醇酒。
寇:敌寇、倭寇、流寇、草寇、荡寇、御寇。
究:jiū,旧读 jiù,研究、考究;追究、究问;究竟。
窦:孔、穴。
筘:织机部件,也叫杼。
簉:又读 chòu,副的;妾,簉室。
授:讲授、教授、面授、函授、传授、授受、授权、授意。
兽:野兽、猛兽、走兽、禽兽、鸟兽、困兽、驯兽、兽行。
陋:丑陋、简陋、浅陋、鄙陋、孤陋、粗陋、陋习。
昼:白天、昼夜、白昼、永昼。
旧:新旧、陈旧、古旧、复旧、做旧;怀旧、念旧、思旧、话旧、厌旧、故旧。

救:挽救、拯救、相救、搭救、救急。
幼:年幼、长幼、老幼、自幼、幼苗、幼稚、扶老携幼。
瘦:肥瘦、消瘦、红瘦、骨瘦、枯瘦、羸瘦、清瘦、瘦弱。
咒:念咒、符咒、诅咒、咒骂、咒语。
彀:张满弓弩,彀中、入我彀中。
骤:驰骤、急骤、骤然、骤雨、骤变。
甃:井壁、砌井。
僽:偢僽。
又:又快又好、又是、又及。
鲎:虹;鲎鱼。
蔻:豆蔻、豆蔻年华。
廐:马廐、廐肥。
耨:除草的农具;除草,深耕易耨。

【二十七沁】

沁:沁出、沁人心脾。
渗:渗透、渗漏、渗出、渗流。
谮:诬陷、中伤、谮言。
谶:谶语、谶纬。
鸩:鸩毒、鸩酒、饮鸩止渴。
赁:租赁、出赁、借赁。
窨:地窨子、窨藏。
闯:chèn,出头貌。
又 chuǎng,敢闯、闯关、闯祸、

闯王、闯将、走南闯北。

妗：舅母。

【二十八勘】

勘：kān，又读 kàn，校勘、勘误；踏勘、勘查、勘探。

磡：山崖。

啖：吃，啖饭、以枣啖之；以利益诱人，啖以重利。

淡：平淡、恬淡、清淡、黯淡、惨淡、云淡、淡薄、淡漠。

暂：短暂、暂时。

绀：带微红的黑色。

缆：lǎn，电缆、解缆、缆绳、缆车。

憾：缺憾、遗憾、抱憾、无憾、憾事、引以为憾。

瞰：俯视，鸟瞰。

暗：黑暗、灰暗、昏暗、幽暗、渐暗；暗暗、暗自、暗害。

【二十九艳】

艳：鲜艳、浓艳、香艳、妖艳、娇艳、红艳、争艳、斗艳、吐艳、艳阳；艳羡、艳史。

滟：潋滟。

念：惦念、思念、挂念、眷念、感念、悬念、万念、理念、信念；念信、念书。

埝：地面凹陷；防水小堤，圩埝、堤埝。

验：考验、试验、化验、占验、验收。

殓：入殓。

赡：赡养；丰富、充足，丰赡、力不赡。

鞯：鞍鞯。

垫：靠垫、草垫、铺垫、垫起；垫付。

堑：坑堑、天堑、堑壕。

坫：室内放食物、酒器的土台。

店：商店、客店、夜店、野店、黑店、旅店、住店、店铺。

俺：ǎn，我，俺们。

僭：超越本分，僭越。

窆：biǎn，落葬。

酽：浓，酽茶、色酽、酽酽。

掞：舒展、铺张。

厌：讨厌、可厌、不厌、厌弃、厌恶、厌倦。

餍：吃饱、满足，餍足。

【三十陷】

陷：低陷、凹陷、沉陷、塌陷、崩陷；缺陷、诬陷、陷害；沦陷、失陷、攻陷、陷阵、陷入。

鉴：借鉴、可鉴、台鉴、钧鉴、宝鉴、明鉴、鉴别、鉴赏。

梵：梵文、梵语、梵刹。
忏：拜忏、忏悔。
赚：稳赚、多赚、能赚、有赚、可赚、包赚、赚钱、赚取。
蘸：饱蘸、轻蘸、蘸酱、蘸水。

站：车站、兵站、驿站、粮站、前站、靠站；站立、站岗。
泛：广泛、宽泛、空泛、浮泛、泛泛；泛滥、泛出；泛舟。

五、入声

【一屋】

屋：wū，房屋、书屋、堂屋、草屋、老屋、金屋、屋宇。
木：果木、灌木、乔木、圆木、朽木、择木、木材；木讷、麻木。
沐：熏沐、沐浴；沐恩。
霂：雨、霡霂、夏霂冬霙。
竹：zhú，松竹、翠竹、绿竹、墨竹、修竹、斑竹、丝竹、空竹、成竹、竹林、竹简、凤尾竹、竹笔。
竺：zhú，天竺。
筑：构筑、建筑、修筑、筑路。
箙：fú，盛箭之器。
簇：簇簇、花团锦簇、簇拥。
族：zú，民族、宗族、氏族、家族、九族、贵族、皇族、望族、异族、水族。
镞：zú，箭头，金镞、箭镞。

目：面目、眼目、侧目、反目、耳目、醒目、瞩目、瞠目、举目、纵目；项目、账目、书目、编目。
苜：苜蓿。
腹：胸腹、空腹、果腹、饱腹、大腹、捧腹、腹地、腹稿。
蝮：蝮蛇。
馥：香气，馥馥、馥郁。
蝠：fú，蝙蝠。
福：fú，幸福、享福、洪福、后福、祈福、纳福、托福、发福、谋福、惜福、万福。
禄：福禄、俸禄、利禄、荣禄、食禄、爵禄。
碌：lù，忙碌、劳碌、庸碌、碌碌。
liù，旧读 lù，碌碡。
榖：木名。
穀：善、好，穀旦；俸禄；穀(谷)物。
縠：hú，有皱纹的纱。

縠：縠下、縠击肩摩。

孰：shú，代词，谁、哪个、什么。

塾：shú，私塾、家塾、塾师。

熟：shú，又读 shóu，煮熟、蒸熟；早熟、秋熟、娴熟、眼熟、熟练、熟悉。

鹿：麋鹿、马鹿、小鹿、梅花鹿、指鹿为马、逐鹿。

簏：竹箱，书簏；簏簌，物下垂貌。

麓：山脚，山麓。

漉：渗、滤，漉网；湿漉漉。

辘：辘轳。

菊：jú，秋菊、墨菊、野菊、篱菊、咏菊、赏菊、采菊。

掬：jū，两手捧，笑容可掬。

鞠：jū，鞠育；鞠躬；蹴鞠。

麹：qū，药麹、麦麹、麹王。

逐：zhú，追逐、驱逐、放逐、角逐、逐客；逐年。

轴：zhóu，又读 zhú，车轴、轮轴、中轴、地轴、画轴。
另 zhòu，压轴。

舳：zhú，船尾，舵，舳舻、舳舻相继。

牧：畜牧、农牧、放牧、游牧、牧歌、牧童；州牧。

犊：dú，牛犊、舐犊。

渎：dú，沟渎；亵渎、冒渎；渎职。

椟：dú，匣子，玉椟、椟藏、买椟还珠。

牍：dú，文牍、案牍、尺牍。

黩：dú，玷污；轻率，黩武。

粥：zhōu，稀饭，米粥。
yù，生养；卖，同"鬻"。

鬻：卖，鬻画、卖官鬻爵。

育：生育、孕育、哺育、抚育、养育、培育、教育、德育、体育、智育。

淯：水名，清河。

叔：shū，阿叔、老叔、小叔、世叔、师叔、叔父。

菽：shū，豆类总称，不辨菽麦、稻菽。

淑：shū，温善、美好，贤淑、淑静、淑女。

卜：占卜、预卜。

扑：pū，扑面、扑鼻、扑打、扑腾。

蔌：蔬菜，山肴野蔌。

簌：簌簌。

速：迅速、神速、飞速、急速、疾速、极速、速速；不速之客。

觫：觳觫，恐惧发抖。

斛：hú，旧量器。

槲：hú，木名。

柷：古乐器。

祝：庆祝、预祝、遥祝、祝愿、祝捷。

蹙：穷蹙；蹙额。

茯：fú，茯苓。

洑：fú，旋涡；水伏流地下。
fù，在水里游，洑水。

濮：pú，地名，濮阳。

蹼：鸭蹼。

醭：bú，旧读 pú，白醭。

薁：蘡薁，植物名。

昱：日光；照耀。

蓿：苜蓿。

缩：suō，紧缩、退缩、蜷缩、龟缩、畏缩、萎缩、缩影。

穆：静穆、肃穆。

秃：tū，斑秃、光秃、秃顶、秃笔、秃鹫。

谷：榖义，五谷、稻谷、苞谷；山谷、河谷、峡谷、深谷、幽谷；合谷。

肉：肌肉、横肉、血肉、烤肉；骨肉；果肉；肉麻；肉搏。

陆：lù，大陆、登陆、着陆、内陆地、陆军；陆续。
liù，"六"的大写。

肃：严肃；肃清。

騄：騄駬。

鸀：鸀鳿。

六：六亲、六书。

哭：kū，痛哭、啼哭、哭泣；哭穷。

蓄：积蓄、含蓄、私蓄、蓄志。

搐：抽搐。

滀：水聚积。

独：dú，单独、孤独、唯独、慎独、独霸。

睦：和睦、亲睦、敦睦、不睦、睦邻。

衄：出血、鼻衄、齿衄；战败、败衄。

矗：矗立。

蹴：踢、踏、蹴鞠、一蹴而就。

俶：俶俶，挺拔。

毓：生育、养育，钟灵毓秀。

夙：早，夙夜、夙兴夜寐；旧有的，夙愿。

彧：有文采。

倏：shū，倏忽、倏然。

髑：dú，髑髅。

曝：晒，曝晒、一曝十寒、曝光（又读 bào guāng）。

【二沃】

沃：肥沃、沃土、沃野。

鋈：白铜；镀，鋈器。

烛：zhú，蜡烛、灯烛、花烛、红烛、风烛、残烛、举烛、秉烛、剪烛。

触：接触、抵触、感触、笔触、触动、触目。

录：记录、摘录、抄录、收录、辑录。

菉：草名。
箓：符箓,符的总称。
绿：lǜ,新绿、嫩绿、草绿、碧绿、翠绿、葱绿、青绿、绿洲。
lù,绿林。
渌：清澈,渌水淙淙;渌酒,即清酒。
逯：任意貌,逯然。
醁：酒名,醽醁。
酷：残酷、严酷、冷酷;酷暑、酷似、酷爱。
嚳：古帝名,帝嚳。
梏：手铐,桎梏。
牿：童牛之牿。
鹄：hú,天鹅,鸿鹄、鹄立。
gǔ,靶中心。
鸲：鸲鹆,八哥。
欲：寡欲、贪欲、私欲、物欲、情欲、纵欲、食欲、意欲、欲望、欲言又止。
俗：sú,风俗、世俗、通俗、庸俗、陋俗、粗俗、太俗、不俗、脱俗、随俗、俗语。
浴：沐浴、淋浴、沙浴、浴血。
峪：山谷。
辱：荣辱、辱没。
蓐：草席、草垫。
缛：烦琐,繁缛、繁文缛节。

溽：湿润,溽暑、溽热。
褥：被褥、锦褥、褥疮。
鄏：地名,郏鄏。
蜀：巴蜀、思蜀、蜀汉、蜀葵、蜀犬吠日。
蠋：zhú,蛾蝶类幼虫。
躅：zhú,踯躅。
跼：jú,屈曲不舒展,跼促(局促)。
局：jú,棋局、战局、时局、骗局、大局、结局;书局;局限。
续：连续、接续、延续、持续、陆续、后续、续集;手续。
赎：shú,回赎、自赎、赎金、赎身、赎罪。
玉：宝玉、金玉、珠玉、碧玉、璞玉、琢玉、引玉、如玉、似玉、玉石、玉帛、玉兔、玉照。
曲：qū,弯曲、盘曲、九曲、委曲、蜷曲、曲径;酒曲。
qǔ,歌曲、乐曲、舞曲、戏曲、散曲、元曲、曲调、曲牌。
粟：粟子、粟米。
狱：牢狱、冤狱、劫狱、炼狱、地狱。
束：约束、收束、束缚;束脩;光束、花束。
促：短促、急促、匆促、督促、仓促、敦促、气促、促膝。
嘱：叮嘱、医嘱、遗嘱、嘱咐、嘱托。

瞩:注视,远瞩、瞩目、瞩望。

旭:初出的阳光,朝旭、晨旭、旭日。

项:xū,项项;颛项。

幞:fú,幞头,男子头巾。

笃:笃厚、笃爱、笃志。

督:dū,总督、都督、督战、督办;基督。

瘃:zhú,冻疮,冻瘃。

勖:勉励,勖勉。

毒:dú,病毒、鸩毒、解毒、毒草;恶毒、狠毒、歹毒、毒手。

彳:小步而行,彳亍。

【三觉】

角:jiǎo,兽角、额角、嘴角、号角;棱角。
jué,名角、主角、丑角、角斗、角逐。

桷:jué,方形的椽子。

确:正确、精确、明确、准确、的确、确信。

浞:zhuó,湿润。

捉:zhuō,捕捉、活捉、捉拿、捉弄、捉刀。

娖:谨慎貌,娖娖;整理、整齐。

卓:zhuó,卓立、卓见、卓绝。

倬:zhuō,高大、显著。

诼:zhuó,毁谤,谣诼。

涿:zhuō,流下的水滴;敲击。

琢:zhuó,雕琢、琢磨。今"琢磨"用于"思考"义时,又读 zuó。

椓:zhuó,阉割之刑。

学:xué,好学、勤学、互学、博学、才学、大学、留学、游学、学者、学兄、学堂。

峃:xué,多大石的山。

雹:báo,冰雹、雨雹。

壳:qiào,又读 ké,坚硬的外皮,果壳、贝壳、金蝉脱壳。

悫:诚实。

擢:zhuó,拔擢、擢用。

濯:zhuó,洗,洗濯、濯足。

偓:偓佺,仙人名。

渥:沾湿;浓厚,优渥。

握:把握、掌握、在握、握手。

幄:帐幕,帷幄。

喔:wō,喔喔,鸡鸣声。

龌:龌龊。

龊:龌龊。

鷽:鸟羽白而肥泽,鷽鷽;白而有光。

珏:jué,二玉合一。

璞:pú,未加工的玉,璞玉浑金。

榷:独木桥;榷茶、榷税;商榷。

岳：岳父母；五岳、山岳、岱岳。
朔：晦朔、朔望；北，朔风、朔方；扑朔。
槊：古代兵器。
搠：刺，戳。
搦：握持、搦管；挑惹、搦战。
斵：zhuó，砍、削，斵木为舟。
剥：bō，剥蚀、剥削、剥夺。bāo，也读 bō，剥皮。
驳：bó，斑驳；辩驳、反驳、批驳；驳船、驳运。
浊：zhuó，清浊、污浊、浑浊、混浊、浊世；浊音。
镯：zhuó，玉镯、金镯、手镯、鸣镯。
荦：杂色牛；明显、超绝，卓荦、荦荦。
䫉：同"貌"。
邈：遥远，邈远、邈邈。

【四质】

质：性质、资质、丽质、文质、质地、质朴；人质。
锧：古刑具。
日：旭日、落日、丽日、烈日；旷日、他日、假日、吉日。
馹：古驿站马车。
骘：公马；定，阴骘。

桎：脚镣，桎梏。
郅：极、大。
厔：地名。
室：家室、宗室；教室、陋室、密室、画室、温室。
窒：阻塞不通，窒碍、窒息。
实：shí，真实、求实、诚实；严实、紧实；殷实；果实。
密：疏密、细密、严密、周密、紧密、亲密、秘密、绝密。
蜜：蜂蜜、甜蜜、花蜜、酿蜜、如蜜。
必：不必、何必、必须、必然、必定。
铋：矛戟的柄，矛铋。
镒：古重量单位，黄金百镒。
谧：静谧、恬谧、安谧。
溢：充溢、盈溢、满溢、漫溢、飘溢、外溢、洋溢、溢美。
漆：qī，油漆、磁漆、漆器；似漆。
膝：xī，抱膝、绕膝、促膝、膝盖、膝卜。
疾：jí，恶疾、顽疾、宿疾、疾苦；迅疾、疾风、疾驰、疾呼。
蒺：jí，蒺藜，植物名。
嫉：jí，嫉恨。
悉：xī，悉心、悉数；熟悉、惊悉、洞悉、知悉、获悉、来函敬悉。
蟋：xī，蟋蟀。

蟀：蟋蟀。

率：shuài,表率、坦率、直率、轻率、率领、率意；捕鸟网。
lǜ,效率、速率、概率、利率。

聿：笔；聿皇,轻疾貌；助词,用于句首或句中。

律：旋律、音律、韵律、规律、自律。

失：shī,得失、走失、丢失、流失、迷失、失手、失望；冒失、过失。

佚：安乐,同"逸"。

帙：书套、卷册、书帙、篇帙。

泆：放纵,同"溢"。

秩：秩序。

栗：板栗、油栗、炒栗；战栗。

溧：寒冷,溧冽。

溧：溧水、溧阳。

箎：鬵箎,古乐器。

毕：完毕、事毕、毕业；毕生；毕竟。

荜：草名,荜拨。

筚：筚篥(鬵篥),古乐器。

笔：毛笔、铁笔、刀笔、败笔、伏笔、随笔、工笔、执笔、笔墨、笔迹、笔名。

吉：jí,大吉、不吉、化吉、择吉、吉利、吉祥。

佶：jí,健壮；佶屈聱牙。

诘：jié,反诘、诘问、诘责。
jí,诘屈聱牙(佶屈聱牙)。

姞：jí,姓。

恤：体恤、抚恤、怜恤。

怵：害怕,打怵、发怵、怵场。

秫：shú,高粱,秫米、秫秸。

术：shù,术义、技术、心术、武术、战术、骗术、魔术。
zhú,术义、白术、苍术。

述：叙述、阐述、表述、著述、综述、自述、述怀、述职。

逸：安逸、飘逸、超逸；逃逸、隐逸；逸闻。

遹：遵循。

鹬：鹬蚌相争。

潏：水涌出,潏潏。

橘：jú,柑橘、蜜橘、金橘、橘络。

栉：梳子、梳,鳞次栉比。

七：qī,七彩、七窍、七夕、七律。

叱：怒叱、叱问、叱责、叱咤。

一：yī,同一、统一、如一、一起、一生、一旦、以一当十。

乙：天干第二位。太乙。

壹：yī,"一"的大写。

黜：罢黜、废黜、黜免。

弼：辅助,辅弼。

虱：shī,虫名,虱子。

戌：xū，地支第十一位，戌时。
昵：暱义，亲近、亲昵、昵友。
佾：古乐舞的行列，八佾。
籥：籥篪，古乐器。
匹：匹夫；匹敌、匹配；布匹、马匹。

【五物】

物：动物、谷物、货物、产物、宝物、尤物、玩物、怪物、万物、博物、风物、信物、傲物；物色。
勿：不、不要，切勿、万勿、请勿入内。
芴：草名。
茀：fú，福；杂草太多，茀茀、道茀、田茀、茀郁。
弗：fú，不，自愧弗如。
佛：fó，活佛、念佛、拜佛、成佛、佛教、佛祖；佛山；佛手。
　　fú，仿佛。
剕：fú，用刀砍。
拂：fú，吹拂、轻拂、飘拂、拂拂、披拂、拂闻、拂袖、拂意。
怫：fú，忧愁或愤怒，怫郁、怫然。
绋：fú，大麻绳，执绋。
绂：fú，系官印的丝带。
韨：fú，祭服的服饰；系玺印的丝带。
祓：fú，除灾祈福的仪式，祓除。

黻：fú，古礼服上绣的青黑相间的花纹；同"韨"。
屈：qū，理屈、委屈、抱屈、冤屈、叫屈、不屈、屈指、屈从。
倔：jué，倔强。
　　juè，太倔、真倔、倔脾气、倔头倔脑。
崛：jué，奇崛、崛起。
乞：求乞、行乞、乞丐、乞求。
仡：yì，仡仡，壮勇高大的样子。
　　另 gē，仡佬族。
屹：高耸貌，屹立、屹然不动。
迄：到，迄今；始终，迄无音信。
讫：完结，收讫、付讫、言讫、验讫；截止，起讫。
诎：qū，缩短；言语迟钝。
熨：yùn，熨斗、熨平、熨衣服。
　　yù，熨帖。
欻：xū，忽然，欻忽、风雨欻至。
黦：黄黑色。

【六月】

月：明月、晓月、残月、咏月、望月、邀月、赏月、圆月、满月、年月、元月、斋月、蜜月；月老。
谒：拜谒、参谒、谒见。
蝎：xiē，毒蝎、全蝎、蛇蝎、蝎子。
羯：jié，羯羊。

歇：xiē,停歇、间歇、安歇、歇息、歇凉、歇业。

没：méi,没有、没完。
mò,沉没;抄没;辱没;没齿。

殁：死,病殁。

伐：fá,伐木、砍伐、采伐;讨伐、征伐、杀伐、北伐、笔伐。

筏：fá,竹筏、木筏、皮筏、排筏。

垡：fá,耕地起土、打垡、晒垡。

阀：fá,军阀、财阀;阀门。

阙：què,宫阙、伏阙。
quē,过失,衮职有阙;同"缺",补阙。

蕨：jué,蕨菜、蕨类。

撅：juē,撅嘴、撅折。

橛：jué,木橛、门橛、橛子。

劂：jué,剞劂,雕刻用的弯刀。

突：tū,唐突、冲突、奔突、突破、突变、突出。

窣：sū,窸窣,摩擦声。

猝：猝然、猝发。

饽：bō,饽饽、蒸饽。

脖：bó,脖子、鸡脖、围脖。

鹁：bó,鹁鸪、鹁鸽。

勃：bó,旺盛、蓬勃、勃发。

渤：bó,渤海。

笏：执笏、笏击。

忽：hū,倏忽、飘忽、疏忽、忽然、忽闪。

溮：hū,溮洣、溮浴。

惚：hū,恍惚。

纥：hé,下等丝;回纥。

矻：kū,勤劳不懈的样子,矻矻终日。

兀：高耸、突兀;秃、兀鹫。

杌：凳子,杌子。

扤：摇、撼动。

屼：山秃貌。

窟：kū,石窟、洞窟、匪窟、三窟、窟窿。

堀：kū,穴,堀穴。

曰：yuē,说,子曰、叫作、一曰水、二曰火。

骨：gǔ,颅骨、枯骨、筋骨;露骨;铁骨、风骨、傲骨、骨气。
另 gū,骨朵儿。

发：fā,發义、出发、分发、打发、爆发、暴发、迸发、颁发、播发、萌发、奋发、发现、发展;沙发。
fà,髮义、头发、理发。

讷：语言迟钝,口讷、木讷、讷讷。

粤：粤剧、粤语、粤菜、两粤。

罚：fá,惩罚、责罚、处罚、体罚、奖罚、刑罚、罚没。

钺：古兵器。

樾：树荫、茂樾、清樾、樾荫。

【七曷】

曷：hé，疑问代词。
葛：gé，瓜葛、纠葛；葛麻、葛藤、葛布。
　　gě，姓。
渴：饥渴、口渴、干渴、消渴、解渴、止渴、渴望。
褐：粗布衣,短褐；褐色。
鞨：hé，靺鞨，古民族。
鹖：hé，鸟名，鹖鸡。
遏：阻止、阻遏、遏止、遏制。
末：本末；始末、岁末、秋末、末尾；粉末、肉末、锯末。
沫：泡沫、白沫、唾沫、飞沫、浮沫。
抹：mǒ，涂抹、擦抹、抹掉、抹杀；抹布、抹桌子等,今读 mā。
　　mò，抹墙、转弯抹角。
秣：粮秣、秣马厉兵。
聒：guō，喧扰、声音嘈杂、絮聒、聒噪、聒耳。
括：包括、概括、囊括、总括。
活：huó，生活、复活、养活、苟活；农活、零活、灵活、快活、鲜活、活跃。
阔：辽阔、广阔、宽阔、壮阔、阔论；契阔；摆阔、阔绰。
闼：小门,排闼直入。
挞：鞭挞、挞伐。
拶：zā，逼迫、逼拶、排拶。
　　另 zǎn，酷刑,拶子、拶指。
捋：luō，今读 lǚ。捋胡子、捋袖子。
捺：按、按捺；笔画,撇捺。
撮：cuō，撮合、撮弄。
　　zuǒ，一撮毛发。
钹：bó，打击乐器。
跋：bá，跋涉；跋扈；题跋、序跋。
魃：bá，旱魃、旱魃为虐。
拨：bō，挑拨、撩拨、拨弄、弹拨；调拨、划拨、拨款。
泼：pō，瓢泼、泼洒、泼墨；耍泼、撒泼、泼辣、泼皮。
襏：bó，襏襫，蓑衣。
裰：duō，缝补、补裰。
笪：dá，粗竹席；拉船的绳索。
妲：dá，妲己,纣之妃。
怛：dá，忧伤、悲苦,惨怛、痛怛、怛怛；恐惧。
割：gē，交割；收割、切割、分割、宰割、阉割、割断、割爱。
豁：huō，豁开、豁口；豁出去。
　　huò，豁达、豁免、豁亮、豁然。
　　另 huá，豁拳。
钵：bō，衣钵、饭钵、乳钵、钵盂。
脱：tuō，洒脱、超脱、活脱；摆脱、逃

脱、挣脱、推脱、脱衣、脱险、脱口。

夺：duó，掠夺、剥夺、争夺、抢夺、褫夺、篡夺、攫夺、豪夺、定夺、夺目。

萨：菩萨、拉萨。

辣：麻辣、热辣、辛辣、酸辣、毒辣、老辣、泼辣、心狠手辣。

斡：旋转、斡旋。

剌：乖剌、剌戾。

瘌：瘌痢。

【八黠】

黠：xiá，聪明而狡猾，狡黠、黠慧。

秸：jiē，秫秸、豆秸、麦秸、秸秆。

拮：jié，谨慎、尽力。

扎：zhā，扎手、扎刺；扎眼；驻扎、扎营；扎实。
zhá，挣扎。
zā，捆扎；一扎。

札：zhá，书札、信札、手札、笔札、札记。

轧：yà，倾轧。
zhá，轧钢。

戛：jiá，戛戛；戛然。

嘎：gā，拟声词，嘎嘎。

刮：guā，搜刮、刮刀、刮目、刮风。

刹：chà，古刹、罗刹、梵刹、宝刹、刹那。

另 shā，刹车。

刷：shuā。毛刷、笔刷、板刷、牙刷；冲刷、洗刷、涂刷、粉刷；印刷。

捌：bā，八的大写；农具名；通"扒"。

揠：拔、揠苗助长。

八：bā，三八、丘八、腊八、八方、八卦；八哥。

叭：bā，喇叭；拟声词。

朳：bā，农具，无齿的耙子。

喳：zhā，唧喳，声音繁杂细碎。

察：chá，督察、观察、洞察、明察、觉察、考察、察觉。

菝：bá，草名，菝葜。

猾：huá，奸猾、狡猾、刁猾、巨猾、猾吏。

獭：獭猢。

辖：xiá，管辖、统辖、直辖。

瞎：xiā，眼瞎、扒瞎、抓瞎、瞎说。

煞：shā，煞尾、煞笔、煞风景。
shà，凶神恶煞；煞费苦心、急煞。

【九屑】

屑：碎屑、玉屑、木屑；琐屑；不屑一顾。

节：jié，关节、竹节、枝节、情节；气节、名节、亮节、守节；春节、灯节、佳节、节日；节约。

疖：jiē，疮疖、疖子。

别：bié，告别、离别、久别、小别、阔别、握别、分别；辨别、甄别、别裁。
biè，别扭、别嘴。

列：并列、排列、罗列、行列、队列、陈列、分列、列位。

冽：冷，凛冽。

洌：(水、酒)清，泉香酒洌。

裂：破裂、开裂、爆裂、崩裂、迸裂、分裂、干裂、皲裂、车裂、裂纹、裂变。

烈：热烈、猛烈、强烈、壮烈、刚烈、惨烈、剧烈；先烈。

杰：jié，豪杰、英杰、俊杰、人杰、四杰、杰作。

爇：点燃、焚烧、爇烛。

热：火热、炎热、滚热、炽热、灼热、发热、眼热、亲热、热爱、热忱、热泪。

亵：亵渎、猥亵、淫亵。

结：jié，联结、缔结、纠结、凝结、团结、情结、领结、结网、结拜、结账。
jiē，结实、结巴。

洁：jié，干净、操守清白、清洁、纯洁、高洁、圣洁、贞洁、光洁、皎洁、廉洁、洁白、洁身自好。

桔：jié，桔梗。
jú，同"橘"。

穴：xué，洞穴、孔穴、巢穴、虎穴、蚁穴、空穴；耳穴、腧穴、穴位。

窃：行窃、盗窃、偷窃、剽窃、行窃、失窃、窃笑、窃以为。

彻：透彻、贯彻、响彻、彻夜、彻骨。

决：jué，裁决、表决；先决；坚决、果决、不决、决定、决战、决心；决口。

诀：jué，口诀、歌诀、秘诀；永诀、诀别。

抉：jué，抉择、抉摘。

玦：jué，玉器。

缺：quē，肥缺、补缺、空缺、欠缺、短缺、盈缺、圆缺、不缺、缺少。

觖：jué，觖望。

撇：piě，撇捺、撇嘴。
piē，撇油、撇弃。

瞥：piē，一瞥、斜瞥、瞥见、瞥视。

蹩：blé，蹩脚。

鳖：biē，也叫甲鱼，鱼鳖、捉鳖。

楔：xiē，木楔、楔子。

锲：雕刻，锲而不舍。

挈：挈带；提纲挈领。

絜：jié，清洁，同"洁"。
xié，用绳围量。

垤：dié，小土堆，丘垤、蚁垤。

绖:dié,古丧服中的麻带。

耋:dié,耄耋、耋期。

悦:喜悦、欢悦、欣悦、愉悦、和悦、心悦、悦耳、悦目、悦服。

阅:批阅、传阅、审阅、翻阅、订阅、阅览、阅兵、阅历。

阕:上阕、下阕、填词一阕。

捏:niē,拿捏、抓捏、紧捏、扭捏、捏住、捏合、捏造。

涅:涅槃。

陧:危、不安,杌陧。

铁:生铁、打铁、炼铁、寸铁、铁塔、铁索;铁拳、铁案。

跌:diē,下跌、涨跌、狂跌、跌倒、跌价、跌宕。

迭:dié,更迭、迭起。

瓞:dié,小瓜,绵绵瓜瓞。

箖:竹箖、箖席。

蔑:轻蔑、诬蔑、蔑视、蔑侮。

蠛:蠛蠓。

撷:xié,摘下、采撷。

缬:xié,有花纹的丝织品;眼花。

撤:后撤、回撤、撤兵、撤职、撤换。

澈:水清,清澈、明澈、澄澈。

辙:zhé,车辙、覆辙、涸辙之鲋、改辙、合辙、如出一辙。

辍:中止,不辍、辍学、辍笔。

啜:喝,啜茗;抽噎,啜泣。

惙:忧愁、疲乏,惙惙、惙顿、惙怛。

绁:绳索,缧绁;捆、拴。

媟:狎慢不敬,媟狎。

揲:shé,又读dié。占卜时数蓍草;折叠。

渫:除去、疏通。

薛:xuē,草名,即藾蒿。

孽:妖孽、罪孽、作孽、冤孽、余孽、孽子、孽缘。

糱:酿酒的曲。

折:shé,断,折了;亏损,折本。
zhé,断,折断;损失,折将;曲折、转折;折价。
zhē,折腾。

浙:江浙、浙菜。

哲:zhé,先哲、贤哲、明哲、圣哲、哲理。

蜇:zhē,蜜蜂蜇人。
zhé,海蜇。

舌:shé,口舌、喉舌、唇舌、结舌、学舌、长舌、嚼舌、摇舌、火舌、舌战。

讷:nè,同"讷",讷讷。
nà,唝讷;讷喊。

啥:啥合、啥噬。

噎:yē,噎人、因噎废食。

臬:射箭的靶子;测日影的标杆;法

桀:jié,桀骜不驯。
设:建设、架设、分设、摆设、陈设、假设、设备、设想。
谲:jué,诡谲、狡谲、谲诈。
雪:瑞雪、大雪、清雪、暖雪、春雪、初雪、飘雪、映雪、踏雪、卧雪;洗雪、昭雪、雪耻、雪恨。
绝:jué,断绝、自绝、绝壁、绝笔、绝对。
血:又读xiě。热血、碧血、歃血、喋血、混血、骨血、心血、血缘、血性。
灭:消灭、剿灭、扑灭、破灭、磨灭、泯灭、湮灭、陨灭、灭火、灭绝。
拽:yè,同"曳"。
zhuài,拖、拉、拽住、生拉硬拽。
拙:zhuō,古拙、朴拙、藏拙、守拙、补拙、笨拙、眼拙、拙笔、拙见。
劣:优劣、拙劣、卑劣、低劣、粗劣、顽劣、劣势、劣马。
餮:饕餮。
孑:jié,孑孓;孑然。
锊:古重量单位。
截:jié,半截、一截;拦截、阻截、截流;截留、截获、截止。

【十药】

博:bó,渊博、广博、宏博、博识;赌博、博弈。
搏:bó,脉搏、肉搏、搏斗、搏击。
缚:bó,束缚、自缚、系缚、缠缚、绑缚。
膊:bó,胳膊、臂膊、赤膊。
镈:bó,古乐器;古农具。
薄:bó,鄙薄、轻薄、浅薄、喷薄、薄酒、薄田、薄弱。
bò,薄荷。
báo,旧读bó,厚薄。
欂:bó,欂栌,即斗拱。
礴:bó,磅礴。
各:各自、各色。
骆:黑鬃白马;骆驼。
洛:河洛、洛阳纸贵。
络:luò,经络、脉络、活络;联络、笼络、网络;橘络。
lào,络子。
恪:谨慎而尊敬,恪守。
珞:璎珞。
烙:luò,灼、烧、炮烙。
lào,烙铁、烙印、烙饼。
硌:luò,大石貌,硌石、磊硌。
gè,硌牙。
略:谋略、胆略、韬略、策略、大略、要略、约略、粗略、省略、忽略、侵略。
酪:奶酪、乳酪、干酪。
貉:hé,亦称"狗獾",一丘之貉。

háo,貉绒。

落:luò,疏落、零落、飘落、碧落、凋落、错落、冷落、奚落、村落、失落、下落、落拓、落笔。
là,遗漏、丢失、落下、落字。
lào,落子。

阁:gé,楼阁、高阁、闺阁、绣阁、出阁;阁下;内阁、组阁。

雒:白鬃黑马;通"洛"。

雀:孔雀、云雀、黄雀、麻雀、燕雀、山雀、朱雀、雀跃、雀斑、门可罗雀。

霍:霍然、霍霍、挥霍。

藿:藿香。

攉:huō,手反覆,攉煤。

臛:肉羹。

矍:jué,矍铄。

籰:绕丝线类的工具。

懼:jué,震惊、敬畏貌,懼然。

攫:jué,攫取、攫为己有。

镬:古大锅。

蠖:尺蠖。

爵:jué,官爵、封爵、鹭爵、晋爵、公爵;古酒器,玉爵、觥爵。

嚼:jué,又读jiáo,咀嚼、细嚼、大嚼、嚼舌、咬文嚼字。
jiào,倒嚼。

郝:姓。

椁:棺椁。

郭:guō,城郭、耳郭、东郭。

廓:寥廓、轮廓。

勺:sháo,铁勺、汤勺、漏勺、掌勺、脑勺、勺子。

芍:sháo,芍药、白芍、赤芍。

妁:媒妁。

灼:zhuó,烧灼、灼热;灼灼、灼见。

酌:zhuó,对酌、小酌、独酌、浅酌、斟酌、参酌、商酌、酌情、酌办。

铎:duó,古乐器,如大铃,铃铎、木铎、振铎。

萚:草木脱落的皮叶。

箨:竹皮、笋壳。

箬:箬竹、箬帽。

诺:承诺、许诺、允诺、一诺、诺言;唯唯诺诺。

郢:春秋时楚都。

萼:花萼、萼片。

谔:直言,忠谔、谔谔。

崿:山崖,峻崿、秀崿、危岩峭崿。

愕:惊讶、发愕、惊愕、错愕、愕然;直言,通"谔",愕愕。

腭:软腭、硬腭。

锷:刀剑的刃。

鳄:鳄鱼。

鄂:地名,鄂州。

鹗：鸟，通称鱼鹰。
鹤：仙鹤、白鹤、黄鹤、野鹤、松鹤、骑鹤、驾鹤、鹤发童颜。
鹊：喜鹊、鹊桥、鹊起；扁鹊。
碏：人名用字。
错：过错、不错、错杂、错爱。
粕：渣滓，糟粕、豆粕。
泊：bó，停泊、漂泊；淡泊。
　　pō，湖泊。
箔：bó，苇箔、金箔、锡箔、银箔。
绰：绰绰、绰约；绰号；阔绰、宽绰。
烁：闪烁、烁烁。
铄：铄金、铄石流金；矍铄。
跃：飞跃、腾跃、活跃、踊跃、跳跃、虎跃、雀跃、鱼跃、跃然。
踱：duó，闲踱、踱步。
寞：寂寞、落寞。
摸：mō，抚摸、乱摸、估摸、摸索、摸底。
漠：荒漠、大漠；漠然、漠视。
镆：镆铘（莫邪），古宝剑名。
瘼：病，疾苦，民瘼。
怍：惭愧，惭怍、愧怍。
昨：zuó，昨天、昨夜、今是昨非。
酢：客人向主人敬酒，酬酢。
迮：zé，狭窄，迮狭。

虐：暴虐、酷虐、残虐、肆虐、凌虐、虐待、虐政。
谑：开玩笑，戏谑、谐谑、嘲谑。
噱：jué，大笑，可发一噱。
　　xué，笑，噱头、发噱。
斫：zhuó，用刀斧砍，砍斫、斧斫。
柝：打更用的梆子，击柝。
壑：沟壑、丘壑、林壑、大壑。
垩：白土，白垩；用白土涂饰。
噩：浑噩、噩梦、噩耗。
弱：衰弱、疲弱、薄弱、脆弱、孱弱、纤弱、柔弱、懦弱、渐弱、凌弱、示弱。
蒻：蒲蒻、白蒻、蒻席。
却：退却、了却、冷却；推却、谢却、却之不恭；却说。
脚：jiǎo，又读jué。腿脚、拳脚、桌脚、山脚、蹩脚、顺脚、阵脚、针脚、韵脚、插脚、脚夫。
幕：帐幕、帷幕、银幕、揭幕、谢幕、雨幕、烟幕、夜幕、内幕、开幕、幕僚。
扩：扩大、扩充。
托：tuō，衬托、依托、拜托、寄托、假托、委托；花托、托盘。
削：xuē，又读xiāo。剥削、削弱；削皮、削面、削铅笔。
橐：tuó，口袋，橐橐；橐驼，骆驼；橐

橐,脚步声。

钥:yuè,又读 yào,钥匙、锁钥。

龠:乐器名;古量器。

瀹:瀹茗、瀹茶;浸渍;疏导。

亳:bó,地名,亳州。

涸:hé,水干竭,干涸、枯涸、涸泽、涸渔。

疟:口语又读 yào,疟疾。

镢:jué,农具,镢头。

禚:zhuó,古地名;姓。

【十一陌】

陌:阡陌、巷陌、街陌、紫陌、陌路;陌上桑。

百:千百、半百、百草、百般。

貊:古民族名。

客:宾客、旅客、游客、骚客、贵客、归客、过客、逐客、刺客、客居、客观。

喀:kè,呕吐声,喀喀。又 kā,多用于译音。

骼:gé,骨骼。

白:bái,黑白、雪白、斑白、灰白、惨白;空白;大白、明白;告白、表白、辩白;白日。

伯:bó,大伯、老伯、叔伯、世伯、师伯、河伯;伯爵。

拍:pāi,合拍、节拍;流拍、拍板;吹拍;拍打;拍照。

柏:bǎi,旧又读 bó,松柏、翠柏、古柏、桐柏、侧柏。
bó,柏林。
bò,黄柏(黄檗)。

珀:琥珀。

舶:bó,航海大船,船舶、舶来品。

帛:bó,丝织物总称,财帛、玉帛、布帛、裂帛、帛画。

迫:pò,压迫、逼迫、胁迫、威迫、被迫、交迫、急迫、紧迫、窘迫、迫近。
pǎi,迫击炮。

赤:面红耳赤、赤红;赤诚、赤胆、赤子;赤膊;金无足赤。

赫:显赫、煊赫、赫赫、赫然。

亦:也,人云亦云、亦庄亦谐。

奕:盛大;神采奕奕。

弈:弈棋、对弈。

迹:旧读 jī,足迹、形迹、踪迹、笔迹、痕迹、古迹、混迹、奇迹、事迹。

役:劳役、衙役、兵役、现役、服役、杂役、奴役、役使。

疫:瘟疫、免疫、防疫、检疫、疫病。

碧:青碧、清碧、凝碧、澄碧、金碧、碧玉、碧波、碧空、碧草。

石:shí,岩石、沙石、宝石、玉石、钻

石、化石、碣石、结石。
dàn,四钧为石。

祏:shí,庙主石函、祏室。

跖:zhí,脚掌;践踏。

鼫:shí,指鼯鼠一类。

磔:zhé,汉字笔画,即捺,波磔;古酷刑。

硕:大,丰硕、肥硕、硕果。

额:é,前额;匾额、横额、题额;定额、限额、余额。

译:翻译、编译、口译、意译、直译、破译、转译、译制。

泽:zé,沼泽、草泽、大泽、竭泽;润泽、光泽;恩泽。

驿:驿站、驿道。

择:zé,口语又读zhái。选择、采择、拣择、抉择、择期。

绎:演绎、络绎、寻绎、抽绎。

怿:欢喜、高兴。

峄:山相连接貌;山名,峄山。

释:解释、注释、诠释、阐释;稀释、冰释、释怀;假释、保释。

辟:bì,复辟、辟谷。
pì,开辟、精辟、透辟、辟谣。

僻:偏僻、荒僻、生僻、怪僻、乖僻、冷僻、孤僻、邪僻。

擗:擗踊、悲痛时搥胸顿足。

擘:大拇指,巨擘、擘画。

檗:黄檗。

璧:玉器,玉璧、圭璧、双璧、合璧、奉璧、完璧、白璧无瑕。

襞:折叠衣服、衣服的褶皱,襞积。

癖:洁癖、烟癖、怪癖、成癖、癖好。

脊:脊梁、背脊、山脊、屋脊、书脊。

嵴:jí,山脊。

踖:jí,小步行走。

鹡:jí,鹡鸰。

瘠:jí,贫瘠、瘦瘠、瘠薄。

责:zé,问责、指责、谴责、斥责、苛责、职责、责任。

箦:zé,竹席。

啧:zé,争辩;咂嘴声,啧啧称赞。

帻:zé,古代一种头巾。

碛:浅水中的沙石、沙漠。

赜:zé,精微,深奥,探赜索隐。

厄:困厄、险厄、灾厄、厄运、厄境。

扼:扼腕、扼杀、扼守、扼喉抚背。

轭:马具。

隔:gé,阻隔、分隔、相隔、远隔、间隔、暌隔、隔绝、隔壁。

嗝:gé,禽鸟鸣声,嗝报;气逆作声,打嗝、噎嗝、饱嗝。

槅:gé,槅门、槅扇。

膈:gé,胸膈、膈膜。

翮:hé,羽茎,奋翮、振翮高飞。

舄:鞋;大貌。

潟:盐碱地,潟卤。

掖:yè,扶掖、奖掖。
yē,藏掖。

液:汁液、血液、玉液、津液。

腋:两腋、肘腋、集腋成裘、腋窝、腋芽。

埸:田界、边界,疆埸。

蜴:蜥蜴。

掴:guó,又读 guāi,用手掌打,掴耳光。

帼:guó,妇女发饰,巾帼。

蝈:guō,蝈蝈,昆虫名。

摭:zhí,拾取,摭拾。

蹠:zhí,脚掌、践踏,同"跖"。

夕:xī,朝夕、晨夕、旦夕、前夕、七夕、除夕、夕阳。

汐:xī,夜间的潮,潮汐。

宅:zhái,住宅、家宅、豪宅、内宅、深宅、宅院。

穸:xī,窀穸。

窄:宽窄、狭窄、心窄、路窄、窄小。

蚱:蚱蜢、蚱蝉。

舴:zé,舴艋。

掷:投掷、抛掷、弃掷、怒掷、虚掷、一掷。

踯:zhí,踯躅。

郤:空隙,郤地。

惜:xī,珍惜、爱惜、怜惜、惋惜、痛惜、叹惜、吝惜、可惜、不惜、惜别、不足惜。

籍:jí,古籍、典籍、史籍、册籍、户籍、秘籍;籍贯;籍没。

策:对策、群策、上策、国策、政策、决策、鞭策、杖策;扶策;策划、策动。

逆:忤逆、叛逆、悖逆、大逆、莫逆、咂逆、逆流、逆转。

脉:mài,山脉、地脉、水脉、矿脉、气脉、命脉、筋脉、把脉、诊脉、号脉、脉络、脉搏。
mò,脉脉、含情脉脉。

席:xí,草席、凉席、苇席、竹席;酒席、筵席;即席、避席、入席、出席、缺席、主席;席地。

戟:古兵器,画戟、执戟。

麦:小麦、大麦、燕麦、冬麦、稻麦、菽麦、新麦、拾麦、割麦、收麦、麦芒。

册:史册、手册、画册、名册、账册、注册、册页、册立。

尺:chǐ,咫尺、直尺、标尺、七尺、尺度;尺牍、尺素。
另 chě,乐谱记音符号。

隙:缝隙、裂隙、间隙、罅隙、孔隙、

屐:jī,鞋,屐履、木屐。
剧:戏剧、喜剧、悲剧、闹剧、编剧；急剧、加剧、剧烈、剧变。
益:增益、补益、裨益、利益、收益、得益、公益、益友。
斥:驳斥、呵斥、怒斥、痛斥、申斥、排斥、充斥、斥责。
坼:裂开,天寒地坼。
拆:chāi,强拆、拆散、拆卸、拆书。
谪:zhé,贬谪、遣谪、谪居；众人交谪。
虢:guó,古国名。
奭:盛大貌。
襫:袯襫,古时蓑衣。
螫:蜂蝎螫人、毒害,被螫、螫毒、螫针。
貘:兽名。
嫡:娴静美好,娉嫡。
绤:粗葛布。
霅:突然,霅地、霅然。

【十二锡】

锡:xī,赐给,天锡良缘；金属,锡箔、锡纸。
惕:警惕、忧惕、惕惕、惕厉。
踢:tī,脚踢、猛踢、踢腿、踢球、踢腾。

剔:tī,挑剔、剔除；剔透。
历:日历、公历、经历、身历、游历、阅历、资历、历来、历练、历历在目。
沥:沥沥；沥涝。
呖:莺声呖呖。
枥:马槽,老骥伏枥。
疠:疠疫。
茘:荸荠,植物名。
雳:霹雳。
劈:pī,刀劈、斧劈、力劈、劈砍、劈开；劈面、劈头劈脸。
壁:墙壁、四壁、绝壁、半壁、面壁、凿壁、碰壁、破壁、赤壁、壁垒、壁报。
甓:砖。
绩:功也,功绩、成绩、业绩、劳绩、战绩；纺绩。
嫡:dí,嫡亲、嫡系、嫡出、嫡传。
滴:dī,点滴、水滴、雨滴、汗滴、涓滴、欲滴、滴落。
镝:dí,箭头,锋镝、鸣镝。
析:xī,分析、离析、辨析、剖析、解析。
淅:xī,淅沥、淅淅。
晰:xī,清楚,明白,清晰、明晰。
蜥:xī,蜥蜴、巨蜥。

皙:xī,皮肤白,白皙。
狄:dí,羽毛;古民族,夷狄。
荻:dí,植物名,芦荻、茅荻。
迤:远也,遐迤、离迤。
的:dì,靶心,目的、中的;助词,读轻声 de。
　　另 dí,的确、的当。
菂:莲子。
砾:小石,砾石、瓦砾。
阋:争吵、争斗,兄弟阋于墙。
阒:寂静,阒然、阒无一人。
觅:寻找,寻觅、难觅、觅食。
觌:dí,相见,觌面。
汨:汨罗江。
涤:dí,洗涤、荡涤。
溺:溺水、沉溺、溺爱。
幂:覆盖、覆盖东西的巾。
寂:沉寂、孤寂、冷寂。
击:jī,打击、袭击、出击、搏击、还击、撞击、拳击、击掌。
笛:dí,横笛、长笛、玉笛、竹笛、牧笛、羌笛、汽笛、警笛、笛声。
敌:dí,仇敌、顽敌、劲敌、无敌、情敌、匹敌、敌意。
激:jī,刺激、感激、过激、偏激、激昂、激动、激流、激战。
檄:xí,檄文、檄告天下。

籴:dí,买进粮食,籴米。
鹢:水鸟名;船,鹢舟。
鹝:吐绶鸟;草名。
戚:qī,亲戚;休戚;古兵器。
迪:dí,启迪。
郦:地名;姓。
倜:倜傥、倜然。

【十三职】

职:zhí,尽职、天职、要职、闲职、升职、兼职、职业。
力:努力、得力、兵力、笔力、暴力、奋力、潜力、竭力、毅力、精力、体力、魄力、威力、鼎立、戮力、力争、力作。
仂:余数、零数。
肋:两肋、肋骨。
勒:lè,马笼头;拉缰止马,悬崖勒马;强制,勒令、勒索;统率,亲勒六军;雕刻,勒石、勾勒。
　　lēi,勒紧。
黑:hēi,漆黑、暗黑、黝黑、焦黑、摸黑、夜黑、月黑、傍黑、擦黑;手黑、心黑、黑心、黑市。
默:沉默、静默、缄默、默默;幽默。
墨:笔墨、翰墨、水墨、浓墨、研墨、磨墨、落墨、泼墨、弄墨、徽墨、粉墨、墨宝、墨菊。

息:xī,养息、歇息、将息、瞬息、喘息;信息;利息。
熄:xī,熄灭、熄灯。
则:zé,准则、细则、法则、规则;否则。
侧:旧读 zè,倾侧、斜侧、旁侧、侧面、侧身、侧目。
测:猜测、窥测、推测、探测、臆测、莫测、不测、难测、叵测、测量、测验。
恻:凄恻、悱恻、恻隐。
弋:以绳系箭射鸟,弋获。
忒:方言又读 tuī、tēi。差误,差忒;太、过甚,忒小。
式:样式、模式、方式、程式、新式。
拭:擦,拂拭、擦拭、拭泪。
栻:占卜用具。
轼:车厢前扶手,扶轼。
或:抑或、即或、或许、或者、或然。
域:疆域、地域、海域、流域、区域、领域、音域。
棫:木名。
蜮:鬼蜮。
惑:蛊惑、疑惑、惶惑、迷惑、诱惑、不惑、解惑、惑乱。
阈:门槛。
敕:戒敕;敕令。

棘:jí,荆棘、斩棘、棘刺、棘手。
匿:隐匿、藏匿、逃匿、潜匿、匿名。
慝:邪恶、恶念;阴气;灾害。
亿:上亿、亿万。
忆:回忆、记忆、遥忆、追忆。
臆:胸臆、臆想。
仄:狭窄,逼仄;心不安,歉仄;平仄、仄声。
昃:太阳偏西,日昃。
克:扑克;坦克;攻克、不克、克服、克己、克期。
翊:飞貌,翊翊;辅助,翊赞、翊卫。
翌:翌日、翌晨、翌年。
翼:比翼、展翼、蝉翼、鼻翼、两翼、左翼、扶翼、翼翼。
殛:jí,杀死。
啬:吝啬、俭啬。
濇:同"涩"。不滑润。
穑:稼穑。
饬:整饬;饬令;谨饬。
饰:首饰、衣饰、掩饰、润饰、修饰、粉饰、雕饰、装饰。
蚀:shí,腐蚀、剥蚀、侵蚀、风蚀;日蚀、月蚀。
洫:田间水道,沟洫。
湜:shí,水清见底,湜湜。
国:guó,家国、祖国、故国、泽国、岛

国、山国、三国、爱国、报国、举国。

色：颜色、茶色、景色、春色、曙色、暮色、月色、成色、本色、姿色；物色。

极：jí，太极、两极、消极、登极、否极、极度、极力、极其、登峰造极。

得：dé，取得、获得、得失；自得、得意、得了。
必须、需要等义今读 děi，你得去。

德：dé，品德、道德、功德、贤德、美德。

贼：zéi，盗贼、奸贼、蟊贼、飞贼、讨贼、贼心、贼风。

刻：雕刻、篆刻、石刻、铭刻；尖刻、苛刻；时刻、即刻。

直：zhí，笔直、照直、直达；正直、耿直、刚直、率直。

殖：zhí，生殖、繁殖、养殖。

特：奇特、独特、模特、不特、特别、特色、特等。

稷：谷物名、五谷之神，社稷、后稷。

即：jí，立即、迅即、旋即、随即、当即、在即、即使、即刻、即兴。

陟：登高。

抑：压抑、幅抑、抑制、抑或。

愎：乖戾、执拗，刚愎自用。

悃：诚恳，悃愊无华；烦闷，悃忆。

湢：浴室，湢浴。

逼：bī，威逼、追逼、紧逼、强逼、被逼、逼迫、逼真。

踣：bó，僵仆，半步而踣；灭、破，踣其国家。

【十四缉】

缉：jī，旧读 qì，通缉、侦缉、缉拿、缉获。
qī，缉鞋口。

揖：yī，拱手行礼，作揖、长揖、揖让。

辑：jí，编辑、纂辑、剪辑、逻辑、辑要。

葺：修葺。

戢：jí，收敛、收藏、止息，戢翼、戢怒、戢兵。

濈：jí，水外流；迅疾貌，濈然鬼没。

立：站立、挺立、矗立、耸立、屹立、鼎立、玉立、创立、自立、立功、立脚。

笠：斗笠、竹笠、蓑笠、箬笠。

泣：哭泣、啜泣、饮泣、抽泣、对泣、泣诉。

粒：颗粒、米粒、谷粒、粒粒。

邑：城邑、都邑、京邑、大邑、邑宰。

挹：挹取、挹注。

浥：湿润，浥露、浥轻尘；浥浥。

悒：忧悒、郁悒、悒悒。

给：jǐ,供给、给养；丰足,家给户足。
gěi,给以、给脸。

卅：四十。

廿：二十。

十：shí,十足、十分。

什：shí,篇什、什物、什锦。
shén,什么。

汁：zhī,汁液、乳汁、墨汁、浆汁、果汁、胆汁。

及：jí,波及、累及、遍及、涉及、危及、顾及、及早、及第。

岌：jí,山高貌,岌岌、岌峨。

芨：jī,白芨、芨芨草。

伋：jí,人名用字。

级：jí,超级、晋级、越级、升级、级别；石级、拾级。

汲：jí,汲水、汲取。

吸：xī,呼吸、吮吸、吸纳、吸附。

执：zhí,固执、争执；执笔、执意、执着；回执。

蛰：zhé,蛰伏、蛰居、惊蛰。

絷：zhí,捆缚；拘禁,絷拘。

翕：xī,翕动、翕张、翕然。

熠：光耀、鲜明、熠熠。

褶：dié,夹衣。
xí,传统戏服,褶子。

zhě,褶皱。

霫：xí,雨貌,霫霫。

湿：shī,潮湿、润湿、风湿、濡湿、沾湿、湿地、淋湿。

涩：不滑润、不通畅,生涩、苦涩、羞涩、晦涩、生涩、干涩、艰涩、涩滞。

集：jí,汇集、专集、选集、别集、文集、结集、搜集、凝集、云集、调集；赶集。

急：jí,救急、应急、着急、危急、告急、缓急、急促、急流。

入：投入、进入、纳入、陷入、收入、入冬、入时。

习：xí,学习、温习、补习；积习、恶习、陋习、习俗。

袭：xí,突袭、偷袭、空袭、夜袭、袭击；抄袭、沿袭、世袭、承袭、因袭。

隰：xí,低湿之地；新垦之田。

【十五合】

合：hé,符合、撮合、契合、缝合、貌合、吻合、组合、聚合、暗合、合拢、合璧。
gě,量词,十合为一升。

蛤：gé,蛤蚧、蛤蜊。
há,蛤蟆。

鸽：gē，鸽子、信鸽、白鸽、家鸽。

颌：hé，又读 gé，上颌、下颌。

塔：宝塔、佛塔、古塔、灯塔、双塔、登塔、塔楼；松塔。

搭：dā，勾搭、混搭、配搭、白搭；搭桥；搭车、搭伴。

褡：dā，褡裢。

嗒：tà，嗒然、嗒丧。
　　dā，拟声词，嗒嗒。

答：dá，问答、回答、答辩、答谢。
　　dā，答应、搭理。

盒：hé，食盒、果盒、粉盒、墨盒、盒子。

盍：hé，何不。

溘：突然，溘然。

嗑：kè，咬开。
　　hé，噬嗑，易卦名。

榼：kē，酒具。

瞌：kē，欲睡貌，瞌睡。

阖：hé，总、全、阖家、阖府；关闭，阖户。

塌：tā，倒塌、坍塌、崩塌、塌陷；塌秧。

蹋：踢、踩、踏。

榻：竹榻、卧榻、床榻、下榻。

遢：tā，邋遢。

邋：lā，邋遢。

逮：dài，及，未逮诛讨。
　　tà，同"沓"，杂逮（杂沓）。

拉：lā，牵拉、趿拉、拉杂、拉拢。
　　lá，割。
　　lǎ，半拉。

垃：lā，垃圾。

纳：吐纳、收纳、接纳、容纳、采纳、缴纳、纳税；纳鞋底。

衲：补缀，百衲衣；老衲、贫衲。

沓：tà，杂沓、拖沓、纷至沓来。
　　dá，量词，一沓钞票。

踏：tà，践踏、踢踏、踏步、踏青、踏歌。
　　tā，踏实。

趿：tā，趿拉。

鞡：靰鞡鞋，小儿鞋；举，慢鞡轻裙。

飒：飒爽、飒然、飒飒。

杂：zá，复杂、夹杂、错杂、芜杂、繁杂、嘈杂、闲杂、冗杂、杂感、杂家、杂记。

匝：zā，圈，绕树三匝；遍、满，匝地、匝月。

漯：luò，漯河（河南）。
　　tà，漯河（山东）、又称漯水。

卅：三十。

耷：dā，大耳朵。

【十六叶】

叶：yè，枝叶、绿叶、霜叶、落叶、枫

叶、茶叶；世纪中叶。
xié,和洽、叶韵、叶洽。

帖：tiè,碑帖、法帖、字帖、临帖。
tiě,请帖、庚帖、喜帖、回帖。
tiē,服帖、妥帖。

贴：tiē,粘贴、剪贴、张贴；补贴、津贴；贴切、贴心。

谍：dié,谍报、间谍。

堞：dié,城堞、雉堞。

牒：dié,通牒、度牒；谱牒、史牒。

蝶：dié,蝴蝶、蜂蝶、粉蝶、舞蝶、化蝶、梦蝶、扑蝶。

蹀：dié,顿足,蹀躞、蹀血(喋血)。

鲽：dié,比目鱼。

屟：木屐。

偞：jié,偞妤(婕妤)。

捷：jié,敏捷、便捷、轻捷、迅捷、捷径；捷报、大捷、告捷、报捷、祝捷。

婕：jié,婕妤。

睫：jié,眉睫、垂睫、目不交睫。

荚：jiá,豆荚、皂荚、榆荚。

侠：xiá,行侠、武侠、豪侠、剑侠、大侠、侠客、侠义。

挟：xié,要挟、裹挟、挟制、挟嫌。
jiā,挟带、挟藏。

浃：jiā,透、遍及,汗流浃背。

铗：jiá,剑,长铗。

蛱：jiá,蛱蝶。

颊：jiá,面颊、腮颊、两颊。

页：书页、扉页、册页、插页、活页。

惬：快意、满足,惬意、惬怀。

箧：小箱子,书箧、藤箧。

晔：光、光辉灿烂、盛貌,晔晔、晔煜。

烨：火光、日光、光盛,烨烨。

聂：附耳私语。

摄：拍摄、摄影、摄取、摄政。

嗫：嗫嚅。

灄：筏,浮灄；水名,灄水。

慑：威慑、震慑、慑服。

镊：镊子。

蹑：蹑足、蹑手蹑脚。

猎：猎狗。

躐：践踏；逾越。

躞：蹀躞。

燮：调和,燮理、调燮。

妾：偏房、妻妾、姬妾、侍妾、小妾；旧时女子谦称自己,贱妾。

接：jiē,连接、衔接、承接、嫁接、间接、迎接、接触、接近、接待、接任。

捻：捻线、捻子、捻军。又读 niē。

馌：往田里送饭,春馌、其妻馌之。

叠：dié,重叠、层叠、堆叠、折叠。

氎：dié，细棉布，锦氎、白氎、香氎。

涉：交涉、远涉、跋涉；牵涉、无涉、涉及、涉猎。

协：xié，妥协、政协、作协、协调、协力、协助。

勰：xié，协和。

靥：酒窝，笑靥、酒靥。

辄：zhé，就、总是，浅尝辄止。

猎：涉猎；打猎、狩猎、围猎、田猎、游猎、渔猎、猎取、猎户、猎犬；猎猎。

慑：zhé，惧怕，恐惧，慑服、慑惧。

【十七洽】

洽：融洽、和洽；商洽、接洽、面洽、洽谈。

恰：恰恰、恰巧、恰当、不恰。

祫：xiá，合祭祖先。

袷：jiá，夹衣，绣袷、锦袷。
另 jié，交叠于胸前的衣领。
qiā，袷袢。

夹：jiā，夹子、夹板、夹缝、夹带。
jiá，夹衣、夹袄。

狭：xiá，偏狭、狭小、狭隘。

峡：xiá，海峡、山峡、三峡、峡谷。

硖：xiá，山峡。

郏：jiá，郏县，地名。

法：方法、兵法、国法、宗法、佛法、王法、枉法、斗法。

怯：胆怯、露怯、怯懦、怯场。

劫：jié，打劫、洗劫、浩劫、万劫、劫数、劫持。

蝍：jié，石蝍。

胁：xié，威胁、胁持、胁从、胁迫；胸胁、两胁。

押：yā，抵押、关押、羁押；押韵。

狎：xiá，狎昵、狎妓。

呷：xiā，吸而饮。
gā，拟声词，鸭叫声、众声、笑声。

胛：肩胛骨。

柙：xiá，关兽的木笼，也指囚笼；匣、柜。

鸭：yā，野鸭、填鸭、烤鸭、板鸭、鸭绒。

匣：xiá，木匣、铁匣、剑匣、玉匣；话匣。

闸：zhá，旧读 yà，船闸、车闸、水闸、铁闸、开闸、闸门。

业：职业、家业、大业、创业、守业、授业、课业、实业、事业、失业、业绩。

邺：地名，邺县。

插:chā,安插、穿插、扦插、插秧、插手、插队、插图。

锸:chā,锹;长针。

歃:歃血为盟。

乏:fá,疲乏、困乏、劳乏、匮乏、道乏、歉乏、解乏;缺乏、不乏、贫乏、乏味。

眨:眨眼、一眨。

压:yā,镇压、欺压、压迫;碾压、按压、挤压、压碎;积压;压境、压岁。
yà,压根儿。

掐:qiā,手拿把掐、掐花、掐算、掐头去尾。

札:zhā,刺,札青;驻札(驻扎)。
zhá,札子、札记(札记)。

双韵字注

一、上平声

【一东】

[中]：中间、内里、胸中、心中、山中、洞中、雨中、镜中、梦中。另见送韵。

[冲]：冲义。横冲、缓冲、冲洗、冲克；山间平地，韶山冲；水冲冲、气冲冲。另见冬韵。

[衷]：内心、正中，初衷、苦衷、由衷。另见送韵。

[种]：姓。另见肿韵、宋韵。

[空]：中无所有，碧空、长空、星空、凌空、落空、虚空、皆空、空想、空洞。另见董韵、送韵。

[悾]：悾侗，蒙昧无知。另见董韵。

[崆]：无所有也。另见江韵。

[笼]：牢笼、纱笼、竹笼、樊笼、鸟笼。另见董韵。

[砻]：磨砺；农具。送韵同。

[庞]：lóng，充实、强壮。另见江韵。

[矇]：目失明、愚昧无知，矇瞍、矇昧。董韵同。

[幪]：巾，帡幪、幪巾；覆盖，幪香帕。送韵同，另见董韵。

[鲖]：鱼名。另见肿韵。

[恫]：病痛。另见送韵。

[侗]：无知也。另见董韵。

[同]：共同、相同、雷同、伴同、偕同、协同、苟同、同仁、同步。另见送韵。

[衕]：旧亦读 tóng，街道、通街，衚衕（胡同）。送韵同。

[瞢]：目不明也。另见蒸韵、送韵。

[懜]：无知貌，懜然无知。另见董韵。

[梦]：不明也，形容昏愦，梦梦。另见送韵。

[冯]：féng，姓。另见蒸韵。

[洚]：又读 jiàng，大水泛滥，洚水。江韵、绛韵同。

[虹]：又读 jiàng，虹霓、彩虹；虹

膜;虹桥。绛韵同。

[总]:缝合。另见董韵。

[逢]:péng,鼓声,逢逢。另见冬韵。

[艟]:战船,艨艟。冬韵同,另见绛韵。

[丰]:本韵豐义,国丰、民丰、年丰、物丰、丰盛、丰满、丰收。另见冬韵。

[哄]:哄笑、哄然。另见送韵、绛韵。

【二冬】

[冲]:衝义。横冲、冲击、冲撞、冲突。
今又读 chòng,对着、面向,冲着、冲南;猛烈,冲劲儿、冲压。
另见东韵。

[重]:九重、千重、万重、几重、重复。另见肿韵、宋韵。

[憧]:意不定也,憧憧;憧憬。另见绛韵。

[幢]:chōng,陷阵车。
tóng,木名。
另见江韵。

[艟]:战船,艨艟。东韵同,另见绛韵。

[从]:cóng,跟随的人,从属的,仆从、随从、跟从;顺也,顺从、从容(旧读 cōng róng)。另见宋韵。

[纵]:旧读 zōng,与横相对,纵横、纵队、纵深。另见宋韵。

[逢]:féng,遇也,相逢、初逢、恰逢、欣逢、重逢、巧逢。另见东韵。

[缝]:缝补。另见宋韵。

[茸]:茸毛、茸茸、鹿茸。另见肿韵。

[供]:供给、供应、供养。另见宋韵。

[淙]:水流声,淙淙;流水,悬淙(即瀑布)。江韵同,另见绛韵。

[溶]:可溶、溶化、溶解;水盛貌,溶溶。肿韵同。

[汹]:水势,汹汹、汹涌。肿韵同。

[喁]:yóng,鱼口向上露出水面,喁喁;义声相和。另见虞韵。

[雍]:和谐,雍容。另见宋韵。

[壅]:塞也,壅塞、壅蔽。肿韵同。

[凇]:水气凝成的冰花,雾凇、雨凇。送韵同。

[跫]:脚步声。江韵同。

[丰]:美好的容貌和姿态,丰满、

丰腴、丰盈。另见东韵。

[封]：尘封、冰封、密封、查封、信封、封爵。宋韵同。

[葑]：菜名。另见宋韵。

【三江】

[降]：降伏、投降、受降、纳降、诱降。另见绛韵。

[洚]：又读 jiàng，大水泛滥，洚水。东韵、绛韵同。

[庞]：páng，高大；姓。另见东韵。

[撞]：口语亦读 chuáng。绛韵同。

[幢]：旌幢、佛幢。另见绛韵。

[橦]：chuáng，竿，帐柱。另见冬韵。

[淙]：水流声，淙淙；流水，悬淙（即瀑布）。冬韵同，另见绛韵。

[悾]：诚恳。另见东韵。

[𢏚]：冬韵同。

【四支】

[吹]：嘘也；吹奏。另见寘韵。

[嚏]：嚏嘻。另见卦韵。

[遗]：亡也，余也，陈迹，便溺，遗容、遗物、拾遗、补遗、遗尿。另见寘韵。

[迟]：chí，缓也，迟缓、延迟、推迟、

不迟；迟钝。另见寘韵。

[迤]：逶迤。另见纸韵。

[弛]：又读 shǐ，一张一弛、弛缓。纸韵同。

[施]：设施、实施、措施、施与。另见寘韵。

[匜]：盥器。纸韵同。

[医]：神医、太医、中医、御医、庸医、良医、医疗、讳疾忌医。另见霁韵。

[累]：捆绑、绳索，累赘、累累。另见纸韵、寘韵。

[锤]：秤锤、铁锤、铜锤、千锤百炼、锤子，锤击。寘韵同。

[箠]：马策也、杖也。纸韵同。

[委]：委蛇。另见纸韵。

[倭]：wēi，顺貌。另见歌韵。

[仔]：又读 zǐ，仔肩。纸韵同。

[孳]：孳乳。另见寘韵。

[比]：pí，皋比。另见纸韵、寘韵。

[仳]：仳佳，古丑女。另见纸韵。

[伎]：通"跂"，伎伎。另见纸韵。

[偲]：sī，偲偲。另见灰韵。

[思]：sī，思想、思考、思念。另见灰韵、寘韵。

[尼]：僧尼。另见质韵。

[居]：jī，语助词。另见鱼韵。

双韵字注 183

[丽]：丽水、高丽。另见霁韵。
[鹂]：黄鹂。齐韵同。
[骊]：马深黑色。齐韵同。
[釃]：shī，又读 shāi，斟酒、滤酒、釃酒。纸韵同。
[台]：yí，我也。另见灰韵。
[治]：zhì。寘韵同。
[眙]：地名，盱眙。另见寘韵。
[睢]：恣睢；仰视貌；地名。另见寘韵。
[推]：类推、手推、首推、互推、推动、推翻。灰韵同。
[唯]：唯一、唯独、唯恐、唯我独尊。另见纸韵。
[差]：cī，参差。另见佳韵、麻韵、祃韵。
[嵯]：cī，参嵯，同参差。另见歌韵。
[氏]：月氏、阏氏。另见纸韵。
[坻]：水中小洲。另见纸韵、荠韵。
[椅]：木名，又称山桐子。另见纸韵。
[锜]：釜也。纸韵同。
[剞]：雕刻弯刀。纸韵同。
[骑]：两腿跨坐，骑马。另见寘韵。

[踦]：一只脚，脚跛，行不便。另见纸韵。
[剂]：jì，古买卖时的契券，约剂。另见霁韵。
[荠]：qí，荸荠。
jì，又读 cí，荠，蒺藜也。另见荠韵。
[蓰]：xǐ，五倍。纸韵同。
[莳]：植物名，莳萝。另见寘韵。
[蕲]：一种香草；祈求；地名。另见文韵。
[觶]：又读 zhī，古酒器。寘韵同。
[槌]：棒槌、蚕槌。寘韵同。
[椑]：bēi，木名。另见齐韵。
[庳]：bēi，又读 bǐ，今读 bì，低洼矮。纸韵同，另见寘韵。
[靡]：靡散。另见纸韵。
[氂]：lí，通"厘"；又读 máo，牦牛。另见豪韵。
[犛]：牦牛。肴韵同。
[訾]：同"赀"，计量，不訾。另见纸韵。
[觜]：猫头鹰头上角毛；星宿名。另见纸韵。
[堕]：huī，同"隳"，毁坏。另见哿韵。
[机]：木名，机木。纸韵同，另见

[饥]：忍饥、腹饥、充饥、饥饿、饥馑、饥荒、饥寒。微韵同。
[蛇]：yí，委蛇。另见麻韵。
[蟕]：大龟。齐韵同。
[蠡]：瓠勺，管窥蠡测。齐韵同，另见荠韵。
[其]：qí，代词；
jī，语气词，表疑问语气。另见寘韵。
[澌]：sī，冰索。另见齐韵、寘韵。
[涯]：水际，天涯、生涯、无涯、涯际。佳韵、麻韵同。
[为]：有为、无为、作为、敢为、甘为、行为。另见寘韵。
[陂]：bēi，池塘、水边、山坡，陂塘、陂池。另见歌韵、寘韵。
[离]：lí，分离、别离、背离、流离、支离、剥离、迷离、离离。另见霁韵。
[璃]：玻璃、琉璃。齐韵同。
[龟]：guī，神龟、乌龟、海龟、金龟、灵龟。另见尤韵。
[司]：上司、官司、司机、司仪。另见寘韵。
[嶷]：山名，九嶷山。另见职韵。
[馗]：同"逵"，道路；钟馗。另见尤韵。

[黧]：黑色，黧黑。齐韵同。
[提]：shí，群飞貌。另见齐韵。
[戏]：hū，於戏；
又 huī，同"麾"，戏下。另见寘韵。
[褫]：chǐ，纸韵同。
[寅]：同夤，寅时。真韵同。

【五微】

[菲]：花草香美，芳菲、菲菲。另见尾韵。
[诽]：fěi，尾韵、未韵同。
[蜚]：蜚声、蜚语。另见尾韵。
[痱]：féi，病也，风痱。另见未韵。
[欷]：歔欷。未韵同。
[豨]：猪。尾韵同。
[几]：几乎、庶几。另见纸韵、尾韵。
[机]：機义。机器、机关；机会、机缘、机不可失；日理万机。另见支韵、纸韵。
[饥]：忍饥、腹饥、充饥、饥饿、饥馑、饥荒、饥寒。支韵同。
[衣]：衣裳、衣饰、棉衣、蓑衣、锦衣、糖衣、笋衣。另见未韵。
[俟]：万俟，姓。另见纸韵。

【六鱼】

[居]：jū，处于，居住。另见支韵。

[据]：拮据。另见御韵。

[椐]：木名。御韵同。

[屠]：屠苏；浮屠；屠户、屠夫、屠刀、屠杀、屠宰、屠戮、屠城。虞韵同。

[予]：我也。另见语韵。

[纾]：解除，毁家纾难；延缓；宽裕。语韵同。

[且]：jū，语助词，相当于"啊"，狂童之狂也且。另见马韵。

[苴]：jū，苴麻，鞋底草。另见麻韵、语韵。

[沮]：水名；
又 jǔ，止也，沮遏、沮其成行；败坏，沮丧。
另见语韵、御韵。

[狙]：猕猴。御韵同。

[咀]：jū。语韵同。

[如]：如果、如何、如意、假如、何如、不如、犹如、恰如、恍如。御韵同。

[茹]：蔬菜；根相牵连；食也，茹素、含辛茹苦；猜度。语韵、御韵同。

[洳]：rù，兽名。另见御韵。

[於]：yū，姓；
又 yú，同"于"。另见虞韵。

[淤]：河淤、沟淤、淤泥、淤塞、淤滞、血淤。御韵同。

[龉]：yǔ。虞韵、语韵同。

[衙]：yú，行貌，衙衙。语韵同，另见麻韵。

[嘘]：呼气，吸气，叹息，嘘气；吹嘘、嘘寒问暖。御韵同。

[醵]：jù。御韵、药韵同。

[车]：舟车、汽车、风车、缆车、登车、赶车、兵车、战车；姓。麻韵同。

[誉]：yù。御韵同。

[疏]：稀疏、荒疏、萧疏、亲疏、齿疏；疏理。另见御韵。

[除]：去除、铲除、摈除、根除、戒除、解除；殿陛也。另见御韵。

[与]：yú，语气词，同"欤"。另见语韵、御韵。

[欤]：语气词。语韵、御韵同。

[畬]：yú，新畬、耕畬。另见麻韵。

[胠]：腋下；古军右翼为胠；从旁打开，胠箧（指偷窃）。御韵同。

[躇]：踌躇。另见药韵。

[湑]：xǔ，旧又读 xū，滤过的酒，引

申为清,尔酒既湑;茂盛,其叶湑兮;形容露水,零露湑兮。语韵同。

[糈]:xǔ。语韵同。

【七虞】

[区]:qū,区别;地区、战区、城区、郊区、禁区、灾区、老区;区区。另见尤韵。

[呕]:xū,和悦。另见尤韵、有韵。

[驱]:驱逐、先驱、直驱、驰驱、长驱直入。遇韵同。

[娄]:lú,牵也、曳也。另见尤韵。

[溇]:lǚ,雨不绝貌,溇溇。虞韵同,另见尤韵、有韵。

[镂]:lú,属镂,剑名。另见宥韵。

[蒌]:蒌蒿。尤韵、虞韵同。

[芋]:yǔ,旧读 xū,又读 hū,覆盖。另见遇韵。

[菀]:於菀。另见遇韵。

[莆]:水草,通"蒲";地名,莆田。另见虞韵。

[铺]:把东西展开,铺平、铺陈、铺垫、铺张、铺设。另见遇韵。

[酺]:聚会饮酒,酺宴。遇韵同。

[酤]:酒,宿酒、清酒、薄酒;同"沽",买酒、卖酒。另见虞

韵、遇韵。

[俞]:yú,表示允许,俞允。另见遇韵。

[揄]:yú,揄扬;揶揄。另见尤韵。

[愉]:通"愉",愉快。另见遇韵。

[输]:运输、灌输;输赢、认输、服输。遇韵同。

[愈]:yù。虞韵同。

[龉]:yǔ。鱼韵、语韵同。

[喁]:yú,声相呼也,喁喁。另见冬韵。

[呱]:gū,小儿啼声,呱呱。另见麻韵。

[瓠]:旧读 hú。遇韵同。

[劬]:qú,鞋头装饰。另见尤韵、遇韵、宥韵。

[岣]:gǒu。有韵同。

[枹]:fú,同"桴",鼓槌也。尤韵同、另见肴韵。

[罦]:捕鸟网。尤韵同。

[桴]:小筏子。另见尤韵。

[污]:wū,泥污、玷污、纳污、贪污、去污、同流合污、污浊。遇韵同、另见麻韵。

[涂]:泥也、污也;涂炭、糊涂。另见麻韵。

[屠]:屠苏;浮屠;屠户、屠夫、屠刀、屠杀、屠宰、屠戮、屠城

［瞿］：姓；又兵器，执瞿。另见遇韵。

［诹］：谋也。另见尤韵。

［裯］：chóu，床帐。另见豪韵、尤韵。

［膜］：膜拜。另见药韵。

［瓿］：bù。有韵同。

［於］：wū，於戏，同呜呼；又yú，同"于"。另见鱼韵。

［帤］：nú，通"孥"；又tǎng，养韵同。

［麌］：yǔ，牡鹿。另见虞韵。

［懦］：nuò。箇韵同。

［恶］：疑问代词，恶许。另见遇韵、药韵。

［闍］：城门上的台。另见麻韵。

［庑］：wú，草木茂盛。另见虞韵。

［跗］：脚背；花萼房。遇韵同。

【八齐】

［齐］：整齐、补齐、看齐、心齐、聚齐、不齐。另见霁韵。

［挤］：jǐ。荠韵、霁韵同。

［提］：tí，手提、前提、别提、孩提、菩提、提笔、提携。另见支韵。

［缇］：橘红色。荠韵同。

［醍］：醍醐、醍醐灌顶。另见荠韵。

［题］：题目、标题、话题、课题、破题、试题、问题、点题；题字。另见霁韵。

［骊］：马深黑色。支韵同。

［鹂］：黄鹂。支韵同。

［鹈］：又读guī，通"规"，轮一周也；鸟名，即子规。另见纸韵。

［蠵］：大龟也。支韵同。

［徯］：等待；又同"蹊"。荠韵同。

［氐］：古族名；二十八宿之一，氐宿。另见荠韵。

［诋］：dǐ。荠韵同。

［批］：批示、批文、批评、审批、横批、眉批、朱批；批次、一批、首批、每批、成批；手击也，批颊。另见屑韵。

［蠡］：瓠勺，管窥蠡测。支韵同，另见荠韵。

［黧］：黑色，黧黑。支韵同。

［妻］：夫妻、贤妻、爱妻、正妻、妻子。另见霁韵。

［璃］：玻璃、琉璃。支韵同。

［泥］：泥土、泥淖、春泥、烂泥、衔泥；果泥、枣泥。另见荠韵、霁韵。

[缔]:dì。霁韵同。

[霓]:云霓、虹霓、霓裳曲。屑韵、锡韵同。

[澌]:xī,又读sī,声音沙哑。另见支韵、寘韵。

[椑]:pí,古酒器。另见支韵。

[稽]:稽查、稽考、无稽;稽留、稽延、滑稽。另见荠韵。

【九佳】

[娲]:女娲。麻韵同。

[蜗]:蜗牛、蜗居。麻韵同。

[娃]:小孩,娃娃、女娃、男娃、胖娃、泥娃。麻韵同。

[哇]:小儿哭声,呕吐声,形容声音靡曼。麻韵同。

[蛙]:青蛙、牛蛙、群蛙、井蛙、蛙鸣、蛙泳。麻韵同。

[洼]:低洼、水洼、坑洼、洼地。麻韵同。

[涯]:水际,天涯、生涯、无涯、涯际。支韵、麻韵同。

[柴]:木柴、火柴、拾柴、砍柴、如柴、柴草。另见寘韵。

[差]:chāi,使也,选差、官差、当差、公差、出差、交差、邮差、美差、差遣。另见支韵、麻韵、祃韵。

[楷]:木名。另见蟹韵。

[槐]:木名,古槐、洋槐、刺槐、指桑骂槐、槐荫。灰韵同。

[荄]:草根,根荄、春荄。灰韵同。

【十灰】

[思]:sāi,于思,胡须多貌。另见支韵、寘韵。

[偲]:cāi,有才能,其人美且偲。另见支韵。

[傀]:大也;怪异。另见纸韵、贿韵。

[隗]:姓。另见贿韵。

[槐]:木名,古槐、洋槐、刺槐、指桑骂槐、槐荫。佳韵同。

[嵬]:高大耸立。嵬然、嵬嵬、贿韵同。

[裁]:裁衣、剪裁、套裁、体裁、别裁、仲裁、总裁、制裁、独裁。另见队韵。

[栽]:栽种、盆栽、移栽、分栽、倒栽;栽赃。另见队韵。

[台]:tái,登台、讲台、戏台、瑶台、晒台、拆台;兄台、台甫。另见支韵。

[骀]:劣马。另见贿韵。

[推]:类推;手推、首推、互推、推动、推翻。支韵同。

[悝]：嘲笑、诙谐；又病也。另见纸韵。

[培]：栽培、培养、培育。另见有韵。

[欸]：叹也、应也。另见贿韵。

[脢]：脊背肉，脢子肉。队韵同。

[能]：兽名，三足的鳖。另见蒸韵。

[荄]：草根，根荄、春荄。佳韵同。

[颏]：kē，下巴颏。另见贿韵。

[倈]：招倈。另见队韵。

[尵]：病也，尵尵。另见尾韵。

【十一真】

[嶙]：山高峻貌，嶙嶙、嶙峋。轸韵同。

[磷]：lín，磷磷烂烂、磷火、磷光。另见震韵。

[瞵]：瞪着眼睛看，鹰瞵鹗视。震韵同。

[溵]：yīn，通作"泅"。另见先韵。

[歅]：用于人名，九方歅。先韵同。

[甄]：甄别、甄选、甄审、甄录、甄陶。先韵同。

[振]：群飞貌，盛貌，信实而仁厚貌，振振。另见震韵。

[娠]：怀孕，妊娠。震韵同。

[抡]：lūn，抡拳、抡起。
lún，挑选、选拔，抡材、抡选、抡魁。
元韵同。

[纶]：lún，丝纶、锦纶、垂纶、纷纶。另见删韵。

[屯]：zhūn，艰难；卦名。另见元韵。

[纯]：chún，温纯、清纯、单纯、精纯、提纯、纯粹。另见元韵、先韵、轸韵。

[垠]：边际，无垠。文韵、元韵同。

[填]：chén，长久。另见先韵。

[囷]：圆形谷仓。轸韵同。

[麇]：jūn，獐子。另见文韵。

[亲]：双亲、嫡亲、相亲、成亲、娶亲、迎亲、探亲、思亲、躬亲、亲人、亲近、亲爱、亲自。另见震韵。

[竣]：jùn，退也、止也，竣工、功竣、告竣。先韵同。

[寅]：同寅、寅时。支韵同。

[谆]：谆谆，教诲不倦貌。另见震韵。

[惇]：敦厚、笃实，惇厚、惇惇。元韵同。

[狺]：狗叫声，狺狺。文韵同。

[泯]：mǐn，泯灭。另见轸韵。

[傧]：敬也,通"宾"。另见震韵。
[鄞]：鄞州,地名。文韵同。
[玞]：又读 jīn,似玉的美石。震韵同。
[疹]：zhěn。轸韵同。

【十二文】

[堇]：黏土。另见吻韵。
[鄞]：地名。真韵同。
[坟]：坟墓。另见吻韵。
[垠]：边际,无垠。真韵、元韵同。
[龈]：牙龈。另见阮韵。
[闻]：听见、嗅,见闻、听闻、新闻、未闻、闻到。另见问韵。
[分]：分开、分离、分解、分成;分秒。另见问韵。
[颁]：fén,头大貌。另见删韵。
[员]：yún,增加;助词,同"云"。另见先韵、问韵。
[贲]：fén,大也;三足龟。另见元韵、真韵。
[斤]：重量单位,斤两;斧头,斧斤。另见问韵。
[听]：yǐn,又读 yín,张口笑貌,吻韵同。另见青韵、径韵。
[殷]：yīn,盛大、众也,殷富、殷勤。另见删韵、吻韵。
[缊]：yūn,细缊。另见元韵、

问韵。
[麇]：qún,成群,麇集。另见真韵。
[狺]：狗叫声,狺狺。真韵同。
[蕲]：草也。另见支韵。

【十三元】

[屯]：tún,聚集、储存,屯聚、屯粮、屯兵;村庄,村屯、小屯。另见真韵。
[纯]：tún,包裹;布帛之一段。另见真韵、先韵、轸韵。
[囤]：tún,储存,囤货、囤粮、囤积。另见阮韵。
[圈]：quān,屈木也,同"棬";圆圈、套圈、圈地、圈点。另见阮韵、愿韵。
[溷]：hùn,郁热貌。另见愿韵。
[论]：论语。另见愿韵。
[抡]：lūn,抡拳、抡起。
lún,挑选、选拔,抡材、抡选、抡魁。
真韵同。
[潺]：水流貌,潺潺。删韵、先韵同。
[媛]：婵媛。另见愿韵、霰韵。
[援]：援引;援笔。另见霰韵。

[闷]：闷热；闷头。另见愿韵。

[怨]：yuàn。愿韵同。

[眢]：眼枯不明；井枯无水，眢井。寒韵同。

[宛]：大宛、宛县。另见阮韵。

[蜿]：又读 wǎn，蜿蜒、蜿蟺。阮韵同。

[奔]：奔跑、奔腾、奔放、奔涌、狂奔、逃奔。另见愿韵。

[贲]：bēn，勇士，虎贲。另见文韵、真韵。

[喷]：喷气、喷饭、喷薄、喷吐、井喷、乱喷。另见愿韵。

[洹]：水名，洹河。寒韵同。

[貆]：貉类。寒韵同。

[緼]：wēn，赤黄色。另见文韵、问韵。

[薀]：水草，薀藻。另见吻韵、问韵。

[蕴]：通"薀"，水草，蕴藻。另见吻韵、问韵。

[繁]：fán，多、盛、杂，繁茂、允繁、频繁、纷繁、浩繁、删繁就简。另见寒韵。

[敦]：dūn，厚也，敦厚、敦实、敦请、敦促；姓。另见寒韵、队韵、愿韵。

[惇]：敦厚、笃实、惇厚、惇惇。真

韵同。

[反]：今读 fǎn，翻案，平反。另见阮韵。

[番]：fān，前番，轮番、翻番、几番、数番。另见歌韵。

[垠]：边际，无垠。真韵、文韵同。

[甗]：yǎn。铣韵、霰韵同。

[犍]：jiān。另见先韵。

[羱]：羱羊。寒韵同。

[阮]：yuán，地名。另见阮韵。

【十四寒】

[单]：dān，孤单，简单、单账、传单、床单、单一、单骑、单衣。另见先韵、霰韵。

[弹]：评弹、吹弹、轻弹、重弹、弹拨；弹劾；弹性。另见翰韵。

[瘅]：热症。另见哿韵、简韵。

[曼]：曼曼，又读 màn。另见愿韵。

[蔓]：蔓菁，即芜菁。另见愿韵。

[谩]：欺骗、蒙蔽，相谩。另见翰韵、谏韵。

[墁]：màn。翰韵同。

[漫]：又读 mán，弥漫、漫漫。翰韵同。

[镘]：màn。翰韵同。

[难]：艰难、困难、犯难、为难、万

难、难过、难堪。另见翰韵。

[滩]：沙滩、河滩、海滩、险滩、浅滩、暗滩。翰韵同。

[谰]：诬言也,谰言。翰韵同。

[澜]：波澜、微澜、狂澜、安澜、推波助澜。翰韵同。

[洹]：水名,洹河。元韵同。

[狟]：貙类。元韵同。

[乾]："干"(gān)的繁体。另见先韵。

[干]：烘干、吹干、阴干、肉干、干涸;包干;阑干。另见翰韵。

[汗]：可汗。另见翰韵。

[奸]：gān,犯、扰乱;请求。另见删韵。

[叹]：tàn。翰韵同。

[观]：美观、壮观、乐观、仰观、宏观、旁观、静观。另见翰韵。

[翰]：hàn。翰韵同。

[看]：守护,看护、看门、看家、看守、看青。另见翰韵。

[冠]：花冠、鸡冠、衣冠、树冠、凤冠、王冠、免冠、冲冠、弹冠。另见翰韵。

[钻]：钻营、钻研;钻孔、钻探。另见翰韵。

[羱]：羱羊。元韵同。

[胖]：大、安泰舒适,体胖、心广体胖。另见翰韵。

[弁]：快乐。另见霰韵。

[莞]：guān,一种编席草。另见潸韵。

[坛]：壇义,天坛、花坛、诗坛、文坛、论坛、讲坛。另见覃韵。

[般]：pán,般乐。
bō,般若。另见删韵。

[敦]：tuán,聚也。另见元韵、队韵、愿韵。

[繁]：pán,马腹带。另见元韵。

[瞽]：眼枯不明;井枯无水,瞽井。元韵同。

[奱]：美好貌,婉奱、奱兮。铣韵同。

[攒]：cuán,攒钱、攒集;人头攒动。另见翰韵。

[揣]：tuán,积聚貌。
另chuāi,怀揣。
另见纸韵、哿韵。

【十五删】

[孱]：瘦弱,懦弱,孱弱。
又读càn,义同,孱头。先韵同。

[潺]：水流貌,潺潺、潺湲。先韵同。

[般]：bān,这般、百般、般配、般师、般般。另见寒韵。

[殷]：yān，赤黑色，殷红。另见文韵、吻韵。
[湲]：水流貌，潺湲。元韵、先韵同。
[潸]：泪流貌，潸然、潸潸。潸韵同。
[间]：中间、晚间、人间、民间、田间、空间、世间。另见谏韵。
[纶]：guān，纶巾。另见真韵。
[擐]：huàn，又读 guān，穿，擐甲胄。谏韵同。
[讪]：shàn。谏韵同。
[患]：huàn。谏韵同。
[颁]：bān，荣颁、部颁、颁发、颁奖、颁布、颁行。另见文韵。
[奸]：jiān，邪恶、诈伪，奸猾、奸诈、奸商、奸臣；犯淫、私通，通奸、奸淫。另见寒韵。

二、下平声

【一先】

[先]：争先、领先、抢先、占先、优先、先后、先天、先生、先声。霰韵同。
[佃]：耕作，打猎。另见霰韵。
[钿]：花钿、金钿、宝钿、翠钿。霰韵同。
[单]：chán，单于。另见寒韵、霰韵。
[禅]：参禅、坐禅、悟禅、禅院、禅师。另见霰韵。
[鄏]：地名。阮韵同。
[鲜]：新鲜、时鲜、光鲜、海鲜、尝鲜、鲜花。另见铣韵。
[湮]：yān，壅塞、埋没，湮灭、湮没。另见真韵。
[甄]：甄别、甄选、甄审、甄录、甄陶。真韵同。
[歂]：用于人名，九方歂。真韵同。
[犍]：qiān，地名。另见元韵。
[键]：jiàn。铣韵、愿韵同。
[旋]：周旋、斡旋、凯旋、回旋、盘旋、螺旋、旋绕、旋即、旋律。另见霰韵。
[漩]：回旋的水流，漩涡。霰韵同。
[燕]：幽燕、燕山。另见霰韵。

［煎］：熬煎、烹煎、煎茶。另见霰韵。

［谝］：花言巧语，谝言。另见铣韵。

［扁］：扁舟。另见铣韵。

［扇］：通"煽"，扇动，亦作"煽动"。另见霰韵。

［煽］：又读 shàn，煽动、煽惑。煽风点火。霰韵同。

［纯］：quán，古计数单位，一双、一对。另见真韵、元韵、轸韵。

［缘］：边缘、机缘、姻缘、良缘、善缘、投缘、绝缘、缘分、缘由。另见霰韵。

［孱］：瘦弱、懦弱，孱弱。又读 càn，义同，孱头。删韵同。

［潺］：水流貌，潺潺、潺湲。删韵同。

［湲］：水流貌，潺湲。元韵、删韵同。

［浅］：浅浅，流水声。另见铣韵。

［溅］：水疾流貌，溅溅、水溅。另见霰韵。

［钱］：货币，金钱、铜钱、本钱、零钱、茶钱、赏钱、钱币；榆钱。另见铣韵。

［传］：传送、师传、嫡传、流传、谣传、相传。另见霰韵。

［便］：便宜、便佞、便便。另见霰韵。

［填］：tián，填塞、填充、填补、填鸭、填词；又鼓声。另见真韵。

［牵］：牵引、牵强、挂牵、情牵。另见霰韵。

［研］：研磨，研究、专研、精研。另见霰韵。

［员］：yuán，人员、官员、雇员、冗员、裁员、委员；幅员。另见文韵、问韵。

［穿］：穿衣、穿戴；穿凿；拆穿、刺穿、望穿。另见霰韵。

［咽］：yān，咽喉、咽喉要地。另见霰韵、屑韵。

［零］：lián，先零羌，古族名。另见青韵。

［平］：pián，治理、辨别，平平（与 píng píng 异）、平章（与 píng zhāng 异）。另见庚韵。

［卷］：卷卷，通"拳拳""惓惓"，忠诚恳切；零落貌。另见铣韵、霰韵。

［惓］：恳切貌，惓惓（同"拳拳"）。另见霰韵。

［蜎］：xuān，蜎蜎，虫蠕动貌。另

［搴］：拔取也，斩将搴旗；同"褰"。铣韵同。

［竣］：jùn，退也、止也，竣工、功竣、告竣。真韵同。

［纤］：qiàn，绳索、纤绳、拉纤。另见盐韵。

［缠］：缠绕、缠身、纠缠、难缠、牵缠、盘缠、腰缠、蛮缠；缠绵。霰韵同。

［阏］：yān，阏氏。另见月韵、曷韵。

［乾］：乾坤、乾卦。另见寒韵。

【二萧】

［肖］：衰微。另见啸韵。

［哨］：shào，口不正也。亦读 qiào，哨壶。另见啸韵。

［蛸］：xiāo，螵蛸。另见肴韵。

［摇］：动摇、扶摇、招摇、飘摇、地动山摇、摇荡、摇橹、摇篮。啸韵同。

［繇］：yáo，繇戍。另见尤韵、宥韵。

［鹞］：野鸡的一种，鹞雉。另见啸韵。

［佻］：轻佻、佻巧、佻薄。篠韵同。

［挑］：tiāo，挑剔、挑选、挑拣、挑礼；挑担、挑夫、肩挑。另见豪韵、篠韵。

［洮］：yáo，湖名，洮湖。另见豪韵。

［朓］：tiǎo。篠韵同，另见啸韵。

［铫］：锄具。另见啸韵。

［跳］：tiào。啸韵同。

［侥］：僬侥。另见篠韵。

［娆］：娇娆、妖娆。另见篠韵。

［桡］：ráo，桨。另见效韵。

［烧］：燃烧、焚烧；发烧、退烧；烧烤、烧饼。另见啸韵。

［娇］：柔嫩、宠爱、妩媚可爱，娇气、娇嫩、娇娆、娇羞、娇痴、娇小、娇儿、娇娘。篠韵同。

［峤］：又读 jiào，尖而高的山。啸韵同。

［轿］：jiào，肩舆也，古注音桥。啸韵同。

［僚］：同僚、官僚、臣僚、幕僚、属僚、同僚。另见篠韵。

［嘹］：嘹亮。啸韵同。

［潦］：liáo，水名，古潦水。另见豪韵、皓韵、号韵。

［燎］：燎原。另见篠韵。

［镣］：又读 liáo，纯美的银子；刑具，镣铐。啸韵同。

［鹩］：鹪鹩；鹩之别名。啸韵同。

[要]：要求、要挟、要约。另见啸韵。

[漂]：北漂、鱼漂、浮漂、漂浮、漂泊。另见啸韵。

[摽]：挥去,弃,摽剑而去。另见篠韵、啸韵。

[剽]：旧读 piào,劫也,剽剥、剽窃、剽袭;动作轻捷,剽悍。啸韵同。

[劭]：shào。啸韵同。

[标]：航标、路标、商标、锦标、夺标、标致、标题。另见篠韵。

[橇]：乘橇、雪橇、冰橇。屑韵同。

[夭]：草木茂盛,夭夭、夭矫、夭桃秾李。另见篠韵、皓韵。

[调]：tiáo,调和、调教、协调、谐调、失调、烹调、难调。另见尤韵、啸韵。

[徼]：jiāo,徼倖。另见啸韵。

[嚣]：xiāo,喧也,喧嚣、尘嚣、叫嚣、嚣张、甚嚣尘上。另见豪韵。

[髟]：biāo,长发下垂。尤韵同。另见咸韵。

[陶]：yáo,皋陶。另见豪韵。

[鲦]：游鲦、白鲦。尤韵同。

[料]：liào。啸韵同。

[僬]：僬侥,传说的矮人国。另见

啸韵。

[噍]：jiāo,噍杀。另见尤韵、啸韵。

[廖]：人名,伯廖;空旷,通"寥"。另见宥韵。

[蔗]：果名,蔗莓。另见篠韵。

【三肴】

[佼]：通"交",私佼。另见巧韵。

[咬]：鸟鸣声,咬咬。另见巧韵。

[姣]：美好,姣好、姣美。又读 xiáo,淫乱。另见巧韵。

[胶]：阿胶、如胶、漆胶、果胶、树胶、鱼胶、乳胶、橡胶、胶粘。效韵同。

[筊]：jiǎo。巧韵同。

[蛸]：shāo,蟏蛸。另见萧韵。

[鞘]：鞭梢。另见啸韵。

[郻]：qiāo,山名。另见皓韵、药韵。

[敲]：击也,敲打、频敲、乱敲、旁敲;推敲。效韵同。

[泡]：水泡子、泡沿;眼泡。另见效韵。

[枹]：bāo,木名。另见虞韵、尤韵。

[炮]：炮制、炮炼、炮烙。另见效韵。

［颮］：颮风、颮颮。觉韵同。
［刨］：刨土、刨坑；刨除；刨根问底。另见效韵。
［掊］：手掊、一掊。尤韵同,另见有韵。
［唠］：唠叨、唠噪。豪韵同。
［啁］：通"嘲",诙啁；又尤韵同。
［教］：使之为也,教书。另见效韵。
［犛］：牦牛。支韵同。
［謷］：謷謷。豪韵同。
［茭］：jiāo,秦茭。另见尤韵。
［鹠］：鸟名,鹠鹠。尤韵同。
［窌］：liáo,深空之貌。另见效韵、宥韵。
［钞］：银钞、宝钞、现钞、假钞、钞票；钞诗、钞引；同"抄"。效韵同。
［剿］：chāo,抄取,抄袭,剿说、剿袭（同"抄袭"）。另见篠韵。

【四豪】

［劳］：勤劳、操劳、辛劳、疲劳、耐劳、效劳、酬劳、徒劳；伯劳。另见号韵。
［涝］：lào,亦读láo,水名；大波。另见皓韵、号韵。

［唠］：唠叨、唠噪。肴韵同。
［骜］：又读áo,骏马,骏骜。另见号韵。
［謷］：謷謷。肴韵同。
［洮］：táo,盥洗；水名,洮河。另见萧韵。
［挑］：tāo,挑达,往来自由貌,后多用为轻薄义。另见萧韵、篠韵。
［挠］：不屈不挠；抓挠。巧韵同。
［裯］：dāo,短衣。另见虞韵、尤韵。
［绸］：绸子、绸缎、彩绸；绸缪。尤韵同。
［缲］：缲丝。另见皓韵。
［缫］：抽理蚕丝,同"缲"。另见皓韵。
［操］：持,拿,运用,操持、操心、操琴。另见号韵。
［号］：哭、喊叫,嗥号、悲号、呼号、怒号、哀号、号啕。另见号韵。
［陶］：táo,陶器、陶铸、土陶、彩陶。另见萧韵。
［膏］：脂膏、梨膏、软膏、民膏、膏腴；膏肓。另见号韵。
［氂］：máo,牦牛尾。另见支韵。

[囂]：喧也，萧韵同。
又 áo，通"敖、嗷"。与萧韵异。

[皋]：通"皋"。另见有韵。

[漕]：漕河、漕运、漕渡、漕船、漕粮。号韵同。

[潦]：liáo，又读 liǎo，潦倒、潦草。另见萧韵、皓韵、号韵。

[芼]：一种可食用的水草。另见号韵。

[梼]：táo，梼杌。另见尤韵。

[纛]：dào，又读 tāo。覆盖，同"帱（dào）"。另见号韵。

【五歌】

[茄]：qié，蔬菜，茄子、紫茄、圆茄、长茄。另见麻韵。

[枷]：农具，连枷；刑具，枷锁；衣架，桃架。麻韵同。

[迦]：释迦。另见麻韵。

[逻]：巡逻；逻辑。箇韵同。

[过]：古国名，姓。另见箇韵。

[瑳]：玉色鲜白貌，瑳瑳、巧笑之瑳。箇韵同。

[嵯]：cuó，嵯峨，另见支韵。

[磋]：切磋、磋商。箇韵同。

[瘥]：疫病。另见卦韵。

[峨]：嵯峨、巍峨、峨冠。箇韵同。

[硪]：高貌，同"峨"。另见箇韵。

[砢]：次玉之石；砢碜。另见箇韵。

[轲]：接轴车。另见箇韵、箇韵。

[荷]：荷花、荷叶、新荷、绿荷、残荷、风荷、采荷；荷包。另见箇韵。

[和]：平和、调和、温和、柔和、缓和、谦和、随和、谐和、和气。另见箇韵。

[磨]：研磨、琢磨、消磨、折磨、缠磨。另见箇韵。

[娑]：婆娑。另见箇韵。

[沱]：滂沱。另见箇韵。

[那]：姓；又读 nuó，多也，安也，何也。另见箇韵、箇韵。

[哪]：nuó，驱鬼之声，通"傩"。另见箇韵。

[颇]：偏、不正，偏颇。另见箇韵。

[拖]：倒拖、横拖、拖舟、拖动。箇韵同。

[傩]：行有节度；古时腊月除疫鬼的仪式。箇韵同。

[么]：什么、怎么。箇韵同。

[番]：bō，番番，勇武貌。另见元韵。

[驮]：用背负载，驮着、马驮、驮

运。另见箇韵。

[献]：读 suō,献豆、献鱒。另见愿韵。

[倭]：wō,旧称日本,倭寇。另见支韵。

[髁]：又读 kuà,髀骨也;骨端圆丘状的突起部分。马韵、箇韵同。

[陂]：pō,陂陀。另见支韵、寘韵。

【六麻】

[娃]：小孩,娃娃、女娃、男娃、胖娃、泥娃。佳韵同。

[哇]：小儿哭声,呕吐声,形容声音靡曼。佳韵同。

[洼]：低洼、水洼、坑洼、洼地。佳韵同。

[涯]：水际,天涯、生涯、无涯、涯际。支韵、佳韵同。

[蛙]：青蛙、牛蛙、群蛙、井蛙、蛙鸣、蛙泳。佳韵同。

[蛇]：shé,蟒蛇、毒蛇、白蛇、青蛇、灵蛇、斩蛇。另见支韵。

[蜗]：蜗牛、蜗居。佳韵同。

[娲]：女娲。佳韵同。

[茄]：jiā,荷茎;雪茄。另见歌韵。

[枷]：农具,连枷;刑具,枷锁;衣架,椸架。歌韵同。

[迦]：另见歌韵。

[衙]：yá,官衙、衙门、衙内。另见鱼韵、语韵。

[爹]：父也,爹爹、老爹、阿爹。哿韵同。

[哆]：chǐ,张口也。另见纸韵、哿韵、马韵。
另 duō,哆嗦。

[哑]：拟声词。另见马韵、陌韵。

[咤]：zhà。祃韵同。

[呱]：guā,呱呱、呱嗒、呱唧。另见虞韵。

[华]：风华、月华、春华、才华、芳华、韶华、浮华、奢华、豪华、繁华、华丽;华夏。另见祃韵。

[桦]：huà。祃韵同。

[杷]：枇杷。另见祃韵。

[畲]：shē,畲田。另见鱼韵。

[涂]：涂饰。另见虞韵。

[污]：wā,低陷;夸大。另见虞韵、遇韵。

[溠]：zhà,又读 zhā。祃韵同。

[差]：chā,择也,舛也,差别、差错、误差、时差、落差、偏差。另见支韵、佳韵、祃韵。

[车]：舟车、汽车、风车、缆车、登车、赶车、兵车、战车;姓。

鱼韵同。

[闍]：里门；又 shé，僧名、寺名。另见 虞韵。

[苴]：chá，水草。另见鱼韵、语韵。

[瘕]：jiǎ，马韵同。

[些]：一些、某些。另见箇韵。

[划]：划船、划子；划破；划算。另见陌韵。

【七阳】

[长]：短长、顾长、久长、伸长、漫长、悠长、冗长、擅长、专长、长处、长空、长远。另见养韵、漾韵。

[张]：张弛、张扬、开张、铺张、紧张、扩张、嚣张、乖张；纸张。另见漾韵。

[涨]：涨海。唐柳喜《日浴咸池赋》"照曬楼於圻岸，写蛟室於溟涨"，此处读 zhāng。另见养韵、漾韵。

[苍]：上苍、穹苍、苍苍、苍鹰、苍天、苍生。另见养韵。

[抢]：触、撞，抢地；又逆，同"戕"，抢风。另见养韵。

[枪]：qiāng，兵器，长枪、短枪、步枪、神枪、红缨枪。另见

庚韵。

[创]：创伤、重创；又通"疮"。另见漾韵。

[倘]：倘佯，同"徜徉"。另见养韵。

[趟]：tāng，趟地。另见庚韵、敬韵。

[行]：háng，列也、伍也，行列、双行、成行；行业、本行、外行。另见庚韵、漾韵、敬韵。

[桁]：háng，械也。另见庚韵、漾韵。

[桄]：桄榔。另见漾韵。

[防]：堤防、国防、城防、边防、消防、严防、设防、换防、防范。漾韵同。

[彷]：彷徨。另见养韵。

[妨]：妨碍、妨害、不妨、何妨、无妨。漾韵同。

[汤]：tāng，沸汤、热汤、菜汤、羹汤、面汤；商汤。
shāng，汤汤，水流大而急，浩浩汤汤。
另见漾韵。

[炀]：熔化金属。另见漾韵。

[砀]：dàng，地名。另见漾韵。

[飏]：轻飏。漾韵同。

[禳]：通"禳"，指求神消灾除病，

碟攘(碟襄)。另见养韵。

[穰]：禾茎的内包部分,草穰;丰收,丰穰,穰岁。另见养韵。

[将]：jiāng,将来、将要、即将、行将。
qiāng,愿、请,将进酒。
另见漾韵。

[蒋]：jiāng,植物名,茭白。另见养韵。

[亢]：今读háng,咽喉。另见漾韵。

[吭]：háng,喉咙,引吭。养韵、漾韵同。
另kēng,吭声。

[肮]：肮脏(āng zāng),不干净。另见养韵。

[颃]：háng,颉颃,鸟上下飞、不相上下。另见漾韵。

[当]：当面、相当、正当、承当、担当,敢当。另见漾韵。

[铛]：dāng,锒铛。另见庚韵。

[锽]：钟、钟声,锽锽;兵器名。庚韵同。

[凉]：凉风、凉爽、凄凉、苍凉、荒凉、乍凉、秋凉、风凉、乘凉。另见漾韵。

[泱]：泱泱。另见养韵。

[浪]：沧浪。另见漾韵。

[潢]：积水池。另见漾韵。

[王]：帝王、国王、霸王、君王、亲王、魔王、龙王、猴王、花王。另见漾韵。

[相]：互相、争相、相思、相迎。另见漾韵。

[忘]：又俗读wáng。漾韵同。

[望]：wàng。漾韵同。

[偿]：赔偿、追偿、清偿、补偿、无偿、偿债。漾韵同。

[倡]：歌舞艺人。另见漾韵。

[强]：坚强、刚强、富强、图强、顽强、逞强、自强、要强、列强。另见养韵。

[庆]：qìng。敬韵同。

[量]：丈量、度量;酌量、端量、思量、打量。另见漾韵。

[榔]：槟榔、桃榔。养韵同。

[丧]：治丧、丧礼、丧事。另见漾韵。

[障]：zhàng。漾韵同。

[彭]：bāng,彭彭,多也。另见庚韵。

[藏]：潜藏、珍藏、蕴藏、暗藏、躲藏、隐藏。另见漾韵。

[慌]：恐慌、惊慌、心慌、发慌、着慌、不慌、慌忙、慌张。另见

养韵。

[阆]：làng，又读 láng，阆阆；阆苑；阆中。漾韵同。

[膀]：膀胱。另见养韵。

【八庚】

[平]：píng，平整、平和、平反、水平、公平、升平、荡平。另见先韵。

[评]：评论、批评、讲评、品评、好评、述评。敬韵同。

[正]：正月、正朔、新正。另见敬韵。

[征]：征伐、征途、远征、亲征、应征、出征、南征、长征。另见蒸韵。

[行]：xíng，行走、出行；横行、暴行；推行、颁行；五行。另见阳韵、漾韵、敬韵。

[桁]：héng，梁上横木。另见阳韵、漾韵。

[搒]：péng，笞也。另见漾韵。

[榜]：bēng，正弓弩器。另见养韵、敬韵。

[横]：横竖、横空、横笛、横肉、纵横。另见敬韵。

[更]：变更、更新；三更。另见敬韵。

[彭]：péng，彭泽、彭祖。另见阳韵。

[盟]：méng，结盟、联盟、同盟、新盟、会盟、盟主、盟约。另见敬韵。

[莹]：玉色也，玉莹、晶莹、莹莹、莹泽。径韵同。

[檠]：灯檠、弓檠。梗韵、敬韵同。

[迎]：迎接、迎合、逢迎、恭迎。另见敬韵。

[盛]：盛器、盛饭。另见敬韵。

[轻]：身轻、看轻、手轻、减轻、渐轻、言轻、轻车、轻率、轻捷。敬韵同。

[令]：使也；又脊令，即鹡鸰。另见敬韵。

[并]：地名，并州。又 bìng，吞并、兼并。另见梗韵、迥韵、敬韵。

[枪]：chēng，星名。另见阳韵。

[丁]：zhēng，拟声词，伐木丁丁。另见青韵。

[侦]：探伺也，侦察、侦探。敬韵同。

[顷]：同"倾"，歪、偏。另见梗韵。

[裎]：光着身子，裸裎。另见梗韵。

[猩]：猩猩；猩红。青韵同。

[狰]：传说之兽名；凶恶貌，狰狞。梗韵同。

[铛]：chēng，饼铛。另见阳韵。

[锽]：钟、钟声，锽锽；兵器名。阳韵同。

[趟]：zhēng，跳跃。另见阳韵、敬韵。

【九青】

[廷]：朝廷、宫廷、内廷。径韵同。

[茎]：草茎也。迥韵同。

[蜓]：蜻蜓、蝘蜓。铣韵同。

[庭]：门庭、家庭、庭院。另见径韵。

[宁]：安宁、康宁、宁静、宁日。另见径韵。

[丁]：dīng，添丁、白丁、识丁。另见庚韵。

[钉]：竹钉、铁钉、眼中钉。另见径韵。

[町]：tǐng，旧亦读 tīng，田间小路，畦町。迥韵同。

[溟]：海，北溟。另见迥韵。

[暝]：昏暗，晦暝。另见径韵。

[瞑]：合目；目力昏花。另见霰韵。

[蓂]：蓂荚，瑞草。另见锡韵。

[经]：佛经、诗经、经典、诵经、圣经；曾经、经常；经济。另见径韵。

[猩]：猩猩；猩红。庚韵同。

[醒]：又读 xīng。迥韵、径韵同。

[零]：líng，零星、涕零、凋零、飘零。另见先韵。

[屏]：画屏、锦屏、屏风、屏障。另见梗韵。

[娉]：pīng，娉婷，美好貌。另见敬韵。

[听]：tīng，听取、听从、听政、听任、道听途说。
又旧读 tìng，听任、听之任之。径韵同。
另见文韵、吻韵。

【十蒸】

[胜]：力不能胜、不可胜数。另见径韵。

[螣]：téng，螣蛇。另见职韵。

[冯]：píng，冯冯、冯怒。另见东韵。

[凝]：凝结、凝聚、凝重、凝眸、凝神、凝想、冷凝。径韵同。

[烝]：众多，烝民；烝烝。另见径韵。

[应]：应知、应当、应该、理应、相应。另见径韵。

［乘］：上乘、大乘；乘势、乘马、乘车、乘船。另见径韵。

［兴］：新兴、振兴、中兴、时兴、凤兴、复兴、不兴、兴衰、兴叹。另见径韵。

［征］：征召、征求、征收、特征。另见庚韵。

［徵］：与本韵"征"同。另见纸韵。

［称］：名称、美称、尊称、爱称、别称、谦称、自称、宣称、声称、职称、称颂；称量。另见径韵。

［能］：才能、智能、体能、职能、性能、功能、本能、难能、能力。另见灰韵。

［堋］：射堂矮墙。另见径韵。

［凭］：靠着、凭栏、凭窗；文凭；任凭、听凭、仅凭、无凭、依凭。径韵同。

［瞢］：目不明也。另见东韵、送韵。

［镫］：古食器；同"灯"，指油灯。另见径韵。

［蹭］：蹭车、蹭腿。另见径韵。

【十一尤】

［区］：ōu，量器；又姓。另见虞韵。

［沤］：水泡,浮沤、池沤。另见宥韵。

［呕］：xū,和悦。
又 ōu,通"讴"，歌唱。
另见虞韵、有韵。

［欧］：姓。另见有韵。

［留］：留宿、逗留、保留、去留、居留、挽留、淹留、容留。宥韵同。

［溜］：溜冰、溜边、开溜；光溜、滑溜、顺溜。另见宥韵。

［馏］：蒸馏。另见宥韵。

［遛］：逗遛（逗留）。另见宥韵。

［瘤］：瘿瘤、肿瘤、毒瘤。宥韵同。

［娄］：lóu,星宿名。另见虞韵。

［偻］：又读 lǚ,曲背、弯曲、疾速，佝偻、伛偻、偻指。虞韵、宥韵同。

［溇］：lóu,地名,溇水。另见虞韵、麌韵、有韵。

［蒌］：蒌蒿。虞韵、麌韵同。

［篓］：lǒu。虞韵、有韵同。

［调］：zhōu,调饥,即朝饥。另见萧韵、啸韵。

［绸］：绸子、绸缎、彩绸；绸缪。豪韵同。

［啁］：zhōu,啁啾、啁噍。另见肴韵。

［裯］：chóu,被也。另见虞韵、

双韵字注

[叟]：叟叟,淘米声。另见有韵。
[溲]：大小便,亦专指小便。另见有韵。
[诹]：咨询。另见虞韵。
[鲰]：小鱼。另见有韵。
[擞]：巡夜打更。有韵同。
[掊]：手掊、一掊。肴韵同,另见有韵。
[揄]：yóu,舀取,或舂或揄。另见虞韵。
[缪]：móu,绸缪。另见宥韵、屋韵。
[戮]：lù,勠义,并,合,戮力。另见屋韵。
[蹂]：蹂躏、柔踏。有韵、宥韵同。
[鞣]：鞣制、鞣质、鞣料。宥韵同。
[罦]：捕鸟的网。虞韵同。
[桴]：鼓槌。另见虞韵。
[枹]：fú,同"桴",鼓槌也。虞韵同、另见肴韵。
[枸]：gōu,弯曲,枸木。另见虞韵、有韵。
[句]：gōu,曲也;高句丽。另见虞韵、遇韵、宥韵。
[售]：shòu。宥韵同。
[噍]：jiū,同"啾",啁噍。另见萧韵、啸韵。

[咻]：喧扰;咻咻,喘息声。另见虞韵。
[涑]：洗涤污垢。另见屋韵。
[浏]：水流清澈,浏亮、浏浏;浏览。有韵同。
[湫]：潭也,潭湫、涧湫。另见筱韵。
[梼]：chóu,刚木。另见豪韵。
[帱]：床帐、车帷。另见号韵。
[茙]：qiú,禽兽穴中垫草。另见肴韵。
[馗]：菌也。另见支韵。
[鲦]：游鲦、白鲦。萧韵同。
[繇]：yóu,从、自,通"由"。另见萧韵、宥韵。
[收]：秋收、麦收、丰收、双收、歉收、签收、验收、税收、接收、没收、收拾、收入,宥韵同。
[不]：同"否",读 fǒu,又读 fōu,有不,在不。另见物韵。
[自]：yǒu。有韵同。
[龟]：qiū,龟兹,国名。另见支韵。
[瞀]：mào。宥韵、觉韵同。
[犹]：似也,犹如;犹疑、犹豫,有韵同。
[髟]：biāo,长发下垂。萧韵同。另见咸韵。
[柚]：yóu,柚木、柚梧。另见宥

韵、屋韵。

[妯]：chōu,扰动、不平静。另见屋韵。

[鹠]：鸟名,鹠鹠。肴韵同。

【十二侵】

[任]：姓;又胜任,读去声,与沁韵同。

[妊]：rèn。沁韵同。

[椹]：砧板。另见寝韵。

[湛]：chén,通"沉"。另见覃韵、豏韵。

[沉]：浮沉、西沉、下沉、深沉、低沉、消沉、昏沉、沉沦、沉没。沁韵同。

[深]：高深、资深、精深、艰深、水深、幽深、情深、景深、纵深、加深、深秋、深入。沁韵同。

[浸]：浸淫。另见沁韵。

[祲]：又读 jīn。沁韵同。

[镡]：xín,又读 tán,剑鼻。另见覃韵。

[蟫]：蠹虫。覃韵同。

[吟]：咏也、叹也、吟咏、歌吟、沉吟、呻吟、长吟、苦吟。另见沁韵。

[黔]：黔首、黔南。盐韵同。

[临]：登临、光临、莅临、惠临、降临、面临、亲临、临风、临摹。另见沁韵。

[禁]：不禁、情不自禁、禁穿、禁用。另见沁韵。

[喑]：yīn,哑,喑哑;不作声。另见沁韵。

[参]：shēn,人参、丹参、红参、山参;参商。
cēn 参差。
另见覃韵、勘韵。

[簪]：簪子、簪花、玉簪、手自簪。覃韵同。

[荫]：树荫。另见沁韵。

【十三覃】

[镡]：tán,又读 xín,古兵器;剑鼻。又 chán、tán,姓。另见侵韵。

[蟫]：蠹虫。侵韵同。

[醇]：酒味醇厚,醇醲。感韵、勘韵同。

[酖]：嗜酒。另见沁韵。

[眈]：虎视眈眈。感韵同。

[淦]：水入船中。另见勘韵。

[湛]：dān,喜乐,通"耽"。另见侵韵、豏韵。

[澹]：复姓,澹台。
又 dàn,水动貌,澹淡,与感韵、勘韵同。

［楠］：木名，楠木。盐韵同。

［函］：书函、信函、石函、犀函、公函、发函、来函、致函、电函、函授、函购；函谷。咸韵同。

［参］：cān，参加、参考、参军、参与、参阅、参酌、参观、参议、参劾、参拜。
sān，通"三"。
另见侵韵、勘韵。

［三］：数词，三月、三伏、三秋、三冬、三尺、三峡、三巴、三八、三军、瘪三、事不过三。另见勘韵。

［担］：担当、承担、负担、分担、力担。另见勘韵。

［探］：亦读 tān，试探、打探、窥探、探索、探望、探取、探囊取物。勘韵同。

［坛］：壜义，坛子、酒坛、醋坛、坛坛罐罐。另见寒韵。

［憨］：傻气，性憨、娇憨、痴憨。勘韵同。

［颔］：hàn。感韵同。

［簪］：簪子、簪花、玉簪、手自簪。侵韵同。

［弇］：yǎn。俭韵同。

【十四盐】

［盐］：食盐、咸盐、精盐、椒盐、海盐、晒盐、撒盐、盐湖。另见艳韵。

［占］：占卜、占卦、占星、占梦、占课。另见艳韵。

［苫］：草覆屋也；草编的遮盖物。另见艳韵。

［阽］：又读 diàn，临危，阽危。艳韵同。

［痁］：疟疾。艳韵同。

［纤］：xiān，纤细、纤巧、纤纤、纤维。另见先韵。

［锹］：锹属、铁锹。咸韵同。

［严］：戒严、森严、谨严、威严、庄严、尊严、家严、嘴严。另见咸韵。

［兼］：兼并、兼备、兼程、兼顾、兼任、兼听。艳韵同。

［砭］：针砭、砭骨、砭石、痛砭时弊。艳韵同。

［渐］：东渐于海、渐染。另见俭韵。

［黔］：黔首、黔南。侵韵同。

［楠］：木名。覃韵同。

［崦］：山名，崦嵫。另见俭韵。

【十五咸】

［巉］：山势险峻，巉岩、巉巉。赚韵同。

[镵]：锐利、利锥，药镵、荷镵；掘土具，长镵。陷韵同。

[谗]：诬谗、进谗、谗言、谗毁、谗害。陷韵同。

[函]：书函、信函、石函、犀函、公函、发函、来函、致函、电函、函授、函购；函谷。覃韵同。

[监]：监察、监督、监护、监测、监禁、监考、收监、探监。另见陷韵。

[嵌]：qiàn，旧读qiān，镶嵌；填塞；山石张口貌。感韵、勘韵同。

[搀]：xiān，搀搀，女子手的纤美。另 chān，通"掺"，搀兑、搀和。另见赚韵。

[锹]：锹属、铁锹。盐韵同。

[严]：戒严、森严、谨严、威严、庄严、尊严、家严、嘴严。与盐韵同。

[帆]：船桅上的布篷，风帆、千帆、征帆、扬帆、张帆、收帆、孤帆、白帆、远帆。另见陷韵。

[髟]：biāo，长发下垂，萧韵同。另 shān，屋翼。与萧韵、尤韵异。

三、上声

【一董】

[侗]：直也。另见东韵。

[洞]：tóng，澒洞。另见送韵。

[蘩]：蘩蘩，茂盛。另见东韵、送韵。

[曚]：méng。东韵同。

[总]：聚也，皆也，全也，汇总、总共、总归、总集、总之。另见东韵。

[笼]：箱笼、笼子、笼络、笼罩、笼

统。另见东韵。

[空]：通"孔"，穴也。另见东韵、送韵。

[倥]：倥偬。另见东韵。

[偬]：倥偬。送韵同。

[憁]：心乱貌，憁憕。另见东韵。

[珙]：次于玉的美石；地名。讲韵同。

【二肿】

[溶]：róng。冬韵同。

[汹]：xiōng。冬韵同。

[种]：种子、麦种、品种、种种。另见东韵、宋韵。

[雍]：旧读 yǒng。冬韵同。

[茸]：阘茸。另见冬韵。

[重]：zhòng。宋韵同，另见冬韵。

[恐]：恐惧、恐怖、恐吓、惶恐、惊恐。另见宋韵。

[䌹]：zhòu，地名，另见东韵。

【三讲】

[珒]：次于玉的美石；地名。董韵同。

【四纸】

[蓰]：五倍。支韵同。又读 yǐ，古兵器架。

[屣]：敝屣、屣履。真韵同。

[弛]：chí，又读 shǐ。支韵同。

[迤]：连接、延伸，迤逦。另见支韵。

[扡]：yí。支韵同。

[氏]：shì，氏族、姓氏。另见支韵。

[坻]：山脚斜坡，陇坻。荠韵同，另见支韵。

[抵]：大抵、相抵、直抵、抵挡、抵触、抵达、抵制。荠韵同。

[砥]：磨刀石，细者为砥，砥石、砥砺；平，如砥；砥柱。荠韵同。

[底]：通"砥"，柔石也。另见荠韵。

[靡]：靡丽、靡靡。另见支韵。

[庳]：bēi，又读 bǐ，今读 bì，低洼、矮。支韵同，另见真韵。

[髀]：bì，股也，抚髀长叹。荠韵同。

[剞]：jī。支韵同。

[掎]：掎角。真韵同。

[椅]：桌椅、椅子、躺椅、藤椅。另见支韵。

[錡]：qí。支韵同。又读 yǐ，古兵器架。

[踦]：yǐ，足胫，长踦；偏倚、踦间。另 yǐ，通"倚"，用力抵住。另见支韵。

[跂]：又读 qǐ，踮起脚尖，跂足。真韵同。

[伎]：jì，伎俩、伎巧；歌伎、艺伎。另见支韵。

[仔]：仔细。
另 zǎi，肥仔、猪仔。
又读 zī，仔肩，支韵同。

[傀]：guī，怪异。另见灰韵、贿韵。

[使]：器使，驱使，指使、支使、使君。另见寘韵。

[俟]：sì，等待,俟机。另见微韵。
[佌]：分离,佌离。另见支韵。
[比]：较也,并也,比拟、比较、类比。另见支韵、寘韵。
[泚]：清澈,清泚；流汗,其颡有泚；笔蘸墨,泚笔作书。荠韵同。
[觜]：鸟嘴。另见支韵。
[訾]：说人坏话,訾毁。另见支韵。
[里]：裹、里义俱存,城里、屋里、手里；故里、邻里、乡里。另见寘韵。
[悝]：忧也。另见灰韵。
[委]：原委；编委；委派；委曲、委婉。另见支韵。
[累]：积也,迭也,积累、连篇累牍、累卵。另见支韵、寘韵。
[褫]：剥去衣服；剥夺、褫夺、褫职、褫革。支韵同。
[箠]：chuí。支韵同。
[揣]：揣度、不揣。哿韵同,另见寒韵。
[企]：企及、企踵、企盼、企望。寘韵同。
[否]：pǐ,恶也,臧否；闭塞也,否隔。另见有韵。
[蚁]：白蚁、浮蚁、蚂蚁、雄蚁、工

蚁、蚁后。尾韵同。
[始]：始终、原始、起始、开始、周而复始。寘韵同。
[巂]：xī,亦读 suī,郡名。另见齐韵。
[哆]：chǐ,张口貌、大貌。另见麻韵、哿韵、马韵。
[唯]：唯唯诺诺。另见支韵。
[被]：bèi,衣被、棉被、锦被。另见寘韵。
[峞]：kuī,又读 kuǐ,高峻独立貌,峞然。寘韵同。
[釃]：shī 又读 shāi。支韵同。
[几]：jī,几杖、几案、茶几。另见微韵、尾韵。
[机]：jī,木名,机木。支韵同,另见微韵。
[珥]：耳饰。寘韵同。
[只]：zhǐ,助词；仅,不只、只知。另见陌韵。
[徵]：五音之一。另见蒸韵"征"。
[耒]：古农具,耒耜。队韵同。

【五尾】

[菲]：薄也,菲薄、菲礼、菲酌、菲材、菲敬。另见微韵。
[诽]：诽谤、怨诽。微韵、未韵同。
[蜚]：虫名；传说中兽名。另见

微韵。

[蚁]：白蚁、浮蚁、蚂蚁、雄蚁、工蚁、蚁后。纸韵同。

[虺]：一种毒蛇。另见灰韵。

[卉]：huì。未韵同。

[几]：第几、几年、几多、几经、曾几、未几、老几。另见微韵、纸韵。

[稀]：xī。微韵同。

[纬]：经纬、北纬、南纬、纬线；纬书、纬世。未韵同。

【六语】

[语]：言语、笑语、手语、耳语、呓语、妙语、壮语、巧语、谜语。另见御韵。

[龉]：龃龉。鱼韵、虞韵同。

[衙]：yú。鱼韵同，另见麻韵。

[予]：赐予、给予、寄予、赋予、授予、准予。另见鱼韵。

[纾]：shū。鱼韵同。

[苴]：jū，履中草。另见鱼韵、麻韵。

[诅]：诅盟、诅咒。御韵同。

[沮]：止也，沮遏、沮其成行；败坏，沮丧。另见鱼韵、御韵。

[咀]：咀嚼。鱼韵同。另俗作"嘴"，见纸韵。

[女]：女士、女红、少女、闺女、娇女、爱女、母女、舞女、神女。另见御韵。

[茹]：rú。鱼韵、御韵同。

[著]：zhù，门屏之间。另见御韵、药韵。

[与]：yǔ，交与；与其、与人为善。另见鱼韵、御韵。

[欤]：yú，语气词。鱼韵、御韵同。

[处]：处世、相处；地处、穴居野处；论处、惩处；处士、处女。另见御韵。

[糈]：粮食。鱼韵同。

[湑]：旧又读 xū，滤过的酒，引申为清，尔酒既湑；茂盛，其叶湑兮；形容露水，零露湑兮。鱼韵同。

[楚]：翘楚；酸楚、痛楚、苦楚、凄楚；清楚；三楚、荆楚；楚楚。御韵同。

[去]：qù，仅用于除也，去邪、去病。另见御韵。

[御]：yù，禦义，防御、抵御、抗御、守御、御寒、御敌。另见御韵。

[讵]：jù。御韵同。

[柜]：木名，柜柳。另见寘韵。

【七麌】

[麌]:牡鹿;麌麌,鹿群聚貌。另见虞韵。

[蒌]:lóu。虞韵、尤韵同。

[篓]:篾篓、油篓、鱼篓。尤韵、有韵同。

[偻]:又读lóu,曲背、弯曲、疾速,佝偻、伛偻、偻指。尤韵、有韵同。

[溇]:lǚ,雨不绝貌,溇溇。虞韵同,另见尤韵、有韵。

[嵝]:又读lǚ,岣嵝,山名。另见有韵。

[数]:细数、数一数、数落、数说。另见遇韵、觉韵。

[苦]:甘苦、良苦、辛苦、凄苦、茹苦、清苦、愁苦、刻苦、困苦、苦心。另见遇韵。

[酤]:gū,酒,宿酒、清酒、薄酒。另见虞韵、遇韵。

[枸]:jǔ,枸橼、枸酱。另见尤韵、有韵。

[蒟]:蒟酱。遇韵同。

[莽]:草莽、丛莽、莽莽;鲁莽、莽撞、莽汉。养韵同。

[雨]:好雨、春雨、细雨、烟雨、风雨、骤雨、雷雨、冒雨、沐雨。另见遇韵。

[贾]:gǔ,商贾、巨贾。另见马韵。

[吐]:吞吐、谈吐、吐翠。另见遇韵。

[树]:shù,种植、建立,树立、树敌、建树,另见遇韵。

[煦]:又读xǔ。遇韵同。

[莆]:蓲莆,瑞草。另见虞韵。

[圃]:园圃、瓜圃、苗圃、菜圃、花圃、场圃。遇韵同。

[呕]:病声。另见尤韵。

[取]:拾取、记取、索取、采取、考取、谋取。有韵同。

[剖]:pōu,分剖、解剖、剖析。有韵同。

[愈]:yù,病好、病愈、痊愈;较好,更加,越,愈加、愈益。虞韵同。

[怒]:nù。遇韵同。

[住]:zhù。遇韵同。

[雇]:hù,古籍中鸟名,九雇。另见遇韵。

[迕]:遇见,相迕;违背、违迕。另见遇韵。

[簿]:bù,簿册、簿记、簿子、账簿。另见药韵。

[庑]:wǔ,廊庑、庑下。另见虞韵。

[聚]:jù,积聚、聚会、聚合、聚餐、

聚众。遇韵同。

【八荠】

[荠]：jì，荠菜。另见支韵。

[挤]：排挤、推挤、拥挤、挤兑、挤眉。齐韵、霁韵同。

[济]：济济；地名。另见霁韵。

[氐]：根本。另见齐韵。

[诋]：诋毁、丑诋。齐韵同。

[坻]：山脚斜坡，陇坻。纸韵同，另见支韵。

[抵]：抵挡、抵触、抵达、抵制。纸韵同。

[柢]：树根，固柢。霁韵同。

[砥]：磨刀石，细者为砥，砥石、砥砺；平，如砥；砥柱。纸韵同。

[底]：海底、笔底、心底、功底、托底、封底、底部、底蕴；底事。另见纸韵。

[弟]：dì。霁韵同。

[递]：dì。霁韵同。

[绨]：tí。霁韵同。

[悌]：tì。霁韵同。

[泥]：泥泥，露浓貌，茂盛貌。另见齐韵、霁韵。

[洗]：xǐ，盥洗、梳洗、浣洗、清洗、冲洗、如洗；笔洗；洗尘。铣韵同。

[泚]：清澈，清泚；流汗，其颡有泚；笔蘸墨，泚笔作书。纸韵同。

[蠡]：啮木虫；虫蛀木。另见支韵、齐韵。

[髀]：bì，股也，抚髀长叹。纸韵同。

[傒]：xī。齐韵同。

[绨]：tí。齐韵同。

[醍]：浅红色之清酒。另见齐韵。

[眯]：mǐ，今读 mí，物入目中，眯眼。另见寘韵、霁韵。

[稽]：叩头至地，稽首。另见齐韵。

【九蟹】

[解]：讲解、化解、分解、理解、排解、谅解、注解、解乏、解忧。另见卦韵。

[洒]：洒水、扫洒、挥洒、喷洒、飘洒、汨洒；潇洒；洋洋洒洒。马韵同。

[楷]：法式，典范，楷模；正体书法，正楷、小楷。另见佳韵。

[罢]：祃韵同。

[夥]：多也，甚夥；分伙（夥）。哿韵同。

【十贿】

[诒]：dài，通"绐"，欺也。另见真韵。

[骀]：dài，骀荡。另见灰韵。

[嵬]：wéi。灰韵同。

[傀]：傀儡。另见灰韵、纸韵。

[隗]：姓。另见灰韵。

[悔]：后悔、追悔、反悔、懊悔、痛悔、改悔。队韵同。

[采]：采菊、采纳；神采、风采、丰采、文采。另见队韵。

[在]：zài。队韵同。

[载]：年也，千载、数载；记载、刊载、转载。另见队韵。

[铠]：铠甲。队韵同。

[磥]：lěi，通"磊"。另见队韵。

[鼐]：nài。队韵同。

[欸]：歌声、摇橹声、欸乃。另见灰韵。

[颏]：ké，红点颏、蓝点颏。另见灰韵。

[汇]：huì，灌义，汇合、汇流、百川所汇；电汇、创汇、汇款。另见未韵。

[琲]：bèi，珠十贯为一琲。队韵同。

【十一轸】

[诊]：求诊、会诊、急诊、诊脉、诊治、诊视。震韵同。

[畛]：田间小路。真韵同。

[赈]：zhèn，富也。另见震韵。

[蜃]：shèn。震韵同。

[引]：导引、牵引、指引、吸引、索引、勾引、引申、引领、引用。震韵同。

[盾]：dùn，盾牌、矛盾、金盾、后盾、甲盾。另见阮韵。

[泯]：泯灭，真韵同；又泯泯，水清貌。

[纯]：zhǔn，衣帽之镶边。另见真韵、元韵、先韵。

[吮]：吮吸。铣韵同。

[朕]：zhèn，皮甲缝合处；天子自称；预兆。寝韵同。

[囷]：qūn。真韵同。

[黾]：miǎn，黾池；mǐn，黾勉。另见铣韵、梗韵。

[嶙]：lín。真韵同。

【十二吻】

[忿]：fèn。问韵同。

[坋]：fèn。问韵同。

[坟]：fèn，土质肥沃。另见文韵。
[抆]：拭也，抆拭、抆泪。问韵同。
[揾]：wèn，按、没（入）；拭。愿韵同。
[薀]：yùn，积聚，通"蕴"。问韵同，另见元韵。
[蕴]：yùn，蕴藏、蕴涵；底蕴；蕴藉。问韵同，另见元韵。
[隐]：隐藏、隐居、隐约、退隐、恻隐、隐隐。另见问韵。
[听]：yǐn，又读 yín，张口笑貌，文韵同。另见青韵、径韵。
[近]：jìn。问韵同。
[堇]：堇菜。另见文韵。
[瑾]：美玉，怀瑾握瑜。震韵同。
[殷]：雷声。另见文韵、删韵。
[龀]：chèn。震韵同。

【十三阮】

[阮]：乐器名，阮咸、大阮、中阮；姓。另见元韵。
[远]：远近、志远、深远、疏远、偏远、悠远。另见愿韵。
[反]：反复、反对、相反、造反、适得其反。另见元韵。
[阪]：山坡、斜坡，阪田、阪桥。潸韵同。
[饭]：fàn，食之也，饭黍、饭牛。

另见愿韵。
[宛]：宛然、宛如、宛若、宛在、小宛。另见元韵。
[菀]：wǎn，草名，紫菀；茂盛，菀枯。物韵同。
[涴]：涴演，水势回曲貌。另见愿韵、箇韵。
[畹]：戚畹、芳畹。愿韵同。
[蜿]：又读 wǎn。元韵同。
[盾]：dùn，用于人名。另见轸韵。
[遁]：dùn。愿韵同。
[堰]：愿韵、霰韵同。
[鄢]：yān。先韵同。
[蹇]：贫蹇，蹇驴。铣韵同。
[囤]：dùn，储存粮食的器物，粮囤。另见十三元。
[圈]：juàn。愿韵同。另见元韵。
[绻]：缱绻，绻绻。愿韵同。
[巘]：山峰，巘崿、绝巘。铣韵同。
[龈]：kěn，同"啃"。另见文韵。
[娩]：miǎn，妇女生孩子，分娩。另见铣韵。
[懑]：mèn。旱韵、愿韵同。
[鳟]：zūn，又读 zùn。愿韵同。

【十四旱】

[馆]：宾馆、公馆、书馆、饭馆、报

［盥］：guàn。翰韵同。

［卵］：鸟卵、累卵、孵卵、产卵、完卵、卵生。哿韵同。

［散］：散漫、零散、散剂。另见翰韵。

［断］：duàn,截断、折断、隔断、割断、断绝、中断、断桥、断章、断交。另见翰韵。

［伴］：bàn,结伴、同伴、相伴、伴侣、伴随。另见翰韵。

［但］：dàn。翰韵同。

［侃］：刚直也,侃侃。翰韵同。

［算］：suàn。翰韵同。

［瓒］：zàn。翰韵同。

［悍］：hàn。翰韵同。

［懑］：mèn。阮韵、愿韵同。

【十五潸】

［潸］：shān。删韵同。

［拣］：选择,阅拣、挑拣、拣选。霰韵同。

［撰］：zhuàn,撰述、杜撰。另见霰韵。

［绾］：系、打结,高绾、绾绶。谏韵同。

［栈］：zhàn。铣韵、谏韵同。

［莞］：wǎn,微笑貌,莞尔。

guǎn,地名,东莞。另见寒韵。

［阪］：山坡,斜坡,阪田、阪桥。阮韵同。

［羼］：chàn。谏韵同。

【十六铣】

［善］：shàn,恶之反,向善、良善、行善、大善、善人、善举。另见霰韵。

［遣］：排遣、消遣、遣怀。另见霰韵。

［缱］：缱绻。霰韵同。

［转］：运转、周转、转眼、转意。另见霰韵。

［辗］：zhǎn,辗转。另见霰韵。

［碾］：石碾、碾米、碾坊。霰韵同。

［选］：遴选、挑选、竞选、大选、选择、选贤、选注。霰韵同。

［洗］：xǐ,盥洗、梳洗、浣洗、清洗、冲洗、如洗;笔洗;洗尘。荠韵同。

［浅］：深浅、粗浅、肤浅、搁浅、浅薄、浅谈。另见先韵。

［饯］：jiàn。霰韵同。

［栈］：zhàn。潸韵、谏韵同。

［钱］：古农具名。另见先韵。

［键］：jiàn,关键。先韵、愿韵同。

[搴]：qiān。先韵同。
[蹇]：贫蹇、蹇驴。阮韵同。
[宴]：yàn。霰韵同。
[狷]：juàn。霰韵同。
[蜎]：yuān，孑孒。另见先韵。
[蚬]：白蚬。霰韵同。
[蜓]：tíng。青韵同。
[衍]：繁衍、敷衍、推衍。霰韵同。
[卷]：舒卷、卷轴。另见先韵、霰韵。
[盷]：斜视，盷睊、盷睐。霰韵同。
[扁]：扁平、压扁、瞧扁；扁鹊；又同"匾"，匾额。另见先韵。
[谝]：原与先韵同，今作夸耀、显示义，谝能。另见先韵。
[谳]：yàn，议罪，定谳，奏谳。霰韵、屑韵同。
[巘]：山峰，巘崿、绝巘。阮韵同。
[鲜]：少也，鲜见、鲜有。另见先韵。
[呟]：呟吸。轸韵同。
[甗]：古炊具。元韵、霰韵同。
[趼]：手足生厚皮，足趼。另见霰韵。
[黾]：miǎn，黾池。另见轸韵、梗韵。
[娩]：miǎn，分娩。阮韵同。

另 wǎn，柔顺，婉娩；媚，娩泽。

[孪]：luán。寒韵同。
[瑑]：zhuàn。霰韵同。

【十七筱】

[侥]：侥幸。另见萧韵。
[绕]：rào。啸韵同。
[娆]：烦扰，苛娆、除苛解娆。另见萧韵。
[娇]：jiāo，萧韵同。
[佻]：tiāo。萧韵同。
[朓]：晦而月见西方，月朓。萧韵同，另见啸韵。
[挑]：挑战、挑拨、挑动、挑衅、挑选、挑灯。另见萧韵、豪韵。
[掉]：diào。啸韵同。
[摽]：biào。啸韵同，另见萧韵。
[慓]：piāo，又读piào，慓悍。啸韵同。
[少]：缺少、短少、稀少、多少、少有、少闻。另见啸韵。
[蓼]：野蓼、蓼芽。另见屋韵。
[湫]：低洼，湫隘。另见尤韵。
[标]：biāo，仅用于树梢，治标，与萧韵同，其余另见萧韵。
[夭]：yāo，寿夭、夭折。皓韵同，另见萧韵。

[僚]：通"嫽"，好貌。另见萧韵。
[燎]：烧燎烘干。另见萧韵。
[缴]：jiǎo，缴纳、缴获；缴绕。另见药韵。
[剿]：围剿、剿灭、剿除、剿匪。另见肴韵。
[蔍]：草名，蔍草(亦读 biāo)。另见萧韵。

【十八巧】

[挠]：náo。豪韵同。
[拗]：手拗、力拗。另见效韵。
[茆]：莼菜，采茆、芹茆。另 máo，同"茅"，茆屋、茆亭。有韵同。
[佼]：佼佼。另见肴韵。
[咬]：以口嚼物，咬嚼、咬牙切齿、咬文嚼字。另见肴韵。
[姣]：旧读 jiǎo，美好，肴韵同。
[筊]：竹索；箫名。肴韵同。

【十九皓】

[缟]：缟素。号韵同。
[鄗]：hào，地名。药韵同，另见肴韵。
[涝]：láo，水名。lào，旱涝。另见豪韵、号韵。

[潦]：lǎo，雨水大貌；路上的流水、积水。另见萧韵、豪韵、号韵。
[好]：美好、姣好、叫好、较好、良好、和好、恰好、修好、好雨。另见号韵。
[造]：zào，制作也，制造、造物、再造。另见号韵。
[倒]：颠倒、压倒、卧倒、摔倒、绊倒、打倒、倒班、倒手。另见号韵。
[祷]：祈祷、默祷、祷告。号韵同。
[扫]：打扫、清扫、扫除；扫荡；扫兴。另见号韵。
[埽]：通"扫"，扫除也，洒埽、埽径。号韵同。
[缲]：绛紫色帛。另见豪韵。
[缫]：华缫、缫席。另见豪韵。
[夭]：yāo，寿夭、夭折。筿韵同，另见萧韵。
[燠]：又读 ào，暖也。号韵、屋韵同。

【二十哿】

[坷]：坎坷。筒韵同。
[轲]：轗轲(同坎坷)。另见歌韵、筒韵。
[荷]：hè，担也，负荷、荷锄、荷枪

[砢]：磊砢，众多貌、壮大貌，才能卓越。另见歌韵。

[硪]：wò，打硪。又é，山高貌、摇动貌，破硪。另见歌韵。

[峨]：é。歌韵同。

[堕]：duò，落，掉，堕落、堕马、堕地、堕入。另见支韵。

[惰]：duò。箇韵同。

[跛]：瘸了一条腿，跛脚、跛行、跛鳖千里。另见寘韵。

[颇]：亦读pǒ，副词，颇不、颇多；廉颇。另见歌韵。

[簸]：扬米去糠也，扬簸、翻簸。另见箇韵。

[哆]：chǐ，语声，又张口也。另见麻韵、纸韵、马韵。

[沱]：淡沱（读duò）。另见歌韵。

[傩]：nuó，行有节度；古时腊月除疫鬼的仪式。歌韵同。

[坐]：zuò。箇韵同。

[那]：同"哪"。另见歌韵、箇韵。

[哪]：旧作"那"，读nuǒ。今读nǎ，何也，在哪、哪里、哪个、哪怕。另见歌韵。

[么]：歌韵同。

[夥]：多也，甚夥；分伙（夥）。蟹韵同。

[亶]：又读dǎn，病、劳苦；憎恨、怒。另见寒韵、箇韵。

[卵]：鸟卵、累卵、孵卵、产卵、完卵、卵生。旱韵同。

[娑]：馺娑（读suǒ）。另见歌韵。

[爹]：父也，亦读duǒ。麻韵同。

[揣]：揣度、不揣。纸韵同，另见寒韵。

[拖]：tuō。歌韵同。

[瑳]：cuō。歌韵同。

【二十一马】

[假]：真假、通假、虚假、造假、装假、假借。另见祃韵。

[瘕]：病也，症瘕。麻韵同。

[哑]：聋哑、喑哑。另见麻韵、陌韵。

[哆]：大貌、唇下垂貌（读chě）。另见麻韵、纸韵、哿韵。

[泻]：xiè。祃韵同。

[洒]：洒水、扫洒、挥洒、喷洒、飘洒、泪洒；潇洒；洋洋洒洒。蟹韵同。

[下]：上下、月下、灯下、下流、下方。另见祃韵。

[夏]：xià，中国也。另见祃韵。

[贾]：jiǎ，姓。另见麌韵。

[舍]：取舍、施舍。另见祃韵。

[若]：干草也；又梵语，般若。另见药韵。

[且]：况且、苟且。另见鱼韵。

[姐]：祃韵同。

[髁]：kē，又读 kuà。歌韵、筃韵同。

[打]：dǎ，拍打、敲打、打击、打手；攻打；吹打；打水、打量。梗韵同。

[把]：把持、把舵、把酒、把握。另见祃韵。

[鲊]：腌鱼、糟鱼之类。另见祃韵。

[瓦]：砖瓦、红瓦、瓦当；瓦蓝。另见祃韵。

【二十二养】

[养]：生养、教养、修养、饲养、养育、养息、养性。另见漾韵。

[泱]：泱郁。另见阳韵。

[怏]：yàng。漾韵同。

[慌]：通"恍"，慌惚。另见阳韵。

[广]：宽广、地广、意广、推广、广大、广众。另见漾韵。

[犷]：犷悍、粗犷。梗韵同。

[挡]：阻拦，遮挡、拦挡、抵挡、挡风、挡雨。另见漾韵。

[抢]：掠也、争也，抢夺、抢修、拼抢、疯抢、哄抢。
又 qiāng，触、撞，抢地；逆，同"戗"，抢风。
另见阳韵。

[苍]：cǎng，苍莽，今读 cāng。另见阳韵。

[莽]：草莽，鲁莽。麌韵同。

[蒋]：jiǎng，国名；姓。另见阳韵。

[彷]：彷佛，同"仿佛"。另见阳韵。

[傥]：倜傥。漾韵同。

[倘]：倘若、倘使。另见阳韵。

[仰]：俯仰、瞻仰、仰止。另见漾韵。

[仗]：zhàng。漾韵同。

[杖]：zhàng，竹杖、手杖。另见漾韵。

[榔]：láng。阳韵同。

[榜]：bǎng，金榜、张榜、题榜、看榜、榜样。另见庚韵、敬韵。

[膀]：臂膀、肩膀、蹄膀。另见阳韵。

[强]：勉强、强求。
另 jiàng，倔强。
另见阳韵。

[荡]：dàng。漾韵同。

[两]：斤两；两端、两仪。另见漾韵。

[攘]：攘除、攘夺、攘扰、攘臂。另见阳韵。

[穰]：繁盛，人稠物穰。另见阳韵。

[盎]：àng。漾韵同。

[长]：长幼、长者、生长、见长、助长、疯长、贪长。另见阳韵、漾韵。

[涨]：zhǎng，水增长貌，旧亦读 zhàng，涨潮、水涨船高。另见阳韵、漾韵。

[上]：shǎng，四声之一，上声。另见漾韵。

[吭]：háng。阳韵、漾韵同。

[肮]：肮脏（kǎngzǎng），高亢刚直貌。另见阳韵。

[脏]：zāng，髒义，肮脏（āngzāng）。另见漾韵。

[帑]：库、库藏金帛，帑金、府帑。另见虞韵。

[晃]：晃眼、虚晃、明晃晃。另见漾韵。

[奘]：粗大，身高腰奘。另见漾韵。

【二十三梗】

[请]：恳请、奏请、催请、请缨、请

便、请客。另见敬韵。

[婧]：jìng。敬韵同。

[靓]：jìng。敬韵同。

[并]：bìng，吞并，相并。敬韵同，另见庚韵、迥韵。

[屏]：屏退、屏除。另见青韵。

[顷]：千顷；顷刻、顷闻。另见庚韵。

[犷]：犷悍、粗犷。养韵同。

[狰]：zhēng。庚韵同。

[黾]：měng，蛙的一种。另见轸韵、铣韵。

[檠]：qíng，又读 jǐng。庚韵、敬韵同。

[邴]：邴邴，喜悦貌；地名。敬韵同。

[裎]：对襟单衣。另见庚韵。

[打]：dǎ，拍打、敲打、打击、打手；攻打；吹打；打水、打量。马韵同。

[儆]：戒也，儆诫、以儆效尤。敬韵同。

[阱]：陷阱。敬韵同。

【二十四迥】

[町]：旧亦读 tīng，田间小路，畦町。青韵同。

[泞]：nìng。径韵同。

[溟]：溟滓。另见青韵。

[醒]：清醒、惊醒、猛醒、警醒、酒醒、醒世。青韵、径韵同。

[莛]：tíng,旧读 tǐng。青韵同。

[并]：bìng,并称、并蒂、并且、并非。另见庚韵、梗韵、敬韵。

[诇]：xiòng。敬韵同。

[胫]：jìng。径韵同。

【二十五有】

[有]：富有、享有、拥有、稀有、原有、独有、有无、有如、有关。另见宥韵。

[右]：yòu。宥韵同。

[后]：hòu。宥韵同。

[否]：fǒu,否定、可否。另见纸韵。

[咎]：jiù,休咎、无咎。另见豪韵。

[培]：垒壁、垒培；培娄（塿），小土丘,另见灰韵。

[剖]：pōu,分剖、解剖、剖析。虞韵同。

[瓿]：又读 pǒu,小瓮。虞韵同。

[掊]：掊击。另见肴韵、尤韵。

[扣]：kòu,纽扣、解扣、入扣。宥韵同。

[篓]：篾篓、油篓、鱼篓。尤韵、虞韵同。

[䅹]：lǒu,通水沟。另见虞韵、尤韵、麌韵。

[嵝]：山巅，岣嵝（又读 lǚ）。另见麌韵。

[走]：奔走、出走、疾走、远走；走狗；走笔。宥韵同。

[取]：拾取、记取、索取、采取、考取、谋取。麌韵同。

[掫]：zōu。尤韵同。

[緅]：zōu,又读 zhòu,小人；又小鱼。另见尤韵。

[守]：攻守、坚守、保守、操守、守株、守卫。另见宥韵。

[嗾]：使狗声,指嗾；嗾使。宥韵同。

[叟]：老叟、钓叟。另见尤韵。

[溲]：sōu,淘洗,析薪溲米。另见尤韵。

[绶]：shòu。宥韵同。

[首]：头也，始也，白首、皓首、聚首、昂首、顿首；首领、首推。另见宥韵

[厚]：hòu。宥韵同。

[蹂]：róu。尤韵、宥韵同。

[狃]：狃于习俗。宥韵同。

[卣]：古酒器。尤韵同。

[岣]：山名,岣嵝。麌韵同。

[枸]：gǒu,枸杞、枸骨。另见尤

[浏]：liú。尤韵同。
[茆]：莼菜、采茆、芹茆。另máo,同"茅",茆屋、茆亭。巧韵同。
[寿]：shòu。宥韵同。
[斗]：北斗、米斗、斗胆。另见宥韵。
[吼]：怒吼、狂吼、长吼、狮子吼。宥韵同。
[欧]：同"呕",呕吐也。另见尤韵。
[呕]：吐也,呕吐。另见虞韵、尤韵。
[妇]：fù。遇韵同。
[姆]：姆教、姆姆。宥韵同。
[负]：fù。遇韵同。
[灸]：针灸、艾灸。宥韵同。
[服]：fù,中药一剂或煎一次称一服。另见屋韵。

【二十六寝】

[禁]：jìn。沁韵同。
[甚]：shèn。沁韵同。
[椹]：shèn,桑椹(桑葚)。另见侵韵。
[枕]：石枕、玉枕、高枕、枕头、枕芯、枕畔。另见沁韵。
[衽]：rèn。沁韵同。

[朕]：zhèn,皮甲缝合处；天子自称；预兆。轸韵同。
[饮]：饮食、饮水、饮恨、痛饮、同饮、冷饮。另见沁韵。

【二十七感】

[槧]：qiàn。艳韵同。
[錾]：zàn。勘韵同。
[澹]：dàn。勘韵同,另见覃韵。
[颔]：hàn,腮颔、燕颔、颔首；颔联。覃韵同。
[喊]：喊声、齐喊、高喊、呐喊、呼喊、大喊。豏韵同。
[晻]：àn,旧读ǎn,昏暗,同"暗"。另见俭韵。
[眈]：dān。覃韵同。
[醰]：tán。覃韵、勘韵同。
[嵌]：qiàn,旧读qiān,镶嵌；填塞；山石张口貌。咸韵、勘韵同。
[赣]：gàn,江西别称,赣江。勘韵同。另见送韵。

【二十八俭】

[猃]：长嘴猎犬。艳韵同。
[敛]：收敛、聚敛、敛迹。艳韵同。
[潋]：liàn。艳韵同。
[渐]：jiàn,渐进、逐渐、日渐、渐

渐；大渐。另见盐韵。

[歉]：qiàn，歉收、歉岁、荒歉、抱歉、道歉、歉疚、致歉。赚韵同。

[魇]：噩梦也，梦魇。叶韵同。

[忝]：羞辱、有愧于，忝在、忝列。艳韵同。

[崦]：yān，山名，崦嵫。古指太阳落山处。另见盐韵。

[晻]：yǎn，日无光。另见感韵。

[弇]：覆盖、遮蔽。覃韵同。

[焰]：yàn，气焰、光焰、火焰、烈焰、声焰、焰焰。艳韵同。

【二十九赚】

[湛]：zhàn，湛湛、精湛、清湛、湛清、湛蓝、湛然。另见侵韵、覃韵。

[掺]：shǎn，持也，揽也。另见咸韵。

[阚]：虎怒貌。陷韵同、另见勘韵。

[喊]：喊声、齐喊、高喊、呐喊、呼喊、大喊。感韵同。

[滥]：又读 jiàn，滥泉。另见勘韵。

[嗛]：qiàn，嗛收、嗛岁、嗛疚、荒嗛、抱嗛、道嗛、致嗛。俭韵同。

[巉]：chán。咸韵同。

四、去声

【一送】

[同]：今读 tòng，用于胡同（衕）。另见东韵。

[洞]：洞口、洞穴、空洞、洞房、洞箫。另见董韵。

[恫]：恐惧，恫恐、恫吓。另见东韵。

[衖]：街道、通街，衖衕（胡同）。东韵同。

[梦]：睡眠中所见，睡梦、好梦、如梦、入梦、春梦、大梦、梦寐。另见东韵。

[中]：zhòng，中意、中的、中举、中标。另见东韵。

[衷]：zhòng，通"中"，适合、恰当。另见东韵。

[空]：间隙、欠缺。填空、有空、空

隙、空白。另见东韵、董韵。
[哄]：喧哄、起哄。绛韵同，另见东韵。
[幪]：méng。东韵同，另见董韵。
[砻]：lóng。东韵同。
[瞢]：通"梦"。另见东韵、蒸韵。
[惚]：zǒng。董韵同。
[淞]：sōng，亦读 sòng。冬韵同。
[贛]：gòng，赐给。另见感韵、勘韵。
[戆]：刚直而愚，戆直。另见绛韵。

【二宋】

[供]：上供、进贡、供奉；供状。另见冬韵。
[从]：cóng，仅用于跟随的人，从属的，仆从、随从。另见冬韵。
[纵]：放纵、操纵、欲擒故纵。另见冬韵。
[封]：fēng。冬韵同。
[葑]：菰根。另见冬韵。
[重]：轻重、慎重、持重、任重。肿韵同，另见冬韵。
[种]：栽种、种植、种田。另见东韵、肿韵。
[缝]：缝隙、门缝、墙缝。另见冬韵。

[雍]：yōng，州名。另见冬韵。
[恐]：kǒng，疑也，意度也，恐不可得。另见肿韵。

【三绛】

[降]：升降、迫降、降生、降低。另见江韵。
[洚]：又读 hóng，大水泛滥。东韵、江韵同。
[淙]：cóng，流注。另见冬韵、江韵。
[憧]：chōng，旧读 zhuàng，昏庸、愚痴貌，愚憧。另见冬韵。
[撞]：冲撞、碰撞、撞击、撞见。江韵同。
[幢]：车帘。另见江韵。
[艟]：chōng，短船。另见东韵、冬韵。
[哄]：喧哄、起哄。送韵同，另见东韵。
[虹]：又读 hóng。东韵同。
[戆]：刚直而愚，戆直。另见送韵。

【四寘】

[诒]：yí，通"贻"，遗留，赠也。另见贿韵。

[治]：治国、治世、吏治、政治、大治、惩治。支韵同。

[始]：shǐ。纸韵同。

[眙]：直视、惊视。另见支韵。

[眯]：mì，梦魇。另见荠韵、霁韵。

[眭]：suī，恣睢。另见支韵。

[眦]：目眦、眦裂。霁韵同，另见卦韵。

[眥]：zì，积也，堆积物。另见佳韵。

[晒]：曝晒、日晒、晾晒、晒书、晒图；晒台。卦韵同。

[思]：心绪、诗思、文思、秋思，今皆读 sī。另见支韵、灰韵。

[累]：疲劳、缘及、负累、劳累、连累、拖累。另见支韵、纸韵。

[篑]：竹器，篑笼；盛土的筐子，功亏一篑。卦韵同。

[蒉]：kuì，草器也。另见卦韵。

[掎]：jǐ。纸韵同。

[骑]：qí，旧读 jì，骑的马、坐骑；指骑兵、轻骑、车骑。另见支韵。

[吹]：旧读 chuì，习吹、鼓吹曲。另见支韵。

[咥]：xì，又读 xī，大笑。质韵同，另见屑韵。

[识]：zhì，标记也。另见职韵。

[织]：zhì，通"帜"。另见职韵。

[积]：jī。陌韵同。

[值]：zhí。职韵同。

[埴]：zhí。职韵同。

[植]：zhí。职韵同。

[柜]：书柜、衣柜、立柜、橱柜、掌柜、柜台。另见语韵。

[槌]：chuí。支韵同。

[迟]：zhì，待也，迟旦、迟明。另见支韵。

[遗]：赠也，遗之千金。另见支韵。

[跂]：又读 qǐ，踮起脚尖，跂足。纸韵同。

[踬]：跌倒、绊倒、颠踬；困顿、不顺利，踬顿、屡试屡踬。质韵同。

[跱]：驻跱。质韵同。

[跛]：一只脚站着，立而偏任一足曰跛，跛倚。另见哿韵。

[陂]：bì，不正，倾也。另见支韵、歌韵。

[被]：覆也，被泽、被覆、植被。另见纸韵。

[其]：jì，语助词，常用于代词后。另见支韵。

[澌]：sī，尽也。另见支韵、齐韵。

[刺]：讥刺、讽刺、冲刺；刺绣；刺

探;刺骨。陌韵同。

[戏]:游戏、调戏、戏耍、戏谑;看戏、戏剧。另见支韵。

[使]:出使、使者,旧读 shì;余与纸韵同。

[易]:难易也,不易、容易。另见陌韵。

[帅]:将帅、统帅、元帅。另见质韵。

[食]:sì,以食与人。
yì,用于人名,郦食其。
另见职韵。

[暨]:与也,至也。未韵同。

[比]:旧读 bì,及也,近也,比肩、比及、鳞次栉比。另见支韵、纸韵。

[觯]:古酒器。支韵同。

[荔]:荔枝。霁韵同。

[莳]:移植、栽种,莳秧。另见支韵。

[薏]:薏苡、薏米、薏苡明珠。职韵同。

[彗]:旧读 suì,扫帚,彗星。霁韵同。

[企]:qǐ。纸韵同。

[为]:为谁、为民、为天下。另见支韵。

[贲]:文饰貌;卦名。另见文韵、元韵。

[谇]:诟谇。队韵同。

[屣]:xǐ。纸韵同。

[錘]:chuí。支韵同。

[骳]:kuī,又读 kuǐ。纸韵同。

[施]:延也,及也。另见支韵。

[庳]:有庳,地名。另见支韵、纸韵。

[司]:侦察,通"伺"。另见支韵。

[里]:lǐ,裏义,内也,城里、屋里、手里。另见纸韵。

[瑟]:乐器,琴瑟;萧瑟、瑟瑟、瑟缩。质韵同。

[泌]:mì,分泌、泌尿。质韵同。

[珥]:ěr。纸韵同。

[出]:chū。质韵同。

[欸]:欸唾、謦欸。队韵同。

[亟]:qì,屡次,亟请、亟来问讯。另见职韵。

[挚]:挚尾,鸟兽交媾。另见支韵。

【五未】

[髴]:fú,妇人首饰;髣髴,物韵同。

[沸]:沸泉、沸水、沸腾、沸沸扬扬。物韵同。

[汇]:彙义,汇报、词汇、总汇。另见贿韵。

[溉]：灌溉。队韵同。

[暨]：与也，至也。寘韵同。

[尉]：wèi，官名，都尉、县尉、上尉、少尉。另见物韵。

[蔚]：wèi，霞蔚、荟蔚、文蔚、蔚蓝。另见物韵。

[芾]：fèi，蔽芾，树叶初生微小。另见物韵。

[诽]：fěi。微韵、尾韵同。

[痱]：热疮也，痱子。另见微韵。

[卉]：草总名，百卉、佳卉。尾韵同。

[衣]：穿（衣服），解衣衣我。另见微韵。

[忾]：忾然、同仇敌忾。队韵同。

[欷]：xī。微韵同。

[纬]：经纬、纬线；纬书、纬世。尾韵同。

【六御】

[御]：御者、驾御；御厨、御用、御驾。另见语韵。

[去]：来去、远去、看去、去向、去处、去年。另除也，去邪、去病与语韵同。

[胠]：qū。鱼韵同。

[女]：以女嫁人，女以骊姬。另见语韵。

[如]：rú。鱼韵同。

[茹]：rú。鱼韵、语韵同。

[沮]：沮洳。另见鱼韵。

[洳]：湿润、沮洳。另见鱼韵、语韵。

[诅]：zǔ，诅盟、诅咒。语韵同。

[狙]：jū。鱼韵同。

[据]：依据，论据、证据、票据；占据、割据。另见鱼韵。

[锯]：jū。鱼韵同。

[淤]：yū。鱼韵同。

[处]：处所，何处、住处、大处、处处、深处。另见语韵。

[著]：显明、撰述、显著、专著、名著、著名、著作。另见语韵、药韵。

[与]：yù，参与。另见鱼韵、语韵。

[欤]：yú，语气词。鱼韵、语韵同。

[疏]：旧读shù，条陈、注解，注疏、奏疏、上疏。另见鱼韵。

[语]：告诉，不以语人。另见语韵。

[醵]：凑钱饮酒。鱼韵、药韵同。

[除]：给予；光阴过去，日月其除。另见鱼韵。

[楚]：chǔ。语韵同。

[嘘]：xū。鱼韵同。

[诎]：岂也。语韵同。
[誉]：名誉、荣誉、毁誉、称誉、声誉、盛誉、誉为、誉满天下。鱼韵同。

【七遇】

[厝]：置也。另见药韵。
[怒]：震怒、愤怒、恼怒、迁怒、怒骂、怒潮。麌韵同。
[恶]：wù，好恶、憎恶、厌恶。另见虞韵、药韵。
[胯]：腰胯、胯下。祃韵同。
[瓠]：瓠子、瓠瓜。虞韵同。
[铺]：书铺、商铺、店铺、床铺。另见虞韵。
[圃]：pǔ。麌韵同。
[酺]：pú。麌韵同。
[酤]：gū。同"沽"，买酒，卖酒。另见虞韵、麌韵。
[苦]：仅用于困也，困苦。另见麌韵。
[瞿]：惊视貌，瞿瞿。另见虞韵。
[雇]：gù，雇工、雇佣、雇用、雇主。另见麌韵。
[属]：zhǔ，属耳。另见沃韵。
[句]：jù，妙句、佳句、绝句、好句、句读。另见虞韵、尤韵、宥韵。

[煦]：和煦、煦妪。麌韵同。
[蒟]：jǔ。麌韵同。
[吐]：醉吐、呕吐。另见麌韵。
[咮]：鸟声。另见宥韵。
[喻]：比喻、喻示、不可理喻、不言而喻。另见虞韵。
[俞]：shù，通"腧"，人体穴位、腧穴，肺俞、肾俞。另见虞韵。
[输]：shū。虞韵同。
[仆]：pū，又读 fù，颠仆，前仆后继。宥韵同，另见屋韵、沃韵。
[作]：zuò，动作、作为、著作、作家。箇韵、药韵同。
[芋]：芋芳、芋头。另见虞韵。
[获]：穫义，收获、采获、获得、获取。药韵同，另见陌韵。
[菟]：菟丝子。另见虞韵。
[树]：木总称，树林、树木、树丛、树梢、松树、柳树。又树立，树敌、建树与虞韵同。
[度]：dù，法度；调度；程度；度数。另见药韵。
[数]：数目、数年、数次；劫数。另见麌韵、觉韵。
[鹜]：孤鹜、野鹜。屋韵同。
[聚]：积聚、欢聚、聚会、聚众、聚

精会神。虞韵同。

[污]：wū，泥污、污垢、污秽、污水，虞韵同。另见麻韵。

[驱]：qū。虞韵同。

[雨]：降也，雨雪。另见虞韵。

[炷]：灯炷；炷香。虞韵同。

[迕]：wǔ，遇见，相迕；违背、违迕。另见虞韵。

[妇]：妇女、妇道、媳妇、村妇、巧妇、夫妇、妇人之仁。有韵同。

[负]：负债、负心、负荷、负荆。有韵同。

[副]：fù，副使、副本；名副其实。宥韵同。另见屋韵、职韵。

[富]：贫富、致富、大富、富有、富足、富饶、富裕、富国强兵、富贵荣华。宥韵同。

[足]：jù，增补；过分，足恭。另见沃韵。

[跗]：fū。虞韵同。

【八霁】

[齐]：通"剂"，和齐。另见齐韵。

[挤]：jǐ，齐韵、荠韵同。

[济]：渡也，共济、济世。另见荠韵。

[剂]：药剂、调剂。另见支韵。

[娣]：弟妻也，娣姒。荠韵同。

[涕]：涕泣、涕泪。荠韵同。

[悌]：恺悌、孝悌。荠韵同。

[递]：传递、递增。荠韵同。

[说]：shuì，游说、说客。另见屑韵。

[蜕]：蜕皮、蜕变、蝉蜕。泰韵同。

[泥]：泥古；泥子。另见齐韵、荠韵。

[泄]：泄泄；水名。另见屑韵。

[贳]：贳贷。祃韵同。

[蹶]：guì，动；急遽貌，蹶然。另见月韵。

[鳜]：鳜鱼。月韵同。

[偈]：jì，日颂千偈。另见屑韵。

[揭]：qì，提起衣服。另见月韵、屑韵。

[挮]：lì，琵琶拨也。另见屑韵。

[丽]：附着也，附丽；美也，美丽。另见支韵。

[契]：qì，契约、契合、契刀、书契、默契。另见屑韵。

[祭]：jì，祭祀、祭品、家祭、社祭、路祭。另见卦韵。

[闭]：关闭、封闭、闭门、闭口、闭目、闭塞。屑韵同。

[缀]：补缀、点缀。屑韵同。

[缔]：缔结、缔造、缔盟、缔约、取缔。另见齐韵。

[彗]：旧读suì，扫帚，彗星。寘韵同。

[柢]：dǐ。荠韵同。

[达]：tì，足滑也。另见曷韵。

[逮]：逮捕；不逮。队韵同。

[揳]：电揳、揳肘、揳曳。屑韵同。

[妻]：以女嫁人。另见齐韵。

[眯]：mī，旧亦读mì（瞇），双目微合，眯缝。另见荠韵、寘韵。

[眦]：目眦、眦裂。寘韵同，另见卦韵。

[睇]：视也，通"睇"。另见齐韵。

[砺]：泰韵、曷韵同。

[离]：lì，通"丽"，依附。另见支韵。

[荔]：荔枝。寘韵同。

[轪]：车轪。泰韵同。

[切]：qiè，一切、切记、切忌、切身、迫切、恳切、切切。另见屑韵。

[晢]：zhé，明亮，晢晢。屑韵同。

[褓]：tì，包裹婴儿的被子，素褓。另见锡韵。

[医]：yì，古时盛箭的器具。另见支韵。

【九泰】

[大]：大方、博大、盛大、肥大、胆大、光大、老大。简韵同。

[奈]：无奈、怎奈、奈何。简韵同。

[轪]：车轪。霁韵同。

[盖]：掩盖、遮盖、覆盖、盖板、盖帽；盖世。另见合韵。

[砺]：霁韵、曷韵同。

[蜕]：蜕皮、蜕变、蝉蜕。霁韵同。

[酹]：祭酹、酹酒。队韵同。

[狯]：狡狯、黠狯。卦韵同。

[哕]：鸟鸣声。另见月韵。

【十卦】

[杀]：shài，羽毛凋落；衰退；嚓杀，声音急促。另见黠韵。

[铩]：shā。黠韵同。

[蒉]：kuài，植物名。另见寘韵。

[篑]：竹器，篑笼；盛土的筐子，功亏一篑。寘韵同。

[喝]：yè，嘶声。另见曷韵、合韵、洽韵。

[噫]：噫气。另见支韵。

[嗌]：ài，噎也，咽喉阻塞。另见陌韵。

[话]：话语、话旧、话别、梦话、通话、佳话、夜话、诗话、童话。

祃韵同。

[晒]：曝晒，日晒、晾晒、晒书、晒图；晒台。霁韵同。

[眦]：睚眦。另见寘韵、霁韵。

[瘥]：病愈也。另见歌韵。

[画]：画图、画意、图画、刻画、描画、版画、漫画、字画、如画。陌韵同。

[澥]：沉澥。队韵同。

[解]：jiè，解试、解子。另见蟹韵。

[祭]：zhài，姓。另见霁韵。

[狯]：狡狯、黠狯。泰韵同。

[价]：jiè，价人。另见祃韵。

[块]：土块、石块、冰块、肿块、大块、块垒。队韵同。

[衩]：chǎ，裤衩。
chà，衩衣、开衩。
祃韵同。

【十一队】

[栽]：筑墙立板。另见灰韵。

[载]：车载、满载、装载、载誉、载客、载货、怨声载道、载歌载舞。另见贿韵。

[裁]：cái，制裁、独裁。另见灰韵。

[字]：亦读bó。月韵同。

[悖]：bèi，悖逆、悖谬。另见月韵。

[忾]：忾然、同仇敌忾。未韵同。

[悔]：huǐ。贿韵同。

[脢]：méi。灰韵同。

[劾]：hé。职韵同。

[欸]：欸唉、謷欸。寘韵同。

[溉]：灌溉。未韵同。

[澧]：沉澧。卦韵同。

[塞]：sài，边塞、要塞、塞翁失马、塞北、塞外。另见职韵。

[逮]：逮捕、不逮。霁韵同。

[敦]：器名。另见元韵、寒韵、愿韵。

[铠]：kǎi。贿韵同。

[在]：存在、安在、永在、不在、常在、何在、宛在、同在；自在。贿韵同。

[琲]：珠十贯为一琲。贿韵同。

[瑁]：玳瑁、执瑁。号韵同。

[礌]：léi，又读lèi，礌石。另见贿韵。

[酹]：祭酹、酹酒。泰韵同。

[倈]：慰劳、劳倈。另见灰韵。

[采]：采地、采邑。另见贿韵。

[北]：bèi，通"背"，乖违，相背，士无反北之心。另见职韵。

[诶]：诟诶。寘韵同。

[啐]：尝、饮，啐酒、啐醴；唾，表示鄙斥，啐了一口。质韵同。

［鼐］：大鼎，鼐鼎。贿韵同。
［块］：土块、石块、冰块、肿块、大块、块垒。卦韵同。
［耒］：lěi，古农具，耒耜。纸韵同。

【十二震】

［振］：振动、振奋、振兴、共振、谐振。另见真韵。
［娠］：shēn。真韵同。
［赈］：救济，以工代赈、赈灾、赈饥、赈济。另见轸韵。
［蜃］：大蛤蜊；蜃楼。轸韵同。
［磷］：lìn，薄，磨而不磷。另见真韵。
［瞵］：lín。真韵同。
［诊］：zhěn。轸韵同。
［谆］：谆谆，迟钝貌。另见真韵。
［傧］：傧从、傧相。另见真韵。
［瑱］：玉瑱。霰韵同。
［珉］：似玉的美石。真韵同。
［瑾］：又读jǐn，美玉，怀瑾握瑜。吻韵同。
［引］：yǐn。轸韵同。
［亲］：亲家。另见真韵。
［龀］：儿童换牙。吻韵同。

【十三问】

［分］：成分、养分；名分、天分；非分、过分、本分。另见文韵。
［坋］：尘也，尘坋。吻韵同。
［忿］：忿恚，忿忿。吻韵同。
［斤］：jīn，察也，斤斤。另见文韵。
［近］：远近、附近、相近、亲近、靠近、走近、接近、近郊、近利。吻韵同。
［缊］：缊袍。另见文韵、元韵。
［薀］：yùn，积聚，通"蕴"。吻韵同，另见元韵。
［蕴］：yùn，蕴藏、蕴涵；底蕴；蕴藉。吻韵同。另见元韵。
［抆］：wěn。吻韵同。
［员］：yùn，姓。另见文韵、先韵。
［隐］：凭依，隐几。另见吻韵。
［闻］：旧读wèn，名声，令闻、秽闻。另见文韵。

【十四愿】

［搵］：按、没（入）；拭。吻韵同。
［远］：远之也，远小人。另见阮韵。
［遁］：逃遁、远遁、隐遁、遁世。阮韵同。
［绻］：quǎn。阮韵同。
［圈］：猪圈、羊圈、牛圈、虎圈，阮韵同。另见元韵。
［溷］：浊也。另见元韵。

［论］：议论、讨论、辩论、评论、定论、结论。另见元韵。

［闷］：烦闷、忧闷、纳闷、解闷、闷闷不乐。另见元韵。

［怨］：埋怨、抱怨、仇怨、愁怨、结怨、怨恨。另见元韵。

［愠］：烦闷、愤怒、愤愠、忧愠、愠愠。阮韵、旱韵同。

［饭］：熟的谷类食品、米饭、吃饭、晚饭、稀饭、造饭、饭局。另见阮韵。

［献］：奉献、贡献、献言、献礼、献花、献丑。另见歌韵。

［曼］：柔曼、曼舞、曼妙、曼延。另见寒韵。

［蔓］：蔓草、蔓延；"瓜蔓、藤蔓"口语又读 wàn。另见寒韵。

［喷］：pēn。元韵同。
另 pèn，喷香、喷喷香。

［奔］：投奔、直奔、奔向、奔头儿。另见元韵。

［敦］：通"顿"，困顿。另见元韵、寒韵、队韵。

［浣］：yuàn，又读 yuān，水名、浣水。另见阮韵、箇韵。

［碗］：又读 yuàn。阮韵同。

［堰］：石堰、水堰、都江堰。阮韵、霰韵同。

［媛］：美好、美女、媛女、名媛。霰韵同。另见元韵。

［瑗］：大孔的璧。霰韵同。

［键］：关键、琴键、按键。先韵、铣韵同。

［焌］：燃火。质韵同。

［鳟］：zūn，又读 zùn，鱼名，赤眼鳟、虹鳟。阮韵同。

［万］：wàn，万千、万物、万全、上万、一万、百万、千万、万万。另见职韵。

［顿］：dùn，停顿；困顿、劳顿；顿悟。另见月韵。

【十五翰】

［翰］：羽翰、书翰、翰墨；翰林。寒韵同。

［干］：才干、骨干、能干、苦干、大干；枝干。另见寒韵。

［汗］：流汗、出汗、大汗、盗汗、血汗；汗青。另见寒韵。

［骭］：肋骨。另见谏韵。

［悍］：勇悍、强悍、剽悍、凶悍、悍妇、悍然。旱韵同。

［难］：灾难、苦难、遭难、遇难、大难、多难、空难、躲难、难民；非难、责难、问难。另见寒韵。

[滩]：tān。寒韵同。
[谰]：lán。寒韵同。
[澜]：lán。寒韵同。
[谩]：轻慢无礼,谩骂;空泛。谏韵同,另见寒韵。
[墁]：毁瓦画墁、花砖墁地。寒韵同。
[漫]：弥漫、散漫、漫漫、漫谈、漫笔、漫步、漫天、漫道、漫卷。寒韵同。
[镘]：抹墙工具,泥镘。寒韵同。
[缦]：缦帛。谏韵同。
[叹]：叹息、咏叹、慨叹、可叹、长叹、感叹、悲叹、兴叹、喟叹、嗟叹、惊叹、称叹。寒韵同。
[观]：道观、寺观、仙观。另见寒韵。
[断]：判断、决断、独断、诊断、断案。另见旱韵。
[散]：聚散、消散、解散、发散、烟消云散。另见旱韵。
[算]：计算、盘算、打算、暗算、失算、神算。旱韵同。
[冠]：冠军、冠礼;弱冠、未冠。另见寒韵。
[弹]：子弹、枪弹、投弹、中弹、弹丸、弹弓。另见寒韵。
[看]：视也,细看、传看、看看、好看、难看、看好、看破、看穿。另见寒韵。
[钻]：钻石、钻戒、钻塔、电钻。另见寒韵。
[胖]：pàng,肥胖、真胖、胖子。又pàn,祭祀用半体牲。另见寒韵。
[伴]：pàn,广大貌,伴奂。另见旱韵。
[但]：但是、但凡、但愿、但求无过、非但、不但、岂但。旱韵同。
[侃]：kǎn。旱韵同。
[馆]：guǎn。旱韵同。
[晏]：晏如、晏然、晏晏。谏韵同。
[盥]：盥洗。旱韵同。
[瓒]：古礼器,玉瓒、圭瓒。旱韵同。
[攒]：zǎn,积攒、攒钱。另见寒韵。

【十六谏】

[缦]：缦帛。翰韵同。
[谩]：轻慢无礼,谩骂;空泛。翰韵同。另见寒韵。
[讪]：讥笑、谤也,讪笑、嘲讪、搭讪。删韵同。
[栈]：栈道,栈桥、石栈;栈房、客

[栅]：zhà，又读 shān，篱栅、柴栅、栅栏。陌韵同。

[患]：病患、医患、水患、防患、忧患、患难。删韵同。

[间]：间隙、间隔、间接、间歇、相间；间苗。另见删韵。

[晏]：晏如、晏然、晏晏。翰韵同。

[绾]：wǎn。潸韵同。

[骭]：小腿。另见翰韵。

[擐]：又读 guān，穿，擐甲胄。另见删韵。

[羼]：羼入、羼杂。潸韵同。

【十七霰】

[传]：经传、列传、外传、别传、自传、传记。另见先韵。

[转]：转动、自转、公转、转圈、转悠；转筋。另见铣韵。

[辗]：niǎn，同"碾"。另见铣韵。

[碾]：niǎn。铣韵同。

[研]：通"砚"；又研磨、研究、专研、精研，同先韵。

[跈]：兽蹄后不着地，蹄跈。另见铣韵。

[先]：xiān。先韵同。

[选]：xuǎn。铣韵同。

[煎]：古读 jiàn，蜜煎，今作"蜜饯"。另见先韵。

[燕]：燕雀、紫燕、雏燕、飞燕、北燕、家燕；燕尔。另见先韵。

[咽]：yàn，嚥义，吞咽、下咽、细嚼慢咽。另见先韵、屑韵。

[穿]：旧读 chuàn，通"串"，贯也，贯穿。另见先韵。

[宴]：安宴、设宴、摆宴、家宴、国宴、盛宴、赴宴、宴饮；宴尔。铣韵同。

[堰]：石堰、水堰、都江堰。阮韵、愿韵同。

[弁]：弁言、马弁、武弁。另见寒韵。

[媛]：美好、美女，媛女、名媛。愿韵同。另见元韵。

[援]：yuán，救助也、接也、救援、支援、援助。另见元韵。

[瑗]：大孔的璧。愿韵同。

[瑑]：玉器上雕饰的凸纹，瑑刻。铣韵同。

[缘]：缘饰，亦读 yuán。另见先韵。

[缠]：chán。先韵同。

[拣]：jiǎn。潸韵同。

[撰]：撰述、撰稿、杜撰。潸韵同。又 xuǎn，选择。

[佃]：佃户、佃作。另见先韵。

双韵字注　237

[钿]：金钿、花钿。先韵同。
[遣]：qiǎn，派遣、遣将、遣送。另见铣韵。
[繾]：qiǎn。铣韵同。
[眄]：miǎn。铣韵同。
[瞑]：miàn，惯乱貌，瞑眩。另见青韵。
[饯]：以酒食送行，饯行、饯别。铣韵同。
[溅]：溅落、飞溅、四溅。另见先韵。
[便]：便利、便携、方便、顺便、乘便、轻便。另见先韵。
[倩]：qiàn，美好貌，倩装、倩影。另见敬韵。
[单]：shàn，姓。另见寒韵、先韵。
[禅]：禅让、禅位、封禅。另见先韵。
[扇]：羽扇、蒲扇、扇面；门扇、隔扇。另见先韵。
[煽]：又读 shàn，煽动、煽惑。煽风点火。先韵同。
[蚬]：xiǎn。铣韵同。
[狷]：狷介、性狷。铣韵同。
[旋]：绕也，旋风、旋子。另见先韵。
[漩]：又读 xuàn。先韵同。
[甗]：yǎn。先韵、铣韵同。

[牵]：挽舟绳索，同"纤"。另见先韵。
[善]：善于、善谈、善忘。另见铣韵。
[瑱]：玉瑱。震韵同。
[衍]：yǎn。铣韵同。
[卷]：书卷、案卷。另见先韵、铣韵。
[惓]：危急。另见先韵。
[谳]：议罪，定谳、奏谳。铣韵、屑韵同。

【十八啸】

[僬]：僬僬，行走急促貌。另见萧韵。
[噍]：jiào，咬、嚼。另见萧韵、尤韵。
[敫]：歌也。另见药韵。
[徼]：jiào，边界，巡查。另见萧韵。
[绕]：缭绕、缠绕、盘绕、萦绕、环绕、绕梁。篠韵同。
[烧]：放火烧野草以肥田。另见萧韵。
[朓]：tiǎo。萧韵、篠韵同。迁庙之祭，与萧韵、篠韵异。
[铫]：烹器，药铫、石铫。另见萧韵。

［跳］：心跳、眼跳、跳跃、跳梁、跳绳、跳月。萧韵同。

［嘹］：又读 liào。萧韵同。

［镣］：又读 liáo, 纯美的银子；刑具、脚镣、镣铐。萧韵同。

［鹩］：liáo。萧韵同。

［鹞］：鹞子。另见萧韵。

［摇］：yáo。萧韵同。

［掉］：掉转、掉船、掉换、掉价、震掉、碰掉、扔掉、除掉。篠韵同。

［摽］：落也，摽落。篠韵同，另见萧韵。

［剽］：旧读 piào。萧韵同。

［漂］：piǎo, 用水冲洗, 漂纱。piào, 漂亮。另见萧韵。

［慓］：piāo, 又读 piào, 慓悍（剽悍）。篠韵同。

［要］：紧要、主要、险要、纲要、摘要、要冲。另见萧韵。

［劭］：劝勉，自强，美好。萧韵同。

［调］：diào, 调度、调动、调查、商调、函调；高调。另见萧韵、尤韵。

［吊］：diào, 吊唁、吊古、凭吊；悬挂、吊起。另见锡韵。

［少］：老少、年少、恶少、阔少、少

壮。另见筱韵。

［料］：材料、资料、草料、香料、笑料；意料、预料；照料、料理。萧韵同。

［峤］：又读 qiáo, 尖而高的山。萧韵同。

［轿］：舆轿、竹轿、花轿、抬轿、坐轿、轿夫。萧韵同。

［肖］：相似，酷肖、肖像、惟妙惟肖。另见萧韵。

［哨］：巡哨、查哨、岗哨、放哨；口哨、呼哨。另见萧韵。

［鞘］：刀剑套，剑鞘。亦作"韒"。另见肴韵。

［约］：yuē。药韵同。

［爝］：jué, 火把, 爝火。药韵同。

【十九效】

［较］：较量、较真、较劲、比较、锱铢必较。另见觉韵。

［胶］：jiāo。肴韵同。

［教］：教训、教导、教化。另见肴韵。

［挠］：náo, 弯曲, 削弱。另见萧韵。

［爆］：bào, 火裂也, 爆炸、爆裂、爆破、爆竹。另见觉韵。

［拗］：违拗；执拗。另见巧韵。

[乐]：yào，喜好。另见觉韵、药韵。

[觉]：jiào，睡觉、午觉、好觉。另见觉韵。

[敲]：qiāo。肴韵同。

[泡]：浸泡、泡茶、泡汤、泡沫。另见肴韵。

[炮]：礟、砲义，大炮、鞭炮、炮火。另见肴韵。

[趵]：bào，跳跃，趵突泉。另见觉韵。

[刨]：刨子、刨刀；刨平、刨木头。另见肴韵。

[窖]：jiào，地窖。另见肴韵、宥韵。

[钞]：chāo。肴韵同。

【二十号】

[号]：名号、称号、法号、年号、宝号；号令、号召。另见豪韵。

[告]：请告、控告、报告。另见沃韵。

[造]：深造；造次。另见皓韵。

[暴]：bào，强暴、除暴、暴雨、暴怒、暴戾、暴殄。另见屋韵。

[瀑]：bào，疾雨，水飞溅。另见屋韵。

[劳]：旧读 lào，劳军、劳勉。另见豪韵。

[涝]：旱涝、水涝。另见豪韵、皓韵。

[潦]：lào，同"涝"。雨水多，淹没庄稼，灾潦。另见萧韵、豪韵、皓韵。

[漕]：cáo。豪韵同。

[奥]：房屋西南角。另见屋韵。

[澳]：ào，水湾可泊船处。另见屋韵。

[燠]：又读 ào，暖也。皓韵、屋韵同。

[冒]：mào，冒雨、冒犯、假冒。另见职韵。

[瑁]：玳瑁、执瑁。队韵同。

[帱]：dào，覆盖，古与"焘"通用。另见尤韵。

[祷]：dǎo。皓韵同。

[焘]：dào，又读 tāo。覆盖，同"帱(dào)"。另见豪韵。

[缟]：gǎo。皓韵同。

[膏]：润也，雨如膏，膏笔。另见豪韵。

[操]：旧读去声，操守、节操。另见豪韵。

[好]：爱好、喜好、嗜好、好强、好善、好学。另见皓韵。

[纛]：大纛、执纛。沃韵同。

[骜]：马不训也，雄骜。另见豪韵。

[倒]：倒置、倒立、倒茶、倒车、倒退、倒彩、倒背如流。另见皓韵。

[凿]：záo，穿木孔工具，凿子；打孔、穿通、凿井、穿凿、凿空。另见药韵。

[扫]：扫帚、扫帚星。另见皓韵。

[埽]：sǎo。皓韵同。另 sào，一种护堤材料。

[芼]：拔取（菜、草）。另见豪韵。

[眊]：眼睛昏花，眊眊、昏眊、眊聩。觉韵同。

【二十一箇】

[大]：大小、大方、宽大、博大、盛大、肥大、胆大、光大、老大。泰韵同。

[奈]：无奈、怎奈、奈何。泰韵同。

[驮]：牲口负载之物。另见歌韵。

[坷]：kě。哿韵同。

[轲]：kě，轗轲（同坎坷）。另见歌韵、哿韵。

[磋]：cuō。歌韵同。

[磨]：石磨、推磨、磨坊。另见歌韵。

[瘥]：因劳致病。另见寒韵、哿韵。

[作]：zuò，动作、作为、著作、作家。遇韵、药韵同。

[那]：那边，旧读 nuò，亦作语助词。另见歌韵。

[些]：语助词。另见麻韵。

[过]：超过、胜过、来过、过眼、过客、过望。另见歌韵。

[逻]：luó。歌韵同。

[和]：附和、唱和、奉和、和诗。另见歌韵。

[簸]：簸箕；又扬米去糠，与哿韵同。

[坐]：危坐、端坐、正坐、独坐、请坐；连坐。哿韵同。

[惰]：懒惰、怠惰、惰性。哿韵同。

[懦]：懦夫、懦弱、怯懦。虞韵同。

[髁]：kē，又读 kuà。歌韵、马韵同。

[涴]：wò，沾污，勿使泥尘涴。另见阮韵、愿韵。

【二十二祃】

[姹]：美女。马韵同。

[咤]：叱咤。麻韵同。

[价]：價义。jià，价值、酒价、定价。jie，语助词，别价、成天价。

另见卦韵。

[假]：告假、休假、放假、产假、假日、假期。另见马韵。

[借]：借资、借助、借故、借口、外借、假借。另见陌韵。

[蜡]：zhà,古祭名。另见合韵。

[藉]：jiè,蕴藉、枕藉。另见陌韵。

[把]：柄,刀把、壶把。另见马韵。

[杷]：田器柄,犁杷。另见麻韵。

[华]：华山；又姓。另见麻韵。

[桦]：木名,白桦、黑桦、松桦、桦烛。麻韵同。

[下]：谦下、下嫁、下士。另见马韵。

[吓]：xià,惊吓、吓人、吓唬。另见陌韵。

[罢]：曲罢、读罢；罢官、罢市。蟹韵同。

[夏]：季节也,初夏、盛夏、立夏、酷夏、苦夏、三夏、春夏。另见马韵。

[霸]：bà,霸工、霸业、霸道、图霸、称霸。另见陌韵。

[炙]：烧烤,炮炙、脍炙、炙手。陌韵同。

[舍]：庐舍也,草舍、舍馆、宿舍。另见马韵。

[射]：yè,仆射。另见陌韵。

[胯]：腰胯、胯下。遇韵同。

[赁]：赁贷。霁韵同。

[泻]：泄泻、倾泻、泻泉。马韵同。

[溠]：又读 zhā,水名,溠水。麻韵同。

[差]：奇异、意外,差人；太差、相差。另见支韵、佳韵、麻韵。

[话]：话语、话旧、话别、梦话、通话、佳话、夜话、诗话、童话。卦韵同。

[衩]：chǎ,裤衩。
　　 chà,衩衣、开衩。
　　 卦韵同。

[帕]：pà,手帕、香罗帕。另见黠韵。

[鲊]：海蜇,水母之一种。另见马韵。

[瓦]：施瓦于屋（铺瓦）,瓦瓦（wàwǎ）；瓦刀。
另见马韵。

【二十三漾】

[荡]：荡荡、澹荡、坦荡、放荡、游荡、荡舟。养韵同。

[汤]：通"烫""荡"。另见阳韵。

[炀]：火炽也。另见阳韵。

[砀]：有花纹的石头；地名。另见阳韵。

［飏］：yáng。阳韵同。

［长］：多也、余也、长物。另见阳韵、养韵。

［张］：通"帐"，张饮；又通"胀"。另见阳韵。

［涨］：烟尘涨天。另见阳韵、养韵。
又今读 zhǎng，与养韵同。

［亢］：kàng，高亢。另见阳韵。

［吭］：háng。阳韵、养韵同。

［颃］：kàng，咽喉。另见阳韵。

［防］：fáng。阳韵同。

［妨］：fáng。阳韵同。

［怏］：怏怏、怏悒。养韵同。

［盎］：盆也，瓦盎；盛也，盎然。养韵同。

［行］：háng（旧读 hàng），排行、班辈。另见阳韵、庚韵、敬韵。

［桁］：hàng，衣架。另见阳韵、庚韵。

［桄］：桄子。另见阳韵。

［相］：相马；卿相。另见阳韵。

［杖］：执、持、杖节、杖钺。另见养韵。

［仗］：兵仗、硬仗；仗剑；仰仗。养韵同。

［仰］：旧读 yàng，依靠，仰给。另见养韵。

［偿］：cháng。阳韵同。

［儻］：养韵同。

［倡］：发起，提倡、倡导、倡议。另见阳韵。

［当］：典当、赎当、当铺；恰当、适当、妥当。另见阳韵。

［挡］：摒挡，料理、收拾。另见养韵。

［搒］：bàng，进船也。另见庚韵。

［掠］：抢掠、掳掠、笞掠、掠夺、掠美、掠影。药韵同。

［凉］：使凉，凉一凉。另见阳韵。

［阆］：又读 láng，阆阆；阆苑；阆中。阳韵同。

［浪］：波浪、风浪、白浪、破浪、麦浪、声浪；放浪、浪迹、浪荡。另见阳韵。

［潢］：旧读 huáng，染纸，装潢。另见阳韵。

［上］：shàng，方位、等级、先后，上方、上宾、上册；上山。另见养韵。

［望］：远望、眺望、瞻望、展望；希望、渴望。阳韵同。

［将］：将帅。另见阳韵。

［晃］：晃动、晃荡。另见养韵。

［量］：力量、大量、海量、超量、数量、分量、气量、饭量、胆量。

[障]：保障、屏障、障蔽。阳韵同。
[藏]：宝藏。另见阳韵。
[养]：旧读 yàng，侍奉，供养、奉养。另见养韵。
[王]：王天下；又通"旺"。另见阳韵。
[丧]：丧失、丧气。另见阳韵。
[两]：通"辆"。另见养韵。
[忘]：健忘、好忘、遗忘、忘形、忘情、忘怀。阳韵同。
[广]：广轮。另见养韵。
[创]：创始、开创；惩创。另见阳韵。
[脏]：臟义，脏腑、内脏。另见养韵。
[奘]：壮大；玄奘。另见养韵。

【二十四敬】

[请]：朝会名，秋请。另见梗韵。
[倩]：qìng，今又读 qiàn，请，央求，倩人执笔。另见霰韵。
[婧]：女子有才；苗条美好。梗韵同。
[靓]：靓妆。梗韵同。
[盛]：茂盛、昌盛、丰盛、繁盛、盛世、盛况。另见庚韵。
[盟]：旧读 míng，起誓，盟誓。另见庚韵。
[榜]：bàng，同"搒"，进船也，又笞也。另见庚韵、养韵。
[横]：强横、蛮横、横祸、横财。另见庚韵。
[评]：píng。庚韵同。
[词]：告密、刺探，诇伺、诇察。迥韵同。
[正]：公正、对正、不正、正中、正气、正当、正好。另见庚韵。
[证]：谏证也。另见径韵。
[令]：命令、法令、政令、敕令、时令。另见庚韵。
[行]：xíng（旧读 xìng），行为、造诣。另见阳韵、庚韵、漾韵。
[庆]：余庆、喜庆、大庆、共庆、同庆、庆幸。阳韵同。
[更]：更佳、更加、更快、更多、更好、更上一层楼。另见庚韵。
[迎]：今读 yíng，迎娶。另见庚韵。
[轻]：qīng。庚韵同。
[并]：吞并、相并。梗韵同，另见庚韵、迥韵。
[侦]：zhēn。庚韵同。
[儆]：jǐng，戒也，儆诫、以儆效尤。梗韵同。

[邴]：bǐng。梗韵同。
[檾]：又读 jìng。庚韵、梗韵同。
[娉]：pìn，通"聘"，娶也。另见青韵。
[阱]：陷阱。梗韵同。
[趟]：tàng，一趟、两趟。另见阳韵、庚韵。

【二十五径】

[经]：织经、经纱。另见青韵。
[胫]：脚胫。迥韵同。
[廷]：tíng。青韵同。
[庭]：径庭。另见青韵。
[应]：应变、响应、应酬、应验。另见蒸韵。
[听]：tīng，听取、听从、听政、听任。
又旧读 tìng，听任、听之任之。青韵同。另见文韵、吻韵。
[胜]：胜负、胜境。另见蒸韵。
[乘]：千乘、史乘。另见蒸韵。
[称]：chèn，相称、称职。
又 chèng，同"秤"。另见蒸韵。
[莹]：yíng。庚韵同。
[证]：證义、证明、证据、指证。另见敬韵。

[兴]：兴趣、雅兴、助兴、高兴、乘兴。另见蒸韵。
[宁]：宁可、宁愿、宁肯。另见青韵。
[泞]：泥泞。迥韵同。
[醒]：xǐng。青韵、迥韵同。
[钉]：以钉钉物也,钉钉子。另见青韵。
[镫]：马镫。另见蒸韵。
[蹭]：蹭蹬。另见蒸韵。
[暝]：日暮,暝色。另见青韵。
[烝]：热,郁烝、炎烝。另见蒸韵。
[凭]：píng。蒸韵同。
[凝]：níng。蒸韵同。
[堋]：棺下土。另见蒸韵。

【二十六宥】

[畜]：chù，禽兽,六畜、牲畜、家畜、耕畜。另见屋韵。
[留]：liú。尤韵同。
[溜]：水溜；溜缝。另见尤韵。
[馏]：馏饭。另见尤韵。
[遛]：遛马、遛鸟、遛弯。另见尤韵。
[瘤]：liú。尤韵同。
[右]：左右、江右、右使、出其右。有韵同。

[扣]：纽扣、扣马、入扣。有韵同。
[后]：前后、往后、预后、最后；皇后，立后。有韵同。
[售]：卖，出售、销售。尤韵同。
[柚]：yòu，柚子、橘柚。另见尤韵、屋韵。
[辐]：fú。屋韵同。
[副]：fù，副使、副将、副本；名副其实。遇韵同。另见屋韵、职韵。
[富]：富有、富足、富国强兵、富贵荣华。遇韵同。
[复]：屋韵同。
[覆]：屋韵同。
[蹂]：róu。尤韵、有韵同。
[鞣]：róu。尤韵同。
[瞀]：目不明也。尤韵、觉韵同。
[蔟]：còu，律名，大蔟。另见屋韵。
[嗾]：sǒu。有韵同。
[咮]：鸟嘴。另见遇韵。
[吼]：hǒu。有韵同。
[狃]：niǔ。有韵同。
[犹]：yóu。尤韵同。
[守]：古官职，郡守。另见有韵。
[宿]：xiù，星宿。另见屋韵。
[溜]：liù，地名。另见看韵、效韵。

[仆]：pū，又读 fù，颠仆、前仆后继。遇韵同，另见屋韵、沃韵。
[伏]：旧读 fù，禽孵卵。另见屋韵。
[绶]：绶带、印绶。有韵同。
[缪]：miù，错缪。另见尤韵、屋韵。
[廖]：姓。另见萧韵。
[偻]：lóu，又读 lǔ。尤韵、虞韵同。
[镂]：雕刻、开凿、疏通。另见虞韵。
[走]：zǒu。有韵同。
[繇]：卜兆的占词，通"籀"，繇文、占繇。另见萧韵、尤韵。
[首]：shǒu，自首、上首、下首。另见有韵。
[勾]：gòu，张弓也；又勾当（同勾当）。另见虞韵、尤韵、遇韵。
[沤]：长时间浸泡，沤麻。另见尤韵。
[收]：shōu。尤韵同。
[厚]：厚薄，又重也，深厚、宽厚、厚爱、厚颜。另见有韵。
[读]：dòu，句读。另见屋韵。
[寿]：寿星、长寿、高寿、祝寿、益寿、福寿。有韵同。

[斗]：鬭义，争斗、打斗、武斗、斗鸡、斗奇。另见有韵。

[有]：通"又"，吾十有五。另见有韵。

[囿]：苑囿。屋韵同。

[姆]：mǔ。有韵同。

[玖]：jiǔ。有韵同。

【二十七沁】

[枕]：以头枕物，枕戈、北枕大江。另见寝韵。

[酖]：通"鸩"。毒酒，酖毒。另见覃韵。

[沉]：chén。侵韵同。

[深]：shēn。侵韵同。

[禁]：宫禁、禁忌、禁闭。另见侵韵。

[噤]：寒而口闭也，噤口。寝韵同。

[吟]：yín。侵韵同。
　　　另jìn，通"噤"。

[喑]：yìn，声相应也。另见侵韵。

[任]：委任、胜任；任意、任何。另见侵韵。

[妊]：怀孕，妊娠。侵韵同。

[衽]：衣襟；床衽、衽席。寝韵同。

[祲]：又读jīn，阴阳相侵之气、不祥之气、妖气。侵韵同。

[浸]：浸水、浸染、浸泡、浸渍。另

见侵韵。

[饮]：给人或畜喝（吃），饮马，呼饭饮之。另见寝韵。

[临]：哭吊，哀临三日。另见侵韵。

[甚]：太甚、过甚、忙甚。寝韵同。

[荫]：荫庇；屋子太荫。另见侵韵。

【二十八勘】

[憨]：hān。覃韵同。

[闞]：视也；地名。另见豏韵、陷韵。

[淦]：水名。另见覃韵。

[鏨]：又读cán，雕刻。感韵同。

[滥]：泛滥、滥刑、滥觞。另见豏韵。

[澹]：澹荡、恬澹。感韵同。另见覃韵。

[担]：重担、荷担。另见覃韵。

[探]：亦读tān，试探、探索、探望、探取、探囊取物。覃韵同。

[三]：sān，旧读sàn，再三。另见覃韵。

[赣]：gàn，地名，感韵同。另见送韵。

[参]：càn，通"掺"，渔阳参挝。另见侵韵、覃韵。

[醰]：tán，亦读dàn。覃韵、感

[嵌]：旧读 qiān，镶嵌；填塞；山石张口貌。咸韵、感韵同。

【二十九艳】

[狝]：xiǎn。俭韵同。
[剑]：宝剑、舞剑、拔剑、击剑、腹剑、剑客；剑麻。陷韵同。
[敛]：liǎn。俭韵同。
[潋]：潋滟、潋潋。俭韵同。
[占]：占据、占先、占领、强占、霸占、吞占。另见盐韵。
[苫]：苫布。另见盐韵。
[阽]：又读 yán，临危，阽危。盐韵同。
[痁]：shān。盐韵同。
[欠]：欠伸、欠身；欠缺、亏欠、赊欠、拖欠。陷韵同。
[椠]：椠版。感韵同。

[砭]：biān。盐韵同。
[盐]：腌也。另见盐韵。
[兼]：jiān。盐韵同。
[忝]：tiǎn。俭韵同。
[焰]：气焰、光焰、火焰、焰焰。俭韵同。
[焱]：火花，焱焱。锡韵同。

【三十陷】

[监]：监生、国子监。另见咸韵。
[帆]：旧专指张帆行驶，帆海。另见咸韵。
[剑]：宝剑、舞剑、拔剑、击剑、腹剑、剑客；剑麻。艳韵同。
[镵]：chán。咸韵同。
[阚]：hǎn。豏韵同、另见勘韵。
[谗]：chán。咸韵同。
[欠]：欠伸、欠身；欠缺、亏欠、赊欠、拖欠。艳韵同。

五、入声

【一屋】

[幅]：fú，尺幅、篇幅、画幅。另见职韵。

[辐]：fú，车辐、辐辏。宥韵同。
[副]：pì，剖也。另见遇韵、宥韵、职韵。
[匐]：fú，伏地也，匍匐。职韵同。
[暴]：pù，"曝"同。另见号韵。

[瀑]：pù，瀑布、飞瀑、流瀑、白瀑。另见号韵。

[蓼]：lù，植物高大貌，蓼蓼。另见篠韵。

[缪]：mù，通"穆"。另见尤韵、宥韵。

[戮]：诛戮、杀戮、屠戮；又戮力，尤韵同。

[复]：修复、往复、反复、电复、敬复、不复、光复、复命、复何如。宥韵同。

[覆]：覆盖、覆舟、倾覆、颠覆。宥韵同。

[隩]：水岸内曲处。另见号韵。

[澳]：yù，水湾地面。另见号韵。

[燠]：又读 ào，暖也，寒燠。皓韵、号韵同。

[俶]：chù，美善；开始；整理，俶装。另见锡韵。

[伏]：fú，拜伏；三伏；降伏、伏虎。另见宥韵。

[仆]：pú，僕义，奴仆、童仆、仆从。沃韵同。另见遇韵、宥韵。

[朴]：旧读 bú，樸义。丛生的树木、小木、柞朴；附着，朴属。其他音、义未收入。另见觉韵。

[柚]：zhú，杼柚，织机零件。另见尤韵、宥韵。

[妯]：zhóu，妯娌。另见尤韵。

[宿]：sù，留宿、夜宿、归宿、宿酒。另见宥韵。

[读]：dú，攻读、诵读、饱读、宣读、苦读、朗读。另见宥韵。

[畜]：xù，养也，畜养、畜牧。另见宥韵。

[鹜]：孤鹜、野鹜。遇韵同。

[恶]：惭愧、惭恶、恶怩。职韵同。

[蔟]：cù，蚕蔟、花蔟。另见宥韵。

[菔]：fú，莱菔、菔根。职韵同。

[服]：fú，衣服、制服、便服；信服、佩服、心服、口服；服务；服用。另见有韵。

[觳]：hú，古量器名；觳觫，恐惧颤抖貌。另见觉韵。

[郁]：香气浓厚，文采貌，馥郁、郁烈、郁郁；又含鬱义，草木繁盛貌，葱郁、蓊郁。另见物韵。

[囿]：苑囿。宥韵同。

[涑]：sù，水名。另见尤韵。

[碡]：zhóu，碌碡。沃韵同。

[啄]：zhòu，咮也，鸟嘴。鸟之美羽句啄者，鸟畏之。另见觉韵。

[煜]：照耀、火焰、炽盛貌，煜煜、

煜熠。缉韵同。

【二沃】

[足]：zú，手足、裸足；满足、富足、充足、鼎足、心满意足。另见遇韵。

[属]：shǔ，亲属、归属、附属、属地、属实。另见遇韵。

[纛]：大纛、执纛。号韵同。

[告]：gù，告朔。另见号韵。

[仆]：pú，僕义、奴仆、仆从、童仆。屋韵同。另见遇韵、宥韵。

[碡]：zhóu，碌碡。沃韵同。

【三觉】

[觉]：jué，发觉、知觉、警觉、惊觉、自觉、觉悟。另见效韵。

[乐]：yuè，礼乐、音乐、乐队、乐谱。另见效韵、药韵。

[朴]：朴素、俭朴；质朴、返朴归真（亦作"返璞归真"）；厚朴。其他音、义未收入。另见屋韵。

[数]：shuò，频数、数见不鲜。另见麌韵、遇韵。

[爆]：bó，爆烁，犹剥落。另见效韵。

[毂]：què，大毂、俭毂。另见屋韵。

[较]：jué，车厢旁横木。另见效韵。

[药]：yào，俗读 yuè，白芷；草药、中药、良药、妙药、丹药、苦药、药房、药剂。药韵同。

[趵]：bō，足击声，蹄趵、趵趵。另见效韵。

[瀌]：biāo。肴韵同。

[瞀]：mào。尤韵、宥韵同。

[眊]：眼睛昏花，眊眊、昏眊、眊聩。号韵同。

[啄]：zhuó，鸟用嘴取食，啄粟、啄食。另见屋韵。

【四质】

[出]：chū，出入、杰出、刊出、献出、现出、出家。寘韵同。

[茁]：zhuó，草初生、旺盛，初茁、茁壮。黠韵、屑韵同。

[侄]：zhí，叔侄、令侄、侄辈。屑韵同。

[咥]：xì，又读 xī，大笑。寘韵同。另见屑韵。

[蛭]：水蛭。屑韵同。

[苾]：bì，芳香。另见屑韵。

[瑟]：乐器，琴瑟；萧瑟、瑟瑟、瑟缩。寘韵同。

[泌]：mì，分泌、泌尿。寘韵同。
[汩]：yù，迅疾貌。另见月韵。
[跸]：驻跸。寘韵同。
[踬]：跌倒、绊倒、颠踬；困顿、不顺利，踬顿、屡试屡踬。寘韵同。
[卒]：zú，终也，尽也，卒岁、卒业。另见月韵。
[捽]：zuó，揪、拔，牵捽、擒捽、捽搏、捽茹。月韵同。
[啐]：尝、饮，啐酒、啐醴；唾，表示鄙斥，啐了一口。队韵同。
[崪]：zú，山高险峻，崪兀、崪崒。月韵同。
[轶]：侵轶、超轶、轶材。屑韵同。
[喞]：jī，拟声词，喞喞。职韵同。
[帅]：带领，同"率"，帅师。另见寘韵。
[柅]：nǐ，止也。另见支韵。
[拮]：jié，拮据，屑韵同。
[焌]：燃火。愿韵同。

【五物】

[尉]：yù，姓，尉迟。另见未韵。
[蔚]：yù，蔚蔚；地名。另见未韵。
[芾]：fú，草木茂盛；同"黻"。另见未韵。
[菀]：wǎn，草名，紫菀；茂盛，菀

枯。阮韵同。
[沸]：滚沸、沸泉、沸水、沸腾、沸沸扬扬。未韵同。
[髴]：fú，妇人首饰；髣髴，未韵同。
[艴]：fú，又读bó，艴然。月韵同。
[掘]：jué，发掘、采掘、挖掘、掘井。月韵同。
[厥]：jué，突厥。另见月韵。
[郁]：鬱义，草木繁盛貌，葱郁、蓊郁；蕴结，抑郁、忧郁、郁结。另见屋韵。
[不]：否定词，不敢、不然、不平。另见尤韵。
[吃]：chī，旧读 jī，口吃。另见锡韵。

【六月】

[厥]：jué，厥田、厥有。另见物韵。
[蹶]：jué，摔倒，一蹶不振。另见霁韵。
[鳜]：鳜鱼。霁韵同。
[孛]：bèi，亦读 bó，彗孛、孛星。队韵同。
[悖]：bó，通"勃"，盛貌。另见队韵。
[汩]：gǔ，汩汩、决汩、汩没、汩乱。另见质韵。
[淈]：gǔ，通"汩"，乱也。另见

黠韵。
[鹘]：hú，隼。
gǔ，鹘鸼。
黠韵同。
[讦]：jié，攻讦、诋讦。屑韵同。
[越]：yuè，超越、翻越、越境。另见曷韵。
[卒]：zú，兵、差役、吏卒、戍卒、兵卒。
又 cù，通"猝"，急遽也。
另见质韵。
[捽]：zuó，揪、拔，牵捽、擒捽、捽搏、捽茹。质韵同。
[崒]：zú，山高险峻，崒兀、崒崔。质韵同。
[哕]：yuě，呃逆、呕吐、干哕。另见泰韵。
[咄]：duō，咄叱、咄嗟、厉声咄之、咄咄逼人。曷韵同。
[掘]：jué，发掘、采掘、挖掘、掘井。物韵同。
[揭]：jiē，揭示、揭露、揭竿、揭揭。屑韵同。另见霁韵。
[猰]：xiè，短嘴狗。另见曷韵。
[碣]：jié，碣石、碑碣。屑韵同。
[竭]：jié，尽也，竭力、枯竭、竭尽、竭泽而渔、用之不竭。屑韵同。
[凸]：tū，凹凸不平。屑韵同。

[刖]：刖足。黠韵同。
[核]：hé，果核（亦俗读 hú）。陌韵同。
[阏]：è，阻塞；闸板。曷韵同。另见先韵。
[艴]：fú，又读 bó，艴然。物韵同。
[袜]：wà，袜子、布袜。另见曷韵。
[顿]：dú，冒顿，人名。另见愿韵。

【七曷】

[拔]：bá，挺拔；拔起、擢拔、提拔。黠韵同。
[掇]：duō，拾掇。屑韵同。
[剟]：duō，削剟、剟定。屑韵同。
[喝]：hè，大声呼喊，大喝、怒喝、吆喝、喝令、喝彩。另见卦韵、合韵、洽韵。
[猲]：hè，喘息恐惧貌；威胁，吓唬。另见月韵。
[獭]：海獭、水獭、獭祭。黠韵同。
[阏]：è，阻塞；闸板。月韵同、另见先韵。
[趏]：huó，瑟下孔也。又通"括"，结、束。另见月韵。
[鸹]：guā，鸟名，老鸹。黠韵同。
[适]：kuò，疾速；又人名。另见陌韵适、锡韵适。
[袜]：mò，兜肚，锦袜。另见

月韵。

[咄]：duō，咄叱、咄嗟、厉声咄之、咄咄逼人。月韵同。

[达]：dá，通达、豁达、下达。
tà，挑达、踢达。
另见霁韵。

[粝]：粗米，粝食。霁韵、泰韵同。

[磕]：kē，磕碰、磕打、磕头、磕巴、磕磕绊绊。合韵同。

[蘖]：树木砍后又生的新芽。屑韵同。

【八黠】

[杀]：shā，宰杀、屠杀、滥杀、杀生、杀戮。另见卦韵。

[铩]：shā，铩羽；又兵器名。卦韵同。

[滑]：huá，苔滑、光滑、滑腻、滑稽、滑冰。另见月韵。

[鹘]：hú，隼。
gǔ，鹘鹘。
月韵同。

[鸹]：guā，鸟名，老鸹。曷韵同。

[拔]：bá，挺拔、拔起、擢拔、提拔。曷韵同。

[刖]：刖足。月韵同。

[茁]：zhuó，草初生、旺盛、初茁、茁壮。质韵、屑韵同。

[獭]：海獭、水獭、獭祭。曷韵同。

[戛]：jiá，克扣。另见屑韵。

[帕]：mò，束额巾，帕头。另见祃韵。

【九屑】

[偈]：jié，偈偈。另见霁韵。

[揭]：jiē，揭示、揭露、揭竿、揭揭。月韵同，另见霁韵。

[碣]：jié，碣石、碑碣。月韵同。

[竭]：jié，尽也，竭力、枯竭、竭泽而渔、用之不竭。月韵同。

[侄]：zhí，叔侄、令侄、侄辈。质韵同。

[咥]：dié，咬。另见寘韵、质韵。

[蛭]：水蛭。质韵同。

[掇]：duō，拾掇。曷韵同。

[缀]：补缀、点缀。霁韵同。

[剟]：duō，削剟、剟定。曷韵同。

[讦]：jié，攻讦、诋讦。月韵同。

[说]：shuō，细说、听说、爱说、挨说、说笑、说唱、说道；学说、说法。
yuè，喜悦，同"悦"。
另见霁韵。

[讞]：议罪、定讞、奏讞。铣韵、霰韵同。

[茁]：zhuó，草初生、旺盛、初茁、

苗壮。质韵、黠韵同。

[苶]：nié，疲倦貌，疲苶、萎苶。叶韵同。

[苾]：bié，菜名。另见质韵。

[蘖]：树木砍后又生的新芽。曷韵同。

[頡]：xié，頡顽。另见黠韵。

[拮]：jié，拮据。质韵同。

[批]：pī，手击也，批颊。另见齐韵。

[挒]：liè，扭转，挒手。另见霁韵。

[橇]：qiāo，乘橇、雪橇、冰橇。萧韵同。

[泄]：发泄、泄露。另见霁韵。

[咽]：yè，声塞也，哽咽。另见先韵、霰韵。

[切]：qiē，切割、切磋。另见霁韵。

[挈]：电挈、挈肘、挈曳。霁韵同。

[契]：xiè，人名。另见霁韵。

[凸]：tū，凹凸。月韵同。

[闭]：关闭、封闭、闭门、闭口、闭目、闭塞。霁韵同。

[軼]：侵軼、超軼、軼材。质韵同。

[晢]：zhé，明亮，晢晢。霁韵同。

[霓]：ní，云霓、虹霓、霓裳曲。齐韵、锡韵同。

【十药】

[药]：yào，俗读 yuè，白芷；草药、中药、良药、妙药、丹药、苦药、药房、药剂。觉韵同。

[约]：yuē，约束、约略、简约、大约；相约。啸韵同。

[莫]：切莫、莫逆、莫莫。陌韵同。

[膜]：mó，薄膜。另见虞韵。

[昔]：cuò，通"错"，粗糙，交错。另见陌韵。

[厝]：通"错"，杂厝。另见遇韵。

[作]：zuò。遇韵、箇韵同。另 zuō，作坊。

[柞]：zuò，柞木。另见陌韵。

[著]：zhuó，"着"本字。另见语韵、御韵。

[躇]：chuò，超也，不按阶次。另见鱼韵。

[恶]：è，恶少、丑恶、善恶、作恶。另见虞韵、遇韵。

[乐]：lè，喜也，欢乐、快乐、喜乐、可乐。另见效韵、觉韵。

[栎]：yuè，栎阳，地名。另见锡韵。

[轹]：车轮碾轧。锡韵同。

[跞]：luò，英才卓跞（卓荦）。另见锡韵。

[若]：ruò，杜若；若何、若许；若愚。另见马韵。

[凿]：záo，旧读 zuò，打孔、穿通，凿井、穿凿；明确，确凿、凿凿。另见号韵。

[掠]：抢掠、掳掠、笞掠、掠夺、掠美、掠影。漾韵同。

[度]：duó，忖度、度势。另见遇韵。

[获]：穫义，收获、采获、获得、获取。遇韵同，另见陌韵。

[格]：gé，窗格；风格、规格、人格；格言。陌韵同。

[醵]：凑钱饮酒。鱼韵、御韵同。

[魄]：tuò，落魄（今亦读 pò）。又 bó，拟声词。另见陌韵。

[鄗]：hào，地名。皓韵同。另见肴韵。

[敫]：光景流貌。另见啸韵。

[缴]：zhuó，射鸟时系在箭上的丝绳。另见筱韵。

[拓]：tuò，手推物也；开拓。另见合韵。

[爝]：jué，火把，爝火。啸韵同。

[箔]：bó，通"箔"。蚕具，蚕箔（蚕箔）。另见虞韵。

[索]：绳索、铁索、绞索；索取、索还、求索；兴致索然、离群索居。另见陌韵。

【十一陌】

[昔]：xī，从前；又通"夕"。另见药韵。

[借]：假使。另见祃韵。

[腊]：xī，干肉，晒干。另见合韵。

[藉]：jí，狼藉。另见祃韵。

[柞]：zé，砍削树木。另见药韵。

[栅]：zhà，又读 shān，篱栅、柴栅、栅栏。谏韵同。

[核]：hé，果核（亦俗读 hú）。月韵同。

[格]：gé，窗格；风格、规格、人格；格言。药韵同。

[魄]：pò，魂魄、体魄、魄力。另见药韵。

[积]：jī，积蓄、累积、囤积、聚积。寘韵同。

[画]：画图、画意、图画、刻画、描画、版画、漫画、字画、如画。卦韵同。

[易]：变易、交易；周易。另见寘韵。

[适]：shì，乐也，往也。另见曷韵适、锡韵适。

[摘]：zhāi，亦读 zhé，采摘、摘花、

[蹢]：zhí,蹢躅,同"踯躅"。另见锡韵。

[射]：shè,喷射、弹射、扫射、发射、射日。另见祃韵。

[炙]：烧烤,炮炙、脍炙、炙手。祃韵同。

[翟]：zhái,又音 dí,姓。另见锡韵。

[吾]：xū,又读 huā,吾然。锡韵同。

[鬲]：gé,地名;姓。另见锡韵。

[鲫]：鱼名。职韵同。

[吓]：hè,恐吓、恫吓。另见祃韵。

[哑]：yǎ,旧读 è,笑声。另见麻韵、马韵。

[嗌]：yì,咽喉。另见卦韵。

[划]：huà,筹划、策划、计划、企划;划分。另见麻韵。

[刺]：讥刺、讽刺;冲刺;刺绣;刺探;刺骨。真韵同。

[莫]：切臭,莫逆、莫莫。药韵同。

[霸]：pò,同"魄",月始升之微光。另见祃韵。

[霹]：pī,霹雳。锡韵同。

[获]：获义,猎获、捕获、截获、缴获、破获、获胜、获奖。另见遇韵、药韵。

[只]：zhī,量词,一只;单独、影只、只身。另见纸韵。

[筴]：cè,同"策"。另见叶韵、洽韵。

[索]：仅用于求取也,求索、索要、索还、索偿、索取。另见药韵。

[革]：gé,皮革;变革、革新。另见职韵。

【十二锡】

[焱]：火花,焱焱。艳韵同。

[摘]：zhāi,亦读 zhé,采摘、摘花、指摘。陌韵同。
tì,摘阮、摘船行。另见陌韵。

[蹢]：dí,蹄子。另见陌韵。

[适]：dí,适子、适莫、莫适。另见曷韵、陌韵适。

[霹]：pī,霹雳。陌韵同。

[霓]：ní,云霓、虹霓、霓裳曲。齐韵、屑韵同。

[翟]：dí,雉也;又同"狄"。另见陌韵。

[鬲]：lì,炊具。另见陌韵。

[吾]：xū,又读 huā,吾然。陌韵同。

[吊]：dì,至也,神之吊(弔)矣。

另见啸韵。

[吃]：chī,喫义、吃饱、大吃、好吃、爱吃。另见物韵。

[枥]：lì,枥树,木名。另见药韵。

[轹]：车轮碾轧。药韵同。

[踙]：lì,走动,骐骥一踙,不能千里。另见药韵。

[裼]：xī,袒裼。另见霁韵。

[蕒]：蕺蕒,菜名。另见青韵。

[俶]：tì,俶傥,同"倜傥"。另见屋韵。

【十三职】

[值]：zhí,值遇、值宿、当值;价值、贬值、升值。寘韵同。

[埴]：zhí,埴土、陶埴。寘韵同。

[植]：zhí,种植、培植、扶植。寘韵同。

[幅]：bī,绑腿布。另见屋韵。

[副]：pì,劈也。另见遇韵、宥韵、屋韵。

[匍]：fú,伏地也,匍匐。屋韵同。

[识]：shí,知识、相识、认识、不识、识别。另见寘韵。

[织]：zhī,纺织、织女。另见寘韵。

[唧]：jī,拟声词,唧唧。质韵同。

[鲫]：鱼名。陌韵同。

[食]：shí,饮食、美食、吞食;食禄、

食指。另见寘韵。

[北]：běi,方位,正北、向北、北京、北海;败北。另见队韵。

[塞]：sāi,又读 sè,壅塞、填塞、闭塞。另见队韵。

[劾]：hé,弹劾、劾奏。队韵同。

[冒]：mò,冒顿。另见号韵。

[螣]：tè,螟螣。另见蒸韵。

[嶷]：nì,幼年聪慧貌,嶷嶷。另见支韵。

[菔]：fú,莱菔、菔根。屋韵同。

[薏]：薏苡、薏米、薏苡明珠。寘韵同。

[恶]：惭愧、惭恶、恶忸。屋韵同。

[亟]：jí,急迫,亟待解决、亟亟奔走。另见寘韵。

[万]：mò,万俟,复姓。另见愿韵。

[革]：jí,危急。另见陌韵。

【十四缉】

[悒]：气不舒,鸣悒。合韵同。

[笈]：jí,书箱、笈囊、负笈。叶韵同。

[圾]：jí,危也,通"岌"。
另 jī,垃圾。
合韵同。

[歙]：xī,吸气。另见叶韵。

[煜]：照耀、火焰、炽盛貌,煜煜、煜熠。屋韵同。

[拾]：shí,拾取、拾遗、收拾；"十"的大写。另见叶韵。

[楫]：jí,船桨,舟楫。叶韵同。

【十五合】

[喝]：气不舒,呜喝。缉韵同。

[喝]：hē,喝水、喝茶、喝酒。洽韵同。另见卦韵、曷韵。

[盖]：gě,地名,姓。另见泰韵。

[磕]：kē,磕碰、磕打、磕头、磕巴、磕磕绊绊。曷韵同。

[腊]：là,臘义。腊月、腊肉。另见陌韵。

[蜡]：là,蠟义,蜡炬、蜡梅、嚼蜡。另见祃韵。

[圾]：jí,危也,通"岌"。
另 jī,垃圾。
缉韵同。

[拓]：tà,搨义,摹拓。另见药韵。

【十六叶】

[魇]：yǎn,噩梦也,梦魇。俭韵同。

[霎]：小雨,霎霎；短时间,一霎、霎时。洽韵同。

[茶]：nié,疲倦貌,疲茶、萎茶。屑

韵同。

[笈]：jí,书箱,笈囊、负笈。缉韵同。

[筴]：jiā,筷子,火筴；钳制,掇黄冈,筴汉阳。洽韵同。另见陌韵。

[箑]：又读 jié,扇子,翠箑、宝箑、画箑、摇箑。洽韵同。

[喋]：dié,喋血、喋喋。另见洽韵。

[歙]：shè,歙县、歙砚。另见缉韵。

[楫]：jí,船桨,舟楫。缉韵同。

[拾]：shè,拾级而上。另见缉韵。

【十七洽】

[喝]：hē,喝水、喝茶、喝酒、好喝、难喝。合韵同。另见卦韵、曷韵。

[喋]：zhá,喋喋。另见叶韵。

[筴]：jiā,筷子,火筴；钳制,掇黄冈,筴汉阳。叶韵同。另见陌韵。

[箑]：又读 jié,扇子,翠箑、宝箑、画箑、摇箑。叶韵同。

[霎]：小雨,霎霎；短时间,一霎、霎时。叶韵同。

上下平声所含仄音字表

①双竖线前的字为单音字,双竖线后的字为多音字。
②方括号内的字为双韵字。

一、上平声

【一东】筒讧[衕]‖蒙[虹][泽]
【二冬】[纵]‖佣[冲]
【三江】撞‖杠[泽]
【四支】痿萎[治][剂][莳][觯][襹]‖禧祇裨[庳][荠][仔]
【五微】[诽]‖
【六鱼】储[洳][龉][誉][醵][稰]‖遹[沮][咀]
【七虞】[愈][龉][瓠][瓿][麌][懦][岣]‖俱[芋][溇][帑]
【八齐】[篦][挤][诋][缔]‖绨
【九佳】崽‖
【十灰】‖唉
【十一真】纫闽[眕][泯][竣][豳]‖驯
【十二文】‖纹[听]
【十三元】袢[怨][甗][溷]‖炖[反]
【十四寒】[墁][漫][镘][叹][翰]‖[曼]
【十五删】[撰][汕][患]‖孱

二、下平声

【一先】[键][竣]‖孱[纤]
【二萧】[朓][跳][镣][哨][轿][劭][料]‖翘[峤][徼]
【三肴】哮坳[筊]‖跑

【四豪】臊[鳌]‖[涝][焘]
【六麻】[嵯][咤][桦][瘕]‖耙杈[哆]
【七阳】眶[砀][忘][望][庆][障][阆]‖场茛踉呛
【八庚】‖绷[并]
【九青】[醒]‖[町]
【十蒸】‖澄症芶
【十一尤】[篓][戮][售][不][卣][瞀]‖牟搂[偻]
【十二侵】[妊][祲]‖淋
【十三覃】[探][弇][颔]‖[澹]
【十四盐】‖敛[阽]
【十五咸】[嵌]‖

上声所含平音字表

①双竖线前的字为单音字,双竖线后的字为多音字。
②方括号内的字为双韵字。

【一董】‖[洞][矇]
【二肿】拥[溶][汹][壅]‖
【四纸】揆捶[驰][厜][机][锜][剞][箠][訾][纗]‖[仔][傀][酾][几][厍]
【五尾】唏[狶]‖
【六语】抒[纾][宜][茹][欤]‖[衙]
【七麌】妈[萋][酤][剖]‖估脯[偻]
【八荠】[缇][徯]‖[眯]
【十贿】[嵬]‖待[颏]
【十一轸】[嶙][囷]‖胗菌
【十三阮】[鳟][蜿][鄢]‖混焜烜
【十五潸】[潸]‖
【十六铣】脔[蜓][搴][娈]‖[蜎]
【十七筱】缭[夭][娇][佻][慓][标]‖缥悄
【十八巧】[挠]‖[姣][茆]
【十九皓】[夭]‖[涝]
【二十哿】颗婀[瑳][峨][傩][爹][拖]‖娜[硪]
【二十一马】踝[髁]‖
【二十二养】鞅[榔]‖[苍][抢][吭][脏]
【二十三梗】[檠][狰]‖
【二十四迥】茗[葑]‖
【二十五有】赳殴[剖][踩][浏][溲][掫][鲰]‖[茆]

【二十七感】［眈］［醰］‖
【二十八俭】［崦］‖
【二十九赚】［巉］‖

去声所含平音字表

① 双竖线前的字为单音字，双竖线后的字为多音字。
② 方括号内的字为双韵字。

【一送】[砻][淞]‖蕻[蠓]
【二宋】[雍][从][封]‖综
【三绛】[憧][艟][淙]‖[泽][虹]
【四寘】鼻[骑][吹][积][值][埋][植][睢][槌][出][锤][岿]
　　　　‖[思][咥][澌][迟][饴]
【五未】[欷][霏]‖
【六御】瘀[欤][胠][如][茹][狙][椐][淤][疏][嘘]‖
【七遇】孺[酤][酺][跗][输][驱]‖[污][仆]
【八霁】髳鲲谜[晢]‖[眯]
【十卦】[铩]‖嗫
【十一队】[脢][劾][裁]‖背[孛][磊]
【十二震】[瞵][娠]‖
【十三问】[斤][闻]‖晕
【十四愿】[鳟]‖[喷]
【十五翰】撺玩[滩][谰][澜]‖矸
【十六谏】孪‖[栅]
【十七霰】[煽][先][援][缠]‖片
【十八啸】疗[嘹][鹩][剽][慓][摇][爝]‖骠尿[约][峤]
【十九效】[钞][胶][敲]‖稍[桡]
【二十号】糙[操][漕][劳]‖[凿][泰]
【二十一箇】播[逻][髁][磋]‖
【二十二祃】暇‖
【二十三漾】诳[飏][防][偿][潢]‖吭[行][妨]

【二十四敬】帧[评][轻][侦][盟]‖[行][迎]

【二十五径】[莹][廷][凭][凝]‖滢[听]

【二十六宥】糅 究 [留][瘤][辐][蹂][鞣][犹][伏][收]‖[仆][偻]

【二十七沁】[沉][深]‖[吟]

【二十八勘】勘[憨][三][醰]‖

【二十九艳】[痁][砭][兼]‖

【三十陷】[谗][镵]‖

入声所含平音字表

① 双竖线前的字为单音字,双竖线后的字为多音字。
② 方括号内的字为双韵字。

【一屋】屋福蝠孰塾菊掬鞠麹犊渎椟牍黩斛槲叔菽淑濮醁逐竹竺箙茯
族镞縠舳扑秃独倏缩髑哭[磟][幅][辐][匐][伏][菔] ‖
熟轴粥洑[仆][柚][妯][读][縠][服]

【二沃】烛俗蠋躅踘局赎顼幞督瘃毒[磟] ‖ 鹄曲[仆][足]

【三觉】泥捉卓倬诼涿琢棹学岜雹擢浊镯喔珏斲驳璞桷[啄][庖]
‖ 角壳剥[趵][觉][较][爆]

【四质】疾蒺嫉戌吉佶姞橘秫七一壹虱漆膝悉蟋失实[捽][出][苜]
[侄][唧][拮] ‖ 诘术[卒][崒][咥]

【五物】弗茀剌拂怫绋绂鲅袯黻屈崛诎[艴][靅][掘][厥][吃]‖仡
佛倔欻[苇]

【六月】蝎羯歇伐筏垡阀突窣蕨撅橛刖饽脖鹁勃渤忽滑惚窟堀纥矻曰
罚[捽][厥][讦][咄][掘][竭][碣][凸][艴]‖没阙发骨
[鹘][孛][悖][卒][崒][蹶][核][揭][顿]

【七曷】曷鞨鹖铍跋魃拨泼被褐笪妲怛割钵脱夺活秳[鸹][拔][掇]
[剟][咄][磕]‖抹豁拶捋撮葛[达][越]

【八黠】黠秸劼札戛嘎刷刮捌八叭扒唰察菝辖瞎猾[杀][铩][鸹]
[拔][茁]‖扎轧刹煞[滑][鹘][颉]

【九屑】节疖杰洁穴决诀抉玦缺觖瞥鳖鳌楔垤经鳌捏跌迭挈揲撷颉辙
薛哲舌噎桀谲绝拙子截[竭][碣][侄][掇][剟][讦][苜]
[茶][拮][批][橛][凸][蔑][晢]‖别结桔撇折蜇絜[偈]
[揭][说][颉][咥][切][芯]

【十药】博搏膊镈礴勺芍灼酌昨莋矍懼攫摸铎镬阁郭箔踱斫托
橐亳涸槖[膜][爝]‖薄貉泊嚄嚼脚削[约][著][度][格]

[作][魄][凿][缴][簿]

【十一陌】骼白伯拍帛舶舴祐跖觗磔额嵴踖鹡瘠责赜啧帻赜隔嗝楇膈翮幅蝈掴摭蹠夕汐宅夝惜籍席屐谪虩跅泽拆[昔][积][䴙]‖石柏择掖喀[革][腊][藉][摘][踖][栅][格][柞][核][翟][舃][鬲][只]

【十二锡】锡踢剔嫡镝滴析淅晰蜥皙狄荻觌涤击笛敌激檄籴戚迪劈[䴙][霓][吃]‖的[摘][踖][適][翟][舃][裼]

【十三职】职德黑息熄则棘殛蚀湜国极贼逼即踣直殖[值][埴][植][幅][匐][唧][劾][愎]‖勒得亟识织食塞[革]

【十四缉】揖辑戢湒十汁执蛰絷翕湿隰集急习霫袭及岌芨伋级汲吸[笈][楫]‖缉什褶[圾][歙][拾]

【十五合】鸽颌搭褡盒盇榼嗑阖邋遢塌趿杂匝耷垃[磕]‖合答蛤嗒嗑沓踏拉[喝][圾]

【十六叶】贴谍堞牒蝶蹀鰈健捷婕睫荚侠浃铗颊颊接叠氎协鳃辄耷[笈][茶][楫]‖叶帖挟[筴][喋]

【十七洽】袷狭峡硖郏劫蛺押狎柙鸭匣闸插铪乏掐胁‖袷夹压䪞呷[喋][喝][筴]

音节检字表

① 韵字前带＊号者为多音字。
② 韵字带方括号者为双韵字。其注释,按后边所标之韵目到《双韵字注》中查找。无方括号的韵字为单韵字。其注释,按后边所标之韵目到《单韵字注》中查找。
③ 中间方括号内的字为所在韵目。如"[五歌]",即该字属五歌韵。
④ 最后的中文数字为《词韵》所在韵部。如"九",即该字在《词韵》第九部。

A

ā
＊阿　　　　[五歌]　　　九
＊腌　　　　[十四盐]　　七

a
＊呵　　　　[五歌]　　　九

āi
埃　　　　　[十灰]　　　五
哀　　　　　[十灰]　　　五
＊挨　　　　[九佳]　　　五
＊娭　　　　[四支]　　　三
＊唉　　　　[十灰]　　　五
＊[欸]　　　[十灰]　　　五
　　　　　　[十贿]　　　五

ái
皑　　　　　[十灰]　　　五

＊挨　　　　[九佳]　　　五

ǎi
矮　　　　　[九蟹]　　　五
毐　　　　　[十贿]　　　五
蔼　　　　　[九泰]　　　五
霭　　　　　[九泰]　　　五
＊[欸]　　　[十灰]　　　五
　　　　　　[十贿]　　　五

ài
隘　　　　　[十卦]　　　五
爱　　　　　[十一队]　　五
嗳　　　　　[十一队]　　五
暧　　　　　[十一队]　　五
碍　　　　　[十一队]　　五
＊艾　　　　[九泰]　　　五
＊唉　　　　[十灰]　　　五
＊[噫]　　　[四支]　　　三

	[十卦]	五	āo		
*[啽]	[十卦]	五	凹	[三肴]	八
	[十一陌]	十五	*熬	[四豪]	八
ān			áo		
安	[十四寒]	七	翱	[四豪]	八
鞍	[十四寒]	七	聱	[三肴]	八
盦	[十三覃]	七	遨	[四豪]	八
谙	[十三覃]	七	敖	[四豪]	八
鹌	[十三覃]	七	嗷	[四豪]	八
庵	[十三覃]	七	璈	[四豪]	八
ǎn			獒	[四豪]	八
埯	[二十八俭]	七	鳌	[四豪]	八
俺	[二十九艳]	七	鏊	[四豪]	八
àn			麈	[四豪]	八
暗	[二十八勘]	七	*熬	[四豪]	八
黯	[二十九豏]	七	*[嚣]	[二萧]	八
岸	[十五翰]	七		[四豪]	八
按	[十五翰]	七	[警]	[三肴]	八
案	[十五翰]	七		[四豪]	八
*罯	[二十七感]	七	ǎo		
	[二十八俭]	七	袄	[十九皓]	八
āng			媪	[十九皓]	八
*[肮]	[七阳]	二	*[拗]	[十八巧]	八
	[二十二养]	二		[十九效]	八
áng			ào		
昂	[七阳]	二	傲	[二十号]	八
àng			奡	[二十号]	八
[盎]	[二十二养]	二	坳	[三肴]	八
	[二十三漾]	二	奥	[二十号]	八

懊	[二十号]	八
*[隩]	[二十号]	八
	[一屋]	十三
*[澳]	[二十号]	八
	[一屋]	十三
*[抝]	[十八巧]	八
	[十九效]	八
[骜]	[四豪]	八
	[二十号]	八

B

bā

巴	[六麻]	十
芭	[六麻]	十
笆	[六麻]	十
疤	[六麻]	十
八	[八黠]	十六
叭	[八黠]	十六
朳	[八黠]	十六
捌	[八黠]	十六
*吧	[六麻]	十

bá

跋	[七曷]	十六
魃	[七曷]	十六
菝	[八黠]	十六
[拔]	[七曷]	十六
	[八黠]	十六

bǎ

*靶	[二十二祃]	十
*[把]	[二十一马]	十
	[二十二祃]	十

bà

爸	[二十哿]	九
坝	[二十二祃]	十
灞	[二十二祃]	十
*耙	[六麻]	十
*靶	[二十二祃]	十
*[把]	[二十一马]	十
	[二十二祃]	十
*[杷]	[六麻]	十
	[二十二祃]	十
*[霸]	[二十二祃]	十
	[十一陌]	十五
[罢]	[九蟹]	五
	[二十二祃]	十

ba

*吧	[六麻]	十

bái

白	[十一陌]	十五

bǎi

摆	[九蟹]	五
百	[十一陌]	十五
*柏	[十一陌]	十五

bài

拜	[十卦]	五
败	[十卦]	五
呗	[十卦]	五
稗	[十卦]	五

bān

班	[十五删]	七
斑	[十五删]	七
扁	[十五删]	七
瘢	[十四寒]	七
*扳	[十五删]	七
*[颁]	[十二文]	六
	[十五删]	七
*[般]	[十四寒]	七
	[十五删]	七

bǎn

坂	[十三阮]	七
板	[十五潸]	七
版	[十五潸]	七
钣	[十五潸]	七
[阪]	[十三阮]	七
	[十五潸]	七

bàn

半	[十五翰]	七
绊	[十五翰]	七
靽	[十五翰]	七
扮	[十六谏]	七
办	[十六谏]	七
瓣	[十六谏]	七
*[伴]	[十四旱]	七
	[十五翰]	七

bāng

邦	[三江]	二
梆	[三江]	二
帮	[七阳]	二
浜	[八庚]	十一
*[彭]	[七阳]	二
	[八庚]	十一

bǎng

*膀	[七阳]	二
	[二十二养]	二
*[榜]	[八庚]	十一
	[二十二养]	二
	[二十四敬]	十一

bàng

棒	[三讲]	二
蒡	[二十二养]	二
谤	[二十三漾]	二
傍	[二十三漾]	二
*蚌	[三讲]	二
*[搒]	[八庚]	十一
	[二十三漾]	二
*[榜]	[八庚]	十一
	[二十二养]	二
	[二十四敬]	十一
[玤]	[一董]	一
	[三讲]	二

bāo

褒	[四豪]	八
包	[三肴]	八
苞	[三肴]	八
胞	[三肴]	八
*剥	[三觉]	十四

*［炮］	［三肴］	八			［一屋］	十三
	［十九效］	八	*［爆］		［十九效］	八
*［枹］	［七虞］	四			［三觉］	十四
	［三肴］	八	bēi			
	［十一尤］	十二	杯		［十灰］	三
báo			悲		［四支］	三
雹	［三觉］	十四	卑		［四支］	三
*薄	［十药］	十四	碑		［四支］	三
bǎo			*背		［十一队］	三
鸨	［十九皓］	八	*［椑］		［四支］	三
宝	［十九皓］	八			［八齐］	三
饱	［十八巧］	八	*［庳］		［四支］	三
保	［十九皓］	八			［四纸］	三
葆	［十九皓］	八			［四寘］	三
褓	［十九皓］	八	*［陂］		［四支］	三
*堡	［十九皓］	八			［五歌］	九
bào					［四寘］	三
鲍	［十八巧］	八	běi			
抱	［十九皓］	八	*［北］		［十一队］	三
菢	［二十号］	八			［十三职］	十五
报	［二十号］	八	bèi			
豹	［十九效］	八	蓓		［十贿］	三
*［刨］	［三肴］	八	倍		［十贿］	三
	［十九效］	八	焙		［十一队］	三
*［趵］	［十九效］	八	邶		［十一队］	三
	［三觉］	十四	备		［四寘］	三
*［暴］	［二十号］	八	惫		［十卦］	五
	［一屋］	十三	糒		［四寘］	三
*［瀑］	［二十号］	八	鞴		［四寘］	三

贝	[九泰]	三	伻	[八庚]	十一
狈	[九泰]	三	祊	[八庚]	十一
辈	[十一队]	三	崩	[十蒸]	十一
*背	[十一队]	三	*绷	[八庚]	十一
*[北]	[十一队]	三	*[榜]	[八庚]	十一
	[十三职]	十五		[二十二养]	二
*[孛]	[十一队]	三		[二十四敬]	十一
	[六月]	十六	běng		
*[悖]	[十一队]	三	*绷	[八庚]	十一
	[六月]	十六	*琫	[一董]	一
[被]	[四纸]	三	bèng		
	[四寘]	三	迸	[二十四敬]	十一
[琲]	[十贿]	三	*绷	[八庚]	十一
	[十一队]	三	*蚌	[三讲]	二
bēn			*[堋]	[十蒸]	十一
*[贲]	[十二文]	六		[二十五径]	十一
	[十三元]	六	bī		
	[四寘]	三	逼	[十三职]	十五
*[奔]	[十三元]	六	*[幅]	[一屋]	十三
	[十四愿]	六		[十三职]	十五
běn			bí		
本	[十三阮]	六	鼻	[四寘]	三
畚	[十三阮]	六	bǐ		
bèn			匕	[四纸]	三
笨	[十三阮]	六	妣	[四纸]	三
坌	[十四愿]	六	秕	[四纸]	三
*[奔]	[十三元]	六	彼	[四纸]	三
	[十四愿]	六	俾	[四纸]	三
bēng			鄙	[四纸]	三

笔		[四质]	十五	毕		[四质]	十五
*[比]		[四支]	三	荜		[四质]	十五
		[四纸]	三	筚		[四质]	十五
		[四寘]	三	弼		[四质]	十五
bì				髲		[四质]	十五
婢		[四纸]	三	碧		[十一陌]	十五
箅		[八齐]	三	湢		[十三职]	十五
陛		[八荠]	三	愊		[十三职]	十五
畀		[四寘]	三	愎		[十三职]	十五
痹		[四寘]	三	*辟		[十一陌]	十五
庇		[四寘]	三	*裨		[四支]	三
毖		[八霁]	三	*秘		[四寘]	三
愍		[四寘]	三	*濞		[八霁]	三
必		[四质]	十五	*[泌]		[四寘]	三
铋		[四质]	十五			[四质]	十五
薜		[八霁]	三	*[苾]		[四质]	十五
嬖		[八霁]	三			[九屑]	十六
避		[四寘]	三	*[赍]		[十二文]	六
臂		[四寘]	三			[十三元]	六
襞		[十一陌]	十五			[四寘]	三
壁		[十一陌]	十五	*[陂]		[四支]	三
壁		[十二锡]	十五			[五歌]	九
赑		[四寘]	三			[四寘]	三
诐		[四寘]	三	*[跛]		[二十哿]	九
敝		[八霁]	三			[四寘]	三
蔽		[八霁]	三	*[庳]		[四支]	三
弊		[八霁]	三			[四纸]	三
箅		[八霁]	三			[四寘]	三
币		[八霁]	三	[髀]		[四纸]	三
						[八荠]	三

[跸]		[四寘]	三	*[弁]	[十四寒]	七
		[四质]	十五		[十七霰]	七
[闭]		[八霁]	三	*[便]	[一先]	七
		[九屑]	十六		[十七霰]	七
biān				biāo		
边		[一先]	七	飙	[二萧]	八
笾		[一先]	七	彪	[十一尤]	十二
编		[一先]	七	杓	[二萧]	八
鳊		[一先]	七	镳	[二萧]	八
鞭		[一先]	七	幖	[二萧]	八
[砭]		[十四盐]	七	膘	[二萧]	八
		[二十九艳]	七	*骠	[十八啸]	八
biǎn				*[摽]	[二萧]	八
碥		[十六铣]	七		[十七筱]	八
褊		[十六铣]	七		[十八啸]	八
匾		[十六铣]	七	*[髟]	[二萧]	八
贬		[二十八俭]	七		[十一尤]	十二
窆		[二十九艳]	七		[十五咸]	七
*[扁]		[一先]	七	*[藨]	[二萧]	八
		[十六铣]	七		[十七筱]	八
biàn				[标]	[二萧]	八
辩		[十六铣]	七		[十七筱]	八
辨		[十六铣]	七	[飑]	[三肴]	八
辫		[十六铣]	七		[三觉]	十四
卞		[十七霰]	七	biǎo		
汴		[十七霰]	七	表	[十七筱]	八
忭		[十七霰]	七	裱	[十八啸]	八
变		[十七霰]	七	biào		
遍		[十七霰]	七	鳔	[十七筱]	八
				俵	[十八啸]	八

音节检字表 273

*[摽]　　　　[二萧]　　　八
　　　　　　　[十七筱]　　八
　　　　　　　[十八啸]　　八
biē
鳖　　　　　　[九屑]　　十六
bié
蹩　　　　　　[九屑]　　十六
*别　　　　　[九屑]　　十六
*[苾]　　　　[四质]　　十五
　　　　　　　[九屑]　　十六
biè
*别　　　　　[九屑]　　十六
bīn
濒　　　　　　[十一真]　六
斌　　　　　　[十一真]　六
彬　　　　　　[十一真]　六
豳　　　　　　[十一真]　六
宾　　　　　　[十一真]　六
滨　　　　　　[十一真]　六
缤　　　　　　[十一真]　六
*槟　　　　　[十一真]　六
*[傧]　　　　[十一真]　六
　　　　　　　[十二震]　六
bìn
膑　　　　　　[十一轸]　六
摈　　　　　　[十二震]　六
殡　　　　　　[十二震]　六
鬓　　　　　　[十二震]　六
*[傧]　　　　[十一真]　六

　　　　　　　[十二震]　六
bīng
兵　　　　　　[八庚]　　十一
栟　　　　　　[八庚]　　十一
冰　　　　　　[十蒸]　　十一
*槟　　　　　[十一真]　六
*[并]　　　　[八庚]　　十一
　　　　　　　[二十三梗]十一
　　　　　　　[二十四迥]十一
　　　　　　　[二十四敬]十一
bǐng
饼　　　　　　[二十三梗]十一
秉　　　　　　[二十三梗]十一
禀　　　　　　[二十六寝]十三
丙　　　　　　[二十三梗]十一
柄　　　　　　[二十四敬]十一
炳　　　　　　[二十三梗]十一
*[屏]　　　　[九青]　　十一
　　　　　　　[二十三梗]十一
[邴]　　　　　[二十三梗]十一
　　　　　　　[二十四敬]十一
bìng
摒　　　　　　[二十四敬]十一
病　　　　　　[二十四敬]十一
*[并]　　　　[八庚]　　十一
　　　　　　　[二十三梗]十一
　　　　　　　[二十四迥]十一
　　　　　　　[二十四敬]十一
bō

波	[五歌]	九		帛	[十一陌]	十五
嶓	[五歌]	九		伯	[十一陌]	十五
播	[二十一箇]	九		舶	[十一陌]	十五
餑	[六月]	十六		箔	[十药]	十四
拨	[七曷]	十六		*泊	[十药]	十四
钵	[七曷]	十六		*柏	[十一陌]	十五
*剥	[三觉]	十四		*薄	[十药]	十四
*[番]	[十三元]	七		*[簿]	[七麌]	四
	[五歌]	九			[十药]	十四
*[般]	[十四寒]	七		*[魄]	[十药]	十四
	[十五删]	七			[十一陌]	十五
*[趵]	[十九效]	八		*[荸]	[十一队]	三
	[三觉]	十四			[六月]	十六
bó				*[悖]	[十一队]	三
脖	[六月]	十六			[六月]	十六
鹁	[六月]	十六		*[爆]	[十九效]	八
勃	[六月]	十六			[三觉]	十四
渤	[六月]	十六		**bǒ**		
驳	[三觉]	十四		*[簸]	[二十哿]	九
钹	[七曷]	十六			[二十一箇]	九
袯	[七曷]	十八		*[跛]	[二十哿]	九
博	[十药]	十四			[四真]	三
搏	[十药]	十四		**bò**		
膊	[十药]	十四		檗	[十一陌]	十五
镈	[十药]	十四		擘	[十一陌]	十五
欂	[十药]	十四		*薄	[十药]	十四
礴	[十药]	十四		*柏	[十一陌]	十五
亳	[十药]	十四		*[簸]	[二十哿]	九
踣	[十三职]	十五			[二十一箇]	九
				bū		

晡	[七虞]	四		材	[十灰]	五
逋	[七虞]	四		财	[十灰]	五
bú				[裁]	[十灰]	五
醭	[一屋]	十三			[十一队]	五
bǔ			cǎi			
补	[七麌]	四		睬	[十贿]	五
捕	[七遇]	四		彩	[十贿]	五
哺	[七遇]	四		*[采]	[十贿]	五
卜	[一屋]	十三			[十一队]	五
*堡	[十九皓]	八	cài			
bù				蔡	[九泰]	五
部	[七麌]	四		菜	[十一队]	五
布	[七遇]	四		*[采]	[十贿]	五
怖	[七遇]	四			[十一队]	五
步	[七遇]	四	cān			
*[簿]	[七麌]	四		餐	[十四寒]	七
	[十药]	十四		骖	[十三覃]	七
[瓿]	[七虞]	四		*[参]	[十二侵]	六
	[二十五有]	十二			[十三覃]	七
[不]	[十一尤]	十二			[二十八勘]	七
	[五物]	十六	cán			
				残	[十四寒]	七
				蚕	[十三覃]	七
C				惭	[十三覃]	七
cāi			cǎn			
猜	[十灰]	五		惨	[二十七感]	七
*[偲]	[四支]	三		黪	[二十七感]	七
	[十灰]	五	càn			
cái				灿	[十五翰]	七
才	[十灰]	五				

粲	[十五翰]	七	螬	[四豪]	八
璨	[十五翰]	七	艚	[四豪]	八
*[孱]	[十五删]	七	[漕]	[四豪]	八
	[一先]	七		[二十号]	八
*[参]	[十二侵]	六	cǎo		
	[十三覃]	七	草	[十九皓]	八
	[二十八勘]	七	cè		
cāng			策	[十一陌]	十五
仓	[七阳]	二	册	[十一陌]	十五
沧	[七阳]	二	测	[十三职]	十五
舱	[七阳]	二	恻	[十三职]	十五
鸧	[七阳]	二	侧	[十三职]	十五
*伧	[八庚]	十一	厕	[四寘]	三
*[苍]	[七阳]	二	*[箣]	[十一陌]	十五
	[二十二养]	二		[十六叶]	十六
cáng				[十七洽]	十七
*[藏]	[七阳]	二	cēn		
	[二十三漾]	二	*[参]	[十二侵]	六
cǎng				[十三覃]	七
*[苍]	[七阳]	二		[二十八勘]	七
	[二十二养]	二	cén		
cāo			岑	[十二侵]	六
糙	[二十号]	八	涔	[十二侵]	六
[操]	[四豪]	八	cēng		
	[二十号]	八	*噌	[十蒸]	十一
cáo			céng		
曹	[四豪]	八	层	[十蒸]	十一
嘈	[四豪]	八	噌	[十蒸]	十一
槽	[四豪]	八	*曾	[十蒸]	十一

音节检字表 277

cèng
蹭　　　　　［二十五径］　　十一
chā
插　　　　　［十七洽］　　　十七
锸　　　　　［十七洽］　　　十七
艖　　　　　［六麻］　　　　十
叉　　　　　［六麻］　　　　十
*杈　　　　 ［六麻］　　　　十
*［差］　　 ［四支］　　　　三
　　　　　　［九佳］　　　　五
　　　　　　［六麻］　　　　十
　　　　　　［二十二祃］　　十
chá
茶　　　　　［六麻］　　　　十
察　　　　　［八黠］　　　　十六
槎　　　　　［六麻］　　　　十
*查　　　　 ［六麻］　　　　十
*楂　　　　 ［六麻］　　　　十
*［苴］　　 ［六鱼］　　　　四
　　　　　　［六麻］　　　　十
　　　　　　［六语］　　　　四
chǎ
*［衩］　　 ［十卦］　　　　五
　　　　　　［二十二祃］　　十
chà
姹　　　　　［七遇］　　　　四
诧　　　　　［二十二祃］　　十
侘　　　　　［二十二祃］　　十
汊　　　　　［二十二祃］　　十

*叉　　　　 ［六麻］　　　　十
*杈　　　　 ［六麻］　　　　十
*刹　　　　 ［八黠］　　　　十六
*［差］　　 ［四支］　　　　三
　　　　　　［九佳］　　　　五
　　　　　　［六麻］　　　　十
　　　　　　［二十二祃］　　十
*［衩］　　 ［十卦］　　　　五
　　　　　　［二十二祃］　　十
［奼］　　　［二十一马］　　十
　　　　　　［二十二祃］　　十
chāi
钗　　　　　［九佳］　　　　五
拆　　　　　［十一陌］　　　十五
*［差］　　 ［四支］　　　　三
　　　　　　［九佳］　　　　五
　　　　　　［六麻］　　　　十
　　　　　　［二十二祃］　　十
chái
豺　　　　　［九佳］　　　　五
侪　　　　　［九佳］　　　　五
*［柴］　　 ［九佳］　　　　五
　　　　　　［四寘］　　　　三
chài
虿　　　　　［十卦］　　　　五
*［瘥］　　 ［五歌］　　　　九
　　　　　　［十卦］　　　　五
chān
觇　　　　　［十四盐］　　　七
幨　　　　　［十四盐］　　　七

襜	［十四盐］	七		［三十陷］	七
搀	［十五咸］	七	［缠］	［一先］	七
*［掺］	［十五咸］	七		［十七霰］	七
	［二十九豏］	七	chǎn		
chán			产	［十五潸］	七
僝	［十五删］	七	浐	［十五潸］	七
婵	［一先］	七	铲	［十五潸］	七
蝉	［一先］	七	崭	［十六铣］	七
廛	［一先］	七	阐	［十六铣］	七
瀍	［一先］	七	谄	［二十八俭］	七
躔	［一先］	七	刬	［十五潸］	七
澶	［一先］	七	chàn		
蟾	［十四盐］	七	韂	［二十九艳］	七
馋	［十五咸］	七	忏	［三十陷］	七
*［单］	［十四寒］	七	*颤	［十七霰］	七
	［一先］	七	［羼］	［十五潸］	七
	［十七霰］	七		［十六谏］	七
*［禅］	［一先］	七	chāng		
	［十七霰］	七	昌	［七阳］	二
*［镡］	［十二侵］	六	菖	［七阳］	二
	［十三覃］	七	猖	［七阳］	二
*［廛］	［十五删］	七	鲳	［七阳］	二
	［一先］	七	阊	［七阳］	二
［潺］	［十五删］	七	伥	［七阳］	二
	［一先］	七	*［倡］	［七阳］	二
［谗］	［十五咸］	七		［二十三漾］	二
	［三十陷］	七	cháng		
［巉］	［十五咸］	七	苌	［七阳］	二
	［二十九豏］	七	肠	［七阳］	二
［镵］	［十五咸］	七			

徜	[七阳]	二	抄	[三肴]	八
常	[七阳]	二	*[剿]	[三肴]	八
尝	[七阳]	二		[十七筱]	八
*裳	[七阳]	二	[钞]	[三肴]	八
*场	[七阳]	二		[十九效]	八
*[长]	[七阳]	二	cháo		
	[二十二养]	二	潮	[二萧]	八
	[二十三漾]	二	晁	[二萧]	八
*[倘]	[七阳]	二	巢	[三肴]	八
	[二十二养]	二	*朝	[二萧]	八
[偿]	[七阳]	二	*嘲	[三肴]	八
	[二十三漾]	二	chǎo		
chǎng			吵	[十八巧]	八
敞	[二十二养]	二	炒	[十八巧]	八
氅	[二十二养]	二	chē		
昶	[二十二养]	二	*[车]	[六鱼]	四
厂(廠)	[二十二养]	二		[六麻]	十
*场	[七阳]	二	chě		
chàng			扯	[二十一马]	十
唱	[二十三漾]	二	*尺	[十一陌]	十五
畅	[二十三漾]	二	chè		
怅	[二十三漾]	二	彻	[九屑]	十六
鬯	[二十三漾]	二	撤	[九屑]	十六
*[倡]	[七阳]	二	澈	[九屑]	十六
	[二十三漾]	二	坼	[十一陌]	十五
chāo			[掣]	[八霁]	三
怊	[二萧]	八		[九屑]	十六
弨	[二萧]	八	chēn		
超	[二萧]	八	嗔	[十一真]	六

瞋	[十一真]	六		[十二震]	六
郴	[十二侵]	六	chen		
琛	[十二侵]	六	*伧	[八庚]	十一
chén			chēng		
辰	[十一真]	六	柽	[八庚]	十一
晨	[十一真]	六	蛏	[八庚]	十一
宸	[十一真]	六	撑	[八庚]	十一
臣	[十一真]	六	瞠	[八庚]	十一
尘	[十一真]	六	琤	[八庚]	十一
陈	[十一真]	六	赪	[八庚]	十一
谌	[十二侵]	六	*噌	[十蒸]	十一
忱	[十二侵]	六	*[枪]	[七阳]	二
*[湛]	[十二侵]	六		[八庚]	十一
	[十三覃]	七	*[铛]	[七阳]	二
	[二十九豏]	七		[八庚]	十一
*[填]	[十一真]	六	*[称]	[十蒸]	十一
	[一先]	七		[二十五径]	十一
[沉]	[十二侵]	六	chéng		
	[二十七沁]	六	成	[八庚]	十一
chèn			城	[八庚]	十一
梣	[十二震]	六	诚	[八庚]	十一
衬	[十二震]	六	郕	[八庚]	十一
疢	[十二震]	六	呈	[八庚]	十一
趁	[十二震]	六	程	[八庚]	十一
谶	[二十七沁]	六	酲	[八庚]	十一
*闯	[二十七沁]	六	枨	[八庚]	十一
*[称]	[十蒸]	十一	橙	[八庚]	十一
	[二十五径]	十一	承	[十蒸]	十一
[龀]	[十二吻]	六	丞	[十蒸]	十一

惩	[十蒸]	十一
塍	[十蒸]	十一
*澄	[十蒸]	十一
*[裎]	[八庚]	十一
	[二十三梗]	十一
*[盛]	[八庚]	十一
	[二十四敬]	十一
*[乘]	[十蒸]	十一
	[二十五径]	十一

chěng

骋	[二十三梗]	十一
逞	[二十三梗]	十一
*[裎]	[八庚]	十一
	[二十三梗]	十一

chèng

*[称]	[十蒸]	十一
	[二十五径]	十一

chī

眵	[四支]	三
痴	[四支]	三
鸱	[四支]	三
螭	[四支]	三
魑	[四支]	三
答	[四支]	三
蚩	[四支]	三
嗤	[四支]	三
媸	[四支]	三
[吃]	[五物]	十六
	[十二锡]	十五

chí

踟	[四支]	三
驰	[四支]	三
池	[四支]	三
持	[四支]	三
篪	[四支]	三
漦	[四支]	三
墀	[四支]	三
*匙	[四支]	三
*[迟]	[四支]	三
	[四寘]	三
*[坻]	[四支]	三
	[四纸]	三
	[八荠]	三
[弛]	[四支]	三
	[四纸]	三

chǐ

耻	[四纸]	三
齿	[四纸]	三
侈	[四纸]	三
鼓	[四寘]	三
*尺	[十一陌]	十五
*[哆]	[六麻]	十
	[四纸]	三
	[二十哿]	九
	[二十一马]	十
[褫]	[四支]	三
	[四纸]	三

chì

炽	[四寘]	三		[二宋]	一
翅	[四寘]	三	*[重]	[二冬]	一
啻	[四寘]	三		[二肿]	一
傺	[八霁]	三		[二宋]	一
叱	[四质]	十五	**chǒng**		
赤	[十一陌]	十五	宠	[二肿]	一
斥	[十一陌]	十五	**chòng**		
敕	[十三职]	十五	*[冲]	[一东]	一
饬	[十三职]	十五		[二冬]	一
*[眙]	[四支]	三	**chōu**		
	[四寘]	三	抽	[十一尤]	十二
chōng			瘳	[十一尤]	十二
忡	[一东]	一	*[妯]	[十一尤]	十二
翀	[一东]	一		[一屋]	十三
充	[一东]	一	**chóu**		
舂	[二冬]	一	惆	[十一尤]	十二
*盅	[一东]	一	稠	[十一尤]	十二
*[冲]	[一东]	一	酬	[十一尤]	十二
	[二冬]	一	雠	[十一尤]	十二
[橦]	[一东]	一	愁	[十一尤]	十二
	[二冬]	一	筹	[十一尤]	十二
	[三绛]	一	俦	[十 尤]	十二
[憧]	[二冬]	一	畴	[十一尤]	十二
	[三绛]	一	踌	[十一尤]	十二
chóng			*仇	[十一尤]	十二
虫	[一东]	一	*[梼]	[四豪]	八
崇	[一东]	一		[十一尤]	十二
*[种]	[一东]	一	*[帱]	[十一尤]	十二
	[二肿]	一		[二十号]	八

*［裯］	［七虞］	四		杵	［六语］	四
	［四豪］	八		础	［六语］	四
	［十一尤］	十二		*褚	［六语］	四
［绸］	［四豪］	八		*［处］	［六语］	四
	［十一尤］	十二			［六御］	四
chǒu				［楚］	［六语］	四
丑	［二十五有］	十二			［六御］	四
chòu				chù		
*臭	［二十六宥］	十二		蠢	［一屋］	十三
chū				搐	［一屋］	十三
樗	［六鱼］	四		滀	［一屋］	十三
初	［六鱼］	四		触	［二沃］	十三
［出］	［四寘］	四		亍	［二沃］	十三
	［四质］	十五		怵	［四质］	十五
chú				黜	［四质］	十五
蜍	［六鱼］	四		*柷	［一屋］	十三
滁	［六鱼］	四		*［俶］	［一屋］	十三
锄	［六鱼］	四			［十二锡］	十五
刍	［七虞］	四		*［处］	［六语］	四
雏	［七虞］	四			［六御］	四
厨	［七虞］	四		*［畜］	［二十六宥］	十二
躅	［七虞］	四			［一屋］	十三
*［除］	［六鱼］	四		chuāi		
	［六御］	四		*［揣］	［四纸］	三
*［躇］	［六鱼］	四			［十四寒］	七
	［十药］	十四			［二十哿］	九
chǔ				chuǎi		
储	［六鱼］	四		*［揣］	［四纸］	三
楮	［六语］	四			［十四寒］	七
					［二十哿］	九

chuài			chuǎng		
*嘬	[十卦]	五	*闯	[二十七沁]	六
*啜	[九屑]	十六	chuàng		
chuān			怆	[二十三漾]	二
川	[一先]	七	*[创]	[七阳]	二
[穿]	[一先]	七		[二十三漾]	二
	[十七霰]	七	chuī		
chuán			炊	[四支]	三
篅	[一先]	七	[吹]	[四支]	三
遄	[一先]	七		[四寘]	三
椽	[一先]	七	chuí		
船	[一先]	七	垂	[四支]	三
*[传]	[一先]	七	陲	[四支]	三
	[十七霰]	七	捶	[四纸]	三
chuǎn			*椎	[四支]	三
喘	[十六铣]	七	[箠]	[四支]	三
舛	[十六铣]	七		[四纸]	三
chuàn			[锤]	[四支]	三
串	[十六谏]	七		[四寘]	三
钏	[十七霰]	七	[槌]	[四支]	三
chuāng				[四寘]	三
窗	[三江]	二	chūn		
疮	[七阳]	二	春	[十一真]	六
*[创]	[七阳]	二	椿	[十一真]	六
	[二十三漾]	二	chún		
chuáng			唇	[十一真]	六
床	[七阳]	二	淳	[十一真]	六
*[幢]	[三江]	二	醇	[十一真]	六
	[三绛]	二	鹑	[十一真]	六

音节检字表 285

莼	[十一真]	六	茨	[四支]	三
*[纯]	[十一真]	六	辞	[四支]	三
	[十三元]	六	慈	[四支]	三
	[一先]	七	磁	[四支]	三
	[十一轸]	六	鹚	[四支]	三
chǔn			*兹	[四支]	三
蠢	[十一轸]	六	cǐ		
chuò			此	[四纸]	三
龊	[三觉]	十四	[泚]	[四纸]	三
娖	[三觉]	十四		[八荠]	三
绰	[十药]	十四	cì		
惙	[九屑]	十六	次	[四寘]	三
辍	[九屑]	十六	赐	[四寘]	三
*啜	[九屑]	十六	*伺	[四寘]	三
*[踱]	[六鱼]	四	[刺]	[四寘]	三
	[十药]	十四		[十一陌]	十五
cī			cōng		
疵	[四支]	三	匆	[一东]	一
*[差]	[四支]	三	葱	[一东]	一
	[九佳]	五	聪	[一东]	一
	[六麻]	十	骢	[一东]	一
	[二十二祃]	十	*枞	[二冬]	一
*[嵯]	[四支]	三	cóng		
	[五歌]	九	丛	[一东]	一
cí			琮	[二冬]	一
词	[四支]	三	悰	[二冬]	一
祠	[四支]	三	[从]	[二冬]	一
雌	[四支]	三		[二宋]	一
瓷	[四支]	三	[淙]	[二冬]	一

音节检字表

		[三江]	二	cuàn		
		[三绛]	二	窜	[十五翰]	七
còu				爨	[十五翰]	七
凑		[二十六宥]	十二	篡	[十六谏]	七
辏		[二十六宥]	十二	cuī		
腠		[二十六宥]	十二	崔	[十灰]	三
*[蔟]		[二十六宥]	十二	催	[十灰]	三
		[一屋]	十三	摧	[十灰]	三
cū				缞	[十灰]	三
粗		[七虞]	四	*衰	[四支]	三
cú				cuǐ		
徂		[七虞]	四	璀	[十贿]	三
殂		[七虞]	四	cuì		
cù				萃	[四寘]	三
醋		[七遇]	四	翠	[四寘]	三
簇		[一屋]	十三	悴	[四寘]	三
蹙		[一屋]	十三	粹	[四寘]	三
蹴		[一屋]	十三	瘁	[四寘]	三
促		[二沃]	十三	倅	[十一队]	三
猝		[六月]	十六	淬	[十一队]	三
*[卒]		[四质]	十五	脆	[八霁]	三
		[六月]	十六	毳	[八霁]	三
*[蔟]		[二十六宥]	十二	[啐]	[十一队]	三
		[一屋]	十三		[四质]	十五
cuān				cūn		
撺		[十五翰]	七	踆	[十一真]	六
cuán				皴	[十一真]	六
*[攒]		[十四寒]	七	村	[十三元]	六
		[十五翰]	七	cún		

存	[十三元]	六	[厝]	[七遇]	四
*蹲	[十三元]	六		[十药]	十四
cǔn					
忖	[十三阮]	六	**D**		
cùn			dā		
寸	[十四愿]	六	耷	[十五合]	十七
cuō			搭	[十五合]	十七
搓	[五歌]	九	褡	[十五合]	十七
蹉	[五歌]	九	*嗒	[十五合]	十七
*撮	[七曷]	十六	*答	[十五合]	十七
[瑳]	[五歌]	九	dá		
	[二十哿]	九	笪	[七曷]	十六
[磋]	[五歌]	九	妲	[七曷]	十六
	[二十一箇]	九	怛	[七曷]	十六
cuó			*答	[十五合]	十七
矬	[五歌]	九	*沓	[十五合]	十七
痤	[五歌]	九	*[打]	[二十一马]	十
*[嵯]	[四支]	三		[二十三梗]	十一
	[五歌]	九	*[达]	[八霁]	三
*[瘥]	[五歌]	九		[七曷]	十六
	[十卦]	五	dǎ		
cuǒ			*[打]	[二十一马]	十
脞	[二十哿]	九		[二十三梗]	十一
cuò			dà		
莝	[二十一箇]	九	*[大]	[九泰]	五
挫	[二十一箇]	九		[二十一箇]	九
锉	[二十一箇]	九	dāi		
措	[七遇]	四	呆	[十灰]	五
错	[十药]	十四	*待	[十贿]	五

dǎi

*［逮］	［八霁］	三
	［十一队］	五

dài

给	［十贿］	五
殆	［十贿］	五
怠	［十贿］	五
迨	［十贿］	五
埭	［十一队］	五
带	［九泰］	五
硾	［十一队］	五
代	［十一队］	五
玳	［十一队］	五
岱	［十一队］	五
贷	［十一队］	五
袋	［十一队］	五
黛	［十一队］	五
戴	［十一队］	五
襶	［十一队］	五
*逮	［十五合］	十七
*待	［十贿］	五
*［骀］	［十灰］	五
	［十贿］	五
*［诒］	［十贿］	三
	［四寘］	三
*［大］	［九泰］	五
	［二十一箇］	九
*［逮］	［八霁］	三
	［十一队］	五

［轪］	［八霁］	三
	［九泰］	五

dān

箪	［十四寒］	七
殚	［十四寒］	七
郸	［十四寒］	七
丹	［十四寒］	七
儋	［十三覃］	七
聃	［十三覃］	七
耽	［十三覃］	七
*［酖］	［十三覃］	七
	［二十七沁］	六
*［单］	［十四寒］	七
	［一先］	七
	［十七霰］	七
*［瘅］	［十四寒］	七
	［二十哿］	九
	［二十一箇］	九
*［担］	［十三覃］	七
	［二十八勘］	七
*［湛］	［十二侵］	六
	［十三覃］	七
	［二十九豏］	七
［眈］	［十三覃］	七
	［二十七感］	七

dǎn

亶	［十四旱］	七
胆	［二十七感］	七

dàn

旦	［十五翰］	七

诞	[十四旱]	七		[二十三漾]	二
萏	[二十七感]	七	dàng		
啖	[二十八勘]	七	宕	[二十三漾]	二
淡	[二十八勘]	七	*[当]	[七阳]	二
惮	[十五翰]	七		[二十三漾]	二
*石	[十一陌]	十五	*[挡]	[二十二养]	二
*[瘅]	[十四寒]	七		[二十三漾]	二
	[二十哿]	九	[砀]	[七阳]	二
	[二十一箇]	九		[二十三漾]	二
*[弹]	[十四寒]	七	[荡]	[二十二养]	二
	[十五翰]	七		[二十三漾]	二
*[澹]	[十三覃]	七	dāo		
	[二十七感]	七	刀	[四豪]	八
	[二十八勘]	七	忉	[四豪]	八
*[担]	[十三覃]	七	舠	[四豪]	八
	[二十八勘]	七	魛	[四豪]	八
[但]	[十四旱]	七	*叨	[四豪]	八
	[十五翰]	七	*[裯]	[七虞]	四
dāng				[四豪]	八
筜	[七阳]	二		[十一尤]	十二
珰	[七阳]	二	dǎo		
裆	[七阳]	二	岛	[十九皓]	八
*[铛]	[七阳]	二	捣	[十九皓]	八
	[八庚]	十一	导	[二十号]	八
*[当]	[七阳]	二	蹈	[二十号]	八
	[二十三漾]	二	*[倒]	[十九皓]	八
dǎng				[二十号]	八
党	[二十二养]	二	[祷]	[十九皓]	八
谠	[二十二养]	二		[二十号]	八
*[挡]	[二十二养]	二	dào		

道	[十九皓]	八		[二十五径]	十一
稻	[十九皓]	八	*[蹬]	[十蒸]	十一
盗	[二十号]	八		[二十五径]	十一
悼	[二十号]	八	děng		
到	[二十号]	八	等	[二十四迥]	十一
*[焘]	[四豪]	八	dèng		
	[二十号]	八	邓	[二十五径]	十一
*[帱]	[十一尤]	十二	瞪	[二十五径]	十一
	[二十号]	八	嶝	[二十五径]	十一
*[倒]	[十九皓]	八	磴	[二十五径]	十一
	[二十号]	八	凳	[二十五径]	十一
[纛]	[二十号]	八	*澄	[十蒸]	十一
	[二沃]	十三	*[镫]	[十蒸]	十一
dé				[二十五径]	十一
德	[十三职]	十五	*[蹬]	[十蒸]	十一
*得	[十三职]	十五		[二十五径]	十一
de			dī		
*地	[四寘]	三	堤	[八齐]	三
*的	[十二锡]	十五	低	[八齐]	三
*得	[十三职]	十五	羝	[八齐]	三
*[底]	[四纸]	三	滴	[十二锡]	十五
	[八荠]	三	*[提]	[四支]	三
děi				[八齐]	三
*得	[十三职]	十五	*[氐]	[八齐]	三
dēng				[八荠]	三
灯	[十蒸]	十一	dí		
登	[十蒸]	十一	髢	[八霁]	三
簦	[十蒸]	十一	狄	[十二锡]	十五
*[镫]	[十蒸]	十一	荻	[十二锡]	十五

觌	[十二锡]	十五	[诋]	[八齐]	三
涤	[十二锡]	十五		[八霁]	三
敌	[十二锡]	十五	[柢]	[八霁]	三
笛	[十二锡]	十五		[八霁]	三
迪	[十二锡]	十五	dì		
籴	[十二锡]	十五	帝	[八霁]	三
嫡	[十二锡]	十五	蒂	[八霁]	三
镝	[十二锡]	十五	谛	[八霁]	三
*的	[十二锡]	十五	褅	[八霁]	三
*[翟]	[十一陌]	十五	第	[八霁]	三
	[十二锡]	十五	睇	[八霁]	三
*[蹢]	[十一陌]	十五	弟	[八霁]	三
	[十二锡]	十五	棣	[八霁]	三
*[適]	[七曷]适十六		踶	[八霁]	三
	[十一陌]适十五		苐	[十二锡]	十五
	[十二锡]適十五		*的	[十二锡]	十五
dǐ			*地	[四寘]	三
牴	[八霁]	三	*[吊]	[十八啸]	八
邸	[八霁]	三		[十二锡]	十五
*[氐]	[八齐]	三	*[题]	[八齐]	三
	[八霁]	三		[八霁]	三
*[坻]	[四支]	三	[娣]	[八霁]	三
	[四纸]	三		[八霁]	三
	[八霁]	三	[递]	[八霁]	三
*[底]	[四纸]	三		[八霁]	三
	[八霁]	三	[缔]	[八齐]	三
[抵]	[四纸]	三		[八霁]	三
	[八霁]	三	diān		
[砥]	[四纸]	三	滇	[一先]	七
	[八霁]	三			

颠	[一先]	七	diào			
癫	[一先]	七	钓	[十八啸]	八	
巅	[一先]	七	*[铫]	[二萧]	八	
diǎn				[十八啸]	八	
典	[十六铣]	七	*[调]	[二萧]	八	
点	[二十八俭]	七		[十一尤]	十二	
diàn				[十八啸]	八	
玷	[二十八俭]	七	*[吊]	[十八啸]	八	
坫	[二十九艳]	七		[十二锡]	十五	
店	[二十九艳]	七	[掉]	[十七霰]	八	
垫	[二十九艳]	七		[十八啸]	八	
簟	[二十八俭]	七	diē			
殿	[十七霰]	七	跌	[九屑]	十六	
电	[十七霰]	七	[爹]	[六麻]	十	
甸	[十七霰]	七		[二十哿]	九	
奠	[十七霰]	七	dié			
淀	[十七霰]	七	垤	[九屑]	十六	
靛	[十七霰]	七	绖	[九屑]	十六	
*[佃]	[一先]	七	耋	[九屑]	十六	
	[十七霰]	七	迭	[九屑]	十六	
*[钿]	[先]	七	咥	[九屑]	十六	
	[十七霰]	七	叠	[十六叶]	十六	
*[玷]	[十四盐]	七	氎	[十六叶]	十六	
	[二十九艳]	十	谍	[十六叶]	十六	
diāo			堞	[十六叶]	十六	
貂	[二萧]	八	牒	[十六叶]	十六	
刁	[二萧]	八	蝶	[十六叶]	十六	
凋	[二萧]	八	蹀	[十六叶]	十六	
雕	[二萧]	八	鲽	[十六叶]	十六	

*〔褶〕	〔十四缉〕	十五	*〔钉〕	〔九青〕	十一
*〔喋〕	〔十六叶〕	十六		〔二十五径〕	十一
	〔十七洽〕	十七	dōng		
*〔咥〕	〔四寘〕	三	东	〔一东〕	一
	〔四质〕	十五	冬	〔二冬〕	一
	〔九屑〕	十六	咚	〔二冬〕	一
dīng			dǒng		
盯	〔八庚〕	十一	董	〔一董〕	一
仃	〔九青〕	十一	懂	〔一董〕	一
叮	〔九青〕	十一	dòng		
玎	〔九青〕	十一	动	〔一董〕	一
疔	〔九青〕	十一	冻	〔一送〕	一
*〔丁〕	〔八庚〕	十一	栋	〔一送〕	一
	〔九青〕	十一	*〔恫〕	〔一东〕	一
*〔钉〕	〔九青〕	十一		〔一送〕	一
	〔二十五径〕	十一	*〔侗〕	〔一东〕	一
*〔町〕	〔九青〕	十一		〔一董〕	一
	〔二十四迥〕	十一	*〔洞〕	〔一董〕	一
dǐng				〔一送〕	一
顶	〔二十四迥〕	十一	dōu		
鼎	〔二十四迥〕	十一	兜	〔十一尤〕	十二
酊	〔二十四迥〕	十一	篼	〔十一尤〕	十二
dìng			*都	〔七虞〕	四
订	〔二十五径〕	十一	dǒu		
钉	〔二十五径〕	十一	陡	〔二十五有〕	十二
定	〔二十五径〕	十一	抖	〔二十五有〕	十二
碇	〔二十五径〕	十一	蚪	〔二十五有〕	十二
锭	〔二十五径〕	十一	*斗	〔二十五有〕	十二
*〔铤〕	〔二十四迥〕	十一		〔二十六宥〕	十二

dòu			堵	[七麌]	四
豆	[二十六宥]	十二	赌	[七麌]	四
饾	[二十六宥]	十二	睹	[七麌]	四
胨	[二十六宥]	十二	笃	[二沃]	十三
逗	[二十六宥]	十二	*肚	[七麌]	四
窦	[二十六宥]	十二	dù		
*斗	[二十五有]	十二	妒	[七遇]	四
	[二十六宥]	十二	渡	[七遇]	四
*[读]	[二十六宥]	十二	镀	[七遇]	四
	[一屋]	十三	蠹	[七遇]	四
dū			杜	[七麌]	四
督	[二沃]	十三	*肚	[七麌]	四
*都	[七虞]	四	*[度]	[七遇]	四
*[阇]	[七虞]	四		[十药]	十四
	[六麻]	十	duān		
dú			端	[十四寒]	七
独	[一屋]	十三	duǎn		
髑	[一屋]	十三	短	[十四旱]	七
犊	[一屋]	十三	duàn		
渎	[一屋]	十三	段	[十五翰]	七
椟	[一屋]	十三	缎	[十五翰]	七
牍	[一屋]	十三	锻	[十五翰]	七
黩	[一屋]	十三	[断]	[十四旱]	七
毒	[二沃]	十三		[十五翰]	七
*[顿]	[十四愿]	六	duī		
	[六月]	十六	堆	[十灰]	三
*[读]	[二十六宥]	十二	duì		
	[一屋]	十三	兑	[九泰]	三
dǔ			碓	[十一队]	三

队	[十一队]	三	duō			
对	[十一队]	三	多	[五歌]	九	
怼	[四寘]	三	裰	[七曷]	十六	
憝	[十一队]	三	*[哆]	[六麻]	十	
*[敦]	[十三元]	六		[四纸]	三	
	[十四寒]	七		[二十哿]	九	
	[十一队]	三		[二十一马]	十	
	[十四愿]	六	[咄]	[六月]	十六	
dūn				[七曷]	十六	
墩	[十三元]	六	[掇]	[七曷]	十六	
*蹲	[十三元]	六		[九屑]	十六	
*[敦]	[十三元]	六	[剟]	[七曷]	十六	
	[十四寒]	七		[九屑]	十六	
	[十一队]	三	duó			
	[十四愿]	六	夺	[七曷]	十六	
[惇]	[十一真]	六	铎	[十药]	十四	
	[十三元]	六	踱	[十药]	十四	
dùn			*[度]	[七遇]	四	
钝	[十四愿]	六		[十药]	十四	
沌	[十三阮]	六	duǒ			
*炖	[十三元]	六	椭	[二十哿]	九	
*楯	[十一轸]	六	朵	[二十哿]	九	
*[囤]	[十三元]	六	*垛	[二十哿]	九	
	[十三阮]	六	duò			
*[顿]	[十四愿]	六	舵	[二十哿]	九	
	[六月]	十六	剁	[二十一箇]	九	
[盾]	[十一轸]	六	*垛	[二十哿]	九	
	[十三阮]	六	*[驮]	[五歌]	九	
[遁]	[十三阮]	六		[二十一箇]	九	
	[十四愿]	六				

*[堕]	[四支]	三	遏	[七曷]	十六
	[二十哿]	九	蕚	[十药]	十四
[惰]	[二十哿]	九	谔	[十药]	十四
	[二十一箇]	九	崿	[十药]	十四
			愕	[十药]	十四
	E		腭	[十药]	十四
			锷	[十药]	十四
ē			鳄	[十药]	十四
婀	[二十哿]	九	鄂	[十药]	十四
*[阿]	[五歌]	九	鹗	[十药]	十四
é			厄	[十一陌]	十五
额	[十一陌]	十五	扼	[十一陌]	十五
讹	[五歌]	九	轭	[十一陌]	十五
囮	[五歌]	九	噩	[十药]	十四
莪	[五歌]	九	垩	[十药]	十四
俄	[五歌]	九	*[恶]	[七虞]	四
娥	[五歌]	九		[七遇]	四
鹅	[五歌]	九		[十药]	十四
哦	[五歌]	九	*[阀]	[一先]	七
蛾	[五歌]	九		[六月]	十六
*[硪]	[五歌]	九		[七曷]	十六
	[二十哿]	九	ēn		
[峨]	[五歌]	九	恩	[十三元]	六
	[二十哿]	九	ér		
ě			鸸	[四支]	三
*[恶]	[七虞]	四	而	[四支]	三
	[七遇]	四	洏	[四支]	三
	[十药]	十四	鲕	[四支]	三
è			儿	[四支]	三
饿	[二十一箇]	九			

ěr
尔	[四纸]	三
迩	[四纸]	三
耳	[四纸]	三
饵	[四寘]	三
[珥]	[四纸]	三
	[四寘]	三

èr
聀	[四寘]	三
贰	[四寘]	三
二	[四寘]	三

F

fā
| *发 | [六月] | 十六 |

fá
伐	[六月]	十六
筏	[六月]	十六
垡	[六月]	十六
阀	[六月]	十六
罚	[六月]	十六
乏	[十七洽]	十七

fǎ
| 法 | [十七洽] | 十七 |

fà
| *发 | [六月] | 十六 |

fān
幡	[十三元]	七
翻	[十三元]	七
藩	[十三元]	七
*蕃	[十三元]	七
*[番]	[十三元]	七
	[五歌]	九
*[反]	[十三元]	七
	[十三阮]	七
*[帆]	[十五咸]	七
	[三十陷]	七

fán
繁	[十三元]	七
凡	[十五咸]	七
矾	[十三元]	七
烦	[十三元]	七
樊	[十三元]	七
璠	[十三元]	七
燔	[十三元]	七
膰	[十三元]	七
蹯	[十三元]	七
*蕃	[十三元]	七
*[繁]	[十三元]	七
	[十四寒]	七

fǎn
返	[十三阮]	七
*[反]	[十三元]	七
	[十三阮]	七

fàn
| 犯 | [二十九豏] | 七 |
| 范 | [二十九豏] | 七 |

泛	[三十陷]	七	舫	[二十三漾]	二
梵	[三十陷]	七	*[彷]	[七阳]	二
贩	[十四愿]	七		[二十二养]	二
畈	[十四愿]	七	fàng		
*[帆]	[十五咸]	七	放	[二十三漾]	二
	[三十陷]	七	fēi		
[饭]	[十三阮]	七	霏	[五微]	三
	[十四愿]	七	非	[五微]	三
fāng			扉	[五微]	三
方	[七阳]	二	绯	[五微]	三
芳	[七阳]	二	妃	[五微]	三
枋	[七阳]	二	飞	[五微]	三
钫	[七阳]	二	*[菲]	[五微]	三
邡	[七阳]	二		[五尾]	三
*[坊]	[七阳]	二	*[蜚]	[五微]	三
fáng				[五尾]	三
肪	[七阳]	二	féi		
鲂	[七阳]	二	腓	[五微]	三
房	[七阳]	二	肥	[五微]	三
*[坊]	[七阳]	二	淝	[五微]	三
[妨]	[七阳]	二	*[痱]	[五微]	三
	[二十三漾]	二		[五未]	三
[防]	[七阳]	二	fěi		
	[二十三漾]	二	悱	[五尾]	三
fǎng			棐	[五尾]	三
仿	[二十二养]	二	斐	[五尾]	三
纺	[二十二养]	二	翡	[五未]	三
昉	[二十二养]	二	匪	[五尾]	三
访	[二十三漾]	二	篚	[五尾]	三

榧	[五尾]	三	焚	[十二文]	六
*[菲]	[五微]	三	棼	[十二文]	六
	[五尾]	三	汾	[十二文]	六
*[蜚]	[五微]	三	豮	[十二文]	六
	[五尾]	三	*[颁]	[十二文]	六
[诽]	[五微]	三		[十五删]	七
	[五尾]	三	*[坟]	[十二文]	六
	[五未]	三		[十二吻]	六
fèi			*[贲]	[十二文]	六
狒	[五未]	三		[十三元]	六
沸	[五未]	三		[四寘]	三
费	[五未]	三	fěn		
吠	[十一队]	三	粉	[十二吻]	六
废	[十一队]	三	fèn		
肺	[十一队]	三	愤	[十二吻]	六
*[芾]	[五未]	三	偾	[十三问]	六
	[五物]	十六	粪	[十三问]	六
*[痱]	[五微]	三	奋	[十三问]	六
	[五未]	三	*[分]	[十二文]	六
fēn				[十三问]	六
芬	[十二文]	六	*[坟]	[十二文]	六
棻	[十二文]	六		[十二吻]	六
纷	[十二文]	六	[坋]	[十二吻]	六
雰	[十二文]	六		[十三问]	六
氛	[十二文]	六	[忿]	[十二吻]	六
*[分]	[十二文]	六		[十三问]	六
	[十三问]	六	fēng		
fén			风	[一东]	一
獖	[十二文]	六	枫	[一东]	一

疯	[一东]	一		[二宋]	一
酆	[一东]	一	*[缝]	[二冬]	一
峰	[二冬]	一		[二宋]	一
蜂	[二冬]	一	fó		
锋	[二冬]	一	*佛	[五物]	十六
烽	[二冬]	一	fǒu		
沣	[一东]	一	缶	[二十五有]	十二
*[葑]	[二冬]	一	*[否]	[四纸]	三
	[二宋]	一		[二十五有]	十二
[丰]	[一东]	一	fū		
	[二冬]	一	肤	[七虞]	四
[封]	[二冬]	一	跗	[七虞]	四
	[二宋]	一	麸	[七虞]	四
féng			敷	[七虞]	四
*[冯]	[一东]	一	稃	[七虞]	四
	[十蒸]	十一	柎	[七虞]	四
*[逢]	[一东]	一	*夫	[七虞]	四
	[二冬]	一	[跗]	[七虞]	四
*[缝]	[二冬]	一		[七遇]	四
	[二宋]	一	fú		
fěng			苻	[七虞]	四
讽	[一送]	一	符	[七虞]	四
*唪	[一董]	一	扶	[七虞]	四
fèng			芙	[七虞]	四
奉	[二肿]	一	芙	[七虞]	四
俸	[二宋]	一	孚	[七虞]	四
凤	[一送]	一	莩	[七虞]	四
赗	[一送]	一	俘	[七虞]	四
*[葑]	[二冬]	一	郛	[七虞]	四

凫	[七虞]	四	*[幅]	[一屋]	十三
浮	[十一尤]	十二		[十三职]	十五
蜉	[十一尤]	十二	[桴]	[七虞]	四
罘	[十一尤]	十二		[十一尤]	十二
福	[一屋]	十三	[罦]	[七虞]	四
蝠	[一屋]	十三		[十一尤]	十二
莱	[一屋]	十三	[菔]	[一屋]	十三
箙	[一屋]	十三		[十三职]	十五
幞	[二沃]	十三	[匐]	[一屋]	十三
绂	[五物]	十六		[十三职]	十五
韨	[五物]	十六	[辐]	[二十六宥]	十二
袚	[五物]	十六		[一屋]	十三
黻	[五物]	十六	[伏]	[二十六宥]	十二
弗	[五物]	十六		[一屋]	十三
拂	[五物]	十六	[艴]	[五未]	三
绋	[五物]	十六		[五物]	十六
怫	[五物]	十六	[鵩]	[五物]	十六
芾	[五物]	十六		[六月]	十六
茀	[五物]	十六	fǔ		
*佛	[五物]	十六	拊	[七虞]	四
*夫	[七虞]	四	府	[七虞]	四
*洑	[一屋]	十三	俯	[七虞]	四
*[枹]	[七虞]	四	腑	[七虞]	四
	[三肴]	八	腐	[七虞]	四
	[十一尤]	十二	抚	[七虞]	四
*[服]	[二十五有]	十二	簠	[七虞]	四
	[一屋]	十三	甫	[七虞]	四
*[芾]	[五未]	三	辅	[七虞]	四
	[五物]	十六	黼	[七虞]	四
			斧	[七虞]	四

音节检字表 303

釜	［七麌］	四	［妇］	［二十五有］	十二
滏	［七麌］	四		［七遇］	四
*父	［七麌］	四	［负］	［二十五有］	十二
*脯	［七麌］	四		［七遇］	四
*［莆］	［七麌］	四	［富］	［七遇］	四
	［七麌］	四		［二十六宥］	十二
fù			［复］	［二十六宥］	十二
阜	［二十五有］	十二		［一屋］	十三
赋	［七遇］	四	［覆］	［二十六宥］	十二
傅	［七遇］	四		［一屋］	十三
缚	［十药］	十四			
赙	［七遇］	四		**G**	
付	［七遇］	四	gā		
驸	［七遇］	四	嘎	［八黠］	十六
附	［七遇］	四	*呷	［十七洽］	十七
鲋	［七遇］	四	gāi		
讣	［七遇］	四	该	［十灰］	五
赴	［七遇］	四	陔	［十灰］	五
腹	［一屋］	十三	垓	［十灰］	五
蝮	［一屋］	十三	赅	［十灰］	五
馥	［一屋］	十三	［荄］	［九佳］	五
*洑	［一屋］	十三		［十灰］	五
*父	［七麌］	四	gǎi		
*［服］	［二十五有］	十二	改	［十贿］	五
	［一屋］	十三	gài		
*［副］	［七遇］	四	丐	［九泰］	五
	［二十六宥］	十二	概	［十一队］	五
	［一屋］	十三	*芥	［十卦］	五
	［十三职］	十五	*［盖］	［九泰］	五

		[十五合]	十七	*旰	[十五翰]	七
[漑]		[五未]	三	*[干]	[十四寒]	七
		[十一队]	五		[十五翰]	七
gān				*[淦]	[十三覃]	七
竿		[十四寒]	七		[二十八勘]	七
玕		[十四寒]	七	[骭]	[十五翰]	七
肝		[十四寒]	七		[十六谏]	七
甘		[十三覃]	七	[赣]	[二十七感]	七
苷		[十三覃]	七		[一送]	一
坩		[十三覃]	七		[二十八勘]	七
泔		[十三覃]	七	gāng		
柑		[十三覃]	七	冈	[七阳]	二
*杆		[十四寒]	七	纲	[七阳]	二
*矸		[十五翰]	七	钢	[七阳]	二
*[干]		[十四寒]	七	刚	[七阳]	二
		[十五翰]	七	钢	[七阳]	二
*[乾]		[十四寒]	七	矼	[三江]	二
		[一先]	七	缸	[三江]	二
*[淦]		[十三覃]	七	*扛	[三江]	二
		[二十八勘]	七	*杠	[三江]	二
gǎn				gǎng		
秆		[十四旱]	七	港	[三讲]	二
感		[二十七感]	七	gàng		
敢		[二十七感]	七	*杠	[三江]	二
橄		[二十七感]	七	gāo		
*杆		[十四寒]	七	高	[四豪]	八
gàn				篙	[四豪]	八
绀		[二十八勘]	七	皋	[四豪]	八
*矸		[十五翰]	七	櫜	[四豪]	八

羔	［四豪］	八	gé			
糕	［四豪］	八	阁	［十药］	十四	
*［膏］	［四豪］	八	骼	［十一陌］	十五	
	［二十号］	八	槅	［十一陌］	十五	
*［峼］	［四豪］	八	隔	［十一陌］	十五	
	［二十五有］	十二	嗝	［十一陌］	十五	
gǎo			膈	［十一陌］	十五	
杲	［十九皓］	八	*蛤	［十五合］	十七	
槁	［十九皓］	八	*葛	［七曷］	十六	
稿	［十九皓］	八	*［格］	［十药］	十四	
*镐	［十九皓］	八		［十一陌］	十五	
［缟］	［十九皓］	八	*［鬲］	［十一陌］	十五	
	［二十号］	八		［十二锡］	十五	
gào			*［革］	［十一陌］	十五	
诰	［二十号］	八		［十三职］	十五	
郜	［二十号］	八	gě			
*［告］	［二十号］	八	哿	［二十哿］	九	
	［二沃］	十三	舸	［二十哿］	九	
*［膏］	［四豪］	八	*葛	［七曷］	十六	
	［二十号］	八	*合	［十五合］	十七	
gē			*［盖］	［九泰］	五	
割	［七曷］	十六		［十五合］	十七	
鸽	［十五合］	十七	gè			
哥	［五歌］	九	箇	［二十一箇］	九	
歌	［五歌］	九	个	［二十一箇］	九	
戈	［五歌］	九	各	［十药］	十四	
*仡	［五物］	十六	*硌	［十药］	十四	
*［格］	［十药］	十四	gěi			
	［十一陌］	十五	*给	［十四缉］	十五	

gēn
根　　　[十三元]　　六
跟　　　[十三元]　　六

gěn
*艮　　　[十四愿]　　六

gèn
亘　　　[二十五径]　十一
*艮　　　[十四愿]　　六

gēng
庚　　　[八庚]　　　十一
鹒　　　[八庚]　　　十一
赓　　　[八庚]　　　十一
羹　　　[八庚]　　　十一
耕　　　[八庚]　　　十一
*[更]　　[八庚]　　　十一
　　　　[二十四敬]　十一

gěng
梗　　　[二十三梗]　十一
埂　　　[二十三梗]　十一
绠　　　[二十三梗]　十一
哽　　　[二十三梗]　十一
鲠　　　[二十三梗]　十一
耿　　　[二十三梗]　十一

gèng
*[更]　　[八庚]　　　十一
　　　　[二十四敬]　十一

gōng
弓　　　[一东]　　　一
躬　　　[一东]　　　一

宫　　　[一东]　　　一
公　　　[一东]　　　一
龚　　　[二冬]　　　一
蚣　　　[二冬]　　　一
恭　　　[二冬]　　　一
觥　　　[八庚]　　　十一
肱　　　[十蒸]　　　十一
工　　　[一东]　　　一
攻　　　[一东]　　　一
功　　　[一东]　　　一
*红　　　[一东]　　　一
*[供]　　[二冬]　　　一
　　　　[二宋]　　　一

gǒng
汞　　　[一董]　　　一
巩　　　[二肿]　　　一
拱　　　[二肿]　　　一
栱　　　[二肿]　　　一
珙　　　[二肿]　　　一

gòng
共　　　[二宋]　　　一
贡　　　[一送]　　　一
*[供]　　[二冬]　　　一
　　　　[二宋]　　　一

gōu
沟　　　[十一尤]　　十二
钩　　　[十一尤]　　十二
缑　　　[十一尤]　　十二
篝　　　[十一尤]　　十二

*[句]	[七虞]	四		[七遇]	四
	[十一尤]	十二		[二十六宥]	十二
	[七遇]	四	gū		
	[二十六宥]	十二	孤	[七虞]	四
*[枸]	[十一尤]	十二	沽	[七虞]	四
	[七虞]	四	姑	[七虞]	四
	[二十五有]	十二	蛄	[七虞]	四
gǒu			菇	[七虞]	四
耇	[二十五有]	十二	鸪	[七虞]	四
苟	[二十五有]	十二	辜	[七虞]	四
笱	[二十五有]	十二	觚	[七虞]	四
狗	[二十五有]	十二	罛	[七虞]	四
*[枸]	[十一尤]	十二	菰	[七虞]	四
	[七虞]	四	*估	[七虞]	四
	[二十五有]	十二	*骨	[六月]	十六
[岣]	[七虞]	四	*[呱]	[七虞]	四
	[二十五有]	十二		[六麻]	十
gòu			[酤]	[七虞]	四
垢	[二十五有]	十二		[七虞]	四
诟	[二十六宥]	十二		[七遇]	四
姤	[二十六宥]	十二	gǔ		
构	[二十六宥]	十二	古	[七虞]	四
购	[二十六宥]	十二	罟	[七虞]	四
冓	[二十六宥]	十二	诂	[七虞]	四
媾	[二十六宥]	十二	牯	[七虞]	四
觏	[二十六宥]	十二	鼓	[七虞]	四
遘	[二十六宥]	十二	瞽	[七虞]	四
彀	[二十六宥]	十二	股	[七虞]	四
*[句]	[七虞]	四	羖	[七虞]	四
	[十一尤]	十二			

蛊	[七虞]	四		[七遇]	四
谷	[一屋]	十三	guā		
穀	[一屋]	十三	瓜	[六麻]	十
縠	[一屋]	十三	刮	[八黠]	十六
榖	[一屋]	十三	*[呱]	[七虞]	四
*骨	[六月]	十六		[六麻]	十
*鶻	[二十一马]	十	[鸹]	[七曷]	十六
*谷	[一屋]	十三		[八黠]	十六
*鹄	[二沃]	十三	guǎ		
*[鹘]	[六月]	十六	寡	[二十一马]	十
	[八黠]	十六	剐	[二十一马]	十
*[滑]	[六月]	十六	guà		
	[八黠]	十六	卦	[十卦]	十
*[贾]	[七虞]	四	诖	[十卦]	十
	[二十一马]	十	挂	[十卦]	十
*[汩]	[四质]	十五	guāi		
	[六月]	十六	乖	[九佳]	五
gù			guǎi		
固	[七遇]	四	拐	[九蟹]	五
锢	[七遇]	四	guài		
痼	[七遇]	四	夬	[十卦]	五
故	[七遇]	四	怪	[十卦]	五
顾	[七遇]	四	guān		
梏	[二沃]	十三	官	[十四寒]	七
牯	[二沃]	十三	倌	[十四寒]	七
*估	[七虞]	四	棺	[十四寒]	七
*[告]	[二十号]	八	关	[十五删]	七
	[二沃]	十三	鳏	[十五删]	七
*[雇]	[七虞]	四	*[观]	[十四寒]	七

			guāng		
	[十五翰]	七	光	[七阳]	二
*[冠]	[十四寒]	七	洸	[七阳]	二
	[十五翰]	七	胱	[七阳]	二
*[莞]	[十四寒]	七	*[桄]	[七阳]	二
	[十五潸]	七		[二十三漾]	二
*[纶]	[十一真]	六	guǎng		
	[十五删]	七	*[广]	[二十二养]	二
guǎn				[二十三漾]	二
管	[十四旱]	七	[犷]	[二十二养]	二
琯	[十四旱]	七		[二十三梗]	二
*[莞]	[十四寒]	七	guàng		
	[十五潸]	七	*[桄]	[七阳]	二
[馆]	[十四旱]	七		[二十三漾]	二
	[十五翰]	七	*[广]	[二十二养]	二
guàn				[二十三漾]	二
涫	[十五翰]	七	guī		
灌	[十五翰]	七	规	[四支]	三
瓘	[十五翰]	七	妫	[四支]	三
罐	[十五翰]	七	归	[五微]	三
鹳	[十五翰]	七	瑰	[十灰]	三
贯	[十五翰]	七	圭	[八齐]	三
惯	[十六谏]	七	闺	[八齐]	三
丱	[十六谏]	七	邽	[八齐]	三
祼	[十五翰]	七	*[傀]	[十灰]	三
*[观]	[十四寒]	七		[四纸]	三
	[十五翰]	七		[十贿]	三
*[冠]	[十四寒]	七	*[龟]	[四支]	三
	[十五翰]	七		[十一尤]	十二
[盥]	[十四旱]	七			
	[十五翰]	七			

guǐ				滚	[十三阮]	六
诡	[四纸]	三		gùn		
姽	[四纸]	三		棍	[十三阮]	六
庋	[四纸]	三		guō		
宄	[四纸]	三		聒	[七曷]	十六
氿	[四纸]	三		郭	[十药]	十六
轨	[四纸]	三		蝈	[十一陌]	十五
匦	[四纸]	三		埚	[五歌]	九
癸	[四纸]	三		锅	[五歌]	九
簋	[四纸]	三		*涡	[五歌]	九
晷	[四纸]	三		*[过]	[五歌]	九
鬼	[五尾]	三			[二十一箇]	九
guì				guó		
跪	[四纸]	三		国	[十三职]	十五
贵	[五未]	三		掴	[十一陌]	十五
刿	[八霁]	三		帼	[十一陌]	十五
桂	[八霁]	三		虢	[十一陌]	十五
*桧	[九泰]	三		guǒ		
*[柜]	[六语]	四		果	[二十哿]	九
	[四寘]	三		蜾	[二十哿]	九
*[蹶]	[八霁]	三		裹	[二十哿]	九
	[六月]	十六		椁	[十药]	十四
[鳜]	[八霁]	三		guò		
	[六月]	十六		*[过]	[五歌]	九
gǔn					[二十一箇]	九
绲	[十三阮]	六				
辊	[十三阮]	六			**H**	
鲧	[十三阮]	六				
衮	[十三阮]	六		há		

*蛤	[十五合]	十七		[十五翰]	七
hāi			[函]	[十三覃]	七
*咳	[十灰]	五		[十五咸]	七
hái			hǎn		
骸	[九佳]	五	罕	[十四旱]	七
孩	[十灰]	五	*[阚]	[二十九豏]	七
*还	[十五删]	七		[二十八勘]	七
hǎi				[三十陷]	七
海	[十贿]	五	[喊]	[二十七感]	七
醢	[十贿]	五		[二十九豏]	七
hài			hàn		
骇	[九蟹]	五	汉	[十五翰]	七
亥	[十贿]	五	瀚	[十五翰]	七
害	[九泰]	五	扞	[十五翰]	七
hān			旱	[十四旱]	七
鼾	[十四寒]	七	悍	[十五翰]	七
顸	[十四寒]	七	捍	[十五翰]	七
蚶	[十三覃]	七	焊	[十五翰]	七
酣	[十三覃]	七	撼	[二十七感]	七
[憨]	[十三覃]	七	憾	[二十八勘]	七
	[二十八勘]	七	菡	[二十七感]	七
hán			*旰	[十五翰]	七
寒	[十四寒]	七	*[汗]	[十四寒]	七
韩	[十四寒]	七		[十五翰]	七
邗	[十四寒]	七	[翰]	[十四寒]	七
邯	[十三覃]	七		[十五翰]	七
含	[十三覃]	七	[颔]	[十三覃]	七
涵	[十三覃]	七		[二十七感]	七
*[汗]	[十四寒]	七	[悍]	[十四旱]	七
				[十五翰]	七

háng

杭	[七阳]	二
航	[七阳]	二
*[行]	[七阳]	二
	[八庚]	十一
	[二十三漾]	二
	[二十四敬]	十一
*[桁]	[七阳]	二
	[八庚]	十一
	[二十三漾]	二
*[亢]	[七阳]	二
	[二十三漾]	二
*[颃]	[七阳]	二
	[二十三漾]	二
*[吭]	[七阳]	二
	[二十二养]	二
	[二十三漾]	二

hàng

沆	[二十二养]	二
*巷	[三绛]	二
*[行]	[七阳]	二
	[八庚]	十一
	[二十三漾]	二
	[二十四敬]	十一
*[桁]	[七阳]	二
	[八庚]	十一
	[二十三漾]	二

hāo

蒿	[四豪]	八
薅	[四豪]	八

háo

豪	[四豪]	八
壕	[四豪]	八
嚎	[四豪]	八
濠	[四豪]	八
毫	[四豪]	八
蚝	[四豪]	八
嗥	[四豪]	八
*貉	[十药]	十四
*[号]	[四豪]	八
	[二十号]	八

hǎo

郝	[十药]	十四
*[好]	[十九皓]	八
	[二十号]	八

hào

浩	[十九皓]	八
皓	[十九皓]	八
皞	[十九皓]	八
昊	[十九皓]	八
滈	[十九皓]	八
颢	[十九皓]	八
灏	[十九皓]	八
耗	[二十号]	八
*镐	[十九皓]	八
*[好]	[十九皓]	八
	[二十号]	八
*[号]	[四豪]	八
	[二十号]	八

音节检字表 313

*［鄗］		［三肴］	八		［二十一箇］	九
		［十九皓］	八	*［荷］	［五歌］	九
		［十药］	十四		［二十碍］	九
hē				*［核］	［六月］	十六
诃		［五歌］	九		［十一陌］	十五
*呵		［五歌］	九	［劾］	［十一队］	五
*［喝］		［十卦］	五		［十三职］	十五
		［七曷］	十六	hè		
		［十五合］	十七	褐	［七曷］	十六
		［十七洽］	十七	贺	［二十一箇］	九
hé				翯	［三觉］	十四
何		［五歌］	九	鹤	［十药］	十四
河		［五歌］	九	壑	［十药］	十四
菏		［五歌］	九	赫	［十一陌］	十五
禾		［五歌］	九	*［荷］	［五歌］	九
纥		［六月］	十六		［二十碍］	九
曷		［七曷］	十六	*［和］	［五歌］	九
鞨		［七曷］	十六		［二十一箇］	九
鹖		［七曷］	十六	*［喝］	［十卦］	五
涸		［十药］	十四		［七曷］	十六
翮		［十一陌］	十五		［十五合］	十七
盒		［十五合］	十七		［十七洽］	十七
盍		［十五合］	十七	*［猲］	［六月］	十六
阖		［十五合］	十七		［七曷］	十六
颌		［十五合］	十七	*［吓］	［二十二祃］	十
*貉		［十药］	十四		［十一陌］	十五
*合		［十五合］	十七	hēi		
*盍		［十五合］	十七	黑	［十三职］	十五
*［和］		［五歌］	九	hén		
				痕	［十三元］	六

hěn
| 很 | [十三阮] | 六 |

hèn
| 恨 | [十四愿] | 六 |

hēng
| 亨 | [八庚] | 十一 |

héng
衡	[八庚]	十一
蘅	[八庚]	十一
姮	[十蒸]	十一
恒	[十蒸]	十一
珩	[八庚]	十一
*[行]	[七阳]	二
	[八庚]	十一
	[二十三漾]	二
	[二十四敬]	十一
*[桁]	[七阳]	二
	[八庚]	十一
	[二十三漾]	二
*[横]	[八庚]	十一
	[二十四敬]	十一

hèng
| *[横] | [八庚] | 十一 |
| | [二十四敬] | 十一 |

hōng
轰	[八庚]	十一
訇	[八庚]	十一
薨	[十蒸]	十一
烘	[一东]	一
*[哄]	[一东]	一
	[一送]	一
	[三绛]	二

hóng
洪	[一东]	一
渱	[一东]	一
鸿	[一东]	一
宏	[八庚]	十一
纮	[八庚]	十一
翃	[八庚]	十一
闳	[八庚]	十一
黉	[八庚]	十一
泓	[八庚]	十一
弘	[十蒸]	十一
*蕻	[一送]	一
*红	[一东]	一
*[虹]	[一东]	一
	[三绛]	二
*[渿]	[一东]	一
	[三江]	二
	[三绛]	二

hǒng
*[哄]	[一东]	一
	[一送]	一
	[三绛]	二

hòng
讧	[一东]	一
*蕻	[一送]	一
*[哄]	[一东]	一

	[一送]	一	淴	[六月]	十六
	[三绛]	二	*糊	[七虞]	四
hōu			*[戏]	[四支]	三
齁	[十一尤]	十二		[四寘]	三
hóu			hú		
侯	[十一尤]	十二	胡	[七虞]	四
篌	[十一尤]	十二	湖	[七虞]	四
猴	[十一尤]	十二	猢	[七虞]	四
喉	[十一尤]	十二	瑚	[七虞]	四
糇	[十一尤]	十二	糊	[七虞]	四
hǒu			醐	[七虞]	四
[吼]	[二十五有]	十二	鹕	[七虞]	四
	[二十六宥]	十二	葫	[七虞]	四
hòu			狐	[七虞]	四
鲎	[二十六宥]	十二	弧	[七虞]	四
逅	[二十六宥]	十二	壶	[七虞]	四
邂	[二十五有]	十二	縠	[一屋]	十三
候	[二十六宥]	十二	斛	[一屋]	十三
堠	[二十六宥]	十二	槲	[一屋]	十三
[后]	[二十五有]	十二	*鹄	[二沃]	十三
	[二十六宥]	十二	*[鹘]	[六月]	十六
[厚]	[二十五有]	十二		[八黠]	十六
	[二十六宥]	十二	*[和]	[五歌]	九
hū				[二十一箇]	九
乎	[七虞]	四	*[縠]	[一屋]	十三
呼	[七虞]	四		[三觉]	十四
滹	[七虞]	四	*[核]	[六月]	十六
忽	[六月]	十六		[十一陌]	十五
惚	[六月]	十六	hǔ		

虎	[七麌]	四	*豁	[七曷]	十六
琥	[七麌]	四	*[滑]	[六月]	十六
*浒	[七麌]	四		[八黠]	十六
hù			*[华]	[六麻]	十
岵	[七麌]	四		[二十二祃]	十
怙	[七麌]	四	*[划]	[六麻]	十
祜	[七麌]	四		[十一陌]	十五
户	[七麌]	四	huà		
沪	[七麌]	四	婳	[十一陌]	十五
戽	[七麌]	四	化	[二十二祃]	十
冱	[七遇]	四	*[华]	[六麻]	十
护	[七遇]	四		[二十二祃]	十
互	[七遇]	四	*[划]	[六麻]	十
沍	[七遇]	四		[十一陌]	十五
枑	[七遇]	四	[桦]	[六麻]	十
笏	[六月]	十六		[二十二祃]	十
*[雇]	[七麌]	四	[画]	[十卦]	十
	[七遇]	四		[十一陌]	十五
[瓠]	[七虞]	四	[话]	[十卦]	十
	[七遇]	四		[二十二祃]	十
huā			huái		
花	[六麻]	十	淮	[九佳]	五
*哗	[六麻]	十	怀	[九佳]	五
*[砉]	[十一陌]	十五	踝	[二十一马]	十
	[十二锡]	十五	*徊	[十灰]	三
huá			[槐]	[九佳]	五
猾	[八黠]	十六		[十灰]	三
骅	[六麻]	十	huài		
*哗	[六麻]	十	坏	[十卦]	五
			huai		

音节检字表 317

*划	[六麻]	十	[擐]	[十五删]	七
huān				[十六谏]	七
貛	[十四寒]	七	[患]	[十五删]	七
欢	[十四寒]	七		[十六谏]	七
huán			huāng		
桓	[十四寒]	七	荒	[七阳]	二
环	[十五删]	七	肓	[七阳]	二
寰	[十五删]	七	*[慌]	[七阳]	二
鬟	[十五删]	七		[二十二养]	二
洹	[十五删]	七	huáng		
闤	[十五删]	七	皇	[七阳]	二
*还	[十五删]	七	篁	[七阳]	二
[洹]	[十三元]	七	徨	[七阳]	二
	[十四寒]	七	湟	[七阳]	二
[貆]	[十三元]	七	惶	[七阳]	二
	[十四寒]	七	煌	[七阳]	二
huǎn			蝗	[七阳]	二
缓	[十四旱]	七	艎	[七阳]	二
huàn			隍	[七阳]	二
奂	[十五翰]	七	遑	[七阳]	二
涣	[十五翰]	七	凰	[七阳]	二
换	[十五翰]	七	黄	[七阳]	二
唤	[十五翰]	七	簧	[七阳]	二
焕	[十五翰]	七	璜	[七阳]	二
浣	[十四旱]	七	[潢]	[七阳]	二
逭	[十五翰]	七		[二十三漾]	二
宦	[十六谏]	七	[锽]	[七阳]	二
豢	[十六谏]	七		[八庚]	十一
幻	[十六谏]	七	huǎng		

谎	[二十二养]	二
怳	[二十二养]	二
恍	[二十二养]	二
幌	[二十二养]	二
*[慌]	[七阳]	二
	[二十二养]	二
*[晃]	[二十二养]	二
	[二十三漾]	二

huàng
滉	[二十二养]	二
*[晃]	[二十二养]	二
	[二十三漾]	二

huī
麾	[四支]	三
徽	[五微]	三
晖	[五微]	三
辉	[五微]	三
挥	[五微]	三
翚	[五微]	三
袆	[五微]	三
灰	[十灰]	三
诙	[十灰]	三
恢	[十灰]	三
*[戏]	[四支]	三
	[四寘]	三
*[虺]	[十灰]	三
	[五尾]	三
*[堕]	[四支]	三
	[二十哿]	九

huí
回	[十灰]	三
茴	[十灰]	三
洄	[十灰]	三
*徊	[十灰]	三

huǐ
毁	[四纸]	三
*[虺]	[十灰]	三
	[五尾]	三
[悔]	[十贿]	三
	[十一队]	三

huì
贿	[十贿]	三
恚	[四寘]	三
惠	[八霁]	三
蕙	[八霁]	三
蟪	[八霁]	三
慧	[八霁]	三
讳	[五未]	三
荟	[九泰]	三
绘	[九泰]	三
海	[十一队]	三
晦	[十一队]	三
喙	[十一队]	三
秽	[十一队]	三
*会	[九泰]	三
*桧	[九泰]	三
*[哕]	[九泰]	三
	[六月]	十六

音节检字表 319

[卉]	[五尾]	三	*[和]	[五歌]	九
	[五未]	三		[二十一箇]	九
[汇]	[十贿]	三	*[越]	[六月]	十六
	[五未]	三		[七曷]	十六
[彗]	[四寘]	三	huǒ		
	[八霁]	三	火	[二十哿]	九
hūn			伙	[二十哿]	九
荤	[十二文]	六	[夥]	[九蟹]	五
昏	[十三元]	六		[二十哿]	九
惛	[十三元]	六	huò		
婚	[十三元]	六	祸	[二十哿]	九
阍	[十三元]	六	货	[二十一箇]	九
hún			霍	[十药]	十四
浑	[十三元]	六	藿	[十药]	十四
魂	[十三元]	六	膗	[十药]	十四
馄	[十三元]	六	镬	[十药]	十四
*混	[十三阮]	六	蠖	[十药]	十四
hǔn			或	[十三职]	十五
*焜	[十三阮]	六	惑	[十三职]	十五
hùn			*豁	[七曷]	十六
诨	[十四愿]	六	*[和]	[五歌]	九
*混	[十三阮]	六		[二十一箇]	九
[溷]	[十三元]	六	[获]	[七遇]	四
	[十四愿]	六		[十药]	十四
huō				[十一陌]	十五
攉	[十药]	十四			
*豁	[七曷]	十六		J	
huó			jī		
活	[七曷]	十六	畸	[四支]	三

基	[四支]	三	*[居]	[四支]	三
箕	[四支]	三		[六鱼]	四
姬	[四支]	三	*[稽]	[八齐]	三
羁	[四支]	三		[八荠]	三
肌	[四支]	三	*[圾]	[十四缉]	十五
讥	[五微]	三		[十五合]	十七
叽	[五微]	三	[剞]	[四支]	三
矶	[五微]	三		[四纸]	三
玑	[五微]	三	[饥]	[四支]	三
畿	[五微]	三		[五微]	三
跻	[八齐]	三	[机]	[四支]	三
赍	[八齐]	三		[五微]	三
齑	[八齐]	三		[四纸]	三
笄	[八齐]	三	[积]	[四寘]	三
鸡	[八齐]	三		[十一陌]	十五
乩	[八齐]	三	[唧]	[四质]	十五
稽	[八齐]	三		[十三职]	十五
屐	[十一陌]	十五	jí		
击	[十二锡]	十五	籍	[十一陌]	十五
激	[十二锡]	十五	疾	[四质]	十五
芨	[十四缉]	十五	蒺	[四质]	十五
*奇	[四支]	三	嫉	[四质]	十五
*期	[四支]	三	吉	[四质]	十五
*缉	[十四缉]	十五	佶	[四质]	十五
*[几]	[五微]	三	姞	[四质]	十五
	[四纸]	三	嵴	[十一陌]	十五
	[五尾]	三	蹐	[十一陌]	十五
*[其]	[四支]	三	鹡	[十一陌]	十五
	[四寘]	三	瘠	[十一陌]	十五
			棘	[十三职]	十五

即	[十三职]	十五	虮	[五尾]	三
殛	[十三职]	十五	脊	[十一陌]	十五
辑	[十四缉]	十五	戟	[十一陌]	十五
戢	[十四缉]	十五	*纪	[四纸]	三
潗	[十四缉]	十五	*给	[十四缉]	十五
及	[十四缉]	十五	*[踦]	[四支]	
岌	[十四缉]	十五		[四纸]	
伋	[十四缉]	十五	*[几]	[五微]	三
汲	[十四缉]	十五		[四纸]	三
级	[十四缉]	十五		[五尾]	三
极	[十三职]	十五	*[济]	[八荠]	三
急	[十四缉]	十五		[八霁]	三
集	[十四缉]	十五	[挤]	[八齐]	三
*圾	[十四缉]	十五		[八荠]	三
*诘	[四质]	十五		[八霁]	三
*[亟]	[四寘]	三	[掎]	[四纸]	三
	[十三职]	十五		[四寘]	三
*[藉]	[二十二祃]	十	jì		
	[十一陌]	十五	霁	[八霁]	三
*[革]	[十一陌]	十五	哜	[八霁]	三
	[十三职]	十五	技	[四纸]	三
*[圾]	[十四缉]	十五	妓	[四纸]	三
	[十五合]	十七	芰	[四寘]	三
[笈]	[十四缉]	十五	寄	[四寘]	三
	[十六叶]	十六	忌	[四寘]	三
[楫]	[十四缉]	十五	记	[四寘]	三
	[十六叶]	十六	概	[四寘]	三
jǐ			既	[五未]	三
麂	[四纸]	三	冀	[四寘]	三
			骥	[四寘]	三

季	[四寘]	三	[剂]	[四支]	三
悸	[四寘]	三		[八霁]	三
惎	[四寘]	三	[鲫]	[十一陌]	十五
洎	[四寘]	三		[十三职]	十五
墍	[四寘]	三	[暨]	[四寘]	三
髻	[八霁]	三		[五未]	三
稷	[八霁]	三	jiā		
计	[八霁]	三	佳	[九佳]	五
继	[八霁]	三		[九佳]	十
际	[八霁]	三	加	[六麻]	十
迹	[十一陌]	十五	珈	[六麻]	十
绩	[十二锡]	十五	跏	[六麻]	十
寂	[十二锡]	十五	笳	[六麻]	十
稷	[十三职]	十五	嘉	[六麻]	十
*纪	[四纸]	三	痂	[六麻]	十
*系	[八霁]	三	袈	[六麻]	十
*[偈]	[八霁]	三	葭	[六麻]	十
	[九屑]	十六	家	[六麻]	十
*[祭]	[八霁]	三	浃	[十六叶]	十六
	[十卦]	五	*挟	[十六叶]	十六
*[伎]	[四支]	三	*夹	[十七洽]	十七
	[四纸]	三	*[筴]	[十一陌]	十五
*[其]	[四支]	三		[十六叶]	十六
	[四寘]	三		[十七洽]	十七
*[荠]	[四支]	三	*[茄]	[五歌]	九
	[八荠]	三		[六麻]	十
*[齐]	[八齐]	三	[迦]	[五歌]	九
	[八霁]	三		[六麻]	十
*[济]	[八荠]	三	[枷]	[五歌]	九
	[八霁]	三		[六麻]	十

音节检字表 323

jiá		
戛	[八黠]	十六
荚	[十六叶]	十六
铗	[十六叶]	十六
峡	[十六叶]	十六
颊	[十六叶]	十六
郏	[十七洽]	十七
*夹	[十七洽]	十七
*祫	[十七洽]	十七
*[颉]	[八黠]	十六
	[九屑]	十六

jiǎ		
甲	[十七洽]	十七
胛	[十七洽]	十七
槚	[二十一马]	十
斝	[二十一马]	十
*嘏	[二十一马]	十
*[假]	[二十一马]	十
	[二十二祃]	十
*[贾]	[七麌]	四
	[二十一马]	十
[瘕]	[六麻]	十
	[二十一马]	十

jià		
架	[二十二祃]	十
驾	[二十二祃]	十
嫁	[二十二祃]	十
稼	[二十二祃]	十
*[假]	[二十一马]	十

	[二十二祃]	十
*[价]	[十卦]	五
	[二十二祃]	十

jiān		
菅	[十五删]	七
艰	[十五删]	七
湔	[一先]	七
坚	[一先]	七
肩	[一先]	七
鞯	[一先]	七
鞬	[十三元]	七
兼	[十四盐]	七
缣	[十四盐]	七
鹣	[十四盐]	七
鹣	[十四盐]	七
歼	[十四盐]	七
尖	[十四盐]	七
缄	[十五咸]	七
笺	[一先]	七
戋	[一先]	七
*[犍]	[十三元]	七
	[一先]	七
*[奸]	[十四寒]	七
	[十五删]	七
*[间]	[十五删]	七
	[十六谏]	七
*[浅]	[一先]	七
	[十六铣]	七
*[溅]	[一先]	七
	[十七霰]	七

*〔渐〕	〔十四盐〕	七	〔拣〕	〔十五潸〕	七
	〔二十八俭〕	七		〔十七霰〕	七
*〔监〕	〔十五咸〕	七	〔寋〕	〔十三阮〕	七
	〔三十陷〕	七		〔十六铣〕	七
〔煎〕	〔一先〕	七	jiàn		
	〔十七霰〕	七	建	〔十四愿〕	七
〔兼〕	〔十四盐〕	七	健	〔十四愿〕	七
	〔二十九艳〕	七	践	〔十六铣〕	七
jiǎn			贱	〔十七霰〕	七
謇	〔十六铣〕	七	件	〔十六铣〕	七
简	〔十五潸〕	七	舰	〔二十九豏〕	七
裥	〔十六谏〕	七	谏	〔十六谏〕	七
柬	〔十五潸〕	七	涧	〔十六谏〕	七
笕	〔十六铣〕	七	荐	〔十七霰〕	七
茧	〔十六铣〕	七	箭	〔十七霰〕	七
剪	〔十六铣〕	七	僭	〔二十九艳〕	七
翦	〔十六铣〕	七	鉴	〔三十陷〕	七
戬	〔十六铣〕	七	*槛	〔二十九豏〕	七
俭	〔二十八俭〕	七	*铜	〔十六谏〕	七
检	〔二十八俭〕	七	*见	〔十七霰〕	七
睑	〔二十八俭〕	七	*〔监〕	〔十五咸〕	七
减	〔二十九豏〕	七		〔三十陷〕	七
碱	〔二十九豏〕	七	*〔间〕	〔十五删〕	七
*捡	〔二十八俭〕	七		〔十六谏〕	七
*铜	〔十六谏〕	七	*〔溅〕	〔一先〕	七
*〔跈〕	〔十六铣〕	七		〔十七霰〕	七
	〔十七霰〕	七	*〔渐〕	〔十四盐〕	七
*〔钱〕	〔一先〕	七		〔二十八俭〕	七
	〔十六铣〕	七	〔剑〕	〔二十九艳〕	七
				〔三十陷〕	七

[键]	[一先]	七	匠	[二十三漾]	二	
	[十六铣]	七	酱	[二十三漾]	二	
	[十四愿]	七	*[将]	[七阳]	二	
[饯]	[十六铣]	七		[二十三漾]	二	
	[十七霰]	七	*[强]	[七阳]	二	
jiāng				[二十二养]	二	
江	[三江]	二	*[洚]	[一东]	一	
豇	[三江]	二		[三江]	二	
茳	[三江]	二		[三绛]	二	
姜	[七阳]	二	*[虹]	[一东]	一	
僵	[七阳]	二		[三绛]	二	
缰	[七阳]	二	*[降]	[三江]	二	
礓	[七阳]	二		[三绛]	二	
疆	[七阳]	二	jiāo			
螿	[七阳]	二	浇	[二萧]	八	
浆	[七阳]	二	焦	[二萧]	八	
*[将]	[七阳]	二	鹪	[二萧]	八	
	[二十三漾]	二	骄	[二萧]	八	
*[蒋]	[七阳]	二	椒	[二萧]	八	
	[二十二养]	二	交	[三肴]	八	
jiǎng			茭	[三肴]	八	
讲	[三讲]	二	蛟	[三肴]	八	
耩	[三讲]	二	鲛	[三肴]	八	
奖	[二十二养]	二	郊	[三肴]	八	
桨	[二十二养]	二	*蕉	[二萧]	八	
*[蒋]	[七阳]	二	*[佼]	[三肴]	八	
	[二十二养]	二		[十八巧]	八	
jiàng			*[咬]	[三肴]	八	
绛	[三绛]	二		[十八巧]	八	
			*[姣]	[三肴]	八

	[十八巧]	八	*[佼]	[三肴]	八
*[教]	[三肴]	八		[十八巧]	八
	[十九效]	八	*[湫]	[十一尤]	十二
*[艽]	[三肴]	八		[十七筱]	八
	[十一尤]	十二	*[儌]	[二萧]	八
*[僬]	[二萧]	八		[十八啸]	八
	[十八啸]	八	*[缴]	[十七筱]	八
*[噍]	[二萧]	八		[十药]	十四
	[十一尤]	十二	[筊]	[三肴]	八
	[十八啸]	八		[十八巧]	八
[娇]	[二萧]	八	[敫]	[十八啸]	八
	[十七筱]	八		[十药]	十四
[胶]	[三肴]	八	jiào		
	[十九效]	八	叫	[十八啸]	八
jiáo			噭	[十八啸]	八
*嚼	[十药]	十四	醮	[十八啸]	八
jiǎo			酵	[十九效]	八
皦	[十七筱]	八	珓	[十九效]	八
搅	[十八巧]	八	窖	[十九效]	八
皎	[十七筱]	八	*校	[十九效]	八
狡	[十八巧]	八	*嚼	[十药]	十四
绞	[十八巧]	八	*[峤]	[二萧]	八
铰	[十八巧]	八		[十八啸]	八
矫	[十七筱]	八	*[儌]	[二萧]	八
*角	[三觉]	十四		[十八啸]	八
*脚	[十药]	十四	*[教]	[三肴]	八
*[剿]	[三肴]	八		[十九效]	八
	[十七筱]	八	*[较]	[十九效]	八
*[侥]	[三萧]	八		[三觉]	十四
	[十七筱]	八	*[觉]	[十九效]	八

音节检字表 327

			劼	[八黠]	十六
	[三觉]	十四	洁	[九屑]	十六
*[僬]	[二萧]	八	孑	[九屑]	十六
	[十八啸]	八	节	[九屑]	十六
*[噍]	[二萧]	八	杰	[九屑]	十六
	[十一尤]	十二	桀	[九屑]	十六
	[十八啸]	八	截	[九屑]	十六
*[窌]	[三肴]	八	偍	[十六叶]	十六
	[十九效]	八	捷	[十六叶]	十六
	[二十六宥]	十二	婕	[十六叶]	十六
[轎]	[二萧]	八	睫	[十六叶]	十六
	[十八啸]	八	*絜	[九屑]	十六
jiē			*结	[九屑]	十六
街	[九佳]	五	*诘	[四质]	十五
阶	[九佳]	五	*桔	[九屑]	十六
皆	[九佳]	五	*袷	[十七洽]	十七
嗟	[九佳]	五	*[頡]	[八黠]	十六
嗟	[六麻]	十		[九屑]	十六
接	[十六叶]	十六	*[偈]	[八霁]	三
秸	[八黠]	十六		[九屑]	十六
疖	[九屑]	十六	[碣]	[六月]	十六
*结	[九屑]	十六		[九屑]	十六
*[楷]	[九佳]	五	[竭]	[六月]	十六
	[九蟹]	五		[九屑]	十六
*[揭]	[八霁]	三	[讦]	[六月]	十六
	[六月]	十六		[九屑]	十六
	[九屑]	十六	[拮]	[四质]	十五
jié				[九屑]	十六
羯	[六月]	十六	jiě		
蚧	[十七洽]	十七			
劫	[十七洽]	十七			

姐	[二十一马]	十	衿	[十二侵]	六
*[解]	[九蟹]	五	金	[十二侵]	六
	[十卦]	五	襟	[十二侵]	六
jiè			*[禁]	[十二侵]	六
界	[十卦]	五		[二十七沁]	六
届	[十卦]	五	[斤]	[十二文]	六
戒	[十卦]	五		[十三问]	六
诫	[十卦]	五	jǐn		
介	[十卦]	五	谨	[十二吻]	六
玠	[十卦]	五	槿	[十二吻]	六
疥	[十卦]	五	僅	[十二震]	六
*芥	[十卦]	五	紧	[十一轸]	六
*[价]	[十卦]	五	卺	[十二吻]	六
	[二十二祃]	十	锦	[二十六寝]	六
*[解]	[九蟹]	五	*尽	[十一轸]	六
	[十卦]	五	*仅	[十二震]	六
*[藉]	[二十二祃]	十	*[堇]	[十二文]	六
	[十一陌]	十五		[十二吻]	六
[借]	[二十二祃]	十	[瑾]	[十二吻]	六
	[十一陌]	十五		[十二震]	六
jie			jìn		
*[价]	[十卦]	五	进	[十二震]	六
	[二十二祃]	十	荩	[十二震]	六
jīn			烬	[十二震]	六
巾	[十一真]	六	赆	[十二震]	六
津	[十一真]	六	靳	[十三问]	六
筋	[十二文]	六	觐	[十二震]	六
矜	[十蒸]	十一	晋	[十二震]	六
今	[十二侵]	六	缙	[十二震]	六

搢	[十二震]	六
瑨	[十二震]	六
妗	[二十七沁]	六
*仅	[十二震]	六
*尽	[十一轸]	六
*劲	[二十四敬]	十一
*[吟]	[十二侵]	六
	[二十七沁]	六
*[浸]	[十二侵]	六
	[二十七沁]	六
*[禁]	[十二侵]	六
	[二十七沁]	六
[噤]	[二十六寝]	六
	[二十七沁]	六
[近]	[十二吻]	六
	[十三问]	六
[琎]	[十一真]	六
	[十二震]	六
[祲]	[十二侵]	六
	[二十七沁]	六

jīng

京	[八庚]	十一
惊	[八庚]	十一
鲸	[八庚]	十一
菁	[八庚]	十一
睛	[八庚]	十一
精	[八庚]	十一
粳	[八庚]	十一
旌	[八庚]	十一
荆	[八庚]	十一
晶	[八庚]	十一
茎	[八庚]	十一
泾	[九青]	十一
兢	[十蒸]	十一
*[经]	[九青]	十一
	[二十五径]	十一

jǐng

景	[二十三梗]	十一
憬	[二十三梗]	十一
璟	[二十三梗]	十一
刭	[二十四迥]	十一
井	[二十三梗]	十一
警	[二十三梗]	十一
颈	[二十三梗]	十一
[儆]	[二十三梗]	十一
	[二十四敬]	十一
[阱]	[二十三梗]	十一
	[二十四敬]	十一

jìng

径	[二十五径]	十一
静	[二十三梗]	十一
净	[二十四敬]	十一
靖	[二十三梗]	十一
竞	[二十四敬]	十一
竟	[二十四敬]	十一
獍	[二十四敬]	十一
镜	[二十四敬]	十一
境	[二十三梗]	十一
敬	[二十四敬]	十一

*劲	[二十四敬]	十一	jiǔ			
*[经]	[九青]	十一	久	[二十五有]	十二
	[二十五径]	十一	玖	[二十五有]	十二
[靓]	[二十三梗]	十一	韭	[二十五有]	十二
	[二十四敬]	十一	酒	[二十五有]	十二
[婧]	[二十三梗]	十一	九	[二十五有]	十二
	[二十四敬]	十一	[灸]	[二十五有]	十二
[胫]	[二十四迥]	十一		[二十六宥]	十二
	[二十五径]	十一	jiù		
jiōng			臼	[二十五有]	十二
垌	[九青]	十一	舅	[二十五有]	十二
扃	[九青]	十一	就	[二十六宥]	十二
jiǒng			僦	[二十六宥]	十二
窘	[十一轸]	六	鹫	[二十六宥]	十二
囧	[二十三梗]	十一	疚	[二十六宥]	十二
迥	[二十四迥]	十一	柩	[二十六宥]	十二
泂	[二十四迥]	十一	救	[二十六宥]	十二
炯	[二十四迥]	十一	旧	[二十六宥]	十二
jiū			厩	[二十六宥]	十二
樛	[十一尤]	十二	*[咎]	[四豪]	八
阄	[十一尤]	十二		[二十五有]	十二
啾	[十一尤]	十二	jū		
鸠	[十一尤]	十二	裾	[六鱼]	四
纠	[二十五有]	十二	琚	[六鱼]	四
赳	[二十五有]	十二	腒	[六鱼]	四
究	[二十六宥]	十二	疽	[六鱼]	四
*[噍]	[二萧]	八	雎	[六鱼]	四
	[十一尤]	十二	拘	[七虞]	四
	[十八啸]	八	驹	[七虞]	四

掬	[一屋]	十三	矩	[七麌]	四
鞠	[一屋]	十三	举	[六语]	四
*趄	[六鱼]	四	榉	[六语]	四
*俱	[七虞]	四	龃	[六语]	四
*[车]	[六鱼]	四	踽	[七麌]	四
	[六麻]	十	*[咀]	[六鱼]	四
*[苴]	[六鱼]	四		[六语]	四
	[六麻]	十	*[沮]	[六鱼]	四
	[六语]	四		[六语]	四
*[且]	[六鱼]	四		[六御]	四
	[二十一马]	十	*[柜]	[六语]	四
*[沮]	[六鱼]	四		[四寘]	三
	[六语]	四	*[枸]	[十一尤]	十二
	[六御]	四		[七虞]	四
*[据]	[六鱼]	四		[二十五有]	十二
	[六御]	四	[蒟]	[七麌]	四
*[居]	[四支]	三		[七遇]	四
	[六鱼]	四	jù		
[椐]	[六鱼]	四	具	[七遇]	四
	[六御]	四	惧	[七遇]	四
[狙]	[六鱼]	四	飓	[七遇]	四
	[六御]	四	巨	[六语]	四
jú			拒	[六语]	四
菊	[一屋]	十三	炬	[六语]	四
局	[二沃]	十三	钜	[六语]	四
跼	[二沃]	十三	距	[六语]	四
橘	[四质]	十五	虡	[六语]	四
*桔	[九屑]	十六	窭	[七麌]	四
jǔ			倨	[六御]	四
莒	[六语]	四			

锯	[六御]	四	娟	[一先]	七
踞	[六御]	四	涓	[一先]	七
剧	[十一陌]	十五	鹃	[一先]	七
遽	[六御]	四	蠲	[一先]	七
屦	[七遇]	四	*[圈]	[十三元]	七
*苣	[六语]	四		[十三阮]	七
*俱	[七虞]	四		[十四愿]	七
*[句]	[七虞]	四	juǎn		
	[十一尤]	十二	*[卷]	[一先]	七
	[七遇]	四		[十六铣]	七
	[二十六宥]	十二		[十七霰]	七
*[瞿]	[七虞]	四	juàn		
	[七遇]	四	眷	[十七霰]	七
*[足]	[七遇]	四	倦	[十七霰]	七
	[二沃]	十三	绢	[十七霰]	七
*[据]	[六鱼]	四	睊	[十七霰]	七
	[六御]	四	罥	[十七霰]	七
*[沮]	[六鱼]	四	隽	[十六铣]	七
	[六语]	四	鄄	[十七霰]	七
	[六御]	四	*[卷]	[一先]	七
[醵]	[六鱼]	四		[十六铣]	七
	[六御]	四		[十七霰]	七
	[十药]	十四	*[惓]	[一先]	七
[聚]	[七麌]	四		[十七霰]	七
	[七遇]	四	*[圈]	[十三元]	七
[讵]	[六语]	四		[十三阮]	七
	[六御]	四		[十四愿]	七
juān			[狷]	[十六铣]	七
镌	[一先]	七		[十七霰]	七
捐	[一先]	七	juē		

撅	[六月]	十六	*[觉]	[十九效]	八
jué				[三觉]	十四
蕨	[六月]	十六	[厥]	[五物]	十六
橛	[六月]	十六		[六月]	十六
劂	[六月]	十六	[掘]	[五物]	十六
镢	[十药]	十四		[六月]	十六
桷	[三觉]	十四	[爝]	[十八啸]	八
珏	[三觉]	十四		[十药]	十四
崛	[五物]	十六	juè		
决	[九屑]	十六	*倔	[五物]	十六
诀	[九屑]	十六	jūn		
抉	[九屑]	十六	均	[十一真]	六
玦	[九屑]	十六	钧	[十一真]	六
觖	[九屑]	十六	君	[十二文]	六
谲	[九屑]	十六	军	[十二文]	六
绝	[九屑]	十六	皲	[十二文]	六
爵	[十药]	十四	*菌	[十一轸]	六
嚼	[十药]	十四	*[麇]	[十一真]	六
攫	[十药]	十四		[十二文]	六
矍	[十药]	十四	*[龟]	[四支]	三
↑嚼	[Ⅰ药]	十四		[十 尤]	Ⅰ二
*角	[三觉]	十四	jùn		
*倔	[五物]	十六	捃	[十三问]	六
*噱	[十药]	十四	郡	[十三问]	六
*脚	[十药]	十四	俊	[十二震]	六
*[较]	[十九效]	八	峻	[十二震]	六
	[三觉]	十四	骏	[十二震]	六
*[蹶]	[八霁]	三	浚	[十二震]	六
	[六月]	十六	*菌	[十一轸]	六

*浚	[十二震]	六	刊	[十四寒]	七
[竣]	[十一真]	六	龛	[十三覃]	七
	[一先]	七	堪	[十三覃]	七
[焌]	[十四愿]	六	戡	[十三覃]	七
	[四质]	十五	勘	[二十八勘]	七
			*[看]	[十四寒]	七
K				[十五翰]	七
kā			kǎn		
*喀	[十一陌]	十五	坎	[二十七感]	七
kāi			*槛	[二十九豏]	七
揩	[九佳]	五	[侃]	[十四旱]	七
开	[十灰]	五		[十五翰]	七
kǎi			kàn		
锴	[九蟹]	五	瞰	[二十八勘]	七
垲	[十贿]	五	磡	[二十八勘]	七
恺	[十贿]	五	*[看]	[十四寒]	七
凯	[十贿]	五		[十五翰]	七
闿	[十贿]	五	*[阚]	[二十九豏]	七
慨	[十一队]	五		[二十八勘]	七
*[楷]	[九佳]	五		[三十陷]	七
	[九蟹]	五	kāng		
[铠]	[十贿]	五	康	[七阳]	二
	[十一队]	五	糠	[七阳]	二
kài			慷	[七阳]	二
[忾]	[五未]	三	káng		
	[十一队]	五	*扛	[三江]	二
[欬]	[四寘]	三	kǎng		
	[十一队]	五	*[骯]	[七阳]	二
kān				[二十二养]	二

音节检字表

kàng				*[砢]	[五歌]	九
伉	[二十三漾]	二			[二十哿]	九
抗	[二十三漾]	二	*[軻]	[五歌]	九
炕	[二十三漾]	二		[二十哿]	九
*[亢]	[七阳]	二		[二十一箇]	九
	[二十三漾]	二	*[坷]	[二十哿]	九
*[頏]	[七阳]	二		[二十一箇]	九
	[二十三漾]	二	*[頦]	[十灰]	五
kāo					[十贿]	五
尻	[四豪]	八	[磕]	[七曷]	十六
kǎo				[十五合]	十七
考	[十九皓]	八	[髁]	[五歌]	九
拷	[十九皓]	八		[二十一马]	十
栲	[十九皓]	八		[二十一箇]	九
kào			ké		
靠	[二十号]	八	*壳	[三觉]	十四
犒	[二十号]	八	*咳	[十灰]	五
kē			*[頦]	[十灰]	五
苛	[五歌]	九		[十贿]	五
珂	[五歌]	九	kě		
柯	[五歌]	九	渴	[七曷]	十六
疴	[五歌]	九	*可	[二十哿]	九
科	[五歌]	九	*[軻]	[五歌]	九
蝌	[五歌]	九		[二十哿]	九
窠	[五歌]	九		[二十一箇]	九
颗	[二十哿]	九	*[坷]	[二十哿]	九
榼	[十五合]	十七		[二十一箇]	九
瞌	[十五合]	十七	kè		
*呵	[五歌]	九	课	[二十一箇]	九
			恪	[十药]	十四

客	[十一陌]	十五	kǒng			
刻	[十三职]	十四	孔	[一董]	一	
克	[十三职]	十四	*[空]	[一东]	一	
溘	[十五合]	十七		[一董]	一	
*嗑	[十五合]	十七		[一送]	一	
*喀	[十一陌]	十四	*[悾]	[一东]	一	
*可	[二十哿]	九		[一董]	一	
kěn			[恐]	[二肿]	一	
恳	[十三阮]	六		[二宋]	一	
垦	[十三阮]	六	kòng			
肯	[二十四迥]	十一	控	[一送]	一	
*[龈]	[十二文]	六	鞚	[一送]	一	
	[十三阮]	六	*[空]	[一东]	一	
kēng				[一董]	一	
硁	[八庚]	十一		[一送]	一	
铿	[八庚]	十一	kōu			
坑	[八庚]	十一	抠	[十一尤]	十二	
*[吭]	[七阳]	二	kǒu			
	[二十二养]	二	口	[二十五有]	十二	
	[二十三漾]	二	kòu			
kōng			叩	[二十五有]	十二	
崆	[一东]	一	筘	[二十六宥]	十二	
*[空]	[一东]	一	寇	[二十六宥]	十二	
	[一董]	一	蔻	[二十六宥]	十二	
	[一送]	一	[扣]	[二十五有]	十二	
*[悾]	[一东]	一		[二十六宥]	十二	
	[一董]	一	kū			
[悾]	[一东]	一	枯	[七虞]	四	
	[三江]	二	骷	[七虞]	四	

刳	[七虞]	四	*会	[九泰]	三
哭	[一屋]	十三	*[黉]	[四寘]	三
矻	[六月]	十六		[十卦]	五
窟	[六月]	十六	[狯]	[九泰]	三
堀	[六月]	十六		[十卦]	五
kǔ			[块]	[十卦]	五
[苦]	[七虞]	四		[十一队]	五
	[七遇]	四	kuān		
kù			宽	[十四寒]	七
库	[七遇]	四	髋	[十四寒]	七
裤	[七遇]	四	kuǎn		
绔	[七遇]	四	款	[十四旱]	七
喾	[二沃]	十三	kuāng		
酷	[二沃]	十三	匡	[七阳]	二
kuā			筐	[七阳]	二
夸	[六麻]	十	洭	[七阳]	二
kuà			kuáng		
跨	[二十二祃]	十	狂	[七阳]	二
[胯]	[七遇]	四	诳	[二十三漾]	二
	[二十二祃]	十	kuàng		
kuǎi			眶	[七阳]	二
蒯	[十卦]	五	矿	[二十三梗]	十一
kuài			圹	[二十三漾]	二
快	[十卦]	五	纩	[二十三漾]	二
侩	[九泰]	三	旷	[二十三漾]	二
脍	[九泰]	三	况	[二十三漾]	二
郐	[九泰]	五	贶	[二十三漾]	二
哙	[十卦]	五	kuī		
浍	[九泰]	五	窥	[四支]	三

亏	[四支]	三		匮	[四寘]	三
盔	[十灰]	三		聩	[十卦]	五
*[悝]	[十灰]	三		溃	[十一队]	三
	[四纸]	三		*[蒉]	[四寘]	三
[岿]	[四纸]	三			[十卦]	五
	[四寘]	三		[篑]	[四寘]	三
kuí					[十卦]	五
葵	[四支]	三		kūn		
夔	[四支]	三		裈	[十三元]	六
逵	[四支]	三		昆	[十三元]	六
奎	[八齐]	三		琨	[十三元]	六
睽	[八齐]	三		锟	[十三元]	六
暌	[八齐]	三		鹍	[十三元]	六
揆	[四纸]	三		鲲	[十三元]	六
魁	[十灰]	三		坤	[十三元]	六
*[隗]	[十灰]	三		髡	[十三元]	六
	[十贿]	三		*[焜]	[十三阮]	六
[馗]	[四支]	三		kǔn		
	[十一尤]	十二		悃	[十三阮]	六
kuǐ				捆	[十三阮]	六
跬	[四纸]	三		阃	[十三阮]	六
*[傀]	[十灰]	三		kùn		
	[四纸]	三		困	[十四愿]	六
	[十贿]	三		kuò		
kuì				括	[七曷]	十六
喟	[十卦]	五		阔	[七曷]	十六
愧	[四寘]	三		扩	[十药]	十四
愦	[十一队]	三		廓	[十药]	十四
馈	[四寘]	三		*[适]	[七曷]	适十六

	[十一陌]	适十五	籁	[九泰]	五
	[十二锡]	適十五	濑	[九泰]	五
			癞	[九泰]	五
	L		睐	[十一队]	五
lā			赉	[十一队]	五
邋	[十五合]	十七	*[徕]	[十灰]	五
垃	[十五合]	十七		[十一队]	五
*拉	[十五合]	十七	lán		
lá			兰	[十四寒]	七
*拉	[十五合]	十七	拦	[十四寒]	七
lǎ			栏	[十四寒]	七
*拉	[十五合]	十七	阑	[十四寒]	七
là			澜	[十四寒]	七
辣	[七曷]	十六	襕	[十四寒]	七
剌	[七曷]	十六	褴	[十三覃]	七
瘌	[七曷]	十六	篮	[十三覃]	七
*落	[十药]	十四	蓝	[十三覃]	七
*[蜡]	[二十二祃]	十	岚	[十三覃]	七
	[十五合]	十七	婪	[十三覃]	七
*[腊]	[十一陌]	十五	[谰]	[十四寒]	七
	[十五合]	十七		[十五翰]	七
lái			[澜]	[十四寒]	七
来	[十灰]	五		[十五翰]	七
莱	[十灰]	五	lǎn		
崃	[十灰]	五	懒	[十四旱]	七
*[徕]	[十灰]	五	览	[二十七感]	七
	[十一队]	五	揽	[二十七感]	七
lài			榄	[二十七感]	七
赖	[九泰]	五	缆	[二十八勘]	七

音节检字表 339

嚂	[二十七感]	七
làn		
烂	[十五翰]	七
[滥]	[二十九豏]	七
	[二十八勘]	七
láng		
螂	[七阳]	二
廊	[七阳]	二
狼	[七阳]	二
琅	[七阳]	二
粮	[七阳]	二
*郎	[七阳]	二
*[浪]	[七阳]	二
	[二十三漾]	二
[榔]	[七阳]	二
	[二十二养]	二
lǎng		
朗	[二十二养]	二
làng		
*郎	[七阳]	二
*莨	[七阳]	二
*[浪]	[七阳]	二
	[二十三漾]	二
[阆]	[七阳]	二
	[二十三漾]	二
lāo		
捞	[四豪]	八
láo		
醪	[四豪]	八

牢	[四豪]	八
痨	[四豪]	八
*[涝]	[四豪]	八
	[十九皓]	八
	[二十号]	八
[唠]	[三肴]	八
	[四豪]	八
[劳]	[四豪]	八
	[二十号]	八
lǎo		
老	[十九皓]	八
栳	[十九皓]	八
*姥	[七麌]	四
*[潦]	[二萧]	八
	[四豪]	八
	[十九皓]	八
	[二十号]	八
lào		
嫪	[二十号]	八
酪	[十药]	十四
*络	[十药]	十四
*烙	[十药]	十四
*落	[十药]	十四
*[涝]	[四豪]	八
	[十九皓]	八
	[二十号]	八
*[潦]	[二萧]	八
	[四豪]	八
	[十九皓]	八
	[二十号]	八

lè

仂	[十三职]	十五
* 勒	[十三职]	十五
*[乐]	[十九效]	八
	[三觉]	十四
	[十药]	十四

le

| *了 | [十七筱] | 八 |

lēi

| *勒 | [十三职] | 十五 |

léi

赢	[四支]	三
嫘	[四支]	三
罍	[十灰]	三
雷	[十灰]	三
*[礌]	[十贿]	三
	[十一队]	三
*[累]	[四支]	三
	[四纸]	三
	[四寘]	三

lěi

诔	[四纸]	三
垒	[四纸]	三
儡	[十贿]	三
磊	[十贿]	三
蕾	[十贿]	三
*[礌]	[十贿]	三
	[十一队]	三
*[累]	[四支]	三

lèi

	[四纸]	三
	[四寘]	三
[耒]	[四纸]	三
	[十一队]	三

lèi

泪	[四寘]	三
类	[四寘]	三
肋	[十三职]	十五
*[累]	[四支]	三
	[四纸]	三
	[四寘]	三
[酹]	[九泰]	三
	[十一队]	三

léng

楞	[十蒸]	十一
崚	[十蒸]	十一
*棱	[十蒸]	十一

lěng

| 冷 | [二十三梗] | 十一 |

lí

罹	[四支]	三
蓠	[四支]	三
篱	[四支]	三
漓	[四支]	三
璃	[四支]	三
缡	[四支]	三
醨	[四支]	三
厘	[四支]	三

狸	[四支]	三		娌	[四纸]	三
嫠	[四支]	三		理	[四纸]	三
剺	[四支]	三		鲤	[四纸]	三
蜊	[四支]	三		澧	[八荠]	三
犁	[八齐]	三		醴	[八荠]	三
梨	[八齐]	三		礼	[八荠]	三
黎	[八齐]	三		李	[四纸]	三
藜	[八齐]	三		逦	[四纸]	三
蔾	[八齐]	三		*[蠡]	[四支]	三
*[离]	[四支]	三			[八齐]	三
	[八霁]	三			[八荠]	三
*[丽]	[四支]	三		*[悝]	[十灰]	三
	[八霁]	三			[四纸]	三
*[氂]	[四支]	三		[里]	[四纸]	三
	[四豪]	八			[四寘]	三
*[蠡]	[四支]	三		lì		
	[八齐]	三		郦	[十二锡]	十五
	[八荠]	三		俪	[八霁]	三
[鹂]	[四支]	三		利	[四寘]	三
	[八齐]	三		莉	[四寘]	三
[骊]	[四支]	三		痢	[四寘]	三
	[八齐]	三		立	[十四缉]	十五
[璃]	[四支]	三		苙	[四寘]	三
	[八齐]	三		笠	[十四缉]	十五
[犛]	[四支]	三		粒	[十四缉]	十五
	[三肴]	八		詈	[四寘]	三
[鳌]	[四支]	三		吏	[四寘]	三
	[八齐]	三		厉	[八霁]	三
lǐ				砺	[八霁]	三
俚	[四纸]	三				

蛎	[八霁]	三		[九屑]	十六
励	[八霁]	三	*[丽]	[四支]	三
疠	[八霁]	三		[八霁]	三
力	[十三职]	十五	[荔]	[四寘]	三
历	[十二锡]	十五		[八霁]	三
苈	[十二锡]	十五	[粝]	[八霁]	三
沥	[十二锡]	十五		[九泰]	三
呖	[十二锡]	十五		[七曷]	十六
枥	[十二锡]	十五	[轹]	[十药]	三
雳	[十二锡]	十五		[十二锡]	十五
疬	[十二锡]	十五	lián		
戾	[八霁]	三	连	[一先]	七
唳	[八霁]	三	莲	[一先]	七
隶	[八霁]	三	涟	[一先]	七
例	[八霁]	三	鲢	[一先]	七
栗	[四质]	十五	联	[一先]	七
溧	[四质]	十五	怜	[一先]	七
篥	[四质]	十五	帘	[十四盐]	七
篥	[四质]	十五	奁	[十四盐]	七
砾	[十二锡]	十五	廉	[十四盐]	七
*[栎]	[十药]	三	镰	[十四盐]	七
	[十二锡]	十五	蠊	[十四盐]	七
*[跞]	[十药]	三	鬑	[十四盐]	七
	[十二锡]	十五	磏	[十四盐]	七
*[鬲]	[十一陌]	十五	*薟	[十四盐]	七
	[十二锡]	十五	*[零]	[一先]	七
*[离]	[四支]	三		[九青]	十一
	[八霁]	三	liǎn		
*[捩]	[八霁]	三	琏	[十六铣]	七

脸	[二十八俭]	七		谅	[二十三漾]	二
*蔹	[十四盐]	七		悢	[二十三漾]	二
*捡	[二十八俭]	七		*踉	[七阳]	二
[敛]	[二十八俭]	七		*[凉]	[七阳]	二
	[二十九艳]	七		*[量]	[七阳]	二
liàn					[二十三漾]	二
恋	[十七霰]	七		*[两]	[二十二养]	二
练	[十七霰]	七			[二十三漾]	二
炼	[十七霰]	七		liāo		
楝	[十七霰]	七		*撩	[二萧]	八
殓	[二十九艳]	七		liáo		
[潋]	[二十八俭]	七		寥	[二萧]	八
	[二十九艳]	七		寮	[二萧]	八
liáng				獠	[二萧]	八
梁	[七阳]	二		缭	[十七筱]	八
粱	[七阳]	二		辽	[二萧]	八
良	[七阳]	二		疗	[十八啸]	八
粮	[七阳]	二		聊	[二萧]	八
*莨	[七阳]	二		*撩	[二萧]	八
*踉	[七阳]	二		*[僚]	[二萧]	八
*[凉]	[七阳]	二			[十七筱]	八
*[量]	[七阳]	二		*[燎]	[二萧]	八
	[二十三漾]	二			[十七筱]	八
liǎng				*[潦]	[二萧]	八
魉	[二十二养]	二			[四豪]	八
*[两]	[二十二养]	二			[十九皓]	八
	[二十三漾]	二			[二十号]	八
liàng				*[廖]	[二萧]	八
亮	[二十三漾]	二			[二十六宥]	十二
				*[窌]	[三肴]	八

	[十九效]	八	烈	[九屑]	十六
	[二十六宥]	十二	猎	[十六叶]	十六
[嘹]	[二萧]	八	躐	[十六叶]	十六
	[十八啸]	八	鬣	[十六叶]	十六
[鹩]	[二萧]	八	*裂	[九屑]	十六
	[十八啸]	八	*[捩]	[八霁]	三
liǎo				[九屑]	十六
*了	[十七筱]	八	lín		
*瞭	[十七筱]	八	邻	[十一真]	六
*[僚]	[二萧]	八	邻阝	[十一真]	六
	[十七筱]	八	璘	[十一真]	六
*[燎]	[二萧]	八	辚	[十一真]	六
	[十七筱]	八	鳞	[十一真]	六
*[蓼]	[十七筱]	八	麟	[十一真]	六
	[一屋]	十三	林	[十二侵]	六
liào			霖	[十二侵]	六
*瞭	[十七筱]	八	琳	[十二侵]	六
*[廖]	[二萧]	八	*淋	[十二侵]	六
	[二十六宥]	十二	*[临]	[十二侵]	六
[镣]	[二萧]	八		[二十七沁]	六
	[十八啸]	八	*[磷]	[十一真]	六
[料]	[二萧]	八		[十二震]	六
	[十八啸]	八	[瞵]	[十一真]	六
liě				[十二震]	六
*裂	[九屑]	十六	[嶙]	[十一真]	六
liè				[十一轸]	六
劣	[九屑]	十六	lǐn		
列	[九屑]	十六	凛	[二十六寝]	六
冽	[九屑]	十六	懔	[二十六寝]	六
洌	[九屑]	十六			

音节检字表 345

廪	[二十六寝]	六	瓴	[九青]	十一
lìn			醽	[九青]	十一
吝	[十二震]	六	鄝	[九青]	十一
蔺	[十二震]	六	蔆	[十蒸]	十一
躏	[十二震]	六	陵	[十蒸]	十一
遴	[十二震]	六	凌	[十蒸]	十一
赁	[二十七沁]	六	绫	[十蒸]	十一
*淋	[十二侵]	六	鲮	[十蒸]	十一
*[临]	[十二侵]	六	*棱	[十蒸]	十一
	[二十七沁]	六	*[零]	[一先]	七
*[磷]	[十一真]	六		[九青]	十一
	[十二震]	六	*[令]	[八庚]	十一
líng				[二十四敬]	十一
灵	[九青]	十一	lǐng		
棂	[九青]	十一	岭	[二十三梗]	十一
苓	[九青]	十一	领	[二十三梗]	十一
笭	[九青]	十一	*[令]	[八庚]	十一
伶	[九青]	十一		[二十四敬]	十一
泠	[九青]	十一	lìng		
玲	[九青]	十一	*[令]	[八庚]	十一
铃	[九青]	十一		[二十四敬]	十一
聆	[九青]	十一	liū		
蛉	[九青]	十一	*[溜]	[十一尤]	十二
羚	[九青]	十一		[二十六宥]	十二
舲	[九青]	十一	liú		
龄	[九青]	十一	刘	[十一尤]	十二
图	[九青]	十一	流	[十一尤]	十二
翎	[九青]	十一	琉	[十一尤]	十二
鸰	[九青]	十一	旒	[十一尤]	十二

硫	[十一尤]	十二	*[遛]	[十一尤]	十二
鎏	[十一尤]	十二		[二十六宥]	十二
镠	[十一尤]	十二	lóng		
榴	[十一尤]	十二	隆	[一东]	一
骝	[十一尤]	十二	窿	[一东]	一
*[馏]	[十一尤]	十二	癃	[一东]	一
	[二十六宥]	十二	聋	[一东]	一
*[遛]	[十一尤]	十二	栊	[一东]	一
	[二十六宥]	十二	珑	[一东]	一
[留]	[十一尤]	十二	咙	[一东]	一
	[二十六宥]	十二	昽	[一东]	一
[瘤]	[十一尤]	十二	胧	[一东]	一
	[二十六宥]	十二	龙	[二冬]	一
[浏]	[十一尤]	十二	茏	[二冬]	一
	[二十五有]	十二	*泷	[三江]	一
liǔ			*[笼]	[一东]	一
柳	[二十五有]	十二		[一董]	一
绺	[二十五有]	十二	*[庞]	[一东]	一
liù				[三江]	二
鹨	[二十六宥]	十二	[砻]	[一东]	一
六	[一屋]	十三		[一送]	一
*碌	[一屋]	十三	lǒng		
*陆	[一屋]	十三	拢	[一董]	一
*[窌]	[三肴]	八	陇	[二肿]	一
	[十九效]	八	垄	[二肿]	一
	[二十六宥]	十二	*[笼]	[一东]	一
*[溜]	[十一尤]	十二		[一董]	一
	[二十六宥]	十二	lòng		
*[馏]	[十一尤]	十二	哢	[一送]	一
	[二十六宥]	十二			

*弄	[一送]	一		[二十五有]	十二
lōu			lòu		
*搂	[十一尤]	十二	瘘	[二十六宥]	十二
lóu			漏	[二十六宥]	十二
喽	[十一尤]	十二	陋	[二十六宥]	十二
楼	[十一尤]	十二	*露	[七遇]	四
蝼	[十一尤]	十二	*[镂]	[七虞]	四
髅	[十一尤]	十二		[二十六宥]	十二
*[娄]	[七虞]	四	lú		
	[十一尤]	十二	庐	[六鱼]	四
*[漊]	[七虞]	四	胪	[六鱼]	四
	[十一尤]	十二	卢	[七虞]	四
	[七虞]	四	垆	[七虞]	四
	[二十五有]	十二	泸	[七虞]	四
*[偻]	[十一尤]	十二	栌	[七虞]	四
	[七虞]	四	舻	[七虞]	四
	[二十六宥]	十二	鲈	[七虞]	四
[蒌]	[七虞]	四	鸬	[七虞]	四
	[十一尤]	十二	颅	[七虞]	四
	[七虞]	四	轳	[七虞]	四
lǒu			炉	[七虞]	四
*搂	[十一尤]	十二	芦	[七虞]	四
*[漊]	[七虞]	四	*[镂]	[七虞]	四
	[十一尤]	十二		[二十六宥]	十二
	[七虞]	四	lǔ		
	[二十五有]	十二	虏	[七虞]	四
[篓]	[十一尤]	十二	鲁	[七虞]	四
	[七虞]	四	橹	[七虞]	四
	[二十五有]	十二	卤	[七虞]	四
[嵝]	[七虞]	四			

lù

赂	[七遇]	四
辂	[七遇]	四
路	[七遇]	四
潞	[七遇]	四
璐	[七遇]	四
鹭	[七遇]	四
录	[二沃]	十三
菉	[二沃]	十三
箓	[二沃]	十三
渌	[二沃]	十三
逯	[二沃]	十三
醁	[二沃]	十三
禄	[一屋]	十三
鹿	[一屋]	十三
簏	[一屋]	十三
麓	[一屋]	十三
漉	[一屋]	十三
辘	[一屋]	十三
*陆	[一屋]	十三
*露	[七遇]	四
*碌	[一屋]	十三
*绿	[二沃]	十三
*[蓼]	[十七篠]	八
	[一屋]	十三
[戮]	[十一尤]	十二
	[一屋]	十三

lú

| 驴 | [六鱼] | 四 |

闾	[六鱼]	四
榈	[六鱼]	四
*[娄]	[七虞]	四
	[十一尤]	十二

lǔ

缕	[七麌]	四
楼	[七麌]	四
屡	[七遇]	四
履	[四纸]	三
吕	[六语]	四
侣	[六语]	四
稆	[六语]	四
旅	[六语]	四
膂	[六语]	四
*捋	[七曷]	十六
*[偻]	[十一尤]	十二
	[七麌]	四
	[二十六宥]	十二
*[溇]	[七虞]	四
	[十一尤]	十二
	[七麌]	四
	[二十五有]	十二

lǜ

虑	[六御]	四
律	[四质]	十五
*绿	[二沃]	十三
*率	[四质]	十五

luán

| 峦 | [十四寒] | 七 |

音节检字表 349

栾	[十四寒]	七
滦	[十四寒]	七
鸾	[十四寒]	七
銮	[十四寒]	七
挛	[一先]	七
孪	[十六谏]	七
脔	[十六铣]	七
[挛]	[十四寒]	七
	[十六铣]	七

luǎn

[卵]	[十四旱]	七
	[二十哿]	九

luàn

乱	[十五翰]	七

lüè

锊	[九屑]	十六
略	[十药]	十四
[掠]	[二十三漾]	二
	[十药]	十四

lūn

*[抡]	[十一真]	六
	[十三元]	六

lún

仑	[十三元]	六
伦	[十一真]	六
沦	[十一真]	六
轮	[十一真]	六
*[抡]	[十一真]	六
	[十三元]	六

*[纶]	[十一真]	六
	[十五删]	七
*[论]	[十三元]	六
	[十四愿]	六

lùn

*[论]	[十三元]	六
	[十四愿]	六

luō

*啰	[五歌]	九
*挼	[七曷]	十六

luó

罗	[五歌]	九
萝	[五歌]	九
箩	[五歌]	九
锣	[五歌]	九
骡	[五歌]	九
螺	[五歌]	九
*啰	[五歌]	九
[逻]	[五歌]	九
	[二十一箇]	九

luǒ

裸	[二十哿]	九
蠃	[二十哿]	九
蓏	[二十哿]	九
*[砢]	[五歌]	九
	[二十哿]	九

luò

荦	[三觉]	十四
珞	[十药]	十四

音节检字表 351

骆	[十药]	十四
洛	[十药]	十四
雒	[十药]	十四
*络	[十药]	十四
*烙	[十药]	十四
*硌	[十药]	十四
*落	[十药]	十四
*漯	[十五合]	十七
*[跞]	[十药]	十四
	[十二锡]	十五

M

mā
妈	[七麌]	四
*麻	[六麻]	十
*抹	[七曷]	十六

má
| 蟆 | [六麻] | 十 |
| *麻 | [六麻] | 十 |

mǎ
| 马 | [二十一马] | 十 |
| 玛 | [二十一马] | 十 |

mà
| 祃 | [二十二祃] | 十 |
| 骂 | [二十二祃] | 十 |

ma
| *[么] | [五歌] | 九 |
| | [二十哿] | 九 |

mái

| 霾 | [九佳] | 五 |
| *埋 | [九佳] | 五 |

mǎi
| 买 | [九蟹] | 五 |
| 荬 | [九蟹] | 五 |

mài
劢	[十卦]	五
迈	[十卦]	五
卖	[十卦]	五
麦	[十一陌]	十五
*脉	[十一陌]	十五

mān
| 颟 | [十四寒] | 七 |

mán
瞒	[十四寒]	七
馒	[十四寒]	七
鳗	[十四寒]	七
鬘	[十五删]	七
蛮	[十五删]	七
*埋	[九佳]	五
*[曼]	[十四寒]	七
	[十四愿]	七
*[蔓]	[十四寒]	七
	[十四愿]	七
*[漫]	[十四寒]	七
	[十六谏]	七
	[十五翰]	七

mǎn
| 满 | [十四旱] | 七 |

màn
幔	[十五翰]	七
慢	[十六谏]	七
嫚	[十六谏]	七
*[曼]	[十四寒]	七
	[十四愿]	七
*[蔓]	[十四寒]	七
	[十四愿]	七
*[谩]	[十四寒]	七
	[十五翰]	七
	[十六谏]	七
[墁]	[十四寒]	七
	[十五翰]	七
[漫]	[十四寒]	七
	[十五翰]	七
[馒]	[十四寒]	七
	[十五翰]	七
[缦]	[十五翰]	七
	[十六谏]	七

máng
盲	[八庚]	十一
忙	[七阳]	二
邙	[七阳]	二
茫	[七阳]	二
芒	[七阳]	二
*[氓]	[八庚]	十一
*[尨]	[三江]	二

mǎng
漭	[二十二养]	二
蟒	[二十二养]	二
[莽]	[七麌]	四
	[二十二养]	二

māo
| 猫 | [二萧] | 八 |

máo
矛	[十一尤]	十二
茅	[三肴]	八
蝥	[三肴]	八
蟊	[十一尤]	十二
毛	[四豪]	八
髦	[四豪]	八
旄	[四豪]	八
*[氂]	[四支]	三
	[四豪]	八
*[牦]	[四豪]	八
	[二十号]	八
*[茆]	[十八巧]	八
	[二十五有]	十二

mǎo
卯	[十八巧]	八
昴	[十八巧]	八
泖	[十八巧]	八
*[茆]	[十八巧]	八
	[二十五有]	十二

mào
耄	[二十号]	八
帽	[二十号]	八
袤	[二十六宥]	十二

懋	[二十六宥]	十二	莓	[十灰]	三
皃	[三觉]	十四	梅	[十灰]	三
貌	[十九效]	八	酶	[十灰]	三
茂	[二十六宥]	十二	枚	[十灰]	三
贸	[二十六宥]	十二	玫	[十灰]	三
*[芼]	[四豪]	八	*没	[六月]	十六
	[二十号]	八	*糜	[四支]	三
*[冒]	[二十号]	八	[脢]	[十灰]	三
	[十三职]	十五		[十一队]	三
[瑁]	[十一队]	三	měi		
	[二十号]	八	美	[四纸]	三
[瞀]	[十一尤]	十二	每	[十贿]	三
	[二十六宥]	十二	浼	[十贿]	三
	[三觉]	十四	mèi		
[眊]	[二十号]	八	寐	[四寘]	三
	[三觉]	十四	魅	[四寘]	三
me			昧	[十一队]	三
*[么]	[五歌]	九	妹	[十一队]	三
	[二十哿]	九	媚	[四寘]	三
méi			袂	[八霁]	三
眉	[四支]	二	mēn		
湄	[四支]	三	*[闷]	[十三元]	六
嵋	[四支]	三		[十四愿]	六
楣	[四支]	三	mén		
郿	[四支]	三	门	[十三元]	六
媒	[十灰]	三	扪	[十三元]	六
煤	[十灰]	三	mèn		
禖	[十灰]	三	*[闷]	[十三元]	六
霉	[四支]	三		[十四愿]	六

[懵]	[十三阮]	六	[盟]	[八庚]	十一
	[十四旱]	七		[二十四敬]	十一
	[十四愿]	六	měng		
měng			蠓	[一董]	一
*蒙	[一东]	一	猛	[二十三梗]	十一
méng			艋	[二十三梗]	十一
濛	[一东]	一	蜢	[二十三梗]	十一
檬	[一东]	一	*蒙	[一东]	一
曚	[一东]	一	*[濛]	[一东]	一
朦	[一东]	一		[一董]	一
艨	[一东]	一		[一送]	一
甍	[八庚]	十一	*[懵]	[一东]	一
虻	[八庚]	十一		[一董]	一
萌	[八庚]	十一		[二十五径]	十一
*氓	[八庚]	十一	*[黾]	[十一轸]	六
*尨	[三江]	二		[十六铣]	七
*蒙	[一东]	一		[二十三梗]	十一
*[朦]	[一东]	一	mèng		
	[一董]	一	孟	[二十四敬]	十一
	[一送]	一	*[梦]	[一东]	一
*[瞢]	[一东]	一		[一送]	一
	[十蒸]	十一	*[瞢]	[一东]	一
	[一送]	一		[十蒸]	十一
*[懵]	[一东]	一		[一送]	一
	[一董]	一	mī		
	[二十五径]	十一	*[眯]	[八荠]	三
*[梦]	[一东]	一		[四寘]	三
	[一送]	一		[八霁]	三
[矒]	[一东]	一	mí		
	[一董]	一	糜	[四支]	三

音节检字表 355

麊	[四支]	三	*秘	[四寘]	三
蘪	[四支]	三	*[塓]	[九青]	十一
醾	[四支]	三		[十二锡]	十五
弥	[四支]	三	*[眯]	[八荠]	三
迷	[八齐]	三		[四寘]	三
谜	[八霁]	三		[八霁]	三
*糜	[四支]	三	*[泌]	[四寘]	三
*[靡]	[四支]	三		[四质]	十五
	[四纸]	三	mián		
*[眯]	[八荠]	三	绵	[一先]	七
	[四寘]	三	棉	[一先]	七
	[八霁]	三	眠	[一先]	七
mǐ			miǎn		
弭	[四纸]	三	免	[十六铣]	七
敉	[四纸]	三	冕	[十六铣]	七
芈	[四纸]	三	勉	[十六铣]	七
米	[八荠]	三	勔	[十六铣]	七
*[靡]	[四支]	三	缅	[十六铣]	七
	[四纸]	三	湎	[十六铣]	七
*[眯]	[八荠]	三	沔	[十六铣]	七
	[四寘]	三	*[黾]	[十一轸]	六
	[八霁]	三		[十六铣]	七
mi				[二十三梗]	十一
密	[四质]	十五	*[娩]	[十三阮]	七
蜜	[四质]	十五		[十六铣]	七
谧	[四质]	十五	[眄]	[十六铣]	七
汨	[十二锡]	十五		[十七霰]	七
觅	[十二锡]	十五	miàn		
幂	[十二锡]	十五	面	[十七霰]	七

*[瞑]　　　　[九青]　　　十一
　　　　　　[十七霰]　　　七
miáo
苗　　　　　[二萧]　　　八
描　　　　　[二萧]　　　八
miǎo
杪　　　　　[十七筱]　　　八
秒　　　　　[十七筱]　　　八
眇　　　　　[十七筱]　　　八
渺　　　　　[十七筱]　　　八
缈　　　　　[十七筱]　　　八
淼　　　　　[十七筱]　　　八
藐　　　　　[十七筱]　　　八
邈　　　　　[三觉]　　　十四
miào
妙　　　　　[十八啸]　　　八
庙　　　　　[十八啸]　　　八
*[缪]　　　　[十一尤]　　　十二
　　　　　　[二十六宥]　　八
　　　　　　[一屋]　　　十三
miè
蔑　　　　　[九屑]　　　十六
篾　　　　　[九屑]　　　十六
蠛　　　　　[九屑]　　　十六
灭　　　　　[九屑]　　　十六
mín
民　　　　　[十一真]　　　六
珉　　　　　[十一真]　　　六
岷　　　　　[十一真]　　　六

缗　　　　　[十一真]　　　六
旻　　　　　[十一真]　　　六
*筤　　　　[十一真]　　　六
mǐn
闽　　　　　[十一真]　　　六
闵　　　　　[十一轸]　　　六
悯　　　　　[十一轸]　　　六
愍　　　　　[十一轸]　　　六
敏　　　　　[十一轸]　　　六
皿　　　　　[二十三梗]　　十一
*筤　　　　[十一真]　　　六
*[黾]　　　　[十一轸]　　　六
　　　　　　[十六铣]　　　七
　　　　　　[二十三梗]　　十一
[泯]　　　　[十一真]　　　六
　　　　　　[十一轸]　　　六
míng
明　　　　　[八庚]　　　十一
鸣　　　　　[八庚]　　　十一
名　　　　　[八庚]　　　十一
洺　　　　　[八庚]　　　十一
铭　　　　　[九青]　　　十一
茗　　　　　[二十四迥]　　十一
冥　　　　　[九青]　　　十一
螟　　　　　[九青]　　　十一
*[幂]　　　　[九青]　　　十一
　　　　　　[十二锡]　　　十五
*[溟]　　　　[九青]　　　十一
　　　　　　[二十四迥]　　十一

*［瞑］	［九青］	十一	［膜］	［七虞］	四	
	［二十五径］	十一		［十药］	十四	
*［瞑］	［九青］	十一	mǒ			
	［十七霰］	七	*抹	［七曷］	十六	
mǐng			mò			
酩	［二十四迥］	十一	殁	［六月］	十六	
*［溟］	［九青］	十一	末	［七曷］	十六	
	［二十四迥］	十一	沫	［七曷］	十六	
mìng			秣	［七曷］	十六	
命	［二十四敬］	十一	寞	［十药］	十四	
*［瞑］	［九青］	十一	漠	［十药］	十四	
	［二十五径］	十一	镆	［十药］	十四	
miù			瘼	［十药］	十四	
谬	［二十六宥］	十二	陌	［十一陌］	十五	
*［缪］	［十一尤］	十二	貊	［十一陌］	十五	
	［二十六宥］	十二	貘	［十一陌］	十五	
	［一屋］	十三	蓦	［十一陌］	十五	
mō			默	［十三职］	十五	
摸	［十药］	十四	墨	［十三职］	十五	
mó			*没	［六月］	十六	
谟	［七虞］	四	*抹	［七曷］	十六	
嫫	［七虞］	四	*脉	［十一陌］	十五	
摹	［七虞］	四	*［万］	［十四愿］	七	
摩	［五歌］	九		［十三职］	十五	
魔	［五歌］	九	*［磨］	［五歌］	九	
*无	［七虞］	四		［二十一箇］	九	
*模	［七虞］	四	*［帕］	［二十二祃］	十	
*［磨］	［五歌］	九		［八黠］	十六	
	［二十一箇］	九	*［冒］	［二十号］	八	

		[十三职]	十五	暮	[七遇]	四
*[袜]		[六月]	十六	募	[七遇]	四
		[七曷]	十六	慕	[七遇]	四
[莫]		[十药]	十四	幕	[十药]	十四
		[十一陌]	十五	木	[一屋]	十三
móu				沐	[一屋]	十三
侔		[十一尤]	十二	霂	[一屋]	十三
眸		[十一尤]	十二	目	[一屋]	十三
蛑		[十一尤]	十二	苜	[一屋]	十三
谋		[十一尤]	十二	牧	[一屋]	十三
鍪		[十一尤]	十二	穆	[一屋]	十三
*牟		[十一尤]	十二	睦	[一屋]	十三
*[缪]		[十一尤]	十二	*牟	[十一尤]	十二
		[二十六宥]	十二	*[缪]	[十一尤]	十二
		[一屋]	十三		[二十六宥]	十二
mǒu					[一屋]	十三
某		[二十五有]	十二			
mú					N	
*模		[七虞]	四	nā		
mǔ				*[那]	[五歌]	九
拇		[二十五有]	十二		[二十哿]	九
母		[二十五有]	十二		[二十一箇]	九
亩		[二十五有]	十二	ná		
牡		[二十五有]	十二	拿	[六麻]	十
*姥		[七麌]	四	nǎ		
[姆]		[二十五有]	十二	*[哪]	[五歌]	九
		[二十五宥]	十二		[二十哿]	九
mù				nà		
墓		[七遇]	四	捺	[七曷]	十六

纳	[十五合]	十七	nàn			
衲	[十五合]	十七	*[难]	[十四寒]	七	
*呐	[九屑]	十六		[十五翰]	七	
*娜	[二十哿]	九	náng			
*[那]	[五歌]	九	囊	[七阳]	二	
	[二十哿]	九	nǎng			
	[二十一箇]	九	曩	[二十二养]	二	
nǎi			náo			
奶	[九蟹]	五	蛲	[二萧]	八	
乃	[十贿]	五	铙	[三肴]	八	
*艿	[十蒸]	十一	呶	[三肴]	八	
nài			硇	[三肴]	八	
奈	[九泰]	五	猱	[四豪]	八	
耐	[十一队]	五	*[桡]	[二萧]	八	
褦	[十一队]	五		[十九效]	八	
[奈]	[九泰]	五	[挠]	[四豪]	八	
	[二十一箇]	九		[十八巧]	八	
[鼐]	[十贿]	五	nǎo			
	[十一队]	五	恼	[十九皓]	八	
nán			脑	[十九皓]	八	
男	[十二覃]	七	瑙	[十九皓]	八	
南	[十三覃]	七	nào			
喃	[十五咸]	七	淖	[十九效]	八	
*[难]	[十四寒]	七	闹	[十九效]	八	
	[十五翰]	七	臑	[二十号]	八	
[楠]	[十三覃]	七	nè			
	[十四盐]	七	讷	[六月]	十六	
nǎn			*呐	[九屑]	十六	
赧	[十五潸]	七	ne			

*呢	[四支]	三		拟	[四纸]	三
něi				旎	[四纸]	三
馁	[十贿]	三		你	[四纸]	三
nèi				*[尼]	[四支]	三
内	[十一队]	三			[四质]	十五
nèn				*[泥]	[八齐]	三
嫩	[十四愿]	六			[八荠]	三
恁	[二十六寝]	六			[八霁]	三
néng				nì		
[能]	[十灰]	五		昵	[四质]	十五
	[十蒸]	十一		腻	[四寘]	三
nī				睨	[八霁]	三
妮	[四支]	三		逆	[十一陌]	十五
ní				匿	[十三职]	十五
倪	[八齐]	三		*溺	[十二锡]	十五
猊	[八齐]	三		*[泥]	[八齐]	三
蚬	[八齐]	三			[八荠]	三
鲵	[八齐]	三			[八霁]	三
怩	[四支]	三		*[嶷]	[四支]	三
*呢	[四支]	三			[十三职]	十五
*[尼]	[四支]	三		niān		
	[四质]	十五		蔫	[一先]	七
*[泥]	[八齐]	三		拈	[十四盐]	七
	[八荠]	三		nián		
	[八霁]	三		年	[一先]	七
[霓]	[八齐]	三		鲇	[十四盐]	七
	[九屑]	十六		黏	[十四盐]	七
	[十二锡]	十五		niǎn		
nǐ				辇	[十六铣]	七

音节检字表 361

撚	[十六铣]	七	陧	[九屑]	十六
捻	[十六叶]	十六	孽	[九屑]	十六
*[辗]	[十六铣]	七	蘖	[九屑]	十六
	[十七霰]	七	啮	[九屑]	十六
[碾]	[十六铣]	七	臬	[九屑]	十六
	[十七霰]	七	聂	[十六叶]	十六
niàn			嗫	[十六叶]	十六
念	[二十九艳]	七	镊	[十六叶]	十六
埝	[二十九艳]	七	蹑	[十六叶]	十六
廿	[十四缉]	十五	[糵]	[七曷]	十六
niáng				[九屑]	十六
娘	[七阳]	二	níng		
niàng			狞	[八庚]	十一
酿	[二十三漾]	二	咛	[九青]	十一
niǎo			聍	[九青]	十一
嬲	[十七筱]	八	*[宁]	[九青]	十一
茑	[十七筱]	八		[二十五径]	十一
袅	[十七筱]	八	[凝]	[十蒸]	十一
鸟	[十七筱]	八		[二十五径]	十一
niào			nìng		
*尿	[十八啸]	八	佞	[二十五径]	十一
*溺	[十二锡]	十五	*[宁]	[九青]	十一
niē				[二十五径]	十一
捏	[九屑]	十六	[泞]	[二十四迥]	十一
nié				[二十五径]	十一
[苶]	[九屑]	十六	niú		
	[十六叶]	十六	牛	[十一尤]	十二
niè			niǔ		
涅	[九屑]	十六	扭	[二十五有]	十二

纽	[二十五有]	十二	nù			
忸	[二十五有]	十二	[怒]	[七麌]	四	
钮	[二十五有]	十二		[七遇]	四	
[狃]	[二十五有]	十二	nǚ			
	[二十六宥]	十二	*[女]	[六语]	四	
niù				[六御]	四	
*[拗]	[十八巧]	八	nù			
	[十九效]	八	衄	[一屋]	十三	
nóng			*[女]	[六语]	四	
农	[二冬]	一		[六御]	四	
侬	[二冬]	一	[恧]	[一屋]	十三	
浓	[二冬]	一		[十三职]	十五	
哝	[二冬]	一	nuǎn			
脓	[二冬]	一	暖	[十四旱]	七	
秾	[二冬]	一	nüè			
醲	[二冬]	一	虐	[十药]	十四	
nòng			疟	[十药]	十四	
*弄	[一送]	一	nuó			
nòu			*娜	[二十哿]	九	
耨	[二十六宥]	十二	*[哪]	[五歌]	九	
nú				[二十哿]	九	
奴	[七虞]	四	[傩]	[五歌]	九	
孥	[七虞]	四		[二十哿]	九	
驽	[七虞]	四	nuò			
*[帑]	[七虞]	四	糯	[二十一个]	九	
	[二十二养]	二	搦	[三觉]	十四	
nǔ			诺	[十药]	十四	
努	[七虞]	四	*喏	[二十一马]	十	
弩	[七虞]	四	[懦]	[七虞]	四	

O

	[二十一箇]	九

ōu
鸥	[十一尤]	十二
瓯	[十一尤]	十二
殴	[二十五有]	十二
讴	[十一尤]	十二
*[区]	[七虞]	四
	[十一尤]	十二
*[欧]	[十一尤]	十二
	[二十五有]	十二
*[呕]	[七虞]	四
	[十一尤]	十二
	[二十五有]	十二
*[沤]	[十一尤]	十二
	[二十六宥]	十二

ǒu
偶	[二十五有]	十二
耦	[二十五有]	十二
藕	[二十五有]	十二
*[呕]	[七虞]	四
	[十 尤]	十二
	[二十五有]	十二
*[欧]	[十一尤]	十二
	[二十五有]	十二

òu
| *[沤] | [十一尤] | 十二 |
| | [二十六宥] | 十二 |

P

pā
| 葩 | [六麻] | 十 |

pá
爬	[六麻]	十
琶	[六麻]	十
*耙	[六麻]	十
*[杷]	[六麻]	十
	[二十二祃]	十

pà
怕	[二十二祃]	十
*[帕]	[二十二祃]	十
	[八黠]	十六

pāi
| 拍 | [十一陌] | 十五 |

pái
牌	[九佳]	五
俳	[九佳]	五
徘	[十灰]	三
排	[九佳]	五

pǎi
| *迫 | [十一陌] | 十五 |

pài
| 湃 | [十卦] | 五 |
| 派 | [十卦] | 五 |

pān
| 攀 | [十五删] | 七 |
| 潘 | [十四寒] | 七 |

*扳	[十五删]	七	滂	[七阳]	二	
*[番]	[十三元]	七	páng			
	[五歌]	九	逢	[三江]	二	
pán			旁	[七阳]	二	
蹒	[十四寒]	七	螃	[七阳]	二	
磻	[十四寒]	七	磅	[七阳]	二	
蟠	[十四寒]	七	*膀	[七阳]	二	
盘	[十四寒]	七		[二十二养]	二	
槃	[十四寒]	七	*[庞]	[一东]	一	
磐	[十四寒]	七		[三江]	二	
*[繁]	[十三元]	七	*[彷]	[七阳]	二	
	[十四寒]	七		[二十二养]	二	
*[弁]	[十四寒]	七	pàng			
	[十七霰]	七	*[胖]	[十四寒]	七	
*[胖]	[十四寒]	七		[十五翰]	七	
	[十五翰]	七	pāo			
*[般]	[十四寒]	七	抛	[三肴]	八	
	[十五删]	七	脬	[三肴]	八	
pàn			*[泡]	[三肴]	八	
袢	[十三元]	七		[十九效]	八	
泮	[十五翰]	七	páo			
畔	[十五翰]	七	匏	[三肴]	八	
判	[十五翰]	七	庖	[三肴]	八	
叛	[十五翰]	七	咆	[三肴]	八	
襻	[十六谏]	七	袍	[四豪]	八	
盼	[十六谏]	七	*跑	[三肴]	八	
*[伴]	[十四旱]	七	*[炮]	[三肴]	八	
	[十五翰]	七		[十九效]	八	
pāng			*[刨]	[三肴]	八	

		[十九效]	八	盆	[十三元]	六
pǎo				湓	[十三元]	六
*跑		[三肴]	八	pèn		
pào				*[喷]	[十三元]	六
炮		[十九效]	八		[十四愿]	六
*[泡]		[三肴]	八	pēng		
		[十九效]	八	烹	[八庚]	十一
*[炮]		[三肴]	八	抨	[八庚]	十一
		[十九效]	八	怦	[八庚]	十一
pēi				砰	[八庚]	十一
醅		[十灰]	三	*澎	[八庚]	十一
胚		[十灰]	三	péng		
péi				芃	[一东]	一
陪		[十灰]	三	蓬	[一东]	一
裴		[十灰]	三	篷	[一东]	一
*[培]		[十灰]	三	棚	[八庚]	十一
		[二十五有]	十二	朋	[十蒸]	十一
pèi				髼	[十蒸]	十一
辔		[四寘]	三	鹏	[十蒸]	十一
帔		[四寘]	三	膨	[八庚]	十一
沛		[九泰]	三	蟛	[八庚]	十一
霈		[九泰]	三	*澎	[八庚]	十一
旆		[九泰]	三	*[堋]	[十蒸]	十一
佩		[十一队]	三		[二十五径]	十一
配		[十一队]	三	*[逢]	[一东]	一
pēn					[二冬]	一
*[喷]		[十三元]	六	*[彭]	[七阳]	二
		[十四愿]	六		[八庚]	十一
pén				*[搒]	[八庚]	十一

	[二十三漾]	二	*𥘵	[四支]	三
pěng			*[椑]	[四支]	三
捧	[二肿]	一		[八齐]	三
pī			*[陂]	[四支]	三
披	[四支]	三		[五歌]	九
丕	[四支]	三		[四寘]	三
伾	[四支]	三	*[比]	[四支]	三
坯	[十灰]	三		[四纸]	三
邳	[四支]	三		[四寘]	三
纰	[四支]	三	*[仳]	[四支]	三
砒	[八齐]	三		[四纸]	三
劈	[十二锡]	十五	pǐ		
[批]	[八齐]	三	圮	[四纸]	三
	[九屑]	十六	庀	[四纸]	三
[霹]	[十一陌]	十五	痞	[四纸]	三
	[十二锡]	十五	噽	[四纸]	三
pí			匹	[四质]	十五
脾	[四支]	三	擗	[十一陌]	十五
郫	[四支]	三	癖	[十一陌]	十五
陴	[四支]	三	*[仳]	[四支]	三
皮	[四支]	三		[四纸]	三
疲	[四支]	三	*[否]	[四纸]	三
罴	[四支]	三		[二十五有]	十二
毗	[四支]	三	pì		
枇	[四支]	三	睥	[八霁]	三
蚍	[四支]	三	媲	[八霁]	三
琵	[四支]	三	譬	[四寘]	三
貔	[四支]	三	僻	[十一陌]	十五
鼙	[八齐]	三	甓	[十二锡]	十五
			*辟	[十一陌]	十五

音节检字表 367

*潎	［八霁］	三	piāo
*［副］	［七遇］	四	飘	［二萧］	八
	［二十六宥］	十二	*缥	［十七篠］	八
	［一屋］	十三	*［漂］	［二萧］	八
	［十三职］	十五		［十八啸］	八
piān			［慓］	［十七篠］	八
篇	［一先］	七		［十八啸］	八
偏	［一先］	七	［剽］	［二萧］	八
翩	［一先］	七		［十八啸］	八
*片	［十七霰］	七	piáo		
*［扁］	［一先］	七	瓢	［二萧］	八
	［十六铣］	七	嫖	［二萧］	八
pián			藨	［二萧］	八
骈	［一先］	七	piǎo		
胼	［一先］	七	殍	［十七篠］	八
蹁	［一先］	七	*缥	［十七篠］	八
楩	［一先］	七	*［漂］	［二萧］	八
*［便］	［一先］	七		［十八啸］	八
	［十七霰］	七	*［藨］	［二萧］	八
*［平］	［一先］	七		［十七篠］	八
	［八庚］	十一	piào		
*［谝］	［一先］	七	票	［十八啸］	八
	［十六铣］	七	*骠	［十八啸］	八
piǎn			*［漂］	［二萧］	八
*［谝］	［一先］	七		［十八啸］	八
	［十六铣］	七	piē		
piàn			瞥	［九屑］	十六
骗	［十七霰］	七	*撇	［九屑］	十六
*片	［十七霰］	七	piě		

*撒	[九屑]	十六		[二十三梗]	十一
pīn			*[冯]	[一东]	一
拼	[八庚]	十一		[十蒸]	十一
姘	[八庚]	十一	*[平]	[一先]	七
pín				[八庚]	十一
嫔	[十一真]	六	[评]	[八庚]	十一
频	[十一真]	六		[二十四敬]	十一
蘋	[十一真]	六	[凭]	[十蒸]	十一
颦	[十一真]	六		[二十五径]	十一
贫	[十一真]	六	pō		
pǐn			坡	[五歌]	九
品	[二十六寝]	六	泼	[七曷]	十六
pìn			*泊	[十药]	十四
牝	[十一轸]	六	*[陂]	[四支]	三
聘	[二十四敬]	十一		[五歌]	九
*[娉]	[九青]	十一		[四寘]	三
	[二十四敬]	十一	[颇]	[五歌]	九
pīng				[二十哿]	九
俜	[九青]	十一	pó		
*[娉]	[九青]	十一	皤	[五歌]	九
	[二十四敬]	十一	鄱	[五歌]	九
píng			婆	[五歌]	九
坪	[八庚]	十一	*[繁]	[十三元]	七
枰	[八庚]	十一		[十四寒]	七
苹	[八庚]	十一	pǒ		
萍	[九青]	十一	叵	[二十哿]	九
帡	[九青]	十一	pò		
瓶	[九青]	十一	破	[二十一箇]	九
*[屏]	[九青]	十一	粕	[十药]	十四

音节检字表 369

珀	[十一陌]	十五	蒲	[七虞]	四
*迫	[十一陌]	十五	匍	[七虞]	四
*[魄]	[十药]	十四	濮	[一屋]	十三
	[十一陌]	十五	璞	[三觉]	十四
*[霸]	[二十二祃]	十	*脯	[七虞]	四
	[十一陌]	十五	*[莆]	[七虞]	四
pōu				[七虞]	四
[剖]	[七虞]	四	*[仆]	[七遇]	四
	[二十五有]	十二		[二十六宥]	十二
póu				[一屋]	十三
抔	[十一尤]	十二		[二沃]	十三
裒	[十一尤]	十二	[酺]	[七虞]	四
*[掊]	[三肴]	八		[七遇]	四
	[十一尤]	十二	pǔ		
	[二十五有]	十二	普	[七虞]	四
pǒu			谱	[七虞]	四
*[培]	[十灰]	三	浦	[七虞]	四
	[二十五有]	十二	溥	[七虞]	四
*[掊]	[三肴]	八	蹼	[一屋]	十三
	[十一尤]	十二	[朴](樸)	[一屋]	十三
	[二十五有]	十二		[三觉]	十四
pū			[圃]	[七虞]	四
扑	[一屋]	十三		[七遇]	四
*[铺]	[七虞]	四	pù		
	[七遇]	四	曝	[一屋]	十三
*[仆]	[七遇]	四	*堡	[十九皓]	八
	[二十六宥]	十二	*[铺]	[七虞]	四
	[一屋]	十三		[七遇]	四
	[二沃]	十三	*[暴]	[二十号]	八
pú				[一屋]	十三

*[瀑]	[二十号]	八	淇	[四支]	三
	[一屋]	十三	棋	[四支]	三
			祺	[四支]	三
Q			琪	[四支]	三
			蜞	[四支]	三
qī			旗	[四支]	三
欺	[四支]	三	麒	[四支]	三
妻	[八齐]	三	鬐	[四支]	三
凄	[八齐]	三	祁	[四支]	三
七	[四质]	十五	芪	[四支]	三
漆	[四质]	十五	耆	[四支]	三
戚	[十二锡]	十五	鳍	[四支]	三
*欹	[四支]	三	祈	[五微]	三
*蹊	[八齐]	三	颀	[五微]	三
*栖	[八齐]	三	旂	[五微]	三
*期	[四支]	三	蛴	[八齐]	三
*缉	[十四缉]	十五	脐	[八齐]	三
*[妻]	[八齐]	三	畦	[八齐]	三
	[八霁]	三	*衹	[四支]	三
*[踦]	[四支]	三	*奇	[四支]	三
	[四纸]	三	*圻	[五微]	三
qí			*[伎]	[四支]	三
歧	[四支]	三		[四纸]	三
岐	[四支]	三	*[俟]	[五微]	三
崎	[四支]	三		[四纸]	三
埼	[四支]	三	*[其]	[四支]	三
琦	[四支]	三		[四寘]	三
萁	[四支]	三	*[跂]	[四纸]	三
綦	[四支]	三		[四寘]	三
骐	[四支]	三			

*［齐］	［八齐］	三	砌	［八霁］	三
	［八霁］	三	讫	［五物］	十六
*［荠］	［四支］	三	迄	［五物］	十六
	［八荠］	三	碛	［十一陌］	十五
［蕲］	［四支］	三	葺	［十四缉］	十五
	［十二文］	六	泣	［十四缉］	十五
［锜］	［四支］	三	*［亟］	［四寘］	三
	［四纸］	三		［十三职］	十五
［骑］	［四支］	三	*［契］	［八霁］	三
	［四寘］	三		［九屑］	十六
qǐ			*［妻］	［八齐］	三
绮	［四纸］	三		［八霁］	三
芑	［四纸］	三	*［跂］	［四纸］	三
屺	［四纸］	三		［四寘］	三
杞	［四纸］	三	*［揭］	［八霁］	三
起	［四纸］	三		［六月］	十六
岂	［五尾］	三		［九屑］	十六
启	［八荠］	三	qiā		
棨	［八荠］	三	掐	［十七洽］	十七
乞	［五物］	十六	*袷	［十七洽］	十七
*［稽］	［八齐］	三	qià		
	［八荠］	三	洽	［十七洽］	十七
［企］	［四纸］	三	恰	［十七洽］	十七
	［四寘］	三	qiān		
qì			悭	［十五删］	七
弃	［四寘］	三	千	［一先］	七
器	［四寘］	三	芊	［一先］	七
气	［五未］	三	阡	［一先］	七
憩	［八霁］	三	迁	［一先］	七

岍	[一先]	七
搴	[一先]	七
褰	[一先]	七
悭	[一先]	七
谦	[十四盐]	七
佥	[十四盐]	七
签	[十四盐]	七
鹐	[十五咸]	七
*铅	[一先]	七
*[牵]	[一先]	七
	[十七霰]	七
[搴]	[一先]	七
	[十六铣]	七

qián

前	[一先]	七
虔	[一先]	七
潜	[十四盐]	七
钳	[十四盐]	七
铃	[十四盐]	七
*[钱]	[一先]	七
	[十六铣]	七
*[犍]	[十三元]	七
	[一先]	七
*[乾]	[十四寒]	七
	[一先]	七
[黔]	[十二侵]	六
	[十四盐]	七

qiǎn

谴	[十七霰]	七
嗛	[二十八俭]	七
*[浅]	[一先]	七
	[十六铣]	七
[遣]	[十六铣]	七
	[十七霰]	七
[缱]	[十六铣]	七
	[十七霰]	七

qiàn

芡	[二十八俭]	七
茜	[十七霰]	七
堑	[二十九艳]	七
*[倩]	[十七霰]	七
	[二十四敬]	十一
*[牵]	[一先]	七
	[十七霰]	七
*[纤]	[一先]	七
	[十四盐]	七
[嵌]	[十五咸]	七
	[二十七感]	七
	[二十八勘]	七
[槧]	[二十七感]	七
	[二十九艳]	七
[歉]	[二十八俭]	七
	[二十九豏]	七
[欠]	[二十九艳]	七
	[三十陷]	七

qiāng

腔	[三江]	二
戕	[七阳]	二
斨	[七阳]	二

音节检字表 373

羌	[七阳]	二	跷	[二萧]	八
蜣	[七阳]	二	硗	[二肴]	八
锖	[七阳]	二	幧	[二萧]	八
玱	[七阳]	二	*悄	[十七筱]	八
*呛	[七阳]	二	*[鄡]	[三肴]	八
*跄	[七阳]	二		[十九皓]	八
*[枪]	[七阳]	二		[十药]	十四
	[八庚]	十一	[敲]	[三肴]	八
*[抢]	[七阳]	二		[十九效]	八
	[二十二养]	二	[橇]	[二萧]	八
*[将]	[七阳]	二		[九屑]	十六
	[二十三漾]	二	qiáo		
qiáng			谯	[二萧]	八
蔷	[七阳]	二	憔	[二萧]	八
墙	[七阳]	二	樵	[二萧]	八
嫱	[七阳]	二	乔	[二萧]	八
樯	[七阳]	二	荞	[二萧]	八
*[强]	[七阳]	二	侨	[二萧]	八
	[二十二养]	二	桥	[二萧]	八
qiǎng			苕	[二萧]	八
襁	[二十二养]	二	*翘	[二萧]	八
*[抢]	[七阳]	二	*蕉	[二萧]	八
	[二十二养]	二	*[峤]	[二萧]	八
*[强]	[七阳]	二		[十八啸]	八
	[二十二养]	二	qiǎo		
qiàng			愀	[十七筱]	八
*呛	[七阳]	二	巧	[十八巧]	八
*跄	[七阳]	二	*悄	[十七筱]	八
qiāo			qiào		

窍	[十八啸]	八
俏	[十八啸]	八
诮	[十八啸]	八
峭	[十八啸]	八
*壳	[三觉]	十四
*翘	[二萧]	八
*[鞘]	[三肴]	八
	[十八啸]	八

qiē

*[切]	[八霁]	三
	[九屑]	十六

qié

*[茄]	[五歌]	九
	[六麻]	十

qiě

*[且]	[六鱼]	四
	[二十一马]	十

qiè

窃	[九屑]	十六
挈	[九屑]	十六
锲	[九屑]	十六
箧	[十六叶]	十六
惬	[十六叶]	十六
妾	[十六叶]	十六
怯	[十七洽]	十七
*趄	[六鱼]	四
*[切]	[八霁]	三
	[九屑]	十六

qīn

侵	[十二侵]	六
骎	[十二侵]	六
衾	[十二侵]	六
钦	[十二侵]	六
嵚	[十二侵]	六
*[亲]	[十一真]	六
	[十二震]	六
*[浸]	[十二侵]	六
	[二十七沁]	六

qín

秦	[十一真]	六
螓	[十一真]	六
勤	[十二文]	六
芹	[十二文]	六
芩	[十二侵]	六
琴	[十二侵]	六
禽	[十二侵]	六
擒	[十二侵]	六
檎	[十二侵]	六
*溱	[十一真]	六
*覃	[十三覃]	七
*[堇]	[十二文]	六
	[十二吻]	六

qǐn

寝	[二十六寝]	六
锓	[二十六寝]	六

qìn

沁	[二十七沁]	六

qīng

音节检字表 375

清	[八庚]	十一		[十二震]	六
蜻	[八庚]	十一	*[倩]	[十七霰]	七
卿	[八庚]	十一		[二十四敬]	十一
倾	[八庚]	十一	*[请]	[二十三梗]	十一
青	[九青]	十一		[二十四敬]	十一
*鲭	[八庚]	十一	[庆]	[七阳]	二
*[顷]	[八庚]	十一		[二十四敬]	十一
	[二十三梗]	十一	qióng		
[轻]	[八庚]	十一	穹	[一东]	一
	[二十四敬]	十一	穷	[一东]	一
qíng			蛩	[二冬]	一
勍	[八庚]	十一	邛	[二冬]	一
黥	[八庚]	十一	筇	[二冬]	一
情	[八庚]	十一	琼	[八庚]	十一
晴	[八庚]	十一	茕	[八庚]	十一
擎	[八庚]	十一	藑	[八庚]	十一
[檠]	[八庚]	十一	[跫]	[二冬]	一
	[二十三梗]	十一		[三江]	二
	[二十四敬]	十一	qiū		
qǐng			丘	[十一尤]	十二
謦	[二十四迥]	十一	蚯	[十一尤]	十二
*[顷]	[八庚]	十一	邱	[十一尤]	十二
	[二十三梗]	十一	鞧	[十一尤]	十二
*[请]	[二十三梗]	十一	鞦	[十一尤]	十二
	[二十四敬]	十一	秋	[十一尤]	十二
qìng			楸	[十一尤]	十二
磬	[二十五径]	十一	鳅	[十一尤]	十二
罄	[二十五径]	十一	鹙	[十一尤]	十二
*[亲]	[十一真]	六	*[龟]	[四支]	三

	[十一尤]	十二	诎	[五物]	十六
*[揪]	[十一尤]	十二	*曲	[二沃]	十三
	[十七筱]	八	*[区]	[七虞]	四
qiú				[十一尤]	十二
酋	[十一尤]	十二	[驱]	[七虞]	四
遒	[十一尤]	十二		[七遇]	四
囚	[十一尤]	十二	[胠]	[六鱼]	四
泅	[十一尤]	十二		[六御]	四
求	[十一尤]	十二	qú		
俅	[十一尤]	十二	渠	[六鱼]	四
球	[十一尤]	十二	蕖	[六鱼]	四
赇	[十一尤]	十二	璩	[六鱼]	四
裘	[十一尤]	十二	蘧	[六鱼]	四
逑	[十一尤]	十二	氍	[七虞]	四
璆	[十一尤]	十二	戳	[七虞]	四
虬	[十一尤]	十二	瞿	[七虞]	四
*仇	[十一尤]	十二	衢	[七虞]	四
*[艽]	[三肴]	八	癯	[七虞]	四
	[十一尤]	十二	劬	[七虞]	四
qiǔ			朐	[七虞]	四
糗	[二十五有]	十二	*[瞿]	[七虞]	四
qū				[七遇]	四
蛆	[六鱼]	四	*[句]	[七虞]	四
袪	[六鱼]	四		[十一尤]	十二
趋	[七虞]	四		[七遇]	四
岖	[七虞]	四		[二十六宥]	十二
躯	[七虞]	四	qǔ		
麯	[一屋]	十三	龋	[七麌]	四
屈	[五物]	十六	娶	[七遇]	四

*苣	[六语]	四	*[卷]	[一先]	七	
*曲	[二沃]	十三		[十六铣]	七	
[取]	[七麌]	四		[十七霰]	七	
	[二十五有]	十二	*[倦]	[一先]	七	
qù				[十七霰]	七	
阒	[十二锡]	十五	*[纯]	[十一真]	六	
趣	[七遇]	四		[十三元]	六	
觑	[六御]	四		[一先]	七	
[去]	[六语]	四		[十一轸]	六	
	[六御]	四	quǎn			
quān			犬	[十六铣]	七	
悛	[一先]	七	畎	[十六铣]	七	
*[圈]	[十三元]	七	[绻]	[十三阮]	七	
	[十三阮]	七		[十四愿]	七	
	[十四愿]	七	quàn			
quán			劝	[十四愿]	七	
颧	[一先]	七	券	[十四愿]	七	
全	[一先]	七	quē			
荃	[一先]	七	缺	[九屑]	十六	
筌	[一先]	七	*阙	[六月]	十六	
诠	[一先]	七	qúc			
佺	[一先]	七	瘸	[五歌]	九	
辁	[一先]	七	què			
痊	[一先]	七	确	[三觉]	十四	
拳	[一先]	七	榷	[三觉]	十四	
蜷	[一先]	七	悫	[三觉]	十四	
髷	[一先]	七	阕	[九屑]	十六	
权	[一先]	七	雀	[十药]	十四	
泉	[一先]	七	碏	[十药]	十四	

鹊	[十药]	十四		[二十二养]	二
却	[十药]	十四	*[穰]	[七阳]	二
*阙	[六月]	十六		[二十二养]	二
*[觳]	[一屋]	十三	rǎng		
	[三觉]	十四	壤	[二十二养]	二
qūn			*[攘]	[七阳]	二
逡	[十一真]	六		[二十二养]	二
[困]	[十一真]	六	*[穰]	[七阳]	二
	[十一轸]	六		[二十二养]	二
qún			ràng		
裙	[十二文]	六	让	[二十三漾]	二
群	[十二文]	六	ráo		
*[麇]	[十一真]	六	荛	[二萧]	八
	[十二文]	六	饶	[二萧]	二
			*[桡]	[二萧]	二
				[十九效]	二
R			*[娆]	[二萧]	二
				[十七筱]	二
rán			rǎo		
然	[一先]	七	扰	[十七筱]	二
燃	[一先]	七	*[娆]	[二萧]	二
髯	[十四盐]	七		[十七筱]	二
蚺	[十四盐]	七	rào		
rǎn			[绕]	[十七筱]	二
冉	[二十八俭]	七		[十八啸]	二
苒	[二十八俭]	七	rě		
染	[二十八俭]	七	惹	[二十一马]	十
ráng			*喏	[二十一马]	十
禳	[七阳]	二	*[若]	[二十一马]	十
瓤	[七阳]	二			
*[攘]	[七阳]	二			

		[十药]	十四	rēng		
rè				扔	[十蒸]	十一
热		[九屑]	十六	réng		
rén				仍	[十蒸]	十一
人		[十一真]	六	礽	[十蒸]	十一
仁		[十一真]	六	*艿	[十蒸]	十一
壬		[十二侵]	六	rì		
*[任]		[十二侵]	六	日	[四质]	十五
		[二十七沁]	六	驲	[四质]	十五
rěn				róng		
忍		[十一轸]	六	融	[一东]	一
荏		[二十六寝]	六	戎	[一东]	一
稔		[二十六寝]	六	绒	[一东]	一
rèn				狨	[一东]	一
纫		[十一真]	六	彤	[一东]	一
饪		[二十六寝]	六	容	[二冬]	一
刃		[十二震]	六	熔	[二冬]	一
仞		[十二震]	六	镕	[二冬]	一
轫		[十二震]	六	蓉	[二冬]	一
牣		[十二震]	六	榕	[二冬]	一
韧		[十二震]	六	荣	[八庚]	十一
认		[十二震]	六	嵘	[八庚]	十一
*葚		[二十六寝]	六	蝾	[八庚]	十一
*[任]		[十二侵]	六	*[茸]	[二冬]	一
		[二十七沁]	六		[二肿]	
[妊]		[十二侵]	六	[溶]	[二冬]	一
		[二十七沁]	六		[二肿]	
[衽]		[二十六寝]	六	rǒng		
		[二十七沁]	六	冗	[二肿]	一

甤	[二肿]	一	辱	[二沃]	十三
*[茸]	[二冬]	一	㖞	[二沃]	十三
	[二肿]	一	rù		
róu			蓐	[二沃]	十三
柔	[十一尤]	十二	缛	[二沃]	十三
揉	[十一尤]	十二	溽	[二沃]	十三
糅	[二十六宥]	十二	褥	[二沃]	十三
[蹂]	[十一尤]	十二	入	[十四缉]	十五
	[二十五有]	十二	[洳]	[六鱼]	四
	[二十六宥]	十二		[六御]	四
[鞣]	[十一尤]	十二	ruǎn		
	[二十六宥]	十二	软	[十六铣]	七
ròu			*[阮]	[十三元]	七
肉	[一屋]	十三		[十三阮]	七
rú			ruí		
儒	[七虞]	四	蕤	[四支]	三
濡	[七虞]	四	ruǐ		
嚅	[七虞]	四	蕊	[四纸]	三
襦	[七虞]	四	ruì		
蠕	[一先]	七	瑞	[四寘]	三
孺	[七遇]	四	锐	[八霁]	三
[如]	[六鱼]	四	芮	[八霁]	三
	[六御]	四	汭	[八霁]	三
[茹]	[六鱼]	四	枘	[八霁]	三
	[六语]	四	睿	[八霁]	三
	[六御]	四	rùn		
rǔ			闰	[十二震]	六
汝	[六语]	四	润	[十二震]	六
乳	[七麌]	四	ruò		

箬	[十药]	十四	赛	[十一队]	五
鄀	[十药]	十四	*[塞]	[十一队]	五
偌	[二十二祃]	十		[十三职]	十五
爇	[九屑]	十六	sān		
弱	[十药]	十四	毵	[十三覃]	七
箬	[十药]	十四	*[参]	[十二侵]	六
*[若]	[二十一马]	十		[十三覃]	七
	[十药]	十四		[二十八勘]	七
			[三]	[十三覃]	七
	S			[二十八勘]	七
sā			sǎn		
*[挲]	[五歌]	九	伞	[十四旱]	七
sǎ			糁	[二十七感]	七
靸	[十五合]	十七	馓	[十四旱]	七
[洒]	[九蟹]	五	*[散]	[十四旱]	七
	[二十一马]	十		[十五翰]	七
sà			sàn		
萨	[七曷]	十八	*[散]	[十四旱]	七
飒	[十五合]	十七		[十五翰]	七
卅	[十五合]	十七	sāng		
sāi			桑	[七阳]	二
腮	[十灰]	五	*[丧]	[七阳]	二
鳃	[十灰]	五		[二十三漾]	二
*[思]	[四支]	三	sǎng		
	[十灰]	五	嗓	[二十二养]	二
	[四寘]	三	磉	[二十二养]	二
*[塞]	[十一队]	五	颡	[二十二养]	二
	[十三职]	十五	sàng		
sài			*[丧]	[七阳]	二

	[二十三漾]	二		[十三职]	十五
sāo			[瑟]	[四寘]	三
搔	[四豪]	八		[四质]	十五
骚	[四豪]	八	sēn		
慅	[四豪]	八	森	[十二侵]	六
*臊	[四豪]	八	sēng		
*[缫]	[四豪]	八	僧	[十蒸]	十一
	[十九皓]	八	shā		
*[缲]	[四豪]	八	沙	[六麻]	十
	[十九皓]	八	纱	[六麻]	十
sǎo			砂	[六麻]	十
嫂	[十九皓]	八	裟	[六麻]	十
*[扫]	[十九皓]	八	鲨	[六麻]	十
	[二十号]	八	*莎	[五歌]	九
*[埽]	[十九皓]	八	*杉	[十五咸]	七
	[二十号]	八	*煞	[八黠]	十六
sào			*刹	[八黠]	十
*臊	[四豪]	八	*[杀]	[十卦]	五
*[扫]	[十九皓]	八		[八黠]	十
	[二十号]	八	[铩]	[十卦]	五
*[埽]	[十九皓]	八		[八黠]	十
	[二十号]	八	shǎ		
sè			傻	[二十一马]	十
啬	[十三职]	十五	shà		
穑	[十三职]	十五	嗄	[二十二祃]	十
濇	[十三职]	十五	歃	[十七洽]	十七
涩	[十四缉]	十五	*煞	[八黠]	十
*色	[十三职]	十五	*厦	[二十一马]	十
*[塞]	[十一队]	五	[霎]	[十六叶]	十六

	[十七洽]	十七		[十一尤]	十二
[篩]	[十六叶]	十六		[十五咸]	七
	[十七洽]	十七	*[苫]	[十四盐]	七
shāi				[二十九艳]	七
筛	[四支]	三	[渗]	[十五删]	七
*[酾]	[四支]	三		[十五潸]	七
	[四纸]	三	[痁]	[十四盐]	七
shǎi				[二十九艳]	七
*色	[十三职]	十五	[煽]	[一先]	七
shài				[十七霰]	七
*[杀]	[十卦]	五	shǎn		
	[八黠]	十六	陕	[二十八俭]	七
[晒]	[四寘]	三	闪	[二十八俭]	七
	[十卦]	五	*[掺]	[十五咸]	七
shān				[二十九豏]	七
姗	[十四寒]	七	shàn		
珊	[十四寒]	七	汕	[十六谏]	七
跚	[十四寒]	七	疝	[十六谏]	七
删	[十五删]	七	墡	[十六铣]	七
山	[十五删]	七	缮	[十七霰]	七
膻	[一先]	七	膳	[十七霰]	七
衫	[十五咸]	七	鄯	[十七霰]	七
苫	[十五咸]	七	鳝	[十六铣]	七
*杉	[十五咸]	七	嬗	[十七霰]	七
*[栅]	[十六谏]	七	擅	[十七霰]	七
	[十一陌]	十五	掞	[二十九艳]	七
*[扇]	[一先]	七	赡	[二十九艳]	七
	[十七霰]	七	*剡	[二十八俭]	七
*[髟]	[二萧]	八	*[单]	[十四寒]	七
				[一先]	七

	[十七霰]	七	筲	[三肴]	八
*[禅]	[一先]	七	艄	[三肴]	八
	[十七霰]	七	捎	[三肴]	八
*[扇]	[一先]	七	梢	[三肴]	八
	[十七霰]	七	*稍	[十九效]	八
*[苫]	[十四盐]	七	*[蛸]	[二萧]	八
	[二十九艳]	七		[三肴]	八
[讪]	[十五删]	七	*[鞘]	[三肴]	八
	[十六谏]	七		[十八啸]	八
[善]	[十六铣]	七	*[烧]	[二萧]	八
	[十七霰]	七		[十八啸]	八

shāng
殇	[七阳]	二
觞	[七阳]	二
伤	[七阳]	二
商	[七阳]	二
*[汤]	[七阳]	二
	[二十三漾]	二

sháo
韶	[二萧]	八
勺	[十药]	十四
芍	[十药]	十四

shǎo
*[少]	[十七筱]	八
	[十八啸]	八

shǎng
赏	[二十二养]	二
*[上]	[二十二养]	二
	[二十三漾]	二

shào
绍	[十七筱]	八
邵	[十八啸]	八
*召	[十八啸]	八
*稍	[十九效]	八
*[烧]	[二萧]	八
	[十八啸]	八
*[少]	[十七筱]	八
	[十八啸]	八
[哨]	[二萧]	八
	[十八啸]	八

shàng
尚	[二十三漾]	二
*[上]	[二十二养]	二
	[二十三漾]	二

shang
*裳	[七阳]	二

shāo

[劭]	[二萧]	八			[十六叶]	十六
	[十八啸]	八	*[拾]		[十四缉]	十五
shē					[十六叶]	十六
奢	[六麻]	十	*[舍]		[二十一马]	十
赊	[六麻]	十			[二十二祃]	十
*[畲]	[六鱼]	四	[射]		[二十二祃]	十
	[六麻]	十			[十一陌]	十五
shé			**shēn**			
佘	[六麻]	十	申		[十一真]	六
舌	[九屑]	十六	伸		[十一真]	六
揲	[九屑]	十六	绅		[十一真]	六
*[折]	[九屑]	十六	呻		[十一真]	六
*[蛇]	[四支]	三	身		[十一真]	六
	[六麻]	十	*莘		[十一真]	六
*[阇]	[七虞]	四	*[参]		[十二侵]	六
	[六麻]	十			[十三覃]	七
shě					[二十八勘]	七
*[舍]	[二十一马]	十	[娠]		[十一真]	六
	[二十二祃]	十			[十二震]	六
shè			[深]		[十二侵]	六
社	[二十一马]	十			[二十七沁]	六
赦	[二十二祃]	十	**shén**			
麝	[二十二祃]	十	神		[十一真]	六
设	[九屑]	十六	*什		[十四缉]	十五
摄	[十六叶]	十六	**shěn**			
滠	[十六叶]	十六	哂		[十一轸]	六
慑	[十六叶]	十六	审		[二十六寝]	六
涉	[十六叶]	十六	婶		[二十六寝]	六
*[歙]	[十四缉]	十五	谂		[二十六寝]	六

沈 shèn	[二十六寝]	六	剩	[二十五径]	十一
			*[盛]	[八庚]	十一
肾	[十一轸]	六		[二十四敬]	十一
慎	[十二震]	六	*[胜]	[十蒸]	十一
渗	[二十七沁]	六		[二十五径]	十一
*葚	[二十六寝]	六	*[乘]	[十蒸]	十一
*[椹]	[十二侵]	六		[二十五径]	十一
	[二十六寝]	六	shī		
[甚]	[二十六寝]	六	师	[四支]	三
	[二十七沁]	六	狮	[四支]	三
[蜃]	[十一轸]	六	诗	[四支]	三
	[十二震]	六	蓍	[四支]	三
shēng			尸	[四支]	三
生	[八庚]	十一	失	[四质]	十五
笙	[八庚]	十一	虱	[四质]	十五
牲	[八庚]	十一	湿	[十四缉]	十五
甥	[八庚]	十一	*[酾]	[四支]	三
声	[八庚]	十一		[四纸]	三
升	[十蒸]	十一	*[施]	[四支]	三
*[胜]	[十蒸]	十一		[四寘]	三
	[二十五径]	十一	shí		
shéng			时	[四支]	三
绳	[十蒸]	十一	埘	[四支]	三
shěng			鲥	[四支]	三
眚	[二十三梗]	十一	实	[四质]	十五
*省	[二十三梗]	十一	祏	[十一陌]	十五
shèng			鼫	[十一陌]	十五
圣	[二十四敬]	十一	蚀	[十三职]	十五
晟	[二十四敬]	十一	湜	[十三职]	十五

十	[十四缉]	十五	是	[四纸]	三
*什	[十四缉]	十五	舐	[四纸]	三
*石	[十一陌]	十五	视	[四纸]	三
*[莳]	[四支]	三	试	[四寘]	三
	[四寘]	三	谥	[四寘]	三
*[识]	[四寘]	三	示	[四寘]	三
	[十三职]	十五	嗜	[四寘]	三
*[食]	[四寘]	三	事	[四寘]	三
	[十三职]	十五	势	[八霁]	三
*[提]	[四支]	三	誓	[八霁]	三
	[八齐]	三	逝	[八霁]	三
*[拾]	[十四缉]	十五	筮	[八霁]	三
	[十六叶]	十六	噬	[八霁]	三
shǐ			世	[八霁]	三
矢	[四纸]	三	室	[四质]	十五
豕	[四纸]	三	释	[十一陌]	十五
史	[四纸]	三	奭	[十一陌]	十五
驶	[四纸]	三	襫	[十一陌]	十五
[使]	[四纸]	三	螫	[十一陌]	十五
	[四寘]	三	式	[十三职]	十五
[始]	[四纸]	三	拭	[十三职]	十五
	[四寘]	三	栻	[十三职]	十五
shì			轼	[十三职]	十五
市	[四纸]	三	饰	[十三职]	十五
柿	[四纸]	三	*似	[四纸]	三
恃	[四纸]	三	*[莳]	[四支]	三
侍	[四寘]	三		[四寘]	三
士	[四纸]	三	*[适]	[七曷]	适十六
仕	[四纸]	三		[十一陌]	适十五

	[十二锡]	適十五	[寿]	[二十六宥]	十二
*[氏]	[四支]	三		[二十五有]	十二
	[四纸]	三		[二十六宥]	十二
[贯]	[八霁]	三	shū		
	[二十二祃]	十	舒	[六鱼]	四
shi			蔬	[六鱼]	四
*匙	[四支]	三	梳	[六鱼]	四
shōu			书	[六鱼]	四
[收]	[十一尤]	十二	摅	[六鱼]	四
	[二十六宥]	十二	抒	[六语]	四
shóu			姝	[七虞]	四
*熟	[一屋]	十三	殊	[七虞]	四
shǒu			枢	[七虞]	四
手	[二十五有]	十二	殳	[七虞]	四
*[守]	[二十五有]	十二	毹	[七虞]	四
	[二十六宥]	十二	叔	[一屋]	十三
[首]	[二十五有]	十二	菽	[一屋]	十三
	[二十六宥]	十二	淑	[一屋]	十三
shòu			俶	[一屋]	十三
兽	[二十六宥]	十二	[纾]	[六鱼]	四
受	[二十五有]	十二		[六语]	四
授	[二十六宥]	十二	[疏]	[六鱼]	四
瘦	[二十六宥]	十二		[六御]	四
狩	[二十六宥]	十二	[输]	[七虞]	四
*[守]	[二十五有]	十二		[七遇]	四
	[二十六宥]	十二	shú		
[售]	[十一尤]	十二	赎	[二沃]	十三
	[二十六宥]	十二	秫	[四质]	十五
[绶]	[二十五有]	十二	孰	[一屋]	十三

塾	[一屋]	十三	*[数]	[七麌]	四
*熟	[一屋]	十三		[七遇]	四
shǔ				[三觉]	十四
暑	[六语]	四	[树]	[七麌]	四
署	[六御]	四		[七遇]	四
薯	[六御]	四	shuā		
曙	[六御]	四	刷	[八黠]	十六
鼠	[六语]	四	shuǎ		
黍	[六语]	四	耍	[二十一马]	十
蜀	[二沃]	十三	shuāi		
*[数]	[七麌]	四	*衰	[四支]	三
	[七遇]	四	shuài		
	[三觉]	十四	蟀	[四质]	十五
*[属]	[七遇]	四	*率	[四质]	十五
	[二沃]	十三	[帅]	[四寘]	三
shù				[四质]	十五
墅	[六语]	四	shuān		
竖	[七麌]	四	拴	[一先]	七
澍	[七遇]	四	栓	[一先]	七
述	[四质]	十五	shuàn		
恕	[六御]	四	涮	[十六谏]	七
庶	[六御]	四	shuāng		
漱	[二十六宥]	十二	双	[三江]	二
束	[二沃]	十三	霜	[七阳]	二
戍	[七遇]	四	骦	[七阳]	二
腧	[七遇]	四	孀	[七阳]	二
*术	[四质]	十五	*泷	[三江]	二
*[俞]	[七麌]	四	shuǎng		
	[七遇]	四	爽	[二十二养]	二

shuí
谁　　　　[四支]　　三
shuǐ
水　　　　[四纸]　　三
shuì
睡　　　　[四寘]　　三
帨　　　　[八霁]　　三
税　　　　[八霁]　　三
*[说]　　[八霁]　　三
　　　　　[九屑]　　十六
shǔn
*楯　　　[十一轸]　六
[吮]　　　[十一轸]　六
　　　　　[十六铣]　七
shùn
舜　　　　[十二震]　六
瞬　　　　[十二震]　六
顺　　　　[十二震]　六
shuō
*[说]　　[八霁]　　三
　　　　　[九屑]　　十六
shuò
朔　　　　[三觉]　　十四
槊　　　　[三觉]　　十四
搠　　　　[三觉]　　十四
妁　　　　[十药]　　十四
烁　　　　[十药]　　十四
铄　　　　[十药]　　十四
硕　　　　[十一陌]　十五

*[数]　　[七麌]　　四
　　　　　[七遇]　　四
　　　　　[三觉]　　十四
sī
斯　　　　[四支]　　三
澌　　　　[四支]　　三
撕　　　　[四支]　　三
厮　　　　[四支]　　三
嘶　　　　[八齐]　　三
丝　　　　[四支]　　三
鸶　　　　[四支]　　三
蛳　　　　[四支]　　三
虒　　　　[四支]　　三
偲　　　　[四支]　　三
飔　　　　[四支]　　三
私　　　　[四支]　　三
*[偲]　　[四支]　　三
　　　　　[十灰]　　五
*[思]　　[四支]　　三
　　　　　[十灰]　　五
　　　　　[四寘]　　三
*[司]　　[四支]　　三
　　　　　[四寘]　　三
*[澌]　　[四支]　　三
　　　　　[八齐]　　三
　　　　　[四寘]　　三
sǐ
死　　　　[四纸]　　三
sì

巳	[四纸]	三	菘	[一东]	一
汜	[四纸]	三	松	[二冬]	一
祀	[四纸]	三	淞	[二冬]	一
姒	[四纸]	三	*忪	[二冬]	一
涘	[四纸]	三	[凇]	[二冬]	一
耜	[四纸]	三		[一送]	一
兕	[四纸]	三	sǒng		
笥	[四寘]	三	悚	[二肿]	一
饲	[四寘]	三	竦	[二肿]	一
嗣	[四寘]	三	怂	[二肿]	一
四	[四寘]	三	耸	[二肿]	一
泗	[四寘]	三	sòng		
驷	[四寘]	三	送	[一送]	一
寺	[四寘]	三	宋	[二宋]	一
肆	[四寘]	三	讼	[二宋]	一
*似	[四纸]	三	诵	[二宋]	一
*伺	[四寘]	三	颂	[二宋]	一
*[俟]	[五微]	三	sōu		
	[四纸]	三	艘	[四豪]	八
*[思]	[四支]	三	搜	[十一尤]	十二
	[十灰]	五	馊	[十一尤]	十二
	[四寘]	三	廋	[十一尤]	十二
*[司]	[四支]	三	飕	[十一尤]	十二
	[四寘]	三	*[叟]	[十一尤]	十二
*[食]	[四寘]	三		[二十五有]	十二
	[十三职]	十五	[溲]	[十一尤]	十二
sōng				[二十五有]	十二
嵩	[一东]	一	sóu		
崧	[一东]	一	*[溲]	[十一尤]	十二

音节检字表 391

		[一屋]	十三	觫	[一屋]	十三
sǒu				肃	[一屋]	十三
瞍		[二十五有]	十二	骕	[一屋]	十三
薮		[二十五有]	十二	鹔	[一屋]	十三
擞		[二十五有]	十二	粟	[二沃]	十三
*[叟]		[十一尤]	十二	*[宿]	[二十六宥]	十二
		[二十五有]	十二		[一屋]	十三
[嗾]		[二十五有]	十二	*[涑]	[十一尤]	十二
		[二十六宥]	十二		[一屋]	十三
sòu				suān		
嗽		[二十六宥]	十二	狻	[十四寒]	七
sū				酸	[十四寒]	七
苏		[七虞]	四	suàn		
酥		[七虞]	四	蒜	[十五翰]	七
窣		[六月]	十六	[算]	[十四旱]	七
sú					[十五翰]	七
俗		[二沃]	十三	suī		
sù				荽	[四支]	三
溯		[七遇]	四	虽	[四支]	三
塑		[七遇]	四	*尿	[十八啸]	八
素		[七遇]	四	[眭]	[四支]	三
嗉		[七遇]	四		[四寘]	三
愫		[七遇]	四	suí		
诉		[七遇]	四	隋	[四支]	三
谡		[一屋]	十三	随	[四支]	三
夙		[一屋]	十三	绥	[四支]	三
蔌		[一屋]	十三	suǐ		
簌		[一屋]	十三	髓	[四纸]	三
速		[一屋]	十三	suì		

隧	[四寘]	三	*[獻]	[五歌]	九
燧	[四寘]	三		[十四願]	七
遂	[四寘]	三	[娑]	[五歌]	九
邃	[四寘]	三		[二十哿]	九
穗	[四寘]	三	suǒ		
祟	[四寘]	三	所	[六语]	四
岁	[八霁]	三	琐	[二十哿]	九
碎	[十一队]	三	锁	[二十哿]	九
[誶]	[四寘]	三	[索]	[十药]	十四
	[十一队]	三		[十一陌]	十五
sūn			suò		
孙	[十三元]	六	*[些]	[六麻]	十
狲	[十三元]	六		[二十一箇]	九
荪	[十三元]	六			
飧	[十三元]	六	T		
sǔn			tā		
隼	[十一轸]	六	他	[五歌]	九
笋	[十一轸]	六	塌	[十五合]	十七
簨	[十一轸]	六	遢	[十五合]	十七
损	[十三阮]	六	趿	[十五合]	十七
suo			*踏	[十五合]	十七
蓑	[五歌]	九	tǎ		
唆	[五歌]	九	塔	[十五合]	十七
梭	[五歌]	九	[獺]	[七曷]	十六
傞	[五歌]	九		[八黠]	十六
桫	[五歌]	九	tà		
缩	[一屋]	十三	挞	[七曷]	十六
*莎	[五歌]	九	闼	[七曷]	十六
*挲	[五歌]	九	蹋	[十五合]	十七

榻	[十五合]	十七	汰	[九泰]	五
*嗒	[十五合]	十七	态	[十一队]	五
*沓	[十五合]	十七	tān		
*踏	[十五合]	十七	贪	[十三覃]	七
*濌	[十五合]	十七	坍	[十三覃]	七
*遝	[十五合]	十七	摊	[十四寒]	七
*[达]	[八霁]	三	[滩]	[十四寒]	七
	[七曷]	十六		[十五翰]	七
*[拓]	[十药]	十四	tán		
	[十五合]	十七	檀	[十四寒]	七
tāi			谭	[十三覃]	七
胎	[十灰]	五	潭	[十三覃]	七
*苔	[十灰]	五	昙	[十三覃]	七
*[台]	[四支]	三	倓	[十三覃]	七
	[十灰]	五	谈	[十三覃]	七
tái			郯	[十三覃]	七
抬	[十灰]	五	痰	[十三覃]	七
鲐	[十灰]	五	*覃	[十三覃]	七
炱	[十灰]	五	*[澹]	[十三覃]	七
邰	[十灰]	五		[二十七感]	七
臺	[十灰]	五		[二十八勘]	七
*苔	[十灰]	五	*[弹]	[十四寒]	七
*[台]	[四支]	三		[十五翰]	七
	[十灰]	五	*[镡]	[十二侵]	六
*[骀]	[十灰]	五		[十三覃]	七
	[十贿]	五	[醰]	[十三覃]	七
tài				[二十七感]	七
泰	[九泰]	五		[二十八勘]	七
太	[九泰]	五	[坛]	[十四寒]	七
				[十三覃]	七

tǎn

坦	［十四旱］	七
袒	［十四旱］	七
毯	［二十七感］	七

tàn

炭	［十五翰］	七
［叹］	［十四寒］	七
	［十五翰］	七
［探］	［十三覃］	七
	［二十八勘］	七

tāng

蹚	［七阳］	二
*镗	［七阳］	二
*［趟］	［七阳］	二
	［八庚］	十一
	［二十四敬］	十一
*［汤］	［七阳］	二
	［二十三漾］	二

táng

唐	［七阳］	二
塘	［七阳］	二
搪	［七阳］	二
溏	［七阳］	二
糖	［七阳］	二
螗	［七阳］	二
棠	［七阳］	二
堂	［七阳］	二
螳	［七阳］	二
*镗	［七阳］	二

tǎng

*［倘］	［七阳］	二
	［二十二养］	二
*［帑］	［七虞］	四
	［二十二养］	二
［傥］	［二十二养］	二
	［二十三漾］	二

tàng

*［趟］	［七阳］	二
	［八庚］	十一
	［二十四敬］	十一

tāo

涛	［四豪］	八
滔	［四豪］	八
慆	［四豪］	八
韬	［四豪］	八
弢	［四豪］	八
绦	［四豪］	八
掏	［四豪］	八
饕	［四豪］	八
叨	［四豪］	八
*［挑］	［二萧］	八
	［四豪］	八
	［十七筱］	八
*［焘］	［四豪］	八
	［二十号］	八

táo

萄	［四豪］	八
绹	［四豪］	八

淘	[四豪]	八	*[䞄]	[十蒸]	十一
酶	[四豪]	八		[十三职]	十五
咷	[四豪]	八	tī		
桃	[四豪]	八	梯	[八齐]	三
逃	[四豪]	八	踢	[十二锡]	十五
鼗	[四豪]	八	剔	[十二锡]	十五
*[陶]	[二萧]	八	tí		
	[四豪]	八	鹈	[八齐]	三
*[洮]	[二萧]	八	啼	[八齐]	三
	[四豪]	八	蹄	[八齐]	三
*[梼]	[四豪]	八	鹈	[八齐]	三
	[十一尤]	十二	稊	[八齐]	三
tǎo			*绨	[八齐]	三
讨	[十九皓]	八	*荑	[八齐]	三
tào			*[提]	[四支]	三
套	[二十号]	八		[八齐]	三
tè			*[醍]	[八齐]	三
特	[十三职]	十五		[八荠]	三
慝	[十三职]	十五	*[题]	[八齐]	三
忒	[十三职]	十五		[八霁]	三
*[䞄]	[十蒸]	十一	[缇]	[八齐]	三
	[十三职]	十五		[八荠]	三
téng			tǐ		
疼	[二冬]	一	体	[八荠]	三
誊	[十蒸]	十一	*[醍]	[八齐]	三
腾	[十蒸]	十一		[八荠]	三
滕	[十蒸]	十一	tì		
滕	[十蒸]	十一	剃	[八霁]	三
藤	[十蒸]	十一	嚏	[八霁]	三

屉	[八霁]	三	*[塡]	[十一真]	六
薙	[八霁]	三		[一先]	七
替	[八霁]	三	*[佃]	[一先]	七
惕	[十二锡]	十五		[十七霰]	七
倜	[十二锡]	十五	*[钿]	[一先]	七
逖	[十二锡]	十五		[十七霰]	七
*綈	[八齐]	三	tiǎn		
*[裼]	[八霁]	三	腆	[十六铣]	七
	[十二锡]	十五	殄	[十六铣]	七
*[达]	[八霁]	三	[忝]	[二十八俭]	七
	[七曷]	十六		[二十九艳]	七
*[俶]	[一屋]	十三	tiàn		
	[十二锡]	十五	*[瑱]	[十二震]	六
*[摘]	[十一陌]	十五		[十七霰]	七
	[十二锡]	十五	tiāo		
[涕]	[八荠]	三	佻	[二萧]	八
	[八霁]	三	*[挑]	[二萧]	八
[悌]	[八荠]	三		[四豪]	八
	[八霁]	三		[十七筱]	八
tiān			[佻]	[二萧]	八
天	[一先]	七		[十七筱]	八
添	[十四盐]	七	tiáo		
tián			条	[二萧]	八
田	[一先]	七	蜩	[二萧]	八
畋	[一先]	七	韶	[二萧]	八
阗	[一先]	七	岧	[二萧]	八
恬	[十四盐]	七	髫	[二萧]	八
湉	[十四盐]	七	迢	[二萧]	八
甜	[十四盐]	七	苕	[二萧]	八

＊［调］　　　［二萧］　　八
　　　　　　［十一尤］　十二
　　　　　　［十八啸］　八

［鲦］　　　［二萧］　　八
　　　　　　［十一尤］　十二

tiǎo
窕　　　　　［十七筱］　八
＊［挑］　　　［二萧］　　八
　　　　　　［四豪］　　八
　　　　　　［十七筱］　八
［朓］　　　［二萧］　　八
　　　　　　［十七筱］　八
　　　　　　［十八啸］　八

tiào
眺　　　　　［十八啸］　八
粜　　　　　［十八啸］　八
［跳］　　　［二萧］　　八
　　　　　　［十八啸］　八

tiē
贴　　　　　［十六叶］　十六
＊帖　　　　　［十六叶］　十六

tiě
铁　　　　　［九屑］　　十六
＊帖　　　　　［十六叶］　十六

tiè
餮　　　　　［九屑］　　十六
＊帖　　　　　［十六叶］　十六

tīng
汀　　　　　［九青］　　十一

厅　　　　　［九青］　　十一
＊［听］　　　［十二文］　六
　　　　　　［九青］　　十一
　　　　　　［十二吻］　六
　　　　　　［二十五径］　十一

tíng
亭　　　　　［九青］　　十一
葶　　　　　［九青］　　十一
停　　　　　［九青］　　十一
婷　　　　　［九青］　　十一
渟　　　　　［九青］　　十一
霆　　　　　［九青］　　十一
＊［庭］　　　［九青］　　十一
　　　　　　［二十五径］　十一
［廷］　　　［九青］　　十一
　　　　　　［二十五径］　十一
［莛］　　　［九青］　　十一
　　　　　　［二十四迥］　十一
［蜓］　　　［九青］　　十一
　　　　　　［十六铣］　七

tǐng
侹　　　　　［二十四迥］　十一
挺　　　　　［二十四迥］　十一
珽　　　　　［二十四迥］　十一
艇　　　　　［二十四迥］　十一
颋　　　　　［二十四迥］　十一
梃　　　　　［二十四迥］　十一
＊铤　　　　　［二十四迥］　十一
＊［町］　　　［九青］　　十一
　　　　　　［二十四迥］　十一

音节检字表 399

tìng
*[庭]　　　[九青]　　十一
　　　　　[二十五径]　十一

tōng
通　　　　[一东]　　一
*[恫]　　　[一东]　　一
　　　　　[一送]　　一

tóng
铜　　　　[一东]　　一
桐　　　　[一东]　　一
峒　　　　[一东]　　一
酮　　　　[一东]　　一
彤　　　　[二冬]　　一
童　　　　[一东]　　一
僮　　　　[一东]　　一
潼　　　　[一东]　　一
曈　　　　[一东]　　一
瞳　　　　[一东]　　一
朣　　　　[一东]　　一
*[同]　　　[一东]　　一
　　　　　[一送]　　一
*[鲖]　　　[一东]　　一
　　　　　[二肿]　　一
*[侗]　　　[一东]　　一
　　　　　[一董]　　一
*[洞]　　　[一董]　　一
　　　　　[一送]　　一
[橦]　　　[二冬]　　一
　　　　　[三江]　　二

tǒng
筒　　　　[一东]　　一
捅　　　　[一董]　　一
桶　　　　[一董]　　一
统　　　　[二宋]　　一
*[侗]　　　[一东]　　一
　　　　　[一董]　　一

tòng
痛　　　　[一送]　　一
恸　　　　[一送]　　一
*[同]　　　[一东]　　一
　　　　　[一送]　　一
[衕]　　　[一东]　　一
　　　　　[一送]　　一

tōu
偷　　　　[十一尤]　十二

tóu
骰　　　　[十一尤]　十二
投　　　　[十一尤]　十二
头　　　　[十一尤]　十二

tòu
透　　　　[二十六宥]　十一

tū
秃　　　　[一屋]　　十三
突　　　　[六月]　　十六
[凸]　　　[六月]　　十六
　　　　　[九屑]　　十六

tú
途　　　　[七虞]　　四

荼	[七虞]	四		[十四寒]	七
酴	[七虞]	四		[十一队]	三
徒	[七虞]	四		[十四愿]	六
图	[七虞]	四	tuǎn		
*[菟]	[七虞]	四	疃	[十四旱]	七
	[七遇]	四	tuàn		
[涂]	[七虞]	四	彖	[十五翰]	七
	[六麻]	十	tuī		
[屠]	[六鱼]	四	[推]	[四支]	三
	[七虞]	四		[十灰]	三
tǔ			tuí		
土	[七虞]	四	颓	[十灰]	三
*[吐]	[七虞]	四	tuǐ		
	[七遇]	四	腿	[十贿]	三
tù			tuì		
兔	[七遇]	四	退	[十一队]	三
*[菟]	[七虞]	四	*[褪]	[十四愿]	六
	[七遇]	四	[蜕]	[八霁]	三
*[吐]	[七虞]	四		[九泰]	三
	[七遇]	四	tūn		
tuān			暾	[十三元]	六
湍	[十四寒]	七	吞	[十三元]	六
tuán			tún		
抟	[十四寒]	七	饨	[十三元]	六
团	[十四寒]	七	豚	[十三元]	六
*[揣]	[四纸]	三	臀	[十三元]	六
	[十四寒]	七	*炖	[十三元]	六
	[二十哿]	九	*[屯]	[十一真]	六
*[敦]	[十三元]	六		[十三元]	六

*[纯]	[十一真]	六	tuò		
	[十三元]	六	唾	[二十一箇]	九
	[一先]	七	萚	[十药]	十四
	[十一轸]	六	箨	[十药]	十四
*[囤]	[十三元]	六	柝	[十药]	十四
	[十三阮]	六	*[拓]	[十药]	十四
tùn				[十五合]	十七
*[褪]	[十四愿]	六	*[魄]	[十药]	十四
tuō				[十一陌]	十五
托	[十药]	十四			
脱	[七曷]	十六	**W**		
[拖]	[五歌]	九	wā		
	[二十哿]	九	窊	[六麻]	十
tuó			*[污]	[七虞]	四
佗	[五歌]	九		[六麻]	十
陀	[五歌]	九		[七遇]	四
驼	[五歌]	九	*[哇]	[九佳]	十
跎	[五歌]	九		[六麻]	十
酡	[五歌]	九	[洼]	[九佳]	十
柁	[五歌]	九		[六麻]	十
鼍	[五歌]	九	[蛙]	[九佳]	一
槖	[十药]	十四		[六麻]	十
*[驮]	[五歌]	九	[娲]	[九佳]	十
	[二十一箇]	九		[六麻]	十
[沱]	[五歌]	九	wá		
	[二十哿]	九	[娃]	[九佳]	十
tuǒ				[六麻]	十
椭	[二十哿]	九	wǎ		
妥	[二十哿]	九	*[瓦]	[二十一马]	十

音节检字表 401

	[二十二祃]	十	琬	[十三阮]	七
wà			踠	[十三阮]	七
*[袜]	[六月]	十六	碗	[十四旱]	七
	[七曷]	十六	皖	[十五潸]	七
*[瓦]	[二十一马]	十	惋	[十五翰]	七
	[二十二祃]	十	脘	[十四旱]	七
wa			晚	[十三阮]	七
*[哇]	[九佳]	十	挽	[十三阮]	七
	[六麻]	十	*[宛]	[十三元]	七
wài				[十三阮]	七
外	[九泰]	三	*[菀]	[十三阮]	七
	[九泰]	五		[五物]	十六
wān			*[莞]	[十四寒]	七
剜	[十四寒]	七		[十五潸]	七
弯	[十五删]	七	*[浣]	[十三阮]	七
湾	[十五删]	七		[十四愿]	七
[蜿]	[十三元]	七		[二十一箇]	九
	[十三阮]	七	*[婉]	[十三阮]	七
wán				[十六铣]	七
丸	[十四寒]	七	[畹]	[十三阮]	七
纨	[十四寒]	七		[十四愿]	七
汍	[十四寒]	七	[绾]	[十五潸]	七
芄	[十四寒]	七		[十六谏]	七
刓	[十四寒]	七	wàn		
完	[十四寒]	七	腕	[十五翰]	七
顽	[十五删]	七	*[万]	[十四愿]	七
玩	[十五翰]	七		[十三职]	十五
wǎn			wāng		
婉	[十三阮]	七	汪	[七阳]	二
			wáng		

音节检字表 403

亡	[七阳]	二	隈	[十灰]	三
*[王]	[七阳]	二	煨	[十灰]	三
	[二十三漾]	二	*[委]	[四支]	三
wǎng				[四纸]	三
网	[二十二养]	二	*[倭]	[四支]	三
罔	[二十二养]	二		[五歌]	九
惘	[二十二养]	二	wéi		
辋	[二十二养]	二	惟	[四支]	三
魍	[二十二养]	二	帷	[四支]	三
枉	[二十二养]	二	维	[四支]	三
往	[二十二养]	二	潍	[四支]	三
wàng			沩	[四支]	三
妄	[二十三漾]	二	韦	[五微]	三
旺	[二十三漾]	二	帏	[五微]	三
*[王]	[七阳]	二	违	[五微]	三
	[二十三漾]	二	闱	[五微]	三
[忘]	[七阳]	二	围	[五微]	三
	[二十三漾]	二	桅	[十灰]	三
[望]	[七阳]	二	*[唯]	[四支]	三
	[二十三漾]	二		[四纸]	三
wēi			*[为]	[四支]	二
逶	[四支]	三		[四寘]	三
危	[四支]	三	[嵬]	[十灰]	三
微	[五微]	三		[十贿]	三
薇	[五微]	三	wěi		
威	[五微]	三	萎	[四支]	三
葳	[五微]	三	痿	[四支]	三
巍	[五微]	三	诿	[四寘]	三
偎	[十灰]	三	洧	[四纸]	三

鮪	[四纸]	三	慰	[五未]	三
娓	[五尾]	三	卫	[八霁]	三
苇	[五尾]	三	*[遗]	[四支]	三
伟	[五尾]	三		[四寘]	三
玮	[五尾]	三	*[为]	[四支]	三
炜	[五尾]	三		[四寘]	三
韪	[五尾]	三	*[尉]	[五未]	三
猥	[十贿]	三		[五物]	十六
伪	[四寘]	三	*[蔚]	[五未]	三
*尾	[五尾]	三		[五物]	十六
*[唯]	[四支]	三	**wēn**		
	[四纸]	三	温	[十三元]	六
*[委]	[四支]	三	辒	[十三元]	六
	[四纸]	三	瘟	[十三元]	六
*[隗]	[十灰]	三	*[缊]	[十二文]	六
	[十贿]	三		[十三元]	六
[纬]	[五尾]	三		[十三问]	六
	[五未]	三	*[薀]	[十三元]	六
wèi				[十二吻]	六
位	[四寘]	三		[十三问]	六
喂	[四寘]	三	*[蕴]	[十三元]	六
畏	[五未]	三		[十二吻]	六
胃	[五未]	三		[十三问]	六
谓	[五未]	三	**wén**		
猬	[五未]	三	文	[十二文]	六
渭	[五未]	三	蚊	[十二文]	六
未	[五未]	三	雯	[十二文]	六
味	[五未]	三	*纹	[十二文]	六
魏	[五未]	三	[闻]	[十二文]	六
				[十三问]	六

wěn

吻	[十二吻]	六
刎	[十二吻]	六
紊	[十三问]	六
稳	[十三阮]	六
[扽]	[十二吻]	六
	[十三问]	六

wèn

问	[十三问]	六
璺	[十三问]	六
汶	[十三问]	六
*纹	[十二文]	六
[搵]	[十二吻]	六
	[十四愿]	六

wēng

| 翁 | [一东] | 一 |
| 嗡 | [一东] | 一 |

wěng

| 蓊 | [一董] | 一 |
| 滃 | [一董] | 一 |

wèng

| 瓮 | [一送] | 一 |

wō

喔	[三觉]	十四
踒	[五歌]	九
窝	[五歌]	九
*涡	[五歌]	九
*挝	[六麻]	十
*[倭]	[四支]	三
	[五歌]	九
[蜗]	[九佳]	十
	[六麻]	十

wǒ

| 我 | [二十哿] | 九 |

wò

沃	[二沃]	十三
偓	[三觉]	十四
握	[三觉]	十四
幄	[三觉]	十四
渥	[三觉]	十四
龌	[三觉]	十四
斡	[七曷]	十六
卧	[二十一箇]	九
*[涴]	[十三阮]	七
	[十四愿]	七
	[二十一箇]	九
*[硪]	[五歌]	九
	[二十哿]	九

wū

洿	[七虞]	四
巫	[七虞]	四
诬	[七虞]	四
乌	[七虞]	四
呜	[七虞]	四
屋	[一屋]	十三
*[污]	[七虞]	四
	[六麻]	十
	[七遇]	四

音节检字表　405

*[於]	[六鱼]	四	*[庑]	[七虞]	四
	[七虞]	四		[七麌]	四
*[恶]	[七虞]	四	[迕]	[七麌]	四
	[七遇]	四		[七遇]	四
	[十药]	十四	wù		
wú			坞	[七麌]	四
吴	[七虞]	四	务	[七遇]	四
蜈	[七虞]	四	雾	[七遇]	四
芜	[七虞]	四	悟	[七遇]	四
吾	[七虞]	四	晤	[七遇]	四
梧	[七虞]	四	寤	[七遇]	四
鼯	[七虞]	四	婺	[七遇]	四
毋	[七虞]	四	鹜	[七遇]	四
*无	[七虞]	四	误	[七遇]	四
*[庑]	[七虞]	四	戊	[二十六宥]	十二
	[七麌]	四	鋈	[二沃]	十三
wǔ			勿	[五物]	十六
妩	[七麌]	四	芴	[五物]	十六
怃	[七麌]	四	物	[五物]	十六
午	[七麌]	四	兀	[六月]	十六
仵	[七麌]	四	杌	[六月]	十六
忤	[七遇]	四	扤	[六月]	十六
五	[七麌]	四	阢	[六月]	十六
伍	[七麌]	四	*[恶]	[七虞]	四
武	[七麌]	四		[七遇]	四
鹉	[七麌]	四		[十药]	十四
舞	[七麌]	四	[鹜]	[七遇]	四
侮	[七麌]	四		[一屋]	十三
捂	[七遇]	四			

X

xī			汐	[十一陌]	十五	
嘻	[四支]	三	夕	[十一陌]	十五	
嬉	[四支]	三	锡	[十二锡]	十五	
僖	[四支]	三	析	[十二锡]	十五	
熹	[四支]	三	淅	[十二锡]	十五	
熙	[四支]	三	晰	[十二锡]	十五	
羲	[四支]	三	蜥	[十二锡]	十五	
曦	[四支]	三	皙	[十二锡]	十五	
牺	[四支]	三	息	[十三职]	十五	
巇	[四支]	三	熄	[十三职]	十五	
希	[五微]	三	吸	[十四缉]	十五	
唏	[五尾]	三	翕	[十四缉]	十五	
晞	[五微]	三	*娭	[四支]	三	
稀	[五微]	三	*蹊	[八齐]	三	
奚	[八齐]	三	*栖	[八齐]	三	
傒	[八齐]	三	*[裼]	[八霁]	三	
溪	[八齐]	三		[十二锡]	十五	
鼷	[八齐]	三	*[腊]	[十一陌]	十五	
西	[八齐]	三		[十五合]	十七	
栖	[八齐]	二	*[淅]	[四支]	三	
醯	[八齐]	三		[八齐]	三	
犀	[八齐]	三		[四寘]	三	
兮	[八齐]	三	*[哇]	[四寘]	三	
悉	[四质]	十五		[四质]	十五	
蟋	[四质]	十五		[九屑]	十六	
膝	[四质]	十五	*[歙]	[十四缉]	十五	
惜	[十一陌]	十五		[十六叶]	十六	
夕	[十一陌]	十五	[欷]	[五微]	三	
				[五未]	三	
			[豨]	[五微]	三	

	[五尾]	三	[屣]	[四纸]	三
[寫]	[八齐]	三		[四纸]	三
	[四纸]	三		[四寘]	三
[蠵]	[四支]	三	xì		
	[八齐]	三	屃	[四寘]	三
[徯]	[八齐]	三	饩	[五未]	三
	[八霁]	三	盻	[八霁]	三
[舄]	[十药]	十四	细	[八霁]	三
	[十一陌]	十五	禊	[八霁]	三
xí			舄	[十一陌]	十五
席	[十一陌]	十五	潟	[十一陌]	十五
檄	[十二锡]	十五	隙	[十一陌]	十五
习	[十四缉]	十五	绤	[十一陌]	十五
袭	[十四缉]	十五	郄	[十一陌]	十五
隰	[十四缉]	十五	阋	[十二锡]	十五
霫	[十四缉]	十五	舃	[十二锡]	十五
*褶	[十四缉]	十五	*系	[八霁]	三
xǐ			*[戏]	[四支]	三
禧	[四支]	三		[四寘]	三
喜	[四纸]	三	*[咥]	[四寘]	三
蟢	[四纸]	三		[四质]	十五
徙	[四纸]	三		[九屑]	十六
玺	[四纸]	三	xiā		
枲	[四纸]	三	虾	[六麻]	十
葸	[四纸]	三	瞎	[八黠]	十六
*铣	[十六铣]	七	*呷	[十七洽]	十七
*[洗]	[八荠]	三	xiá		
	[十六铣]	七	瑕	[六麻]	十
[葰]	[四支]	三	遐	[六麻]	十

遐	[六麻]	十	暹	[十四盐]	七
霞	[六麻]	十	*[纤]	[一先]	七
暇	[二十二祃]	十		[十四盐]	七
黠	[八黠]十六		*[鲜]	[一先]	七
辖	[八黠]十六			[十六铣]	七
侠	[十六叶]	十六	*[掺]	[十五咸]	七
狭	[十七洽]	十七		[二十九豏]	七
峡	[十七洽]	十七	[锨]	[十四盐]	七
硖	[十七洽]	十七		[十五咸]	七
祫	[十七洽]	十七	[先]	[一先]	七
狎	[十七洽]	十七		[十七霰]	七
柙	[十七洽]	十七	xián		
匣	[十七洽]	十七	闲	[十五删]	七
*斜	[六麻]	十	娴	[十五删]	七
xià			鹇	[十五删]	七
罅	[二十二祃]	十	痫	[十五删]	七
*厦	[二十一马]	十	弦	[一先]	七
*[吓]	[二十二祃]	十	眩	[一先]	七
	[十一陌]	十五	舷	[一先]	七
[夏]	[二十一马]	十	贤	[一先]	七
	[二十二祃]	十	涎	[　先]	七
[下]	[二十一马]	十	嫌	[十四盐]	七
	[二十二祃]	十	咸	[十五咸]	七
xiān			衔	[十五咸]	七
掀	[十三元]	七	xiǎn		
跹	[一先]	七	㺍	[十三阮]	七
仙	[一先]	七	藓	[十六铣]	七
籼	[一先]	七	跣	[十六铣]	七
忺	[十四盐]	七	筅	[十六铣]	七

狝	[十六铣]	七
显	[十六铣]	七
燹	[十六铣]	七
险	[二十八俭]	七
*铣	[十六铣]	七
*[鲜]	[一先]	七
	[十六铣]	七
*[洗]	[八荠]	三
	[十六铣]	七
[蚬]	[十六铣]	七
	[十七霰]	七
[狝]	[二十八俭]	七
	[二十九艳]	七

xiàn
限	[十五潸]	七
嫌	[二十九豏]	七
宪	[十四愿]	七
霰	[十七霰]	七
缐	[十七霰]	七
线	[十七霰]	七
县	[十七霰]	七
羡	[十七霰]	七
陷	[三十陷]	七
岘	[十六铣]	七
苋	[十六谏]	七
现	[十七霰]	七
*见	[十七霰]	七
*[献]	[五歌]	九
	[十四愿]	七

xiāng
乡	[七阳]	二
芗	[七阳]	二
香	[七阳]	二
襄	[七阳]	二
骧	[七阳]	二
镶	[七阳]	二
箱	[七阳]	二
湘	[七阳]	二
缃	[七阳]	二
厢	[七阳]	二
*[相]	[七阳]	二
	[二十三漾]	二

xiáng
详	[七阳]	二
祥	[七阳]	二
翔	[七阳]	二
庠	[七阳]	二
*[降]	[三江]	二
	[三绛]	二

xiǎng
响	[二十二养]	二
饷	[二十三漾]	二
想	[二十二养]	二
享	[二十二养]	二
鲞	[二十二养]	二
飨	[二十二养]	二

xiàng
项	[三讲]	二

鉎	[三讲]	二	*削	[十药]	十六
象	[二十二养]	二	*[蛸]	[二萧]	八
像	[二十二养]	二		[三肴]	八
橡	[二十二养]	二	*[嚣]	[二萧]	八
向	[二十三漾]	二		[四豪]	八
*巷	[三绛]	二	*[肖]	[二萧]	八
*[相]	[七阳]	二		[十八啸]	八
	[二十三漾]	二	xiáo		
xiāo			崤	[三肴]	八
萧	[二萧]	八	淆	[三肴]	八
箫	[二萧]	八	洨	[三肴]	八
潇	[二萧]	八	*[姣]	[三肴]	八
蟏	[二萧]	八		[十八巧]	八
枭	[二萧]	八	xiǎo		
哓	[二萧]	八	筿	[十七篠]	八
骁	[二萧]	八	小	[十七篠]	八
宵	[二萧]	八	晓	[十七篠]	八
霄	[二萧]	八	xiào		
绡	[二萧]	八	笑	[十八啸]	八
消	[二萧]	八	啸	[十八啸]	八
硝	[一萧]	八	孝	[十九效]	八
销	[一萧]	八	哮	[三肴]	八
逍	[二萧]	八	效	[十九效]	八
魈	[二萧]	八	*校	[十九效]	八
枵	[二萧]	八	*[肖]	[二萧]	八
鸮	[二萧]	八		[十八啸]	八
翛	[二萧]	八	xiē		
虓	[三肴]	八	蝎	[六月]	十六
猇	[三肴]	八	歇	[六月]	十六

音节检字表 411

楔		[九屑]	十六	廨	[十卦]	五
*[些]		[六麻]	十	械	[十卦]	五
		[二十一箇]	九	薤	[十卦]	五

xié

				谢	[二十二祃]	十
携		[八齐]	三	榭	[二十二祃]	十
鞋		[九佳]	五	卸	[二十二祃]	十
偕		[九佳]	五	屑	[九屑]	十六
谐		[九佳]	五	亵	[九屑]	十六
勰		[十六叶]	十六	绁	[九屑]	十六
协		[十六叶]	十六	喋	[九屑]	十六
胁		[十七洽]	十七	渫	[九屑]	十六
撷		[九屑]	十六	屟	[十六叶]	十六
缬		[九屑]	十六	燮	[十六叶]	十六
*斜		[六麻]	十	躞	[十六叶]	十六
*邪		[六麻]	十	*[契]	[八霁]	三
*絜		[九屑]	十六		[九屑]	十六
*叶		[十六叶]	十六	*[解]	[九蟹]	五
*挟		[十六叶]	十六		[十卦]	五
*[颉]		[八黠]	十六	*[泄]	[八霁]	三
		[九屑]	十六		[九屑]	十六

xiě

写		[二十一马]	十	*[猲]	[六月]	十六
					[七曷]	十六

xiè

				[澥]	[十卦]	五
灺		[二十一马]	十		[十一队]	三
蟹		[九蟹]	五	[泻]	[二十一马]	十
獬		[九蟹]	五		[二十二祃]	十
懈		[九蟹]	五	xīn		
檞		[十卦]	五	辛	[十一真]	六
邂		[十卦]	五	新	[十一真]	六

薪	[十一真]	六	铏	[九青]	十一
昕	[十二文]	六	型	[九青]	十一
欣	[十二文]	六	荥	[九青]	十一
馨	[九青]	十一	*[行]	[七阳]	二
心	[十二侵]	六		[八庚]	十一
*莘	[十一真]	六		[二十三漾]	二
xín				[二十四敬]	十一
*寻	[十二侵]	六	xǐng		
*[鐔]	[十二侵]	六	*省	[二十三梗]	十一
	[十三覃]	七	[醒]	[九青]	十一
xìn				[二十四迥]	十一
信	[十二震]	六		[二十五径]	十一
衅	[十二震]	六	xìng		
焮	[十三问]	六	幸	[二十三梗]	十一
xīng			倖	[二十三梗]	十一
星	[九青]	十一	悻	[二十三梗]	十一
惺	[九青]	十一	婞	[二十四迥]	十一
腥	[九青]	十一	杏	[二十三梗]	十一
*[兴]	[十蒸]	十一	荇	[二十三梗]	十一
	[二十五径]	十一	性	[二十四敬]	十一
[猩]	[八庚]	十一	姓	[二十四敬]	十一
	[九青]	十一	*[兴]	[十蒸]	十一
xíng				[二十五径]	十一
饧	[八庚]	十一	xiōng		
陉	[九青]	十一	芎	[一东]	一
形	[九青]	十一	凶	[二冬]	一
邢	[九青]	十一	讻	[二冬]	一
刑	[九青]	十一	匈	[二冬]	一
侀	[九青]	十一	胸	[二冬]	一

音节检字表 413

兄	[八庚]	十一
[洶]	[二冬]	一
	[二肿]	一
xióng		
雄	[一东]	一
熊	[一东]	一
xiòng		
敻	[二十四敬]	十一
[诇]	[二十四迥]	十一
	[二十四敬]	十一
xiū		
修	[十一尤]	十二
脩	[十一尤]	十二
休	[十一尤]	十二
髹	[十一尤]	十二
貅	[十一尤]	十二
鸺	[十一尤]	十二
庥	[十一尤]	十二
羞	[十一尤]	十二
*[咻]	[十一尤]	十二
	[七虞]	四
xiǔ		
朽	[二十五有]	十二
滫	[二十五有]	十二
*[宿]	[二十六宥]	十二
	[一屋]	十三
xiù		
秀	[二十六宥]	十二
绣	[二十六宥]	十二
锈	[二十六宥]	十二
岫	[二十六宥]	十二
袖	[二十六宥]	十二
嗅	[二十六宥]	十二
*臭	[二十六宥]	十二
*[宿]	[二十六宥]	十二
	[一屋]	十三
xū		
胥	[六鱼]	四
虚	[六鱼]	四
墟	[六鱼]	四
歔	[六鱼]	四
欻	[五物]	十六
吁	[七虞]	四
需	[七虞]	四
须	[七虞]	四
媭	[七虞]	四
顼	[二沃]	十三
戌	[四质]	十五
*盱	[七虞]	四
*[欧]	[七虞]	四
	[十一尤]	十二
	[二十五有]	十二
*[砉]	[十一陌]	十五
	[十二锡]	十五
[噓]	[六鱼]	四
	[六御]	四
xú		
徐	[六鱼]	四

xǔ				*[畜]	[二十六宥]	十二
许	[六语]	四			[一屋]	十三
醑	[六语]	四	[煦]	[七麌]	四
诩	[七麌]	四		[七遇]	四
栩	[七麌]	四	xuān		
*浒	[七麌]	四	昍	[十三元]	七
*[咻]	[十一尤]	十二	喧	[十三元]	七
	[七麌]	四	喧	[十三元]	七
*[湑]	[六鱼]	四	萱	[十三元]	七
	[六语]	四	宣	[一先]	七
[糈]	[六鱼]	四	揎	[一先]	七
	[六语]	四	瑄	[一先]	七
xù			轩	[十三元]	七
序	[六语]	四	谖	[十三元]	七
绪	[六语]	四	儇	[一先]	七
叙	[六语]	四	翾	[一先]	七
溆	[六语]	四	*烜	[十三阮]	七
絮	[六御]	四	*[蝖]	[一先]	七
酗	[七遇]	四		[十六铣]	七
婿	[八霁]	三	xuán		
蓄	[一屋]	十二	玄	[先]	七
蓿	[一屋]	十三	璇	[一先]	七
续	[二沃]	十三	悬	[一先]	七
旭	[二沃]	十三	*[旋]	[一先]	七
勗	[二沃]	十三		[十七霰]	七
恤	[四质]	十五	[漩]	[一先]	七
洫	[十三职]	十五		[十七霰]	七
*[湑]	[六鱼]	四	xuǎn		
	[六语]	四	癣	[十六铣]	七

*烜	[十三阮]	七		薰	[十二文]	六
[选]	[十六铣]	七		曛	[十二文]	六
	[十七霰]	七		獯	[十二文]	六
xuàn				醺	[十二文]	六
泫	[十六铣]	七		埙	[十三元]	七
铉	[十六铣]	七		xún		
炫	[十七霰]	七		旬	[十一真]	六
眩	[十七霰]	七		荀	[十一真]	六
绚	[十七霰]	七		询	[十一真]	六
楦	[十四愿]	七		恂	[十一真]	六
*[旋]	[一先]	七		峋	[十一真]	六
	[十七霰]	七		洵	[十一真]	六
xuē				珣	[十一真]	六
靴	[五歌]	九		郇	[十一真]	六
薛	[九屑]	十六		巡	[十一真]	六
*削	[十药]	十四		循	[十一真]	六
xué				浔	[十二侵]	六
学	[三觉]	十四		鲟	[十二侵]	六
峃	[三觉]	十四		*驯	[十一真]	六
穴	[九屑]	十六		*寻	[十二侵]	六
*噱	[十药]	十四		xùn		
xuě				蕈	[二十六寝]	六
雪	[九屑]	十六		讯	[十二震]	六
xuè				汛	[十二震]	六
谑	[十药]	十四		迅	[十二震]	六
血	[九屑]	十六		逊	[十四愿]	六
xūn				徇	[十二震]	六
勋	[十二文]	六		殉	[十二震]	六
熏	[十二文]	六		巽	[十四愿]	六

嘽	[十四愿]	六		[六麻]	十
训	[十三问]	六	yǎ		
*驯	[十一真]	六	雅	[二十一马]	十
*浚	[十二震]	六	*[哑]	[六麻]	十
				[二十一马]	十
Y				[十一陌]	十五
yā			yà		
呀	[六麻]	十	亚	[二十二祃]	十
鸦	[六麻]	十	娅	[二十二祃]	十
桠	[六麻]	十	讶	[二十二祃]	十
丫	[六麻]	十	砑	[二十二祃]	十
押	[十七洽]	十七	迓	[二十二祃]	十
鸭	[十七洽]	十七	揠	[八黠]	十六
*压	[十七洽]	十七	猰	[八黠]	十六
*[哑]	[六麻]	十	*轧	[八黠]	十六
	[二十一马]	十	*压	[十七洽]	十七
	[十一陌]	十五	yān		
yá			焉	[一先]	七
睚	[九佳]	十	嫣	[一先]	七
崖	[九佳]	十	胭	[一先]	七
牙	[六麻]	十	阉	[十四盐]	七
芽	[六麻]	十	恹	[十四盐]	七
琊	[六麻]	十	淹	[十四盐]	七
*[衙]	[六鱼]	四	*腌	[十四盐]	七
	[六麻]	十	*烟	[一先]	七
	[六语]	四	*[湮]	[十一真]	六
[涯]	[四支]	三		[一先]	七
	[九佳]	五	*[殷]	[十二文]	六
	[九佳]	十		[十五删]	七

	[十二吻]	六	*[阽]	[二十九艳]	七
*[咽]	[一先]	七		[十四盐]	七
	[十七霰]	七		[二十九艳]	七
	[九屑]	十六	[严]	[十四盐]	七
*[燕]	[一先]	七		[十五咸]	七
	[十七霰]	七	yǎn		
*[阏]	[一先]	七	偃	[十三阮]	七
	[六月]	十六	蝘	[十三阮]	七
	[七曷]	十六	鰋	[十三阮]	七
[鄢]	[一先]	七	郾	[十三阮]	七
	[十三阮]	七	眼	[十五潸]	七
[崦]	[十四盐]	七	演	[十六铣]	七
	[二十八俭]	七	兖	[十六铣]	七
yán			撎	[二十七感]	七
言	[十三元]	七	奄	[二十八俭]	七
颜	[十五删]	七	掩	[二十八俭]	七
妍	[一先]	七	罨	[二十八俭]	七
延	[一先]	七	琰	[二十八俭]	七
筵	[一先]	七	俨	[二十八俭]	七
蜒	[一先]	七	魇	[二十八俭]	七
檐	[十四盐]	七	*晻	[二十七感]	七
炎	[十四盐]	七		[二十八俭]	七
阎	[十四盐]	七	*剡	[二十八俭]	七
岩	[十五咸]	七	[甗]	[十三元]	七
*芫	[十三元]	七		[十六铣]	七
*沿	[一先]	七		[十七霰]	七
*铅	[一先]	七	[巘]	[十三阮]	七
*[研]	[一先]	七		[十六铣]	七
	[十七霰]	七	[衍]	[十六铣]	七
*[盐]	[十四盐]	七		[十七霰]	七

音节检字表 419

[弇]	[十三覃]	七			[九屑]	十六
	[二十八俭]	七	[堰]	[十三阮]	七
[魇]	[二十八俭]	七		[十四愿]	七
	[十六叶]	十六		[十七霰]	七
yàn			[谳]	[十六铣]	七
喭	[十五翰]	七		[十七霰]	七
彦	[十七霰]	七		[九屑]	十六
谚	[十七霰]	七	[宴]	[十六铣]	七
嬿	[十七霰]	七		[十七霰]	七
雁	[十六谏]	七	[晏]	[十五翰]	七
赝	[十六谏]	七		[十六谏]	七
砚	[十七霰]	七	[焰]	[二十八俭]	七
唁	[十七霰]	七		[二十九艳]	七
艳	[二十九艳]	七	[燄]	[二十九艳]	七
滟	[二十九艳]	七		[十二锡]	十五
验	[二十九艳]	七	yāng		
酽	[二十九艳]	七	央	[七阳]	二
厌	[二十九艳]	七	殃	[七阳]	二
餍	[二十九艳]	七	秧	[七阳]	二
*沿	[一先]	七	鸯	[七阳]	二
*[盐]	[十四盐]	七	鞅	[二十二养]	二
	[二十九艳]	七	*[泱]	[七阳]	二
*[燕]	[一先]	七		[二十二养]	二
	[十七霰]	七	yáng		
*[研]	[一先]	七	阳	[七阳]	二
	[十七霰]	七	扬	[七阳]	二
*[趼]	[十六铣]	七	杨	[七阳]	二
	[十七霰]	七	旸	[七阳]	二
*[咽]	[一先]	七	钖	[七阳]	二
	[十七霰]	七	疡	[七阳]	二

羊	[七阳]	二	妖	[二萧]	八
佯	[七阳]	二	*[要]	[二萧]	八
徉	[七阳]	二		[十八啸]	八
洋	[七阳]	二	*[约]	[十八啸]	八
*[炀]	[七阳]	二		[十药]	十四
	[二十三漾]	二	[夭]	[二萧]	八
[飏]	[七阳]	二		[十七筱]	八
	[二十三漾]	二		[十九皓]	八
yǎng			yáo		
痒	[二十二养]	二	轺	[二萧]	八
*[泱]	[七阳]	二	尧	[二萧]	八
	[二十二养]	二	峣	[二萧]	八
[养]	[二十二养]	二	姚	[二萧]	八
	[二十三漾]	二	珧	[二萧]	八
[仰]	[二十二养]	二	谣	[二萧]	八
	[二十三漾]	二	徭	[二萧]	八
yàng			瑶	[二萧]	八
漾	[二十三漾]	二	猺	[二萧]	八
样	[二十三漾]	二	鳐	[二萧]	八
恙	[二十三漾]	二	飖	[二萧]	八
*[炀]	[七阳]	二	遥	[二萧]	八
	[二十三漾]	二	窑	[二萧]	八
[怏]	[二十二养]	二	肴	[三肴]	八
	[二十三漾]	二	爻	[三肴]	八
yāo			*[侥]	[三萧]	八
邀	[二萧]	八		[十七筱]	八
喓	[二萧]	八	*[铫]	[二萧]	八
腰	[二萧]	八		[十八啸]	八
幺	[二萧]	八	*[鹞]	[二萧]	八
				[十八啸]	八

*［繇］	［二萧］	八		［十药］	十四
	［十一尤］	十二	yē		
	［二十六宥］	十二	噎	［九屑］	十六
*［陶］	［二萧］	八	椰	［六麻］	十
	［四豪］	八	*耶	［六麻］	十
*［洮］	［二萧］	八	*掖	［十一陌］	十五
	［四豪］	八	yé		
［摇］	［二萧］	八	爷	［六麻］	十
	［十八啸］	八	揶	［六麻］	十
yǎo			*邪	［六麻］	十
窅	［十七筱］	八	*耶	［六麻］	十
窈	［十七筱］	八	*斜	［六麻］	十
杳	［十七筱］	八	yě		
舀	［十七筱］	八	野	［二十一马］	十
*［咬］	［三肴］	八	冶	［二十一马］	十
	［十八巧］	八	也	［二十一马］	十
yào			yè		
曜	［十八啸］	八	曳	［八霁］	三
耀	［十八啸］	八	谒	［六月］	十六
袎	［十九效］	八	夜	［二十二祃］	十
靿	［十九效］	八	液	［十一陌］	十五
*钥	［十药］	十四	腋	［十一陌］	十五
*［鹞］	［二萧］	八	晔	［十六叶］	十六
	［十八啸］	八	烨	［十六叶］	十六
*［要］	［二萧］	八	靥	［十六叶］	十六
	［十八啸］	八	馌	［十六叶］	十六
*［乐］	［十九效］	八	业	［十七洽］	十七
	［三觉］	十四	邺	［十七洽］	十七
	［十药］	十四	页	［十六叶］	十六
［药］	［三觉］	十四			

*拽	[九屑]	十六	移	[四支]	三
*掖	[十一陌]	十五	簃	[四支]	三
*叶	[十六叶]	十六	颐	[四支]	三
*[咽]	[一先]	七	宧	[四支]	三
	[十七霰]	七	怡	[四支]	三
	[九屑]	十六	饴	[四支]	三
*[喝]	[十卦]	五	夷	[四支]	三
	[七曷]	十六	姨	[四支]	三
	[十五合]	十七	痍	[四支]	三
	[十七洽]	十七	宜	[四支]	三

yī

黟	[四支]	三	仪	[四支]	三
猗	[四支]	三	疑	[四支]	三
漪	[四支]	三	彝	[四支]	三
伊	[四支]	三	圯	[四支]	三
咿	[四支]	三	贻	[四支]	三
依	[五微]	三	沂	[五微]	三
一	[四质]	十五	*羡	[八齐]	三
壹	[四质]	十五	*[遗]	[四支]	三
揖	[十四缉]	十五		[四寘]	三
*欹	[四支]	三	*[迤]	[四支]	三
*[椅]	[四支]	三		[四纸]	三
	[四纸]	三	*[台]	[四支]	三
*[噫]	[四支]	三		[十灰]	三
	[十卦]	五	*[眙]	[四支]	三
*[衣]	[五微]	三		[四寘]	三
	[五未]	三	*[诒]	[十贿]	三
*[医]	[四支]	三		[四寘]	三
	[八霁]	三	*[蛇]	[四支]	三
				[六麻]	十

yí

			*[嶷]	[四支]	三

	[十三职]	十五	劓	[四寘]	三
[迤]	[四支]	三	益	[十一陌]	十五
	[四纸]	三	縊	[四寘]	三
yǐ			溢	[四质]	十五
倚	[四纸]	三	镒	[四质]	十五
旖	[四纸]	三	鹢	[十二锡]	十五
已	[四纸]	三	鹝	[十二锡]	十五
以	[四纸]	三	肄	[四寘]	三
苡	[四纸]	三	勩	[四寘]	三
矣	[四纸]	三	毅	[五未]	三
舣	[四纸]	三	艺	[八霁]	三
扆	[五尾]	三	呓	[八霁]	三
乙	[四质]	十五	翳	[八霁]	三
*尾	[五尾]	三	诣	[八霁]	三
*[椅]	[四支]	三	瘗	[八霁]	三
	[四纸]	三	乂	[十一队]	三
*[踦]	[四支]	三	刈	[十一队]	三
	[四纸]	三	佚	[四质]	十五
*[迤]	[四支]	三	泆	[四质]	十五
	[四纸]	三	逸	[四质]	十五
[蚁]	[四纸]	二	佾	[四质]	十五
	[五尾]	三	屹	[五物]	十六
yì			亦	[十一陌]	十五
裔	[八霁]	三	奕	[十一陌]	十五
懿	[四寘]	三	弈	[十一陌]	十五
异	[四寘]	三	役	[十一陌]	十五
谊	[四寘]	三	疫	[十一陌]	十五
义	[四寘]	三	译	[十一陌]	十五
议	[四寘]	三	驿	[十一陌]	十五

绎	[十一陌]	十五	*[泄]	[八霁]	三	
怿	[十一陌]	十五		[九屑]	十六	
峄	[十一陌]	十五	*[嗌]	[十卦]	五	
埸	[十一陌]	十五		[十一陌]	十五	
蜴	[十一陌]	十五	[轶]	[四质]	十五	
弋	[十三职]	十五		[九屑]	十六	
亿	[十三职]	十五	[易]	[四寘]	三	
忆	[十三职]	十五		[十一陌]	十五	
意	[四寘]	三	[薏]	[四寘]	三	
臆	[十三职]	十五		[十三职]	十五	
翊	[十三职]	十五	[唈]	[十四缉]	十五	
翌	[十三职]	十五		[十五合]	十七	
翼	[十三职]	十五	yīn			
抑	[十三职]	十五	因	[十一真]	六	
邑	[十四缉]	十五	茵	[十一真]	六	
挹	[十四缉]	十五	姻	[十一真]	六	
浥	[十四缉]	十五	骃	[十一真]	六	
悒	[十四缉]	十五	洇	[十一真]	六	
熠	[十四缉]	十五	裀	[十一真]	六	
*艾	[九泰]	五	氤	[十一真]	六	
*仡	[五物]	十六	堙	[十一真]	六	
*[衣]	[五微]	三	禋	[十一真]	六	
	[五未]	三	音	[十二侵]	六	
*[施]	[四支]	三	愔	[十二侵]	六	
	[四寘]	三	阴	[十二侵]	六	
*[医]	[四支]	三	*烟	[一先]	七	
	[八霁]	三	*[殷]	[十二文]	六	
*[食]	[四寘]	三		[十五删]	七	
	[十三职]	十五		[十二吻]	六	
			*[暗]	[十二侵]	六	

音节检字表 425

			蚓	[十一轸]	六
	[二十七沁]	六			
*[荫]	[十二侵]	六	*[殷]	[十二文]	六
	[二十七沁]	六		[十五删]	七
*[洇]	[十一真]	六		[十二吻]	六
	[一先]	七	*[听]	[十二文]	六
[歅]	[十一真]	六		[九青]	十一
	[一先]	七		[十二吻]	六
yín				[二十五径]	十一
夤	[十一真]	六	*[饮]	[二十六寝]	六
银	[十一真]	六		[二十七沁]	六
淫	[十二侵]	六	*[隐]	[十二吻]	六
霪	[十二侵]	六		[十三问]	六
*圻	[五微]	三	[引]	[十一轸]	六
*[龈]	[十二文]	六		[十二震]	六
	[十三阮]	六	yìn		
*[吟]	[十二侵]	六	印	[十二震]	六
	[二十七沁]	六	胤	[十二震]	六
[寅]	[四支]	三	憗	[十二震]	六
	[十一真]	六	窨	[二十七沁]	六
[垠]	[十一真]	六	*[喑]	[十二侵]	六
	[十二文]	六		[二十七沁]	六
	[十二元]	六	*[荫]	[十二侵]	八
[狺]	[十一真]	八		[二十七沁]	六
	[十二文]	六	*[饮]	[二十六寝]	六
[鄞]	[十一真]	六		[二十七沁]	六
	[十二文]	六	*[隐]	[十二吻]	六
[蟫]	[十二侵]	六		[十三问]	六
	[十三覃]	七	yīng		
yǐn			英	[八庚]	十一
尹	[十一轸]	六	瑛	[八庚]	十一

莺	[八庚]	十一		[二十四敬]	十一
罂	[八庚]	十一	[莹]	[八庚]	十一
婴	[八庚]	十一		[二十五径]	十一
撄	[八庚]	十一	yǐng		
缨	[八庚]	十一	影	[二十三梗]	十一
嘤	[八庚]	十一	颖	[二十三梗]	十一
璎	[八庚]	十一	颍	[二十三梗]	十一
樱	[八庚]	十一	郢	[二十三梗]	十一
鹦	[八庚]	十一	瘿	[二十三梗]	十一
鹰	[十蒸]	十一	yìng		
膺	[十蒸]	十一	硬	[二十四敬]	十一
*[应]	[十蒸]	十一	映	[二十四敬]	十一
	[二十五径]	十一	媵	[二十五径]	十一
yíng			*滢	[二十五径]	十一
茔	[八庚]	十一	*[迎]	[八庚]	十一
萦	[八庚]	十一		[二十四敬]	十一
潆	[八庚]	十一	*[应]	[十蒸]	十一
营	[八庚]	十一		[二十五径]	十一
荧	[九青]	十一	yōng		
萤	[九青]	十一	庸	[二十冬]	一
盈	[八庚]	十一	慵	[二十冬]	一
楹	[八庚]	十一	墉	[二十冬]	一
赢	[八庚]	十一	镛	[二十冬]	一
嬴	[八庚]	十一	鳙	[二十冬]	一
瀛	[八庚]	十一	痈	[二十冬]	一
籯	[八庚]	十一	噰	[二十冬]	一
蝇	[十蒸]	十一	饔	[二十冬]	一
*滢	[二十五径]	十一	邕	[二十冬]	一
*[迎]	[八庚]	十一	拥	[二肿]	一

*佣	[二冬]	一
[雍]	[二冬]	一
	[二宋]	一
[壅]	[二冬]	一
	[二肿]	一
yóng		
*[喁]	[二冬]	一
	[七虞]	四
yǒng		
甬	[二肿]	一
俑	[二肿]	一
涌	[二肿]	一
蛹	[二肿]	一
踊	[二肿]	一
勇	[二肿]	一
恿	[二肿]	一
永	[二十三梗]	十一
泳	[二十四敬]	十一
咏	[二十四敬]	十一
yòng		
用	[一宋]	一
*佣	[二冬]	一
you		
优	[十一尤]	十二
忧	[十一尤]	十二
攸	[十一尤]	十二
悠	[十一尤]	十二
耰	[十一尤]	十二
鄾	[十一尤]	十二
幽	[十一尤]	十二
呦	[十一尤]	十二
麀	[十一尤]	十二
yóu		
尤	[十一尤]	十二
疣	[十一尤]	十二
莸	[十一尤]	十二
由	[十一尤]	十二
油	[十一尤]	十二
蚰	[十一尤]	十二
鲉	[十一尤]	十二
邮	[十一尤]	十二
游	[十一尤]	十二
蝣	[十一尤]	十二
猷	[十一尤]	十二
*[揄]	[七虞]	四
	[十一尤]	十二
*[繇]	[二萧]	八
	[十一尤]	十二
	[二十六宥]	十二
*[柚]	[丨一尤]	十二
	[二十六宥]	十二
	[一屋]	十三
[犹]	[十一尤]	十二
	[二十六宥]	十二
yǒu		
酉	[二十五有]	十二
莠	[二十五有]	十二
友	[二十五有]	十二

音节检字表 427

牖	[二十五有]	十二	[淤]		[六鱼]	四
黝	[二十五有]	十二			[六御]	四
*[有]	[二十五有]	十二	yú			
	[二十六宥]	十二	鱼		[六鱼]	四
[卣]	[十一尤]	十二	渔		[六鱼]	四
	[二十五有]	十二	妤		[六鱼]	四
yòu			余		[六鱼]	四
宥	[二十六宥]	十二	馀		[六鱼]	四
侑	[二十六宥]	十二	狳		[六鱼]	四
诱	[二十五有]	十二	舆		[六鱼]	四
佑	[二十六宥]	十二	虞		[七虞]	四
狖	[二十六宥]	十二	娱		[七虞]	四
鼬	[二十六宥]	十二	禺		[七虞]	四
幼	[二十六宥]	十二	愚		[七虞]	四
又	[二十六宥]	十二	隅		[七虞]	四
*[有]	[二十五有]	十二	嵎		[七虞]	四
	[二十六宥]	十二	髃		[七虞]	四
*[柚]	[十一尤]	十二	于		[七虞]	四
	[二十六宥]	十二	竽		[七虞]	四
	[一屋]	十三	邘		[七虞]	四
[囿]	[二十六宥]	十二	盂		[七虞]	四
	[一屋]	十三	窳		[七虞]	四
[右]	[二十五有]	十二	渝		[七虞]	四
	[二十六宥]	十二	愉		[七虞]	四
yū			瑜		[七虞]	四
瘀	[六御]	四	榆		[七虞]	四
纡	[七虞]	四	觎		[七虞]	四
迂	[七虞]	四	歈		[七虞]	四
*[於]	[六鱼]	四	逾		[七虞]	四
	[七虞]	四				

臾	[七虞]	四	圄	[六语]	四
萸	[七虞]	四	圉	[六语]	四
谀	[七虞]	四	屿	[六语]	四
腴	[七虞]	四	羽	[七麌]	四
雩	[七虞]	四	禹	[七麌]	四
*[喁]	[二冬]	一	瑀	[七麌]	四
	[七虞]	四	庾	[七麌]	四
*[於]	[六鱼]	四	窳	[七麌]	四
	[七虞]	四	伛	[七麌]	四
*[予]	[六鱼]	四	宇	[七麌]	四
	[六语]	四	*[语]	[六语]	四
*[与]	[六鱼]	四		[六御]	四
	[六语]	四	*[予]	[六鱼]	四
	[六御]	四		[六语]	四
*[畲]	[六鱼]	四	*[与]	[六鱼]	四
	[六麻]			[六语]	四
*[欤]	[六鱼]	四		[六御]	四
	[六麻]	十	*[芋]	[七虞]	四
	[六语]	四		[七遇]	四
*[俞]	[七虞]	四	*[雨]	[七麌]	四
	[七遇]	四		[七遇]	四
*[喻]	[七虞]	四	[峿]	[六鱼]	四
	[七遇]	四		[七虞]	四
*[揄]	[七虞]	四		[六语]	四
	[十一尤]	十二	[麌]	[七虞]	四
[欤]	[六鱼]	四		[七麌]	四
	[六语]	四	yù		
	[六御]	四	谕	[七遇]	四
yǔ			薁	[一屋]	十三
敔	[六语]	四	豫	[六御]	四

预	[六御]	四	*粥	[一屋]	十三
蓣	[六御]	四	*[喻]	[七虞]	四
澦	[六御]	四		[七遇]	四
鈺	[六御]	四	*[尉]	[五未]	三
驭	[六御]	四		[五物]	十六
遇	[七遇]	四	*[蔚]	[五未]	三
寓	[七遇]	四		[五物]	十六
妪	[七遇]	四	*[隩]	[二十号]	八
裕	[七遇]	四		[一屋]	十三
浴	[二沃]	十三	*[澳]	[二十号]	八
峪	[二沃]	十三		[一屋]	十三
鹆	[二沃]	十三	*[芋]	[七虞]	四
欲	[二沃]	十三		[七遇]	四
彧	[一屋]	十三	*[与]	[六鱼]	四
毓	[一屋]	十三		[六语]	四
昱	[一屋]	十三		[六御]	四
育	[一屋]	十三	*[语]	[六语]	四
淯	[一屋]	十三		[六御]	四
玉	[二沃]	十三	*[雨]	[七虞]	四
狱	[二沃]	十三		[七遇]	四
聿	[四质]	十五	*[菀]	[十三阮]	七
潏	[四质]	十五		[五物]	十六
鹬	[四质]	十五	*[汩]	[四质]	十五
遹	[四质]	十五		[六月]	十六
域	[十三职]	十五	[誉]	[六鱼]	四
棫	[十三职]	十五		[六御]	四
蜮	[十三职]	十五	[愈]	[七虞]	四
阈	[十三职]	十五		[七虞]	四
*熨	[五物]	十六	[御]	[六语]	四
				[六御]	四

[燠]	[十九皓]	八	猿	[十三元]	七
	[二十号]	八	辕	[十三元]	七
	[一屋]	十三	爰	[十三元]	七
[郁]	[一屋]	十三	垣	[十三元]	七
	[五物]	十六	櫞	[一先]	七
[煜]	[一屋]	十三	*芫	[十三元]	七
	[十四缉]	十五	*[员]	[十二文]	六
yuān				[一先]	七
鸳	[十三元]	七		[十三问]	六
冤	[十三元]	七	*[阮]	[十三元]	七
鹓	[十三元]	七		[十三阮]	七
鸢	[一先]	七	*[媛]	[十三元]	七
渊	[一先]	七		[十四愿]	七
*[宛]	[十三元]	七		[十七霰]	七
	[十三阮]	七	*[缘]	[一先]	七
*[蜎]	[一先]	七		[十七霰]	七
	[十六铣]	七	[羱]	[十三元]	七
[眢]	[十三元]	七		[十四寒]	七
	[十四寒]	七	[湲]	[十三元]	七
yuán				[十五删]	七
元	[十二元]	七		[一先]	七
沅	[十三元]	七	[援]	[十三元]	七
园	[十三元]	七		[十七霰]	七
圆	[一先]	七	yuǎn		
鼋	[十三元]	七	*[远]	[十三阮]	七
原	[十三元]	七		[十四愿]	七
源	[十三元]	七	yuàn		
嫄	[十三元]	七	苑	[十三阮]	七
袁	[十三元]	七	愿	[十四愿]	七
			掾	[十七霰]	七

院	[十七霰]	七
*[缘]	[一先]	七
	[十七霰]	七
*[远]	[十三阮]	七
	[十四愿]	七
*[媛]	[十三元]	七
	[十四愿]	七
	[十七霰]	七
*[浣]	[十三阮]	七
	[十四愿]	七
	[二十一箇]	九
[怨]	[十三元]	七
	[十四愿]	七
[瑗]	[十四愿]	七
	[十七霰]	七

yuē

曰	[六月]	十六
*[约]	[十八啸]	八
	[十药]	十四

yuě

*[哕]	[九泰]	三
	[六月]	十六

yuè

岳	[三觉]	十四
颙	[五物]	十六
月	[六月]	十六
粤	[六月]	十六
钺	[六月]	十六
樾	[六月]	十六
阅	[九屑]	十六
悦	[九屑]	十六
龠	[十药]	十四
瀹	[十药]	十四
瀹	[十药]	十四
跃	[十药]	十四
*钥	[十药]	十四
*[说]	[八霁]	三
	[九屑]	十六
*[乐]	[十九效]	八
	[三觉]	十四
	[十药]	十四
*[越]	[六月]	十六
	[七曷]	十六
*[栎]	[十药]	十四
	[十二锡]	十五
[刖]	[六月]	十六
	[八黠]	十六

yūn

赟	[十一真]	六
氲	[十二文]	六
煴	[十二文]	六
*晕	[十三问]	六
*[缊]	[十二文]	六
	[十三元]	六
	[十三问]	六

yún

匀	[十一真]	六
昀	[十一真]	六
筠	[十一真]	六
云	[十二文]	六

芸	[十二文]	六
妘	[十二文]	六
纭	[十二文]	六
耘	[十二文]	六
涢	[十二文]	六
鄖	[十二文]	六
*[员]	[十二文]	六
	[一先]	七
	[十三问]	六

yǔn

允	[十一轸]	六
狁	[十一轸]	六
陨	[十一轸]	六
殒	[十一轸]	六

yùn

愠	[十三问]	六
韫	[十二吻]	六
恽	[十二吻]	六
郓	[十三问]	六
运	[十三问]	六
酝	[十三问]	六
韵	[十三问]	六
孕	[二十五径]	十一
*晕	[十三问]	六
*熨	[五物]	十六
*[缊]	[十二文]	六
	[十三元]	六
	[十三问]	六
*[蕰]	[十三元]	六

	[十二吻]	六
	[十三问]	六
*[蕴]	[十三元]	六
	[十二吻]	六
	[十三问]	六
*[员]	[十二文]	六
	[一先]	六
	[十三问]	六

Z

zā

匝	[十五合]	十七
*拶	[七曷]	十六
*扎	[八黠]	十六

zá

杂	[十五合]	十七

zāi

哉	[十灰]	五
灾	[十灰]	五
*[栽]	[十灰]	五
	[十一队]	五

zǎi

崽	[九佳]	五
宰	[十贿]	五
*[仔]	[四支]	三
	[四纸]	三
*[载]	[十贿]	五
	[十一队]	五

zài

再	[十一队]	五		驵	[二十二养]	二
*[栽]	[十灰]	五		zàng		
	[十一队]	五		葬	[二十三漾]	二
*[载]	[十贿]	五		*[奘]	[二十二养]	二
	[十一队]	五			[二十三漾]	二
[在]	[十贿]	五		*[脏]	[二十二养]	二
	[十一队]	五			[二十三漾]	二
zān				*[藏]	[七阳]	二
[簪]	[十二侵]	六			[二十三漾]	二
	[十三覃]	七		zāo		
zǎn				糟	[四豪]	八
趱	[十四旱]	七		遭	[四豪]	八
昝	[二十七感]	七		záo		
*拶	[七曷]	十六		*[凿]	[二十号]	八
*[攒]	[十四寒]	七			[十药]	十四
	[十五翰]	七		zǎo		
zàn				璪	[十九皓]	八
赞	[十五翰]	七		澡	[十九皓]	八
暂	[二十八勘]	七		藻	[十九皓]	八
[錾]	[二十七感]	七		早	[十九皓]	八
	[二十八勘]	七		枣	[十九皓]	八
[瓒]	[十四旱]	七		蚤	[十九皓]	八
	[十五翰]	七		*[缲]	[四豪]	八
zāng					[十九皓]	八
臧	[七阳]	二		*[缫]	[四豪]	八
赃	[七阳]	二			[十九皓]	八
*[脏]	[二十二养]	二		zào		
	[二十三漾]	二		皂	[十九皓]	八
zǎng				燥	[二十号]	八

音节检字表　435

噪	［二十号］	八	罾	［十蒸］	十一
躁	［二十号］	八	增	［十蒸］	十一
灶	［二十号］	八	憎	［十蒸］	十一
簉	［二十六宥］	十二	矰	［十蒸］	十一
［造］	［十九皓］	八	缯	［十蒸］	十一
	［二十号］	八	*曾	［十蒸］	十一

zé

迮	［十药］	十四	zèng		
舴	［十一陌］	十五	赠	［二十五径］	十一
泽	［十一陌］	十五	甑	［二十五径］	十一
责	［十一陌］	十五	*综	［二宋］	一
箦	［十一陌］	十五	zhā		
啧	［十一陌］	十五	哳	［八黠］	十六
帻	［十一陌］	十五	*查	［六麻］	十
赜	［十一陌］	十五	*渣	［六麻］	十
则	［十三职］	十五	*楂	［六麻］	十
*择	［十一陌］	十五	*扎	［八黠］	十六
*［柞］	［十药］	十四	*劄	［十七洽］	十七
	［十一陌］	十五	zhá		

zè

			闸	［十七洽］	十七
仄	［十三职］	十五	札	［八黠］	十六
昃	［十三职］	十五	*扎	［八黠］	十六

zéi

| | | | *轧 | ［八黠］ | 十六 |
| 贼 | ［十三职］ | 十五 | *劄 | ［十七洽］ | 十七 |

zěn

			*［喋］	［十六叶］	十六
				［十七洽］	十七
怎	［二十六寝］	六	zhǎ		

zèn

| | | | 眨 | ［十七洽］ | 十七 |
| 譖 | ［二十七沁］ | 六 | *［鲊］ | ［二十一马］ | 十 |

zēng

| | | | | ［二十二祃］ | 十 |

zhà
乍	[二十二祃]	十
诈	[二十二祃]	十
痄	[二十一马]	十
蚱	[十一陌]	十五
*[鲊]	[二十一马]	十
	[二十二祃]	十
*[柞]	[十药]	十四
	[十一陌]	十五
*[蜡]	[二十二祃]	十
	[十五合]	十七
*[栅]	[十六谏]	七
	[十一陌]	十五
[咤]	[六麻]	十
	[二十二祃]	十
[溠]	[六麻]	十
	[二十二祃]	十

zhāi
斋	[九佳]	五
*[摘]	[十一陌]	十五
	[十二锡]	十五

zhái
宅	[十一陌]	十五
*择	[十一陌]	十五
*[翟]	[十一陌]	十五
	[十二锡]	十五

zhǎi
| 窄 | [十一陌] | 十五 |

zhài
债	[十卦]	五
寨	[十卦]	五
砦	[十卦]	五
瘵	[十卦]	五
*[祭]	[八霁]	三
	[十卦]	五

zhān
鹯	[一先]	七
鳣	[一先]	七
邅	[一先]	七
毡	[一先]	七
旃	[一先]	七
沾	[十四盐]	七
霑	[十四盐]	七
詹	[十四盐]	七
谵	[十四盐]	七
瞻	[十四盐]	七
*[占]	[十四盐]	七
	[二十九艳]	七

zhǎn
盏	[十五潸]	七
展	[十六铣]	七
飐	[二十八俭]	七
斩	[二十九豏]	七
*[辗]	[十六铣]	七
	[十七霰]	七

zhàn
| 战 | [十七霰] | 七 |
| 站 | [三十陷] | 七 |

音节检字表 437

绽	[十六谏]	七	zhàng		
蘸	[三十陷]	七	嶂	[二十三漾]	二
*颤	[十七霰]	七	瘴	[二十三漾]	二
*[湛]	[十二侵]	六	丈	[二十二养]	二
	[十三覃]	七	帐	[二十三漾]	二
	[二十九豏]	七	胀	[二十三漾]	二
*[占]	[十四盐]	七	*[长]	[七阳]	二
	[二十九艳]	七		[二十二养]	二
[栈]	[十五潸]	七		[二十三漾]	二
	[十六铣]	七	*[张]	[七阳]	二
	[十六谏]	七		[二十三漾]	二
zhāng			*[涨]	[七阳]	二
章	[七阳]	二		[二十二养]	二
嫜	[七阳]	二		[二十三漾]	二
樟	[七阳]	二	[障]	[七阳]	二
漳	[七阳]	二		[二十三漾]	二
獐	[七阳]	二	[仗]	[二十二养]	二
璋	[七阳]	二		[二十三漾]	二
彰	[七阳]	二	[杖]	[二十二养]	二
鄣	[七阳]	二		[二十三漾]	二
*[张]	[七阳]	一	zhāo		
	[二十二漾]	二	招	[二萧]	八
zhǎng			昭	[二萧]	八
掌	[二十二养]	二	钊	[二萧]	八
*[长]	[七阳]	二	*朝	[二萧]	八
	[二十二养]	二	*嘲	[三肴]	八
	[二十三漾]	二	*[啁]	[三肴]	八
*[涨]	[七阳]	二		[十一尤]	十二
	[二十二养]	二	zhǎo		
	[二十三漾]	二	沼	[十七筱]	八

*爪	[十八巧]	八	者	[二十一马]	十
zhào			赭	[二十一马]	十
兆	[十七篠]	八	*褶	[十四缉]	十五
旐	[十七篠]	八	zhè		
肇	[十七篠]	八	蔗	[二十二祃]	十
赵	[十七篠]	八	鹧	[二十二祃]	十
诏	[十八啸]	八	柘	[二十二祃]	十
照	[十八啸]	八	浙	[九屑]	十六
罩	[十九效]	八	zhēn		
棹	[十九效]	八	真	[十一真]	六
笊	[十九效]	八	祯	[十一真]	六
*召	[十八啸]	八	蓁	[十一真]	六
zhē			榛	[十一真]	六
遮	[六麻]	十	臻	[十一真]	六
*折	[九屑]	十六	珍	[十一真]	六
*蜇	[九屑]	十六	贞	[八庚]	十一
zhé			桢	[八庚]	十一
辄	[十六叶]	十六	祯	[八庚]	十一
辙	[九屑]	十六	帧	[二十四敬]	十一
哲	[九屑]	十六	斟	[十二侵]	六
磔	[十一陌]	十五	箴	[十二侵]	六
谪	[十一陌]	十五	砧	[十二侵]	六
蛰	[十四缉]	十五	针	[十二侵]	六
輒	[十六叶]	十六	*溱	[十一真]	六
*折	[九屑]	十六	*胗	[十一轸]	六
*蜇	[九屑]	十六	*[振]	[十一真]	六
[晢]	[八霁]	三		[十二震]	六
	[九屑]	十六	*[椹]	[十二侵]	六
zhě				[二十六寑]	六

[甄]	[十一真]	六		[赈]	[十一轸]	六
	[一先]	七			[十二震]	六
[侦]	[八庚]	十一		[朕]	[十一轸]	六
	[二十四敬]	十一			[二十六寝]	六

zhěn

缜	[十一轸]	六		zhēng		
稹	[十一轸]	六		争	[八庚]	十一
轸	[十一轸]	六		筝	[八庚]	十一
疹	[十一轸]	六		峥	[八庚]	十一
*胗	[十一轸]	六		铮	[八庚]	十一
*[枕]	[二十六寝]	六		怔	[八庚]	十一
	[二十七沁]	六		钲	[八庚]	十一
[畛]	[十一真]	六		蒸	[十蒸]	十一
	[十一轸]	六		*鲭	[八庚]	十一
[诊]	[十一轸]	六		*症	[十蒸]	十一
	[十二震]	六		*[徵]	[十蒸]	十一
					[四纸]	三

zhèn

				*[赪]	[七阳]	二
鸩	[二十七沁]	六			[八庚]	十一
纼	[十一轸]	六			[二十四敬]	十一
震	[十二震]	六		*[丁]	[八庚]	十一
阵	[十二震]	六			[九青]	十一
镇	[十二震]	六		*|烝|	[十蒸]	十一
*[酖]	[十三覃]	十			[二十五径]	十一
	[二十七沁]	六		*[正]	[八庚]	十一
*[枕]	[二十六寝]	六			[二十四敬]	十一
	[二十七沁]	六		[征]	[八庚]	十一
*[瑱]	[十二震]	六			[十蒸]	十一
	[十七霰]	七		[狰]	[八庚]	十一
*[振]	[十一真]	六			[二十三梗]	十一
	[十二震]	六				

zhěng
| 整 | [二十三梗] | 十一 |
| 拯 | [二十四迥] | 十一 |

zhèng
诤	[二十四敬]	十一
政	[二十四敬]	十一
郑	[二十四敬]	十一
*症	[十蒸]	十一
*[烝]	[十蒸]	十一
	[二十五径]	十一
*[正]	[八庚]	十一
	[二十四敬]	十一
[证]	[二十四敬]	十一
	[二十五径]	十一

zhī
支	[四支]	三
吱	[四支]	三
枝	[四支]	三
肢	[四支]	三
之	[四支]	三
芝	[四支]	三
知	[四支]	三
蜘	[四支]	三
卮	[四支]	三
栀	[四支]	三
脂	[四支]	三
祇	[四支]	三
泜	[四支]	三
胝	[四支]	三
汁	[十四缉]	十五

*[只]	[四纸]	三
	[十一陌]	十五
*[氏]	[四支]	三
	[四纸]	三
*[织]	[四寘]	三
	[十三职]	十五

zhí
直	[十三职]	十五
摭	[十一陌]	十五
蹠	[十一陌]	十五
跖	[十一陌]	十五
踯	[十一陌]	十五
职	[十三职]	十五
殖	[十三职]	十五
执	[十四缉]	十五
絷	[十四缉]	十五
*[蹢]	[十一陌]	十五
	[十二锡]	十五
*[迟]	[四支]	三
	[四寘]	三
[埴]	[四寘]	三
	[十三职]	十五
[植]	[四寘]	三
	[十三职]	十五
[值]	[四寘]	三
	[十三职]	十五
[侄]	[四质]	十五
	[九屑]	十六

zhǐ
| 纸 | [四纸] | 三 |

枳	[四纸]	三
轵	[四纸]	三
咫	[四纸]	三
止	[四纸]	三
芷	[四纸]	三
址	[四纸]	三
沚	[四纸]	三
祉	[四纸]	三
趾	[四纸]	三
旨	[四纸]	三
指	[四纸]	三
*衹	[四支]	三
*[徵]	[十蒸]	十一
	[四纸]	三
*[只]	[四纸]	三
	[十一陌]	十五

zhì

峙	[四纸]	三
畤	[四纸]	三
痔	[四纸]	三
雉	[四纸]	三
稚	[四寘]	三
豸	[四纸]	三
寘	[四寘]	三
置	[四寘]	三
至	[四寘]	三
轾	[四寘]	三
致	[四寘]	三
郅	[四质]	十五
桎	[四质]	十五

庢	[四质]	十五
窒	[四质]	十五
挚	[四寘]	三
贽	[四寘]	三
鸷	[四寘]	三
志	[四寘]	三
痣	[四寘]	三
忮	[四寘]	三
智	[四寘]	三
滞	[八霁]	三
制	[八霁]	三
彘	[八霁]	三
质	[四质]	十五
锧	[四质]	十五
帜	[四寘]	三
帙	[四质]	十五
秩	[四质]	十五
栉	[四质]	十五
瞾	[四质]	十五
掷	[十一陌]	十五
陟	[十三职]	十五
*[识]	[四寘]	三
	[十三职]	十五
*[织]	[四寘]	三
	[十三职]	十五
[治]	[四支]	三
	[四寘]	三
[觯]	[四支]	三
	[四寘]	三
[蛭]	[四质]	十五

	[九屑]	十六	*[种]	[一东]	一
[炙]	[二十二祃]	十		[二肿]	一
	[十一陌]	十五		[二宋]	一
[踬]	[四寘]	三	*[重]	[二冬]	一
	[四质]	十五		[二肿]	一
zhōng				[二宋]	一
忠	[一东]	一	zhōu		
螽	[一东]	一	周	[十一尤]	十二
终	[一东]	一	州	[十一尤]	十二
钟	[二冬]	一	洲	[十一尤]	十二
*盅	[一东]	一	诌	[十一尤]	十二
*忪	[二冬]	一	舟	[十一尤]	十二
*[中]	[一东]	一	侜	[十一尤]	十二
	[一送]	一	辀	[十一尤]	十二
*[衷]	[一东]	一	*粥	[一屋]	十三
	[一送]	一	*[调]	[二萧]	八
zhǒng				[十一尤]	十二
肿	[二肿]	一		[十八啸]	八
冢	[二肿]	一	*[啁]	[三肴]	八
踵	[二肿]	一		[十一尤]	十二
*[种]	[一东]	一	*[鹃]	[三肴]	八
	[二肿]	一		[十一尤]	十二
	[二宋]	一	zhóu		
zhòng			*轴	[一屋]	十三
众	[一送]	一	*[妯]	[十一尤]	十二
仲	[一送]	一		[一屋]	十三
*[中]	[一东]	一	[碡]	[一屋]	十三
	[一送]	一		[二沃]	十三
*[衷]	[一东]	一	zhǒu		
	[一送]	一	帚	[二十五有]	十二

肘	[二十五有]	十二	诛	[七虞]	四
zhòu			洙	[七虞]	四
纣	[二十五有]	十二	珠	[七虞]	四
酎	[二十六宥]	十二	株	[七虞]	四
宙	[二十六宥]	十二	铢	[七虞]	四
胄	[二十六宥]	十二	蛛	[七虞]	四
籀	[二十六宥]	十二	邾	[七虞]	四
绉	[二十六宥]	十二	茱	[七虞]	四
皱	[二十六宥]	十二	zhú		
昼	[二十六宥]	十二	竹	[一屋]	十三
咒	[二十六宥]	十二	竺	[一屋]	十三
骤	[二十六宥]	十二	逐	[一屋]	十三
鼜	[二十六宥]	十二	舳	[一屋]	十三
㑇	[二十六宥]	十二	烛	[二沃]	十三
*轴	[一屋]	十三	蠋	[二沃]	十三
*[鮦]	[一东]	一	躅	[二沃]	十三
	[二肿]	一	瘃	[二沃]	十三
*[繇]	[二萧]	八	*术	[四质]	十五
	[十一尤]	十二	*[柚]	[十一尤]	十二
	[二十六宥]	十二		[二十六宥]	十二
*[啄]	[一屋]	十三		[一屋]	十三
	[二觉]	四	zhǔ		
[咮]	[七遇]	四	煮	[六语]	四
	[二十六宥]	十二	渚	[六语]	四
zhū			主	[七虞]	四
诸	[六鱼]	四	拄	[七虞]	四
猪	[六鱼]	四	麈	[七虞]	四
潴	[六鱼]	四	嘱	[二沃]	十三
朱	[七虞]	四	瞩	[二沃]	十三
侏	[七虞]	四	*褚	[六语]	四

*[属]	[七遇]	四	zhuǎ			
	[二沃]	十三	*爪	[十八巧]	八	
zhù			zhuǎi			
苎	[六语]	四	*[转]	[十六铣]	七	
伫	[六语]	四		[十七霰]	七	
纻	[六语]	四	zhuài			
贮	[六语]	四	*拽	[九屑]	十六	
杼	[六语]	四	zhuān			
箸	[六御]	四	专	[一先]	七	
翥	[六御]	四	砖	[一先]	七	
柱	[七麌]	四	颛	[一先]	七	
住	[七遇]	四	zhuǎn			
驻	[七遇]	四	*[转]	[十六铣]	七	
注	[七遇]	四		[十七霰]	七	
蛀	[七遇]	四	zhuàn			
助	[六御]	四	啭	[十七霰]	七	
铸	[七遇]	四	馔	[十七霰]	七	
筑	[一屋]	十三	篆	[十六铣]	七	
祝	[一屋]	十三	赚	[三十陷]	七	
*柷	[一屋]	十三	*[传]	[一先]	七	
*[除]	[六鱼]	四		[十七霰]	七	
	[六御]	四	*[转]	[十六铣]	七	
*[著]	[六语]	四		[十七霰]	七	
	[六御]	四	[撰]	[十五潸]	七	
	[十药]	十四		[十七霰]	七	
[炷]	[七麌]	四	[瑑]	[十六铣]	七	
	[七遇]	四		[十七霰]	七	
zhuā			zhuāng			
	[三肴]	八	桩	[三江]	二	
*挝	[六麻]	十				

音节检字表 445

庄	［七阳］	二	窀	［十一真］	六
妆	［七阳］	二	*［屯］	［十一真］	六
装	［七阳］	二		［十三元］	六
zhuǎng			*［谆］	［十一真］	六
*［奘］	［二十二养］	二		［十二震］	六
	［二十三漾］	二	zhǔn		
zhuàng			准	［十一轸］	六
壮	［二十三漾］	二	*［纯］	［十一真］	六
状	［二十三漾］	二		［十三元］	六
*［幢］	［三江］	二		［一先］	七
	［三绛］	二		［十一轸］	六
［撞］	［三江］	二	zhùn		
	［三绛］	二	*［谆］	［十一真］	六
［戆］	［一送］	一		［十二震］	六
	［三绛］	二	zhuō		
zhuī			捉	［三觉］	十四
骓	［四支］	三	倬	［三觉］	十四
锥	［四支］	三	涿	［三觉］	十四
追	［四支］	三	拙	［九屑］	十六
*椎	［四支］	三	zhuó		
zhuì			诼	［三觉］	十四
惴	［四寘］	二	琢	［二觉］	十四
坠	［四寘］	三	椓	［二觉］	十四
缒	［四寘］	三	浞	［三觉］	十四
赘	［八霁］	三	卓	［三觉］	十四
［缀］	［八霁］	三	擢	［三觉］	十四
	［九屑］	十六	濯	［三觉］	十四
zhūn			斮	［三觉］	十四
			斫	［十药］	十四
肫	［十一真］	六	浊	［三觉］	十四

镯	[三觉]	十四	*[兹]	[四支]	三
灼	[十药]	十四	*[孳]	[四支]	三
酌	[十药]	十四		[四寘]	三
禚	[十药]	十四	*[訾]	[四支]	三
*[缴]	[十七筱]	八		[四纸]	三
	[十药]	十四	*[觜]	[四支]	三
*[著]	[六语]	四		[四纸]	三
	[六御]	四	*[仔]	[四支]	三
	[十药]	十四		[四纸]	三
*[啄]	[一屋]	十三	zǐ		
	[三觉]	十四	子	[四纸]	三
[茁]	[四质]	十五	籽	[四纸]	三
	[八黠]	十六	笫	[四纸]	三
	[九屑]	十六	姊	[四纸]	三
zī			秭	[四纸]	三
滋	[四支]	三	梓	[四纸]	三
嵫	[四支]	三	滓	[四纸]	三
髭	[四支]	三	紫	[四纸]	三
龇	[四支]	三	*[仔]	[四支]	三
赀	[四支]	三		[四纸]	三
资	[四支]	三	*[訾]	[四支]	三
咨	[四支]	三		[四纸]	三
粢	[四支]	三	zì		
姿	[四支]	三	恣	[四寘]	三
淄	[四支]	三	自	[四寘]	三
缁	[四支]	三	字	[四寘]	三
锱	[四支]	三	牸	[四寘]	三
辎	[四支]	三	渍	[四寘]	三
蕃	[四支]	三	胾	[四寘]	三
孜	[四支]	三	*[孳]	[四支]	三

音节检字表 447

		[四寘]	三		[十一尤]	十二
*[柴]		[九佳]	五	[掫]	[十一尤]	十二
		[四寘]	三		[二十五有]	十二
[眦]		[四寘]	三	[鲰]	[十一尤]	十二
		[八霁]	三		[二十五有]	十二
		[十卦]	五	zǒu		
zōng				[走]	[二十五有]	十二
鬃		[一东]	一		[二十六宥]	十二
棕		[一东]	一	zòu		
宗		[二冬]	一	奏	[二十六宥]	十二
踪		[二冬]	一	zū		
*综		[二宋]	一	菹	[六鱼]	四
*枞		[二冬]	一	租	[七虞]	四
*[总]		[一东]	一	zú		
		[一董]	一	族	[一屋]	十三
zǒng				镞	[一屋]	十三
*[总]		[一东]	一	*[卒]	[四质]	十五
		[一董]	一		[六月]	十六
[偬]		[一董]	一	*[足]	[七遇]	四
		[一送]	一		[二沃]	十三
zòng				[崒]	[四质]	十五
疭		[二宋]	一		[六月]	十六
粽		[一送]	一	zǔ		
[纵]		[二冬]	一	阻	[六语]	四
		[二宋]	一	俎	[六语]	四
zōu				组	[七麌]	四
陬		[十一尤]	十二	祖	[七麌]	四
邹		[十一尤]	十二	[诅]	[六语]	四
驺		[十一尤]	十二		[六御]	四
[诹]		[七虞]	四			

zuān
*[钻]　　　[十四寒]　　七
　　　　　[十五翰]　　七
zuǎn
纂　　　　[十四旱]　　七
zuàn
*[钻]　　　[十四寒]　　七
　　　　　[十五翰]　　七
zuǐ
嘴　　　　[四纸]　　　三
*[觜]　　　[四支]　　　三
　　　　　[四纸]　　　三
*[咀]　　　[六鱼]　　　四
　　　　　[六语]　　　四
zuì
罪　　　　[十贿]　　　三
醉　　　　[四寘]　　　三
最　　　　[九泰]　　　三
晬　　　　[十一队]　　三
zūn
遵　　　　[十一真]　　六
尊　　　　[十三元]　　六
樽　　　　[十三元]　　六
[鳟]　　　[十三阮]　　六
　　　　　[十四愿]　　六
zǔn
撙　　　　[十三阮]　　六
zuō
*嘬　　　　[十卦]　　　五

*[作]　　　[七遇]　　　四
　　　　　[二十一箇]　九
　　　　　[十药]　　　十四
zuó
昨　　　　[十药]　　　十四
[捽]　　　[四质]　　　十五
　　　　　[六月]　　　十六
zuǒ
左　　　　[二十哿]　　九
佐　　　　[二十一箇]　九
*撮　　　　[七曷]　　　十六
zuò
座　　　　[二十一箇]　九
做　　　　[二十一箇]　九
阼　　　　[七遇]　　　四
胙　　　　[七遇]　　　四
祚　　　　[七遇]　　　四
怍　　　　[十药]　　　十四
酢　　　　[十药]　　　十四
*[作]　　　[七遇]　　　四
　　　　　[二十一箇]　九
　　　　　[十药]　　　十四
*[柞]　　　[十药]　　　十四
　　　　　[十一陌]　　十五
*[凿]　　　[二十号]　　八
　　　　　[十药]　　　十四
[坐]　　　[二十哿]　　九
　　　　　[二十一箇]　九

附录

关于《词韵》的说明

本《词韵》依据《词林正韵》重新拣选，并据其他典籍酌加增补，同时将韵部的划分，由原来的十九部，改为十七部。即将原第十三部合入第六部，原第十四部合入第七部。平上去声共十二部。入声五部不变，但序号改为第十三部至第十七部。改《词韵》为十七部之理由主要基于两点：一是所合并韵部内之各韵，在《词林正韵》十九部出现之前的宋人词中就已通用；二是所合并韵部内之各韵的韵母基本相同或相近，合并后更切合现今实际。现将笔者所著《诗词格律新讲》第232页的"词韵的通押"部分附列于此，作为说明，以供参考（其中个别文字略有改动）。

词韵的通押

《词韵》把邻韵、侧声韵合为一部。每一部中不同韵目的韵字都可通押。如果需要押侧声韵时，本部平仄即可通押。后五部是入声韵。入声韵也是在一个韵部中的不同韵目的韵字通押。这样，哪些可以通押，哪些不可以通押的问题就非常明确了。

我们举例来说明。比如：

分部	平声	上声	去声
第八部	萧肴豪	篠巧皓	啸效号
第九部	歌	哿	箇

第九部中平声以歌韵独用，上声以哿韵独用，去声以箇韵独用。歌韵、哿韵、箇韵没有邻韵，所以不存在邻韵通押问题。而这三个韵互为侧声韵，在词谱中如果要求押侧声韵的话，则可按要求通押。第八部中的平

声萧韵、肴韵、豪韵互为邻韵,上声篠韵、巧韵、皓韵互为邻韵,去声啸韵、效韵、号韵互为邻韵。平上去各自的互押可以叫作通押。它们中的平、上、去声韵互为侧声韵,如果需要也可以通押。

严格意义上讲,在词韵中,抛开侧声韵通押外,每部之内同声不同韵目之互押,不能算作通押。因为它们都在一个韵部之内。虽然韵目与韵目是邻韵关系,这只是相当于诗韵中的邻韵通押,但在词韵中因为是以韵部为单位的,所以不能叫作通押。

词的真正意义上的通押,应该是两个不同韵部之间的通押。词韵的每一部都是相对独立的,一般都不主张通押。但是,戈载《词林正韵》"以唐宋诸名家为据","列平上去为十四部,入声为五部,共十九部,皆取古人之名词参酌而审定之"(引自《词林正韵发凡》)。这样就难免有所疏漏。有些唐宋名家之词的通押就没有完全为十九韵部所接纳。比如,一首词内按照十九部对照,同时用了第六部韵和第十三部韵,同时用了第七部韵和第十四部韵者都有。因为当时还没有十九部之说,所以不能把它们称为两个部之间的通押。为了指导现在的填词用韵,这里拿十九部来对照前人的词作,权且把它叫作通押,来举例分析。下面只以平声韵为例。

1、第六部和第十三部的通押。

在宋词人中,秦观、朱敦儒、张元幹、叶梦得、张才翁、赵构、薛梦桂、程武等都有现在所说的第六部韵和第十三部韵通押的词作。

> 过秦淮旷望,
> 迥潇洒、绝纤尘。
> 爱清景风蛩。
> 吟鞭醉帽,
> 时度疏林。
> 秋来政情味淡,
> 更一重烟水一重云。
> 千古行人旧恨,
> 尽应分付今人。

渔村。
望断衡门。
芦荻浦、雁先闻。
对触目凄凉,
红凋岸蓼,
翠减汀蘋。
凭高正千嶂黯,
便无情到此也销魂。
江月知人念远,
上楼来照黄昏。

——秦 观《木兰花慢》

秦观的这首词中"尘、云、人、村、门、闻、蘋、魂、昏"都是现在的第六部韵,而第五句的"林"则是现在的第十三部韵。

红稀绿暗掩重门。
芳径罢追寻。
已是老於前岁,
那堪穷似他人。

一杯自劝,
江湖倦客,
风雨残春。
不是酴醾相伴,
如何过得黄昏。

——朱敦儒《朝中措》

《朝中措》是上片三平韵,下片两平韵。朱敦儒的这首词中"门、人、春、昏"都是现在的第六部韵,而前片第二句"寻"是现在的第十三部韵。

2、第七部和第十四部的通押。

宋代词人中,黄庭坚、辛弃疾、周邦彦、朱敦儒、周密等也都有现在所说的第七部韵和第十四部韵通押的词作。

>一叶扁舟卷画帘。
>老妻学饮伴清谈。
>人传诗句满江南。
>
>林下猿垂窥涤砚,
>岩前鹿卧看收帆。
>杜鹃声乱水如环。
>
>——黄庭坚《浣溪沙》

《浣溪沙》是上片三平韵,下片两平韵。黄庭坚的这首词中"帘、谈、南、帆"都是现在的第十四部韵,最后一句的"环"则是现在的第七部韵。

>绕床饥鼠,
>蝙蝠翻灯舞。
>屋上松风吹急雨,
>破纸窗间自语。
>
>平生塞北江南,
>归来华发苍颜。
>布被秋宵梦觉,
>眼前万里江山。
>
>——辛弃疾《清平乐·独宿北山王氏庵》

《清平乐》为平仄转换式,它的上片四仄韵,下片三平韵。辛弃疾的这首词的下片三平韵中,"颜、山"为现在的第七部韵,"南"字则是现在的第十四部韵。

从以上的例子来看,在没有十九部划分之前,在宋代,上平声的十一真、十二文、十三元(部分)三韵与下平声的十二侵韵是通用的,也就是可以通押。上平声的十三元(部分)、十四寒、十五删三韵与下平声的十三覃、十四盐、十五咸三韵也是通用的,即可以通押。按十九部划分之后,上平声的十一真、十二文、十三元(部分)三韵划为第六部;下平声的十二侵韵独用划为第十三部;上平声的十三元(部分)、十四寒、十五删三韵划为

第七部；下平声的十三覃、十四盐、十五咸三韵划分为第十四部。虽然这些韵目不在一个韵部，但是既有前人的用法做参考，又有这些韵字的韵母相近或相同的特点，第六部韵和第十三部韵完全可以通押；第七部韵和第十四部韵也完全可以通押。也就是说，第六部韵和第十三部韵完全可以合并在一起，第七部韵和第十四部韵也完全可以合并在一起。并且，把它们合在一起，更加方便实用。这也就是把第十三部合入第六部，把第十四部合入第七部的具体原因。

在宋人词中还有把八庚、九青、十蒸韵与十一真、十二文、十三元及十二侵韵通押的。即十九部中的第十一部与第六部及第十三部。但是，按照现在的读音，庚、青、蒸韵的韵母与真、文、元及侵韵的韵母并不能说是相近。所以不足为例，也就不做分析了。

常用词谱精选

所选词谱主要依据《钦定词谱》，个别处酌参《词律》及《白香词谱》。排列以词牌第一字笔画为序。谱中符号"－"代表平声，"｜"代表仄声，"＋"代表可平可仄；括号中"韵"字代表押韵，"叠"字代表叠韵。

一　画

一斛珠

又名《怨春风》《醉落魄》《醉落拓》等。

双调，五十七字。前后段各五句，四仄韵。

＋－＋｜（韵）＋－＋｜－－（韵）＋－＋｜－－｜（韵）＋｜－－，＋｜＋－｜（韵）｜＋｜－－｜｜（韵）＋－＋｜－－｜（韵）＋－＋｜－－｜（韵）＋｜－－，＋｜＋－｜（韵）

晚妆初过，沉檀轻注些儿个。向人微露丁香颗，一曲清歌，暂引樱桃破。
罗袖裛残殷色可，杯深旋被香醪涴。绣床斜凭娇无那，烂嚼红茸，笑向檀郎唾。

——李　煜

一剪梅

又名《蜡梅香》《玉簟秋》。

双调，六十字。前后段各六句，三平韵。另有句句用韵者，如蒋捷《舟过吴江》词。

＋｜－－＋｜－（韵）＋｜－－，＋｜－－（韵）＋－＋｜｜－－，＋｜－－，＋｜－－（韵）
＋｜－－＋｜－（韵）＋｜－－，＋｜－－（韵）＋－＋｜｜－－，＋｜－－，＋｜－－（韵）

红藕香残玉簟秋。轻解罗裳，独上兰舟。云中谁寄锦书来？雁字回时,月满西楼。

　　花自飘零水自流。一种相思,两处闲愁。此情无计可消除,才下眉头,却上心头。

——李清照

　　一片春愁待酒浇。江上舟摇,楼上帘招。秋娘渡与泰娘桥,风又飘飘,雨又萧萧。

　　何日归家洗客袍?银字笙调,心字香烧。流光容易把人抛,红了樱桃,绿了芭蕉。

——蒋捷《舟过吴江》

二　画

十六字令

又名《归字谣》《苍梧谣》。
单调,十六字。四句,三平韵。

-(韵)+|--||-(韵)--|,+|| --(韵)

归,猎猎熏风飐绣旗。拦教住,重举送行杯。

——张孝祥

卜算子

又名《缺月挂疏桐》《百尺楼》《楚天遥》《眉峰碧》等。
双调,四十四字。前后段各四句,两仄韵。

++++-,+|--|(韵)+|--+++,+|--|(韵)
++++-,+|--|(韵)+|--+++,+|--|(韵)

缺月挂疏桐,漏断人初静。谁见幽人独往来?缥缈孤鸿影。
惊起却回头,有恨无人省。拣尽寒枝不肯栖,寂寞沙洲冷。

——苏　轼《黄州定慧院寓居作》

卜算子慢

双调,八十九字。前段八句,四仄韵;后段八句,五仄韵。

——||,—|| —,|||——|(韵)+|——,+|||——|(韵)|——、||—|(韵)|++、——||,——|||—|(韵)

||——|(韵)||| ——,|——|(韵)|||——,|+|—+|(韵)+——、+|——|(韵)|||+、——||,|——+|(韵)

江枫渐老,汀蕙半凋,满目败红衰翠。楚客登临,正是暮秋天气。引疏砧,断续残阳里。对晚景,伤怀念远,新愁旧恨相继。

脉脉人千里。念两处风情,万重烟水。雨歇天高,望断翠峰十二。尽无言,谁会凭高意?纵写得,离肠万种,奈归云谁寄?

——柳　永

人月圆

又名《青衫湿》。

双调,四十八字。前段五句,两平韵;后段六句,两平韵。

+—+|——|,+|||——(韵)+—+|,——+|,+|——(韵)
+—+|,+—+|,+|——(韵)+—+|,——+|,+|——(韵)

小桃枝上春来早,初试薄罗衣。年年此夜,华灯竞处,人月圆时。
禁街箫鼓,寒轻夜永,纤手同携。夜阑人静,千门笑语,声在帘帏。

——王　诜《元夜》

三　画

三字令

双调,四十八字。前后段各八句,四平韵。

—||,|——(韵)|——(韵)—||,|——(韵)|——,—||,|——(韵)

－｜｜,｜－－(韵)｜－－(韵)－｜｜,｜－－(韵)｜－－,－｜｜,｜－－(韵)

春欲尽,日迟迟,牡丹时。罗幌卷,翠帘垂。彩笺书,红粉泪,两心知。
人不在,燕空归,负佳期。香烬落,枕函欹。月分明,花澹薄,惹相思。

——欧阳炯

山花子

又名《摊破浣溪沙》《添字浣溪沙》《感恩多令》等。
双调,四十八字。前段四句,三平韵;后段四句,两平韵。

＋｜－－｜｜－(韵)＋－＋｜｜－－(韵)＋｜＋－＋｜,｜－－(韵)
＋｜＋－－｜｜,＋－＋｜｜－－(韵)＋｜＋－－｜｜,｜－－(韵)

菡萏香销翠叶残,西风愁起绿波间。还与韶光共憔悴,不堪看。
细雨梦回鸡塞远,小楼吹彻玉笙寒。多少泪珠何限恨,倚阑干。

——李　璟

小重山

又名《小重山令》《小冲山》《柳色新》。
双调,五十八字。前后段各四句,四平韵。

＋｜－－＋｜－(韵)＋－－｜｜、｜－－(韵)＋－＋｜｜－－(韵)－＋｜、＋｜｜－－(韵)

＋｜｜－－(韵)＋－－｜｜、｜－－(韵)＋－＋｜｜－－(韵)－＋｜、＋｜｜－－(韵)

春到长门春草青。玉阶花露滴,月胧明。东风吹断紫箫声。宫漏促,帘外晓啼莺。
愁极梦难成。红妆流宿泪,不胜情。手挼裙带绕阶行。思君切,罗幌暗尘生。

——薛绍蕴

四 画

天仙子
单调,三十四字。六句,五仄韵。

+|+——||(韵)+——|——|(韵)+—+||——,—|||(韵)|—|(韵)+|+——||(韵)

踯躅花开红照水,鹧鸪飞绕青山觜。行人经岁始归来,千万里,错相倚,懊恼天仙应有以。

——皇甫松

又一体
双调,六十八字。前后段同,各六句,五仄韵。

+|+——||(韵)+|+——||(韵)+—+||——,—+|(韵)—+|(韵)+|+——||(韵)

+|+——||(韵)+|+——||(韵)+—+||——,—+|(韵)—+|(韵)+|+——||(韵)

水调数声持酒听,午醉醒来愁未醒。送春春去几时回?临晚镜,伤流景,往事后期空记省。

沙上并禽池上暝,云破月来花弄影。重重帘幕密遮灯,风不定,人初静,明日落红应满径。

——张　先《时为嘉禾小倅,以病眠,不赴府会》

长相思
又名《长相思令》《相思令》《吴山青》《山渐青》等。

双调,三十六字。前后段各四句,三平韵,一叠韵。

此词叠韵处有韵同句不同者,如白居易词;有韵同句亦同者,如晏几道词。

++-(韵)++-(叠)+｜--+｜-(韵)+-+｜-(韵)
++-(韵)++-(叠)+｜--+｜-(韵)+-+｜-(韵)

汴水流,泗水流。流到瓜州古渡头,吴山点点愁。
思悠悠,恨悠悠。恨到归时方始休,月明人倚楼。

——白居易

长相思,长相思。若问相思甚了期。除非相见时。
长相思,长相思。欲把相思说与谁。浅情人不知。

——晏几道

忆江南

又名《谢秋娘》《江南好》《望江南》《梦江南》《春去也》等。
单调,二十七字。五句,三平韵。中间两句七言宜用对仗。

-+｜(句)+｜｜--(韵)+｜+--｜｜(句)+-+｜｜--(韵)+｜｜--(韵)

江南好,风景旧曾谙。日出江花红胜火,春来江水绿如蓝。能不忆江南。

——白居易

双调,五十四字。前后段各五句,三平韵。此即单调词加一叠,其平仄、韵与单调同。

江南蝶,斜日一双双。身似何郎全傅粉,心如韩寿爱偷香,天赋与轻狂。
微雨后,薄翅腻烟光。才伴游蜂来小院,又随飞絮过东墙,长是为花忙。

——欧阳修

忆王孙

又名《豆叶黄》《画蛾眉》《阑干万里心》等。

单调,三十一字。五句,五平韵。

+-+||--(韵)+|--+|-(韵)+|--+|-(韵)|--(韵)+|--+|-(韵)

萋萋芳草忆王孙,柳外楼高空断魂。杜宇声声不忍闻。欲黄昏,雨打梨花深闭门。

——李重元《春词》

忆少年

又名《陇首山》《十二时》等。

双调,四十六字。前段五句,两仄韵;后段四句,三仄韵。

另有后段首句添一字作三五句式者,如曹组"年时酒伴"词。

+-+|,+-+|,+-+|(韵)--|+|,+--|(韵)||---||(韵)+++、|+-|(韵)+-|+|,|+-+|(韵)

无穷官柳,无情画舸,无根行客。南山尚相送,只高城人隔。
罨画园林溪绀碧,算重来、尽成陈迹。刘郎鬓如此,况桃花颜色。

——晁补之《别历下》

年时酒伴,年时去处,年时春色。清明又近也,却天涯为客。
念过眼、光阴难再得。想前欢、尽成陈迹。登临恨如此,把阑干暗拍。

——曹　组

忆秦娥

又名《秦楼月》《双荷叶》等。

双调,四十六字。前后段各五句,三仄韵,一叠韵。

-+|(韵)+-+|--|(韵)--|(叠)+-+|,|--|(韵)
+-+|--|(韵)+-+|--|(韵)--|(叠)+-+|,|--|(韵)

箫声咽,秦娥梦断秦楼月。秦楼月,年年柳色,灞陵伤别。

乐游原上清秋节,咸阳古道音尘绝。音尘绝,西风残照,汉家陵阙。

——李　白

又一体(平韵)

双调,四十六字。前后段各五句,三平韵,一叠韵。

+−−(韵)+−+｜−−−(韵)−−−(叠)+−+｜,｜｜−−(韵)
｜−−｜−−−(韵)+−+｜−−−(韵)−−−(叠)+−+｜,｜｜−−(韵)

晓朦胧,前溪百鸟啼匆匆。啼匆匆,凌波人去,拜月楼空。
去年今日东门东,鲜妆辉映桃花红。桃花红,吹开吹落,一任东风。

——贺　铸

忆余杭

双调,四十八字。前段四句,两平韵;后段四句,两仄韵,两平韵。

−｜−−,+｜−−−｜｜,+−+｜｜−−(韵)+｜｜−−(韵)
｜−−｜−−｜(换仄韵)｜｜｜−−(韵)｜−+｜｜−−(换平韵)+｜｜−−(韵)

长忆西湖,尽日凭阑楼上望,三三两两钓鱼舟,岛屿正清秋。
笛声依约芦花里,白鸟数行忽惊起。别来闲整钓鱼竿,思入水云寒。

——潘　阆

乌夜啼

双调,四十七字。前后段各四句,两平韵。另《相见欢》又名《乌夜啼》与此不同。

｜｜−−｜,+−｜｜−−(韵)+−+｜−−｜,+｜｜−−(韵)
+｜+−+｜,+−+｜−−(韵)+−+｜−−｜,+｜｜−−(韵)

昨夜风兼雨,帘帏飒飒秋声。烛残漏断频欹枕,起坐不能平。
世事漫随流水,算来一梦浮生。醉乡路稳宜频到,此外不堪行。

——李　煜

太常引

又名《太清引》《蜡前梅》。

双调,四十九字。前段四句,四平韵;后段五句,三平韵。

+-+||--(韵)+|||--(韵)+||--(韵)|+|、--|-(韵)
+-+|,+-+|,+|||--(韵)+||--(韵)++|、--|-(韵)

一轮秋影转金波,飞镜又重磨。把酒问姮娥:被白发、欺人奈何?
乘风好去,长空万里,直下看山河。斫去桂婆娑,人道是、清光更多。

——辛弃疾《建康中秋为吕叔潜赋》

少年游

又名《玉蜡梅枝》《小阑干》。

双调,五十字。前段五句,三平韵;后段五句,两平韵。

+-+||--(韵)+|||--(韵)+-+|,+-+|,+|||--(韵)
+-+|--|,+|||--(韵)+|--,+-+|,+||--(韵)

芙蓉花发去年枝。双燕欲归飞。兰堂风软,金炉香暖,新曲动帘帷。
家人拜上千春寿,深意满琼卮。绿鬓朱颜,道家装束,长似少年时。

——晏　殊

风光好

双调,三十六字。前段四句,四平韵;后段四句,两仄韵,两平韵。

|--(韵)|--(韵)+|--||-(韵)|--(韵)
--+|--|(换仄韵)--|(韵)+|--||-(归平韵)|--(韵)

柳阴阴,水沉沉。风约双凫立不禁。碧波心。
孤村桥断人迷路,舟横渡。旋买村醪浅浅斟,更微吟。

——欧　良

风入松

又名《远山横》。

双调,七十六字。前后段各六句,四平韵。

另有前后段第二句皆四字者,如晏几道"柳荫庭院杏梢墙"词。

+-+||--(韵)+|||--(韵)+-+|--|,+-+、+|--(韵)+|+-+|,+-+|--(韵)

+-+||--(韵)+|||--(韵)+-+|--|,+-+、+|--(韵)+|+-+|,+-+|--(韵)

听风听雨过清明,愁草瘗花铭。楼前绿暗分携路,一丝柳、一寸柔情。料峭春寒中酒,交加晓梦啼莺。

西园日日扫林亭,依旧赏新晴。黄蜂频扑秋千索,有当时、纤手香凝。惆怅双鸳不到,幽阶一夜苔生。

——吴文英

柳阴庭院杏梢墙。依旧巫阳。凤箫已远青楼在,水沈谁、复暖前香。临镜舞鸾离照,倚筝飞雁辞行。

坠鞭人意自凄凉。泪眼回肠。断云残雨当年事,到如今、几处难忘。两袖晓风花陌,一帘夜月兰堂。

——晏几道

凤凰台上忆吹箫

双调,九十五字。前段十句,四平韵;后段十一句,五平韵。

+|--,+-+|,+-+|--(韵)|| |,|| (韵)| | ||,+|、+|--(韵)--|,--||,||--(韵)

--(韵)|-||,-+|--,+|--(韵)|||--|,+|--(韵)+|--+|,-+|、+|--(韵)--|,---|,||--(韵)

香冷金猊,被翻红浪,起来慵自梳头。任宝奁尘满,日上帘钩。生怕离怀别苦,多少事,欲说还休。新来瘦,非干病酒,不是悲秋。

休休!这回去也,千万遍阳关,也则难留。念武陵人远,烟锁秦楼。唯有楼前流水,应念我,终日凝眸。凝眸处,从今更添,一段新愁。

——李清照

水调歌头

又名《元会曲》《凯歌》。

双调,九十五字。前段九句,四平韵;后段十句,四平韵。此词前段第三句、第四句,后段第四句、第五句,既可四字、七字,也可六字、五字句式。如苏轼、周紫芝词之不同。

++++|,+||——(韵)+——|,++—||——(韵)+|+—+|,+|+—+|,+||——(韵)+++—|,+||——(韵)

+++,++|,|+—(韵)+—+|,+|+||——(韵)+|+—+|,+|+—+|,+||——(韵)+|+—|,+||——(韵)

落日绣帘卷,亭下水连空。知君为我,新作窗户湿青红。长记平山堂上,欹枕江南烟雨,渺渺没孤鸿。认得醉翁语,山色有无中。

一千顷,都镜净,倒碧峰。忽然浪起,掀舞一叶白头翁。堪笑兰台公子,未解庄生天籁,刚道有雌雄。一点浩然气,千里快哉风。

——苏　轼《快哉亭作》

岁晚念行役,江阔渺风烟。六朝文物何在,回首更凄然。倚尽危楼杰观,暗想琼枝璧月,罗袜步承莲。桃叶山前鹭,无语下寒滩。

潮寂寞,浸孤垒,涨平川。莫愁艇子何处,烟树杳无边。王谢堂前双燕,空绕乌衣门巷,斜日草连天。只有台城月,千古照婵娟。

——周紫芝《丙午登白鹭亭作》

又一体

平仄、句式与上格大体相同,唯第三句为六字句,第四句为五字句。用韵上,前后段各夹两仄韵。另有除后段首句外,其余句句用韵者,且在同一韵部平仄韵通押。如贺铸《台城游》词。

++++|,+||——(韵)+——|++,—||——(韵)+|+—+|(换仄韵)+|+—+|(韵)+|||——(归平韵)+++—|,+||——(韵)

+++,++|,|+—(韵)+—+|,+|+||——(韵)+|+—+|(另换仄

韵)＋｜＋－＋｜(韵)＋｜｜｜－－(归平韵)＋｜＋－｜,＋｜｜｜－－(韵)

　　明月几时有？把酒问青天。不知天上宫阙,今夕是何年。我欲乘风归去。惟恐琼楼玉宇,高处不胜寒,起舞弄清影,何似在人间。
　　转朱阁,低绮户,照无眠。不应有恨,何事长向别时圆？人有悲欢离合,月有阴晴圆缺,此事古难全。但愿人长久,千里共婵娟。

——苏　轼

　　南国本潇洒,六代浸豪奢。台城游冶,擘笺能赋属宫娃。云观登临清夏,璧月留连长夜,吟醉送年华。回首飞鸳瓦,却羡井中蛙。
　　访乌衣,成白社,不容车。旧时王谢,堂前双燕过谁家？楼外河横斗挂,淮上潮平霜下,樯影落寒沙。商女篷窗罅,犹唱后庭花！

——贺　铸《台城游》

五　画

归自谣

双调,三十四字。前后段各三句,三仄韵。

－｜｜(韵)＋｜＋－－｜｜(韵)＋－＋｜－－｜(韵)
－－＋｜－＋｜(韵)－－｜(韵)＋－＋｜－－｜(韵)

　　春艳艳。江上晚山三四点。柳丝如剪花如染。
　　香闺寂寞门半掩。愁眉敛。泪珠滴破胭脂脸。

——欧阳修

归去来

双调,四十九字。前后段各四句,四仄韵。柳永另有"一夜狂风雨"一词,与此例略异。此处未收。

－｜－－－｜(韵)－｜－－｜(韵)－｜－－－－｜(韵)－－｜、－｜－｜(韵)

—|——|(韵)——|、——|(韵)——||——|(韵)——|、|—|(韵)

初过元宵三五。慵困春情绪。灯月阑珊嬉游处。游人尽、厌欢聚。凭仗如花女。持杯谢、酒朋诗侣。余酲更不禁香醑。歌筵罢、且归去。

——柳　永

玉楼春

又名《惜春容》《西湖曲》《玉楼春令》。

双调，五十六字。前后段各四句，三仄韵。

+|+——||(韵)+|+——||(韵)+——||——,+|+——||(韵)
+|+——||(韵)+|+——||(韵)+—+||——,+|+——||(韵)

拂水双飞来去燕，曲槛小屏山六扇。春愁凝思结眉心，绿绮懒调红锦荐。

话别情多声欲颤，玉箸痕留红粉面。镇长独立到黄昏，却怕良宵频梦见。

——顾　敻

玉蝴蝶

双调，四十一字。前段四句，四平韵；后段四句，三平韵。

———|——(韵)—||——(韵)|||——(韵)——||—(韵)
———||,—||——(韵)—||——(韵)|——|—(韵)

秋风凄切伤离，行客未归时。塞外草先衰，江南雁到迟。芙蓉凋嫩脸，杨柳堕新眉。摇落使人悲，断肠谁得知。

——温庭筠

又一体

双调，九十九字。前段十句，五平韵；后段十一句，六平韵。

|||——|,+—+|,+|——(韵)||——,—|||——(韵)|—+、+—

＋｜,＋｜＋、＋｜——(韵)｜——(韵)｜——｜,＋｜——(韵)
——(韵)——｜｜,｜——｜,｜｜——(韵)｜｜——,｜——｜｜——(韵)｜—
＋、＋—＋｜,＋｜＋、＋｜——(韵)｜——(韵)｜——｜,＋｜——(韵)

望处雨收云断,凭栏悄悄,目送秋光。晚景萧疏,堪动宋玉悲凉。水风轻、蘋花渐老;月露冷、梧叶飘黄。遣情伤,故人何在? 烟水茫茫。

难忘,文期酒会,几孤风月。屡变星霜。海阔山遥,未知何处是潇湘? 念双燕、难凭远信;指暮天、空识归航。黯相望,断鸿声里,立尽斜阳。

——柳　永

玉漏迟

双调,九十四字。前段十句,五仄韵;后段九句,五仄韵。

另有前段起句用韵者,如赵闻礼"絮花寒食路"词。

＋——｜｜,＋—＋｜,＋——｜(韵)＋｜＋—,＋｜＋——｜(韵)＋｜——＋｜,＋
＋＋、＋——｜(韵)—｜｜｜(韵)＋＋＋＋,＋——｜(韵)

＋＋＋｜——,＋＋｜——,｜——｜(韵)＋｜＋—,＋｜＋——｜(韵)＋｜＋—
＋｜,＋＋｜、＋——｜(韵)—｜｜｜(韵)＋＋｜——｜(韵)

杏香飘禁苑,须知自昔,皇都春早。燕子来时,绣陌渐熏芳草。蕙圃妖桃过雨,弄碎影、红筛清沼。深院悄。绿杨巷陌,莺声争巧。

早是赋得多情,更遇酒临花,镇幸欢笑。数曲阑干,故国漫劳登眺。汉外微云尽处,乱峰锁、一竿斜照。归路杳,东风泪零多少。

——宋　祁

絮花寒食路。晴丝胃日,绿荫吹雾。客帽欺风,愁满画船烟浦。彩柱秋千散后,恨尘锁、燕帘莺户。从间阻。梦云无准,鬓霜如许。

夜永绣阁藏娇,记掩扇传歌,剪灯留语。月约星期,细把花须频数。弹指一襟幽恨,漫空倩、啼鹃声诉。深院宇。黄昏杏花微雨。

——赵闻礼

永遇乐

双调。一百四字。前后段各十一句,四仄韵。

+|--,+-+|,++-(韵)+|--,+-+|,+|--|(韵)+-+|,+-+|,+|+-+|(韵)+--、--+|,++|+-|(韵)

+-+|,+++|,+|+-+|(韵)+|--,+-+|,+|--|(韵)+-+|,+++|,+|+-+|(韵)+-+、+++|,+-||(韵)

明月如霜,好风如水,清景无限。曲港跳鱼,圆荷泻露,寂寞无人见。紞如三鼓,铿然一叶,黯黯梦云惊断。夜茫茫、重寻无处,觉来小园行遍。天涯倦客,山中归路,望断故园心眼。燕子楼空,佳人何在,空锁楼中燕。古今如梦,何曾梦觉,但有旧欢新怨。异时对、黄楼夜景,为余浩叹。

——苏轼《夜宿燕子楼,梦盼盼,因作此词》

六　画

如梦令

又名《忆仙姿》《宴桃源》《如意令》《无梦令》。

单调,三十三字。七句,五仄韵,一叠韵。

+|+-+|(韵)+|+-+|(韵)+||--,+|+-+|(韵)+|(韵)+|(叠)+|+-+|(韵)

曾宴桃源深洞,一曲舞鸾歌凤。长记别伊时,和泪出门相送。如梦,如梦,残月落花烟重。

——李存勖

江城子

又名《江神子》《村意远》。

单调,三十五字。八句,五平韵。

+-+||--(韵)|--(韵)|--(韵)+-+|,+|||--(韵)+|+--||,-||,|--(韵)

鹧鸪飞起郡城东。碧江空,半滩风。越王宫殿,萍叶藕花中。帘卷水楼鱼浪起,千片雪,雨蒙蒙。

——牛　峤

又一体

单调,三十六字。七句,五平韵。

||--||-(韵)|--(韵)|--(韵)|||--,|||--(韵)-|---||,--|||--(韵)

晚日金陵岸草平,落霞明,水无情。六代繁华,暗逐逝波声。空有姑苏台上月,如西子镜照江城。

——欧阳炯

又一体

双调,七十字。前后段各八句,五平韵。

+-+||--(韵)|--(韵)|--(韵)+|+-、+||--(韵)+|+--||,-+|,|--(韵)

+-+||--(韵)|--(韵)|--(韵)+|+-、+||--(韵)+|+--||,-+|,|--(韵)

老夫聊发少年狂,左牵黄,右擎苍。锦帽貂裘,千骑卷平冈。为报倾城随太守,亲射虎,看孙郎。

酒酣胸胆尚开张,鬓微霜,又何妨,持节云中,何日遣冯唐?会挽雕弓如满月,西北望,射天狼。

——苏　轼

伤春怨

见《能改斋漫录》,王安石梦中作。此调唯此一词。
双调,四十三字。前后段各四句,三仄韵。

｜｜——｜（韵）｜｜｜———｜（韵）｜｜｜——，｜｜———｜（韵）
｜———｜（韵）｜｜｜——｜（韵）｜｜｜｜——，｜｜｜、——｜（韵）

雨打江南树，一夜花开无数。绿叶渐成阴，下有游人归路。
与君相逢处，不道春将暮。把酒祝东风，且莫恁、匆匆去。

——王安石

后庭花

又名《玉树后庭花》。

双调，四十四字。前后段各四句，四仄韵。

+−+｜——｜（韵）｜——｜（韵）++−+−+｜（韵）｜+—｜（韵）
+−+｜——｜（韵）｜——｜（韵）++−+−+｜（韵）｜+—｜（韵）

轻盈舞伎含芳艳，竞妆新脸。步摇珠翠修蛾敛，腻鬟云染。
歌声慢发开檀点，绣衫斜掩。时将纤手匀红脸，笑拈金靥。

——毛熙震

好事近

又名《钓船笛》。

双调，四十五字。前后段各四句，两仄韵。

此词又有前后段第三句亦押韵之体，如陆游词。

+｜｜——(句)+｜+——｜（韵）+｜+−+｜(句)｜+−+｜（韵）
+−+｜+−+(句)+++—｜（韵）+｜+−+｜(句)｜+−+｜（韵）

睡起玉屏风，吹去乱红犹落。天气骤生轻暖，衬沉香帷箔。
珠帘约住海棠风，愁拖两眉角。昨夜一庭明月，冷秋千红索。

——宋 祁

客路苦思归，愁似茧丝千绪。梦里镜湖烟雨，看山无重数。
尊前消尽少年狂，慵著送春语。花落燕飞庭户，叹年光如许。

——陆 游

西地锦

双调,四十六字。前后段各五句,三仄韵。

另有后段最后三句改为两句(一七言一五言)者,如周紫芝"雨细欲收还滴"词。

+｜+-+｜(韵)｜+-+｜(韵)--｜｜,--｜｜,+--｜(韵)
+｜+-+｜(韵)++--｜(韵)+-｜｜,--｜｜,---｜(韵)

寂寞悲秋怀抱。掩重门悄悄。清风皓月,朱阑画阁,双鸳池沼。
不忍今宵重到。惹离愁多少。蓬山路杳,蓝桥信阻,黄花空老。

——蔡 伸

雨细欲收还滴。满一庭秋色。阑干独倚,无人共说,这些愁寂。
手把玉郎书迹。怎不教人忆。看看又是黄昏也,敛眉峰轻碧。

——周紫芝

西江月

又名《白蘋香》《步虚词》《江月令》。

双调,五十字。前后段各四句,两平韵,一侧韵。

+｜+-+｜,+-+｜--(韵)+-+｜｜--(韵)+｜+-+｜(押同部仄韵)
+｜+-+｜,+-+｜--(韵)+-+｜｜--(韵)+｜+-+｜(押同部仄韵)

凤额绣帘高卷,兽环朱户频摇。两竿红日上花梢。春睡厌厌难觉。
好梦狂随飞絮,闲愁浓胜香醪。不成雨暮与云朝。又是韶光过了。

——柳 永

阮郎归

又名《碧桃春》《醉桃源》《宴桃源》《濯缨曲》。

双调,四十七字,前段四句,四平韵;后段五句,四平韵。

+--｜｜--(韵)+-+｜-(韵)+-+｜｜--(韵)+-+｜-(韵)

＋＋｜，｜——（韵）＋—＋｜—（韵）＋—＋｜｜——（韵）＋—＋｜—（韵）

东风吹水日衔山，春来长是闲。落花狼藉酒阑珊，笙歌醉梦间。春睡觉，晚妆残，无人整翠鬟。留连光景惜朱颜，黄昏独倚阑。

——李　煜

齐天乐

又名《台城路》《五福降中天》《如此江山》等。

双调，一百二字。前段十句，五仄韵；后段十一句，五仄韵。

另有前段起句用韵、后段起句用韵、前后段起句俱用韵者，不一一列举。

＋—＋｜——｜，—＋｜—＋｜（韵）＋｜——，＋—＋｜，＋｜＋—＋｜（韵）＋——｜（韵）｜＋｜——，＋——｜（韵）＋｜——，＋—＋｜—｜（韵）

＋—＋｜＋｜，——｜｜，＋＋—｜（韵）＋｜——，＋—＋｜，＋｜——＋｜（韵）＋——｜（韵）｜＋｜——，｜——｜（韵）＋｜——，｜——｜｜（韵）

绿芜凋尽台城路，殊乡又逢秋晚。暮雨生寒，鸣蛩劝织，深阁时闻裁剪。云窗静掩。叹重拂罗茵，顿疏花簟。尚有练囊，露萤清夜照书卷。

荆江留滞最久，故人相望处，离思何限？渭水西风，长安乱叶，空忆诗情宛转。凭高眺远。正玉液新篘，蟹螯初荐。醉倒山翁，但愁斜照敛。

——周邦彦

曲玉管

双调，一百五字。前段十二句，两仄韵，四平韵。后段十句，三平韵。

｜｜——，——｜｜，——｜｜——（仄韵）｜｜｜———｜，—｜——（押同部平韵）｜——（韵）｜｜——，———｜，—｜——｜（押同部仄韵）｜｜——，｜｜—｜——（押同部平韵）｜——（韵）

｜｜——，｜—、———｜，｜——｜，——｜｜——（韵）｜——（韵）｜——｜，｜｜———｜，｜——，｜｜——（韵）

陇首云飞,江边日晚,烟波满目凭阑久。立望关河萧索,千里清秋。忍凝眸。杳杳神京,盈盈仙子,别来锦字终难偶。断雁无凭,冉冉飞下汀州。思悠悠。

暗想当初,有多少、幽欢佳会,岂知聚散难期,翻成雨恨云愁。阻追游。每登山临水,惹起平生心事,一场消黯,永日无言,却下层楼。

——柳　永

七　画

诉衷情

又名《桃花水》。双调亦称《诉衷情令》,又名《渔父家风》《一丝风》。单调,三十三字。十一句,五仄韵,六平韵。

－｜(韵)－｜(韵)－｜｜｜(韵)｜－－(平韵)－｜｜｜(换仄韵)－｜(韵)｜－－(归平韵)＋｜｜－－(韵)－－(韵)－－－｜－(韵)｜－－(韵)

莺语,花舞,春昼午,雨霏微。金带枕,宫锦,凤凰帷。柳弱燕交飞,依依。辽阳音信稀,梦中归。

——温庭筠

又一体

双调,四十四字。前段四句,三平韵;后段六句,三平韵。

＋－＋｜｜－－(韵)＋｜｜－－(韵)＋＋＋＋－｜,＋｜｜－－(韵)
－｜｜,｜－－(韵)｜－－(韵)＋－－｜,＋｜－－,＋｜－－(韵)

青梅煮酒斗时新。天气欲残春。东城南陌花下,逢著意中人。回绣袂,展香茵。叙情亲。此情拼作,千尺游丝,惹住朝云。

——晏　殊

又一体

双调,四十五字。前段四句,三平韵;后段六句,三平韵。

+-+||--(韵)+|||--(韵)+-+|-|,+||、|--(韵)
-||,|--(韵)|--(韵)|--|,||--,||--(韵)

清晨帘幕卷轻霜,呵手试梅妆。都缘自有离恨,故画作、远山长。思往事,惜流芳,易成伤。拟歌先敛,欲笑还颦,最断人肠!

——欧阳修《眉意》

诉衷情近

双调,七十五字。前段七句,三仄韵;后段九句,六仄韵。

|-||,||--||(韵)--+|--,-||-||(韵)-|||--|,+|--,||--|(韵)

--|(韵)||--||(韵)|--|,||--(韵)--|(韵)|-||,--||,|--|(韵)|||--|(韵)

雨晴气爽,伫立江楼望处。澄明远水生光,重叠暮山耸翠。遥认断桥幽径,隐隐渔村,向晚孤烟起。

残阳里。脉脉朱阑静倚。黯然情绪,未饮先如醉。愁无际。暮云过了,秋光老尽,故人千里。竟日空凝睇。

——柳　永

花非花

单调,二十六字。六句,三仄韵。

---,|-|(韵)|||-,--|(韵)---||--,||---||(韵)

花非花,雾非雾。夜半来,天明去。来如春梦不多时,去似朝云无觅处。

——白居易

巫山一段云

双调,四十四字。前后段各四句,三平韵。

＋｜——｜(句)——＋｜-(韵)＋-＋｜｜——(韵)＋｜｜——(韵)
＋｜——｜(句)——＋｜-(韵)＋-＋｜｜——(韵)＋｜｜——(韵)

雨霁巫山上，云轻映碧天。远风吹散又相连，十二晚峰前。
暗湿啼猿树，高笼过客船。朝朝暮暮楚江边，几度降神仙。

——毛文锡

又一体

双调，四十六字。前段四句，三平韵；后段四句，两仄韵，两平韵。

＋｜——｜(句)——＋｜-(韵)＋-＋｜｜——(韵)＋＋＋＋-(韵)
＋｜＋-＋｜(换仄韵)＋｜＋-＋｜(韵)＋-＋｜｜——(换平韵)＋-｜＋-(韵)

蝶舞梨园雪，莺啼柳带烟。小池残日艳阳天。苎萝山又山。
青鸟不来愁绝。忍看鸳鸯双结。春风一等少年心。闲情恨不禁。

——李　　珣

杏园芳

双调，四十五字。前段四句，四平韵；后段四句，三平韵。

——｜｜——(韵)——｜｜——(韵)——｜｜｜——(韵)｜——(韵)
——｜｜——｜,——｜｜——(韵)———｜｜——(韵)｜——(韵)

严妆嫩脸花明，教人见了关情。含羞举步越罗轻,称娉婷。
终朝咫尺窥香阁，迢遥似隔层城。何时休遣梦相萦，入云屏。

——尹　　鹗

更漏子

双调，四十六字。前段六句，两仄韵、两平韵；后段六句，三仄韵、两平韵。

另有后段首句不用韵者，平仄俱同，如韦庄"钟鼓寒"词。

|--,-||（韵）+|+-+|（韵）+||，|--（换平韵）+-+|-（韵）-+|（另换仄韵）++|（韵）+|+-+|（韵）++|，|--（另换平韵）+-+|-（韵）

柳丝长,春雨细,花外漏声迢递。惊塞雁,起城乌,画屏金鹧鸪。
香雾薄,透帘幕,惆怅谢家池阁。红烛背,绣帘垂,梦长君不知。

——温庭筠

钟鼓寒,楼阁暝,月照古桐金井。深院闭,小庭空,落花香露红。
烟柳重,春雾薄,灯背水窗高阁。闲倚户,暗沾衣,待郎郎不归。

——韦　庄

苏幕遮

又名《鬓云松令》。
双调,六十二字。前后段各七句,四仄韵。

|--,-||（韵）+|--,+|--（韵）+|+--||（韵）+|--,+|--|（韵）
|--,-||（韵）+|--,+|--（韵）+|+--||（韵）+|--,+|--|（韵）

碧云天,黄叶地。秋色连波,波上寒烟翠。山映斜阳天接水。芳草无情,更在斜阳外。
黯乡魂,追旅思。夜夜除非,好梦留人睡。明月楼高休独倚。酒入愁肠,化作相思泪。

——范仲淹

声声慢

又名《胜胜慢》《人在楼上》《凤求凰》。
双调,九十七字。前段九句,五仄韵;后段八句,五仄韵。

--||（韵）||--,--||||（韵）||---,|--（韵）--||

｜｜,｜｜—、｜——(韵)｜｜｜,｜——、｜｜｜——｜(韵)
｜｜———｜(韵)—｜｜、——｜——｜(韵)｜｜——,｜｜｜—｜｜(韵)——｜—｜｜,｜——、｜｜｜｜(韵)｜｜｜,｜｜｜、｜｜｜｜(韵)

寻寻觅觅,冷冷清清,凄凄惨惨戚戚。乍暖还寒时候,最难将息。三杯两盏淡酒,怎敌他、晚来风急。雁过也,最伤心、却是旧时相识。

满地黄花堆积。憔悴损、如今有谁堪摘?守着窗儿,独自怎生得黑?梧桐更兼细雨,到黄昏、点点滴滴。这次第,怎一个、愁字了得。

——李清照

沁园春

又名《寿星明》《洞庭春色》《东仙》。

双调,一百十四字。前段十三句,四平韵;后段十二句,五平韵。

++——,++++,+++—(韵)｜+—+｜,+—+｜,+—+｜,+｜——(韵)+｜——,+—+｜,+｜——+｜—(韵)+—,++—+｜,+｜——(韵)

+—+｜——(韵)++、+—+｜—(韵)｜+—+｜,+—+｜,+—+｜,+｜——(韵)—｜——,+—+｜,+｜——+｜—(韵)++,｜+—+｜,+｜——(韵)

孤馆灯青,野店鸡号,旅枕梦残。渐月华收练,晨霜耿耿,云山摛锦,朝露漙漙。世路无穷,劳生有限。似此区区长鲜欢。微吟罢,凭征鞍无语,往事千端。

当时共客长安,似二陆、初来俱少年。有笔头千字,胸中万卷,致君尧舜,此事何难!用舍由时,行藏在我,袖手何妨闲处看?身长健,但优游卒岁,且斗尊前。

——苏　轼

八　画

定西番

双调,三十五字。前段四句,一仄韵,两平韵;后段四句,两仄韵,两平韵。

又有后段第三句不用韵者,如温庭筠"细雨晓莺春晚"词。

+｜+-+｜(韵)-｜｜,｜--(换平韵)｜--(韵)
+｜+--｜(归仄韵)+-+｜-(归平韵)+｜+-+｜(归仄韵)｜--(归平韵)

汉使昔年离别,攀弱柳,折寒梅,上高台。
千里玉关春雪,雁来人不来。羌笛一声愁绝,月徘徊。

——温庭筠

细雨晓莺春晚,人似玉,柳如眉,正相思。
罗幕翠帘初卷,镜中花一枝。肠断塞门消息,雁来稀。

——温庭筠

定风波

双调,六十二字。前段五句,三平韵,两仄韵;后段六句,四仄韵,两平韵。

+｜--｜｜-(平韵)+-+｜｜--(韵)+｜+--｜｜(换仄韵)+｜(韵)+-+｜｜--(归平韵)

+｜+--｜｜(换仄韵)+｜(韵)+-+｜｜--(归平韵)+｜+--｜｜(换仄韵)+｜(韵)+-+｜｜--(归平韵)

暖日闲窗映碧纱,小池春水浸明霞。数树海棠红欲尽,争忍,玉闺深掩过年华。

独凭绣床方寸乱,肠断,泪珠穿破脸边花。邻舍女郎相借问,音信,教人羞道未还家。

——欧阳炯

河满子

又名《何满子》。

单调,三十六字。六句,三平韵。

又有第三句多一字为七字句,共三十七字者,如孙光宪《冠剑不随君去》词。

+｜+-+｜,+-+｜--(韵)+｜+--｜,+--｜--(韵)+｜+-+｜,+-+｜--(韵)

写得鱼笺无限,其如花锁春晖。目断巫山云雨,空教残梦依依。却爱熏香小鸭,羡他长在屏帏。

——和　凝

冠剑不随君去,江河还共恩深。歌袖半遮眉黛惨,泪珠旋滴衣襟。惆怅云愁雨怨,断魂何处相寻。

——孙光宪

又一体

双调,七十四字。前后段各六句,三平韵。前后段均与前格三十七字者同。

怅望浮生急景,凄凉宝瑟余音。楚客多情偏怨别,碧山远水登临。目送连天衰草,夜阑几处疏砧。

黄叶无风自落,秋云不雨常阴。天若有情天亦老,摇摇幽恨难禁。惆怅旧欢如梦,觉来无处追寻。

——孙　洙《秋怨》

采桑子

又名《丑奴儿》。

双调,四十四字。前后段同,各四句,三平韵。

+-+｜--｜,+｜--(韵)+｜--(韵)+｜--+｜-(韵)
+-+｜--｜,+｜--(韵)+｜--(韵)+｜--+｜-(韵)

群芳过后西湖好,狼藉残红。飞絮蒙蒙,垂柳阑干尽日风。
笙歌散尽游人去,始觉春空。垂下帘栊,双燕归来细雨中。

——欧阳修

画堂春

双调,四十七字。前段四句,四平韵;后段四句,三平韵。

另有前后段结句各添一字成五字句者,如黄庭坚"摩围小隐枕蛮江"词。

+-+||--(韵)+-+|--(韵)|--|||--(韵)+|--(韵)
+|+-+|,+-+|--(韵)+-+||--(韵)+|--(韵)

落红铺径水平池,弄晴小雨霏霏。杏园憔悴杜鹃啼,无奈春归!
柳外画楼独上,凭栏手捻花枝。放花无语对斜晖,此恨谁知?

——秦　观

摩围小隐枕蛮江,蛛丝闲锁晴窗。水风山影上修廊,不到晚来凉。
相伴蝶穿花迳,独飞鸥舞溪光。不因送客下绳床,添火炷炉香。

——黄庭坚

武陵春

又名《武林春》。

双调,四十八字。前后段各四句,三平韵。

又有后段末句添一字为六字句者,如李清照"风住尘香花已尽"词之"载不动、许多愁"句。

+|+--||,+|||--(韵)+|--||-(韵)+||--(韵)
++++++|,+|||--(韵)+|--||-(韵)+||--(韵)

风过冰檐环佩响,宿雾在华茵。剩落瑶花衬月明。嫌怕有纤尘。
凤口衔灯金炫转,人醉觉寒轻。但得清光解照人。不负五更春。

——毛　滂

风住尘香花已尽,日晚倦梳头。物是人非事事休,欲语泪先流。
闻说双溪春尚好,也拟泛轻舟。只恐双溪舴艋舟,载不动、许多愁。

——李清照

钗头凤

双调,六十字。前后段各十句,七仄韵,两叠韵。

— — |(首仄韵)— — |(韵)| — — | — — |(韵)— — |(换二仄韵)— — |(韵)+ — — |,| — — |(韵)|(韵)|(叠)|(叠)

— — |(押首仄韵)— — |(韵)| — — | — — |(韵)— — |(押仄韵二)— — |(韵)+ — — |,| — — |(韵)|(韵)|(叠)|(叠)

红酥手,黄縢酒。满城春色宫墙柳。东风恶,欢情薄。一怀愁绪,几年离索。错、错、错。

春如旧,人空瘦。泪痕红浥鲛绡透。桃花落,闲池阁。山盟虽在,锦书难托。莫、莫、莫。

——陆　游

又一体

双调,六十字。前后段各十句,三仄韵,四平韵,两叠韵。

| — |(仄韵)— — |(韵)| | — — — | |(韵)| — —(换平韵)| — —(韵)| — — ,| | — —(韵)–(韵)–(叠)–(叠)

— — |(归仄韵)— — |(韵)| — — | — — |(韵)| — —(归平韵)|(韵)| — — ,| | — —(韵)–(韵)–(叠)–(叠)

世情薄,人情恶,雨送黄昏花易落。晓风干,泪痕残,欲笺心事,独语斜阑。难,难,难。

人成各,今非昨,病魂尝似秋千索。角声寒,夜阑珊,怕人寻问,咽泪装欢。瞒,瞒,瞒。

——唐　婉

青玉案

又名《西湖路》《横塘路》。

双调,六十七字。前后段各六句,五仄韵。

另有前后段第五句不押韵者,如辛弃疾《元夕》词。

+-+｜--｜(韵)｜+｜、--｜(韵)+｜+--｜｜(韵)+-+｜,+-+｜(韵)+｜--｜(韵)

+-+｜--｜(韵)+｜--｜-｜(韵)+｜+--｜｜(韵)+-+｜,+-+｜(韵)+｜--｜(韵)

凌波不过横塘路,但目送、芳尘去。锦瑟华年谁与度?月桥花院,琐窗朱户,只有春知处。

飞云冉冉蘅皋暮,彩笔新题断肠句。若问闲情都几许?一川烟草,满城风絮,梅子黄时雨。

——贺　铸

东风夜放花千树,更吹落、星如雨。宝马雕车香满路。凤箫声动,玉壶光转,一夜鱼龙舞。

蛾儿雪柳黄金缕,笑语盈盈暗香去。众里寻他千百度,蓦然回首,那人却在,灯火阑珊处。

——辛弃疾

念奴娇

又名《大江东去》《酹江月》《千秋岁》《杏花天》《百字令》等。

双调,一百字。前后段各十句,四仄韵。

+-+｜,｜+-+｜,++-｜(韵)+｜+--｜｜,+｜+--｜(韵)+｜--,+-+｜,+｜--｜(韵)+--｜,｜--｜+｜(韵)

+｜+｜--,+-+｜,++--｜(韵)+｜+--｜｜,+｜+--｜(韵)+｜--,+-+｜,+｜--｜(韵)+--｜,+--｜-｜(韵)

凭空眺远,见长空万里,云无留迹。桂魄飞来光射处,冷浸一天秋碧。

玉宇琼楼,乘鸾来去,人在清凉国。江山如画,望中烟树历历。

我醉拍手狂歌,举杯邀月,对影成三客。起舞徘徊风露下,今夕不知何夕。便欲乘风,幡然归去,何用骑鹏翼。水晶宫里,一声吹断横笛。

——苏　轼《中秋》

又一体

双调,一百字。前段九句,四仄韵;后段十句,四仄韵。

+-+｜,｜+-、+｜++-｜(韵)+｜+-,-｜｜、+｜+-+｜(韵)+｜--,+-+｜,+｜--(韵)+--,｜--｜+｜(韵)

+｜+｜--,+-+｜+,+--｜(韵)+｜+-,-｜｜、+｜+--｜(韵)+｜--,+-+｜+,｜--｜(韵)+--,+--｜-｜(韵)

大江东去,浪淘尽、千古风流人物。故垒西边,人道是、三国周郎赤壁。乱石穿空,惊涛拍岸,卷起千堆雪。江山如画,一时多少豪杰。

遥想公瑾当年,小乔初嫁了,雄姿英发。羽扇纶巾,谈笑处、樯橹灰飞烟灭。故国神游,多情应笑我,早生华发。人间如梦,一尊还酹江月。

——苏　轼《赤壁怀古》

又一体(平韵)

双调,一百字。前后段各十句,四平韵。

｜｜｜,｜　　｜,｜｜--(韵)+｜---｜｜,++-｜--(韵)+｜--,+-+｜,+｜｜--(韵)+-+｜,+++｜--(韵)

-++｜--,-+｜,++｜--(韵)+｜---｜｜,+｜-｜--(韵)+｜--,+-+｜,+｜｜--(韵)+--,｜-+｜--(韵)

汉江露冷,是谁将瑶瑟,弹向云中。一曲清泠声渐杳,月高人在珠宫。晕额黄轻,涂腮粉艳,罗带织青葱。天香吹散,佩环犹自叮咚。

回首杜若汀州,金钿玉镜,何日得相逢。独立飘飘烟浪远,罗袜羞溅春红。渺渺予怀,迢迢良夜,三十六陂风。九嶷何处,断云飞度千峰。

——陈允平

雨霖铃

双调,一百三字。前段十句,五仄韵;后段九句,五仄韵。

――+|(韵)|――|,||―(韵)――+++|,――||,―――|(韵)||――+|,|―+―(韵)||+、―|――,||――|―(韵)

+―||―|(韵)|――、||――(韵)――|++|,+||、||――|(韵)||――,―|――,|+―|(韵)|||、+|――,||――|(韵)

寒蝉凄切,对长亭晚,骤雨初歇。都门帐饮无绪,方留恋处,兰舟催发。执手相看泪眼,竟无语凝咽。念去去、千里烟波,暮霭沉沉楚天阔。

多情自古伤离别,更哪堪、冷落清秋节。今宵酒醒何处?杨柳岸、晓风残月。此去经年,应是良辰,好景虚设。便纵有、千种风情,更与何人说?

——柳 永

九 画

南歌子

又名《春宵曲》《水晶帘》《碧窗梦》等。

单调,二十三字。五句,三平韵。

||――,――||―(韵)+||――(韵)+――||,|――(韵)

手里金鹦鹉,胸前绣凤凰。偷眼暗形相。不如从嫁与,作鸳鸯。

——温庭筠

又一体

单调,二十六字。五句,三平韵。

||――|,――||―(韵)+―+||――(韵)+|+――|,|――(韵)

柳色遮楼暗,桐花落砌香。画堂开处晚风凉,高卷水精帘额,衬斜阳。

——张 泌

又一体

又名《南柯子》《望秦川》《风蝶令》。

双调,五十二字。前后段各四句,三平韵。上下片首两句宜用对仗。

+｜——｜,——｜｜–(韵)+–+｜｜——(韵)+｜+–+｜、——(韵)
+｜——｜,——｜｜–(韵)+–+｜｜——(韵)+｜+–+｜、——(韵)

驿路侵斜月,溪桥度晓霜。短篱残菊一枝黄。正是乱山深处、过重阳。

旅枕原无梦,寒更每自长。只言江左好风光。不道中原归思、转凄凉。

——吕本中

南乡子

单调,二十七字。五句,两平韵,三仄韵。

又有第四句加一字者,如欧阳炯"路入南中"词。

｜｜——(韵)+–+｜｜——(韵)｜｜｜+–—｜｜(换仄韵)–｜(韵)｜｜｜———｜｜(韵)

岸远沙平,日斜归路晚霞明。孔雀自怜金翠尾,临水,认得行人惊不起。

——欧阳炯

路入南中,桄榔叶暗蓼花红。两岸人家微雨后,收红豆。叶底纤纤抬素手。

——欧阳炯

又一体

单调,三十字。六句,两平韵,三仄韵。

–｜｜,｜——(韵)+–+｜｜——(韵)+｜+——｜｜(换仄韵)+–｜(韵)

+｜+——｜｜(韵)

归路近,扣舷歌,采真珠处水风多。曲岸小桥山月过,烟深锁,豆蔻花垂千万朵。

——李 珣

又一体

又名《好离乡》《蕉叶怨》。

双调,五十六字。前后段各五句,四平韵。

+｜｜——(韵)+｜——｜｜–(韵)+｜+——｜｜,——(韵)+｜——｜｜–(韵)
+｜｜——(韵)+｜——｜｜–(韵)+｜+——｜｜,——(韵)+｜——｜｜–(韵)

细雨湿流光,芳草年年与恨长。回首凤楼无限事,茫茫,鸾镜鸳衾两断肠。

魂梦任悠扬,睡起杨花满绣床。薄倖不来门半掩,斜阳,负你残春泪几行。

——冯延巳

秋风清

又名《秋风引》。

单调,三十字。六句,四平韵。

———(韵)–｜–(韵)｜｜｜–,———｜–(韵)———｜——｜,｜–｜｜–——(韵)

秋风清,秋月明。落叶聚还散,寒鸦栖复惊。相思相见知何日,此时此夜难为情。

——李 白

又一体

又名《江南春》。

单调,三十字。六句,三平韵。

－｜｜,｜－－(韵)－－－｜｜,－｜｜－－(韵)－－－｜－－｜,－｜－－－｜－(韵)

波渺渺,柳依依。孤村芳草远,斜日杏花飞。江南春尽离肠断,蘋满汀州人未归。

——寇　准

又一体(仄韵)

又名《新安路》。

单调,三十字。六句,四仄韵。

－－｜(韵)－－｜(韵)｜－｜｜－,－｜－－(韵)－｜－－｜｜－,｜－－｜－－｜(韵)

新安路,人来去。早潮复晚潮,明日知何处。潮水无情亦解归,自怜长在新安住。

——刘长卿《新安送陆澧归江阴》

秋蕊香

双调,四十八字。前后段各四句,四仄韵。

＋｜＋－＋｜(韵)＋｜＋－－｜(韵)＋－＋｜＋－｜(韵)＋｜＋－＋｜(韵)
｜－＋｜－－｜(韵)＋－｜(韵)＋－＋｜＋－｜(韵)＋｜＋－＋｜(韵)

梅蕊雪残香瘦。罗幕轻寒微透。多情只似春杨柳。占断可怜时候。
萧娘劝我杯中酒。翻红袖。金乌玉兔长飞走。争得朱颜依旧。

——晏　殊

乳鸭池塘水暖。风紧柳花迎面。午妆粉指印窗眼。曲里长眉翠浅。
闻知社日停针线。探新燕。宝钗落枕梦魂远。帘影参差满院。

——周邦彦

相见欢

又名《秋夜月》《上西楼》《西楼子》《忆真妃》《月上瓜州》《乌夜啼》等。

双调,三十六字。前段三句,三平韵;后段四句,两仄韵,两平韵。

+-+|--(韵)|--(韵)+|+--、|--(韵)
++|(换仄韵)+-|(韵)|--(归平韵)+|+--、|--(韵)

罗襦绣袂香红,画堂中,细草平沙番马、小屏风。
卷罗幕,凭妆阁,思无穷。暮雨轻烟魂断、隔帘栊。

——薛昭蕴

无言独上西楼,月如钩。寂寞梧桐深院锁清秋。
剪不断,理还乱,是离愁。别是一般滋味在心头。

——李 煜

昭君怨

又名《宴西园》《一痕沙》《洛妃怨》等。

双调,四十字。前后段各四句,两仄韵,两平韵。

+|+-+|(韵)+|+-+|(韵)+||--(换平韵)|--(韵)
+|+-+|(韵)+|+-+|(韵)+||--(换平韵)|--(韵)

谁作桓伊三弄,惊破绿窗幽梦。新月与愁烟,满江天。
欲去又还不去,明日落花飞絮。飞絮送行舟,水东流。

——苏 轼

点绛唇

又名《点樱桃》《十八香》《南浦月》《沙头雨》《寻瑶草》等。

双调,四十一字。前段四句,三仄韵;后段五句,四仄韵。

＋｜－－,＋－＋｜－－（韵）｜－－｜（韵）＋｜－－｜（韵）
＋｜－－,＋｜－－｜（韵）－＋｜（韵）｜－－｜（韵）＋｜－－｜（韵）

蹴罢秋千,起来慵整纤纤手。露浓花瘦,薄汗轻衣透。
见有人来,袜刬金钗溜,和羞走。倚门回首,却把青梅嗅。

——李清照

柳含烟

双调,四十五字。前段五句,三平韵;后段四句,两仄韵,两平韵。

＋－｜,｜－－（韵）＋｜＋－＋｜,＋－＋｜｜－－（韵）｜－－（韵）
｜｜＋－－｜｜（换仄韵）＋｜＋－＋｜（韵）＋－＋｜｜－－（归平韵）｜－－（韵）

河桥柳,占芳春。映水含烟拂露,几回攀折赠行人,暗伤神。
乐府吹为横笛曲,能使离肠断续。不如移植在金门,近天恩。

——毛文锡

柳梢青

押平韵者又名《云淡秋空》《雨洗元宵》《玉水明沙》《早春怨》。
押仄韵者又名《陇头月》。

平韵体

双调,四十九字。前段六句,三平韵;后段五句,三平韵。
另有前段起句不用韵者,如刘镇《七夕》词"丁鹊收声"句。

＋｜－－（韵）＋－＋｜,＋｜－－（韵）＋｜－－,＋－＋｜,＋｜（韵）
＋－＋｜－－（韵）＋＋、－－｜－－（韵）＋｜－－,＋－＋｜,＋｜－－（韵）

岸草平沙。吴王故苑,柳袅烟斜。雨后寒轻,风前香软,春在梨花。
行人一棹天涯。酒醒处,残阳乱鸦。门外秋千,墙头红粉,深院谁家?

——仲　殊(依《全宋词》)

干鹊收声,湿萤度影,庭院秋香。步月移阴,梳云约翠,人在回廊。

醺醺宿酒残妆。待付与、温柔醉乡。却扇藏娇,牵衣索笑,今夜差凉。

——刘　镇《七夕》

仄韵体

双调,四十九字。前段六句,三仄韵;后段五句,两仄韵。
另有前段起句不用韵且后段第二句略不同者,如蔡伸词"联璧寻春"。

+－－｜(韵)+－+｜,+－－｜(韵)+｜－－,+－+｜,+－－｜(韵)
+－+｜－－,｜+｜、+－+｜(韵)+｜－－,+－+｜,+－－｜(韵)

数声鹈鴂。可怜又是,春归时节。满院东风,海棠铺绣,梨花飞雪。
丁香露泣残枝,算未比、愁肠寸结。自是休文,多情多感,不干风月。

——蔡　伸(依《全宋词》)

联璧寻春,踏青尚忆,年时携手。此际重来,可怜还是,年时时候。
阴阴柳下人家,人面桃花似旧。但愿年年,春风有信,人心长久。

——蔡　伸

临江仙

又名《谢新恩》《雁后归》《画屏春》《庭院深深》等。
双调,五十八字。前后段各五句,三平韵。
另有此体后段换韵者,如冯延巳"冷红飘起桃花片"词。

+｜+－－｜｜,+－+｜－－(韵)+－+｜｜－－(韵)+－+｜,+｜｜－－(韵)
+｜+－－｜｜,+－+｜－－(韵)+－+｜｜－－(韵)+－+｜,+｜｜－－(韵)

柳外轻雷池上雨,雨声滴碎荷声。小楼西角断虹明。阑干倚处,待得月华生。
燕子飞来窥画栋,玉钩垂下帘旌。凉波不动簟纹平。水精双枕,傍有堕钗横。

——欧阳修

冷红飘起桃花片,青春意绪阑珊。高楼帘幕卷轻寒。酒余人散,独自倚阑干。

夕阳千里连芳草,风光愁杀王孙。徘徊飞尽碧天云。凤城何处,明月照黄昏。

——冯延巳

又一体

双调,五十四字。前后段各四句,三平韵。

+-+｜--｜,+-+｜--(韵)+-+｜｜--(韵)+-+｜｜--(韵)
+｜+--｜｜,+-+｜--(韵)+-+｜｜--(韵)+-+｜｜--(韵)

海棠香老春江晚,小楼雾縠空蒙。翠鬟初出绣帘中。麝烟鸾佩惹萍风。

碾玉钗摇鸂鶒战,雪肌云鬓将融。含情遥指碧波东。越王台殿蓼花红。

——和 凝

又一体

双调,六十字。前后段各五句,三平韵。

+｜+--｜｜,+-+｜--(韵)+-+｜｜--(韵)+--｜｜,+｜｜--(韵)
+｜+--｜｜,+-+｜--(韵)+-+｜｜--(韵)+--｜｜,+｜｜--(韵)

夜饮东坡醒复醉,归来仿佛三更。家童鼻息已雷鸣,敲门都不应,倚帐听江声。

长恨此身非我有,何时忘却营营。夜阑风静縠纹平,小舟从此逝,江海寄余生。

——苏 轼

又一体

双调,五十八字。前后段各五句,三平韵。

+｜+--｜,+-+｜--(韵)+-+｜｜--(韵)+--｜｜,+｜｜--(韵)

｜｜＋－－｜，＋－＋｜－－（韵）＋－＋｜｜－－（韵）＋－－｜｜，＋｜｜－－（韵）

饮散离亭西去，浮生常恨飘蓬。回头烟柳渐重重。淡云孤雁远，寒日暮天红。

今夜画船何处？潮平淮月朦胧。酒醒人静奈愁浓。残灯孤枕梦，轻浪五更风。

——徐昌图

祝英台近

又名《宝钗分》《月底修箫谱》《燕莺语》《寒食词》。

双调，七十七字。前段八句，四仄韵；后段八句，五仄韵。

另有前段第二句、后段第七句不押韵者（即前段三仄韵、后段四仄韵），如程垓"坠红轻"词。

｜－－，－｜｜（韵）＋｜｜－｜（韵）＋｜－－，＋｜｜－｜（韵）＋－＋｜－－，＋－＋｜，＋｜、＋－－｜（韵）

｜－｜（韵）＋＋－｜－－，＋－＋＋｜（韵）＋｜－－，＋｜｜－｜（韵）＋－＋｜－－，＋－－｜（韵）｜＋｜、＋－－｜（韵）

宝钗分，桃叶渡，烟柳暗南浦。怕上层楼，十日九风雨。断肠片片飞红，都无人管，倩谁唤、流莺声住？

鬓边觑。试把花卜归期，才簪又重数。罗帐灯昏，哽咽梦中语：是他春带愁来，春归何处？却不解、带将愁去。

——辛弃疾《晚春》

坠红轻，浓绿润，深院又春晚。睡起恹恹，无语小妆懒。可堪三月风光，五更魂梦，又都被、杜鹃催趱。

怎消遣。人道愁与春归，春归愁未断。闲倚银屏，羞怕泪痕满。断肠沉水重熏，瑶琴闲理，奈依旧、夜寒人远。

——程　垓

洞仙歌

又名《洞仙歌令》《羽仙歌》《洞中仙》等。

双调,八十三字。前段六句,三仄韵;后段九句三仄韵。

　　+-+｜,｜+--｜(韵)+｜--｜-｜(韵)｜--、+｜-｜--,-+｜,-｜--+｜(韵)

　　+--｜｜,+｜--,+｜--｜-｜(韵)｜｜｜--,+｜--,-+｜、+-+｜(韵)｜｜｜、--｜--,｜｜｜--,｜--｜(韵)

冰肌玉骨,自清凉无汗。水殿风来暗香满。绣帘开、一点明月窥人,人未寝,欹枕钗横鬓乱。

起来携素手,庭户无声,时见疏星渡河汉。试问夜如何?夜已三更,金波淡、玉绳低转。但屈指、西风几时来,又不道流年,暗中偷换。

——苏　轼

剑器近

双调,九十六字。前段八句,八仄韵;后段十二句,七仄韵。

　　｜-(韵)｜｜｜、---｜(韵)-｜--｜(韵)｜-(韵)｜-(韵)｜｜｜、--｜｜(韵)--｜--｜(韵)｜-(韵)｜-(韵)

　　-｜(韵)｜--｜｜(韵)--｜｜,｜｜｜,｜｜--｜(韵)---｜｜--,--｜-,｜--｜-｜(韵)｜--｜(韵)｜｜｜--,｜｜--｜｜(韵)-｜｜-｜(韵)

夜来雨,赖倩得、东风吹住。海棠正妖娆处,且留取。悄庭户,试细听、莺啼燕语,分明共人愁绪,怕春去。

佳树,翠阴初转午。重帘未卷,乍睡起,寂寞看风絮。偷弹清泪寄烟波,见江头故人,为言憔悴如许。彩笺无数,去却寒暄,到了浑无定据。断肠落日千山暮。

——袁去华

贺新郎

又名《金缕曲》《金缕歌》《金缕词》《乳燕飞》《风敲竹》《貂裘换酒》等。

双调,一百十六字。前后段各十句,六仄韵。

+｜——｜(韵)｜——、+—+｜,+——｜(韵)—｜————｜,+｜+—+｜(韵)++、+—+｜(韵)+｜+——｜,｜+—、+｜——｜(韵)+｜｜,+—｜(韵)

+—+｜——｜(韵)｜++、+++｜,+—+｜(韵)—｜————｜,+｜+—+｜(韵)｜+、+—+｜(韵)+｜+—+｜,｜+—、+｜——｜(韵)+｜｜,+—｜(韵)

睡起流莺语,掩苍苔、房栊向晚,乱红无数。吹尽残花无人见,惟有垂杨自舞。渐暖霭、初回轻暑。宝扇重寻明月影,暗尘侵、上有乘鸾女。惊旧恨,遽如许。

江南梦断横江渚。浪粘天、葡萄涨绿,半空烟雨。无限楼前沧波意,谁采蘋花寄取?但怅望、兰舟容与,万里云帆何时到?送孤鸿、目断千山阻。谁为我,唱金缕。

——叶梦得

十 画

荷叶杯

单调,二十三字。六句,四仄韵,两平韵。

+｜+——｜(韵)—｜(韵)｜——(换平韵)｜——｜｜—(换仄韵)—｜(韵)｜——(归平韵)

一点露珠凝冷,波影,满池塘。绿茎红艳两相乱,肠断,水风凉。

——温庭筠

捣练子

又名《深院月》。

单调,二十七字。五句,三平韵。

+||,|――(韵)+|―-+|-(韵)+|+――||,|-+|||――(韵)

深院静,小庭空,断续寒砧断续风。无奈夜长人不寐,数声和月到帘栊。

——李　煜

(此词一作冯延巳所作。)

又一体

双调,三十八字。前后段各五句,三平韵。

-||,|――(韵)+-+||――(韵)|――,+|-(韵)
-+|,|――(韵)+-|||――(韵)|-+,++-(韵)

心自小,玉钗头。月娥飞下白萍洲。水中仙,月下游。
江汉佩,洞庭舟。香名薄幸寄青楼。问何如,打泊浮。

——李　石

酒泉子

双调,四十字。前段五句,两平韵,两仄韵;后段五句,三仄韵,一平韵。

+|+-(平韵)+|+-+|(换仄韵)++-,-+|(韵)|――(归平韵)
+-+|+-|(换仄韵)++-+|(韵)++-,++|(韵)|　(归平韵)

日映纱窗,金鸭小屏山碧。故乡春,烟霭隔,背兰釭。
宿妆惆怅倚高阁,千里云影薄。草初齐,花又落,燕双双。

——温庭筠

又一体

双调,四十一字。前后段各五句,两平韵,两仄韵。

－｜｜－(平韵)－｜｜－－｜(换仄韵)｜－－,－｜｜(韵)｜－－(归平韵)
｜－－｜｜－－(韵)－｜｜－－｜(换仄韵)｜－－,－｜｜(韵)｜－－(归平韵)

罗带惹香,犹系别时红豆。泪痕新,金缕旧,断离肠。
一双娇燕语雕梁,还是去年时节。绿荫浓,芳草歇,柳花狂。

——温庭筠

浣溪沙

又名《浣溪纱》《减字浣溪沙》《浣纱溪》《小庭花》《满院春》《东风寒》《广寒枝》等。

双调,四十二字。前段三句,三平韵;后段三句,两平韵。

＋｜＋－＋｜－(韵)＋－＋｜｜－－(韵)＋－＋｜｜－－(韵)
＋｜＋－－｜｜,＋－＋｜｜－－(韵)＋－＋｜｜－－(韵)

一曲新词酒一杯,去年天气旧亭台,夕阳西下几时回?
无可奈何花落去,似曾相识燕归来,小园香径独徘徊。

——(宋)晏　殊

珠帘卷

双调,四十七字。前段五句,三平韵;后段五句,两平韵。

－－｜,｜－－(韵)－－｜｜－－(韵)－｜－－－｜,－－－｜－(韵)
－｜｜－－｜,－－｜｜－－(韵)－｜｜－－｜,－｜｜,｜－－(韵)

珠帘卷,暮云愁。垂杨暗锁青楼。烟雨蒙蒙如画,轻风吹旋收。
香断锦屏新别,人间玉簟初秋。多少旧欢新恨,书杳杳,梦悠悠。

——欧阳修

海棠春

双调,四十八字。前后段各四句,三仄韵。

＋－＋｜－－｜(韵)＋＋、＋－＋｜(韵)＋｜｜－－,＋｜－－｜(韵)

+－＋｜－－｜（韵）｜＋｜、－－｜｜（韵）｜｜｜－－，｜｜－－｜（韵）

流莺窗外啼声巧。睡未足、把人惊觉。翠被晓寒轻,宝篆沉烟袅。宿醒未解宫娥报。道别院、笙歌宴早。试问海棠花,昨夜开多少。

——秦　观

烛影摇红

又名《忆故人》《归去曲》等。

双调,五十字。前段五句,两仄韵;后段五句,三仄韵。

｜｜－－,｜｜－,｜｜－、－－｜（韵）－－－｜｜－－,－｜－－｜（韵）
－｜－－｜｜（韵）｜－－、－－｜｜（韵）｜－－,｜｜－－,－－－｜（韵）

烛影摇红,向夜阑,乍酒醒、心情懒。尊前谁为唱阳关,离恨天涯远。无奈云沉雨散。凭栏杆、东风泪眼。海棠开后,燕子来时,黄昏庭院。

——王　诜

又一体

双调,九十六字。前后段各九句,五仄韵。

＋｜－－,｜－＋｜－－｜（韵）＋－＋｜｜－－,＋｜－－｜（韵）＋｜＋－｜｜（韵）｜－－、－－｜｜（韵）｜－－,＋｜－－,－－｜｜｜（韵）

＋｜－－,｜－＋｜－－｜（韵）＋－－｜｜－－,＋｜－－｜（韵）＋｜＋－｜｜（韵）｜－－、－－｜｜（韵）｜－－,＋｜－－,－－－｜（韵）

脸轻匀,黛眉巧画宫妆浅。风流天付与精神,全在娇波转。早是萦心可惯。更哪堪、频频顾盼。几回相见,见了还休,争如不见。

烛影摇红,夜阑饮散春宵短。当时谁解唱阳关,离恨天涯远。无奈云收雨散。凭栏杆、东风泪眼。海棠开后,燕子来时,黄昏庭院。

——周邦彦

浪淘沙

即《浪淘沙令》。又名《卖花声》《过龙门》等。

《浪淘沙》有七言绝句体,此处不录。

双调,五十四字。前后段各五句,四平韵。

+丨丨——(韵)+丨——(韵)+—+丨丨——(韵)+丨+——丨丨,+丨——(韵)

+丨丨——(韵)+丨——(韵)+—+丨丨——(韵)+丨+——丨丨,+丨——(韵)

帘外雨潺潺,春意阑珊,罗衾不耐五更寒。梦里不知身是客,一晌贪欢。

独自莫凭栏,无限江山,别时容易见时难。流水落花春去也,天上人间。

——李 煜

唐多令

又名《糖多令》《南楼令》《箜篌曲》。

双调,六十字。前后段各五句,四平韵。

+丨丨——(韵)+—+丨—(韵)丨+—、+丨——(韵)+丨+——丨丨,++丨、——(韵)

+丨丨——(韵)+—+丨—(韵)丨+—、+丨——(韵)+丨+——丨丨,++丨、——(韵)

雨过水明霞,潮回岸带沙。叶声寒、飞透窗纱。堪恨西风吹世换,更吹我、落天涯。

寂寞古豪华,乌衣日又斜。说兴亡、燕入谁家?惟有南来无数雁,和明月、宿芦花。

——邓 剡

破阵子

又名《十拍子》

双调,六十二字。前后段各五句,三平韵。

+丨+—+丨,+—+丨——(韵)+丨+——丨丨,+丨——+丨—(韵)+—+丨—(韵)

＋｜＋－＋｜，＋－＋｜－－（韵）＋｜＋－－｜｜，＋｜－－＋｜－（韵）＋－＋｜－（韵）

燕子来时新社，梨花落后清明。池上碧苔三四点，叶底黄鹂一两声，日长飞絮轻。

巧笑东邻女伴，采桑径里逢迎。疑怪昨宵春梦好，原是今朝斗草赢，笑从双脸生。

——晏　殊

十一画

渔歌子

又名《渔父》《渔父乐》。

单调，二十七字。五句，四平韵。

＋｜－－｜｜－（韵）＋－＋｜｜－－（韵）－｜｜，｜－－（韵）＋－＋｜｜－－（韵）

西塞山前白鹭飞，桃花流水鳜鱼肥。青箬笠，绿蓑衣，斜风细雨不须归。

——张志和

渔家傲

双调，六十二字。前后段各五句，五仄韵。

＋｜＋－－｜｜（韵）＋－＋｜－－｜（韵）＋｜＋－－｜｜（韵）｜｜（韵）＋｜－－｜（韵）

＋｜＋－－｜｜（韵）＋－＋｜－－｜（韵）＋｜＋－－｜｜（韵）－＋｜（韵）＋－＋｜－－｜（韵）

画鼓声中昏又晓。时光只解催人老。求得浅欢风日好。齐揭调。神仙一曲渔家傲。

绿水悠悠天杳杳。浮生岂得长年少。莫惜醉来开口笑。须信道。人间万事何时了。

——晏　殊

减字木兰花

又名《木兰香》。

双调,四十四字。前后段各四句,两仄韵,两平韵。

+-+|(韵)+|+--||(韵)+|--(换平韵)+|--+|-(韵)
+-+|(另换仄韵)+|+--||(韵)+|--(另换平韵)+|--+|-(韵)

天涯旧恨,独自凄凉人不问。欲见回肠,断尽金炉小篆香。
黛蛾长敛,任是春风吹不展。困倚危楼,过尽飞鸿字字愁。

——秦　观

菩萨蛮

又名《重叠金》《子夜歌》《花间意》等。

双调,四十四字。前后段各四句,两仄韵,两平韵。

+-+|--|(韵)+-+|--|(韵)+||--(换平韵)+-+|-(韵)
+--|||(另换仄韵)+|+-|(韵)+||--(另换平韵)+-+|-(韵)

平林漠漠烟如织,寒山一带伤心碧。暝色入高楼,有人楼上愁。
玉阶空伫立,宿鸟归飞急。何处是归程?长亭更短亭。

——李　白

谒金门

又名《空相忆》《花自落》《垂杨碧》《杨花落》《山塞》《东风吹酒面》《不怕醉》《醉花春》《春早湖山》等。

双调,四十五字。前后段各四句,四仄韵。

-+|(韵)+|+--|(韵)+|+--||(韵)+--||(韵)
+|+-+|(韵)+|+-+|(韵)+|+--||(韵)+--||(韵)

空相忆,无计得传消息。天上嫦娥人不识,寄书何处觅。
新睡觉来无力,不忍把伊书迹。满院落花春寂寂,断肠芳草碧。

——韦　庄

清平乐

又名《忆萝月》《醉东风》。

双调,四十六字。前段四句,四仄韵;后段四句,三平韵。此词另有前段结句六字折腰句式,如赵长卿"鸿来燕去"词。

+-+│(韵)+│--│(韵)+│+--││(韵)+++-+│(韵)
+-+│--(换平韵)+-+│--(韵)+│+-+│,+-+│--(韵)

春归何处?寂寞无行路。若有人知春去处,唤取归来同住。
春无踪迹谁知?除非问取黄鹂。百啭无人能解,因风飞过蔷薇。

——黄庭坚

鸿来燕去。又是秋光暮。冉冉流年嗟暗度。这心事、还无据。
寒窗露冷风清。旅魂幽梦频惊。何日利名俱赛,为予笑下愁城。

——赵长卿

眼儿媚

又名《小阑干》《东风寒》《秋波媚》。

双调,四十八字。前段五句,三平韵;后段五句,两平韵。

另有前段首句平仄用"+-+││--"者,如贺铸词"萧萧江上荻花秋"句。

-│--│--(韵)+││--(韵)+-+│,+-+│,+│--(韵)
+-+│--,+││--(韵)+-+│,+-+│,+│--(韵)

杨柳丝丝弄轻柔,烟缕织成愁。海棠未雨,梨花先雪,一半春休。
而今往事难重省,归梦绕秦楼。相思只在,丁香枝上,豆蔻梢头。

——王 雱

萧萧江上荻花秋,做弄许多愁。半竿落日,两行新雁,一叶扁舟。
惜分长怕君先去,直待醉时休。今宵眼底,明朝心上,后日眉头。

——贺 铸

望江怨

单调,三十五字。七句,六仄韵。

——｜(韵)｜｜｜——｜—｜(韵)———｜｜(韵)｜——｜——｜(韵)｜—｜(韵)｜｜｜——,｜——｜｜(韵)

东风急,惜别花时手频执。罗帏愁独入。马嘶残雨春芜湿。倚门立,寄语薄情郎,粉香和泪泣。

——牛　峤

望梅花

又名《望梅花令》

双调,三十八字。前段三句,两平韵。后段三句,三平韵。

｜——｜｜——(韵)｜｜｜、———｜,｜｜———｜—(韵)—｜｜——(韵)—｜——｜｜(韵)—｜｜｜——(韵)

数枝开与短墙平,见雪萼,红跗相映。引起谁人边塞情。
帘外欲三更,吹断离愁月正明。空听隔江声。

——孙光宪

望仙门

双调,四十六字。前段四句,四平韵;后段五句,三平韵,一叠韵。此词后段第四句三字,例用叠句。

｜——｜｜——(韵)｜——(韵)+—+｜｜——(韵)｜——(韵)
+｜——｜,——｜｜——(韵)｜——｜｜——(韵)｜——(叠)—｜｜——(韵)

玉池波浪碧如鳞。露莲新。清歌一曲翠眉颦。舞华茵。
满酌兰英酒,须知献寿千春。太平无事荷君恩。荷君恩。齐唱望仙门。

——晏　殊

常用词谱精选　503

望江东

双调,五十二字。前后段各四句,四仄韵。

－｜－－｜－｜(韵)｜｜｜、－－｜(韵)－－｜｜｜－｜(韵)｜｜｜、－－｜(韵)
－－｜｜－－｜(韵)｜｜｜、－－｜(韵)｜－－｜｜－｜(韵)｜－｜、－－｜(韵)

江水西头隔烟树。望不见、江东路。思量只有梦来去。更不怕、江阑住。

灯前写了书无数。算没个、人传与。直饶寻得雁分付。又还是、秋将暮。

——黄庭坚

望海潮

双调,一百七字。前段十一句,五平韵;后段十一句,六平韵。

＋－－｜,－－＋｜,＋－＋｜－－(韵)－｜｜｜－,－－｜｜,＋－＋｜－－(韵)＋｜｜－－(韵)｜＋＋＋｜,＋｜－－(韵)＋｜－－,＋＋＋｜｜－－(韵)

＋－＋｜－－(韵)｜＋－｜｜,＋｜－－(韵)－｜｜｜－,－－｜｜,＋－＋｜－－(韵)＋｜｜｜－－(韵)＋＋－＋｜,＋｜－－(韵)＋｜－－｜,＋｜｜｜－－(韵)

东南形胜,三吴都会,钱塘自古繁华。烟柳画桥,风帘翠幕,参差十万人家。云树绕堤沙。怒涛卷霜雪,天堑无涯。市列珠玑,户盈罗绮竞豪奢。

重湖叠巘清嘉。有三秋桂子,十里荷花。羌管弄晴,菱歌泛夜,嬉嬉钓叟莲娃。千骑拥高牙。乘醉听箫鼓,吟赏烟霞。异日图将好景,归去凤池夸。

——柳　永

黄莺儿

双调,九十六字。前段十句,四仄韵;后段十句,五仄韵。

＋－－｜－－｜(韵)＋｜－－,－｜－－,＋＋－－,＋＋－｜(韵)－｜｜｜－－,｜｜

——|（韵）|——|——,||——,—|—|（韵）
　—|（韵）|||——,||——|（韵）|——+,||——,——++—|（韵）—
|||——,||——|（韵）|++|——,+|——|（韵）

　　园林晴昼春谁主。暖律潜催,幽谷暄和,黄鹂翩翩,乍迁芳树。观露湿缕金衣,叶映如簧语。晓来枝上绵蛮,似把芳心,深意低诉。

　　无据。乍出暖烟来,又趁游蜂去。恣狂踪迹,两两相呼,终朝雾吟风舞。当上苑柳秾时,别馆花深处,此际海燕偏饶,都把韶光与。

——柳　永

十二画

晴偏好

单调,二十四字。四句,四仄韵。

———|——（韵）——||——（韵）——|（韵）——||——（韵）

　　平湖千顷生芳草,芙蓉不照红颠倒。东坡道,波光潋滟晴偏好。

——李霜崖

朝中措

又名《照江梅》《芙蓉曲》《梅月圆》。

双调,四十八字。前段四句,三平韵;后段五句,两平韵。

又有后段一二三句十二字合为七字、五字两句者,如辛弃疾"年年金蕊艳西风"词。

+—+||——（韵）+||——（韵）+|+—+|,+—+|——（韵）
+—+|,+—+|,+|——（韵）+|+—+|,+—+|——（韵）

　　平山阑槛倚晴空,山色有无中。手种堂前垂柳,别来几度春风。
　　文章太守,挥毫万字,一饮千钟。行乐直须年少,尊前看取衰翁。

——欧阳修

年年金蕊艳西风,人与菊花同。霜鬓经春重绿,仙姿不饮长虹。焚香度日尽从容,笑语调儿童。一岁一杯为寿,从今更数千钟。

——辛弃疾

喝火令

双调,六十五字。前段五句,三平韵;后段七句,四平韵。

｜｜――｜,――｜｜―(韵)｜――｜｜――(韵)―｜｜｜――,―｜｜――(韵)
｜｜――｜,――｜｜―(韵)｜――｜｜――(韵)｜｜――,｜｜｜――(韵)｜｜｜――｜,｜｜｜――(韵)

见晚情如旧,交疏分已深。舞时歌处动人心。烟水数年魂梦,无处可追寻。

昨夜灯前见,重题汉上襟。便愁云雨又难禁。晓也星稀,晓也月西沉。晓也雁行低度,不会寄芳音。

——黄庭坚

十三画

感恩多

双调,三十九字。前段四句,两仄韵,两平韵;后段五句,两平韵,一叠韵。此词后段第三句必用叠句。

又有后段换头为七字句者。如牛峤"自从南浦别"词。

｜――｜｜(仄韵)―｜――(韵)―――｜―(换平韵)｜――(韵)
｜｜――｜｜,｜――(韵)｜――(叠)｜｜――,｜――｜―(韵)

两条红粉泪,多少香闺意。强攀桃李枝,敛愁眉。陌上莺啼蝶舞,柳花飞。柳花飞,愿得郎心,忆家还早归。

——牛　峤

自从南浦别,愁见丁香结。近来情转深,忆鸳衾。

几度将书托烟雁,泪盈襟。泪盈襟。礼月求天,愿君知我心。

——牛　峤

虞美人

又名《玉壶冰》《忆柳曲》《一江春水》等。

双调,五十六字。前后段各四句,两仄韵,两平韵。

＋－＋｜－－｜(仄韵)＋｜－－｜(韵)＋－＋｜｜－－(换平韵)＋｜＋－－｜｜－－(韵)

＋－＋｜－－｜(另换仄韵)＋｜－－｜(韵)＋－＋｜｜－－(另换平韵)＋｜＋－－｜｜－－(韵)

春花秋月何时了,往事知多少。小楼昨夜又东风,故国不堪回首月明中。

雕栏玉砌应犹在,只是朱颜改。问君能有几多愁,恰似一江春水向东流。

——李　煜

又一体

双调,五十八字。前后段各五句,两仄韵,三平韵。

＋－＋｜－－｜(仄韵)＋｜－－｜(韵)＋－＋｜｜－－(换平韵)＋－＋｜｜－－(韵)｜－－(韵)

＋－＋｜－－｜(另换仄韵)＋｜－－｜(韵)＋－＋｜｜－－(另换平韵)＋－＋｜｜－－(韵)｜－－(韵)

宝檀金缕鸳鸯枕,绶带盘宫锦。夕阳低映小窗明,南园绿树语莺莺,梦难成。

玉炉香暖频添炷,满地飘轻絮。珠帘不卷度沉烟,庭前闲立画秋千,艳阳天。

——毛文锡

鹊桥仙

又名《鹊桥仙令》《忆人人》《金凤玉露相逢曲》《广寒秋》等。

双调,五十六字。前后段各五句,两仄韵。

另有前后段第一、二句俱押韵者,如辛弃疾"溪边白鹭"词。

+-+｜,+-+｜,+｜+-+｜(韵)+-+｜｜--,｜+｜、--+｜(韵)
+-+｜,+-+｜,+｜+-+｜(韵)+-+｜｜--,｜+｜、--+｜(韵)

纤云弄巧,飞星传恨,银汉迢迢暗度。金风玉露一相逢,便胜却、人间无数。

柔情似水,佳期如梦,忍顾鹊桥归路。两情若是久长时,又岂在、朝朝暮暮?

——秦　观

溪边白鹭,来吾告汝。溪里鱼儿堪数。主人怜汝汝怜鱼,要物我、欣然一处。

白沙远浦,青泥别渚。剩有虾跳鳅舞。任君飞去饱时来,看头上、风吹一缕。

——辛弃疾

满江红

双调,九十三字。前段八句,四仄韵;后段十句,五仄韵。

+｜--,++｜、+-｜(韵)｜｜｜、｜　｜｜,｜　｜(韵)｜｜｜　｜｜,-+｜--(韵)｜｜++、+｜｜--、--｜(韵)

-+｜,-+｜(韵)-+｜,--(韵)+-++｜,++-｜(韵)+｜+--｜｜,+-+｜--(韵)+++、+｜｜--、--｜(韵)

暮雨初收,长川静、征帆夜落。临岛屿、蓼烟疏淡,苇风萧索。几许渔人飞短艇,尽载灯火归村落。遣行客、当此念回程,伤漂泊。

桐江好,烟漠漠。波似染,山如削。绕严陵滩畔,鹭飞鱼跃。游宦区区成底事?平生况有云泉约。归去来、一曲仲宣吟,从军乐。

——柳　永

又一体(平韵格)

双调,九十三字。前段八句,四平韵;后段十句,五平韵。

+｜——,++｜、-+｜-(韵)-+｜、+-+｜,+｜——(韵)+｜———｜｜,+-+｜｜——(韵)｜+-、+｜｜——,-｜-(韵)

-+｜,+｜-(韵)++｜,｜——(韵)｜+-+｜,+｜——(韵)+｜+-｜｜,+-+｜｜——(韵)｜+-、+｜｜——,-｜-(韵)

仙姥来时,正一望、千顷翠澜。旌旗共,乱云俱下,依约前山。命驾群龙金作轭,相从诸娣玉为冠。向夜深,风定悄无人,闻佩环。
神奇处,君试看。奠淮右,阻江南。遣六丁雷电,别守东关,却笑英雄无好手,一篙春水走曹瞒。又怎知,人在小红楼,帘影间。

——姜　夔

满庭芳

又名《满庭霜》《满庭花》《潇湘夜雨》《话桐乡》等。

双调,九十五字。前后段各十句,四平韵。

另有后段第四、五句作五字、四字句。后段开头一句分作两字、三字两句,且两字句要押韵。如周邦彦《夏日溧水无想山作》词。

+｜——,+-+｜,+-+｜——(韵)+-+｜,+｜｜——(韵)+｜+-+｜,+｜、+｜——(韵)+-｜,+-+｜,+｜｜——(韵)

+-｜｜,+-+｜,+｜——(韵)｜++,+++｜——(韵)+｜+-+｜,-｜、+｜——(韵)——｜,+-+｜,+｜｜——(韵)

南苑吹花,西楼题叶,故园欢事重重。凭栏秋思,闲记旧相逢。几处歌云梦雨,可怜便、流水西东。别来久,浅情未有,锦字系征鸿。
年光还少味,开残槛菊,落尽溪桐。漫留得,尊前淡月西风。此恨谁堪共说,清愁付、绿酒杯中。佳期在,归时待把,香袖看啼红。

——晏几道

风老莺雏,雨肥梅子,午阴嘉树清圆。地卑山近,衣润费炉烟。人静乌鸢自乐,小桥外、新渌溅溅。凭栏久,黄芦苦竹,疑泛九江船。

年年,如社燕,飘流瀚海,来寄修椽。且莫思身外,长近尊前。憔悴江南倦客,不堪听、急管繁弦。歌筵畔,先安枕簟,容我醉时眠。

——周邦彦《夏日溧水无想山作》

十四画

潇湘神

单调,二十七字。五句,三平韵,一叠韵。

-｜-(韵)-｜-(叠)｜-+｜｜--(韵)+｜｜｜--｜｜,---｜｜｜--(韵)

斑竹枝,斑竹枝,泪痕点点寄相思。楚客欲听瑶瑟怨,潇湘深夜月明时。

——刘禹锡

十五画

醉太平

又名《凌波曲》《醉思凡》等。

双调,三十八字。前后段同,各四句,四平韵。

--｜-(韵)--｜-(韵)+-+｜--(韵)｜--｜-(韵)
--｜-(韵)--｜-(韵)+-+｜--(韵)｜--｜-(韵)

情高意真,眉长鬓青。小楼明月调筝,写春风数声。
思君忆君,魂牵梦萦。翠绡香暖云屏,更哪堪酒醒。

——刘　过《闺情》

醉花间

双调,四十一字。前段五句,三仄韵,一叠韵;后段四句,三仄韵。

——｜（韵）｜－｜（叠）－｜——｜（韵）－｜｜——，｜｜——｜（韵）
－——｜｜（韵）｜｜——｜（韵）——｜｜－，－｜——｜（韵）

深相忆，莫相忆，相忆情难极。银汉是红墙，一带遥相隔。
金盘珠露滴，两岸榆花白。风摇玉佩清，今夕为何夕？

——毛文锡

醉花阴

双调，五十二字。前后段各五句，三仄韵。

＋｜＋——｜｜（韵）＋｜——｜（韵）＋｜｜——，＋｜——，＋｜——｜（韵）
＋－＋｜——｜（韵）｜｜——｜（韵）＋｜｜——，＋｜——，＋｜——｜（韵）

薄雾浓云愁永昼，瑞脑销金兽。佳节又重阳，玉枕纱厨，半夜凉初透。
东篱把酒黄昏后，有暗香盈袖。莫道不消魂，帘卷西风，人比黄花瘦。

——李清照

醉春风

又名《怨东风》。

双调，六十四字。前后段各七句，四仄韵，两叠韵。

｜｜——｜（韵）———｜｜（韵）——＋｜｜——，｜（韵）｜（叠）｜（叠）＋｜——，｜——｜，｜——｜（韵）
｜｜——｜（韵）－＋－＋｜（韵）＋－＋｜｜——，｜（韵）｜（叠）｜（叠）－——，｜－＋｜，｜——｜（韵）

陌上清明近，行人难借问。风流何处不归来，闷、闷、闷。回雁峰前，戏鱼波上，试寻芳信。
夜永兰膏烬，春睡何曾稳。枕边珠泪几时乾，恨、恨、恨。唯有窗前，过来明月，照人方寸。

——赵德仁

踏莎行

又名《喜朝天》《柳长春》《踏雪行》等。

双调,五十八字。前后段各五句,三仄韵。

+｜−−,+−+｜(韵)+−+｜−−｜(韵)+−+｜｜｜−−,+−+｜−−｜(韵)
+｜−−,+−+｜(韵)+−+｜−−｜(韵)+−+｜｜｜−−,+−+｜−−｜(韵)

细草愁烟,幽花怯露,凭栏总是销魂处。日高深院静无人,时时海燕双飞去。

带缓罗衣,香残蕙炷,天长不禁迢迢路。垂杨只解惹春风,何曾系得行人住。

——晏　殊

蝶恋花

又名《鹊踏枝》《黄金缕》《卷珠帘》《明月生南浦》《凤栖梧》。

双调,六十字。前后段各五句,四仄韵。

+｜+−−｜｜(韵)+｜−−,+｜−−｜(韵)+｜+−−｜｜(韵)+−+｜−−｜(韵)

+｜+−−｜｜(韵)+｜−−,+｜−−｜(韵)+｜+−−｜｜(韵)+−+｜−−｜(韵)

庭院深深深几许?杨柳堆烟,帘幕无重数。玉勒雕鞍游冶处,楼高不见章台路。

雨横风狂三月暮。门掩黄昏,无计留春住。泪眼问花花不语,乱红飞过秋千去。

——欧阳修

十六画

鹧鸪天

又名《思佳客》《思越人》《翦朝霞》《醉梅花》《骊歌一叠》等。

双调,五十五字。前段四句,三平韵;后段五句,三平韵。

＋｜－－＋｜－(韵)＋－＋｜｜－－(韵)＋－＋｜－－｜,＋｜－－＋｜－(韵)
－｜｜,｜－－(韵)＋－＋｜－－(韵)＋－＋｜－－｜,＋｜－－＋｜－(韵)

扑面征尘去路遥,香篝渐觉水沉销。山无重数周遭碧,花不知名分外娇。

人历历,马啸啸,旌旗又过小红桥。愁边剩有相思句,摇断吟鞭碧玉梢。

——辛弃疾《东阳道中》

十七画

霜天晓角

又名《月当窗》《踏月》《长桥月》。

双调,四十三字。前后段各四句,三仄韵。

＋－＋｜(韵)＋｜－－｜(韵)－｜｜－－｜,++｜、－－｜(韵)
＋－－｜｜(韵)＋－－｜｜(韵)－｜｜－－｜,++｜、－－｜(韵)

吴头楚尾,一棹人千里。休说旧愁新恨,长亭树、今如此。

宦游吾倦矣,玉人留我醉。明日落花寒食,得且住、为佳耳。

——辛弃疾《旅兴》

又一体

双调,四十三字。前段四句,三仄韵;后段五句,四仄韵。

＋－＋｜(韵)++－＋｜(韵)＋｜＋－＋｜,++｜、++｜(韵)
＋｜(韵)＋｜｜｜(韵)++++｜(韵)＋｜＋－＋｜,++｜、++｜(韵)

冰清霜洁,昨夜梅花发。甚处玉龙三弄,声摇动、枝头月。

梦绝。金兽爇,晓寒兰烬灭。要卷珠帘清赏,且莫扫、阶前雪。

——林　逋

又一体(平韵格)

双调,四十三字。前段四句,三平韵;后段五句,四平韵。

-｜--(韵)｜--｜-(韵)｜｜｜--｜｜,-｜｜、｜--(韵)

--(韵)-｜-(韵)｜--｜-(韵)｜｜｜--｜,-｜｜、｜--(韵)

人影窗纱,是谁来折花?折则从他折去,知折去、向谁家。

檐牙,枝最佳。折时高折些。说与折花人道,须插向、鬓边斜。

——蒋　捷

笠翁对韵

清·李渔

上平声

【一东】

天对地,雨对风。大陆对长空。山花对海树,赤日对苍穹。雷隐隐,雾蒙蒙。日下对天中。风高秋月白,雨霁晚霞红。牛女二星河左右,参商两曜斗西东。十月塞边,飒飒寒霜惊戍旅;三冬江上,漫漫朔雪冷渔翁。

河对汉,绿对红。雨伯对雷公。烟楼对雪洞,月殿对天宫。云叆叇,日曈朦。蜡屐对渔篷。过天星似箭,吐魄月如弓。驿旅客逢梅子雨,池亭人抱藕花风。茅店村前,皓月坠林鸡唱韵;板桥路上,青霜锁道马行踪。

山对海,华对嵩。四岳对三公。宫花对禁柳,塞雁对江龙。清暑殿,广寒宫。拾翠对题红。庄周梦化蝶,吕望兆飞熊。北牖当风停夏扇,南帝曝日省冬烘。鹤舞楼头,玉笛弄残仙子月;凤翔台上,紫箫吹断美人风。

【二冬】

晨对午,夏对冬。下饷对高舂。青春对白昼,古柏对苍松。垂钓客,荷锄翁。仙鹤对神龙。凤冠珠闪烁,螭带玉玲珑。三元及第才千顷,一品当朝禄万钟。花萼楼间,仙李盘根调国脉;沉香亭畔,娇杨擅宠起边风。

清对淡,薄对浓。暮鼓对晨钟。山茶对石菊,烟锁对云封。金菡萏,玉芙蓉。绿绮对青锋。早汤先宿酒,晚食继朝饔。唐库金钱能化蝶,延津宝剑会成龙。巫峡浪传,云雨荒唐神女庙;岱宗遥望,儿孙罗列丈人峰。

繁对简,叠对重。意懒对心慵。仙翁对释伴,道范对儒宗。花灼灼,草茸茸。浪蝶对狂蜂。数竿君子竹,五树大夫松。高皇灭项凭三杰,虞帝承尧殛四凶。内苑佳人,满地风光愁不尽;边关过客,连天烟草憾无穷。

【三江】

奇对偶,只对双。大海对长江。金盘对玉盏,宝烛对银釭。朱漆槛,碧纱窗。舞调对歌腔。兴汉推马武,谏夏著龙逄。四收列国群王伏,三筑高城众敌降。跨凤登台,潇洒仙姬秦弄玉;斩蛇当道,英雄天子汉刘邦。

颜对貌,像对庞。步辇对徒杠。停针对搁笔,意懒对心降。灯闪闪,月幢幢。揽辔对飞艎。柳堤驰骏马,花院吠村尨。酒量微熏琼杏颊,香尘没印玉莲双。诗写丹枫,韩女幽怀流御水;泪弹斑竹,舜妃遗憾积湘江。

【四支】

泉对石,干对枝。吹竹对弹丝。山亭对水榭,鹦鹉对鸬鹚。五色笔,十香词。泼墨对传卮。神奇韩干画,雄浑李陵诗。几处花街新夺锦,有人香径淡凝脂。万里烽烟,战士边头争保塞;一犁膏雨,农夫村外尽乘时。

俎对醢,赋对诗。点漆对描脂。瑶簪对珠履,剑客对琴师。沽酒价,买山资。国色对仙姿。晚霞明似锦,春雨细如丝。柳绊长堤千万树,花横野寺两三枝。紫盖黄旗,天象预占江左地;青袍白马,童谣终应寿阳儿。

箴对赞,缶对卮。萤照对蚕丝。轻裾对长袖,瑞草对灵芝。流涕策,断肠诗。喉舌对腰肢。云中熊虎将,天上凤凰儿。禹庙千年垂橘柚,尧阶三尺覆茅茨。湘竹含烟,腰下轻纱笼玳瑁;海棠经雨,脸边清泪湿胭脂。

争对让,望对思。野葛对山栀。仙风对道骨,天造对人为。专诸剑,博浪椎。经纬对干支。位尊民物主,德重帝王师。望切不妨人去远,心忙无奈马行迟。金屋闭来,赋乞茂陵题柱笔;玉楼成后,记须昌谷负囊词。

【五微】

贤对圣,是对非。觉奥对参微。鱼书对雁字,草舍对柴扉。鸡晓唱,雉朝飞。红瘦对绿肥。举杯邀月饮,骑马踏花归。黄盖能成赤壁捷,陈平善解白登危。太白书堂,瀑泉垂地三千丈;孔明祀庙,老柏参天四十围。

戈对甲,幄对帏。荡荡对巍巍。严滩对邵圃,靖菊对夷薇。占鸿渐,采凤飞。虎榜对龙旗。心中罗锦绣,口内吐珠玑。宽宏豁达高皇量,叱咤喑哑霸王威。灭项兴刘,狡兔尽时走狗死;连吴拒魏,貔貅屯处卧龙归。

衰对盛,密对稀。祭服对朝衣。鸡窗对雁塔,秋榜对春闱。乌衣巷,燕子矶。久别对初归。天姿真窈窕,圣德实光辉。蟠桃紫阙来金母,岭荔红尘进玉妃。霸王军营,亚父丹心撞玉斗;长安酒市,谪仙狂兴换银龟。

【六鱼】

羹对饭,柳对榆。短袖对长裾。鸡冠对凤尾,芍药对芙蕖。周有若,汉相如。王屋对匡庐。月明山寺远,风细水亭虚。壮士腰间三尺剑,男儿腹内五车书。疏影暗香,和靖孤山梅蕊放;轻阴清昼,渊明旧宅柳条舒。

吾对汝,尔对余。选授对升除。书箱对药柜,耒耜对耰锄。参虽鲁,回不愚。阀阅对阎闾。诸侯千乘国,命妇七香车。穿云采药闻仙子,踏雪寻梅策蹇驴。玉兔金乌,二气精灵为日月;洛龟河马,五行生克在图书。

欹对正,密对疏。囊橐对苞苴。罗浮对壶峤,水曲对山纡。骖鹤驾,待鸾舆。桀溺对长沮。搏虎卞庄子,当熊冯婕妤。南阳高士吟梁父,西蜀才人赋子虚。三径风光,白石黄花供杖履;五湖烟景,青山绿水在樵渔。

【七虞】

红对白,有对无。布谷对提壶。毛锥对羽扇,天阙对皇都。谢蝴蝶,郑鹧鸪。蹈海对归湖。花肥春雨润,竹瘦晚风疏。麦饭豆糜终创汉,莼羹鲈脍竟归吴。琴调轻弹,杨柳月中潜去听;酒旗斜挂,杏花村里共来沽。

罗对绮,茗对蔬。柏秀对松枯。中元对上巳,返璧对还珠。云梦泽,洞庭湖。玉烛对冰壶。苍头犀角带,绿鬓象牙梳。松阴白鹤声相应,镜里青鸾影不孤。竹户半开,对牖不知人在否;柴门深闭,停车还有客来无。

宾对主,婢对奴。宝鸭对金凫。升堂对入室,鼓瑟对投壶。砚合璧,颂联珠。提瓮对当垆。仰高红日近,望远白云孤。歆向秘书窥二酉,机云芳誉动三吴。祖饯三杯,老去常斟花下酒;荒田五亩,归来独荷月中锄。

君对父,魏对吴。北岳对西湖。菜蔬对茶荈,苴藤对菖蒲。梅花数,竹叶符。廷议对山呼。两都班固赋,八阵孔明图。田庆紫荆堂下茂,王裒青柏墓前枯。出塞中郎,羝有乳时归汉室;质秦太子,马生角日返燕都。

【八齐】

鸾对凤,犬对鸡。塞北对关西。长生对益智,老幼对旄倪。颁竹策,剪桐圭。剥枣对蒸梨。绵腰如弱柳,嫩手似柔荑。狡兔能穿三穴隐,鹪鹩权借一枝栖。甪里先生,策杖垂绅扶少主;於陵仲子,辟垆织履赖贤妻。

鸣对吠,泛对栖。燕语对莺啼。珊瑚对玛瑙,琥珀对玻璃。绛县老,伯州犁。测蠡对然犀。榆槐堪作荫,桃李自成蹊。投巫救女西门豹,赁浣逢妻百里奚。阙里门墙,陋巷规模原不陋;隋堤基址,迷楼踪迹亦全迷。

越对赵,楚对齐。柳岸对桃蹊。纱窗对绣户,画阁对香闺。修月斧,上天梯。蜥蜴对虹霓。行乐游春圃,工谀病夏畦。李广不封空射虎,魏明得立为存麑。按辔徐行,细柳功成劳王敬;闻声稍卧,临泾名震止儿啼。

【九佳】

门对户,陌对街。枝叶对根荄。斗鸡对挥麈,凤髻对鸾钗。登楚岫,渡秦淮。子犯对夫差。石鼎龙头缩,银筝雁翅排。百年诗礼延余庆,万里风云入壮怀。莫辨名伦,死矣野哉悲季路;不由径窦,生乎愚也有高柴。

冠对履,袜对鞋。海角对天涯。鸡人对虎旅,六市对三阶。陈俎豆,戏堆埋。皎皎对皑皑。贤相聚东阁,良朋集小斋。梦里山川书越绝,枕边风月记齐谐。三径萧疏,彭泽高风怡五柳;六朝华贵,琅琊佳气种三槐。

勤对俭,巧对乖。水榭对山斋。冰桃对雪藕,漏箭对更牌。寒翠袖,贵荆钗。慷慨对诙谐。竹径风声籁,花溪月影筛。携囊佳韵随时贮,荷锄沉酣到处埋。江海孤踪,雪浪风涛惊旅梦;乡关万里,烟峦云树切归怀。

杞对梓,桧对楷。水泊对山崖。舞裙对歌袖,玉陛对瑶阶。风入袂,月盈怀。虎兕对狼豺。马融堂上帐,羊侃水中斋。北面黉宫宜拾芥,东巡岱畤定燔柴。锦缆春江,横笛洞箫通碧落;华灯夜月,遗簪堕翠遍香街。

【十灰】

春对夏,喜对哀。大手对长才。风清对月朗,地阔对天开。游阆苑,醉蓬莱。七政对三台。青龙壶老杖,白燕玉人钗。香风十里望仙阁,明月一天思子台。玉橘冰桃,王母几因求道降;莲舟藜杖,真人原为读书来。

朝对暮,去对来。庶矣对康哉。马肝对鸡肋,杏眼对桃腮。佳兴适,好怀开。朔雪对春雷。云移鸂鶒观,日晒凤凰台。河边淑气迎芳草,林下清风待落梅。柳媚花明,燕语莺声浑是笑;松号柏舞,猿啼鹤唳总成哀。

忠对信,博对赅。忖度对疑猜。香消对烛暗,鹊喜对蛩哀。金化报,玉镜台。倒屣对衔杯。岩巅横老树,石磴覆苍苔。雪满山中高士卧,月明林下美人来。绿柳沿堤,皆因苏子来时种;碧桃满观,尽是刘郎去后栽。

【十一真】

莲对菊,凤对麟。浊富对清贫。渔庄对佛舍,松盖对花茵。萝月叟,葛天民。国宝对家珍。草迎金埒马,花醉玉楼人。巢燕三春尝唤友,塞鸿八月始来宾。古往今来,谁见泰山曾作砺;天长地久,人传沧海几扬尘。

兄对弟,吏对民。父子对君臣。勾丁对甫甲,赴卯对同寅。折桂客,簪花人。四皓对三仁。王乔云外舄,郭泰雨中巾。人交好友求三益,士有贤妻备五伦。文教南宣,武帝平蛮开百越;义旗西指,韩侯扶汉卷三秦。

申对午,侃对訚。阿魏对茵陈。楚兰对湘芷,碧柳对青筠。花馥馥,叶蓁蓁。粉颈对朱唇。曹公奸似鬼,尧帝智如神。南阮才郎差北富,东邻丑女效西颦。色艳北堂,草号忘忧忧甚事?香浓南国,花名含笑笑何人?

【十二文】

忧对喜,戚对欣。五典对三坟。佛经对仙语,夏耨对春耘。烹早韭,剪春芹。暮雨对朝云。竹间斜白接,花下醉红裙。掌握灵符五岳箓,腰悬宝剑七星文。金锁未开,上相趋听宫漏永;珠帘半卷,群僚仰对御炉薰。

词对赋,懒对勤。类聚对群分。鸾箫对凤笛,带草对香芸。燕许笔,韩柳文。旧话对新闻。赫赫周南仲,翩翩晋右军。六国说成苏子贵,两京收复郭公勋。汉阙陈书,侃侃忠言推贾谊;唐廷对策,岩岩直谏有刘蕡。

言对笑,绩对勋。鹿豕对羊羵。星冠对月扇,把袂对书裙。汤事葛,说兴殷。萝月对松云。西池青鸟使,北塞黑鸦军。文武成康为一代,魏吴蜀汉定三分。桂苑秋宵,明月三杯邀魏客;松亭夏日,薰风一曲奏桐君。

【十三元】

卑对长,季对昆。永巷对长门。山亭对水阁,旅舍对军屯。杨子渡,谢公墩。德重对年尊。承乾对出震,叠坎对重坤。志士报君思犬马,仁王养老察鸡豚。远水平沙,有客泛舟桃叶渡;斜风细雨,何人携榼杏花村。

君对相,祖对孙。夕照对朝暾。兰台对桂殿,海岛对山村。碑堕泪,赋招魂。报怨对怀恩。陵埋金吐气,田种玉生根。相府珠帘垂白昼,边城画角对黄昏。枫叶半山,秋去烟霞堪倚杖;梨花满地,夜来风雨不开门。

【十四寒】

家对国,治对安。地主对天官。坎男对离女,周诰对殷盘。三三暖,九九寒。杜撰对包弹。古壁蛩声匝,闲亭鹤影单。燕出帘边春寂寂,莺闻枕上漏珊珊。池柳烟飘,日夕郎归青锁闼;砌花雨过,月明人倚玉阑干。

肥对瘦,窄对宽。黄犬对青鸾。指环对腰带,洗钵对投竿。诛佞剑,进贤冠。画栋对雕栏。双垂白玉箸,九转紫金丹。陕右棠高怀召伯,河南花满忆潘安。陌上芳春,弱柳当风披彩线;池中清晓,碧荷承露捧珠盘。

行对卧,听对看。鹿洞对鱼滩。蛟腾对豹变,虎踞对龙蟠。风凛凛,雪漫漫。手辣对心酸。莺莺对燕燕,小小对端端。蓝水远从千涧落,玉山高并两峰寒。至圣不凡,嬉戏六龄陈俎豆;老莱大孝,承欢七秩舞斑斓。

【十五删】

林对坞,岭对峦。昼永对春闲。谋深对望重,任大对途艰。裙袅袅,佩珊珊。守塞对当关。密云千里合,新月一钩弯。叔宝君臣皆纵逸,重华父母是嚚顽。名动帝畿,西蜀三苏来日下;壮游京洛,东吴二陆起云间。

临对仿,吝对悭。讨逆对平蛮。忠肝对义胆,雾鬓对云鬟。埋笔冢,烂柯山。月貌对天颜。龙潜终得跃,鸟倦亦知还。陇树飞来鹦鹉绿,池筠密处鹧鸪斑。秋露横江,苏子月明游赤壁;冻云迷岭,韩公雪拥过蓝关。

下平声

【一先】

寒对暑,日对年。蹴鞠对秋千。丹山对碧水,淡雨对覃烟。歌宛转,貌婵娟。雪赋对云笺。荒芦栖南雁,疏柳噪秋蝉。洗耳尚逢高士笑,折腰肯受小儿怜。郭泰泛舟,折角半垂梅子雨;山涛骑马,接䍦倒着杏花天。

轻对重,肥对坚。碧玉对青钱。郊寒对岛瘦,酒圣对诗仙。依玉树,步金莲。凿井对耕田。杜甫清宵立,边韶白昼眠。豪饮客吞波底月,酣游人醉水中天。斗草青郊,几行宝马嘶金勒;看花紫陌,千里香车拥翠钿。

吟对咏,授对传。乐矣对凄然。风鹏对雪雁,董杏对周莲。春九十,岁三千。钟鼓对管弦。入山逢宰相,无事即神仙。霞映武陵桃淡淡,烟荒隋堤柳绵绵。七碗月团,啜罢清风生腋下;三杯云液,饮余红雨晕腮边。

中对外,后对先。树下对花前。玉柱对金屋,叠嶂对平川。孙子策,祖牛鞭。盛席对华筵。解醉知茶力,消愁识酒权。丝剪芰荷开冻沼,锦妆凫雁泛温泉。帝女衔石,海中遗魄为精卫;蜀王叫月,枝上游魂化杜鹃。

【二萧】

琴对管,斧对瓢。水怪对花妖。秋声对春色,白缣对红绡。臣五代,事三朝。头柄对弓腰。醉客歌金缕,佳人品玉箫。风定落花闲不扫,霜余残叶湿难烧。千载兴周,尚父一竿投渭水;百年霸越,钱王万弩射江潮。

荣对悴,夕对朝。露地对云霄。商彝对周鼎,殷瀡对虞韶。樊素口,小蛮腰。六诏对三苗。朝天车奕奕,出塞马萧萧。公子幽兰重泛舸,王孙芳草正联镳。潘岳高怀,曾向秋天吟蟋蟀;王维清兴,尝于雪夜画芭蕉。

耕对读,牧对樵。琥珀对琼瑶。兔毫对鸿爪,桂楫对兰桡。鱼潜藻,鹿藏蕉。水远对山遥。湘灵能鼓瑟,嬴女解吹箫。雪点寒梅横小院,风吹弱柳覆平桥。月牖通宵,绛蜡罢时光不减;风帘当昼,雕盘停后篆难消。

【三肴】

诗对礼,卦对爻。燕引对莺调。晨钟对暮鼓,野馔对山肴。雉方乳,鹊始巢。猛虎对神獒。疏星浮荇叶,皓月上松梢。为邦自古推瑚琏,从政于今愧斗筲。管鲍相知,能交忘形胶漆友;蔺廉有隙,终为刎颈死生交。

歌对舞,笑对嘲。耳语对神交。焉乌对亥豕,獭髓对鸾胶。宜久敬,莫轻抛。一气对同胞。祭遵甘布被,张禄念绨袍。花径风来逢客访,柴扉月到有僧敲。夜雨园中,一颗不雕王子柰;秋风江上,三重曾卷杜公茅。

衙对舍,廪对庖。玉磬对金铙。竹林对梅岭,起凤对腾蛟。鲛绡帐,兽锦袍。露果对风梢。扬州输橘柚,荆土贡菁茅。断蛇埋地称孙叔,渡蚁作桥识宋郊。好梦难成,蛩响阶前偏唧唧;良朋远到,鸡声窗外正嘐嘐。

【四豪】

茭对茨,荻对蒿。山麓对江皋。莺簧对蝶板,麦浪对松涛。骐骥足,凤凰毛。美誉对嘉褒。文人窥蠹简,学士书兔毫。马援南征载薏苡,张骞西使进葡萄。辩口悬河,万语千言常亹亹;词源倒峡,连篇累牍自滔滔。

梅对杏,李对桃。械朴对旌旄。酒仙对诗史,德泽对恩膏。悬一榻,梦三刀。拙逸对贵劳。玉堂花烛绕,金殿月轮高。孤山看鹤盘云下,蜀道闻猿向月号。万事从人,有花有酒应自乐;百年皆客,一丘一壑尽吾豪。

台对省,署对曹。分袂对同袍。鸣琴对击剑,返辙对回艚。良借箸,操捉刀。香茗对醇醪。滴泉归海大,篑土积山高。石室客来煎雀舌,画堂宾至饮羊羔。被谪贾生,湘水凄凉吟鹏鸟;遭逸屈子,江潭憔悴著离骚。

【五歌】

微对巨,少对多。直干对平柯。蜂媒对蝶使,雨笠对烟蓑。眉淡扫,面微酡。妙舞对清歌。轻衫裁夏葛,薄袂剪春罗。将相兼行唐李靖,霸王杂用汉萧何。月本阴精,岂有羿妻曾窃药;星为夜宿,浪传织女漫投梭。

慈对善,虐对苛。缥缈对婆娑。长杨对细柳,嫩蕊对寒莎。追风马,挽日戈。玉液对金波。紫诏衔丹凤,黄庭换白鹅。画阁江城梅作调,兰舟野渡竹为歌。门外雪飞,错认空中飘柳絮;岩边瀑响,误疑天半落银河。

松对竹,荇对荷。薜荔对藤萝。梯云对步月,樵唱对渔歌。升鼎雉,听经鹅。北海对东坡。吴郎哀废宅,邵子乐行窝。丽水良金皆待冶,昆山美玉总须磨。雨过皇州,琉璃色灿华清瓦;风来帝苑,荷芰香飘太液波。

笼对槛,巢对窝。及第对登科。冰清对玉润,地利对人和。韩擒虎,荣驾鹅。青女对素娥。破头朱泚笏,折齿谢鲲梭。留客酒杯应恨少,动人诗句不须多。绿野凝烟,但听村前双牧笛;沧江积雪,唯看滩上一渔蓑。

【六麻】

清对浊,美对嘉。鄙吝对矜夸。花须对柳眼,屋角对檐牙。志和宅,博望槎。秋实对春华。乾炉烹白雪,坤鼎炼丹砂。深宵望冷沙场月,边塞听残野戍笳。满院松风,钟声隐隐为僧舍;半窗花月,锡影依依是道家。

雷对电,雾对霞。蚁阵对蜂衙。寄梅对怀橘,酿酒对烹茶。宜男草,益母花。杨柳对蒹葭。班姬辞帝辇,蔡琰泣胡笳。舞榭歌楼千万尺,竹篱茅舍两三家。珊枕半床,月明时梦飞塞外;银筝一奏,花落处人在天涯。

圆对缺,正对斜。笑语对咨嗟。沈腰对潘鬓,孟笋对卢茶。百舌鸟,两头蛇。帝里对仙家。尧仁敷率土,舜德被流沙。桥上授书曾纳履,壁间题句已笼纱。远塞迢迢,露碛风沙何可极;长沙渺渺,雪涛烟浪信无涯。

疏对密,朴对华。义鹘对慈鸦。鹤群对雁阵,白苎对黄麻。读三到,吟八叉。肃静对喧哗。围棋兼把钓,沉李并浮瓜。羽客片时能煮石,狐禅千劫似蒸沙。党尉粗豪,金帐笼香斟美酒;陶生清逸,银铛融雪啜团茶。

【七阳】

台对阁,沼对塘。朝雨对夕阳。游人对隐士,谢女对秋娘。三寸舌,九回肠。玉液对琼浆。秦皇照胆镜,徐肇返魂香。青萍夜啸芙蓉匣,黄卷时摊薜荔床。元亨利贞,天地一机成化育;仁义礼智,圣贤千古立纲常。

红对白,绿对黄。昼永对更长。龙飞对凤舞,锦缆对牙樯。云弁使,雪衣娘。故国对他乡。雄文能徙鳄,艳曲为求凰。九日高峰惊落帽,暮春曲水喜流觞。僧占名山,云绕茂林藏古殿;客栖胜地,风飘落叶响空廊。

衰对壮,弱对强。艳饰对新妆。御龙对司马,破竹对穿杨。读班马,识求羊。水色对山光。仙棋藏绿橘,客枕梦黄粱。池草入诗因有梦,海棠带恨为无香。风起画堂,帘箔影翻青荇沼;月斜金井,辘轳声度碧桐墙。

臣对子,帝对王。日月对风霜。乌台对紫府,雪牖对云房。香山社,昼锦堂。蔀屋对岩廊。芬椒涂内壁,文杏饰高梁。贫女幸分东壁影,幽人高卧北窗凉。绣阁探春,丽日半笼青镜色;水亭醉夏,熏风常透碧筒香。

【八庚】

形对貌,色对声。夏邑对周京。江云对涧树,玉磬对银筝。人老老,我卿卿。晓燕对春莺。玄霜舂玉杵,白露贮金茎。贾客君山秋弄笛,仙人猴岭夜吹笙。帝业独兴,尽道汉高能用将;父书空读,谁言赵括善知兵。

功对业,性对情。月上对云行。乘龙对附骥,阆苑对蓬瀛。春秋笔,月旦评。东作对西成。隋珠光照乘,和璧价连城。三箭三人唐将勇,一琴一鹤赵公清。汉帝求贤,诏访严滩逢故旧;宋廷优老,年尊洛社重耆英。

昏对旦,晦对明。久雨对新晴。蓼湾对花港,竹友对梅兄。黄石叟,丹丘生。犬吠对鸡鸣。暮山云外断,新水月中平。半榻清风宜午梦,一犁好雨趁春耕。王旦登庸,误我十年迟作相;刘蕡不第,愧他多士早成名。

【九青】

庚对甲,己对丁。魏阙对彤庭。梅妻对鹤子,珠箔对银屏。鸳浴沼,鹭飞汀。鸿雁对鹡鸰。人间寿者相,天上老人星。八月好修攀桂斧,三春须系护花铃。江阁凭临,一水净连天际碧;石栏闲倚,群山秀向雨余青。

危对乱,泰对宁。纳陛对趋庭。金盘对玉箸,泛梗对浮萍。群玉圃,众芳亭。旧典对新型。骑牛闲读史,牧豕自横经。秋首田中禾颖重,春余园内菜花馨。旅次凄凉,塞月江风皆惨淡;筵前欢笑,燕歌赵舞独娉婷。

【十蒸】

萍对蓼,荬对菱。雁弋对鱼罾。齐纨对鲁绮,蜀锦对吴绫。星渐没,日初升。九聘对三征。萧何曾作吏,贾岛昔为僧。贤人视履循规矩,大匠挥斤校准绳。野渡春风,人喜乘潮移酒舫;江天暮雨,客愁隔岸对渔灯。

谈对吐,谓对称。冉闵对颜曾。侯嬴对伯嚭,祖逖对孙登。抛白纻,宴红绫。胜友对良朋。争名如逐鹿,谋利似趋蝇。仁杰姨惭周不仕,王陵母识汉方兴。句写穷愁,浣花寄迹传工部;诗吟变乱,凝碧伤心叹右丞。

【十一尤】

荣对辱,喜对忧。缱绻对绸缪。吴娃对越女,野马对沙鸥。茶解渴,酒消愁。白眼对苍头。马迁修史记,孔子作春秋。莘野耕夫闲举耜,渭滨渔父晚垂钩。龙马游河,羲帝因图而画卦;神龟出洛,禹王取法以明畴。

冠对履,舄对裘。院小对庭幽。面墙对膝地,错智对良筹。孤嶂耸,大江流。芳泽对园丘。花潭来越唱,柳屿起吴讴。莺懒燕忙三月雨,蛩摧蝉退一天秋。钟子听琴,荒径入林山寂寂;谪仙捉月,洪涛接岸水悠悠。

鱼对鸟,鹊对鸠。翠馆对红楼。七贤对三友,爱日对悲秋。虎类狗,蚁如牛。列辟对诸侯。陈唱临春乐,隋歌清夜游。空中事业麒麟阁,地下文章鹦鹉洲。旷野平原,猎士马蹄轻似箭;斜风细雨,牧童牛背稳如舟。

【十二侵】

歌对曲,啸对吟。往古对来今。山头对水面,远浦对遥岑。勤三上,惜寸阴。茂树对平林。卞和三献玉,杨震四知金。青皇风暖催芳草,白帝城高急暮砧。绣虎雕龙,才子窗前挥彩笔;描鸾刺凤,佳人帘下度金针。

登对眺,涉对临。瑞雪对甘霖。主欢对民乐,交浅对言深。耻三战,乐七擒。顾曲对知音。大车行槛槛,驷马聚骎骎。紫电青虹腾剑气,高山流水识琴心。屈子怀君,极浦吟风悲泽畔;王郎忆友,扁舟卧雪访山阴。

【十三覃】

宫对阙,座对龛。水北对天南。蜃楼对蚁郡,伟论对高谈。遵杞梓,树梗楠。得一对函三。八宝珊瑚枕,双珠玳瑁簪。萧王待士心惟赤,卢相欺君面独蓝。贾岛诗狂,手拟敲门行处想;张颠草圣,头能濡墨写时酣。

闻对见,解对谙。三橘对双柑。黄童对白叟,静女对奇男。秋七七,径三三。海色对山岚。鸾声何哕哕,虎视正眈眈。仪封疆吏知尼父,函谷关人识老聃。江相归池,止水自盟真是止;吴公作宰,贪泉虽饮亦何贪。

【十四盐】

宽对猛,冷对炎。清苦对尊严。云头对雨脚,鹤发对龙髯。风台谏,肃台廉。保泰对鸣谦。五湖归范蠡,三径隐陶潜。一剑成功堪佩印,百钱满卦便垂帘。浊酒停杯,容我半酣愁际饮;好花傍座,看他微笑悟时拈。

连对断,减对添。淡泊对安恬。回头对极目,水底对山尖。腰袅袅,手纤纤。凤卜对鸾占。开田多种粟,煮海尽成盐。居同九世张公艺,恩给千人范仲淹。箫弄凤来,秦女有缘能跨羽;鼎成龙去,轩臣无计得攀髯。

人对己,爱对嫌。举止对观瞻。四知对三语,义正对辞严。勤雪案,课风檐。漏箭对书签。文繁归獭祭,体艳别香奁。昨夜题诗更一字,早春来燕卷重帘。诗以史名,愁里悲歌怀杜甫;笔经人索,梦中显晦老江淹。

【十五咸】

栽对植,薙对芟。二伯对三监。朝臣对国老,职事对官衔。鹿麙麚,兔毚毚。启牍对开缄。绿杨莺睍睆,红杏燕呢喃。半篱白菊娱陶令,一枕黄粱度吕岩。九夏炎飙,长日风亭留客骑;三冬寒冽,漫天雪浪驻征帆。

梧对杞,柏对杉。夏濩对韶咸。涧瀍对溱洧,巩洛对崤函。藏书洞,避诏岩。脱俗对超凡。贤人羞献媚,正士嫉工谗。霸越谋臣推少伯,佐唐藩将重浑瑊。邺下狂生,羯鼓三挝羞锦袄;江州司马,琵琶一曲湿青衫。

袍对笏,履对衫。匹马对孤帆。琢磨对雕镂,刻划对镌镵。星北拱,日西衔。卮漏对鼎馋。江边生杜若,海外树都咸。但得恢恢存利刃,何须咄咄达空函。彩凤知音,乐典后夔须九奏;金人守口,圣如尼父亦三缄。

声律启蒙

清·车万育

上平声

【一东】

云对雨,雪对风,晚照对晴空。来鸿对去燕,宿鸟对鸣虫。三尺剑,六钧弓,岭北对江东。人间清暑殿,天上广寒宫。两岸晓烟杨柳绿,一园春雨杏花红。两鬓风霜,途次早行之客;一蓑烟雨,溪边晚钓之翁。

沿对革,异对同,白叟对黄童。江风对海雾,牧子对渔翁。颜巷陋,阮途穷,冀北对辽东。池中濯足水,门外打头风。梁帝讲经同泰寺,汉皇置酒未央宫。尘虑萦心,懒抚七弦绿绮;霜华满鬓,羞看百炼青铜。

贫对富,塞对通,野叟对溪童。鬓皤对眉绿,齿皓对唇红。天浩浩,日融融,佩剑对弯弓。半溪流水绿,千树落花红。野渡燕穿杨柳雨,芳池鱼戏芰荷风。女子眉纤,额下现一弯新月;男儿气壮,胸中吐万丈长虹。

【二冬】

春对夏,秋对冬,暮鼓对晨钟。观山对玩水,绿竹对苍松。冯妇虎,叶公龙,舞蝶对鸣蛩。衔泥双紫燕,课蜜几黄蜂。春日园中莺恰恰,秋天塞外雁雍雍。秦岭云横,迢递八十远路;巫山雨洗,嵯峨十二危峰。

明对暗,淡对浓,上智对中庸。镜奁对衣笥,野杵对村舂。花灼烁,草蒙茸,九夏对三冬。台高名戏马,斋小号蟠龙。手擘蟹螯从毕卓,身披鹤氅自王恭。五老峰高,秀插云霄如玉笔;三姑石大,响传风雨若金镛。

仁对义,让对恭,禹舜对羲农。雪花对云叶,芍药对芙蓉。陈后主,汉中宗,绣虎对雕龙。柳塘风淡淡,花圃月浓浓。春日正宜朝看蝶,秋风那更夜闻蛩。战士邀功,必借干戈成勇武;逸民适志,须凭诗酒养疏慵。

【三江】

楼对阁,户对窗,巨海对长江。蓉裳对蕙帐,玉笋对银釭。青布幔,碧油幢，宝剑对金缸。忠心安社稷，利口覆家邦。世祖中兴延马武，桀王失道杀龙逢。秋雨潇潇，漫烂黄花都满径；春风袅袅，扶疏绿竹正盈窗。

旌对旆，盖对幢，故国对他邦。千山对万水，九泽对三江。山岌岌，水淙淙，鼓振对钟撞。清风生酒舍，白月照书窗。阵上倒戈辛纣战，道旁系剑子婴降。夏日池塘，出没浴波鸥对对；春风帘幕，往来营垒燕双双。

铢对纳，只对双，华岳对湘江。朝车对禁鼓，宿火对塞缸。青琐闼，碧纱窗，汉社对周邦。笙箫鸣细细，钟鼓响拟拟。主簿栖鸾名有览，治中展骥姓惟庞。苏武牧羊，雪屡餐于北海；庄周活鲋，水必决于西江。

【四支】

茶对酒，赋对诗，燕子对莺儿。栽花对种竹，落絮对游丝。四目颉，一足夔，鸲鹆对鹭鸶。半池红菡萏，一架白荼蘼。几阵秋风能应候，一犁春雨甚知时。智伯恩深，国士吞变形之炭；羊公德大，邑人竖坠泪之碑。

行对止，速对迟，舞剑对围棋。花笺对草字，竹简对毛锥。汾水鼎，岘山碑，虎豹对熊罴。花开红锦绣，水漾碧琉璃。去妇因探邻舍枣，出妻为种后园葵。笛韵和谐，仙管恰从云里降；橹声咿轧，渔舟正向雪中移。

戈对甲，鼓对旗，紫燕对黄鹂。梅酸对李苦，青眼对白眉。三弄笛，一围棋，雨打对风吹。海棠春睡早，杨柳昼眠迟。张骏曾为槐树赋，杜陵不作海棠诗。晋士特奇，可比一斑之豹；唐儒博识，堪为五总之龟。

【五微】

来对往，密对稀，燕舞对莺飞。风清对月朗，露重对烟微。霜菊瘦，雨梅肥，客路对渔矶。晚霞舒锦绣，朝露缀珠玑。夏暑客思欹石枕，秋寒妇念寄边衣。春水才深，青草岸边渔父去；夕阳半落，绿莎原上牧童归。

宽对猛，是对非，服美对乘肥。珊瑚对玳瑁，锦绣对珠玑。桃灼灼，柳依依，绿暗对红稀。窗前莺并语，帘外燕双飞。汉致太平三尺剑，周臻大定一戎衣。吟成赏月之诗，只愁月堕；斟满送春之酒，惟憾春归。

声对色，饱对饥，虎节对龙旗。杨花对桂叶，白简对朱衣。尨也吠，燕于飞，荡荡对巍巍。春暄资日气，秋冷借霜威。出使振威冯奉世，治民异等尹翁归。燕我弟兄，载咏棣棠韡韡；命伊将帅，为歌杨柳依依。

【六鱼】

无对有，实对虚，作赋对观书。绿窗对朱户，宝马对香车。伯乐马，浩然驴,弋雁对求鱼。分金齐鲍叔,奉璧蔺相如。掷地金声孙绰赋,回文锦字窦滔书。未遇殷宗,胥靡困傅岩之筑;既逢周后,太公舍渭水之渔。

终对始,疾对徐,短褐对华裾。六朝对三国,天禄对石渠。千字策,八行书,有若对相如。花残无戏蝶,藻密有潜鱼。落叶舞风高复下,小荷浮水卷还舒。爱见人长,共服宣尼休假盖;恐彰己吝,谁知阮裕竟焚车。

麟对凤,鳖对鱼,内史对中书。犁锄对耒耜,畎浍对郊墟。犀角带,象牙梳,驷马对安车。青衣能报赦,黄耳解传书。庭畔有人持短剑,门前无客曳长裾。波浪拍船,骇舟人之水宿;峰峦绕舍,乐隐者之山居。

【七虞】

金对玉,宝对珠,玉兔对金乌。孤舟对短棹,一雁对双凫。横醉眼,捻吟须,李白对杨朱。秋霜多过雁,夜月有啼乌。日暖园林花易赏,雪寒村舍酒难沽。人处岭南,善探巨象口中齿;客居江右,偶夺骊龙颔下珠。

贤对圣,智对愚,傅粉对施朱。名缰对利锁,挈榼对提壶。鸠哺子,燕调雏,石帐对郇厨。烟轻笼岸柳,风急撼庭梧。鸜眼一方端石砚,龙涎三炷博山炉。曲沼鱼多,可使渔人结网;平田兔少,漫劳耕者守株。

秦对赵,越对吴,钓客对耕夫。箕裘对杖履,杞梓对桑榆。天欲晓,日将晡,狡兔对妖狐。读书甘刺股,煮粥惜焚须。韩信武能平四海,左思文足赋三都。嘉遁幽人,适志竹篱茅舍;胜游公子,玩情柳陌花衢。

【八齐】

岩对岫,涧对溪,远岸对危堤。鹤长对凫短,水雁对山鸡。星拱北,月流西,汉露对汤霓。桃林牛已放,虞坂马长嘶。叔侄去官闻广受,弟兄让国有夷齐。三月春浓,芍药丛中蝴蝶舞;五更天晓,海棠枝上了规啼。

云对雨,水对泥,白璧对玄圭。献瓜对投李,禁鼓对征鼙。徐稚榻,鲁班梯,凤鸶对鸾栖。有官清似水,无客醉如泥。截发唯闻陶侃母,断机只有乐羊妻。秋望佳人,目送楼头千里雁;早行远客,梦惊枕上五更鸡。

熊对虎,象对犀,霹雳对虹霓。杜鹃对孔雀,桂岭对梅溪。萧史凤,宋宗鸡,远近对高低。水寒鱼不跃,林茂鸟频栖。杨柳和烟彭泽县,桃花流水武陵溪。公子追欢,闲骤玉骢游绮陌;佳人倦绣,闷敧珊枕掩香闺。

【九佳】

河对海,汉对淮,赤岸对朱崖。鹭飞对鱼跃,宝钿对金钗。鱼圉圉,鸟喈喈，草履对芒鞋。古贤尝笃厚，时辈喜诙谐。孟训文公谈性善，颜师孔子问心斋。缓抚琴弦，像流莺而并语；斜排筝柱，类过雁之相挨。

丰对俭，等对差，布袄对荆钗。雁行对鱼阵，榆塞对兰崖。挑荠女，采莲娃，菊径对苔阶。诗成六义备，乐奏八音谐。造律吏哀秦法酷，知音人说郑声哇。天欲飞霜，塞上有鸿行已过；云将作雨，庭前多蚁阵先排。

城对市，巷对街，破屋对空阶。桃枝对桂叶，砌蚓对墙蜗。梅可望，橘堪怀，季路对高柴。花藏沽酒市，竹映读书斋。马首不容孤竹扣，车轮终就洛阳埋。朝宰锦衣，贵束乌犀之带；宫人宝髻，宜簪白燕之钗。

【十灰】

增对损，闭对开，碧草对苍苔。书签对笔架，两曜对三台。周召虎，宋桓魋，阆苑对蓬莱。薰风生殿阁，皓月照楼台。却马汉文思罢献，吞蝗唐太冀移灾。照耀八荒，赫赫丽天秋日；震惊百里，轰轰出地春雷。

沙对水，火对灰，雨雪对风雷。书淫对传癖，水浒对岩隈。歌旧曲，酿新醅，舞馆对歌台。春棠经雨放，秋菊傲霜开。作酒固难忘曲蘖，调羹必要用盐梅。月满庾楼，据胡床而可玩；花开唐苑，轰羯鼓以奚催。

休对咎，福对灾，象箸对犀杯。宫花对御柳，峻阁对高台。花蓓蕾，草根荄，剔藓对剜苔。雨前庭蚁闹，霜后阵鸿哀。元亮南窗今日傲，孙弘东阁几时开。平展青茵，野外茸茸软草；高张翠幄，庭前郁郁凉槐。

【十一真】

邪对正，假对真，獬豸对麒麟。韩卢对苏雁，陆橘对庄椿。韩五鬼，李三人，北魏对西秦。蝉鸣哀暮夏，莺啭怨残春。野烧焰腾红烁烁，溪流波皱碧粼粼。行无踪，居无庐，颂成酒德；动有时，藏有节，论著钱神。

哀对乐，富对贫，好友对嘉宾。弹琴对结绶，白日对青春。金翡翠，玉麒麟，虎爪对龙麟。柳塘生细浪，花径起香尘。闲爱登山穿谢屐，醉思漉酒脱陶巾。雪冷霜严，倚槛松筠同傲岁；日迟风暖，满园花柳各争春。

香对火，炭对薪，日观对天津。禅心对道眼，野妇对宫嫔。仁无敌，德有邻，万石对千钧。滔滔三峡水，冉冉一溪冰。充国功名当画阁，子张言行贵书绅。笃志诗书，思入圣贤绝域；忘情官爵，羞沾名利纤尘。

【十二文】

家对国，武对文，四辅对三军。九经对三史，菊馥对兰芬。歌北鄙，咏南薰,迩听对遥闻。召公周太保,李广汉将军。闻化蜀民皆草偃,争权晋士已瓜分。巫峡夜深,猿啸苦哀巴地月;衡峰秋早,雁飞高贴楚天云。

歆对正,见对闻,偃武对修文。羊车对鹤驾,朝旭对晚曛。花有艳,竹成文,马燧对羊欣。山中梁宰相,树下汉将军。施帐解围嘉道韫,当垆沽酒叹文君。好景有期,北岭几枝梅似雪;丰年先兆,西郊千顷稼如云。

尧对舜,夏对殷,蔡惠对刘贲。山明对水秀,五典对三坟。唐李杜,晋机云,事父对忠君。雨晴鸠唤妇,霜冷雁呼群。酒量洪深周仆射,诗才俊逸鲍参军。鸟翼长随,凤兮泂众禽长;狐威不假,虎也真百兽尊。

【十三元】

幽对显,寂对喧,柳岸对桃源。莺朋对燕友,早暮对寒暄。鱼跃沼,鹤乘轩,醉胆对吟魂。轻尘生范甑,积雪拥袁门。缕缕轻烟芳草渡,丝丝微雨杏花村。诣阙王通,献太平十二策;出关老子,著道德五千言。

儿对女,子对孙,药圃对花村。高楼对邃阁,赤豹对玄猿。妃子骑,夫人轩,旷野对平原。鲍巴能鼓瑟,伯氏善吹埙。馥馥早梅思驿使,萋萋芳草怨王孙。秋夕月明,苏子黄冈游绝壁;春朝花发,石家金谷启芳园。

歌对舞,德对恩,犬马对鸡豚。龙池对凤沼,雨骤对云屯。刘向阁,李膺门,唳鹤对啼猿。柳摇春白昼,梅弄月黄昏,岁冷松筠皆有节,春喧桃李本无言。噪晚齐蝉,岁岁秋来泣恨;啼宵蜀鸟,年年春去伤魂。

【十四寒】

多对少,易对难,虎踞对龙蟠。龙舟对凤辇,白鹤对青鸾。风浙浙,露湃湃,绣縠对雕鞍。鱼游荷叶沼,鹭立蓼花滩。有酒阮貂裘用解,无鱼冯铗必须弹。丁固梦松,柯叶忽然生腹上;文郎画竹,枝梢倏尔长毫端。

寒对暑,湿对干,鲁隐对齐桓。寒毡对暖席,夜饮对晨餐。叔子带,仲由冠,郏鄏对邯郸。嘉禾忧夏旱,衰柳耐秋寒。杨柳绿遮元亮宅,杏花红映仲尼坛。江水流长,环绕似青罗带;海蟾轮满,澄明如白玉盘。

横对竖,窄对宽,黑志对弹丸。朱帘对画栋,彩槛对雕栏。春既老,夜将阑,百辟对千官。怀仁称足足,抱义美般般。好马君王曾市骨,食猪处士仅思肝。世仰双仙,元礼舟中携郭泰,人称连璧,夏侯车上并潘安。

【十五删】

兴对废,附对攀,露草对霜菅,歌廉对借寇,习孔对希颜。山垒垒,水潺潺,奉璧对探镮。礼由公旦作,诗本仲尼删。驴困客方经灞水,鸡鸣人已出函关。几夜霜飞,已有苍鸿辞北塞;数朝雾暗,岂无玄豹隐南山。

犹对尚,侈对悭,雾鬓对烟鬟。莺啼对鹊噪,独鹤对双鹇。黄牛峡,金马山,结草对衔环。昆山惟玉集,合浦有珠还。阮籍旧能为眼白,老莱新爱着衣斑。栖迟避世人,草衣木食;窈窕倾城女,云鬓花颜。

姚对宋,柳对颜,赏善对惩奸。愁中对梦里,巧慧对痴顽。孔北海,谢东山,使越对征蛮。淫声闻濮上,离曲听阳关。骁将袍披仁贵白,小儿衣着老莱斑。茅舍无人,难却尘埃生榻上;竹亭有客,尚留风月在窗间。

下平声

【一先】

晴对雨,地对天,天地对山川。山川对草木,赤壁对青田。郑郦鼎,武城弦,木笔对苔钱。金城三月柳,玉井九秋莲。何处春朝风景好,谁家秋夜月华圆。珠缀花梢,千点蔷薇香露;练横树杪,几丝杨柳残烟。

前对后,后对先,众丑对孤妍。莺簧对蝶板,虎穴对龙渊。击石磬,观韦编,鼠目对鸢肩。春园花柳地,秋沼芰荷天。白羽频挥闲客坐,乌纱半坠醉翁眠。野店几家,羊角风摇沽酒旆;长川一带,鸭头波泛卖鱼船。

离对坎,震对乾,一日对千年。尧天对舜日,蜀水对秦川。苏武节,郑虔毡,涧壑对林泉。挥戈能退日,持管莫窥天。寒食芳辰花烂熳,中秋佳节月婵娟。梦里荣华,飘忽枕中之客;壶中日月,安闲市上之仙。

【二萧】

恭对慢,吝对骄,水远对山遥。松轩对竹槛,雪赋对风谣。乘五马,贯双雕,烛灭对香消。明蟾常彻夜,骤雨不终朝。楼阁天凉风飒飒,关河地隔雨潇潇。几点鹭鸶,日暮常飞红蓼岸;一双鸂𪆟,春朝频泛绿杨桥。

开对落,暗对昭,赵瑟对虞韶。轺车对驿骑,锦绣对琼瑶。羞攘臂,懒折腰,范甑对颜瓢。寒天鸳帐酒,夜月凤台箫。舞女腰肢杨柳软,佳人颜貌海棠娇。豪客寻春,南陌草青香阵阵;闲人避暑,东堂蕉绿影摇摇。

班对马,董对晁,夏昼对春宵。雷声对电影,麦穗对禾苗。八千路,廿四桥,总角对垂髫。露桃匀嫩脸,风柳舞纤腰。贾谊赋成伤鵩鸟,周公诗就托鸥䴗。幽寺寻僧,逸兴岂知俄尔尽;长亭送客,离魂不觉黯然消。

【三肴】

风对雅,象对爻,巨蟒对长蛟。天文对地理,蟋蟀对螵蛸。龙夭矫,虎咆哮,北学对东胶。筑台须垒土,成屋必诛茅。潘岳不忘秋兴赋,边韶常被昼眠嘲。抚养群黎,已见国家隆治;滋生万物,方知天地泰交。

蛇对虺,蜃对蛟,麟薮对鹊巢。风声对月色,麦穗对桑苞。何妥难,子云嘲,楚甸对商郊。五音惟耳听,万虑在心包。葛被汤征因仇饷,楚遭齐伐责包茅。高矣若天,洵是圣人大道;淡而如水,实为君子神交。

牛对马,犬对猫,旨酒对嘉肴。桃红对柳绿,竹叶对松梢。藜杖叟,布衣樵,北野对东郊。白驹形皎皎,黄鸟语交交。花圃春残无客到,柴门夜永有僧敲。墙畔佳人,飘扬竞把秋千舞;楼前公子,笑语争将蹴鞠抛。

【四豪】

琴对瑟,剑对刀,地迥对天高。峨冠对博带,紫绶对绯袍。煎异茗,酌香醪,虎兕对猿猱。武夫攻骑射,野妇务蚕缫。秋雨一川淇澳竹,春风两岸武陵桃。螺髻青浓,楼外晚山千仞;鸭头绿腻,溪中春水半篙。

刑对赏,贬对褒,破斧对征袍。梧桐对橘柚,枳棘对蓬蒿。雷焕剑,吕虔刀,橄榄对葡萄。一椽书舍小,百尺酒楼高。李白能诗时秉笔,刘伶爱酒每哺糟。礼别尊卑,拱北众星常灿灿;势分高下,朝东万水自滔滔。

瓜对果,李对桃,犬子对羊羔。春分对夏至,谷水对山涛。双凤翼,九牛毛,主逸对臣劳。水流无限阔,山耸有余高。雨打村童新牧笠,尘生边将旧征袍。俊士居官,荣引鹓鸿之序;忠臣报国,誓殚犬马之劳。

【五歌】

山对水,海对河,雪竹对烟萝。新欢对旧恨,痛饮对高歌。琴再抚,剑重磨,媚柳对枯荷。荷盘从雨洗,柳线任风搓。饮酒岂知欹醉帽,观棋不觉烂樵柯。山寺清幽,直踞千寻云岭;江楼宏敞,遥临万顷烟波。

繁对简,少对多,里咏对途歌。宦情对旅况,银鹿对铜驼。刺史鸭,将军鹅,玉律对金科。古堤垂弱柳,曲沼长新荷。命驾吕因思叔夜,引车蔺为避廉颇。千尺水帘,今古无人能手卷;一轮月镜,乾坤何匠用功磨。

霜对露,浪对波,径菊对池荷。酒阑对歌罢,日暖对风和。梁父咏,楚狂歌,放鹤对观鹅。史才推永叔,刀笔仰萧何。种橘犹嫌千树少,寄梅谁信一枝多。林下风生,黄发村童推牧笠;江头日出,皓眉溪叟晒渔蓑。

【六麻】

松对柏,缕对麻,蚁阵对蜂衙。赬鳞对白鹭,冻雀对昏鸦。白堕酒,碧沉茶,品笛对吹笳。秋凉梧堕叶,春暖杏开花。雨长苔痕侵壁砌,月移梅影上窗纱。飒飒秋风,度城头之筚篥;迟迟晚照,动江上之琵琶。

优对劣,凸对凹,翠竹对黄花。松杉对杞梓,菽麦对桑麻。山不断,水无涯,煮酒对烹茶。鱼游池面水,鹭立岸头沙。百亩风翻陶令秫,一畦雨熟邵平瓜。闲捧竹根,饮李白一壶之酒;偶擎桐叶,啜卢同七碗之茶。

吴对楚,蜀对巴,落日对流霞。酒钱对诗债,柏叶对松花。驰驿骑,泛仙槎,碧玉对丹砂。设桥偏送笋,开道竟还瓜。楚国大夫沉汨水,洛阳才子谪长沙。书笈琴囊,乃士流活计;药炉茶鼎,实闲客生涯。

【七阳】

高对下,短对长,柳影对花香。词人对赋客,五帝对三王。深院落,小池塘,晚眺对晨妆。绛霄唐帝殿,绿野晋公堂。寒集谢庄衣上雪,秋添潘岳鬓边霜。人浴兰汤,事不忘于端午;客斟菊酒,兴常记于重阳。

尧对舜,禹对汤,晋宋对隋唐。奇花对异卉,夏日对秋霜。八叉手,九回肠,地久对天长。一堤杨柳绿,三径菊花黄。闻鼓塞兵方战斗,听钟宫女正梳妆。春饮方归,纱帽半淹邻舍酒;早朝初退,衮衣微惹御炉香。

荀对孟,老对庄,弱柳对垂杨。仙宫对梵宇,小阁对长廊。风月窟,水云乡,蟋蟀对螳螂。暖烟香霭霭,寒烛影煌煌。伍子欲酬渔父剑,韩生尝窃贾公香。三月韶光,常忆花明柳媚;一年好景,难忘橘绿橙黄。

【八庚】

深对浅,重对轻,有影对无声。蜂腰对蝶翅,宿醉对余醒。天北缺,日东生,独卧对同行。寒冰三尺厚,秋月十分明。万卷书容闲客览,一樽酒待故人倾。心侈唐玄,厌看霓裳之曲;意骄陈主,饱闻玉树之赓。

虚对实,送对迎,后甲对先庚。鼓琴对舍瑟,搏虎对骑鲸。金匜匜,玉玎珰,玉宇对金茎。花间双粉蝶,柳内几黄莺。贫里每甘藜藿味,醉中厌听管弦声。肠断秋闺,凉吹已侵重被冷;梦惊晓枕,残蟾犹照半窗明。

渔对猎,钓对耕,玉振对金声。雉城对雁塞,柳衾对葵倾。吹玉笛,弄银笙,阮杖对桓筝。墨呼松处士,纸号楮先生。露浥好花潘岳县,风搓细柳亚夫营,抚动琴弦,遽觉座中风雨至;哦成诗句,应知窗外鬼神惊。

【九青】

红对紫,白对青,渔火对禅灯。唐诗对汉史,释典对仙经。龟曳尾,鹤梳翎,月榭对风亭。一轮秋夜月,几点晓天星。晋士只知山简醉,楚人谁识屈原醒。绣倦佳人,慵把鸳鸯文作枕;吮毫画者,思将孔雀写为屏。

行对坐,醉对醒,佩紫对纡青。棋枰对笔架,雨雪对雷霆。狂蛱蝶,小蜻蜓,水岸对沙汀。天台孙绰赋,剑阁孟阳铭。传信子卿千里雁,照书车胤一囊萤。冉冉白云,夜半高遮千里月;澄澄碧水,宵中寒映一天星。

书对史,传对经,鹦鹉对鹡鸰。黄茅对白荻,绿草对青萍。风绕铎,雨淋铃,水阁对山亭。渚莲千朵白,岸柳两行青。汉代宫中生秀柞,尧时阶畔长祥蓂。一枰决胜,棋子分黑白;半幅通灵,画色间丹青。

【十蒸】

新对旧,降对升,白犬对苍鹰。葛巾对藜杖。涧水对池冰。张兔网,挂鱼罾,燕雀对鸥鹏。炉中煎药火,窗下读书灯。织锦逐梭成舞凤,画屏误笔作飞蝇。宴客刘公,座上满斟三雅爵;迎仙汉帝,宫中高插九光灯。

儒对士,佛对僧,面友对心朋。春残对夏老,夜寝对晨兴。千里马,九霄鹏,霞蔚对云蒸。寒堆阴岭雪,春泮水池冰。亚父愤生撞玉斗,周公誓死作金縢。将军元晖,莫怪人讥为饿虎;侍中卢昶,难逃世号作饥鹰。

规对矩,墨对绳,独步对同登。吟哦对讽咏,访友对寻僧。风绕屋,水襄陵,紫鹄对苍鹰。鸟寒惊夜月,鱼暖上春冰。扬子口中飞白凤,何郎鼻上集青蝇。巨鲤跃池,翻几重之密藻;颠猿饮涧,挂百尺之垂藤。

【十一尤】

荣对辱,喜对忧,夜宴对春游。燕关对楚水,蜀犬对吴牛。茶敌睡,酒消愁,青眼对白头。马迁修史记,孔子作春秋。适兴子猷常泛棹,思归王粲强登楼。窗下佳人,妆罢重将金插鬓;筵前舞伎,曲终还要锦缠头。

唇对齿,角对头,策马对骑牛。毫尖对笔底,绮阁对雕镂。杨柳岸,荻芦洲,语燕对啼鸠。客乘金络马,人泛木兰舟。绿野耕夫春举耜,碧池渔父晚垂钩。波浪千层,喜见蛟龙得水;云霄万里,惊看雕鹗横秋。

庵对寺,殿对楼,酒艇对渔舟。金龙对彩凤,獬豸对童牛。王郎帽,苏子裘,四季对三秋。峰峦扶地秀,江汉接天流。一湾绿水渔村小,万里青山佛寺幽。龙马呈河,羲皇阐微而画卦;神龟出洛,禹王取法以陈畴。

【十二侵】

眉对目,口对心,锦瑟对瑶琴。晓耕对寒钓,晚笛对秋砧。松郁郁,竹森森,闵损对曾参。秦王亲击缶,虞帝自挥琴。三献卞和尝泣玉,四知杨震固辞金。寂寂秋朝,庭叶因霜摧嫩色;沉沉春夜,砌花随月转清阴。

前对后,古对今,野兽对山禽。犍牛对牝马,水浅对山深。曾点瑟,戴逵琴,璞玉对浑金。艳红花弄色,浓绿柳敷阴。不雨汤王方剪爪,有风楚子正披襟。书生惜壮岁韶华,寸阴尺璧,游子爱良宵光景,一刻千金。

丝对竹,剑对琴,素志对丹心。千愁对一醉,虎啸对龙吟。子罕玉,不疑金,往古对来今。天寒邹吹律,岁旱傅为霖。渠说子规为帝魄,侬知孔雀是家禽。屈子沉江,处处舟中争系粽;牛郎渡渚,家家台上竞穿针。

【十三覃】

千对百,两对三,地北对天南。佛堂对仙洞,道院对禅庵。山泼黛,水浮蓝,雪岭对云潭。凤飞方翙翙,虎视已眈眈。窗下书生时讽咏,筵前酒客日耽酣。白草满郊,秋日牧征人之马;绿桑盈亩,春时供农妇之蚕。

将对欲,可对堪,德被对恩覃。权衡对尺度,雪寺对云庵。安邑枣,洞庭柑,不愧对无惭。魏征能直谏,王衍善清谈。紫梨摘去从山北,丹荔传来自海南。攘鸡非君子所为,但当月一;养狙是山公之智,止用朝三。

中对外,北对南,贝母对宜男。移山对浚井,谏苦对言甘。千取百,二为三,魏尚对周堪。海门翻夕浪,山市拥晴岚。新缔直投公子纻,旧交犹脱馆人骖。文在淹通,已咏冰兮寒过水;永和博雅,可知青者胜于蓝。

【十四盐】

悲对乐,爱对嫌,玉兔对银蟾。醉侯对诗史,眼底对眉尖。风飘飘,雨绵绵,李苦对瓜甜。画堂施锦帐,酒市舞青帘。横槊赋诗传孟德,引壶酌酒尚陶潜。两曜迭明,日东升而月西出;五行式序,水下润而火上炎。

如对似,减对添,绣幕对朱帘。探珠对献玉,鹭立对鱼潜。玉屑饭,水晶盐,手剑对腰镰。燕巢依邃阁,蛛网挂虚檐。夺槊至三唐敬德,弈棋第一晋王恬。南浦客归,湛湛春波千顷净;西楼人悄,弯弯夜月一钩纤。

逢对遇,仰对瞻,市井对闾阎。投簪对结绶,握发对掀髯。张绣幕,卷珠帘,石碏对江淹。宵征方肃肃,夜饮已厌厌。心褊小人长戚戚,礼多君子屡谦谦。美刺殊文，备三百五篇诗咏；吉凶异画，变六十四卦爻占。

【十五咸】

清对浊，苦对咸，一启对三缄。烟蓑对雨笠，月榜对风帆。莺睍睆，燕呢喃，柳杞对松杉。情深悲素扇，泪痛湿青衫。汉室既能分四姓，周朝何用叛三监。破的而探牛心，豪矜王济；竖竿以挂犊鼻，贫笑阮咸。

能对否，圣对贤，卫瓘对浑瑊。雀罗对渔网，翠巘对苍崖。红罗帐，白布衫，笔格对书函。蕊香蜂竞采，泥软燕争衔。凶孽誓清闻祖逖，王家能乂有巫咸。溪叟新居，渔舍清幽临水岸；山僧久隐，梵宫寂寞倚云岩。

冠对带，帽对衫，议鲠对言谗。行舟对御马，俗弊对民岩。鼠且硕，兔多毚，史册对书缄。塞城闻奏角，江浦认归帆。河水一源形弥弥，泰山万仞势岩岩。郑为武公，赋缁衣而美德；周因巷伯，歌贝锦以伤谗。

图书在版编目（CIP）数据

诗韵词韵速查手册/申忠信编．——北京：商务印书馆国际有限公司，2020.11
ISBN 978-7-5176-0770-0

Ⅰ．①诗… Ⅱ．①申… Ⅲ．①诗律—中国—手册②词律—中国—手册 Ⅳ．①I207.2-62

中国版本图书馆 CIP 数据核字（2020）第 185697 号

SHIYUN CIYUN SUCHA SHOUCE
诗韵词韵速查手册

编　者	申忠信
出版发行	商务印书馆国际有限公司
地　址	北京市朝阳区吉庆里 14 号楼
	佳汇国际中心 A 座 12 层
邮　编	100020
电　话	010-65592876（编校部）
	010-65598498（市场营销部）
网　址	www.cpi1993.com
印　刷	三河市紫恒印装有限公司
开　本	880mm×1230mm　1/32
字　数	486 千字
印　张	17.5
版　次	2020 年 11 月第 1 版第 1 次印刷
书　号	ISBN 978-7-5176-0770-0
定　价	49.80 元

版权所有·违者必究
如有印装质量问题，请与我公司联系调换。